o abrigo

Nora Roberts

Romances

A Pousada do Fim do Rio
O Testamento
Traições Legítimas
Três Destinos
Lua de Sangue
Doce Vingança
Segredos
O Amuleto
Santuário
A Villa
Tesouro Secreto
Pecados Sagrados
Virtude Indecente
Bellíssima
Mentiras Genuínas
Riquezas Ocultas
Escândalos Privados
Ilusões Honestas
A Testemunha
A Casa da Praia
A Mentira
O Colecionador
A Obsessão
Ao Pôr do Sol
O Abrigo
Uma Sombra do Passado
O Lado Oculto
Refúgio
Legado

Saga da Gratidão

Arrebatado pelo Mar
Movido pela Maré
Protegido pelo Porto
Resgatado pelo Amor

Trilogia do Sonho

Um Sonho de Amor
Um Sonho de Vida
Um Sonho de Esperança

Trilogia do Coração

Diamantes do Sol
Lágrimas da Lua
Coração do Mar

Trilogia da Magia

Dançando no Ar
Entre o Céu e a Terra
Enfrentando o Fogo

Trilogia da Fraternidade

Laços de Fogo
Laços de Gelo
Laços de Pecado

Trilogia do Círculo

A Cruz de Morrigan
O Baile dos Deuses
O Vale do Silêncio

Trilogia das Flores

Dália Azul
Rosa Negra
Lírio Vermelho

Nora Roberts

o abrigo

Tradução
Valéria Lamim

3ª edição

Rio de Janeiro | 2022

Copyright © 2018 by Nora Roberts
Proibida a exportação para Portugal, Angola e Moçambique.

Título original: *Shelter in place*

Capa: Renan Araújo

Imagens de capa: Sergej Onyshko / Shutterstock (farol) e Andrey Yurlov / Shutterstock (mar revolto)

Texto revisado segundo o novo
Acordo Ortográfico da Língua Portuguesa

2022
Impresso no Brasil
Printed in Brazil

	CIP-BRASIL. CATALOGAÇÃO NA PUBLICAÇÃO SINDICATO NACIONAL DOS EDITORES DE LIVROS, RJ
R549a 3ª ed.	Roberts, Nora, 1950- O abrigo / Nora Roberts; tradução de Valéria Lamim. – 3ª ed. – Rio de Janeiro: Bertrand Brasil, 2022.
	Tradução de: Shelter in place ISBN 978-85-286-2370-3
	1. Romance americano. I. Lamim, Valéria. II. Título.
18-51403	CDD: 813 CDU: 82-31(73)
Vanessa Mafra Xavier Salgado – Bibliotecária – CRB-7/6644	

Todos os direitos reservados. Não é permitida a reprodução total ou parcial desta obra, por quaisquer meios, sem a prévia autorização por escrito da Editora.

Direitos exclusivos de publicação em língua portuguesa somente para o Brasil adquiridos pela:
EDITORA BERTRAND BRASIL LTDA.
Rua Argentina, 171 – 3º andar – São Cristóvão
20921-380 – Rio de Janeiro – RJ
Tel.: (21) 2585-2000

Atendimento e venda direta ao leitor:
sac@record.com.br

Em memória de minha avó de cabelo ruivo

Parte Um

Inocência perdida

Nada do que se consegue pela culpa pode compensar a perda desse sólido conforto interior do espírito, companheiro seguro da inocência e da verdade; nem pode em absoluto compensar o mal desse horror e dessa ansiedade que, em seu espaço, a culpa introduz em nosso peito.

— Henry Fielding

Capítulo 1

♦ ♦ ♦ ♦

Na sexta-feira 22 de julho de 2005, Simone Knox pediu um copo grande de Fanta laranja para acompanhar a pipoca e as balas de gelatina em formato de peixe. A escolha, suas guloseimas típicas nas noites de cinema, mudou sua vida e, muito provavelmente, a salvou. Mesmo assim, ela nunca mais tomaria Fanta.

Mas, naquele momento, ela só queria se acomodar no escurinho da sala de cinema com as duas melhores amigas para SEMPRE e não pensar em mais nada.

Porque sua vida — no momento e, com certeza, pelo resto do verão, e talvez o tempo todo — era uma droga sem-fim.

O garoto que ela amava, com quem havia namorado *exclusivamente* por sete meses, duas semanas e quatro dias, que havia imaginado ao seu lado durante o último ano na escola que estava prestes a começar, de mãos dadas e com certa intimidade, havia terminado com ela.

Por mensagem de texto.

> chega d perder tempo pq eu quero estar c uma pessoa a fim de estar toda vida comigo e ñ é vc então acabou a gnt se vê

Certa de que ele não estava falando sério, tentou ligar, mas ele não atendeu. Enviou três mensagens de texto, humilhando-se.

Em seguida, entrou na página dele no My Space. *Humilhação* era uma palavra muito fraca para descrever seu sofrimento.

> Troquei o velho modelo QUEBRADO por um sexy e novo.
> Foi-se a Simone!
> Chegou a Tiffany!
> Dei adeus à OTÁRIA e vou passar o verão e começar o último ano com a garota mais gostosa da turma de 2006.

Seu post — com fotos — já havia atraído comentários. Ela podia ser esperta o suficiente para saber que ele havia pedido aos amigos para dizer coisas ruins e maldosas a seu respeito, mas isso não aliviava o choque nem o constrangimento.

Ela sofreu por dias. Afogava as mágoas no conforto e na raiva justificada de suas duas amigas mais próximas. Irritava-se com as provocações de sua irmã mais nova, arrastava-se para o trabalho temporário e para as aulas de tênis semanais no clube, as quais a mãe insistia que frequentasse.

Uma mensagem de texto da avó a fez fungar. CiCi podia estar meditando com o Dalai Lama no Tibete, agitando com os Stones em Londres ou pintando em seu estúdio em Tranquility Island, mas tinha faro para descobrir qualquer coisa.

> Dói agora, e a dor é real, então receba meu abraço, minha princesa. Mas espere algumas semanas, e você perceberá que ele não passa de mais um idiota. Levante a cabeça e namastê.

Simone não pensou que Trent fosse um idiota (embora Tish e Mi concordassem com CiCi). Talvez ele a tivesse largado — e de um modo bastante egoísta — só porque ela não transava com ele. Ela simplesmente não estava pronta para isso. Além disso, Tish havia transado com o ex-namorado depois do baile deste ano — e outras duas vezes — e, mesmo assim, ele havia terminado com ela.

O pior era que ela ainda amava Trent e, em seu coração desesperado de adolescente de 16 anos, sabia que nunca mais amaria ninguém. Embora tivesse arrancado as páginas de seu diário em que havia escrito seu futuro nome — Sra. Trent Woolworth, Simone Knox-Woolworth, S. K. Woolworth — fazendo-as em pedaços e depois queimando junto com cada foto que tinha dele na fogueira do pátio durante uma cerimônia de empoderamento feminino com as amigas, ela ainda o amava.

Mas, como enfatizara Mi, ainda que parte dela só quisesse morrer, ela precisava viver, e por isso deixou que as amigas a arrastassem até o cinema.

De qualquer forma, ela estava cansada de ficar enfurnada no quarto, e, na verdade, não queria bater perna pelo shopping com a mãe e a irmã menor, então o cinema ganhou. Mi ganhou também, uma vez que era sua vez de escolher o filme, e Simone estava fissurada em um lance de ficção científica chamado *A ilha*, que Mi estava louca para ver.

Tish não se importou com o filme escolhido. Como futura atriz, sentia que assistir a filmes e peças era um dever e, ao mesmo tempo, um treinamento para exercer a profissão. Além disso, Ewan McGregor estava entre os cinco atores mais gatos do cinema na lista de Tish.

— Vamos arrumar os assentos. Eu quero os bons — disse Mi, baixa, pequena, de olhos escuros e dramáticos e com um corte estiloso no cabelo preto, ao pegar a pipoca (sem manteiga artificial), a bebida e o pacote de M&M's de amendoim, seu preferido.

Mi havia feito 17 anos em maio, e namorava esporadicamente, uma vez que, no momento, preferia ciência a garotos, e só não fazia parte da turma dos *nerds*, por seu talento como ginasta e sua posição sólida entre as líderes de torcida.

Um grupo que, infelizmente, tinha como capitã Tiffany Bryce, uma vagabunda que adorava roubar o namorado das outras.

— Preciso ir ao banheiro — disse Tish, entregando às amigas a pipoca com cobertura dupla de manteiga artificial, uma Coca-Cola e a caixinha de Junior Mints. — Encontro vocês depois.

— Não fique se exibindo por aí com esse rosto e esse cabelo — advertiu Mi. — De qualquer jeito, ninguém vai poder vê-los quando o filme começar.

E ela já era perfeita, pensou Simone, equilibrando a pipoca de Tish enquanto seguia para uma das três salas do DownEast Mall Cineplex.

Tish tinha cabelos castanhos longos, lisos e sedosos com um toque profissional de luzes loiras, porque *sua* mãe não estava parada na década de 1950. Seu rosto — Simone adorava estudar rostos —, com um clássico formato oval, ganhava mais charme com as covinhas; e as covinhas apareciam com frequência, uma vez que Tish sempre encontrava algo que a fazia sorrir. Simone achava que também sorriria muito se fosse alta e curvilínea, com olhos azul-claros e covinhas.

Além de *tudo*, os pais de Tish apoiavam totalmente sua ambição de ser atriz. Na cabeça de Simone, ela havia tirado a sorte grande. Aparência, personalidade, inteligência *e* pais que realmente estavam por dentro das coisas.

Mas Simone amava Tish de qualquer maneira.

As três já tinham planos, secretos por ora, porque os pais de Simone não faziam a menor ideia: passar o verão em Nova York depois da formatura.

Talvez até se mudassem para lá; com certeza, seria mais emocionante que Rockpoint, no Maine.

Para Simone, uma duna de areia no Saara seria mais emocionante que Rockpoint, no Maine.

Mas Nova York? Luzes fortes, uma multidão de pessoas...

Liberdade!

Mi poderia se formar em medicina pela Columbia, Tish poderia fazer aulas de teatro e testes. E ela... poderia estudar algo.

Algo que não fosse direito, como queriam seus pais sem-noção. Nada surpreendente, mas *muito* entediante e clichê, uma vez que seu pai era um advogado importante.

Ward Knox ficaria decepcionado, mas era assim que as coisas deveriam ser.

Talvez ela estudasse arte e se tornasse uma artista famosa como CiCi. *Isso* deixaria seus pais apavorados. E, como CiCi, ela teria amantes e os abandonaria sem mais nem menos. (Quando estivesse pronta para isso.)

Aquilo *humilharia* Trent Woolworth.

— Volte — ordenou Mi, dando-lhe uma cotovelada.

— O quê? Eu estou bem aqui.

— Não, você está na Bolha Simone. Volte para o mundo real.

Talvez ela gostasse de estar na BS, mas...

— Eu tenho que abrir a porta com o poder da mente porque estou com as mãos cheias. Tudo bem, pronto. Voltei.

— A mente de Simone Knox é algo incrível de se ver.

— Eu tenho que usá-la para o bem, e não para transformar Tiffany em um monte de merda.

— Você nem precisa. O cérebro dela já é um monte de merda.

As amigas, pensou Simone, sempre sabiam a coisa certa a dizer. Ela voltava para o mundo com Mi — e com Tish, assim que Tish deixasse de brincar com seu rosto e cabelo já perfeitos e saísse —, e deixava a BS para trás.

Uma estreia na sexta-feira à noite significava que ela entraria na sala já meio cheia. Mi pegou três assentos no meio e sentou-se no terceiro a partir do corredor, para que Simone — ainda compassiva — pudesse se sentar entre ela e Tish, cujas pernas mais longas fizeram-na ganhar o assento do corredor.

Mi remexeu-se no assento. Ela já havia calculado que faltavam seis minutos para as luzes se apagarem.

— Você tem que ir à festa da Allie amanhã à noite.

A BS chamou.

— Eu não estou pronta para ir a uma festa, e você sabe que o Trent vai estar lá com aquela Tiffany que tem merda na cabeça.

— Essa é a *ideia*, Sim. Se você não for, todo mundo vai pensar que você está, tipo, se escondendo, que você não superou o cara.

— Eu estou, e não superei.

— A *ideia* — insistiu Mi. — Você não vai dar a ele esse gosto. Você vai com a gente; Tish vai com o Scott, mas ele é legal, e você vai usar algo maravilhoso e deixar Tish fazer sua maquiagem, porque ela leva jeito para isso. E você vai agir tipo: quem, o quê, ele? Sabe, você já superou isso. Você vai sair por cima.

Simone sentiu a atração da BS.

— Eu não acho que posso encarar isso. A atriz aqui é a Tish, não eu.

— Você fez o papel da Rizzo em *Grease* no musical de primavera. Tish foi incrível como Sandy, mas você fez uma Rizzo igualmente incrível.

— Porque eu fiz aulas de dança e consigo cantar um pouco.

— Você canta bem, e se saiu muito bem. Seja Rizzo na festa da Allie, sabe, bem confiante, sexy e mandando todo mundo se danar.

— Não sei, Mi. — Mas ela conseguia, mais ou menos, imaginar a cena. E como Trent, ao vê-la confiante, sexy e mandando todo mundo se danar, iria querê-la de novo.

Então, Tish entrou correndo, sentou-se e agarrou a mão de Simone.

— Você não vai surtar.

— E por que eu iria... ah não! Sério?!

— A piranha estava retocando o brilho nos lábios, e o nojento estava esperando do lado de fora do banheiro feminino, como um bom cachorrinho.

— Droga! — Mi segurou o braço de Simone. — Talvez eles estejam indo para uma das outras salas.

— Não, eles estão vindo para cá, porque é assim que as coisas funcionam na minha vida.

Mi apertou a mão de Simone.

— Nem pense em ir embora. Ele iria vê-la, e você iria parecer e se sentir uma fracassada. Você não é uma fracassada. Esse é o ensaio geral para a festa de Allie.

— Ela vai? — As covinhas de Tish apareceram e vacilaram. — Você a convenceu?

— Estamos cuidando disso. Sente-se. — Mi inclinou-se apenas o suficiente. — Você tinha razão, eles estão entrando. Fique aí — sussurrou enquanto o braço de Simone tremia debaixo de sua mão. — Você nem vai perceber a presença deles. Estamos aqui.

— Bem aqui, agora e para sempre — repetiu Tish, apertando a mão de Simone. — Somos um... um muro de indiferença. Entendeu?

Eles passaram por elas: a loira com os cachos soltos e o jeans cropped e o menino de ouro, alto, bonito, *quarterback* do Wildcats.

Trent deu a Simone aquele sorriso que antes derretia o coração dela e, intencionalmente, passou a mão nas costas de Tiffany, deixando-a deslizar até o traseiro da jovem e ali permanecer.

Tiffany virou a cabeça quando Trent sussurrou em seu ouvido e olhou por cima do ombro. Então, sorriu forçadamente com os lábios perfeitos e retocados com gloss.

Com o coração partido e a vida vazia sem Trent, Simone ainda tinha uma boa parcela da personalidade de sua avó para aceitar esse tipo de insulto.

Ela devolveu o sorriso e levantou o dedo do meio.

Mi deixou escapar uma risadinha pelo nariz.

— Muito bem, Rizzo!

Embora o coração partido de Simone batesse forte, ela ficou olhando enquanto Trent e Tiffany se sentavam três fileiras à frente e, imediatamente, começaram a dar uns amassos.

— Todos os homens querem sexo — disse Tish, sabiamente. — Sério, por que não iriam querer? Mas, quando é só isso que querem, eles não valem a pena.

— Nós estamos melhor que ela — disse Mi, passando para Tish a caixinha de Junior Mints e a Coca-Cola. — Porque é só isso que ela tem.

— Você está certa. — Talvez seus olhos estivessem ardendo um pouco, mas seu coração queimava, e essa sensação parecia terapêutica. Ela entregou a Tish sua pipoca. — Eu vou à festa de Allie.

Tish soltou uma risada, propositalmente alta e irônica. O suficiente para fazer Tiffany se mexer no assento. Tish lançou um sorriso para Simone.

— Vamos arrebentar nessa festa.

Simone apertou a pipoca entre as coxas para que pudesse segurar as mãos das amigas.

— Eu amo vocês, meninas.

Quando os trailers terminaram, Simone parou de olhar para as silhuetas três fileiras à sua frente. Na maior parte do tempo, ela esperava se lamentar durante todo o filme — na verdade, havia planejado isso —, mas viu-se envolvida com a história. Ewan McGregor *era* sonhador, e ela gostava da impressão forte e corajosa que Scarlett Johansson causava.

Mas, quinze minutos depois, ela se deu conta de que deveria ter ido ao banheiro com Tish — se bem que teria sido um desastre estar lá com a Tiffany cheia de brilho labial — ou deveria ter ido com mais calma com a Fanta.

Vinte minutos depois, ela desistiu de segurar a vontade.

— Eu tenho que fazer xixi — sussurrou.

— Qual é! — sussurrou Mi.

— Não vou demorar.

— Quer que eu vá com você?

Ela fez que não para Tish e deu-lhe o que restava da pipoca e da Fanta, para segurar.

Ela se contorceu e subiu rapidamente o corredor. Depois de virar à direita, correu até o banheiro feminino e empurrou a porta.

Vazio, sem ter de esperar. Aliviada, entrou em uma cabine e ficou com o olhar parado enquanto esvaziava a bexiga.

Ela estava lidando bem com a situação. Talvez CiCi estivesse certa. Talvez ela estivesse perto de perceber que Trent era um idiota.

Mas ele era tão fofo, e tinha aquele sorriso e...

— Não importa — murmurou. — Babacas podem ser fofos.

Ainda assim, ficou pensando nisso enquanto lavava as mãos, enquanto se examinava no espelho acima da pia.

Ela não tinha os longos cachos loiros de Tiffany nem os olhos azuis atrevidos, tampouco o corpo escultural. Ela era, até onde se podia dizer, comum.

Cabelo castanho natural, pois a mãe não a deixava fazer luzes. Teria de esperar até os 18 anos, e aí poderia fazer o que quisesse com o *próprio* cabelo. Queria não ter feito nele um rabo de cavalo nesta noite, porque, de repente, isso a fez se sentir muito criança. Talvez o cortasse. Curto e cheio de atitude. Talvez.

Sua boca era muito grande, ainda que Tish dissesse que era sexy, como a de Julia Roberts.

Olhos castanhos, mas não profundos e dramáticos como os de Mi. Apenas castanhos, sem graça, como seu cabelo. É claro que Tish, sendo Tish, dizia que eram cor de âmbar.

Mas essa era apenas uma palavra elegante para castanho.

Isso também não importava. Talvez ela fosse comum, mas não era de mentira. Como Tiffany, cujo cabelo também era castanho antes de ser descolorido.

— Não sou de mentira — disse para o espelho. — E Trent Woolworth é um babaca. Tiffany Bryce é uma vagabunda-piranha. Eles que vão para o inferno.

Com um aceno decisivo, levantou a cabeça e saiu do banheiro.

Pensou que os estouros altos — bombinhas? — e os gritos vinham do filme. Praguejando para si mesma por demorar e perder uma cena importante, apertou o passo.

Quando se aproximou da porta da sala de cinema, ela se abriu de supetão. Um homem, com olhos desvairados, deu um passo cambaleante antes de tombar para a frente.

Sangue — isso era sangue? Suas mãos agarraram o carpete verde — o carpete onde se espalhava algo vermelho — e então ficaram imóveis.

Luzes piscando, ela viu luzes piscando através da porta, que as pernas do homem haviam deixado entreaberta. Explosões e explosões, gritos. E pessoas, sombras e silhuetas, caindo, correndo, caindo.

E a figura no escuro, passando metodicamente pelas fileiras.

Viu, paralisada, quando aquela figura se virou e atirou em uma mulher que corria nos fundos da sala.

Ela não conseguia respirar. Se tivesse condições para tal, teria soltado um grito.

Parte de seu cérebro rejeitava o que ela viu. Não podia ser real. Tinha de ser como o filme. Um faz de conta. Mas foi o instinto que a fez correr novamente para o banheiro e agachar-se atrás da porta.

Suas mãos não queriam funcionar, trêmulas na bolsa, trêmulas ao segurar o telefone.

Seu pai havia insistido para que o primeiro número na memória do telefone dela fosse 190.

Sua visão vacilou, e sua respiração veio agora, veio aos arrancos.

— Um nove zero. Em que posso ajudar?

— Ele está matando. Ele está matando. Socorro! Minhas amigas. Ah, meu Deus! Ah, Deus! Ele está atirando nas pessoas.

Reed Quartermaine detestava trabalhar nos fins de semana. Ele também não gostava de trabalhar no shopping, mas queria voltar para a faculdade no outono. E a faculdade incluía esse detalhe que chamavam de mensalidade. Some tudo — livros, moradia, alimentação — e você tinha de trabalhar no shopping nos fins de semana.

Seus pais arcavam com a maior parte das despesas, mas não podiam bancar tudo. Não com sua irmã, que tinha mais um ano de estudos pela frente, e seu irmão, já há três anos na American University, em Washington, D.C.

Ele certamente não queria trabalhar como garçom pelo resto da vida, por isso pensava na faculdade. E, talvez, antes de usar outro capelo e outra beca, ele iria descobrir o que fazer pelo resto da vida.

Mas, nos verões, ele trabalhava como garçom, e tentava ver o lado bom das coisas. A localização do restaurante no shopping era boa, e as gorjetas não eram ruins. Talvez servir às mesas no Mangia cinco noites por semana com turno duplo nos sábados acabasse com sua vida social, mas ele comia bem.

Tigelas de macarrão, pizzas bem recheadas e pedaços do famoso *tiramisu* do Mangia não haviam colocado muita carne em seu corpo alto e esquelético, mas não era por falta de tentativa.

Seu pai, uma estrela de futebol americano, tinha esperança de que o filho do meio seguisse seus passos, como visivelmente havia feito o filho mais velho. Mas a completa falta de habilidade de Reed no campo e o corpo esguio haviam frustrado essas esperanças. No entanto, as pernas grandes que sustentavam seu corpo já aos 16 anos e a disposição para correr a droga do dia inteiro fizeram dele uma espécie de estrela menor na equipe de corrida, e isso trazia um pouco de equilíbrio às coisas.

Assim, sua irmã aliviava a pressão para o lado dele com seu grande talento no campo de futebol.

A uma mesa de quatro, ele serviu as entradas: *insalata mista* para a mãe, nhoque para o pai, palitos de muçarela para o menino e ravióli frito para a menina. Flertava inofensivamente com a menina, que lhe dava sorrisos demorados e tímidos. Era algo inofensivo, porque ele achava que tinha uns 14 anos e estivesse fora do radar para um jovem que já rumava ao segundo ano na faculdade.

Reed sabia flertar inofensivamente com jovens, mulheres mais velhas e praticamente todas que estivessem no meio. Gorjetas eram importantes, e ele havia afiado seu poder de encanto com as clientes depois de quatro verões como garçom.

Ele cobriu sua seção — famílias, alguns casais de idosos e casais de trinta e poucos anos espalhados pelo salão. Provavelmente, um jantar e um cineminha, o que o fazia lembrar que perguntaria a Chaz — assistente de gerente na GameStop — se gostaria de pegar a última sessão de *A ilha* depois do turno deles.

Passou os cartões de crédito — ter jogado charme na mesa três tinha lhe rendido uma boa gorjeta de 20% —, arrumou as mesas, entrou e saiu da cozinha insana e, finalmente, fez uma pausa.

— Dory, estou tirando dez minutos.

A *maître* deu uma rápida olhada para a seção dele e assentiu com a cabeça.

Ele passou pelas portas duplas de vidro e adentrou o caos da noite de sexta-feira. Pensou em enviar mensagens de texto para Chaz e passar os dez minutos que tinha na cozinha, mas queria sair. Além disso, sabia que Angie trabalhava no quiosque da Fun In The Sun nas noites de sexta, e poderia usar quatro ou cinco de seus dez minutos para um flerte não tão inofensivo.

De vez em quando, ela aparecia com um namorado, mas a última notícia que tivera era que estava sozinha. Ele poderia tentar a sorte lá e, quem sabe, marcar um encontro com alguém cuja agenda deplorável combinasse com a sua.

A passos largos, abriu caminho rapidamente pelos frequentadores do shopping, por círculos de meninas e meninos adolescentes que se encaravam, ao lado de mães que empurravam carrinhos de bebê ou acompanhavam criancinhas nos primeiros passos, em meio àquela música incessante de anestesiar o cérebro que ele já não ouvia.

Ele tinha uma cabeleira preta — a parte italiana que herdara da mãe. Dory não o amolava para cortá-la, e seu pai finalmente havia desistido. Os olhos verde-claros fundos em contraste com a pele morena clara brilharam quando ele viu Angie no quiosque. Reduziu o passo, pôs as mãos nos bolsos da calça — casualmente — e se aproximou, tranquilo.

— Ei. E aí?

Ela lhe deu um sorriso e revirou os lindos olhos castanhos.

— Ocupada. Todo mundo está indo para a praia, menos eu.

— E eu. — Inclinou-se sobre o balcão que exibia óculos de sol, esperando parecer calmo em seu uniforme, composto por uma camisa branca, colete preto e calça. — Estou pensando em ver *A ilha*; a última sessão começa às 22h45. É quase uma ida à praia, certo? Quer ir?

— Ah... não sei. — Ela jogou o cabelo, um tom loiro de praia que acompanhava o bronzeado dourado que ele suspeitava que houvesse conseguido com o autobronzeador que estava na vitrine de outro balcão. — Eu até quero ver.

A esperança floresceu, e Chaz foi riscado de sua lista.

— Você tem que se divertir um pouco, certo?

— Sim, mas... eu meio que prometi à Misty que a gente ia sair depois que eu fechasse o quiosque.

Chaz voltou à lista.

— Legal. Eu estava indo ver se o Chaz estava a fim de ir. Podemos ir todos juntos.

— Talvez. — Ela deu aquele sorriso novamente. — Sim, quem sabe? Eu pergunto a ela.

— Maravilha! Vou ver com o Chaz. — Ele se deslocou para dar mais espaço a uma mulher que esperava, pacientemente, a filha, com seus 14 anos, experimentar vários óculos de sol. — De qualquer forma, você pode me enviar uma mensagem.

— Se eu pudesse levar dois — começou a menina, examinando-se com um par de lentes azuis metálicas —, eu teria um de reserva.

— Um só, Natalie. Esse *é* o de reserva.

— Pode deixar — murmurou Angie e, então, voltou para o trabalho. — Esses estão incríveis em você.

— Sério?

— Claro — ouviu Angie dizer enquanto se afastava. Apertou o passo; tinha de ganhar tempo.

A GameStop fervia com sua habitual clientela de *geeks* e *nerds* e, quanto aos *geeks* e *nerds* mais novos, seus pais com os olhos vidrados tentavam fazê--los ir andando.

Os monitores exibiam uma prévia de uma variedade de jogos — os permitidos para menores ficavam nas telas presas às paredes. Os menos adequados rodavam em *laptops* individuais — usados mediante apresentação de documento que comprovasse idade superior a 18 anos ou com a supervisão dos pais.

Ele viu Chaz, o rei dos *nerds*, explicando algum jogo a uma mulher que parecia confusa.

— Se ele gosta de jogos de estilo militar, estratégia e sobrevivência, vai preferir esse. — Chaz ajeitou os óculos fundo de garrafa no nariz. — Foi lançado há pouquíssimo tempo.

— Parece tão... violento. É apropriado?

— Aniversário de dezesseis anos, você disse. — Ele fez um rápido aceno para Reed. — E ele é da série Splinter Cell. Se ele gostou dos outros, vai gostar desse.

Ela suspirou.

— Eu acho que meninos sempre vão gostar de jogos de guerra. Eu vou levar, obrigada.

— Vão atendê-la no caixa. Obrigado por comprar na GameStop. Não posso parar, cara — disse a Reed enquanto a cliente se afastava. — Loja lotada.

— Trinta segundos. Última sessão, *A ilha*.

— Estou dentro. Clones, irmãozinho.

— Firmeza. Estou com a Angie na minha, mas ela quer levar a Misty.

— Ah, bem, eu...

— Não me deixa na mão, cara. É o mais perto que cheguei de um encontro com ela.

— Sim, mas a Misty me assusta um pouco. E... eu vou ter que pagar para ela?

— Não é um encontro. Estou me empenhando para que vire um. Para mim, não para você. Você é meu camarada e a Misty é da Angie. Clones — fez Chaz se lembrar.

— Beleza. Eu acho. Caramba. Eu não estava pensando em...

— Ótimo — disse Reed antes que Chaz mudasse de ideia. — Tenho que comprar os ingressos. Encontro você lá.

Ele saiu correndo. Estava acontecendo! A turma dos sem-namorados poderia abrir o caminho para um encontro a dois e isso abria a porta para a possibilidade de um pequeno amasso.

Ele não via a hora de dar esse pequeno amasso. Mas agora tinha apenas três minutos para voltar ao Mangia, ou Dory o esfolaria vivo.

Começou a andar, apressado, quando ouviu o que pareciam ser bombinhas ou uma série de explosões. Isso o fez pensar nos jogos de tiro da GameStop. Mais confuso do que alarmado, olhou para trás.

Então, os gritos começaram. E o estrondo.

Não vinha da parte de trás, percebeu, mas bem à sua frente. O estrondo era de dezenas de pessoas correndo. Ele deu um pulo para sair do caminho quando uma mulher veio em sua direção correndo atrás de um carrinho de bebê, onde havia uma criança aos berros.

Era sangue no rosto dela?

— O quê...

Ela continuou a correr, a boca aberta, um grito silencioso engasgado.

Uma avalanche vinha atrás dela. Pessoas pisando firme, pisoteando sacolas deixadas pelo caminho, tropeçando umas nas outras e, quando algumas caíam, eram pisoteadas.

Um homem escorregou no chão, seus óculos voaram e foram esmagados pelo pé de alguém. Reed agarrou o braço dele.

— O que está acontecendo?

— Ele tem uma arma. Ele atirou, ele atirou...

O homem se levantou e continuou a correr, mancando. Duas adolescentes, aos prantos, entraram correndo e gritando em uma loja à esquerda de Reed.

E ele percebeu que o barulho — *o tiroteio* — não só vinha da frente, mas também de trás. Pensou em Chaz, trinta segundos atrás dele, e no pessoal do restaurante, que era como sua família, sessenta segundos de corrida à frente.

— Esconda-se, cara — murmurou para Chaz. — Encontre um lugar para se esconder.

E correu na direção do restaurante.

Os sons de estalos e disparos não cessavam, e pareciam vir de todas as partes agora. Vidros estilhaçados, uma mulher com a perna ensanguentada agachada debaixo de um banco, gemendo de dor. Ele ouviu outros gritos; e, pior, a forma como paravam subitamente, como uma fita cortada.

Então, ele viu um menino pequeno de short vermelho e camiseta do Elmo cambaleando como um bêbado passar pela Abercrombie & Fitch.

A vitrine explodiu. As pessoas se dispersaram, à procura de abrigo, e o menino caiu, chorando e chamando pela mãe.

Do outro lado do shopping, ele viu um homem armado — um menino? — rindo enquanto atirava, atirava, atirava. No chão, o corpo de um homem se sacudia conforme as balas o perfuravam.

Na fuga, Reed pegou a criança com a camiseta do Elmo, colocando-a debaixo do braço como se fosse a bola de futebol americano com a qual nunca conseguiu lidar.

O tiroteio — e ele nunca se esqueceria daquele som — estava mais próximo agora. Pela frente e atrás dele. Em toda parte.

Ele nunca conseguiria chegar ao Mangia, não com o garoto. Virou-se, correndo por instinto, e deslizou em uma espécie de mergulho para dentro do quiosque.

Angie, a garota que havia paquerado cinco minutos antes, estava deitada em uma poça de sangue. Seus lindos olhos castanhos o fitavam enquanto a criança presa debaixo do braço dele chorava.

— Ah, meu Deus, ah, Jesus! Minha nossa! Ah, meu Deus!

Os tiros não paravam, não paravam.

— Tudo bem, tudo bem, você está bem. Como você se chama? Eu sou o Reed, qual é o seu nome?

— Brady. Eu quero a minha mãe!

— Tudo bem, Brady, nós vamos encontrar a sua mãe daqui a pouquinho, mas agora temos que ficar bem quietinhos. Brady! Quantos anos você tem?

— Esse tanto assim. — Ele levantou quatro dedinhos enquanto lágrimas pesadas salpicavam suas bochechas.

— Você é um garotão, certo? Temos que ficar quietinhos. Lá estão os caras malvados. Você sabe quem são os caras malvados?

Com lágrimas e muco escorrendo pelo rosto e os olhos arregalados de medo, Brady fez que sim com a cabeça.

— Nós vamos ficar quietinhos para que os caras malvados não nos encontrem. E eu vou telefonar para os mocinhos. Para a polícia. — Ele fez o possível para impedir que o garoto visse Angie, fez o possível para não pensar que ela talvez estivesse morta.

Ele abriu com força uma das portas de correr usadas para estoque e empurrou as mercadorias.

— Entre aí, está bem? Como se fosse esconde-esconde. Eu estou bem aqui, mas você precisa entrar aí enquanto eu chamo os mocinhos.

Ele colocou o garoto lá dentro, pegou o telefone, e foi quando viu como suas mãos estavam trêmulas.

— Serviço de emergência, em que posso ajudar?

— DownEast Mall — começou.

— A polícia já está atendendo ao chamado. Você está no shopping?

— Sim. Estou com uma criança. Eu a coloquei no armário usado para estoque no quiosque da Fun In The Sun. Angie, a moça que trabalhava aqui. Ela está morta. Ela está morta. Meu Deus! Há pelo menos dois atirando nas pessoas.

— Você pode me dizer o seu nome?

— Reed Quartermaine.

— Tudo bem, Reed, você acha que está seguro onde está?

— Você está de sacanagem com a minha cara?

— Desculpe. Você está num quiosque, então está, de certa forma, protegido. Eu o aconselho a permanecer onde está, a se refugiar nesse lugar. Você está com uma criança?

— Ele disse que o nome dele é Brady, e ele tem quatro anos. Ele se perdeu da mãe. Eu não sei se ela está... — Ele olhou ao redor, viu Brady encolhido, com os olhos parados, enquanto chupava o polegar. — É provável que ele esteja, você sabe, em choque ou sei lá.

— Tente manter a calma, Reed, e fique quieto. A polícia já está no local.

— Eles ainda estão atirando. Eles continuam atirando. Rindo. Eu o ouvi rindo.

— Quem estava rindo, Reed?

— Ele estava atirando, o vidro estourou, o cara caiu no chão, ele continuou atirando no cara e rindo. Meu Deus do céu!

Ele ouviu uma gritaria — não gemidos, mas como se fossem gritos de guerra. Algo tribal e triunfante. E mais tiros, então...

— Parou. O tiroteio parou.

— Permaneça onde você está, Reed. O socorro está a caminho. Permaneça onde você está.

Ele olhou para o garoto de novo. O olhar parado encontrou o dele. O menino disse:

— Mamãe.

— Nós vamos encontrar sua mãe daqui a pouquinho. Os mocinhos estão chegando. Eles estão chegando.

Essa foi a pior parte, viria a pensar mais tarde. A espera... com cheiro de pólvora no ar, os pedidos de ajuda, os gemidos e soluços. E ver nos próprios sapatos o sangue da garota que ele nunca levaria ao cinema.

Capítulo 2

♦ ♦ ♦ ♦

Às 19H25 de 22 de julho, a policial Essie McVee terminou o boletim de ocorrência sobre uma leve colisão no estacionamento do shopping DownEast.

Nenhuma lesão, apenas danos mínimos, mas o motorista do Lexus ficou muito agressivo com o trio de universitárias no Mustang conversível.

Embora o Mustang claramente tivesse culpa por sair da vaga sem olhar — a motorista de 20 anos, que não parava de chorar, admitiu isso —, o gostosão no Lexus e sua garota aflita haviam — o que também estava claro — tomado mais do que alguns drinques.

Essie deixou que seu parceiro cuidasse do Lexus, sabendo que Barry viria com o velho papo-furado de mulheres ao volante. Ela iria ignorar isso, sabendo também que Barry autuaria o cara por dirigir embriagado.

Ela acalmou as garotas, colheu os depoimentos, aplicou a multa. O sujeito do Lexus não reagiu bem à acusação, ou ao táxi que Barry chamou, mas Barry lidou com a situação do seu jeito: "Só lamento."

Quando o rádio chiou, ela ficou atenta. Quatro anos no trabalho não impediam seu coração de disparar.

Virou-se bruscamente para Barry e viu, pelo rosto dele, que ele também estava ouvindo. Virou a cabeça para o comunicador.

— Unidade 45 está no local. Estamos bem em frente à saída do cinema.

Barry abriu o porta-malas, jogou-lhe um colete.

Com a boca seca, Essie o vestiu e verificou sua arma; nunca havia atirado fora do local de treino.

— O reforço está a caminho, chega em três minutos. A SWAT está mobilizada. Caramba, Barry.

— Não podemos esperar.

Ela conhecia o procedimento, ela havia feito o treinamento — embora tivesse esperado nunca realmente colocá-lo em prática. Um *atirador ativo* significava que cada segundo era preciso.

Essie correu com Barry na direção das amplas portas de vidro.

Ela conhecia o shopping e se perguntava que reviravolta do destino a havia colocado com seu parceiro a segundos da entrada do cinema.

Não ficou pensando se voltaria para casa para alimentar seu gato velho ou terminar o livro que havia começado. Não podia.

Localize, detenha, distraia, neutralize.

Imaginou a cena antes de chegarem às portas.

Entrando no saguão do cinema pela parte principal do shopping; vire à direita para a bilheteria, siga para a bomboniere, à esquerda para o corredor das três salas. O serviço de emergência indicara que o atirador estava na Um — a maior delas.

Ela examinou o local através do vidro, atravessou o saguão e virou à esquerda, enquanto Barry seguiu para a direita. Ouviu a música ambiente do shopping, o ruído dos clientes.

Os dois caras na bomboniere fitavam, boquiabertos, os policiais com as armas em punho. A dupla rapidamente levantou as mãos. A latinha de refrigerante na mão do que estava à esquerda caiu no balcão, amassando e espirrando a bebida.

— Mais alguém aqui? — perguntou Barry.

— S-s-só a Julie, perto dos armários.

— Pegue-a e saia daqui. Agora! Vamos, vamos!

Um deles saltou para uma porta atrás do balcão. O outro ficou parado, com as mãos levantadas, ainda gaguejando:

— O quê? O quê? O quê?

— Ande!

Ele andou.

Essie virou à esquerda, vasculhou a área, viu o corpo, rosto voltado para o chão, em frente às portas da sala Um, e o rastro de sangue atrás dela.

— Temos um corpo — disse à central, e continuou a andar. Devagar, com cuidado. Passou pelas risadas no cinema à sua direita e foi em direção aos sons vindos da porta Um.

Tiros, gritos.

Trocou um olhar com Barry, pulou o corpo. Ao aceno dele, ela pensou: aqui vamos nós.

Quando abriram as portas do cinema, os sons de violência e o medo inundavam a sala, e a luz suave do corredor esgueirava-se para a escuridão.

Ela viu o atirador: sexo masculino, colete à prova de bala, capacete, óculos de visão noturna, um fuzil de assalto em uma das mãos, um revólver na outra.

No instante que Essie levou para registrar, ele atirou nas costas de um homem que fugia pela saída lateral.

Então, ele balançou o fuzil em direção às portas da sala e abriu fogo.

Essie mergulhou no chão, procurando abrigo atrás da parede atrás da última fileira, viu Barry ser atingido no colete, que o lançou para trás e para o chão.

Não no peito, dizia a si mesma à medida que a adrenalina era bombeada pelo seu corpo, não no peito, porque, como Barry, o atirador usa um colete. Ela fez três respirações rápidas, rolou e, para sua surpresa, ele estava atacando a rampa do corredor em sua direção.

A policial disparou contra as partes baixas — quadril, virilhas, pernas — tornozelos, e continuou a disparar mesmo quando ele caiu.

Teve de deixar de lado o instinto de ir até o parceiro e se obrigou a ir até o atirador.

— Atirador abatido. — Mantendo a arma voltada para ele, tirou o revólver da mão do atirador e bateu com o pé no fuzil, que ele havia deixado cair. — Policial abatido. Meu parceiro foi atingido. Precisamos de um médico. Deus, múltiplas vítimas de tiroteio. Precisamos de ajuda aqui. Nós precisamos de ajuda.

— Foi reportado outro atirador ativo, possivelmente dois ou mais na área do shopping. Você confirma que um atirador foi abatido?

— Ele está no chão. — Ela examinou a parte inferior do corpo dele, a massa de sangue. — Ele não vai se levantar. — Enquanto ainda dizia isso, a respiração ruidosa e rápida do atirador cessou.

Ele tinha uma espinha no queixo. Essie ficou olhando para ela até conseguir levantar a cabeça, até conseguir ver o que ele havia feito.

Corpos estendidos no corredor, tombados nos assentos, espremidos no espaço estreito entre as fileiras, onde caíram ou tentaram se esconder.

Ela nunca esqueceria isso.

Quando o esquadrão de polícia atravessou as portas do cinema, ela levantou a mão.

— Oficial McVee. Atirador neutralizado. Meu parceiro.
Enquanto ela falava, Barry tossiu, gemeu. Essie começou a se levantar da posição agachada e hesitou, enquanto a cabeça girava.
— Você foi atingida, McVee?
— Não. Não, só... não. — Com certo esforço, foi até Barry.
— Na próxima vez que eu reclamar que estes coletes são quentes e pesados, me dê uma bofetada — chiou ele com um suspiro. — Dói pra cacete.
Ela engoliu a raiva e pegou a mão de Barry.
— Teria doído mais sem isso.
— Você o pegou, Essie. Você pegou o desgraçado.
— Sim. — Ela teve de engolir novamente, com força, mas concordou. — Acho que é um menino novo. Barry, ele não está sozinho.
Mais policiais entraram, e socorristas. Enquanto outras unidades se precipitavam pelo shopping à procura do outro atirador ou dos atiradores, Essie trabalhava com Barry, vasculhando os banheiros, a área de armazenamento e os armários do cinema.
— Você precisa de um médico — disse ela enquanto se aproximavam do banheiro feminino.
— Eu cuido disso mais tarde. Ligo para o serviço de emergência. — Ele fez um sinal com a cabeça na direção da porta do banheiro.
Essie empurrou-a para abrir, examinou o local com a arma nas mãos e vislumbrou o próprio rosto no espelho sobre a pia. Extremamente pálido, mas melhor do que o tom cinza sob a pele bem escura de Barry.
— Aqui é a polícia — gritou Essie. — Simone Knox? Aqui é a polícia.
O silêncio ecoou sua voz.
— Talvez ela tenha saído.
As portas das cabines estavam abertas, mas uma delas um pouco mais do que uma fenda.
— Simone — repetiu Essie enquanto caminhava. — Sou a oficial McVee com a polícia de Rockpoint. Você está segura agora.
Ela abriu levemente a porta e viu a garota agachada sobre o assento do banheiro, as mãos pressionando os ouvidos.
— Simone. — Abaixando-se, Essie colocou a mão no joelho de Simone.
— Está tudo bem agora.

— Elas estão gritando. Ele está matando todo mundo. Tish, Mi, minha mãe, minha irmã.

— A ajuda está aqui agora. Nós vamos encontrá-las. Vamos tirá-la daqui, está bem? Você foi muito esperta. Você salvou muitas vidas hoje à noite, Simone, ao pedir ajuda.

Simone, então, olhou para cima, os enormes olhos castanhos inundados de lágrimas e choque.

— Acabou a bateria do meu telefone. Esqueci de carregá-lo, e ele desligou. Então eu me escondi aqui.

— Tudo bem, está ótimo. Venha comigo agora. Eu sou a oficial McVee. Este é o oficial Simpson.

— O homem, o homem saiu correndo e caiu. O sangue. Eu vi... eu vi... Tish e Mi estão na sala de cinema. Minha mãe e minha irmã estão fazendo compras.

— Nós vamos encontrá-las. — Ela pôs o braço em torno de Simone e a ajudou a descer e a sair. — Você vai com o oficial Simpson. E eu vou encontrar sua mãe, sua irmã e suas amigas.

— Essie.

— Você está ferido, Barry. Leve a menina. Faça com que seja examinada.

Ela conduziu a garota pelo corredor, passando pelas salas. O relatório da situação em seu rádio indicava mais dois atiradores abatidos. Ela esperava que não houvesse mais, mas precisava ter certeza.

Mas, quando Barry assumiu, conduzindo Simone em direção às portas de vidro e às luzes que piscavam dos carros de polícia e das ambulâncias, ela parou e olhou bem nos olhos de Essie.

— Tulip e Natalie Knox. Mi-Hi Jung e Tish Olsen. Você tem que encontrá-las. Por favor. Encontre-as.

— Entendido. Deixe comigo.

Essie seguiu no caminho oposto. Não ouviu mais tiros, e alguém, graças a Deus, havia desligado a música. Seu rádio chiava com informações sobre áreas sem atiradores e solicitações de assistência médica.

Ela parou e, pelo tempo que pôde se lembrar, ficou olhando para o shopping onde fazia compras, passeava e fazia refeições.

Levaria algum tempo, pensou, quase anestesiada, para retirar os corpos, tratar e transportar os feridos, colher o depoimento dos que haviam saído sem ferimentos — ferimentos físicos, corrigiu-se. Ela duvidava que alguém que tivesse sobrevivido a essa noite pudesse sair ileso.

Chegavam paramédicos aos montes, mas havia muito mais necessitados do que ajuda disponível.

Uma mulher, com sangue escorrendo pelo braço, aninhava no colo um homem que já não podia mais ser ajudado. Um homem com uma jaqueta dos Red Sox estava estendido com o rosto no chão. Ela podia ver a massa cinzenta na ferida da cabeça dele. Uma mulher de 20 e poucos anos estava sentada aos prantos na frente da Starbucks, seu avental salpicado de sangue.

Ela viu um pequeno tênis cor-de-rosa e, embora rezasse para que a menina que o havia perdido estivesse segura, aquilo partiu seu coração.

Viu quando um rapaz — de 20 e poucos anos ou no final da adolescência — saiu cambaleando da GameStop. Os óculos fundos estavam tortos nos olhos tão atordoados quanto os de um sonhador.

— Acabou? — perguntou a ela. — Acabou?

— Você está ferido?

— Não. Eu bati o cotovelo. Eu... — Aqueles olhos atordoados examinaram-na rapidamente, depois examinaram o sangue, os mortos. — Ah, caramba! Ah, caramba! Na... na sala dos fundos. Eu vi gente na sala dos fundos. Como eles pediram para fazer se... elas estão na sala dos fundos.

— Espere só um minuto. — Ela se afastou para usar o rádio, para saber se poderia levar um grupo para fora e para qual ponto de inspeção.

— Qual é o seu nome? — perguntou.

— Sou Chaz Bergman. Eu sou, tipo, o gerente de plantão dessa noite.

— Certo, Chaz, você fez bem. Vamos levar seu pessoal para fora agora. Há policiais lá fora que vão ouvi-lo, mas vamos levar todos para fora.

— Eu tenho um amigo. Reed, Reed Quartermaine. Ele trabalha no Mangia, o restaurante. Você pode encontrá-lo?

— Eu vou encontrá-lo. — Essie o adicionou à sua lista.

— Já acabou? — perguntou Chaz novamente.

— Sim — respondeu, sabendo que era mentira.

Para todos que foram atingidos pela violência naquele dia, aquilo nunca acabaria.

$\mathcal{R}$EED ESTAVA com Brady no colo quando viu funcionários do Mangia. Alguns estavam sentados em frente a uma loja, abraçando uns aos outros. Rosie, ainda com o avental de cozinheira, cobria o rosto com as mãos.

Coma esse macarrão, ela sempre lhe dizia. *Engorde, seu magricela.*

— Você está bem, você está bem. — Reed fechou os olhos quando começou a se agachar ao lado dela. Ela deu um pulo e o envolveu com os braços.

— Você não está ferido — disse, envolvendo o rosto de Reed com as mãos. Ele fez que não com a cabeça.

— Todos estão bem?

Rosie fez um barulho, como se algo se rasgasse.

— Ele entrou e... — Rosie se conteve quando notou o menino que Reed segurava. — Bem, vamos falar sobre isso depois. Quem é esse garotão?

— Este é o Brady. — Nem todos estavam bem, pensou Reed. — Nós, ah, ficamos juntos. Eu preciso ajudá-lo a encontrar a mãe.

E ligar para a própria mãe, pensou Reed. Enviou uma mensagem lá de dentro, disse que estava bem, para ela não se preocupar. Mas precisava ligar para casa.

— Os mocinhos chegaram. Reed disse que chegaram.

— Sim, eles chegaram. — Rosie forçou um sorriso, com lágrimas escorrendo sobre ele.

— Eu quero a minha mamãe.

— Vou pedir ajuda a um dos policiais.

Reed levantou-se novamente e foi até uma policial — porque pensou que Brady gostaria de ir com uma mulher.

— A senhora pode me ajudar? Este é o Brady e ele não consegue encontrar a mãe.

— Ei, Brady. Qual é o nome da sua mãe?

— Mamãe.

— Como o seu pai chama a mamãe?

— Querida.

Essie sorriu.

— Eu aposto que ela tem outro nome.

— Lisa Querida.

— Certo, e qual é o seu nome completo?

— Eu sou Brady Michael Foster. Eu tenho quatro anos. Meu papai é bombeiro e eu tenho um cachorro chamado Mac.
— Um bombeiro... e qual é o nome completo dele?
— Michael Querido.
— Tudo bem. Espere um minutinho.
Havia bombeiros na equipe de emergência, então Essie foi atrás deles.
— Estou procurando um tal de Michael Foster. Estou com o filho dele.
— Foster é um dos meus. Você está com o Brady? Ele está ferido?
— Não.
— A mãe dele está a caminho do hospital. Dois tiros nas costas, porra! Foster está procurando o menino agora. Ele só soube que estavam aqui quando nossos paramédicos encontraram a Lisa. — Ele esfregou as mãos no rosto. — Não sabemos se ela vai sobreviver. Aí vem ele.

Essie viu o homem correndo em meio à multidão chocada. Corpulento, moreno, cabelo cortado bem curto. Seu corpo estremeceu, perdeu a firmeza, então mudou de direção enquanto corria em direção ao filho.

Nos braços de Reed, Brady soltou um grito:
— Papai!
Michael tirou o filho dos braços de Reed, apertou-o e beijou-o por toda a cabeça, todo o rosto.
— Brady, graças a Deus, graças a Deus! Você está machucado? Alguém machucou você?
— A mamãe caiu, e eu não consegui achar ela. Reed me encontrou e disse que a gente tinha que fazer silêncio e esperar os mocinhos. Eu fiquei bem quietinho, como ele falou, mesmo depois que ele me colocou no armário.

Os olhos de Michael se encheram de lágrimas ao encontrar os de Reed.
— Você é o Reed?
— Sim, senhor.
Michael estendeu a mão e agarrou a de Reed.
— Eu nunca vou poder agradecer pelo que você fez. Eu tenho coisas para lhe dizer, mas — parou quando relaxou o suficiente para notar o sangue na calça e nos sapatos de Reed — você está ferido.
— Não. Eu acho que não... não é meu. Não é... — As palavras sumiram.

— Tudo bem. Tudo bem, Reed. Olha, eu tenho que tirar o Brady daqui. Você precisa de ajuda?

— Eu tenho que encontrar o Chaz. Não sei se ele está bem. Eu tenho que encontrá-lo.

— Espere.

Michael trocou Brady de lado e pegou o rádio.

— Eu quero a mamãe.

— Tudo bem, amiguinho, mas vamos ajudar o Reed.

Enquanto Michael conversava no rádio, Reed olhou ao redor. Tantas luzes, tudo brilhante e ofuscante. Tanto barulho. Conversas, gritos, choros. Viu um homem gemendo, sangrando, sendo carregado em uma maca para dentro de uma ambulância. Uma mulher com um sapato só e com um fio de sangue escorrendo lentamente na lateral do rosto andava em círculos, mancando e chamando por Judy, até que alguém de uniforme a levou para longe.

Uma menina com um longo rabo de cavalo castanho estava sentada no chão, conversando com um policial. Ela ficava fazendo não com a cabeça e seus olhos, da cor dos de um tigre, brilhavam com o giro das luzes.

Ele viu furgões das emissoras de TV e luzes mais fortes atrás da fita amarela colocada pela polícia. Pessoas estavam amontoadas atrás da fita, algumas gritando nomes.

Isso o impressionou: alguns dos nomes que eram chamados nunca mais responderiam.

Ele começou a tremer de dentro para fora. Estômago, entranhas, coração. Seus ouvidos começaram a zumbir, sua visão ficou turva.

— Ei, Reed, que tal se sentar um pouco? Vou descobrir alguma coisa sobre o seu amigo.

— Não, eu preciso... — Ele viu Chaz saindo com um grupo de pessoas, conduzidas por policiais. — Minha nossa! Minha nossa! Chaz!

Ele gritou, como uma das pessoas atrás da fita da polícia, e saiu correndo.

No MEIO-FIO, Simone esperava sentir as pernas novamente. Sentir tudo novamente. Seu corpo estava paralisado, como se alguém lhe tivesse dado uma anestesia geral.

— Sua mãe e sua irmã estão bem.

Ela ouviu as palavras da oficial McVee e tentou entendê-las.

— Onde elas estão? Onde elas estão?

— Eles vão trazê-las logo. Sua mãe tem alguns ferimentos leves. Leves, Simone. Ela está bem. Elas entraram em uma das lojas, ficaram em segurança. Sua mãe está com alguns cortes de estilhaços de vidro e bateu a cabeça. Mas está bem, certo?

Tudo o que Simone conseguia fazer era balançar a cabeça.

— Mamãe bateu a cabeça.

— Mas ela vai ficar bem. Elas foram levadas para um local seguro, e logo vão sair.

— Mi, Tish.

Ela soube, ela soube pelo modo como a oficial McVee colocou o braço ao redor de seus ombros. Ela não podia senti-lo, não exatamente, apenas o peso. O peso.

— A Mi está a caminho do hospital. Eles vão cuidar bem dela, fazer tudo o que puderem.

— Mi. Ele atirou nela? — Sua voz se elevou, incomodando os próprios ouvidos. — Ele atirou nela?

— Ela está indo para o hospital, e eles estão esperando para cuidar dela.

— Eu tive que ir fazer xixi. Eu não estava lá. Eu tive que ir fazer xixi. A Tish estava lá. Onde está a Tish?

— Nós temos que esperar até que todos saiam, e todos sejam contados.

Simone continuou a negar com a cabeça.

— Não, não, não. Elas estavam sentadas juntas. Eu tive que ir fazer xixi. Ele atirou na Mi. Ele atirou nela. Tish. Estavam sentadas juntas.

Ela olhou para Essie e soube. E saber fez com que voltasse a sentir. Sentir tudo.

*R*EED DEU um abraço apertado em Chaz e sentiu que pelo menos parte do mundo estava no lugar novamente. Eles ficaram abraçados na frente da menina com o longo rabo de cavalo castanho e olhos de tigre.

Quando ela soltou um gemido agudo, mudo, Reed deixou a cabeça cair no ombro de Chaz.

No gemido, ele sabia que estava um nome que nunca mais responderia.

ELES NÃO CONSEGUIRAM convencê-la a ir para casa. Tudo estava confuso, mas ela sabia que estava sentada em uma cadeira de plástico duro em uma sala de espera no hospital. Tinha uma Coca-Cola na mão. Sua irmã e seu pai estavam sentados com ela. Natalie aninhou-se no pai, mas Simone não queria ser abraçada nem tocada.

Ela não sabia quanto tempo haviam esperado. Muito tempo? Cinco minutos?

Outras pessoas esperavam também.

Ouviu números, diferentes números.

Três atiradores. Oitenta e seis feridos. Às vezes, o número de feridos aumentava; em outras, diminuía.

Trinta e seis mortos. Cinquenta e oito.

Os números mudavam, sempre mudavam.

Tish estava morta. Isso não mudaria.

Eles tinham de esperar nas cadeiras duras enquanto alguém tirava os cacos de vidro da cabeça de sua mãe e cuidava dos cortes no rosto dela.

Simone tinha na mente uma imagem daquele rosto, todos aqueles pequenos cortes e o rosto pálido, pálido, pálido sob a maquiagem. O cabelo loiro de sua mãe — sempre perfeito — ensanguentado e emaranhado.

Eles a trouxeram em uma daquelas macas com rodinhas, com Natalie agarrada à sua mão e chorando.

Natalie não se machucou porque a mãe a empurrou para dentro da loja e caiu em seguida. Natalie puxou-a e arrastou-a para dentro da loja e depois para a parte de trás de um mostruário de blusinhas e camisetas.

Natalie foi corajosa. Simone lhe diria que ela havia sido corajosa quando conseguisse falar de novo.

Mas agora eles tinham de tirar os cacos de vidro dos ferimentos de sua mãe e examiná-la, porque ela também havia batido a cabeça e isso a deixara apagada por alguns minutos.

Concussão.

Ela sabia que Natalie queria ir para casa porque o pai ficava dizendo que a mãe ficaria bem, que ela sairia logo e que eles iriam para casa.

Mas Simone não iria, e eles não poderiam obrigá-la.

Tish estava morta, Mi estava sendo operada, e eles não poderiam obrigá-la.

Simone segurava a lata de Coca-Cola com ambas as mãos para que o pai não segurasse sua mão novamente. Não queria que ninguém segurasse sua mão ou lhe fizesse carinho. Ainda não. Talvez nunca mais.

Só precisava esperar naquela cadeira dura de plástico.

O médico saiu primeiro e seu pai se levantou.

Papai é tão alto, pensou Simone vagamente, *tão alto e bonito.* Ele ainda estava com seu terno social e sua gravata porque havia acabado de chegar em casa de um jantar de negócios quando ligou a televisão no noticiário.

Então ele saiu correndo na mesma hora para ir ao shopping.

O médico deu ao pai de Simone algumas instruções. Pequena concussão, alguns pontos.

Quando sua mãe saiu, Simone se levantou, trêmula. Até aquele momento, não havia percebido que estava com medo de que a mãe não estivesse realmente bem.

Achava que a mãe estaria como Mi, ou pior, como Tish.

Mas sua mãe entrou na sala de espera. Estava com aqueles curativos estranhos em alguns pontos do rosto, mas não estava pálida, pálida, pálida como estava antes. Do modo como Simone imaginava que as pessoas mortas estavam.

Natalie saltou, lançando os braços ao redor da mãe.

— Aqui está minha menina corajosa — murmurou Tulip. — Minhas meninas corajosas — disse, estendendo a mão para Simone.

E, finalmente, Simone quis ser tocada, quis abraçar e ser abraçada.

Ela envolveu a mãe nos braços, com Natalie no meio.

— Eu estou bem, foi só uma batida na cabeça. Vamos levar nossas meninas para casa, Ward.

Simone ouviu a tristeza na voz da mãe e segurou-a mais forte por um instante. E fechou os olhos quando o pai envolveu as três em seus braços.

— Vou pegar o carro.

Simone recuou.

— Eu não vou. Eu não vou para casa agora.

— Querida...

Mas Simone fez firmemente que não com a cabeça e afastou-se um pouco do rosto cansado da mãe, cheio de cortes e curativos.

— Eu não vou. A Mi... eles estão operando a Mi. Eu não vou.

— Querida — tentou Tulip novamente —, não há nada que você possa fazer aqui e...

— Eu posso *estar* aqui.

— Nat, você se lembra de onde estacionamos o carro?

— Sim, pai, mas...

— Leve sua mãe até lá. — Ele deu a chave a Natalie. — Vocês duas vão para o carro e deem um minuto para mim e para a Simone.

— Ward, as meninas precisam ir para casa. Elas precisam ficar longe daqui.

— Vá para o carro — repetiu, mesmo quando Simone voltou a se sentar, os braços cruzados em uma imagem de sofrimento rebelde. Ele pressionou os lábios na bochecha da esposa, murmurou algo e depois se sentou ao lado de Simone. — Eu sei que você está assustada. Todos nós estamos.

— Você não estava lá.

— Eu sei disso também. — Ela ouviu a tristeza na voz do pai agora, mas sacudiu a cabeça, afugentando o pensamento. — Simone, eu me sinto mal e lamento pela Tish. Eu me sinto mal e lamento pela Mi. Eu prometo a você que vamos buscar notícias da Mi em casa e vou trazer você para vê-la amanhã. Mas a sua mãe precisa ir para casa, e a Natalie também.

— Leve as duas para casa.

— Não posso deixar você aqui.

— Eu tenho que ficar. Eu saí de perto delas. Eu saí de perto delas.

Ele a puxou para si. Ela resistiu, tentou se soltar, mas ele era mais forte e a segurou até ela ceder.

— Eu me sinto mal e lamento pela Tish e pela Mi — repetiu. — E serei eternamente grato porque você não estava no cinema. Eu preciso cuidar da sua mãe e da sua irmã agora. Eu preciso cuidar de você.

— Eu não posso sair de perto da Mi. Eu não posso, eu não posso. Por favor, não tente me obrigar.

Ele poderia ter tentado, e Simone temia que ele o fizesse, mas, ao se afastar dele novamente, CiCi entrou correndo.

Longos cabelos ruivos esvoaçantes, meia dúzia de contas e cristais em torno do pescoço, uma saia azul rodada e sandálias Doc Martens.

Ela agarrou Simone, envolveu-a nos braços moldados pelo ioga em meio a uma nuvem de um delicioso perfume com um leve toque de maconha.

— Graças a Deus! Ah, querida! Ah, graças a todos os deuses e deusas. Tulip? — perguntou a Ward. — Natalie?

— Elas acabaram de ir para o carro. Tulip está com alguns galos e arranhões, só isso. Nat está bem.

— CiCi vai ficar comigo. — Simone virou os lábios para o ouvido da avó. — Por favor, por favor.

— Claro que sim. Você está machucada? Você está...

— Ele matou a Tish. A Mi... eles estão operando ela.

— Ah, não. — CiCi a chacoalhou, balançando-a para frente e para trás, e chorou com ela. — Aquelas meninas boazinhas, aquelas meninas tão boazinhas.

— Papai tem que levar a mamãe e a Natalie para casa. Eu tenho que esperar aqui. Eu tenho que esperar pela Mi. Por favor.

— Claro que você tem. Eu estou com ela, Ward. Eu vou ficar com ela. Eu a levo para casa quando a Mi sair da cirurgia. Eu estou com ela.

Simone ouviu o tom firme nas palavras de CiCi e soube que o pai estava prestes a se opor.

— Tudo bem. Simone. — Segurou o rosto da filha e lhe deu um beijo na testa. — Você liga se precisar de mim. Vamos rezar pela Mi.

Ela o observou indo embora e deslizou a mão para segurar a de CiCi.

— Eu não sei onde ela está. Você consegue descobrir?

CiCi Lennon sabia fazer com que as pessoas lhe dissessem o que ela queria saber, com que fizessem o que ela achava que deviam fazer. Não demorou para que levasse Simone até outra sala de espera.

Esta tinha cadeiras almofadadas, sofás e bancos, até mesmo máquinas de venda automática.

Ela viu os pais de Mi, a irmã mais velha, o irmão mais novo e os avós. O pai de Mi a viu primeiro. Ele parecia mil anos mais velho do que quando elas foram buscar Mi para ir ao cinema.

Ele estava trabalhando no jardim da frente, lembrou ela, e acenara para se despedir delas.

Ele se levantou e caminhou com lágrimas nos olhos para abraçá-la.

— Que bom que você não se feriu. — Seu inglês foi perfeito e preciso, e ele cheirava a grama recém-cortada.

— Eu saí de perto delas. Eu tive que usar o banheiro, e saí de perto delas. Então...

— Ah. Fico feliz com isso. Sra. Lennon, é muita gentileza sua ter vindo.

— CiCi — corrigiu ela. — Somos todos uma só família agora. Gostaríamos de esperar com vocês; enviar todos os nossos pensamentos e luzes de cura para a Mi.

O queixo do homem tremeu enquanto ele lutava para se acalmar.

— Simone, meu tesouro, por que não vai se sentar com a mãe da Mi? — Ela colocou o braço ao redor dos ombros do senhor Jung. — Vamos dar uma voltinha.

Simone foi se sentar perto da senhora Jung. E, quando a mulher agarrou sua mão, Simone apertou-a com força.

Ela sabia que CiCi acreditava em vibrações e luz e naquele lance de queimar sálvia e meditação. E todos os tipos de coisa que faziam sua filha revirar os olhos.

Simone também sabia que, se havia alguém que podia fazer Mi ficar bem por meio da total força de vontade, esse alguém era CiCi.

Assim, ela se agarrou a isso da mesma forma que se agarrava à mão da mãe de Mi.

Capítulo 3

◆ ◆ ◆ ◆

Quando CiCi voltou, Simone se levantou para que o senhor Jung pudesse se sentar ao lado da esposa. Antes que tomasse outro assento, a irmã de Mi, Nari, segurou seu braço.

— Me ajude a pegar o chá.

Simone atravessou com ela a grande sala até um balcão onde havia garrafas de água quente, café, saquinhos de chá e copos descartáveis.

Nari, magra, estudiosa, segundo ano no MIT, preparou eficientemente uma bandeja de papelão.

— Eles não vão contar para você — falou calmamente, lançando a Simone um olhar demorado com os olhos escuros através das lentes de óculos de aros também escuros. — A situação é ruim. Mi levou três tiros.

Simone abriu a boca, mas as palavras não saíram. Não havia palavras.

— Eu ouvi um dos policiais conversando com uma enfermeira depois que eles a levaram para a cirurgia. Ela perdeu muito sangue. Ela é muito pequena e perdeu muito sangue. Você vai comigo doar sangue para ela? Talvez não vá para ela, mas...

— Sim. O que temos que fazer? Aonde temos que ir?

Uma vez que era menor de idade, Simone precisava de CiCi. Elas foram separadas porque havia muitas pessoas fazendo o mesmo que elas.

Simone desviou o olhar antes que a agulha entrasse, pois agulhas a deixavam um pouco enjoada. Ela tomou o pequeno copo de suco de laranja depois, conforme a instrução que lhe deram.

No caminho de volta, disse à CiCi que precisava usar o banheiro.

— Eu vou com você.

— Não, está tudo bem. Eu estarei logo ali.

Ela queria ir sozinha, principalmente porque precisava pôr para fora o suco de laranja.

Mas, quando entrou, viu uma mulher em pé em frente a uma das pias, chorando.

A mãe de Tiffany. A senhora Bryce havia sido sua professora de gramática e redação no sétimo ano. Naquele mesmo ano — e todos sabiam —, o senhor Bryce havia se divorciado dela para se casar com uma mulher (*muito* mais nova) com quem havia tido um caso, porque ela estava grávida.

Simone percebeu que não havia pensado em Tiffany ou em Trent, o garoto que ela pensava amar.

— Sra. Bryce.

Ainda soluçando, a mulher se virou.

— Eu sinto muito. Sou Simone Knox. Você me deu aula no ensino fundamental. Eu conhecia Tiffany. Eu a vi hoje à noite antes... antes.

— Você estava lá?

— Com Mi-Hi Jung e Tish Olsen. No cinema. Mi está sendo operada. Ela foi baleada. Foi baleada. Ele matou Tish.

— Ah, Deus. — As duas pararam, lágrimas escorrendo. — Tish? Tish Olsen? Ah, Deus! Ah, Deus! — Quando jogou os braços em torno de Simone, a menina se agarrou a ela.

— Tiffany está em cirurgia. Ela... eles não sabem me dizer.

— Trent? Ela estava com Trent.

A senhora Bryce recuou, pressionou a palma das mãos nos olhos, fez que não com a cabeça.

— Vou rezar pela Mi. — Ela se virou para a pia, abriu a torneira e ficou jogando água no rosto. — Reze pela Tiffany.

— Eu vou — prometeu, e falou sério.

Ela não precisava mais vomitar. Já se sentia vazia por dentro.

Na sala de espera, adormeceu com a cabeça no colo de CiCi. Permaneceu aninhada ali após acordar, com a mente tão confusa que parecia que uma fina camada de fumaça enevoava a sala.

Através da névoa, viu um homem de cabelos grisalhos e avental azul conversando com a senhora Bryce. E com o senhor Bryce, percebeu ela, e a mulher que ele havia engravidado e com quem estava casado.

A senhora Bryce estava chorando novamente, mas não como havia chorado no banheiro. Ela mantinha as mãos apertadas sobre o colo, os lábios cerrados firmemente, mas continuava a fazer que sim com a cabeça. E, mesmo através da camada de névoa, Simone viu gratidão.

Tiffany não morreu, não como Tish. Não como Trent.

Mi também não morreria. Ela não podia.

Eles continuavam esperando. Ela pegou no sono de novo, mas agora levemente, então sentiu CiCi mudar de posição.

Essa médica era uma mulher com cabelo preto como nanquim, puxado para trás. Tinha sotaque — talvez indiano. Simone percebeu, mas isso desapareceu assim como as palavras ditas em meio à névoa, enquanto ela se esforçava para levantar.

A cirurgia de Mi havia terminado.

Bala no braço direito. Nenhum dano muscular.

A bala perfurou o rim direito. Reparado, provavelmente nenhum dano permanente.

Ferida no tórax. Pulmões cheios de sangue. Drenagem, reparação, transfusões. As próximas 24 horas seriam cruciais. Mi — jovem e forte.

— Assim que ela acordar da anestesia, vocês vão poder vê-la na UTI. Bem rápido, apenas dois por vez. Ela está sedada — continuou a médica. — Deve dormir por algumas horas. Vocês devem tentar descansar um pouco.

A senhora Jung chorou como a senhora Bryce havia chorado.

— Obrigado. Obrigado. Vamos esperar para vê-la. — O senhor Jung colocou o braço ao redor da esposa.

— Eu vou mandar que levem vocês até a UTI. Mas apenas a família — acrescentou ela, olhando de relance para Simone e CiCi.

— Esta garota é da família — disse o senhor Jung.

Compassiva, a médica olhou novamente para Simone.

— Vou precisar do seu nome para a lista de permissão dos visitantes.

— Simone Knox.

— Simone Knox? A primeira a ligar para o serviço de emergência?

— Não sei. Eu liguei para eles.

— Simone, você precisa saber: ao ligar tão rapidamente para eles, você deu a Mi a chance de lutar. Vou colocar seu nome na lista.

Depois que Simone voltou para casa, para a cama, para sonhos sombrios e fragmentados, Michael Foster sentou-se ao lado do leito da esposa, no hospital, enquanto ela dormia.

Ela acordaria e perguntaria sobre Brady novamente. Sua memória recente havia sido prejudicada, mas voltaria ao normal, disseram-lhe. Por ora, enquanto não voltasse, ele precisaria reassegurá-la continuamente de que seu filho não havia se ferido.

Reed Quartermaine. Eles deviam isso a Reed Quartermaine.

Ela despertaria, pensou. Ela viveria.

E, por causa de uma bala na coluna vertebral, ela nunca mais andaria.

Uma bala a atingira logo abaixo da omoplata, mas a outra alvejara a parte baixa de sua medula espinhal.

Ele tentava se convencer de que tiveram sorte, porque teria de acreditar nisso para convencê-la também. Se a bala a tivesse atingido mais alto, ela poderia ter perdido a sensibilidade no tronco, nos braços. Ela poderia precisar de um tubo de respiração, poderia não ser capaz de virar o pescoço.

Mas eles tiveram sorte. Ela havia sido poupada do trauma de perder o controle sobre a bexiga e o intestino. Com tempo e terapia, poderia conduzir uma cadeira de rodas motorizada e até mesmo dirigir.

Mas sua esposa, sua linda esposa, que gostava tanto de dançar, não andaria novamente.

Ela nunca mais correria na praia com Brady, nem faria caminhadas ou subiria e desceria as escadas da casa pela qual tanto haviam economizado, contendo todos os gastos.

Tudo porque três desgraçados doentes e egoístas empreenderam uma matança sem sentido.

Ele nem mesmo sabia qual dos três havia ferido sua esposa, a mãe de seu filho, o amor da sua merda de vida.

Não importava qual, pensou. *Todos eles fizeram isso.*

John Jefferson Hobart, também conhecido como JJ, 17 anos.

Kent Francis Whitehall, 16 anos.

Devon Lawrence Paulson, 16 anos.

Adolescentes. Sociopatas, psicopatas. Eles não se importavam com o rótulo que os psiquiatras lhes davam.

Ele sabia a contagem das mortes, pelo menos até às quatro da manhã, quando havia verificado pela última vez. Oitenta e nove. E sua Lisa estava entre os 242 feridos.

Porque três garotos drogados, armados até a porra dos dentes, entraram no shopping em uma sexta-feira à noite com a missão de matar e mutilar.

Missão cumprida.

Ele não os contou entre os mortos — não mereciam ser contados. Mas estava grato à policial que havia apagado Hobart, e grato porque os outros dois haviam se matado — ou matado um ao outro.

Esse detalhe permaneceu incerto até as quatro.

Ele estava grato porque não haveria julgamento. Grato porque ele, um homem que se dedicava a salvar vidas, não passaria noites em claro imaginando-se matando os três.

Lisa mexeu-se, por isso ele se aproximou. Quando os olhos dela se abriram, ele levou a mão aos seus lábios.

— Brady?

— Ele está bem, querida. Ele está com sua mãe e seu pai. Ele está bem.

— Eu estava de mãos dadas com ele. Eu o estava pegando no colo e comecei a correr, mas então...

— Ele está bem, Lisa, querida, ele está bem.

— Estou tão cansada.

Quando ela apagou, ele voltou a somente observá-la.

*R*EED ACORDOU AO AMANHECER com a cabeça latejando, os olhos ardendo, a garganta muito seca. A maior ressaca do mundo, sem uma gota de álcool.

Tomou banho — o terceiro depois de chegar em casa e encontrar os pais exaustos e gratos, e a irmã grudenta e chorona. Simplesmente não conseguia esquecer o modo como o sangue de Angie havia encharcado sua calça e impregnado sua pele.

Tomou outro Advil com água direto da torneira.

Então, ligou o computador. Não teve dificuldade alguma para encontrar notícias sobre o tiroteio.

Estudou os três nomes listados, depois as fotografias.

Pensou que talvez tivesse reconhecido Whitehall, mas não conseguia lembrar-se de onde.

Conseguiu reconhecer Paulson. Ele tinha visto o rapaz alvejar um homem com balas e risadas.

Um dos dois matara Angie, uma vez que as notícias diziam que o terceiro, Hobart, não chegara a sair do cinema.

Um deles matara Justin, ajudante de garçom no Mangia, seu primeiro emprego de verão.

E Lucy, uma garçonete que planejava se aposentar no fim do ano e viajar pelo país com o marido a bordo de um trailer.

Clientes também. Ele não sabia quantos.

Dory estava no hospital. Assim como Bobby, Jack e Mary.

Rosie disse que o garoto armado passou pelas portas de vidro, descarregou as balas no salão principal e depois saiu de novo. Dez, vinte segundos. Não mais que isso.

Ele leu relatos de testemunhas oculares, incluindo duas vezes o do GameStop.

Ouvimos o tiroteio, mas não sabíamos realmente o que era. A loja é barulhenta. Então alguém veio correndo aos gritos, dizendo que alguém estava atirando nas pessoas. Ele estava sangrando, mas não parecia nem saber que havia sido baleado. Foi aí que o gerente da loja — não sei o nome dele — começou a pedir que todos fossem para a sala dos fundos. Algumas pessoas começaram a correr para fora, mas os tiros ficaram mais próximos. Era possível ouvi-los, e o gerente continuou a pedir que as pessoas fossem para os fundos. Era bem apertado lá, a loja estava lotada. Eu nunca tive tanto medo na minha vida como enquanto estava espremido naquela sala. Tinha gente chorando e rezando, e ele disse que precisávamos fazer silêncio.

Então ouvimos o tiroteio, muito alto. Bem ali na loja. Vidro quebrando. Pensei que todos íamos morrer, mas então parou. Ou acho que se afastou. Ele queria que ficássemos lá até que a polícia viesse, mas alguém entrou em pânico, eu acho, e empurrou a porta. Algumas pessoas saíram correndo. Então a polícia veio e nos tirou de lá. Esse garoto salvou a nossa vida, o jovem gerente com os óculos grossos. Estou convencido de que ele salvou a nossa vida.

— Mandou bem, Chaz — murmurou Reed.

NA PEQUENA COZINHA de seu pequeno apartamento, Essie preparou uma jarra inteira de café. Ela teria tempo de sobra para bebê-lo, uma vez que havia sido tirada da escala.

O chefe assegurou-lhe que ela voltaria — e provavelmente receberia uma medalha —, mas o processo tinha de chegar ao fim. Ela não apenas disparara a arma, como também matara uma pessoa.

Ela acreditou no chefe e sabia que havia feito seu trabalho, mas percebeu que ficaria um pouco de escanteio até ser liberada para o serviço. Só havia percebido o quanto precisava ser policial ao menor sinal de que poderia ser demitida.

Enquanto o velho gato dormia em uma almofada, Essie preparou um *bagel* e pegou a última banana. Uma vez que o tamanho e a planta do apartamento lhe permitiam enxergar a tela da cozinha/sala de jantar/mesa de trabalho, ela se sentou lá e ligou a TV.

Sabia que a imprensa tinha seu nome, e bastou dar uma olhada pela janela para provar que a tinham localizado. Não sairia do apartamento para cair no meio de uma avalanche de perguntas e câmeras. Alguém havia revelado o número de seu telefone fixo, por isso ela o desligou. O toque incessante do aparelho a incomodava muito.

Até agora, seu celular permanecia seguro. Se seu parceiro ou seu chefe quisessem entrar em contato, conseguiriam. Além disso, ela ainda tinha e-mail.

Abriu o laptop enquanto comia e assistia às primeiras notícias, em busca de alguma informação que ainda não tivesse.

Usando o laptop, fez uma lista dos nomes que tinha na cabeça.

Simone Knox, a mãe e a irmã dela. Reed Quartermaine. Chaz Bergman. Michael, Lisa e Brady Foster. Mi-Hi Jung. Tish Olsen.

Ela acompanharia todos eles, mesmo que tivesse de ser em seu tempo livre.

Anotou o nome dos atiradores. Pretendia descobrir tudo o que pudesse sobre eles e sua família, os professores, os amigos, os patrões, o que quer que houvesse deles. Queria conhecê-los.

Digitava os números — atuais — de mortos, de feridos. Acrescentando nomes quando os tinha. Ela conseguiria o resto.

Ela estava fazendo seu trabalho, pensou enquanto assistia, enquanto comia, enquanto trabalhava. Mas isso não significava que não fosse pessoal.

CiCi Lennon levava a vida de acordo com as próprias regras. Duas das principais — Tente Não Machucar Ninguém e Tenha Coragem para Dizer o Que Pensa — muitas vezes entravam em conflito, mas os resultados se misturavam com a que dizia Quando Necessário, Seja Babaca, então isso funcionava para ela.

Ela havia sido criada por pais metodistas sérios e republicanos tradicionais em Rockpoint, um refúgio de classe alta de Portland, no Maine. Seu pai, um executivo do ramo das finanças, e sua mãe, uma orgulhosamente autoproclamada dona de casa, eram sócios do *country club*, frequentavam a igreja todo domingo e davam jantares festivos. Seu pai comprava um Cadillac novo a cada três anos, jogava golfe nas manhãs de sábado e tênis (em dupla com a esposa) nas tardes de domingo, além de colecionar selos.

Sua mãe fazia o cabelo nas segundas, jogava *bridge* nas quartas e pertencia ao clube de jardinagem. Deborah (nunca Deb ou Debbie) Lennon guardava o dinheiro "miúdo" em uma luva branca na gaveta de cima de sua cômoda; nunca na vida havia preenchido um cheque ou pagado uma conta, e recebia o marido, depois de um dia de trabalho, com maquiagem recém-aplicada. Ela preparava o drinque noturno para ele relaxar até o jantar — um dry martíni, com uma azeitona, exceto no verão, quando ele mudava para gim-tônica com uma rodela de limão-galego.

Os Lennon empregavam uma diarista, um jardineiro semanal e, quando era época, um rapaz para limpar a piscina. Eles tinham uma casa de veraneio em Kennebunkport e eram considerados, por si mesmos e pelos outros, pilares da comunidade.

Naturalmente, CiCi rebelou-se contra tudo o que eles eram e representavam.

O que um filho da década de 1960 deveria fazer senão chocar os pais conservadores abraçando apaixonadamente a contracultura? Ela denunciou a estrutura patriarcal e o estilo de vida da igreja, criticou o governo, protestou ativamente contra a guerra no Vietnã e, literalmente, queimou seu sutiã.

Aos 17 anos, CiCi empacotou suas coisas e pegou carona para participar de uma marcha em Washington. De lá, junto com sexo, drogas e *rock and roll*, ela viajou. Passou a primavera em Nova Orleans, dividindo uma casa que estava caindo aos pedaços com um grupo de artistas e músicos. Pintava para turistas; havia nascido com esse talento.

Foi para Woodstock em um furgão que havia ajudado a pintar em estilo psicodélico. Em algum momento durante a alegria encharcada de chuva daquele final de semana de agosto, ela engravidou.

Quando percebeu que estava grávida, cortou as drogas e o álcool, ajustou sua dieta vegetariana (como faria inúmeras vezes por inúmeras razões ao longo das décadas) e juntou-se a uma comunidade na Califórnia.

Pintou, aprendeu a tecer, plantou e colheu hortaliças, tentou e fracassou em um relacionamento lésbico — mas tentou.

Deu à luz em uma cama dobrável em uma casa de fazenda em ruínas, em uma linda tarde de primavera, enquanto Janis Joplin agitava na vitrola e tulipas balançavam à brisa do lado de fora da janela aberta.

Quando Tulip Joplin Lennon tinha seis meses de idade, CiCi, sentindo falta do verde da Costa Leste, pegou uma carona com um grupo de músicos. Ao longo do caminho, ela se envolveu rapidamente com outro músico/compositor que, drogado, ofereceu-lhe três mil para fazer uma pintura dele.

Ela pintou o homem, que posou usando apenas sua Fender Stratocaster pendurada e um par de botas de peão.

CiCi seguiu em frente, e o sujeito de sua pintura conseguiu um contrato com uma gravadora e usou a pintura como capa do álbum. Por um capricho do destino, ele ficou entre as quarenta mais tocadas com a música "Adeus, CiCi", e o álbum tornou-se disco de ouro.

Dois anos depois, enquanto CiCi e Tulip viviam em uma casa coletiva em Nantucket, o compositor teve uma overdose. A pintura foi a leilão e foi vendida por três milhões de dólares.

E a carreira de CiCi como artista realmente decolou.

Sete anos depois de ter pegado carona para Washington D.C., o pai de CiCi teve câncer no pâncreas. Embora ela enviasse cartões-postais e fotos da neta, e ligasse duas ou três vezes por ano, os contatos sempre foram esporádicos e tensos.

Mas o colapso nervoso da mãe ao telefone fez CiCi seguir outra de suas regras: Ajude Quando Puder.

Ela pôs a filha, seus materiais de arte e sua bicicleta em uma perua de terceira mão e foi para casa.

Aprendeu algumas coisas. Aprendeu que seus pais se amavam profundamente. E que esse amor profundo não significava que sua mãe conseguisse lidar com o trabalho sujo. Aprendeu que a casa na qual havia crescido nunca mais seria seu lar, mas que ela conseguiria viver ali enquanto servisse a um propósito.

Ela aprendeu que seu pai queria morrer em casa e, porque o amava — surpresa! —, ela se esforçaria para garantir que seu desejo fosse atendido. Rejeitando a *forte* sugestão de sua mãe para que procurasse uma escola particular, ela matriculou Tulip na escola pública de ensino fundamental do bairro. Enquanto levava o pai para a quimioterapia, para as consultas médicas e limpava vômitos, sua mãe cuidava de Tulip com alegria.

CiCi contratou um enfermeiro cuja compaixão, bondade e amor sólido os tornaram amigos para a vida toda.

Por 21 meses, ela ajudou a cuidar do pai moribundo e a administrar as contas da família, enquanto a mãe fazia as vontades de Tulip e a mimava.

Seu pai morreu em casa, com a esposa que o amava encolhida ao seu lado na cama e a filha segurando sua mão.

Ao longo dos meses seguintes, ela aceitou a ideia de que a mãe nunca se tornaria independente, nunca aprenderia a usar um talão de cheques ou a consertar uma torneira com vazamento sozinha.

E aceitou que enlouqueceria por completo se permanecesse naquele bairro residencial, em uma mansão não tão míni, com uma mulher que mal sabia trocar uma lâmpada.

Como o pai havia deixado sua mãe mais do que segura financeiramente, CiCi contratou um administrador, um "faz-tudo" de plantão e uma ávida e jovem governanta que também serviria como acompanhante, já que a anterior havia se aposentado.

Quando soube, durante aqueles 21 meses, que o pai havia mudado o testamento e deixado para ela um milhão de dólares — descontados os impostos —, sua primeira reação foi raiva. Ela não precisava nem queria aquele dinheiro conservador, de direita, que fazia parte do sistema. Ela poderia — e estava — sustentando a si e à filha por meio de sua arte.

A raiva passou quando levou Tulip para passear de balsa até Tranquility Island e viu a casa. Ela adorava passear por lá, pelas varandas amplas — no primeiro e no segundo andares. A vista da água, a estreita faixa de areia, aquela curva de litoral rochoso.

Ela poderia pintá-lo para sempre.

A placa de Vende-se era justamente um sinal para CiCi.

A apenas quarenta minutos de balsa de Portland — longe o bastante (graças a Deus!) de sua mãe, mas perto o suficiente para aliviar qualquer culpa. Uma vila com uma animada comunidade de artistas a um rápido passeio de bicicleta de distância.

Ela a comprou em dinheiro — depois de uma negociação difícil — e deu início ao capítulo seguinte de sua vida.

Agora ela estava de volta ao bairro de classe alta — por pouco tempo —, na casa de uma filha que sempre fora mais como a avó dela do que como a mãe que tentou lhe dar um senso de aventura, independência e liberdade.

Porque "Ajude Quando Puder" ainda era uma regra. E ela amava imensamente suas netas.

Preparou o café da manhã para a filha e Ward na cozinha elegante e moderna. Havia desligado os telefones e fechado as cortinas, enquanto vários repórteres se reuniam do lado de fora.

Assistiu às notícias na TV do quarto de hóspedes e ouviu a reprodução da ligação de Simone para o serviço de emergência. Isso a gelou até os ossos. Alguém havia divulgado não apenas o chamado, mas também o nome de Simone.

Sentou-se com Ward e Tulip à mesa no cantinho da cozinha e fez seu pedido.

— Deixem-me levar Simone para a ilha, pelo menos até as aulas começarem.

— Ela precisa ficar em casa — começou Tulip.

— A imprensa não vai deixá-la em paz. Ela foi a primeira a ligar pedindo socorro; ela é uma menina linda de 16 anos. Uma das amigas dela morreu e a outra está no hospital. Mi resistiu essa noite — acrescentou CiCi. — O estado dela ainda é crítico, mas ela conseguiu.

Ward soltou um suspiro vacilante.

— Eles não me deram nenhuma informação sobre ela quando liguei.

CiCi olhou para ele. Ele era um bom homem, pensou. Um bom homem, bom marido, bom pai. No momento, parecia exausto.

— Hwan mandou colocarem meu nome e o de Simone na lista da família. — Como ele era um bom homem, CiCi estendeu a mão e a pôs sobre a dele. — Você devia ligar para ele.

— Eu vou. É, eu vou ligar para ele.

Então, CiCi colocou uma das mãos sobre a da filha.

— Tulip, eu sei que você precisa das meninas, e elas precisam de você agora. Eu ficarei enquanto puder ajudar. Simone não vai sair daqui até ter certeza de que você está bem, e que Mi está bem. E imagino que a polícia precise conversar com ela.

— Vamos ter que fazer uma declaração à imprensa — acrescentou Ward.

— Você está certa. Eles não vão deixá-la em paz.

— Concordo. Mas, depois que isso tudo passar, me deixem levar a Simone, dar a ela algumas semanas de paz e tranquilidade. Mesmo com a loucura dos veranistas na ilha, eu posso dar isso a ela, e à Mi, quando ela estiver boa. Ninguém vai incomodar a menina, ou as meninas; eu vou cuidar disso. E, além de nós, a Simone vai precisar de alguém com quem conversar sobre tudo. Eu tenho um amigo. Ele passa parte do verão na ilha. Ele é terapeuta e tem um consultório em Portland. Você pode checar as credenciais dele, Ward. Você pode conhecê-lo, falar com ele.

— Eu vou precisar fazer tudo isso.

— Eu sei, mas você vai ver que ele é muito bom. Ela vai precisar conversar com alguém. Assim como você e Natalie, querida.

— Eu não quero conversar com ninguém, nem ver ninguém agora. Eu só quero ficar em casa com a minha família.

CiCi começou a falar, mas Ward fez que não com a cabeça, em sinal de advertência.

— Tudo bem, pense nisso. Depois de tudo pelo que vocês passaram, algumas semanas na ilha podem ajudar a Simone. Natalie, também, se ela quiser ir, mas eu sei que o coração dela está naquele acampamento equestre, que vai começar daqui a algumas semanas. Ela até gosta de passar um tempo na ilha, mas a Simone adora.

— Nós vamos conversar sobre isso — disse Ward. — Estamos gratos, CiCi, por...

— Nada disso. A família faz o que a família precisa. E agora eu acho que essa família precisa de mais café.

Enquanto ela se levantava, Simone entrou.

Círculos escuros embaixo dos olhos pesados se destacavam contra sua palidez.

— Mi acordou. A enfermeira disse que o médico esteve com ela, e o pai dela disse... ele disse que ela perguntou por mim. Eu tenho que ir vê-la.

— Claro que tem, mas antes você precisa tomar café da manhã. Não vai querer que a Mi veja você pálida desse jeito. Isso não vai ajudá-la a se sentir melhor, não é, Tulip?

— Venha; sente-se, meu bem — incentivou a mãe.

— Eu não estou com fome.

— Coma só um pouquinho. CiCi vai preparar para você só um pouquinho.

Ela se sentou, olhou para o rosto da mãe. Os curativos, as contusões.

— Você está se sentindo melhor?

— Sim. — Mas seus olhos marejaram.

— Não chore, mãe. Por favor.

— Eu não sabia onde você estava. Eu bati a cabeça e a coitada da Nat... foi só por um minuto — disse ela —, mas eu estava confusa e assustada. Eu conseguia ouvir os tiros, os gritos, mas não sabia se você estava bem, se estava segura. Sei que a Mi precisa ver você, mas eu preciso de você só por um pouquinho.

— Eu não sabia se você e a Nat... eu não sabia. — Ela se sentou ao lado da mãe, apertando o rosto contra o ombro de Tulip. — Quando acordei, pensei que tivesse sido um pesadelo. Mas não.

— Estamos bem agora.

— Tish não está.

Tulip acariciou e embalou a filha.

— Eu vou ligar para a tia dela. Eu ia ligar para a mãe dela, mas acho que vou ligar para a tia. Vou perguntar se há alguma coisa que possamos fazer.

— Trent está morto também.

— Ah, Simone!

— Eu vi no noticiário... vi antes de descer, e vi os nomes, as fotos de quem fez isso. Eles frequentavam a minha escola. Eu conhecia os caras. Eu ia para a escola com eles. Tive aulas com um deles, e eles mataram Tish e Trent.

— Não pense nisso agora.

Negando, pensou CiCi, *como sua avó. Feche os olhos para a merda até não conseguir mais.*

CiCi observou Simone se levantar e se sentar no outro banco para encarar os pais.

— Eles falaram meu nome na reportagem. Eu dei uma olhada lá fora e tem gente, repórteres.

— Você não precisa se preocupar com isso — disse Ward. — Eu vou cuidar disso.

— É o meu nome, pai. E a minha voz; eles mostraram a minha ligação para a polícia. Eles tinham a minha foto do anuário. Eu não quero falar com eles, não agora. Eu preciso ver a Mi.

— O seu pai vai conversar com eles — disse CiCi, rapidamente, enquanto trazia um ovo mexido, duas tiras de bacon e uma torrada com manteiga. — E a sua mãe vai ajudá-la com a maquiagem. Minha Tule sempre levou jeito com maquiagem. Nós vamos esconder seu cabelo com um boné, você vai colocar seus óculos escuros, e você e eu vamos sair pelos fundos enquanto o seu pai os mantém ocupados na frente. Vamos atravessar os quintais até onde estacionei o carro, na entrada da casa dos Jefferson. Eu liguei para eles na noite passada, para explicar a situação. Aí só precisamos ligar para o hospital e pedir que nos deixem usar a entrada lateral.

— É um plano muito bom — murmurou Ward.

— Quando você precisa sair rapidamente de hotéis, pousadas, onde quer que esteja, você pega a manha. Vamos levá-la para ver a Mi. — CiCi afagou o cabelo emaranhado de Simone. — Só coma um pouco primeiro.

Capítulo 4

♦ ♦ ♦ ♦

FUNCIONOU EXATAMENTE como CiCi disse que funcionaria. Apesar disso, aquilo parecia um sonho estranho para Simone, como os que tinha quando não estava nem exatamente acordada nem exatamente dormindo. Tudo parecia vívido e embaçado ao mesmo tempo, com ecos que vinham de algum túnel.

Mas, quando CiCi a conduziu para dentro da UTI, o coração de Simone começou a bater tão alto e rápido que era como se mãos o apertassem. A sensação a jogou de volta para a cabine do banheiro, onde havia ficado agachada, com um telefone descarregado, aterrorizada.

— CiCi.

— Respire. Inspire pelo nariz, como se a sua barriga fosse um balão que você estivesse enchendo, e depois expire pelo nariz, como se você estivesse esvaziando. Inspire e expire — sussurrou com o braço ao redor da cintura de Simone. — Isso mesmo. Você está bem. A Mi vai ficar bem, então você vai respirar por ela. Olhe, lá está a Nari.

Nari, com o rosto pálido e cansado e os olhos machucados, se levantou e foi até elas.

— Nossos pais estão com a Mi. O médico disse que vão colocá-la em um quarto no andar de baixo logo, talvez hoje, porque ela está melhor.

— Ela está melhor? — A garganta de Simone quase fechou. — Ela está melhor de verdade?

— Ela está melhor, juro. Ela parece... — Nari apertou os lábios quando tremeram. — Ela parece muito frágil, mas está melhor. Tivemos que contar a ela sobre a Tish. Ela precisa ver você, Simone, e muito.

— Nari, meu bem, você ficou aqui a noite toda? — perguntou CiCi.

— Os meus avós levaram meu irmão para casa. Eu fiquei com os meus pais. Não conseguimos deixá-la aqui sozinha.

— Vou buscar um café para você. Ou chá? Um refrigerante?

— Eu aceito um café, obrigada.

— Simone, sente-se com a Nari. E, Nari, quando a sua mãe e o seu pai saírem, vocês três devem ir para casa e dormir um pouco. Simone e eu ficaremos. Vamos começar a nos revezar para que sempre tenha alguém aqui. Vá, sente-se.

— Eu não sei se eles vão embora — disse Nari depois que CiCi foi atrás de um café.

— CiCi vai convencê-los. Ela é boa nisso. — Ser corajosa por Mi significava, pensou Simone, começar agora, levando Nari de volta para as cadeiras.

— Vamos nos revezar para a Mi nunca ficar sozinha.

— Ela lembra. De algum jeito, ela lembra. A polícia falou com ela hoje de manhã. O médico só deixou que conversassem com ela por alguns minutos. Você falou com a polícia?

— Hoje, não. Hoje, ainda não.

CiCi voltou com uma Coca para Simone e café para Nari.

— Muito creme e pouco açúcar, certo?

— Sim. — Nari deu um sorriso. — Você lembra.

— Estava guardado aqui. — CiCi tocou a têmpora com um dedo e sentou-se. — Eu viajei com artistas para cima e para baixo durante alguns anos. Você aprende a guardar o jeito como as pessoas gostam do café, da bebida, do sexo.

— CiCi!

— Fatos da vida, minhas meninas. Você está saindo com alguém, Nari?

Simone não sabia como a avó fazia aquilo, mas, mesmo assim, pôde ver por que ela havia feito. CiCi tirou Nari daquele momento terrível e a levou para a normalidade; em três minutos, ela sabia mais do que Simone suspeitava e do que Mi ou os pais delas sabiam sobre o garoto com quem Nari havia começado a namorar. Um garoto irlandês católico de Boston que estava, naquele exato momento, vindo para ficar com ela.

Quando os pais de Mi saíram, CiCi levantou-se e foi rapidamente abraçar cada um deles. Durante a conversa sussurrada entre eles, Simone viu a sra. Jung olhar para trás, em direção às portas, com lágrimas nos olhos, mas CiCi continuou a conversar daquele jeito brando e reconfortante.

Como um sonho, pensou Simone novamente, quando, em poucos minutos, os Jung concordaram em ir para casa por pouco tempo.

Feito isso, CiCi se sentou novamente e deu tapinhas no joelho de Simone.

— Eles acham que não vão dormir, mas eles vão. O corpo e o espírito precisam recarregar as energias, e o espírito vai guiar o corpo.

— Eu não sabia que Nari tinha um namorado de verdade.

— Eu acho que ela também não, até ele dizer que estava largando tudo e vindo para ficar com ela. Agora. Eu quero que você se esforce para ter pensamentos positivos.

Com um dedo balançando no ar, CiCi lançou para a neta um olhar sábio com olhos que, para Simone, eram dourados, e tinham, de fato, a mesma nuance que os seus próprios.

— E não pense que não consigo ver esse sorrisinho malicioso dentro da sua cabeça. Pode pensar. Vocês vão chorar juntas, e isso cura, embora possa não parecer agora. Você vai ouvi-la, qualquer coisa que ela precisar dizer. E você vai dizer a verdade sobre o que ela perguntar, porque, se quebrar a confiança entre vocês agora, não vai conseguir recuperá-la.

— Eu não quero dizer nada que piore as coisas.

— Pior do que está não fica, e vocês estão passando por isso juntas. Vocês precisam da verdade entre si. Lá está a enfermeira dela agora. Vá ver sua amiga, querida. Força e coragem.

Ela não se sentia forte e corajosa, não com o zumbido na cabeça e aquele aperto no peito. Assentiu para a enfermeira, mas não compreendeu de fato o que ela disse.

Tudo ficou pior quando viu Mi pelo vidro.

Mi parecia tão pequena, tão doente. *Frágil*, disse Nari, mas, aos olhos de Simone, Mi parecia partida. Algo frágil que já havia caído e se despedaçado.

Os olhos exaustos de Mi encontraram os dela, e lágrimas desceram.

Ela não se lembrava de ter entrado. Não conseguia se lembrar se a enfermeira havia dito para não tocar em Mi. Mas ela precisava fazer isso, precisava.

Pressionou a bochecha contra a de Mi, segurando as mãos, que pareciam tão finas quanto as asas de um pássaro.

— Eu pensei que... eu estava com medo de que estivessem mentindo. — A voz de Mi, fina como suas mãos, engasgou em soluços. — Eu estava com medo de que você estivesse morta também, e que eles não tivessem me contado. Eu estava com medo...

— Eu não morri. Estou aqui. Eu não me machuquei. Eu não estava lá. Eu saí...

Simone ouviu a si mesma — e ouviu CiCi: *Ouça-a*.

— A Tish está mesmo morta?

Com a bochecha ainda apertada contra a de Mi, Simone fez que sim com a cabeça.

Elas choraram juntas, com o corpo frágil de Mi tremendo sob o seu.

Simone mudou de posição para que pudesse se sentar no lado da cama, segurando a mão de Mi.

— Ele entrou. No início, eu não o vi. Então ouvimos o tiroteio e a gritaria, mas foi tão rápido e não sabíamos o que estava acontecendo. A Tish perguntou: "O que está acontecendo?", e aí...

Mi fechou os olhos.

— Me dá um pouco de água?

Simone pegou o copo com o canudinho dobrado e o segurou para Mi.

— Ele atirou nela. Simone, ele atirou nela, e eu senti como se fosse uma dor horrível, e a Tish caiu em cima de mim, meio que desabou em cima de mim, e eu senti mais dor, e ela estava, sei lá, se sacudindo. Simone, ele continuou a atirar nela, e ela estava meio que em cima de mim, então ela morreu. Eu não. Ela me salvou. Eu contei à polícia. Eu não conseguia me mexer. Não conseguia ajudá-la. E eu estava acordada, mas não parecia real. E ele só continuou atirando e atirando, aí parou tudo. O tiroteio. Mas as pessoas estavam gritando e chorando. Eu não conseguia gritar, não conseguia me mexer. Achei que estivesse morta, e depois eu... eu só saí, eu acho. Eu só me lembrei depois que acordei aqui.

Seus dedos apertaram, leves como plumas, os de Simone.

— Eu vou morrer?

Diga-lhe a verdade.

— Você estava muito ferida, e nós ficamos muito assustados. Levou horas para a médica sair, mas ela disse que você havia se saído muito bem. E hoje eles disseram que vão tirá-la da UTI, porque seu estado não é mais crítico. A CiCi está aqui comigo, e ela convenceu seus pais a irem para casa um pouco, para dormir. Eles jamais iriam para casa se você estivesse prestes a morrer.

Mi fechou os olhos novamente.

— A Tish morreu. Por quê?

— Eu não sei. Não consigo... ainda acho que não é real.

— Você foi ao banheiro. O que aconteceu?

— Eu estava voltando e achei que o barulho fosse do filme. Mas alguém, um homem, tentou fugir, e ele caiu. Eu o vi coberto de sangue. Olhei, só por um segundo, e vi... eu vi alguém atirando e ouvi tudo. Corri de volta para o banheiro e liguei para o 190. Eles me disseram para ficar onde estava, para me esconder e esperar, e, enquanto eu estava falando, a bateria do meu telefone acabou.

Mi sorriu de leve.

— Você se esqueceu de carregar de novo.

— Eu nunca mais vou esquecer, nunca mais. A polícia chegou. Uma policial; eu dei o nome de vocês duas pra ela, o da minha mãe e o da Natalie também.

— Elas estavam no shopping. Eu esqueci.

— Havia três deles, Mi. Foi o que o noticiário disse. Dois no shopping, um no cinema.

— A sua mãe e a Natalie? Não, Simone, não.

— Elas estão bem. Mamãe teve uma concussão e alguns cortes por causa dos estilhaços de vidro. A Nat a arrastou para trás de um balcão. Ela está bem. Elas estão bem. — Ela hesitou por um instante, depois continuou. — Três deles matando gente. Matando a Tish. E a gente conhecia os caras.

— A gente conhecia os caras? — repetiu Mi devagar.

— Eles estão mortos. Que bom que estão mortos! JJ Hobart.

— Ah, meu Deus!

— Kent Whitehall e Devon Paulson estavam no shopping. JJ estava no cinema.

— Ele matou a Tish. Eu via os três na escola quase todos os dias. Eles mataram a Tish.

— E o Trent. Ele está morto. A Tiffany está muito ferida. Eu vi a mãe dela na noite passada. A mãe da Tiffany. O JJ atirou nela. Ela talvez tenha dano cerebral e o rosto dela... Eu só ouvi umas coisas. Não sei quão ruim é.

— Eu sabia que o JJ, em especial, era cruel, *muito* cruel às vezes, mas... — Os olhos machucados de Mi derramaram lágrimas de novo. — Fui eu que escolhi aquele filme. Eu queria ver especialmente aquele filme, e agora a Tish está morta.

— A culpa não foi sua. Assim como a culpa não foi minha de ter ido ao banheiro e não estar lá. Mas parece. Parece mesmo que foi. Mas a culpa é deles, Mi. Eu odeio aqueles caras. Eu vou odiá-los para sempre.

— Eu estou tão cansada — murmurou Mi enquanto seus olhos se fechavam. — Não vá embora.

— Vou estar ali fora — disse Simone depois que a enfermeira apareceu à porta e sinalizou que o tempo havia acabado. — Eu não vou embora.

*U*ma ou duas vezes no passado, Reed tivera sonhos muito interessantes com Angie nua. Agora, depois de recorrentes pesadelos em que se via escondido ao lado do corpo dela, ele estava sentado na fileira dos fundos da igreja metodista para o funeral dela.

Ele praticamente teve de se convencer a ir. Eles não eram amigos. Ele realmente não a conhecia. Ele não sabia que os pais dela eram divorciados, que ela tocava flauta ou que tinha um irmão fuzileiro naval.

Talvez tivesse sabido dessas coisas se eles tivessem ido ao cinema, comido uma pizza ou dado um passeio na praia. Mas eles não haviam feito nada disso.

Agora ele se sentia perdido, culpado e idiota sentado ali, enquanto pessoas que a conheciam e a amavam choravam.

Mas ele tinha de ir. Ele provavelmente fora a última pessoa — que não era cliente — a conversar de verdade com ela. Ele havia passado aqueles minutos aterrorizantes escondendo um garotinho no quiosque, com o corpo dela bem... ali.

Ele tinha sangue dela nos sapatos e na calça.

Assim, ele ficou sentado ali, durante as orações, os prantos, os elogios de partir o coração, com um terno muito apertado nos ombros. Sua mãe lhe havia dito para comprar um terno novo quando ele foi passar o verão em casa, mas ele ignorou a ideia, achando que seria um desperdício de dinheiro.

Como sempre, sua mãe estava certa.

Pensar em seu terno fez com que se sentisse desrespeitoso. Então pensou nos três rostos que vira várias e várias vezes no noticiário.

Todos mais jovens do que ele, e um deles matara Angie.

Não foi Hobart, lembrou-se. Ele estava no cinema, e a policial — oficial McVee — o matou. As notícias disseram que Hobart havia trabalhado no cinema. Disseram que ele era o chefe do bando.

Mas ou Whitehall ou Paulson havia matado Angie.

Eles pareciam normais nas fotos na TV e nos jornais, na internet.

Mas não eram normais.

Aquele que ele havia visto — ainda via em seus pesadelos — todo equipado de fibra sintética Kevlar, rindo enquanto atirava na cabeça de um homem, não era normal.

Agora sabia mais sobre eles, os três que haviam matado a garota de quem ele gostava durante os oito minutos que durou o massacre. Hobart foi morar com o pai depois de um divórcio traumático. A irmã mais nova vivia com a mãe. O pai, um ávido colecionador de armas, ensinou os filhos a caçarem, a atirarem.

Whitehall morava com a mãe, o padrasto, o meio-irmão e a meia-irmã. O pai, no momento desempregado, havia sido preso algumas vezes por dirigir bêbado. Whitehall, disseram os vizinhos, era reservado e tinha problemas com drogas.

Paulson parecia ser um estudante exemplar. Notas boas, sem problemas, vida familiar sólida, filho único. Ele havia sido escoteiro — e ganhado uma medalha de honra ao mérito em tiro esportivo. Havia sido um membro júnior da Organização de Tiro dos EUA e tinha intenção de participar das Olimpíadas.

Seu pai competiu pelos EUA em Sydney, em 2000, e em Atenas, em 2004.

Pessoas que conheciam Paulson disseram ter notado (em retrospectiva) uma mudança, talvez seis meses atrás, quando ele pareceu se tornar mais fechado.

Isso seria mais ou menos na época em que a garota de quem ele gostava decidiu que gostava de alguém melhor, e ele começou a andar com Hobart.

Mais ou menos nessa época, os três, que se tornariam assassinos em massa, começaram a alimentar a raiva interna uns dos outros.

Eles documentaram isso, assim alegavam os relatos, em arquivos de computador que as autoridades ainda estavam examinando. Reed, por sua vez, estudou os relatórios, vasculhou especulações na internet, assistiu a noticiários, falou sem parar com Chaz e com outros.

Por mais que quisesse *saber*, só saber o motivo, ele esperava que levaria uma eternidade para tudo vir à tona. Se é que viria.

Pelo que vira, a partir do que reunira dos relatórios, fofocas e conversas, Hobart odiava todo mundo. A mãe, os professores, os colegas de trabalho. Ele odiava negros, judeus e gays, mas, na maioria das vezes, só odiava. E ele gostava de matar coisas.

Whitehall odiava a própria vida, queria *ser* alguém e acreditava que tudo e todos trabalhavam contra ele. Havia conseguido um emprego de verão — no shopping — e foi demitido depois de duas semanas por aparecer drogado, quando resolveu aparecer, afirmou um ex-colega.

Paulson odiava a própria sorte. Concluiu que havia feito tudo o que era certo a vida toda, mas, mesmo assim, perdera sua garota e não era tão bom quanto o pai em nada. Decidiu que era hora de ser mau.

Eles escolheram o shopping como alvo por causa do impacto, e Hobart tomou o cinema porque queria destruir o lugar no qual esperavam que ele trabalhasse para ganhar a vida.

Rumores diziam que eles haviam feito três simulações, cronometrando-as, aprimorando-as. Eles planejavam se reunir na Abercrombie & Fitch, bloqueando o lugar, fazendo reféns como moeda de barganha e eliminando o máximo possível de policiais.

Whitehall e Paulson quase conseguiram, mas haviam feito um pacto. Se um deles caísse, todos cairiam.

Quando Hobart não apareceu e os policiais se aproximavam, Whitehall e Paulson — de acordo com testemunhas — bateram as mãos fechadas, gritaram *"Foda-se!"* e apontaram as armas um para o outro.

Talvez parte disso fosse verdade. Talvez até a maior parte. Mas Reed esperava que cada vez mais coisas viessem à tona. Isso daria um livro, provavelmente uma droga de filme de televisão.

Queria que não fizessem uma porcaria dessas.

Ele voltou a si no momento em que as pessoas começaram a ficar de pé e sentiu uma onda de vergonha por estar concentrado nessas coisas em vez de prestar atenção.

Levantou-se, aguardando enquanto os carregadores do caixão levavam Angie para fora. Não conseguia imaginá-la dentro daquela caixa; não queria imaginá-la ali. Os parentes da garota enchiam o lugar, agrupados como se estivessem sustentando uns ao outros.

Viu algumas pessoas que conhecia agora: Misty, amiga de Angie, e alguns outros que trabalhavam no shopping. Ver Rosie não deveria ter sido surpresa para ele. Reed havia se sentado com ela no dia anterior, no funeral de Justin, o ajudante de garçom.

Sabia que Rosie havia passado os últimos dias em funerais ou em quartos de hospital.

Deu passagem, deixando que ela seguisse o seu caminho. Provavelmente para outro enterro, ou para visitar um dos feridos, talvez levar comida para alguém que tivesse sofrido uma perda ou estivesse se recuperando em casa.

Essa era Rosie.

O oposto dos três assassinos.

Quando colocou o pé para fora da igreja, ele deparou com uma perfeita tarde de verão. O sol brilhava sobre um céu azul, pontilhado de nuvens brancas e macias. Grama crescia com um verde bonito, vivo. Um esquilo subiu rapidamente por uma árvore.

Não parecia real.

Viu repórteres do outro lado da rua, filmando ou tirando fotos. Queria desprezá-los por isso, mas não era ele quem se agarrava a cada palavra que eles reportavam, cada foto que publicavam?

Ainda assim, começou a se afastar deles e ligou o carro, que havia estacionado a quase dois quarteirões dali. Quando ouviu chamarem seu nome, arqueou os ombros em vez de se virar. Mas sentiu um toque leve de mão no braço.

— Reed. Policial McVee.

Lançou-lhe um olhar vazio. O cabelo loiro, cor de mel, que chegava à altura das costas, balançava em um rabo de cavalo. Ela usava uma camiseta branca lisa e calça cáqui. Parecia mais jovem.

— Desculpe, não reconheci você sem uniforme. Você estava no funeral?

— Não. Esperei aqui. Eu liguei para a sua casa. A sua mãe me disse onde você estava.

— Eu já dei minha declaração e tudo mais. Algumas vezes.

— Estou fora de serviço. Estou só, bem, tentando fazer meu acompanhamento pessoal com todos com quem me encontrei naquela noite. Para mim mesma. Você está indo ao cemitério?

— Não, não me sinto bem com isso. A família dela e tudo mais. Eu não conhecia a Angie tão bem assim. Eu só... só estava tentando convencê-la a sair comigo. Talvez fôssemos ver aquele mesmo filme, a última sessão e... caramba.

Suas mãos trêmulas se atrapalharam com os óculos de sol.

— Você quer ir ao parque? Sentar e olhar para a água por um tempo? Isso sempre me ajuda a espairecer.

— Não sei. Talvez. Quero, acho.

— Que tal você vir comigo? E eu trago você de volta para o seu carro depois.

— Tudo bem, claro.

Ao pensar nisso mais tarde, ele ficou se perguntando por que havia ido com ela. Ele não a conhecia. Ela havia sido um rosto indistinto e um uniforme em meio à loucura e ao choque.

Mas ela estivera lá. Ela estivera dentro daquele caos, assim como ele.

Quando entrou no carro dela, teve um momento para pensar que era uma lata-velha pior do que a sua, só que muito mais limpa. Então se lembrou.

— Você atirou em Hobart.

— Sim.

— Cara, eles não demitiram você ou algo do tipo por causa disso, né?

— Não. Fui inocentada. De volta ao trabalho amanhã. Como os seus pais estão lidando com isso?

— Eles estão bem mal, mas levando.

— E as pessoas no restaurante?

— Acho que é mais difícil. Nós estávamos lá e vimos... não dá para esquecer aquilo. Mas estamos indo bem. Tipo, a Rosie, a chefe de cozinha?, está fazendo um monte de coisas. Indo a funerais, fazendo visitas ao hospital, levando comida para as pessoas. Isso ajuda, eu acho. Sei lá.

— O que está ajudando você, Reed?

— Não sei.

Pela janela aberta, sentia o ar no rosto, a brisa vinda da água. Isso era real. Carros passando, uma mulher empurrando uma criança no carrinho pela calçada. Tudo era real.

A vida simplesmente continuava. E ele estava vivo. Tinha sorte de estar.

— Eu converso muito com o Chaz. O meu amigo da GameStop.

— Lembro. Ele salvou vidas. Assim como você.

— A criança? O Brady? O pai me ligou. Ele quer trazer Brady para me ver, talvez na semana que vem. Ele disse que a esposa está melhorando.

Essie não disse nada por um instante, mas, como CiCi, ela acreditava em verdade e confiança.

— Ela vai sair dessa, mas ficou paraplégica. Não vai mais andar. Ele provavelmente não quis sobrecarregar você com isso, mas, de qualquer jeito, você iria descobrir.

— Que merda! Que merda!

Ele apoiou a cabeça no encosto do banco até conseguir respirar direito de novo.

— Eu tento ouvir música ou jogar basquete no quintal, mas não consigo parar de ler ou ouvir notícias sobre o assunto. Simplesmente não consigo.

— Você fez parte daquilo.

— Meus pais querem que eu procure ajuda. Um psiquiatra ou algo assim, sabe?

— É uma boa ideia. Eu tive de me consultar com um. Regras do departamento, e por um motivo.

Ele abriu os olhos novamente, franzindo a testa.

— Você tem que falar com um psiquiatra?

— Já falei. Estou liberada para o serviço interno, e foi um belo tiro. E eu estou conversando com o psiquiatra do departamento. Logo estarei em plena atividade. Não me importo em tentar superar isso. Eu matei uma pessoa.

Ela estacionou, desligou o motor.

— Fiz isso para salvar vidas, incluindo a minha e a do meu parceiro. Mas eu matei um garoto de 17 anos. Se eu simplesmente não desse a mínima para isso, se não sentisse o menor arrependimento que fosse, eu não deveria ser policial.

Ela saiu do carro e esperou por ele.

Caminharam por um tempo, passaram por um parquinho, por um calçadão, depois se sentaram em um banco na direção do qual gaivotas desciam e grasnavam alto, e a enseada ondulava, azul como o céu.

Barcos deslizavam na água, e Reed ouviu crianças rindo. Uma mulher com um corpão, usando short colado e uma regata, passou correndo. Um casal que, aos seus olhos, parecia ter mil anos de idade passeava de mãos dadas.

— É verdade o que os jornais e a TV estão dizendo? Que ele, Hobart, era o líder?

— Vou dizer que é provável que ele fosse o mais determinado, que insistia no plano. Mas os três? Parece que eles eram como peças de um quebra-cabeça triste e doentio que se encaixaram, e no pior momento. Uns meses antes, uns meses depois, Paulson provavelmente não teria se encaixado.

Reed sabia o que os jornais e a TV diziam sobre Paulson, o que os vizinhos e professores diziam. Como eles estavam chocados, como ele nunca havia sido violento. Sempre brilhante e prestativo.

Porra de escoteiro!

Eles estavam enterrando Angie agora. Na véspera, foi a vez de um menino que estava em seu primeiro emprego de verão. Quantos mais?

— Eu não acredito que você consiga matar daquele jeito, simplesmente matar pessoas como eles mataram, se isso não estiver em você. Quero dizer, talvez, digo, provavelmente, todo mundo seja capaz de matar, mas como você matou. Para salvar vidas, para proteger as pessoas. Em legítima defesa ou como um soldado, isso é diferente. Mas o que eles fizeram, para aquilo é preciso ter outra coisa dentro do cara.

— Você não está errado. Eu acho que, pelo histórico do Paulson, a família dele, eles teriam conseguido ajudá-lo. Mas ele se uniu aos outros em um momento ruim, e aquelas peças se juntaram.

Ele ouvia a suave agitação da água, o chamado dos pássaros, o rádio de alguém. Percebeu que o mundo parecia mais real enquanto estava sentado ali, conversando com ela.

Ele se sentia mais inserido no mundo enquanto estava sentado ao lado dela.

— Como foi? Quando você atirou nele?

— Eu nunca havia disparado minha arma fora da área de treinamento antes da noite da última sexta. Fiquei morrendo de medo — contou ela —, mas isso principalmente antes e depois. Na hora? Acho que o treinamento e o instinto falaram mais alto. Ele atirou no meu parceiro. Eu podia ver pessoas

mortas e morrendo. Ele atirou em mim, e eu só fiz o que fui treinada a fazer. Eliminar a ameaça. Aí tive que fazer o que veio depois. Meu parceiro caído, mas não gravemente ferido. Tinha a menina no banheiro. A primeira a ligar para o serviço de emergência.
— É, ah... Simone Knox.
— Isso. Você a conhece?
— Não, eu só... não consigo parar de ler e assistir à TV. Eu me lembrei do nome.
— Ela fez a mesma coisa que você. Ela salvou vidas. Manteve a calma, escondeu-se, chamou a polícia. O meu parceiro Barry e eu estávamos lá fora, no estacionamento.
— Eu li isso também. Vocês estavam lá.
— Estão dizendo que a ligação da Simone veio cerca de um minuto, talvez dois, depois que Hobart empurrou a porta de saída que ele tinha deixado destravada. Ela perdeu uma amiga naquela noite e outra ainda está no hospital, se recuperando. Ela está lidando com a situação, mas é difícil.
— Você falou com ela também.
— Com ela, com a amiga Mi, com o Brady e o pai. — Com um suspiro, Essie levantou o rosto para sentir o sol. — Isso me ajuda, e eu gosto de pensar que talvez ajude essas pessoas.
— Por que você se tornou policial?
— Parecia uma boa ideia na época. — Ela sorriu, depois suspirou novamente enquanto olhava para a água. — Eu gosto de ordem. Acredito na lei, mas é a combinação que funciona para mim. É a coisa certa para mim. Regras e procedimentos, e tentar ajudar as pessoas. Nunca me vi em uma situação como a de sexta-feira, mas agora sei que posso aguentar. Consigo fazer bem esse trabalho.
— Como se faz para ser um policial?
Ela virou a cabeça e lhe mostrou uma sobrancelha erguida.
— Interessado?
— Talvez. Não. Sim — percebeu ele. — Eu estou. Nunca pensei muito sobre o que iria fazer. Apenas arranjar um emprego, um dia. Eu gosto da faculdade. Minhas notas são boas, mas eu simplesmente gosto de estar lá, por isso não tenho pensado muito sobre o que vai acontecer quando eu terminar.

Eu disse ao Brady que estávamos esperando os mocinhos, porque nós éramos mocinhos. Então, sim, eu gostaria de saber como me tornar um policial.

Quando ela o levou até o carro dele, Reed tinha, pela primeira vez, um plano de vida. Ele o havia forjado em meio à morte, mas era sua vida que ele podia ver emergindo disso.

Seleena McMullen era fumante e ambiciosa. Sua ambição de ascender à fama como blogueira levou-a à porta da igreja durante o funeral. Como repórter do *Hot Scoops*, jornal de reputação um tanto duvidosa, ela não contava muito com o respeito dos colegas de imprensa e dos repórteres de TV reunidos do lado de fora.

Isso não a incomodava. Um dia ela seria maior que todos eles.

Havia desenvolvido tanto a atitude como a ambição durante o ensino médio e a faculdade. Em sua cabeça, não havia dúvida de que ela era mais inteligente do que qualquer outro estudante, por isso não tinha problema algum em deixar que soubessem disso.

Se isso significasse que não tinha amigos de verdade, e daí? Seleena tinha clientes. Creditava a Jimmy Rodgers, no oitavo ano, a ajuda recebida para construir um caminho claro. Ao fingir que gostava dela, dizendo que era bonita — tudo para que ela, ingenuamente, fizesse a lição de casa dele enquanto ele ria pelas suas costas —, ele lhe deu incentivo para iniciar o próprio negócio.

Claro que ela fazia as lições de casa por um preço.

Na época em que se formou no ensino médio, Seleena havia feito um pé de meia considerável e o aumentou durante a faculdade.

Recém-formada, com o diploma de jornalismo quentinho na mão, ela fisgou um trabalho na *Portland Press*. Não durou muito. Achava seu editor e os colegas de trabalho uns idiotas, e não se deu ao trabalho de praticar a diplomacia.

Entretanto, via a internet como o futuro e, aos 24 anos, ligou-se ao *Hot Scoops*. Trabalhava de casa basicamente e, uma vez que via sua posição atual como nada além de um trampolim para seu próprio site ou blog de sucesso, ela tolerava interferência editorial e tarefas de merda.

Então o massacre no shopping DownEast veio de bandeja.

Ela, na verdade, havia entrado no shopping à procura de novos tênis de corrida, segundos antes de os primeiros tiros serem disparados. Havia visto um dos atiradores — identificara como Devon Lawrence Paulson — abrindo caminho em sua trilha sangrenta, e agachou-se atrás de um mapa do shopping enquanto pegava sua câmera e seu gravador.

Ela chegou antes de qualquer jornal, emissora, site ou repórter.

Para dar seguimento à sua matéria, perseguia as vítimas, os membros da família, funcionários do hospital. Subornou um atendente e ganhou acesso por tempo suficiente para tirar algumas fotos dos pacientes, e até mesmo entrou em um dos quartos após uma das vítimas ser transferida da UTI.

O gravador em seu bolso havia capturado parte da conversa entre Mi-Hi Jung e — bônus! — Simone Knox, para completar outra de suas histórias.

Pelos seus cálculos, ela só precisava de mais algumas dessas para dar aquele salto de sua posição atual. Ela já havia até recebido ofertas.

E agora o hábito de fumar jogou mais uma dessas em seu colo.

Afastara-se dos outros repórteres, andando meio quarteirão para se encostar em uma árvore, fumar e pensar. Ela poderia ir ao cemitério quando a cerimônia na igreja terminasse, mas quantos cliques ela conseguiria com mais fotos de pessoas de preto?

Talvez alguém desmaiasse — como acontecera no dia anterior com a mãe do menino morto. Mas, bem, isso ela já tinha.

Hora de mais tititi sobre os atiradores, decidiu ela, e já estava quase indo para o carro quando avistou a policial.

A policial McVee, pensou, rodeando a árvore. Ela havia tentado estereotipar McVee algumas vezes — a jovem policial que havia atirado em John Jefferson Hobart e o matado era a isca perfeita para atrair mais cliques na internet. McVee não era lá muito cooperativa, mas agora a tal policial estava a uma distância segura, evitando o bando de repórteres e câmeras.

Esperando.

Interessante, pensou Seleena, acomodando-se.

Uma vez que o caixão desceu, tirou algumas fotos com a lente de longo alcance, só para o caso de não surgir nada melhor. Viu McVee andando e avistou mais um prêmio.

Reed Quartermaine — o adolescente que havia protegido o filho do bombeiro cuja esposa havia levado um tiro na coluna.

Seleena tirou algumas fotos dos dois conversando, depois andando juntos e, então, entrando no carro da policial. E, enquanto os demais iam para o cemitério, ela correu para o próprio carro.

Quase os perdeu de vista por duas vezes, mas, para ela, isso era um sinal de boa sorte. Se ficasse na cola, a policial poderia vê-la.

Imaginando uma possível matéria, estacionou a uma boa distância e ficou observando do carro até sua presa acomodar-se em um banco.

Satisfeita com o investimento que havia feito nas lentes, aproximou-as até onde teve coragem. Ela era apenas mais uma pessoa casualmente tirando fotos da enseada, dos barcos.

Talvez não conseguisse chegar perto o bastante para ouvir a conversa — a policial nunca falaria com ela —, mas Seleena tinha uma pista enquanto enquadrava suas fotos.

Em mais um dia doloroso em Rockpoint, a morte une heróis do Massacre no shopping DownEast.

Ah, sim, aquele salto aconteceria em breve.

Capítulo 5

♦ ♦ ♦ ♦

Três anos mais tarde

Simone se enrolou no lençol para se sentar e cutucou o homem que dividia a cama com ela.

— Você tem que ir.

Ele resmungou.

Ela sabia o nome dele, e até sabia por que havia decidido transar com ele. Ele parecia limpo, em boa forma, e queria exatamente o que Simone tinha. Além disso, ele tinha um rosto interessante, meio marcado, esculpido e afilado. Na cabeça dela, ele era como um Billy the Kid moderno. O durão fora da lei do Velho Oeste.

Levou um tempo até aceitar a ideia de que aventuras de uma noite tinham vantagens particulares e peculiares sobre o drama e a chatice dos relacionamentos — ou o pretexto deles.

Não demorou muito para ela perceber que eles também deixavam em seu rastro uma boa dose de aborrecimento.

O cara, Ansel, vestiu-se sob o brilho turvo da luz que passava pela janela. Ela não havia fechado as venezianas — por que se dar ao trabalho?

Gostava de olhar para Nova York, e não se importava se parte de Nova York gostava de olhar para ela.

— Eu me diverti — disse ele.

— Eu também — respondeu ela. E falou sério o suficiente para que as palavras não se qualificassem como uma mentira.

— Te ligo depois.

— Ótimo.

Talvez ele ligasse, talvez não. De qualquer modo, isso não importava muito.

Uma vez que ela não se deu ao trabalho de se levantar, ele procurou o caminho da rua. Quando ouviu o barulho da porta se fechando, ela pegou uma camisola e se apressou em trancar a porta do apartamento.

Queria tomar um banho e foi para o banheiro que dividia com Mi no pequeno apartamento delas. O fato de que ele ostentava dois quartos e ficava razoavelmente perto do campus compensava a subida até o quarto andar, a água quente pouco confiável e a facada do aluguel mensal.

Mas elas estavam juntas, em Nova York. Às vezes até se esqueciam de procurar o fantasma da amiga que não estava lá.

Simone tomou uma ducha e enfiou a cabeça debaixo do escasso jato de água morna. Ela havia cortado o cabelo ao estilo joãozinho e tingido recentemente da cor roxa de uma berinjela madura.

Isso a fez se sentir diferente. Ao que parecia, ela estava em uma busca eterna por algo que a fizesse se sentir diferente da menina de Rockpoint, no Maine. Algo que a fizesse olhar no espelho um dia e pensar: ah, *aí* está você!

Ela gostava de Nova York; gostava da multidão, da correria, do barulho, da cor. E, meu Deus, sim, de estar livre das críticas, perguntas e expectativas dos pais.

Mas ela sabia que viria a cumprir o sonho de Tish.

Ela gostava de Columbia. Havia ralado muito para entrar, mas sabia que havia feito isso como parte do sonho de Mi.

Não conseguia encontrar o seu, e não sabia ao certo se tinha um.

Mas estar lá em sonhos emprestados era melhor do que estar em casa, onde tudo a fazia se lembrar da amiga. Onde sua mãe olharia para sua escolha de cor de cabelo com um ar de desaprovação ou seu pai, com aquela expressão preocupada nos olhos, casualmente perguntaria como estavam as coisas.

Ela estava bem. Quantas vezes tinha de dizer isso? Era Mi que ainda sofria de crises de ansiedade e pesadelos. Embora fossem menos frequentes agora.

Fazia todo o possível para enterrar aquela noite junto com a amiga. Desde a alta de Mi, Simone não lia nada que estivesse ligado àquela noite nem assistia a nenhuma reportagem sobre o assunto. A cada aniversário, não via nem lia nenhuma notícia, para não esbarrar em alguma menção.

Ia para casa apenas nas férias de inverno e por uma semana no verão — e passava a semana de verão na ilha com CiCi. Quando não estava em aula, trabalhava. Quando não estava em aula ou no trabalho, ela se divertia — muito.

Fora do chuveiro, enrolou-se em uma toalha de banho — algodão egípcio, gentileza de sua mãe —, e depois limpou o espelho traiçoeiro acima da pia.

Não, pensou ela, *ainda não*. Via uma menina com olhos cansados e cabelo molhado, e nada mais.

Pendurou a toalha e vestiu a camisola novamente. Quando saiu do banheiro, viu Mi naquele projeto de cozinha, pondo uma chaleira no fogão de duas bocas.

— Sem sono?

— Estou inquieta. Ouvi a porta.

Mi havia deixado o cabelo crescer e o havia pintado de preto. Quando ela se virou, Simone viu outro par de olhos cansados.

— Desculpe.

— Imagina. Eu conheço o cara?

— Eu acho que não. Também não importa. — Indo para a cozinha, Simone pegou duas xícaras. — A música estava boa, e ele não dançou mal. Eu queria que você tivesse ido comigo.

— Eu precisava estudar.

— Você está arrasando em tudo... de novo.

— Porque eu estudo.

Simone esperou enquanto Mi passava o chá.

— Está acontecendo alguma coisa; dá para ver.

— Eu fui aceita para um programa de pesquisa no verão.

— Isso é ótimo... como no verão passado? Dra. Jung, engenheira biomédica.

— Isso é um sonho. Não exatamente como no verão passado. O programa acontece em Londres.

— Puta merda, Mi! — Agarrando a amiga, Simone dançou com ela pela sala. — Londres! Você vai para Londres.

— Só no final de junho, e... a minha família me pediu para ir para casa antes. Para passar um tempo depois do final do semestre e antes de ir para Londres. Preciso fazer isso.

— Tudo bem. — Talvez seu coração tivesse se partido um pouco, mas Simone concordou com a cabeça.

— Vá para casa comigo. Vá para casa, Simone.

— Eu tenho um emprego...

— Você odeia esse emprego — interrompeu Mi. — Se quiser apenas ser garçonete em alguma espelunca, você pode fazer isso em qualquer lugar. Você não está feliz aqui. Você está indo bem na Columbia, mas isso não a faz feliz. Você transa com caras que não a fazem feliz.

— Rockpoint não vai me fazer feliz.

Elegante, pequena e com aquela graça de ginasta, Mi voltou para o seu chá.

— Você precisa encontrar o que a faça feliz. Você está aqui por minha causa e por causa da Tish, e eu não vou estar aqui durante todo o verão. Você deveria correr atrás de ser feliz. Sua arte... não faça isso! — vociferou quando Simone revirou os olhos. — Você tem talento.

— CiCi tem talento. Eu só estou me divertindo.

— Então pare de se divertir! — vociferou Mi novamente. — Pare de brincar, pare de enrolar, pare de vadiar!

— Uau! — Simone pegou o chá que já não queria mais e encostou-se na geladeira pré-histórica. — Eu gosto de brincar, de enrolar e de vadiar. Eu não vou passar a vida estudando, pesquisando, enfurnada em um laboratório porque não quero *ter* uma vida. Nossa, quando foi a última vez que você transou?

— Você transa o suficiente por nós duas.

— Talvez se você transasse, não seria uma bruxa. Você não vai a festas, não vai a boates, não tem um encontro há meses. É escola, laboratório ou essa droga de apartamento. Feliz é o cacete.

Quando seus olhos a fuzilaram, Mi cerrou o punho.

— Eu vou fazer algo por mim mesma. Eu não morri, e eu vou fazer algo da minha vida. Eu estou feliz. Às vezes eu *quase* sou feliz, e às vezes eu chego lá. Mas eu sei que estou trabalhando para atingir algo, e estou vendo minha melhor amiga alheia a tudo.

— Eu vou às aulas, eu vou ao trabalho, eu vou a boates. Como é que eu estou alheia a alguma coisa, que dirá a tudo?

— Você vai às aulas, mas não está nem aí para fazer mais do que passar de ano. Você vai trabalhar em um emprego que não significa nada para você, em vez de procurar algo que teria algum sentido. — Lá vinha ela agora dar sermão para quem já estava arrasada. — Você vai a boates porque não consegue ficar sozinha, ficar quieta por mais de uma hora. E você se liga a caras que não pretende ver de novo *porque* você não pretende vê-los de novo. Não se permitir se aproximar de qualquer coisa ou pessoa ou se envolver com ela é como eu defino essa droga de atitude de ficar alheia a tudo.

Simone sorriu, dando um toque desagradável ao sorriso.

— Eu estava bem próxima do cara que acabou de sair.

— Qual é o nome dele?

Austin, Angel, Adam... merda, merda, merda!

— Ansel — lembrou.

— Você teve que se esforçar para isso. Você trouxe um cara para casa, transou com ele e teve que se esforçar para lembrar o nome dele em menos de uma hora.

— E daí? E daí, caralho? Se eu sou tão vagabunda assim, por que você se importa com o que eu faço, com o que eu sinto?

— Porque, cacete, você é a *minha* vagabunda.

Simone abriu a boca para liberar sua raiva, mas a risada veio primeiro. Enquanto Mi — com o rosto vermelho de raiva e lágrimas de fúria brilhando nos olhos — a encarava, a risada aumentou.

Mesmo com Mi bufando de raiva, ofendida, Simone brindou com o chá.

— Isso exige uma camiseta: *Vagabunda da Mi-Hi*. — Bateu a mão livre no peito.

Enquanto limpava dos olhos as lágrimas de raiva, o absurdo daquelas palavras arrancou uma risada chorosa de Mi.

— Você a usaria com orgulho também.

— E por que não?

— Ah, droga, Si! — Mi colocou o chá de lado e esfregou as mãos no rosto. — Eu amo você.

— Eu sei. Eu sei.

— Você está perdendo tempo, fazendo aulas em que você, basicamente, dorme.

— Eu nunca vou ser uma droga de engenheira biomédica, Mi. A maioria de nós ainda está tentando descobrir as coisas.

— Os únicos cursos pelos quais você mostrou qualquer interesse de verdade têm a ver com arte. Então concentre-se nisso e se descubra. Você está perdendo tempo em um trabalho do qual não gosta e não precisa, onde deveria ser gerente por ser qualificada demais para ele.

— Eu não quero ser gerente da loja. Muita gente não gosta do que faz. E eu preciso do meu trabalho porque, com ele, pelo menos, eu pago algumas das minhas despesas.

— Então, encontre um trabalho do qual você goste. Você está perdendo tempo transando com homens de quem não gosta.

Agora era Simone que tinha as próprias lágrimas para limpar.

— Eu não quero gostar de ninguém agora. Eu não sei se vou querer um dia. Eu gosto de você, da minha família, e isso é tudo o que tenho.

— Acho triste o fato de que eu a valorize mais do que você a si mesma, por isso é bom que eu esteja por perto para pegar no seu pé e encher seu saco.

— Você é muito boa nisso.

— Sou presidente do Clube dos Enchedores de Saco. Você mal pode ser considerada um membro honorário. Aproveite o verão, Si. Podemos ficar na praia até minha ida para Londres. Você pode passar um tempo com a CiCi, e até deixar que ela dê um giro com você pela Europa, como ela queria fazer depois da formatura. Nós podemos sublocar o apartamento. Não fique aqui sozinha.

— Vou pensar.

— É o que você diz quando quer que eu cale a boca.

— Talvez. Olha, eu estou cansada, e tenho que estar na loja às 8h para fazer o trabalho do qual eu não gosto. Quero dormir um pouco.

Mi concordou com a cabeça e jogou na pia o chá que nenhuma das duas havia terminado.

Simone sabia o que significava aquele silêncio, e ele esbanjava ansiedade.

— Festa do pijama? — sugeriu.

Os ombros de Mi caíram em sinal de alívio.

— Isso seria ótimo.

— Vamos usar sua cama virgem por razões óbvias. — Pôs o braço ao redor de Mi enquanto iam para o quarto dela. — Eu peguei o número do Aaron. Quem sabe ele tem um amigo?

— Você disse que o nome dele era *Ansel*.

— Droga!

Elas subiram na cama de Mi e se aninharam ali em busca de conforto.

— Eu sinto saudade dela — murmurou Mi.

— Eu sei. Eu também.

— Eu acho que me sentiria diferente em relação a Nova York, em estar aqui, se ela estivesse aqui. Se a Tish estivesse aqui, nós seríamos diferentes.

Tudo seria diferente, pensou Simone.

Ela sonhava com isto: sentar-se com Mi e observar Tish, viva e cheia de energia, no palco. No centro das atenções. Arrasando.

Ela sonhava com o trabalho de Mi no laboratório; ela, tão resoluta e brilhante em seu jaleco branco.

E, quando os sonhos tomaram outro rumo, ela se viu sentada em uma jangada em um mar calmo e silencioso. Sendo levada para lugar nenhum.

Acordou para a realidade de servir à multidão da faculdade o café especial e superfaturado pelo qual a maioria pagava com o cartão de crédito dos pais — e eles ainda não podiam se dar ao trabalho de dar uma gorjeta decente.

Quando se viu, pela segunda vez naquela semana, limpando os vasos sanitários do banheiro unissex, deu mais uma boa olhada no espelho.

Sabia que o gerente cretino passava a limpeza do banheiro para ela duas vezes mais do que para qualquer outra pessoa porque ela não transava com ele. (Casado, pelo menos quarenta anos, rabo de cavalo, muito eca.)

— Que se dane! — disse a si mesma.

Saiu do ambiente que cheirava a água sanitária e limão artificial para cair no meio do zunido constante de máquinas de café expresso e conversas que vaticinavam algo sobre política ou choramingavam sobre relacionamentos.

Tirou o estúpido avental vermelho que tinha de pagar para ser lavado e pegou sua bolsa que estava dentro do armário estreito — cujo aluguel também saía de seu salário de merda.

O gerente cretino zombou dela.

— Não é hora de seu intervalo.

— Você está enganado. Já passou da hora do meu intervalo. Eu me demito.

Caminhou em direção ao mundo barulhento e colorido, e percebeu que sentia algo que há muito tempo havia perdido.

Ela se sentiu feliz.

SEIS MESES DEPOIS de se formar na Academia de Polícia, Reed fazia patrulha com Touro Stockwell. O oficial Tidas Stockwell havia ganhado o apelido de "Touro" não só por causa do físico, mas também por causa da personalidade.

Um veterano há 15 anos na profissão, Touro era desbocado, durão e dizia ter um faro capaz de detectar bobajada a uns três quilômetros de distância.

Ele tinha várias bandeiras vermelhas como sinal de perigo que o levavam a autuar, incluindo: qualquer coisa que considerasse antiamericano (uma escala móvel), babacas (uma vasta gama de qualificações) e filhos da puta. Seus melhores candidatos a filhos da puta eram os que faziam mal a crianças, batiam em mulheres ou maltratavam animais.

Não havia votado em Obama — nunca havia votado em um democrata durante toda a sua vida, e não via nenhum motivo para mudar. Mas o homem era presidente dos Estados Unidos e, como tal, contava com seu respeito e sua lealdade.

Não era preconceituoso. Sabia que havia babacas e filhos da puta de todas as cores e credos. Talvez não entendesse todo esse lance de homossexualidade, mas, na verdade, não dava a mínima para isso ou aquilo. Achava que, se uma pessoa quisesse sair com alguém do mesmo sexo, isso era problema dela.

Tinha dois divórcios por baixo daquele cinturão militar. Do primeiro, tinha uma filha de dez anos por quem era loucamente apaixonado; e tinha um gato de um olho só e de uma pata só que havia resgatado depois de uma operação antidrogas.

Quase que diariamente, repreendia Reed verbalmente por ser muito burro, muito lerdo, estudante e um novato idiota. E, nos seis meses em que estava no trabalho, Reed havia aprendido mais sobre a sujeira e o que era essencial no trabalho policial do que em todos os cursos universitários ou em seus meses na Academia.

Ele certamente havia aprendido que, ao atender a um chamado de violência doméstica, deveria se colocar entre Touro e o agressor (masculino) antes que aquela bandeira vermelha fizesse seu parceiro começar a raspar a pata no chão e bufar.

Assim, quando seguiam para uma possível denúncia de violência doméstica em uma casa geminada à qual já haviam ido quatro vezes pelo mesmo motivo, Reed se preparou para fazer exatamente isso.

— Ela tem uma ordem de restrição contra ele agora, então deixa esse filho da puta comigo.

Reed lembrou que o *ela* em questão — uma tal de LaDonna Gray — havia aceitado o marido — um tal de Vic Gray — de volta depois de um olho roxo e de um lábio partido, e, mais uma vez, depois de um braço quebrado e um nítido estupro conjugal.

Mas o terceiro incidente — deixá-la inconsciente e quebrar dois dentes — dois meses depois que a mulher tinha dado à luz o filho do casal foi a gota d'água para a ordem de restrição.

— Vai ser melhor para ele se não tiver tocado naquele bebê. — Touro puxou a calça para cima enquanto os dois atravessaram um caminho coberto de neve em direção à porta.

Uma mulher saiu correndo da área que unia as duas casas.

— Ele vai matar ela! Eu juro que dessa vez vai.

Reed ouvia agora: os gritos, os berros, o choro do bebê.

Teve tempo de pensar: *Que merda!*

Viu também que a porta da frente já havia sido arrombada.

Passou pela porta com o parceiro, notando os sinais de violência no térreo, com a mesa virada, a lâmpada quebrada...

No andar de cima, o bebê gritava como se alguém tivesse enfiado um picador de gelo em seu ouvido, mas os gritos, os xingamentos, os soluços, a pancadaria, tudo isso vinha dos fundos da casa.

Reed — com pernas jovens e compridas — foi mais rápido que Touro e teve tempo de ver Vic Gray fugir pela porta dos fundos. A mulher estava caída no chão da cozinha, gemendo, soluçando, sangrando.

— Eu pego o cara. — Reed correu para os fundos. Enquanto corria, fez uma ligação. — Aqui é o policial Quartermaine em perseguição a suspeito de agressão. O suspeito é Victor Gray, branco, 28 anos, indo a pé para o sul de Prospect. Ele tem cerca de 1,77 metro, oitenta quilos. Está usando um casaco preto com capuz, gorro vermelho, jeans. Está virando para o leste, no sentido da Mercer.

Gray atravessou um quintal, abrindo caminho por entre os vinte centímetros de altura da neve da noite anterior, e escalou uma cerca. Reed pensou que seria muito mais rápido se estivesse com seus tênis Nike em vez dos sapatos que faziam parte do uniforme.

Com a respiração condensando diante de seu rosto, Reed passou pela cerca e caiu na neve. Ouviu gritos, acelerou o passo. Não havia se destacado em corrida no ensino médio.

Viu uma mulher estendida na neve em seu quintal, ao lado de um boneco de neve pela metade. Com sangue escorrendo pelo nariz, ela estava agarrada a uma criança chorosa.

— Ele tentou pegar meu bebê!

Reed continuou, viu Gray ir para o leste e reportou o fato enquanto avançava na direção do homem. Passou por outra cerca, viu Gray virar na direção da porta aberta de outra casa geminada, de onde se ouviam música e as risadas de uma mulher.

Reed ouviu a mulher dizer:

— Eu não preciso ver se você limpou bem o pórtico. Feche a porta. Está frio!

Seu único pensamento foi: *ele não vai entrar lá e machucar outra pessoa*. Reed pode não ter sido a estrela de futebol com que o pai sonhou, mas sabia enfrentar um cara como aquele.

Deu um salto e pegou Gray pelos joelhos no estreito pórtico do lado de fora da porta aberta.

Quando Gray esfolou o rosto na pedra, ele gritou.

— Ei, ei, que porra é essa?! — Um homem com um copo de vinho em uma das mãos e um iPhone na outra saiu. — Caramba, o cara está sangrando por toda parte. Estou filmando isso. Estou filmando isso. Isso é brutalidade policial.

— Vá em frente e filme. — Sem fôlego e com as pernas bambas por causa da batida, Reed sacou as algemas. — Vá em frente e filme o babaca que encheu a mulher de porrada a poucos quarteirões daqui, atacou uma segunda mulher e tentou sequestrar o filho dela para servir de refém. O cara que estava invadindo a sua casa. Eu peguei o cara — relatou Reed pelo rádio. — O suspeito está detido e pode precisar de assistência médica. Qual é o endereço aqui?

— Eu não sou obrigado a dizer, seu otário.

— Cala a boca, Jerry. — A mulher que estava rindo empurrou para o lado o homem com o telefone. — É 5237 Gilroy Place, policial.

— No fim da 5237 Gilroy Place. Obrigado, senhora. Victor Gray, você está preso por crime sexual, duas acusações, e por agressão. — Ele pôs as algemas nos pulsos de Gray. — Por tentativa de sequestro de criança, por resistir à prisão e por violar os termos de uma ordem de restrição.

— Esse homem tem direitos.

Reed ergueu os olhos.

— Você é advogado, senhor?

— Não, mas eu sei...

— Então por que o senhor não para de interferir no assunto da polícia?

— Você está em uma propriedade privada.

— Minha propriedade — disse a mulher —, então cale essa porra de boca, Jerry. Você está sangrando um pouco também, policial.

Ele sentiu sangue na boca e também nas palmas das mãos, que ardiam.

— Eu estou bem, senhora. Victor Gray, você tem o direito de permanecer calado.

Enquanto recitava os direitos de Gray, Jerry sorriu de canto.

— Demorou demais.

— Não é advogado? — Reed pôs Gray de pé. — Então é só mais um escroto.

— Eu vou apresentar queixa!

— Chega. Fora. Saia da minha casa, Jerry.

Reed ouviu as sirenes enquanto a mulher dava uma dura no idiota. Uma vez que ela apareceu para assumir o controle daquela situação, ele obrigou Gray a andar até a frente da casa.

— Eu vou processar você, seu merda — murmurou Gray.

— Sim, pode processar, Vic.

LaDonna Gray teve três costelas, um pulso e o nariz quebrado, um pômulo estilhaçado, os olhos roxos e lesões internas. O filho dela não se feriu. Sheridan Bobbett, que estava no quintal brincando com o filho de dois anos, teve escoriações leves, e a criança ficou com alguns hematomas nos braços e nos ombros. De acordo com sua declaração, Gray entrou correndo pelo quintal de sua casa e a derrubou. Ela lutou com ele quando ele tentou arrancar o filho de seus braços e depois fugiu quando, então, um policial passou pela cerca e veio atrás dele.

Eloise Matherson, que reside na 5237 Gilroy Place, serviu como testemunha ocular da captura e da prisão, declarando ter visto, através da porta aberta, o homem identificado como Victor Gray correndo em direção à sua casa e o oficial o derrubando a poucos metros de sua porta e o imobilizando quando ele tentou resistir. A mulher expressou sua gratidão pelo fato de o oficial ter impedido um homem violento de entrar em sua casa.

E deu a Reed seu número às escondidas.

Touro despejou a papelada em cima de Reed — era assim que funcionava para os novatos. E Reed ouviu por acaso a conversa dele com um funcionário do hospital, verificando o estado de LaDonna Gray.

Quando Reed arquivou a papelada, o vídeo feito com o telefone por Jerry, o Idiota, estava nos noticiários locais.

Reed aceitou a zoação — era assim que funcionava para os policiais —, assustou-se um pouco com a expressão fria de fúria que tinha no rosto e imaginou que levaria uma bronca de seu chefe por ter usado a palavra *escroto*.

— Você já está na internet, Quartermaine.

Outro policial apontou para a tela de um computador.

— O blog da McMullen.

— Merda!

— Ah, ela chama você de jovem, viril e...

— O quê?

— Ela menciona o shopping DownEast. Não esquenta, novato. Ninguém lê as bobagens que ela escreve.

Todo mundo lê, pensou Reed. Inclusive os policiais. Assim como muita gente leu o livro que ela publicou no ano anterior. *Massacre no DownEast*. Com o burburinho dela, a probabilidade de o maldito vídeo feito com o celular se tornar viral — e nacional — aumentava consideravelmente.

Ele soube que a notícia já havia começado a se espalhar quando Essie — agora detetive McVee do Departamento de Polícia de Portland — entrou e fez um sinal para ele.

Ela o levou até a sala de reunião do departamento, que estava vazia no momento.

— Você está bem?

— Sim, claro.

— Alguém ficou marcado. — Ela tocou com um dos dedos o queixo machucado de Reed.

— Bati a nuca na queda. Tudo bem.

— Ponha um pouco de gelo nisso. A mídia vai brincar com isso um pouco. Jovem herói do Shopping DownEast torna-se policial herói, faltando um pedaço. E coisas do tipo.

Ele passou a mão no cabelo curto de policial, uma vez que seu sargento insistira para que o mantivesse aparado e sem cachos soltos.

— Que droga, Essie!

— Você saberá lidar com isso. Seu sargento vai lhe dar uma bronca de leve por causa do comentário. Mas todos os policiais de Portland, inclusive ele, e dos subúrbios da cidade, vão aplaudi-lo às escondidas por causa disso. Não se preocupe com isso e não se preocupe com a McMullen ou com quem quer que seja da mídia. Mantenha a discrição e faça seu trabalho.

— Bem, eu estava fazendo — ressaltou ele.

— Está certo. E o que o vídeo do idiota mostrou foi um policial fazendo o trabalho dele, mantendo a compostura e o controle, à exceção de uma palavra murmurada. Uma palavra que o vídeo também mostra que aquele idiota bem que mereceu. Você fez bem, Reed, e eu queria que você ouvisse isso da minha boca, já que eu acho que tive algo a ver com você estar vestindo esse uniforme.

— Você teve muito a ver com isso. Eu achei... eu tinha que pegá-lo. Quando eu vi aquela mulher sangrando no chão, eu precisava pegá-lo. Não foi uma espécie de flashback. Eu não me lembrei daquela noite ou algo assim, mas foi tipo quando eu soube que tinha que pegar aquele garoto.

— Instinto, Reed, você tem instinto. — Com aprovação, ela fingiu lhe dar um soco no maxilar machucado. — Continue usando seu instinto, e aprenda com o Touro. O filho da puta é gente fina, apesar das babaquices.

— Ele enche o meu saco, mas isso não é uma queixa. Mesmo. Ele foi manso como um cordeirinho com a LaDonna Gray. Acho que isso é uma coisa que estou aprendendo com ele: como lidar com as vítimas para que não se sintam tão desamparadas.

— Isso é bom. Que tal jantar comigo na semana que vem?

— É possível. Você ainda está saindo com aquele professor?

— Que belo policial você está sendo! — Ela ergueu a mão esquerda, balançando os dedos para mostrar o anel.

— Caramba, Essie. — Ele começou a estender a mão, mas se deteve. — Eu não posso abraçar uma detetive na delegacia. Isso vai ter que esperar. Que cara sortudo!

— Isso mesmo. Se você precisa conversar, sabe para quem ligar. Eu envio uma mensagem de texto para você falando sobre o jantar.

Ele foi direto para o vestiário, para tirar o uniforme. Havia encerrado o expediente desde que arquivara a papelada. Encontrou o Touro pendurando a jaqueta do uniforme dele.

— Já acabou a sessão de beijos na sala da detetive?

— Não posso beijá-la. Ela acabou de ficar noiva.

— Hã. Os policiais deveriam saber que não se deve casar. — Ele pôs uma camiseta branca lisa. — Você chamou aquele civil, a testemunha, de escroto quando você, porra, sabia que ele estava filmando você?

— Está no vídeo, então seria idiotice da minha parte negar isso.

— Bem. — Estudando-se no espelho de seu armário, Touro passou a mão no cabelo cortado bem rente. — Pelo visto, eu vou pagar uma cerveja para você. — Fechou o armário. — Você pode até dar um policial quase bom, afinal.

Capítulo 6

♦ ♦ ♦ ♦

PATRICIA JANE HOBART devorava o blog de McMullen enquanto comia uma tigela de palitos vegetarianos e biscoitos recheados com húmus.

Ela havia sido uma criança gorducha, mimada rotineiramente pela mãe com biscoitos, bolinhos e seu M&M's favorito. Seus interesses — computadores, leitura, assistir à TV e, de vez em quando, jogar videogame — combinavam bem com seu paladar. Muitas vezes, ela consumia um pacote inteiro de Oreo (preferia com recheio duplo, gelado na geladeira) que descia com um litro de Coca-Cola enquanto estava absorta em uma história de espionagem, um mistério de assassinato, um romance ocasional ou testando suas habilidades de *hacker*.

Enquanto o pai (um caipira fracassado) e a mãe (uma idiota infeliz) se digladiavam no casamento, ela gostava de jogar um contra o outro e colher os frutos de mais caos — e mais biscoitos.

Aos 12 anos, pesava 72 quilos e media 1,57 metro de altura. Fazia o papel de manhosa para os professores, vizinhos e os pais, usando a máscara de uma criança estoica que sofria *bullying* dos colegas. De fato sofria *bullying*, mas ela o provocava, o aceitava e o usava para tirar vantagem.

Enquanto os adultos a acariciavam e papariciavam, ela tramava e executava sua vingança com a discrição e o foco que um agente da CIA admiraria.

O garoto que a apelidou de Patty, a Leitoa, saiu voando de sua bicicleta quando a corrente adulterada por ela quebrou.

Para ela, o maxilar fraturado do menino, os dentes quebrados, o tempo em que ele ficou no hospital e os milhares de dólares que os pais desembolsaram com tratamento dentário foram uma vingança quase suficiente.

A líder das garotas, que havia roubado sua calcinha durante o banho após a ginástica e a pregado de forma criativa em um desenho de elefante antes de pendurá-lo no quadro de avisos, quase morreu quando os amendoins que

Patricia esmagou até virarem pó e colocou na sua garrafa térmica de chocolate quente lhe causaram um choque anafilático.

Quando chegou à adolescência, Patricia era um prodígio de vingança. De vez em quando, ela pedia ajuda ao irmão, a única pessoa no mundo a quem ela amava quase tanto quanto a si mesma. Seus esquemas o envolviam — tramou vários para ele — o suficiente para manter a ligação entre eles após o divórcio dos pais.

Ela odiava que JJ morasse com o inútil do pai; odiava que ele realmente preferisse isso. Entendia o porquê. Ele podia fazer o que bem quisesse, pois não haveria consequências, bebendo cerveja e fumando maconha às escondidas enquanto ela permanecia presa à mártir chorona que era a mãe.

Mas JJ dependia dela. Ele não era particularmente brilhante, por isso precisava da ajuda da irmã com o dever de casa. Ele tinha problemas para controlar seus impulsos e precisava que ela o lembrasse de que a vingança é um prato que se come pelas beiradas.

Ela não gostava de mais nada além de elaborar cuidadosamente cada vingança.

Aos 17 anos, seu irmão quase sempre mostrava ao mundo o animal bravo, violento e amargo que era. Por outro lado, Patricia, com a aparência de uma menina tranquila, estudiosa e com problemas de peso escondia uma psicopata astuta e brutal.

Perfeitamente consciente de que adolescentes — e, para ela, todos os homens estavam nesse nível — enfiariam o pau em qualquer coisa, Whitehall e Paulson haviam transado com ela. Ela imaginava o sexo como uma maneira de controlá-los — ferramentas úteis — e fazer com que acreditassem que a controlavam.

JJ sabia melhor das coisas, mas os laços de sangue eram mais fortes.

Ela elaborou o plano. Um tiroteio em massa que abalaria o centro não só da comunidade que ela desprezava, mas também toda a cidade — o país inteiro. Trabalhou nele durante meses, selecionando e rejeitando locais, e aperfeiçoou cada vez mais a cronometragem, o armamento.

Não contou a ninguém, nem mesmo a JJ, até que decidiu pelo shopping. O shopping, onde adolescentes risonhas que a tratavam como lixo corriam em bandos. Onde pais perfeitos com filhos perfeitos comiam pizza e iam ao cinema. Onde idosos que já deveriam estar mortos andavam com roupas de ginástica horrorosas ou davam voltas em carrinhos motorizados.

Ela considerou o shopping o local perfeito para a vingança contra tudo e contra todos que desprezava.

Mesmo depois de ter contado a JJ, ela o fez jurar segredo. Ele não poderia contar a ninguém, nem poderia escrever nada do que discutiram. Quando chegasse a hora certa, quando ela tivesse esquematizado tudo, considerando todos os possíveis imprevistos, poderiam trazer os dois amigos dele.

Ela percorreu quilômetros no shopping — juntando-se àqueles idosos repugnantes para fazer exercícios com eles antes de as lojas abrirem, e deixando que fizessem dela um animalzinho de estimação.

Tirou fotografias, fez mapas, estudou a segurança do shopping. Perdeu um pouco de peso como disfarce e orientou JJ para que arrumasse um trabalho de meio período lá.

Ele escolheu o cinema, e por isso ela entregou aquele setor a ele.

Pelos seus cálculos, a Operação Nascidos para Matar aconteceria em meados de dezembro, dando-lhe tempo para aparar as arestas e aproveitando a multidão de férias para causar maior impacto.

Eles tirariam a vida de centenas.

Mas então JJ avançou o sinal. E nem mesmo contou a ela.

Depois de todo o trabalho que ela havia tido, ele deixara que os próprios impulsos o controlassem. Ela ficou sabendo do tiroteio quando o noticiário local interrompeu a reprise de *Friends* para fazer um boletim.

Teve de se virar para destruir suas anotações, seus mapas, suas fotos, cada vestígio de seis meses de trabalho. Escondeu o laptop no galpão arrebentado do jardim de um vizinho. Ela o havia comprado com dinheiro vivo e o usado exclusivamente para o plano do shopping, quando fora visitar os avós na casa enorme e chique onde viviam, em Rockpoint.

Ela sabia que os policiais viriam. Fariam perguntas para ela, para sua mãe; revistariam de cima a baixo a casa caindo aos pedaços, alugada na parte pobre da cidade. Conversariam com vizinhos, professores, outros estudantes.

Porque JJ seria pego. Mesmo que tivesse seguido o plano como ela havia mostrado até aqui, ele seria pego. Ele nunca a incriminaria, mas seus dois amigos imbecis fariam isso.

Contudo, os policiais não teriam nada além disto: a palavra de dois imbecis contra uma menina de 15 anos; uma aluna distinta com boas notas, sem uma única mancha no currículo.

Enquanto andava, aguardando o próximo noticiário, pensou no que diria, em como reagiria, cada palavra, cada expressão, sua linguagem corporal.

Comoção e uma dor profunda e genuína fizeram-na cair no chão quando a repórter de olhar tristonho anunciou que os atiradores — que julgavam ser três ao todo — estavam mortos.

Não o JJ. Não a única pessoa no mundo que a conhecia e se importava com ela. Seu irmão, não.

Aquela dor se resumiu em um único gemido. Em seguida, ela a engoliu. Iria guardá-la para a polícia. Guardá-la para sua mãe idiota, quando os policiais a tirassem de seu segundo emprego — o de limpar os escritórios de um grupo de advogados mentirosos.

Ela iria guardá-la para as câmeras.

E, quando chegassem, quando a notificassem e fizessem perguntas para ela, ao lado da mãe trêmula — quando revistassem a casa de cima a baixo, conversassem com os vizinhos, eles veriam uma menina de 15 anos em choque. Uma menina que se agarrava à mãe e soluçava. Uma menina tão inocente quanto seu irmão era culpado.

Como era de se esperar, sua mãe desmoronou, e seu pai, furioso, pegou uma garrafa que nunca mais largaria. Ela aguentou firme e pediu a um dos advogados dos escritórios que a mãe limpava para ajudá-la a redigir uma declaração expressando o choque, o horror e a dor de todos eles — uma declaração, insistiu ela em lágrimas, pedindo desculpas a todos.

E, uma vez que seus pais não conseguiam lidar com a situação, ela leu a declaração em meio a soluços sufocados.

Tiveram de se mudar. Ela escondeu o laptop em uma caixa de bichos de pelúcia. Não puderam se mudar para longe, pois a mãe precisava dos empregos, e seus chefes decidiram mantê-la. Concluiu o ensino médio com um tutor, que os avós paternos ricos pagaram.

Ela manteve a discrição e guardou sua vingança para si, preparando-se para servi-la bem fria.

Aos 18 anos, exibia um corpo nitidamente escultural, distribuído em 1,62 metro de altura. Sua família atribuiu a perda de peso inicial ao estresse e à dor, mas Patricia se esforçara para se transformar em uma arma flexível. Tinha pessoas na mira, e compilou dossiês sobre todas elas.

O tempo, calculou ela, permaneceu do seu lado, e havia a faculdade para concluir. Com notas excelentes e inteligência, tinha inúmeras escolhas, e decidiu ir para a Columbia, uma vez que dois de seus alvos — um deles o seu principal — a escolheram.

Muito melhor seria seguir de perto a pessoa a quem via como a principal responsável — até mais que a policial que metera chumbo nele — pela morte de seu irmão.

Sem Simone Knox, os policiais não teriam chegado lá tão rapidamente, não teriam entrado no cinema, não teriam matado seu irmão. Ele teria saído do modo como havia entrado, não fosse por Simone Knox.

Ela já poderia ter matado Knox e terminado o trabalho de JJ contra a pequena amiga asiática dela umas mil vezes. Mas o prato não estava frio o suficiente.

E elas estavam longe de serem as primeiras a pagar.

Na cadeia alimentar de sua vingança, os pais vinham primeiro. Mas agora, lendo o blog de McMullen no pequeno apartamento pelo qual seus avós pagaram — ela simplesmente não podia conviver com gente! —, reconsiderou.

A policial, não, nem o jovem herói que se tornara policial. Eles estavam entre os primeiros da lista, não iriam cair para as últimas posições. Mas talvez, talvez, apenas talvez, ela pudesse escolher um dos que estivessem mais abaixo, realizar um tipo de teste.

Mastigou ruidosamente os palitos vegetarianos e os biscoitos recheados com húmus em um apartamento do outro lado da rua de seu principal alvo e começou o processo de seleção.

Em 22 de julho de 2005, Roberta Flisk fez 36 anos. Ela fora ao shopping com a irmã e a jovem sobrinha para que a pequena Caitlyn, de 10 anos, furasse as orelhas.

Elas planejavam concluir o rito de passagem com sundaes. Mas, após Caitlyn estar com seus brinquinhos de ouro, enquanto Shelby carregava a sacola de produtos de limpeza caríssimos e Roberta saía da loja de bijuterias, tudo mudou.

Roberta parou em um quiosque para comprar para alguns brinquedos de praia para seu filhinho, para o final de semana que ele passaria com os avós. Ela e o marido haviam planejado o próprio fim de semana prolongado na Ilha de Mount Desert, na esperança de restaurar o casamento conturbado.

Mais tarde, ela contou à polícia, à família, aos repórteres, como vira o menino identificado como Kent Francis Whitehall entrar no shopping enquanto ela, a irmã e a sobrinha andavam em direção às mesmas portas.

Ela pensou que ele estivesse usando um traje para algum evento. Até que ele sacou o fuzil. Sua irmã foi a primeira vítima do ataque.

Assim que ela caiu, Caitlyn gritou, caindo no chão junto da mãe. Roberta lançou-se sobre a sobrinha e a irmã. Whitehall atirou nela duas vezes — ombro esquerdo, perna esquerda — antes de mudar para outros alvos.

Com a irmã morta, a sobrinha traumatizada e seus próprios ferimentos exigindo duas cirurgias e meses de terapia — física e psicológica —, Roberta não teve vergonha de falar com a imprensa.

Ela se tornara uma defensora ferrenha e eloquente da regulamentação de armas. Ajudou a iniciar a *Por Shelby*, uma organização ativista dedicada a Soluções Seguras e Sãs.

O site e a página do Facebook da organização exibiam diariamente o número de mortes por arma de fogo no país: assassinato, suicídio, morte acidental.

Seu casamento acabou, fora outra vítima de DownEast.

Ela fez discursos, organizou manifestações e marchas e apareceu na televisão, sempre usando o pingente em formato de coração que guardava uma foto da irmã.

Na tragédia, ela se tornara uma guerreira, um nome e um rosto, uma voz conhecida não só no bairro, mas em todo o país.

Por essa razão, ela se ajusta perfeitamente às necessidades de Patricia.

Patricia levou um mês inteiro para estudar, espionar, fazer anotações e fotos, planejar. De volta a Rockpoint durante a maior parte do verão, aparentemente para passar algum tempo com os avós, ela fez registros meticulosos dos hábitos e das rotinas de Roberta.

No final, isso se tornou ridiculamente fácil para ela.

Certo dia, antes de amanhecer, ela saiu da casa dos avós sem ser vista e correu cerca de oitocentos metros até a casa de uma das amigas da avó. Depois de colocar uma peruca loira curta e luvas de látex, tirou a chave reserva do carro, que estava dentro da caixa magnética sob o aro da roda. Cuidadosamente respeitando o limite de velocidade, dirigiu até o bairro silencioso de Roberta, estacionou e tirou da mochila a arma e o silenciador, roubados do pai durante uma das bebedeiras do homem.

Ao amanhecer, pontualmente, Roberta saiu pela porta dos fundos. Em um dia normal, ela teria atravessado o quintal, passado pelo portão de um vizinho e se encontrado com a primeira de suas duas companheiras de corrida pelas manhãs.

Mas, nesta manhã, Patricia a aguardava.

Ela saiu de trás de uma árvore robusta, de folhas vermelhas.

Quando Roberta, ajustando os fones de ouvido, olhou de relance, surpresa, Patricia a abateu com dois tiros rápidos no peito. O silenciador fez com que o som não passasse de um inofensivo *tum*. O terceiro tiro, o fatal na cabeça, foi mais alto, mas tinha de ser feito.

Patricia tirou da mochila a placa que havia feito e a jogou sobre o corpo de Roberta.

AQUI ESTÁ A SUA SEGUNDA EMENDA, SUA PUTA!

Recolheu os cartuchos e os guardou com a arma e o silenciador na mochila. Raios de luz vermelhos e cor-de-rosa atravessavam a parte leste do céu enquanto ela voltava para a casa do vizinho e colocava a chave de volta no lugar.

Com a peruca e as luvas na mochila, ela pegou os fones de ouvido, colocou-os e começou a correr.

Percebeu que não sentia... nada especial. Havia esperado sentir certa euforia ou espanto. Alguma coisa. Mas não sentiu mais do que aquilo que sentia quando completava bem uma tarefa necessária.

Uma pequena satisfação.

Correu, uma vez que havia criado esse hábito depois que começara a observar a rotina matinal de Roberta, até uma padaria a aproximadamente um quilômetro e meio de distância.

Ouviu o noticiário — e a especulação de que a postura visível e eloquente de Roberta havia feito dela o alvo de algum louco por porte de armas.

Hora de esperar de novo, concluiu ela. De esperar, conspirar e estudar. Mas e o teste? Ela arrasara. Matar era fácil se a pessoa simplesmente elaborasse um plano e se ativesse a ele.

Ela entrou na padaria, recebeu um sorriso largo de boas-vindas de Carole, a mulher que abria o lugar todas as manhãs.

— Olá, Patricia. Bem na hora.

— Dia lindo! — Radiante, Patricia corria levemente no mesmo lugar, agitada. — Que tal três desses muffins de maçã hoje, Carole?

— É pra já. É muita gentileza sua fazer um agrado para os seus avós toda manhã.

— Os melhores avós do mundo. Eu não sei o que faria sem eles. — Patricia tirou o dinheiro do bolso lateral da mochila e, mudando o ângulo dela, abriu o zíper da parte principal para colocar o saco de muffins junto com a peruca e a arma.

Chegou em casa e guardou a peruca, as luvas, a arma e o silenciador. Depois de um banho rápido, levou os muffins para a cozinha e os colocou em uma pequena tigela sobre o balcão.

Ela havia começado a preparar o café quando a avó veio arrastando os pés.

— Você já foi correr! — disse, como dizia todo maldito dia.

— Acordei com o sol, e que manhã linda! Muffins de maçã hoje, vozinha.

— Você está nos mimando demais, querida.

Patricia apenas sorriu. Ela iria mimá-los, é claro, e quando finalmente morressem, ela herdaria tudo.

Ela poderia fazer muita coisa com tudo aquilo.

NAQUELA NOITE, Essie e seu noivo fizeram um churrasco no pequeno quintal da casa que ela se convencera a comprar quando se tornou detetive.

A compra apertou seu orçamento, mas, meu Deus, como ela estava feliz por ter uma bela casa com três quartos e um quintal pequeno e animado.

E, desde que Hank tinha vindo morar com ela, o orçamento ficara um pouquinho menos apertado — e tudo estava mais feliz.

Nesse momento, Essie tinha uma casa e um quintal cheio de policiais e professores — com alguns familiares e vizinhos junto. E funcionou muito bem.

Hank, adorável aos olhos dela com aquela barbicha bem aparada, os óculos de intelectual e um avental com a frase "COZINHO EM TROCA DE SEXO", encarregava-se da grelha. Ele também havia feito a salada de batatas, os ovos recheados e outros acompanhamentos. Ela havia descascado e picado, e até mexido algumas panelas, mas o avental de Hank não estava mentindo — e ele provava ser um cozinheiro de mão cheia.

Ela se serviu de uma *margarita* — isso ela podia fazer — e ficou observando o homem que amava brincar com seu ex-parceiro.

Ela e Barry não haviam se separado, não pessoalmente, quando ela trocou o uniforme por um distintivo dourado. Isso fazia com que ela se sentisse tranquila em ver como o policial de quem gostava e a quem respeitava combinava bem com seu homem.

Talvez ela tenha se surpreendido por eles combinarem, da mesma forma que ela combinava com o professor Coleson, o estudioso de Shakespeare que usava elegantes óculos com armação de tartaruga.

Ela certamente não estava à procura de um amor, e só fora ao encontro às cegas (o primeiro e último) porque uma amiga a havia perturbado para que não resistisse.

Sentindo-se muito atraída depois dos primeiros drinques, ficou sinceramente impressionada durante o prato principal e passou para o desejo durante a sobremesa.

E foi para a cama depois da desculpa esfarrapada de uma saideira — uma palavra que ela jamais havia usado na vida.

Quando ele preparou o café da manhã para ela, não foi difícil começar a amá-lo.

Ela foi até a grelha, e seu corpo inteiro sorriu quando ele se curvou para lhe dar um beijo casual.

— Precisa de ajuda aqui?

— Assim que eu colocar estes hambúrgueres na travessa, você pode levá-los com os cachorros-quentes para a mesa.

— Beleza. Você já comeu o seu cachorro-quente queimado, Barry?

— Comi dois. O lugar parece bom, Essie. O problema é que a Ginny está dando uma olhada e começando a reclamar que nós não temos canteiros de flores tão bonitos.

— Ela precisa de uma Terri. — Essie fez sinal na direção de uma loira cheia de energia correndo atrás de dois gêmeos pequenos. — Nossa vizinha é uma expert em plantas. Ela está nos ensinando.

— Ela impediu que várias plantas morressem neste verão — acrescentou Hank. — Essie está ficando craque com plantas. Quanto a mim, tenho lá minhas dúvidas. Aqui está, minha linda.

Ele colocou os hambúrgueres na travessa, mais os cachorros-quentes.

— Deixa comigo, isso deve acalmar a multidão por um tempo. Você deveria fazer uma pausa aí e comer um pouco, Hank.

— Boa ideia. Que tal a gente tomar uma gelada, Barry?

— Tô dentro.

Essie foi abrindo caminho até a mesa, perdendo alguns hambúrgueres e cachorros-quentes enquanto as pessoas avançavam sobre a travessa em movimento.

Colocou a travessa sobre a mesa e pegou a tigela quase vazia de salada de batatas. Levou-a junto com um prato vazio em que estavam tomates fatiados (da horta de Terri) para reabastecê-los na cozinha.

Viu Reed debruçado sobre o balcão, bebendo uma cerveja e, ao que parecia, tendo uma discussão séria com o filho de 10 anos de sua atual parceira.

— Sem chance, de jeito nenhum, cara — disse Reed. — Eu estou com você nessa, mas não tem a menor chance de o Batman vencer o Homem de Ferro. O Homem de Ferro tem o traje.

Quentin — de cara de bolacha, sardento e óculos — discordou.

— O Batman também tem um traje.

— Ele não pode vestir o traje e voar, cara.

Essie ouvia o debate enquanto reabastecia a tigela e o prato.

— Eu vou escrever a história — afirmou Quentin. — E você vai ver. O Cavaleiro das Trevas arrebenta.

— Escreve, aí eu avalio.

Obviamente satisfeito, Quentin voltou correndo lá para fora.

— Você é ótimo com ele — observou Essie.

— É fácil. O menino é incrível. Apesar de estar errado em relação ao Tony Stark.

— Quem é Tony Stark?

— Eu não acho que vou poder falar com você agora. — Fazendo um não com a cabeça, Reed deu um gole na cerveja. Mesmo assim, estendeu a mão para pegar e levar a tigela no mesmo instante em que o telefone no bolso de Essie emitiu um sinal.

Ela o pegou, franziu a testa e depois suspirou.

— Merda.

— Você não está de serviço.

— Não é isso. Recebo alertas que me notificam se chegou alguma notícia sobre alguém envolvido no tiroteio do shopping. E temos uma.

— Quem? O quê?

— Roberta Flisk. Encontrada morta no quintal de casa hoje cedo. Três tiros. Ela era...

— Eu lembro. — Reed mantinha seus próprios arquivos. Ele havia examinado cada relatório e cada reportagem, lido cada registro sobre aquela noite e, até hoje, ainda guardava o material. — A irmã dela apareceu na lista como a primeira vítima fora do cinema. A mulher levou uns tiros também. Roberta era protagonista agora em favor da regulamentação de armas.

— Detalhes divulgados afirmam que foi deixada uma placa sobre seu corpo. "Aqui está a sua Segunda Emenda, sua puta!" Cacete!

— Quem a encontrou?

— Algumas amigas. Estão dizendo que elas corriam juntas todos os dias, ao amanhecer.

— Todos os dias?

Os olhos do policial se encontraram com os de Essie quando ela ergueu os seus próprios, fazendo um sim com a cabeça.

— Sim, era rotina. Alguém conhecia a rotina dela. Ou a conhecia ou a observava. Mais do que um desses maníacos com fetiche pela Segunda Emenda.

— Divorciada, certo? Ela se casou de novo? Namorado? Ex? — perguntou Reed.

— Você está a fim de ser promovido a detetive, é?

— Só lembrando que você tem que dar uma olhada nisso primeiro.

— Sim, está certo. — Ele não é mais um novato, pensou ela, e Reed tinha as qualidades necessárias para um bom investigador. — O caso não é meu.

— Mas você vai dar uma olhada — reagiu ele. — Ela estava lá. Nós estávamos. Você tem que dar uma olhada.

— Certo de novo, mas não agora. Não hoje. — Ela lhe entregou a tigela e pegou o prato. — Vou ver amanhã quem está com o caso.

— Você pode me manter informado?

Ela concordou com a cabeça, olhando a porta de tela dos fundos.

— Isso nunca vai acabar de verdade. É o tipo de caso que você nunca dá por encerrado. Mas você também não pode conviver com isso todo dia.

— A mídia vai ficar martelando nisso. É assim que funciona.

— Mantenha a discrição, faça o seu trabalho.

— Mas você vai me manter informado? — insistiu.

— Sim, sim, agora esqueça isso por hoje. Vamos tomar outra cerveja.

Nos dias seguintes, Reed passou todo o seu tempo livre reunindo informações sobre a investigação do caso Flisk. Cumprindo sua palavra, Essie o manteve a par dos fatos e até convenceu os chefes da investigação para que o deixassem visitar a cena do crime.

Ele examinou o quintal, e notou que as árvores e plantas ofereciam muita cobertura para alguém se esconder e esperar.

A vítima saiu pela porta dos fundos, pensou, como confirmaram várias declarações sobre essa rotina.

Ele começou a andar, afastou-se da porta dos fundos, atravessou o quintal e parou perto da grama manchada de sangue.

Leve-a para a parte mais afastada do quintal, concluiu. Menos chance de ela correr de volta para a casa, mais difícil para qualquer vizinho testemunhar o assassinato, e não há visão da rua.

Inteligente.

Três tiros, dois no tronco, depois um na cabeça.

Agora ele saía do ângulo designado pelo legista e a equipe de investigação. Muita cobertura, observou ele, à direita, enquanto o alvo se movia em direção ao portão na cerca.

O assassino dissera alguma coisa? Parecia para Reed que, se alguém havia decidido matar uma mulher por causa de sua posição sobre a regulamentação de armas, essa pessoa iria querer que a vítima soubesse o motivo.

Mas tudo o que ele ouvia, enquanto imaginava a cena, era silêncio.

Será que ela havia se lembrado daquele momento no shopping, imaginou ele, o momento em que vira Whitehall levantar o AR-15?

Às vezes, ele imaginava se o destino estava esperando enviar em sua direção uma bala que errara o alvo naquela noite. Uma bala pega no ar, como uma gravação em vídeo pausado, que iria acertá-lo em cheio quando o destino apertasse o botão do "play".

Será que ela se lembrara?

Uma vez que já havia concluído que não poderia fazer nada para mudar o botão que o destino escolheu apertar, ele se esforçava para viver e para fazer a diferença, ou tentar, pelo menos. Imaginou que Roberta Flisk havia feito o mesmo.

Ficou com a imagem dela na cabeça. O boné preto com o logotipo de um revólver dentro de um círculo, com uma linha diagonal passando sobre a arma cobrindo o cabelo loiro-médio, curto, e fones nos ouvidos. Uma regata azul-marinho e short de corrida também azul-marinho vestindo seu corpo atlético — as cicatrizes em sua perna como um lembrete constante de um pesadelo —, a chave de casa na parte interna do cós. Os tênis Nike em branco e rosa e as meias brancas.

Em sua mente, ela deixara de avançar apenas por um instante.

Choque, consciência, resignação? Isso ele nunca saberia.

Dois disparos discretos, imaginou quando a balística confirmou um calibre 32 com silenciador. Ambos atingiram o tronco. A vítima caiu, pensou ele, mais uma vez indo até as manchas queimadas na grama pelo sol de verão.

O terceiro disparo, mais alto, uma vez que o silenciador perdera a eficácia, vindo de cima, na direção da parte de trás da cabeça.

Então, a placa, a mensagem.

Parecia-lhe errado, só isso. A matança tinha todos os elementos de um assassino frio e até mesmo profissional; mas a placa colérica indicava irritação e descuido.

O assassino tivera tempo e cautela para recolher os cartuchos e não deixar vestígio, a não ser as balas no corpo e depois um bilhete impresso anunciando que ele era um defensor da Segunda Emenda que estava raivoso?

Algo estava errado porque o assassino não estava raivoso, e o assassinato não parecia pessoal.

Eles liberaram o ex-marido, pensou Reed enquanto andava pela cena mais uma vez. Ele e a vítima mantinham uma relação cordial. Ele não tinha arma e, a propósito, fazia uma doação anual à organização da ex-mulher em nome do filho deles.

No momento do assassinato, ele estava ajudando a preparar o café da manhã — com várias testemunhas disso — para algumas dezenas de escoteiros, incluindo o filho, em um acampamento na Ilha de Mount Desert.

Ela não tinha namorado, saía com alguém rara e ocasionalmente, e não tinha problemas com os vizinhos, voluntários ou a equipe de sua organização.

Algumas ameaças de morte, claro, do mesmo tipo daquela placa. Mas as coisas simplesmente não se encaixavam.

Ou se encaixavam bem demais.

Ele voltou para o carro, lembrando que, quando estacionara, duas pessoas saíram de casa para perguntar o que ele estava fazendo ali. Ele teve de se identificar como policial.

Enquanto os vizinhos alegavam que ainda estavam na cama ou que mal haviam acabado de se levantar no momento do crime, pareceu-lhe que o assassino, para perseguir a presa, misturara-se facilmente com os moradores do tranquilo bairro de classe média.

Entrou no carro e fez anotações cuidadosas sobre suas observações e teorias. Talvez sua principal teoria fosse apenas um erro de novato, mas, mesmo assim, ele a rascunhou.

O assassino teve paciência e controle; pôde se misturar com os moradores do bairro da vítima e matou com eficiência e precisão. E a mensagem?

Uma distração.

É claro que nenhuma de suas anotações, teorias e especulações ajudou Roberta Flisk ou o filho, agora órfão de mãe. Mas ele escreveu e arquivou todas elas.

E não se esqueceria de nenhuma delas.

Quando Simone ficou sabendo de Roberta Flisk — da morte violenta de uma sobrevivente do shopping DownEast —, desligou a televisão.

Ela fez questão de esquecer.

Ela deu a Mi o que a amiga queria: sublocou o apartamento e foi para casa.

E, após uma semana sob o mesmo teto que os pais e a irmã, fugiu para a ilha.

Ela amava seus pais, de verdade. E, ainda que a perfeição da irmã — tal mãe, tal filha, nesse caso — lhe desse nos nervos, ela também amava Natalie.

Só não conseguia conviver com eles.

CiCi deu-lhe espaço, literalmente, na casa de hóspedes ao estilo casinha de bonecas em cima do ateliê com paredes de vidro. E também lhe deu espaço em termos emocionais.

Se ela quisesse dormir metade do dia, CiCi não perguntava se estava se sentindo bem. Se quisesse andar na praia no meio da noite, CiCi não acordava preocupada.

Ela não foi recebida com uma testa franzida porque havia saído do emprego, nem ouviu um suspiro longo por causa da cor de seu cabelo.

Fazia o máximo de coisas que podia para CiCi e preparava algumas das refeições, embora não pudesse se gabar de suas habilidades culinárias. Concordava em servir de modelo sempre que era solicitada.

Consequentemente, depois de duas semanas, Simone teve de agradecer virtualmente a Mi. Sentia-se relaxada e tranquila, como não se sentia havia meses. O suficiente para que começasse a pintar um pouco.

Colocou o pincel sobre a mesa quando CiCi apareceu no quintal, segurando uma bandeja com uma jarra de sangria, copos, uma tigela de molho picante e batatas fritas.

— Se não quiser fazer uma pausa, vou levar isso para o meu estúdio e beber a jarra toda.

— Não posso. — Simone deu um passo para trás, para estudar a paisagem marítima que estivera pintando durante as últimas três horas.

— Está bom — disse CiCi.

— Não está.

— É claro que está.

Quando CiCi, com seu chapéu de aba flexível sobre a trança de mechas brancas e pretas (seu visual mais recente), serviu a sangria, Simone se jogou em uma das cadeiras do quintal.

A última tatuagem com símbolos celtas que CiCi havia feito dava a volta no pulso esquerdo como se fosse uma pulseira.

— Essa é a minha avó falando, e não a artista.

— As duas. — Bateu o copo de leve no de Simone, sentou-se, estendeu as pernas e pôs um tornozelo sobre o outro com as sandálias nos pés. — Está bom. Você sabe fazer uso do movimento e do clima.

— A luz não está certa, e, quando você estraga a luz, a pintura fica menos perfeita. Eu amo as suas paisagens marítimas. Os seus retratos são simplesmente incríveis, sempre, você não pinta paisagens com frequência. Mas, quando o faz, o resultado é sempre mágico e melancólico.

— Primeiro, você e eu somos diferentes, e deveria celebrar quem você é. Segundo, eu faço mar e paisagens e natureza-morta quando preciso de calma ou quando me dá vontade. Na maior parte do tempo, prefiro ficar apenas sentada aqui, olhando para a água. Retratos? As pessoas são infinitamente fascinantes, assim como é pintá-las. A pintura é a minha paixão, ponto. Não é a sua.

— Eu sei.

— Obviamente. Você tem 19 anos e muito tempo para encontrar a sua paixão.

— Tentei o sexo.

Depois de uma risada gutural, CiCi brindou e bebeu.

— Eu também. É um passatempo delicioso.

Entretida, Simone pegou um pouco de molho.

— Estou dando uma pausa.

— Eu também. Você é uma artista, e não contrarie a sua avó. Você é uma artista com talento e visão. A pintura é uma boa disciplina para você, mas não é a sua paixão, e não vai ser a sua principal forma de expressão. Experimente.

— Experimentar o quê? Papai ainda está tentando me fazer estudar Direito, e mamãe acha que eu deveria arrumar um namorado legal e confiável.

— Eles são conservadores, querida. É mais forte do que eles. Eu não sou conservadora, mas também não posso ajudar. Então eu vou dizer que você seria uma idiota se fizesse qualquer uma dessas coisas. Experimente — repetiu

— tudo. Em relação à arte, eu vou lhe dar o que ninguém quer: conselho. Você se lembra do mês de agosto que passou aqui depois daquela coisa horrível?

Simone olhou para a faixa de areia da praia, as rochas que a bordejavam, a água lá longe que não tinha fim.

— Eu acho que aquilo salvou a minha sanidade, então, sim, eu me lembro.

— Você e a Mi passaram muito tempo na praia na semana em que ela esteve aqui. Vocês fizeram castelos de areia. Os da Mi eram precisos, bonitos e tradicionais, bem a cara dela. E os seus eram fascinantes, imaginativos e fantasiosos.

Simone deu outro gole.

— Então eu deveria fazer castelos de areia?

— *Crie*. Tente argila para começar, veja aonde isso vai levar você. Você aprendeu o básico no ano passado.

— Como você sabe?

CiCi apenas sorriu e deu um gole na bebida.

— Eu sei um monte de coisas. E, sabendo que iríamos ter essa conversa, comprei alguns materiais. Estão no meu ateliê. Podemos dividir o espaço; trabalharemos em sistema de rodízio. Tente. Se não for argila, será outra coisa. Use o verão para começar, veja se você descobre qual é a sua paixão.

Capítulo 7

♦ ♦ ♦ ♦

*D*EPOIS DE RISCAR Roberta Flisk de sua lista, Patricia decidiu que já estava de saco cheio da faculdade. Além de entediá-la até sentir que sua inteligência se esvaía, ir às aulas e fazer os trabalhos restringiam seu tempo, interrompendo seu foco depois da primeira experiência como assassina.

Voltou para Rockpoint e, com um pouco de astúcia, ficou com os avós. A ideia de ter a neta doce, atenciosa e prestativa debaixo do mesmo teto os deixou emocionados.

Ela cuidou para que fosse assim porque não havia a menor possibilidade de voltar para uma porcaria de casa alugada com a mãe imprestável que reclamava de tudo.

Para satisfazer às perguntas dos avós sobre seus estudos e seu futuro, Patricia fez alguns cursos on-line. Eles também serviam como um disfarce para sua pesquisa sobre como criar identidades e cartões de crédito falsos.

A jovem tinha planos.

Ela também tinha plena autonomia na nobre mansão antiga, uma BMW Roadster e habilidade suficiente para roubar das contas bancárias dos avós.

Com isso, começou a armazenar armas e a juntar uma bela quantia em dinheiro.

Ria das piadas dos velhos, fazia tarefas domésticas, levava a avó ao salão de beleza, e se tornou indispensável. A conversa vaga de procurar um emprego, investir em uma carreira, tudo desapareceu como névoa.

Eles nunca perceberam.

Ao mesmo tempo, comprava e mandava mantimentos para a mãe, fazia visitas por obrigação e cuidava para que a neve fosse removida da frente e da entrada de carros da horrível casa alugada.

E manteve-se discreta.

Manteve a discrição durante os dois anos que esperou para matar a mãe. Para Patricia, isso foi uma recompensa por sua paciência e seu trabalho árduo de bancar a filha e a neta dedicada.

Todos sabiam que Marcia Hobart era uma mulher fraca e problemática. Uma mulher que nunca se livrara da culpa pelas ações do filho ou do sofrimento pela morte dele.

Mesmo quando foi em busca de Deus, escolheu o método divino mais vingativo e punitivo. Sua penitência — como Filha de Eva — exigia uma vida de sofrimento e arrependimento.

A única luz em meio à sua escuridão pessoal vinha de sua filha (Patricia cuidou para que fosse assim). Certamente, se tinha dado à luz uma filha bondosa e compassiva, uma filha de mente brilhante e com um comportamento tranquilo, isso compensava, em parte, o fato de ter dado à luz um monstro.

E, ainda assim, ela amava o monstro.

Patricia usou esse amor como uma arma poderosa nos cinco anos desde o massacre no shopping DownEast.

Cuidava para que artigos sobre o tiroteio e cartas com insultos, apontando Marcia como a responsável e ameaças de morte, acabassem nas mãos da mãe. Algumas ela própria enviava pelo correio e outras, colocava na porta da frente ou passava por debaixo dela. Na noite antes de partir para a Columbia, jogou pela janela da sala de estar uma pedra envolvida por um bilhete perverso, depois correu para dentro e se aninhou atrás do sofá, aos gritos.

Uma dica anônima fez McMullen ficar no encalço de Marcia — em casa, no trabalho. Marcia perdeu o segundo emprego. Embora os advogados a tivessem recontratado, ela se mudou para um lugar mais distante, isolando-se em outra casa alugada igualmente horrível.

Tomava remédios para dormir; mais remédios para controlar a ansiedade, que só aumentava. Patricia encheu a cabeça dos avós com suas próprias preocupações. A mãe às vezes misturava os remédios, ou tomava uma dose dupla porque se esquecia de que havia tomado a primeira.

Eles, que haviam cortado relações com Marcia porque ela se divorciara do babaca do filho deles, se mostraram muito solidários a Patricia.

Patricia instalou câmeras ocultas na casa da mãe para que pudesse observá-la. Sabia quando ligar do telefone pré-pago que havia comprado, como acordar a mãe zonza do sono obtido graças ao ansiolítico e sussurrar o nome de seu irmão.

Quando a visitava, colocava um ou dois comprimidos adicionais amassados na sopa, que, obedientemente, preparava e depois passava vídeos antigos de quando JJ era bebê.

Relatava chorando para os avós que havia encontrado a mãe entorpecida no sofá, assistindo aos vídeos. Enquanto ainda estava na faculdade, pedia conselhos aos seus instrutores e professores — ela se formara em psicologia. Cuidou para que houvesse uma overdose acidental, fez uma ligação frenética para o serviço de emergência e segurou a mão mole da mãe na ambulância.

Deixou a pista de uma filha amorosa e preocupada com uma mãe perdida em meio a remédios e culpa. Mesmo frequentando grupos de apoio para filhos de pais viciados, encontrou novas maneiras de manipular a mente da mãe.

Na noite anterior ao aniversário do irmão, ela entrou às escondidas na casa e assou o bolo de chocolate favorito dele. De propósito, deixou os ingredientes espalhados na bancada, a tigela de massa e a panela na pia, preparando o cenário.

Em seguida, soprou a chama do forno, deixando o gás ligado.

Depois de acordar a mãe dopada, ela a levou até a uma cozinha que cheirava a chocolate.

— Está escuro. — Marcia cambaleava de um lado para o outro. — Que horas são?

— É hora do bolo! Você fez um bolo lindo!

— Fiz? Eu não lembro.

— O bolo de chocolate favorito do JJ. Ele quer que você acenda as velinhas, mãe.

Os olhos de Marcia percorreram a sala.

— Ele está aqui?

— Ele está vindo. Ligue a TV. Pegue o controle remoto.

Obediente, Marcia pegou o controle e, com Patricia guiando seus dedos, apertou o botão *play*. Na TV, JJ, sorridente e com uma janelinha no sorriso, ria enquanto a mãe acendia as velinhas de aniversário.

— Acenda as velinhas, mãe. Para o JJ.

— Ele era o meu garotinho. — Lágrimas, negação e culpa encheram os olhos de Marcia. Ela pegou o isqueiro longo e acendeu as velas. — Ele não tinha a intenção de ser mau. Ele sente muito. Olha, olha, ele está tão feliz. Por que ele deixou de ser assim?

— Você precisa tomar seus remédios. JJ quer que você tome os remédios. Estão bem ali. Você precisa tomar seus remédios.

— Eu já tomei. Eu não tomei? Eu estou tão cansada. Onde está o JJ? Está escuro lá fora. Meninos pequenos não devem ficar lá fora, no escuro.

— Ele está vindo. Você precisa tomar seus remédios para o aniversário do JJ. Eu acho que você deveria tomar um para cada velinha.

— Seis velinhas, seis comprimidos. Meu bebê está com seis aninhos. — Com os olhos úmidos enquanto olhava fixamente para a tela da TV, Marcia tomou seis comprimidos, um a um, com o vinho que Patricia havia colocado ao lado deles.

— Isso é bom, muito bom. O JJ precisa de mais luz. Ele precisa de mais luz para encontrar o caminho para casa. Eu acho que ele está perdido!

— Não. Não. Onde está o meu garotinho? JJ!

— Você tem que acender as cortinas. Se você jogar um pouco de fluido do isqueiro nelas, elas vão fazer uma luz bem forte. Ele vai ver, e ele vai vir para casa.

Marcia pegou a lata de fluido. Por um instante, Patricia se perguntou se havia visto uma espécie de consciência nos olhos da mãe. Talvez um tipo de alívio. Marcia molhou as cortinas com o fluido e ateou fogo.

— Veja quanta luz! Você precisa acender o forno, mãe.

— Eu assei o bolo?

— Como sempre. — Segurando a mãe pelo braço, Patricia levou-a até o forno. — Acenda o forno. — E levou a mão da mãe até o botão.

— Eu estou com tanto sono. Eu preciso dormir.

— É só acender o forno, e aí você pode tirar uma soneca.

— E aí o JJ vai chegar?

— Ah, você vai ver o JJ em breve. Acenda o forno, assim mesmo. Por que você não se deita aqui no sofá?

Quando a mãe desabou no sofá, Patricia usou um segundo isqueiro, que carregava consigo, para pôr fogo nas cortinas já encharcadas da sala.

Enquanto se aproximava da porta, ficou observando o rosto sereno da mãe.

— Cante "Parabéns a você" para o JJ, mãe.

Com a voz confusa e os olhos fechados, Marcia tentou cantar.

Quando o gás do forno se espalhou, encontrando-se com as chamas e provocando a combustão, Patricia estava em sua cama, na casa dos avós.

Dormia como um bebê.

O TELEFONE NO CRIADO-MUDO de Reed emitiu um alerta. Ele rolou na cama, pegou o telefone e apertou os olhos.

— Ah, droga.

— Assunto de polícia? — Eloise Matherson se agitou ao lado dele.

— Sim. — Não diretamente, pensou ele, mas, desde que havia seguido o tino de Essie com alertas sobre incidentes ligados ao shopping DownEast, nada que quisesse ignorar também.

— Desculpe.

— Está tudo bem? — Ela se agitou de novo. — Você quer que eu vá embora?

— Não, volte a dormir. Escrevo para você mais tarde.

Ele deu um tapinha no traseiro dela enquanto saía da cama.

O status deles como amantes eventuais convinha para ambos. Nada sério, uma vez que o fator amizade permanecesse prioritário na equação.

Ele pegou algumas peças de roupa no escuro e, depois de tomar um banho rápido, pensou em Marcia Hobart.

Tinha um arquivo sobre ela, e refrescou a memória ali, mas se lembrou de que ela era divorciada quando o filho abriu fogo no cinema do DownEast. Hobart, o filho, morava com o pai; sua irmã mais nova, com a mãe.

E a mãe era faxineira, lembrou-se enquanto colocava a calça *jeans*. Mudou--se duas vezes — isso ele sabia — desde o tiroteio.

Seu alerta informou que os bombeiros estavam combatendo, naquele momento, um incêndio gigantesco na atual residência da mulher — um incêndio que ameaçava as propriedades vizinhas. Eles haviam resgatado um único corpo de lá.

Reed pegou sua arma, suas chaves e uma garrafa de refrigerante na geladeira. Dando alguns goles, desceu correndo os dois lances de escada de seu apartamento até o carro no estacionamento.

O carro, o mesmo Dodge Neon que seus pais lhe haviam dado quando se formou no ensino médio, era uma lata-velha. Assim como o edifício em que morava: um lixo.

Ele optou por se contentar com isso e seguir o exemplo de Essie. Poupar tudo o que pudesse para dar entrada em uma casa.

E, no final, seu lixo de apartamento o colocava a cinco minutos do endereço de Marcia Hobart.

Em menos de dois minutos, ouviu as sirenes.

Quando avistou os carros de polícia, encostou. Reconheceu um dos fardados que faziam o bloqueio, voltado para ele.

— Ei, Bushner.

— Quartermaine. Na vizinhança?

— Não muito longe. O que você sabe?

— Não estou sabendo de porra nenhuma.

— Que bom! O que mais?

— Soube que o serviço de emergência relatou uma explosão e o incêndio. A casa logo ali está totalmente queimada, com uma vítima torrada lá dentro. Os bombeiros ainda a estão derrubando. A casa vizinha no lado leste foi atingida, mas todos saíram ilesos.

— Você se importa se eu for até lá?

— Quem sou eu para impedir você!

Ele podia avistar a silhueta dos bombeiros com os equipamentos em meio aos estouros e às labaredas. Esguichos de água atravessavam a fumaça e a chuva de cinzas. Os civis recuavam, agarrando-se aos filhos ou uns aos outros. Alguns choravam.

Ele ouvia as ordens dadas aos berros, o chiado dos rádios.

E viu que Bushner tinha razão. A casa em que a atormentada Marcia Hobart vivia estava destruída. Ele a viu ceder, lançando chamas e fagulhas na escuridão consumida pela fumaça. Outras mangueiras atacavam o fogo que subia pela parede oeste da casa no lado leste, encharcando ainda mais as paredes da casa a oeste, para detê-lo.

A faixa de gramado na frente das três casas, as divisórias estreitas entre elas, era tudo um lamaçal escuro de cinza molhada e barro.

Ele examinou a multidão, levando em conta o jovem casal com um bebê no colo da mulher e um labrador amarelo aos seus pés. Lágrimas escorriam pelo rosto da mulher enquanto eles olhavam para a casa do lado leste.

Reed foi em direção a eles.

— É a casa de vocês?

O homem, de 20 e tantos anos, pelos cálculos de Reed, com cabelos loiros desgrenhados, fazia que sim com a cabeça enquanto colocava o braço em volta da mulher.

— Está queimando. Nossa casa está em chamas.

— Eles estão apagando o fogo. E vocês estão aqui fora. Você e a sua família conseguiram sair.

— Faz só duas semanas que nos mudamos. Nem tínhamos acabado de desfazer as malas.

Reed observou a água engolindo as chamas.

— Vocês vão ter um pouco de prejuízo, mas nada que não se possa consertar.

A mulher engoliu um soluço e virou o rosto para o ombro do marido.

— Lá se foi a nossa reforma, Rob. Nós fizemos a reforma.

— Tudo bem, Chloe. Nós vamos dar um jeito.

— Vocês poderiam me dizer o que aconteceu? O que souberem... Desculpe. — Reed mostrou sua identificação. — Não é só curiosidade.

Chloe engoliu o choro.

— Meu Deus! Meu Deus! Custer, o nosso cachorro, começou a latir e acordou a bebê. Fiquei com muita raiva porque tínhamos acabado de fazê-la dormir. Ela não está dormindo à noite, e eu tinha acabado de amamentá-la por volta das duas horas. Era pouco depois das três horas quando Custer começou a latir, e ela começou a chorar.

— Eu me levantei. Minha vez — disse Rob. — Eu me levantei e gritei com o cachorro. Eu gritei com ele. — Rob se abaixou nesse momento para afagar o labrador encostado nele. — Mas ele não parava. Olhei pela janela. Não reparei no começo o clarão, e aí eu olhei e vi a casa da vizinha. Eu vi o fogo. Dava para ver o fogo através das janelas da casa da vizinha.

— Rob gritou para que eu me levantasse e pegasse a bebê. Peguei Audra, e Rob telefonou para o serviço de emergência enquanto nós saíamos correndo do quarto.

— Algo explodiu. — O fogo refletiu nos olhos de Rob antes que ele se protegesse com os dedos. — Foi só esse *bum*. As janelas do nosso quarto se quebraram.

— O vidro. Se o Custer não tivesse... o vidro foi parar longe. Audra estava no berço perto da janela, ao lado da nossa cama. Se o Custer não tivesse latido, acordado a gente, o vidro...

— Esse é um bom cachorro.

— Saímos correndo — continuou Chloe. — Nem paramos para pegar nada; só saímos correndo enquanto Rob ligava para o serviço de emergência.

— Vocês fizeram o certo. A família toda saiu sem se ferir. É isso que importa. O fogo está sob controle — disse ele.

— Ah, meu Deus! A casa não caiu. Rob, a casa não caiu.

— Vocês vão consertá-la, e eu aposto que vão fazer algo especial. Ouçam, se vocês precisarem de alguma coisa... suprimentos, roupas, mãos para ajudar a colocar as coisas no lugar... — Tirou um cartão do bolso. — A minha mãe sempre está organizando alguma coisa, por isso ela conhece muita gente. Posso colocar vocês em contato.

— Obrigada. — Chloe enxugou outra lágrima enquanto Rob colocou o cartão no bolso. — Você sabe quando vão nos deixar entrar de novo? Entrar e dar uma olhada?

— Isso dependerá do Corpo de Bombeiros, e eles vão querer ter certeza de que a casa estará segura. Vou ver se consigo descobrir alguma coisa, talvez arrumar alguém para conversar com vocês.

Ele foi até um dos carros de bombeiros e viu Michael Foster, todo suado e coberto de fuligem.

— Michael.

— Reed. O que você está fazendo aqui?

— A mãe do JJ Hobart... essa era a casa dela.

Os olhos de Michael se arregalaram no rosto coberto de fuligem.

— Você tem certeza disso?

— É a informação que eu tenho.

— Filho da puta! — Michael puxou ar. — Filho de uma puta. — E soltou o ar num sussurro. — Hobart — murmurou — de novo.

— Eu sei, cara. Olha, você tem um minutinho?

— Agora não, mas terei em breve.

— Vou ficar por aqui até que possamos falar. Enquanto isso, está vendo aquele casal logo ali com o cachorro e a bebê? É a casa deles que vocês acabaram de salvar. Tem alguém que possa conversar com eles?

— Sim, vou mandar alguém. A mãe de Hobart, ela morava sozinha?

— Pelo que sei, sim.

— Então, não resta muita coisa dela.

Reed imaginou que não havia mal algum em conversar com algumas das pessoas ainda reunidas lá fora, na rua, nos gramados, nas varandas.

A impressão mais forte que ele teve era de que Marcia Hobart não apenas era reservada, como também havia se tornado reclusa. Sua impressão secundária era de que os vizinhos não sabiam da relação dela com o idealizador do massacre no shopping DownEast.

— Você aí!

Ele se virou e viu a velha em uma cadeira de balanço que rangia em uma varanda que também rangia.

— Sim, senhora.

— Você é repórter ou algo do tipo?

— Não, senhora, eu sou policial.

— Você não parece ser da polícia. Venha aqui.

A mulher tinha um rosto que parecia uma uva-passa, moreno com nuance dourada e enrugado sob um cabelo em formato de bola de neve. Os óculos descansavam na ponta do nariz enquanto olhava para ele de cima a baixo.

— Belo rapaz, tenho que admitir. Que tipo de policial você é?

— Oficial Reed Quartermaine, senhora.

— Não foi isso que eu perguntei.

— Estou tentando ser um bom policial.

— Bem, alguns são; outros, não. Talvez você seja. Sente-se aqui, senão vou ficar com torcicolo olhando assim para você.

Ele se sentou na cadeira que também rangia ao lado dela.

— Sendo da polícia, você sabe dizer quem era a mulher que morreu naquela casa hoje à noite. — Ela ajeitou os óculos no nariz para olhar para os escombros fumegantes do outro lado da rua. — Talvez você não seja um policial idiota, uma vez que sabe ficar de boca fechada esperando para ver se eu sei o que eu sei. Aquela pobre mulher viu o filho ruim virar um monstro, e ele matou pessoas. No shopping DownEast.

— Posso perguntar como a senhora sabe disso?

— Eu presto atenção nas coisas. Tenho reportagens de quando aconteceu, e algumas têm fotos dela. Ela não envelheceu bem desde então, mas eu vi quem ela era.

— A senhora conversou com ela ou com qualquer outra pessoa sobre isso?

— Por que eu faria isso? — Fazendo um triste não com a cabeça, ela voltou a olhar para Reed. — Ela estava só tentando levar a vida, sobreviver. Tive um filho ruim comigo. Ele não matou ninguém, pelo que sei, mas se deu mal do mesmo jeito. Eu tenho outro filho e uma menina que me dão orgulho todos os dias. Fiz o melhor por todos eles, mas eu tive um filho ruim. Ela era uma mulher triste e cheia de problemas.

— A senhora tinha amizade com ela?

— Ela não tinha amizade com ninguém. Ficava enfiada lá dentro, saía para trabalhar, voltava e se isolava.

— Nenhuma visita? — insistiu Reed.

— A única pessoa que eu via entrar era a filha dela. Ela aparecia de vez em quando, ficava um pouco. Trazia mantimentos a cada duas semanas. Eu a vi trazer flores no último Dia das Mães. Fazia a obrigação dela.

Patricia Hobart, lembrou. A irmã mais nova de JJ.

— A senhora já conversou com a filha?

— Uma ou duas vezes. Educada, de poucas palavras. Ela me perguntou se eu conhecia algum jovem disposto a cortar a grama, limpar a neve e esse tipo de coisa, então eu disse para ela falar com a Jenny Molar, duas casas à frente. Ela é uma boa garota; me ajuda quando eu preciso, e é mais confiável do que a maioria dos rapazes. A Jenny me disse que a filha pagou o que ela pediu e lhe disse para não incomodar a mãe. A mulher não estava muito bem, e ficava constrangida com isso. Então a filha fez sua obrigação para com ela, nem mais nem menos.

Ele percebeu.

— Nem mais?

— É assim que eu penso, mas eu tenho padrões elevados. — Sorriu e depois olhou novamente para o outro lado da rua. — Uma pena o que aconteceu com a casa. Não era lá grande coisa, mas o desfecho poderia ter sido melhor. O proprietário não vale o que come, por isso não se importava em alugá-la para alguém que não ficaria no pé dele para fazer reparos. Eu acho que ele vai pegar o seguro e vender o terreno.

Enquanto Reed considerava isso, ela o estudou mais demoradamente.

— Meu neto é policial. Oficial Curtis A. Sloop.

— Sério? Não brinca. Eu conheço o Sloopy.

Ela baixou os óculos novamente.

— É mesmo?

— Sim, senhora. Nós entramos para a Academia de Polícia juntos, e fomos recrutados no mesmo ano. Ele é um bom policial.

— Ele está tentando ser. Se você falar com ele antes de mim, diga-lhe que conheceu a avó dele. — Ofereceu-lhe a mão, pequena e delicada como a de uma boneca. — Senhora Leticia Johnson.

— Com certeza, e é um prazer conhecê-la, senhora Johnson.

— Vá lá ser um bom policial, meu jovem e belo Reed Quartermaine. E quem sabe você dá uma passadinha aqui para me ver um dia destes?

— Sim, senhora.

Ele a deixou balançando na cadeira e foi atrás de Michael. Viu-o conversando com Essie.

— Seu caso? — perguntou a ela.

— Agora é. — Com as mãos nos quadris, ela estudava a destruição e os escombros.

— O perito já está aí, então veremos. A identidade oficial do corpo vai demorar um pouco.

— Fiquei sabendo que o proprietário não gosta muito de reparos e manutenção.

Essie lhe lançou um olhar torto.

— Foi isso que você ouviu?

— A senhora Leticia Johnson, o neto dela é um dos nossos. Eu o conheço; ele é de confiança. Ela está sentada na varanda do outro lado da rua. Você vai querer falar com ela. Chloe e Rob, da casa ao lado, acordaram com os latidos do cachorro por volta das três da manhã. Rob se levantou quando o barulho acordou a bebê no berço ao lado da cama. Ele viu o fogo, fez a esposa se levantar e pegou o telefone para fazer uma ligação enquanto saíam da casa. A explosão veio em seguida e destruiu as janelas do quarto deles.

As sobrancelhas de Essie se levantaram.

— Você esteve ocupado, oficial.

— Bem, de qualquer forma, eu estava aqui. Ela morava sozinha, não socializava, não recebia visitas, exceto da filha, que vinha de vez em quando, trazia mantimentos duas vezes por semana, contratou uma garota do bairro para cortar a grama e limpar a neve no inverno.

— Você está atrás de um distintivo dourado, oficial Quartermaine?

Ele sorriu.

— No ano que vem. — Virou-se para Michael. — Você acha que foi um incêndio criminoso?

— Não dá para dizer. Posso dizer que parece ter começado em dois pontos: na cozinha e na sala de estar, e meu melhor palpite seriam as cortinas. Não foi vazamento de gás, é provável que tenha sido gás do fogão. Na verdade, a explosão foi bastante contida, e isso vai ajudar os investigadores a determinarem a causa.

— Meu parceiro está falando com os vizinhos. Eu acho que vou dar uma volta e ter uma conversinha com a senhora Johnson. Oficial Quartermaine?

— Detetive McVee.

— Estou pedindo que você seja designado para esta unidade de investigação.

— Caramba!

— Comece investigando o quarteirão. Faça as suas anotações.

Ela atravessou a rua e o deixou sorrindo.

Simone cedeu sob a pressão implacável e benigna da família. Enquanto o pai reconhecia que o sonho de ter a filha mais velha seguindo seus passos no Direito não se realizaria, a mudança de tática funcionou.

Ela concentraria seus estudos em administração de empresas. Havia tido sua fase dispersa, disseram-lhe os pais, e agora Simone tinha de trabalhar duro. Um diploma iria mantê-la concentrada, abrir portas, definir um futuro.

Ela tentou. Esforçou-se tanto no semestre seguinte que até mesmo a responsável Mi insistiu para que relaxasse um pouco, desse um tempo.

Terminou o ano com notas que deixaram os pais radiantes, e passou o verão trabalhando como assistente da assistente do gerente da área contábil da empresa do pai.

No final de junho, voltou para a terapia.

Em agosto, atormentada por dores de cabeça, quase cinco quilos abaixo do peso ideal, com um guarda-roupa cheio de coisas que odiava, pensou na garota que havia sido, aquela que pedira ajuda e depois se escondera em uma cabine de banheiro.

A que tinha medo de morrer antes que pudesse viver.

E percebeu que havia outras maneiras de morrer.

Ela escolheu viver.

Na noite antes de voltar para Nova York, sentou-se com seus pais e Natalie.

— Eu não estou acreditando que as nossas duas meninas estão indo para a faculdade — começou Tulip. — O que vamos fazer com o nosso ninho vazio, Ward? Natalie vai para Harvard e Simone, para Columbia.

— Eu não vou voltar para a Columbia — disse Simone.

— Nós estávamos tão... o quê?

Simone manteve as mãos juntas sobre os joelhos. Elas queriam tremer.

— Vou voltar para Nova York, mas não para a faculdade.

— Claro que vai. Você fez um terceiro ano brilhante.

— Eu odiei cada minuto dele. Odiei trabalhar no escritório neste verão. Não dá para continuar fazendo o que odeio, o que não é para mim.

— Essa é a primeira vez que ouço isso. — Ward se levantou e atravessou a sala para preparar uma bebida para si. — Suas avaliações foram brilhantes. Assim como as de Natalie, no estágio. Nós não desistimos nesta família, Simone, nem tomamos nossos privilégios como garantias. Você é uma decepção.

Aquilo doeu. Claro que doeu, como ele queria. Mas ela havia se preparado para isso.

— Eu sei que sim, e sei que posso acabar sempre o decepcionando. Mas eu lhe dei um ano da minha vida. Fiz tudo que você queria que eu fizesse, e não posso fazer mais.

— Por que você tem que estragar tudo?

Ela se virou para encarar Natalie com o intuito de descarregar um pouco da dor na irmã.

— O que eu estou estragando para você? Você está fazendo o que quer, aquilo em que é boa. Vá fazer isso, seja boa nisso. Seja a ovelha branca e perfeita, o oposto de mim, a ovelha negra.

— A sua irmã é madura o suficiente para entender que precisa de uma base, que precisa ter objetivos, e tem pais que lhe deram uma base e um apoio para os objetivos dela.

— Eles têm tudo a ver com os objetivos de vocês — disse Simone à mãe.

— Os meus, não.

— Desde quando você tem objetivos? — murmurou Natalie.

— Eu estou trabalhando nisso. Vou voltar para Nova York. Vou fazer algumas aulas de arte...

— Ah, pelo amor de Deus! — Tulip levantou as mãos. — Eu sabia que isso era coisa da CiCi.

— Eu nem conversei com ela sobre isso. Enquanto tentava agradar vocês, eu a decepcionei. Mas o negócio é o seguinte. Ela nunca jogou isso na minha cara, nem uma única vez. Essa é a diferença. Ela nunca tentou me enfiar em uma caixa na qual não caibo porque era o que ela queria. Vou fazer aulas de arte, vou descobrir se sou boa nisso. Vou descobrir se posso ser melhor do que sou.

— E como você planeja se sustentar? — exigiu Ward. — Você não pode jogar sua vida acadêmica no lixo e esperar que nós paguemos por isso.

— Eu não. Vou arrumar um emprego.

— Em alguma pocilga? — disparou Natalie.

— Se for preciso.

— É óbvio que você não tinha pensado nisso.

— Mãe, faz semanas que não penso em outra coisa. Olhe para mim. Por favor, olhe para mim de verdade. Não consigo dormir. Não consigo comer. Tenho um armário cheio de roupas que você escolheu e comprou. Minha vida social neste verão girou em torno do filho certinho de uma amiga sua que você escolheu a dedo para mim. As roupas não combinam comigo, e o filho da sua amiga é um chato. Mas eu usei as roupas, saí com ele e fiquei acordada à noite, com a cabeça latejando. Estou indo ao doutor Mattis desde junho, três vezes por semana, e pagando pelas consultas com minhas economias para você não saber.

— Você vai parar um semestre — decidiu Tulip, os olhos brilhando com as lágrimas. — Você vai descansar, e nós vamos fazer uma viagem. Nós vamos...

— Tulip. — Ward falou suavemente agora, voltando a se sentar sem a sua bebida. — Simone, por que você não nos disse que tinha voltado a ver o doutor Mattis?

— Porque eu sabia que parte da razão pela qual eu precisava voltar a vê-lo era você, e a culpa não é sua. É só a realidade. Sou eu não sendo o que você espera. É me fechar naquela cabine de banheiro em pensamento e ter medo de abrir a porta. Eu tenho que abrir a porta. Me desculpe — disse enquanto se levantava —, mas vocês têm que me deixar. Já tenho idade e já escolhi. Vou embora hoje à noite.

— Vamos conversar melhor sobre isso — insistiu Tulip.

— Não há mais nada a ser dito, por isso vou embora hoje à noite. As malas estão no meu carro — acrescentou, mas não lhes disse que pretendia ir à ilha primeiro. Ela precisava dessa ponte antes de entrar no desconhecido. — Natalie vai embora amanhã, e vocês deveriam passar a noite com ela. Eu amo vocês, mas não posso ficar aqui.

Saiu rapidamente, e Natalie foi correndo atrás dela.

— Como você pôde tratá-los desse jeito? — Furiosa, agarrou o braço de Simone. — Você é ingrata e egoísta. Por que não pode ser *normal*?

— Você acabou com o que restava de normalidade aqui. Aproveite.

Simone puxou o braço e entrou no carro enquanto Natalie gritava com ela:

— Sua egoísta! Idiota! Louca!

Enquanto dirigia, pensou no dia em que saíra do antigo emprego na cafeteria. Não podia dizer que se sentia feliz desta vez, mas podia afirmar que se sentia livre.

$\mathcal{D}$URANTE UM ANO trabalhou como garçonete para pagar sua parte do aluguel. Não era tão orgulhosa e independente a ponto de recusar eventuais cheques de CiCi para ajudar a cobrir outras despesas, incluindo suas aulas, seus suprimentos. Mas ela se mantinha, também, servindo de modelo-vivo para os estudantes.

Como era de praxe duas noites por semana — três, se tivesse sorte —, Simone subia na plataforma em frente a uma classe, tirava o roupão e posava conforme era instruída. Nesta noite, o braço direito dobrado no cotovelo, a palma aberta e voltada para cima, e a mão esquerda um pouco acima e entre os seios.

Não tinha vergonha de posar nua, assim como não tinha vergonha de desenhar ou esculpir um modelo nu. E o que recebia como modelo ajudava a pagar as aulas, os cadernos de desenho, a argila, o forno e as ferramentas.

Descobriu que era boa, e acreditava que poderia ser cada vez melhor.

Enquanto Patricia assava para o irmão morto um bolo de aniversário para comemorar um ano da morte de sua mãe, Simone voltava para seu apartamento depois de um dia longo, servia-se de uma taça de vinho e estava feliz.

Capítulo 8

♦ ♦ ♦ ♦

Em abril de 2013, Essie deu à luz um bebê saudável, a quem ela e o pai apaixonado chamaram de Dylan. Uma vez que seu parceiro se aposentou no mesmo mês, ela pediu que o detetive Reed Quartermaine fosse seu novo parceiro quando voltou da licença-maternidade.

Embora tivesse tirado essa licença com alegria, ela se manteve a par dos acontecimentos por meio de noticiários, fofocas e relatórios enviados por Reed.

Sua vida, pensou Essie enquanto se afastava do quarto no qual o marido e o bebê dormiam, tinha dado muitas voltas inesperadas.

Ela nunca havia pensado em ser promovido, muito menos parte da equipe de Crimes Especiais. Ela nunca havia esperado ter um homem tão doce, engraçado, inteligente e sexy quanto Hank ao seu lado. Com certeza não tinha previsto a onda vertiginosa de amor que sentia toda vez que olhava para seu filho ou mesmo quando apenas pensava nele.

Sua vida dera uma guinada em uma noite de julho, e, por causa da tragédia, o caminho a partir dela foi, bem, muito bom.

Ela se serviu de um copo de chá de ervas com gelo, tirou uma das revistas da pilha e saiu para se sentar na varanda da frente e observar seu pequeno mundo.

Ela provavelmente adormeceria — e deveria estar no andar de cima fazendo isso. *Dormir quando o bebê dorme*, esse havia sido o conselho dado por sua mãe. Mas ela queria sentir o ar da primavera e ter um pouco de tempo para se aquecer ao sol.

Talvez eles levassem o bebê para dar um passeio mais tarde. E talvez o ar fresco ajudasse Dylan, de três semanas, a dormir mais do que seu recorde de duas horas e trinta e sete minutos.

Isso *poderia* acontecer.

Talvez ela e Hank pudessem se aconchegar juntos, assistir a um filme, e, se ela desse de mamar primeiro, tomar um pouco de vinho.

Quem sabe...

Ela adormeceu em sua espreguiçadeira.

Veio a acordar de sobressalto, colocando a mão na arma, que não estava com ela.

— Desculpe! Desculpe. — Reed ergueu as mãos. Uma delas segurava um buquê de tulipas cor-de-rosa listradas de branco. — Eu não queria acordá-la. Eu só ia deixar isso aqui.

— Que horas são?

— Quase 17h30.

— Tudo bem, tudo bem. — Ela suspirou. — Eu acabei cochilando por alguns minutos. Você trouxe tulipas para mim?

— Sei de fonte segura, a minha irmã, que as pessoas normalmente se esquecem da mãe privada de sono depois das primeiras semanas. Por que você não está dormindo lá dentro?

— Eu não ia dormir ainda. Relaxe. Meus meninos estão tirando uma soneca no andar de cima. Eu poderia aproveitar a companhia para me impedir de babar na varanda. Espere, vá lá dentro e pegue uma bebida primeiro. Tem chá e tem cerveja.

— Eu poderia tomar uma cerveja.

Sentindo-se à vontade na casa de Essie, ele entrou, pegou uma garrafa na geladeira e a abriu. Voltou para a varanda e sentou-se com ela.

— Como você está?

— Honestamente, nunca pensei que alguém pudesse ser tão feliz. E as novidades não param. Hank me disse hoje que decidiu tirar um ano sabático. Ele vai ser pai em tempo integral. Eu não preciso pensar em deixar o Dylan com uma babá ou em uma creche.

Quando seus olhos se encheram de lágrimas, ela deu um tapa no próprio rosto.

— Meu Deus, meu Deus, *hormônios*! Será que vocês vão voltar ao normal? Fale de coisas da polícia para mim. Isso vai funcionar.

— Encerramos o caso Bower.

— Você a pegou.

— Sim, a viúva gananciosa e calculista está fichada. O namorado a entregou. Ele fica com o acordo e ela paga pelo assassinato.

Ele a deixou a par de alguns casos em aberto e a fez rir com algumas fofocas da delegacia.

— Dei uma olhada em mais casas no final de semana.

— Reed, já faz quase um ano que você está olhando casas.

— Sim, mas nenhuma ainda me fez dizer: é esta.

— Talvez você seja muito exigente, e vai acabar vivendo a vida inteira naquela porcaria de apartamento.

— Um apartamento é só um lugar para dormir. Uma casa tem que ser *a* casa.

Ela não pôde discordar, e ainda acrescentou:

— Aquele lugar aonde eu fui com você uns meses atrás era ótimo.

— Estava fechado. Não rolou. Eu vou saber quando vir o que é para ser meu.

— Talvez seja Portland.

— Portland está ótimo. Fico perto da família, estarei trabalhando com você. Isso compensa a porcaria até eu acertar em cheio.

— Eu diria que essa é a mesma atitude que o impede de ter um relacionamento sério, mas eu era igualzinha até conhecer o Hank.

— Não rolou — concordou ele. — Eu recebi um convite para o casamento da Eloise. Em junho.

— Ela vai se casar mesmo.

— Parece que sim. Eloise está mergulhando de cabeça, e eu acho que está funcionando para ela.

— Tem algo mais. — Ela cutucou o braço dele. — Dá para ver.

Ele examinou sua cerveja por um instante e jogou para trás o punhado de cabelo que já não precisava mais cortar tão curto.

— Você não recebeu o alerta?

— Merda. Eu nem sei onde está o meu telefone agora. De quem?

— Marshall Finestein. Foi ele quem levou um tiro no quadril e conseguiu se arrastar para fora.

— E servia como testemunha ocular, com detalhes consideráveis, sobre Paulson. Ele foi sondado para um documentário. Aparece na TV todos os anos na data do massacre.

— Ele não vai aparecer no próximo. Atropelamento e fuga. Ele corria todas as manhãs; começou depois que voltou a se levantar após o incidente. O carro nem reduziu a velocidade, jogou longe os tênis Adidas dele e foi embora.

— Alguma testemunha?

— Foi em um trecho sossegado da estrada, logo cedo. Mas um Toyota Land Cruiser com danos na frente, sangue, fibra e pele apareceu abandonado a oitocentos metros do local. Os proprietários, pais de dois filhos, um contador e uma pediatra, relataram que o carro foi roubado quase na hora em que matou Finestein. Vamos dar uma boa olhada, mas eles são inocentes, Essie.

— Alguém conhecia a rotina e a rota de Finestein, e roubou o carro para tirá-lo da jogada.

— São seis mortes com vítimas ligadas ao shopping DownEast. Três assassinatos com esse, dois suicídios e o acidente de Marcia Hobart. Há um padrão, Essie.

— Um dos suicídios foi em Delaware, o outro em Boston, e um dos assassinatos, que acreditam estar relacionado a uma briga de gangues, foi em Baltimore. — Ela levantou a mão antes que ele se opusesse. — Não estou dizendo que você está errado, Reed. Mas ainda é difícil. Um padrão de conexão, sim, mas, estatisticamente, você vai ter mortes, especialmente quando incluem suicídio e acidentes, em qualquer grupo grande. Não há padrão para o método. Uma arma com silenciador, uma facada, um atropelamento com fuga.

— Uso excessivo de força é um padrão — insistiu ele. — Três balas em Roberta Flisk. Treze facadas em Martin Bowlinger, uma SUV enorme a toda velocidade jogada em cima de Finestein. Bowlinger, em seu primeiro mês como segurança do shopping, entra em pânico e corre quando o tiroteio tem início. Sem conseguir conviver com isso, ele se muda, começa a beber. Ele estava bêbado quando foi esfaqueado e morreu depois de umas facadas, mas o assassino continua a esfaquear. Uso excessivo de força. E os suicídios — continuou ele, aquecendo-se. — E se não foram suicídios? Veja a morte acidental da mãe do Hobart, que ainda não está bem esclarecida para mim, e você vai ter até demais.

— O padrão acaba com a mãe do Hobart. Ela não era uma das vítimas. Ela não era um dos sobreviventes.

— Ela era uma das vítimas — insistiu ele, seu olhar verde ficando severo.

— Talvez não fosse uma mãe maravilhosa e talvez fosse fraca, mas era uma das vítimas. O filho fez dela uma vítima.

— Motivo?

— Às vezes, o cara ser um lunático é motivo suficiente. Eu sei que é difícil, mas isso não me sai da cabeça.

Mesmo com o gelo derretido diluindo o chá, Essie tomou mais um gole.

— E esse talvez seja o verdadeiro motivo pelo qual você ainda está naquela porcaria. Você não pode ficar com isso na cabeça, Reed. Acompanhar o curso das coisas é uma coisa. Eu nunca vou deixar de acompanhar. Mas você também tem que seguir em frente.

— Eu não seria policial se não fosse aquela noite, se não fosse por você. E o policial está me dizendo que parece haver um padrão, do começo ao fim. Quero dar uma boa olhada nos suicidas e na morte acidental. No meu tempo livre — emendou rapidamente. — Mas quero que você esteja ciente de que vou dar uma boa olhada.

— Tudo bem, tudo bem. Se você encontrar alguma coisa, eu serei a primeira a ajudá-lo a ir adiante.

— Pode ser.

Ambos ouviram o início de um choro irritado vindo da janela do andar de cima.

— Essa é a minha deixa — disse Essie. — Quer entrar, ficar para o jantar?

— Essa noite, não, obrigado. Da próxima vez eu trago o jantar.

— Vou aceitar. — Ela pegou as tulipas. — Obrigada pelas flores, parceiro.

— De nada. Divirta-se, mamãe.

— Eu poderia dormir de pé. — Ela parou à porta. — Os meus peitos são uma fábrica de leite, e eu não faço sexo há um mês. Mas sabe de uma coisa? É divertido. Quando voltar, traga pizza.

— Essa é a ideia.

Ele voltou para o carro, decidiu que voltaria para aquela porcaria de apartamento, jogaria uma pizza congelada no forno e fuçaria um pouco mais alguns suicídios.

Simone desceu quatro lances de escada arrastando malas e caixas até o Prius de Mi. Seguir o próprio caminho, disse ela para si mesma, decididamente alegre. Isso era simplesmente seguir o próprio caminho, e um grande e brilhante começo para Mi com a mudança para Boston, a fim de assumir a posição no MGH.

Mi merecia: havia trabalhado para isso e seria ótima no cargo.

— Como você vai colocar todas essas coisas aí dentro? Você deveria ter despachado todos esses livros.

— Vai caber tudo. — Mi tocou na têmpora com um dedo. — Tenho tudo planejado. É como Tetris.

— Eu nunca entendi esse jogo, mas uma vez um *geek*...

Percebendo que seu talento estava em arrastar coisas, Simone recuou e ficou observando Mi — com o rabo de cavalo liso e longo passando pela abertura na parte de trás de um boné dos Red Sox (um presente) — calcular, organizar, mudar.

Ela usava um jeans rasgado, tênis cor-de-rosa e uma camiseta da Columbia. Mãos pequenas, pensou Simone, observando cada detalhe. Unhas curtas, nunca pintadas. O pequeno símbolo vietnamita tatuado sob o polegar direito significava *esperança*.

Olhos escuros grandes e adoráveis, queixo suave, nariz fino e delicado.

Um relógio enorme no pulso esquerdo, brincos de ouro minúsculos nos pequenos lóbulos rentes à cabeça.

E, claro, o cérebro, uma vez que, em questão de minutos, Mi já tinha tudo dentro do carro.

— Pronto! Viu?

— Sim. Como eu pude duvidar? Exceto que tem mais uma coisa. — Simone estendeu a caixa que havia escondido atrás das costas. — Pode arrumar espaço aí e abrir quando chegar lá.

— Vou arrumar espaço, mas vou abrir agora.

Mi puxou o laço de ráfia, tirou a tampa e levantou a proteção de algodão.

— Ah. Ah, Si!

A escultura, não maior que a mão de Mi, formava três rostos: Mi e Simone, com Tish no meio delas.

— Eu ia fazer só você e eu, mas... ela queria estar lá. É assim que eu acho que seria a aparência dela. Se...

— É linda. — Lágrimas brotaram, as palavras saíram roucas. — Nós somos bonitas. Ela está com a gente.

— Ela estaria muito orgulhosa de você, Quase Doutora Jung.

— Ainda tenho um longo caminho pela frente. Ela estaria muito orgulhosa de você também. Veja como você é talentosa! — Delicadamente, Mi observou os traços das amigas. — Ela teria sido uma estrela — murmurou.

— Pode crer.

— É a primeira coisa que eu vou colocar no meu apartamento novo. — Com cuidado, Mi a cobriu com a proteção de algodão e colocou a tampa. — Ah, meu Deus, Si. Vou sentir a sua falta.

— Vamos trocar mensagens, telefonar, enviar e-mails e falar pelo Face-Time. Vamos visitar uma à outra.

— Com quem eu vou conversar quando não conseguir dormir?

— Comigo. Você vai me ligar. — Agarrada a Mi em um abraço apertado, Simone sacudiu as duas. — Você pode fazer amigos. Vá em frente e faça isso. Mas você jamais poderá fazer outra melhor amiga do mundo.

— Você também não.

— De jeito nenhum. Você tem que ir, você tem que ir. — Ainda assim, permaneceu agarrada a ela. — Escreva para mim quando chegar lá.

— Eu te amo.

— Eu te amo. — Simone se afastou. — Vá. Arrebente, Mi-Hi. Arrase, cure resfriados e seja feliz.

— Arrebente, Simone. Arrase, faça artes lindas e seja feliz.

Mi sentou-se ao volante, colocou os óculos de sol para esconder os olhos lacrimejantes e, com um último aceno, seguiu seu caminho.

Simone voltou para dentro, subiu os lances de escada e entrou no apartamento para enfrentar a vida sozinha pela primeira vez na vida.

Ela podia bancá-la — e não queria uma colega de quarto. Tinha um emprego, o dinheiro que recebia como modelo-vivo e até vendia algumas peças aqui e ali por meio de uma galeria local.

Além disso, tinha recebido seu fundo fiduciário, então ela poderia contar com ele — quando estivesse apertada.

O antigo quarto de Mi seria seu estúdio, sua oficina.

Embora tivesse chorado um pouquinho mais do que o habitual, tirou as coisas de seu quarto e da seção da sala de estar que havia reivindicado. Arrastou prateleiras, a bancada e o banquinho.

Agora, pensava enquanto organizava as coisas, poderia ir para a cama e sair dela sem ter de escalar os materiais artísticos.

A luz no quarto de Mi — corrigindo, o estúdio de Simone — ficaria muito boa. Ela poderia trazer modelos para casa, em vez de pagar ou negociar espaço no estúdio de outra pessoa.

Enquanto organizava e reorganizava coisas, fazia planos. Sem a companhia de Mi, não se sentiria tão tentada a sair, não teria aquelas longas conversas ou noites impulsivas na rua. Usaria esse tempo para trabalhar.

Não que não tivesse outros amigos, assegurou a si mesma. Não eram os melhores amigos do mundo, é claro, e talvez não fizesse amigos com facilidade, mas tinha pessoas com quem podia sair ou estar.

Não precisava ficar sozinha; ela estava *escolhendo* ficar sozinha.

Depois de duas horas sozinha no apartamento, pegou a bolsa e saiu.

Três horas depois, voltou com o cabelo cortado na altura do queixo, uma franja longa, com uma tonalidade que o salão chamava de Icy Indigo.

Tirou uma *selfie* e enviou para Mi, que já havia chegado em Boston.

Então olhou ao redor e suspirou. Pegou um dos esboços que havia fixado em seu quadro, sentou-se e começou a fazer medidas mais precisas de um nu agachado, de cabelo longo solto e espalhado, as pontas dos dedos de uma das mãos apoiadas no chão, a outra mão com a palma voltada para cima, levemente estendida.

O que ela está fazendo?, perguntou-se. Para o que está olhando? Onde ela está?

Enquanto trabalhava as medidas, ela brincava com histórias, considerando, rejeitando. Acertando em cheio.

— Ela deu o salto — murmurou Simone. — Não de fé, de coragem. Ela saltou sem nada que não fosse ela mesma; isso é coragem. Estou te vendo.

Sem aulas, sem mesas para servir à noite, pegou o arame para o esqueleto e colocou-o sobre seu esboço.

Muito quieto, concluiu ela, e colocou uma música.

Nada de rock, percebeu ela; nada de música clássica.

Tribal. Sua mulher procuraria uma tribo.

Então ela iria liderá-la.

Com a imagem clara na mente e a estrutura pronta, Simone escolheu a argila, as ferramentas e começou a libertar a mulher que lideraria uma tribo.

Os pés, longos e estreitos; os tornozelos fortes e delgados; os músculos da panturrilha definidos.

Ela construiu, esculpiu, escovou, pulverizou a argila com água, alisou os joelhos.

À medida que a figura ia surgindo, ela avançava para a parte de cima do corpo, até que percebeu que a luz havia mudado.

A noite estava chegando.

Cobriu a figura, levantou-se do banquinho, andou, esticou-se. Um pouco de vinho, decidiu ela, e depois pediu comida chinesa, porque, se voltasse ao trabalho, esqueceria de comer.

Esqueceria de comer, de se hidratar, de se mexer; o trabalho muitas vezes mostrava negligência.

Passou sua primeira noite sozinha tomando vinho, alternando-o com água, comendo noodles e porco frito, e dando vida ao que via.

$\mathcal{P}$OR TRÊS SEMANAS, seguiu a mesma rotina. Trabalho — do tipo que trazia um cheque consigo — aula e trabalho — do tipo que alimentava sua alma.

Depois de quinze horas de trabalho, grande parte em pé, ela foi recebida pelo silêncio arrepiante quando voltou para seu apartamento.

Sentia falta de Mi como quem sente falta de um braço ou de uma perna, não podia negar, mas esse não era o xis da questão. Sentou-se, examinando a escultura que havia começado naquela primeira noite.

Estava boa, muito boa. Uma das melhores peças que havia feito, mas não conseguiria levá-la para a galeria.

— Porque eu preciso dela — disse em voz alta. — Ela está me dizendo alguma coisa, e foi assim desde o início. Estou falando comigo mesma. — Suspirou e inclinou a cabeça para trás. — E daí? E daí? Eu também tenho algo a dizer. É hora de dar um salto. Eu fiz o que vim fazer em Nova York. É hora de seguir em frente.

Fechou os olhos.

— Chega de mesas para servir, chega de ser modelo-vivo para bancar materiais ou aulas. Eu sou uma artista, porra.

Tinha mais dois meses de aluguel pela frente. Aguentaria firme ou arcaria com as consequências.

Arcaria com as consequências, decidiu ela.

Pegou o telefone, viu a hora e calculou a possibilidade de CiCi ainda estar acordada.

Esperou e, quando a voz da avó soou clara e alerta, sorriu.

— Dando uma festa?

— Não, e eu sei que é tarde.

— Nunca é tarde.

— Exatamente. Então, eu acho que é hora de ter um gostinho da Europa. Você conhece alguém, por assim dizer, em Florença, com um apartamento para alugar?

— Boneca, eu conheço todo mundo em todo o mundo. Que tal fazermos uma viagem, e eu apresento você?

O sorriso transformou-se em uma risada.

— Que tal eu fazer as malas?

Durante os dezoito meses que passou em Florença, Simone aprendeu italiano, plantou tomates e gerânios na pequena sacada de seu apartamento com vista para a Piazza San Marco, e arranjou um amante italiano chamado Dante.

Dante, absurdamente bonito, tocava violoncelo e gostava de fazer massas para Simone. Como ele, volta e meia, viajava com a orquestra, o relacionamento não a sufocava, e dava a Simone todo o tempo de que precisava para se dedicar ao seu trabalho.

O fato de que ele se relacionava com outras mulheres nas viagens não lhe dizia respeito. Para ela, Dante fazia parte de um adorável interlúdio de sol, sexo e escultura. Ela dera ai mesma esse tempo e lugar, absorvendo tudo o que ele oferecia.

Ela estudava, passava tempo com artistas, com mestres, com artesãos e especialistas. E suava no chão de uma casa de fundição para aprender mais sobre como fundir o bronze.

Enquanto aprendia, fazia experiências, descobria coisas, ganhava confiança suficiente para conquistar seu espaço em uma exposição de uma moderna galeria de arte, e depois passou quatro meses concluindo outras peças para a coleção que chamou de *Deuses e deusas*.

Simone convidou a família por obrigação. Eles recusaram o convite, mas enviaram duas dúzias de rosas vermelhas à galeria com um cartão lhe desejando boa sorte.

Ajudar a carregar suas obras de arte e discutir com a gerente da galeria a posição delas, tudo isso consumiu todo o momento reservado ao nervosismo. Ela já havia dito para si mesma, inúmeras vezes, que, se a exposição fosse um fracasso, isso significaria que ela não era boa o bastante.

Ainda.

Não significava que ela teria de ir para casa se sentindo um fracasso. Seus pais poderiam — corrigindo, *iriam*, pensou enquanto se dividia, mais uma vez, entre um vestido preto sério e um vermelho ousado — pensar que ela era uma fracassada. Mas, de qualquer forma, ela nunca corresponderia aos padrões deles. Eles tinham Natalie para isso. Simone seria eternamente a filha que largou a faculdade e jogou fora todas as oportunidades que lhe foram dadas.

Sua mãe votaria no preto, pensou Simone. *Seja sóbria, seja sofisticada.*

Ela escolheu o vermelho e completou o visual com sandálias douradas de salto alto que fariam seus pés chorarem. Mas elas exibiriam os dedos pintados com a mesma cor de romã de seu cabelo.

Ela havia acrescentado muitas mechas cor de turquesa, ameixa e cor de fogo a essa base, realçando seu corte de cabelo.

Para dar um ar ainda mais festivo, colocou nas orelhas discos dourados que caíam em cascata e uma série de braceletes no braço.

Exagerando? Talvez o preto ficasse melhor.

Antes que ela pudesse tirá-lo do guarda-roupa, a campainha tocou. Outro presente de Dante, concluiu enquanto saía do quarto e atravessava a saleta já perfumada com as rosas brancas que ele havia enviado na noite anterior, os lírios vermelhos naquela manhã, as orquídeas no início da tarde e as tulipas cor-de-rosa depois disso.

Abriu a porta, gritou de alegria e abraçou a avó.

— CiCi! CiCi! Você por aqui!

— Onde mais eu estaria?

— Você veio. Não acredito.

— Nada me impediria, *cara*. Absolutamente nada.

— Ah, entre, sente-se. Chegou agora? Deixe-me pegar a sua bolsa.

— Eu vim direto para cá, mas não se preocupe; vou ficar com Francesca e Isabel.

— Não, não, elas não podem ficar com você! Você vai ficar aqui. Por favor.

CiCi jogou para trás o cabelo, agora acobreado, que caía além dos ombros.

— Eu adoraria um *ménage* com esse seu italianinho delícia, mas é muito estranho quando um dos três é a minha neta.

— Dante está em Viena. Nossas agendas não bateram. Mas ele está em todo canto aqui.

Ela abriu os braços para mostrar a sala cheia de flores.

— Esse homem é romântico. Então, se formos só você e eu, ficarei feliz em ficar. Vou avisar Francesca e Isabel. Elas vão vir esta noite, e eu vou levar todo mundo para comemorar depois. Meu Deus! — Radiante, CiCi deixou-se aproveitar seu maior tesouro. — Olhe para você! O seu cabelo está uma verdadeira obra de arte. E esse vestido!

— Eu estava pensando em trocar. Tenho um vestido preto que poderia...

— Clichê, óbvio demais. Não faça isso.

— Sério? Você tem certeza?

— Você parece ousada, confiante e pronta, mas faça um favor a si mesma e só coloque as sandálias quando sairmos. Quanto tempo temos?

— Temos mais de uma hora.

— Ótimo. Tempo suficiente para você me dar uma taça de vinho antes de eu me arrumar.

— Você é a mulher mais linda do mundo. É impossível dizer o que significa para mim você ter vindo para essa exposição, por mim.

— Nada de choro. — CiCi tocou com o dedo o nariz de Simone. — Seus olhos estão fantásticos. Na verdade, eu vou querer que você faça a minha maquiagem. Depois do vinho.

Após tirar as sandálias, Simone entrou na cozinha, escolheu um tinto local e montou rapidamente um prato de queijo, pão e azeitonas.

— Eu sei que não é uma exposição importante — começou ela.

— Pare com isso já... energias negativas são proibidas. Todas são importantes, e essa, ainda mais. É a sua. É a sua primeira exposição europeia. — Abrindo as portas do balcão, CiCi pegou uma das cadeiras de metal e depois o vinho que Simone colocou na mesa ao seu lado. — *Salute*, meu tesouro.

Simone tocou a taça na de CiCi.

— Estou grata pela oportunidade. Só não quero criar muita expectativa.

— Bem, vejo por que eu sabia que era necessária aqui para evitar que você ofuscasse sua própria estrela. Ela vai brilhar hoje à noite, confie em mim. Você sabe que sou um pouco vidente. E você vai deixá-la brilhar ou vou te enfiar a porrada.

— Que bom que você está aqui! Até quando pode ficar?

— Vou passar umas semanas para conversar com você, com uns amigos, e pintar. É uma bela cidade — murmurou CiCi, olhando para a praça lá fora, os telhados de telhas vermelhas e estuque banhado pelo sol. — É o seu lar, Simone?

— Eu amo essa cidade. Eu amo a luz, as pessoas e a arte. O ar respira arte aqui. Eu amo a cor e a história, a comida e o vinho. Eu acho que estar aqui não só abriu algo dentro de mim, como também o alimentou. E quem alimenta o corpo e a alma melhor do que os italianos?

— Mas?

— Mas, embora seja um lugar para onde precisarei voltar, não é meu. Se você puder ficar três semanas, eu voltarei com você. Estou pronta.

— Então vou ficar.

Na abertura, Simone fez a sua parte, conversando em italiano e em inglês, respondendo a perguntas sobre peças em particular. Pessoas entravam, davam voltas — ela sabia que muitas estavam lá pelo vinho.

Mas estavam.

Cumprimentou Francesca e Isabel quando chegaram, trocou abraços calorosos e beijos com o casal de longa data que a acolhera quando chegou a Florença.

A gerente da galeria, uma mulher de 50 anos que estava espetacular, o *look* preto sério e sóbrio, aproximou-se e murmurou no ouvido de Simone:

— Acabamos de vender o seu *Desperta*.

Simone abriu a boca, mas nada saiu. A peça, uma das poucas que optara por fazer em bronze, havia envolvido semanas de planejamento e inúmeros palpites com relação à pose, ao suporte — e depois o preço estabelecido pela galeria.

E agora a figura de uma mulher se levantando de uma cama de flores, com um braço estendido como se quisesse tomar sol e o vestígio de um sorriso que Simone penou para acertar, pertencia a alguém.

— Quem... ah, meu Deus, não me diga que foi a minha avó que comprou.

— Não foi ela. Venha conhecer o comprador.

Simone sentiu um zunido nos ouvidos quando atravessou a estrutura sinuosa da galeria para conhecer o empresário e a elegante esposa dele que lhe haviam proporcionado sua primeira grande venda.

Então, o zunido deu lugar a uma euforia interior enquanto apertava a mão deles, conversava.

Ela precisava contar a CiCi.

Abriu caminho e finalmente encontrou CiCi em pé ao lado de uma peça que havia intitulado *Emergência*. Enquanto considerava a de bronze sua peça mais complicada e difícil da exposição, esta, pessoalmente, era sua favorita.

Porque seu coração estava nela.

A cabeça e os ombros da mulher saíam de uma piscina, a cabeça inclinada para trás, o cabelo liso e molhado flutuando, os olhos fechados, o rosto arrebatador.

Ela havia feito a peça em tons claros de azul.

— CiCi, eu... O que há de errado? — Ao ver lágrimas nos olhos da avó, ela saiu correndo. — Você não está se sentindo bem? Você precisa de ar? Aceita um pouco de água?

— Não. Não. — CiCi agarrou a mão da neta. — Saia comigo por um minuto antes que eu passe vergonha.

— Tudo bem. Por aqui. — Colocou o braço em torno da cintura de CiCi e conduziu-a para fora. — Está quente e cheio de gente. Vou procurar uma cadeira.

— Eu estou bem. Eu estou bem. Jesus, não me trate como se eu fosse uma velha. Eu só preciso de um segundo.

Do lado de fora, o ar cheirava a flores e comida. Pessoas sentadas no pátio do restaurante do outro lado da rua desfrutavam do jantar, conversavam. Uma mulher de saia curta e pernas compridas passou por elas com um cachorro na coleira.

— Eu sabia que você era talentosa. Eu sabia que seria argila. Eu sou um pouco vidente, você sabe. — CiCi pegou o vinho que Simone havia esquecido que tinha na mão e deu um gole. — Dava para ver o seu trabalho evoluindo quando lhe fiz uma visita no outono passado. E você me enviou fotos, vídeos. Mas eles não mostraram isso, minha querida. Não mostraram desse jeito. Ver o que estou vendo. As texturas, os detalhes, o *sentimento*. Há tanto brilho aqui que não sei por onde começar. E você mal começou.

CiCi deu tapinhas no rosto para enxugar as lágrimas.

— Vou lhe dizer uma coisa, de artista para artista, então não me venha com histórias quando digo que sua *Emergência* tem que ser minha. Estou comprando a peça não porque você é a minha neta. Estou comprando porque ela me fez chorar, tocou a minha alma.

— É a... é a Tish.

— Sim, eu sei. E ela e você tocaram a minha alma.

— Então é um presente.

— Não. Não *será* um presente. Você pode me dar outra coisa, mas não isso. Agora vá lá dentro e diga que está vendido antes que alguém a compre bem debaixo do meu nariz. Preciso beber este vinho e me recompor. Depressa!

— Eu já volto.

Quando voltou, encontrou CiCi encostada na parede, sorrindo.

— Eu ainda estou com o vinho. Um homem muito charmoso, não muito mais velho do que você, parou e se ofereceu para comprar uma taça de vinho de verdade. Vamos voltar antes que eu crie um alvoroço sexual.

— Agora sou eu que preciso de um minuto, CiCi. — Alcançou a mão de sua avó. — CiCi, eu vendi quatro peças... cinco — corrigiu. — Cinco com a sua. A Anna-Tereza está emocionada. Eu juro que quase arranquei uma página do seu livro, quase acendi velas e tentei fazer um feitiço para que pudesse vender uma peça e não me humilhar.

— Nada de feitiçaria em benefício próprio. — Dando um gole no vinho em uma das mãos, CiCi apertou Simone com a outra. — É de mau gosto.

— Certo. Dante vai ficar muito contente, já que foi o modelo de duas peças vendidas.

— E a noite não acabou. Quando acabar, vamos fazer uma festança. E veja quem vai querer levantar as taças com a gente.

— Quem? — Simone olhou na direção em que CiCi apontou. Viu a mulher correndo, com o cabelo chanel preto e curto balançando. Um par de tênis e uma mochila.

— Mi. Ah, meu Deus, Mi!

Apesar da sandália de salto, Simone correu ao encontro dela.

— O meu voo de Londres atrasou. Não tive tempo para trocar de roupa. Eu estou toda atrapalhada. Estou aqui. Não estou muito atrasada.

A avalanche ofegante de palavras veio com abraços.

— Mas você teve aquela conferência. Você era a palestrante. Você...

— Só tenho esta noite. Tenho que pegar o primeiro voo da manhã. Caramba, você está linda. Eu não sou digna.

— Doutora Jung. Minha doutora Jung. — Ela a puxou para o lado de CiCi e abraçou as duas. — Esta é a melhor noite da minha vida.

Capítulo 9

♦ ♦ ♦ ♦

Nos dezoito meses e três semanas que Simone passou em Florença, Patricia Hobart matou três pessoas.

Matar Hilda Barclay, que embalou o marido de 47 anos moribundo nos braços durante o ataque, significava viajar para Tampa, para onde Hilda se mudara com a intenção de ficar mais perto da filha. Mas Patricia considerou se o tempo e as despesas valeriam a pena.

Ressentia-se muito da mídia que a morte gerou para Hilda, especialmente depois de a mulher ter criado uma bolsa de estudos para jovens desprivilegiados em nome do marido.

Desprivilegiados, o cacete, pensou Patricia. *Parasitas e idiotas mimados por benfeitores liberais chorões.*

Além disso, seu alvo lhe deu dez dias longe do desagradável inverno do Maine — e de seus avós por-que-eles-não-morrem-e-pronto.

Fez sua pesquisa, é claro, antes de dar um beijo de despedida nos avós irritantemente longevos e partir para o que todos concordavam serem férias bem merecidas.

Talvez eles morressem durante o sono antes de Patricia voltar, e o gato igualmente detestável que a avó mimava como se fosse um bebê comesse os globos oculares deles.

Sonhar não custava nada.

Ela amava a Flórida, e isso a surpreendia. Amava o sol e as palmeiras, o azul do céu e a água. Enquanto estudava a vista de sua suíte — por que não ostentar? — e tirava fotos para enviar para casa, imaginou viver ali.

Talvez considerasse a possibilidade, não fosse toda aquela gente velha.

E os judeus.

Mesmo assim, pensaria bem nisso.

Em todo caso, achava ridiculamente simples perseguir Hilda e inspecionar o bangalô de dois quartos onde ela vivia — no mesmo quarteirão da família da filha dela.

Em três dias, Patricia concluiu que já estava por dentro da rotina diária de Hilda. A velhota levava uma vida simples. Gostava de cuidar do jardim, tinha vários comedouros para aves que mantinha abastecidos e andava pela vizinhança em um triciclo como se fosse uma criança enrugada.

No quarto dia, já processando ideias de atividades trágicas no jardim ou acidentes de triciclo, Patricia passou por ali enquanto Hilda enchia um dos comedouros feitos para servir de réplica de um restaurante: completo, com janelas que tinham floreiras e um sinal indicando COMIDA PARA AVES.

Ela estacionou, mexeu na peruca preta curta, ajustou os óculos de sol com lentes âmbar e depois saiu do carro.

— Com licença? Senhora?

Hilda, ágil e esguia com seu chapéu de abas flexíveis, virou-se.

— Posso ajudar?

— Espero que isso não seja muito estranho, mas a senhora poderia me dizer onde conseguiu essa bela casa de passarinho? Minha mãe adoraria uma.

— Ah. — Com uma risada, Hilda fez sinal para Patricia se aproximar. — Ela gosta de pássaros?

— Demais. Nossa, é ainda mais bonita de perto. É exclusiva?

— É um trabalho local, mas a loja que a vende tem outras iguais a ela. A Bird House.

Ela continuou a dar instruções detalhadas a Patricia, as quais Patricia, obedientemente, registrava no telefone.

— Isso é ótimo.

— Eu acho que vi você passar por aqui ontem.

O sorriso de Patricia congelou por um simples instante.

— Provavelmente. Meus pais estão se instalando em uma casa a alguns quarteirões. Estou fazendo umas coisas para eles. Eles simplesmente não aguentavam mais os invernos em St. Paul.

— Nem me fale. Eu fugi dos invernos do Maine.

— Então a senhora sabe do que estou falando — disse Patricia, sorridente.

— Se eu conseguisse achar algo parecido com essa, seria um ótimo presente de boas-vindas para a minha mãe.

— A minha favorita está nos fundos, para que eu possa vê-la da janela da cozinha. É um chalé inglês.

— A senhora está brincando! — Inspirada, Patricia ergueu as mãos. — A minha mãe foi criada em um chalé inglês no Lake District. Ela se mudou para os Estados Unidos na adolescência. Um comedouro para aves com formato de chalé inglês... ela adoraria.

— Os passarinhos também podem fazer ninhos nele. Venha aqui atrás comigo, vou mostrar a você.

— Ah, a senhora é tão gentil. Não vai dar muito trabalho?

— É um prazer. — Enquanto caminhavam, Hilda acenou para um homem que saiu da casa ao lado. — Olá, Pete!

— Bom dia, Hilda. Vou dar um pulo no mercado. Precisa de alguma coisa?

— Não, obrigada. Os seus pais vão amar aqui — acrescentou enquanto atravessavam a lateral da casa.

— Espero que sim. Eu vou sentir muito a falta deles, mas espero que sim.

Não posso matá-la agora, pensou Patricia. *O carro na frente da casa, o idiota do vizinho.*

— Ah, que varanda linda! Aposto que a senhora nada nessa piscina o ano todo.

— E nado mesmo — confirmou Hilda. — Todos os dias antes do café da manhã.

Patricia sorriu.

— É por isso que a senhora está com esse corpinho maravilhoso. — Suspirou quando viu o ridículo alimentador de pássaros, elogiou o jardim, as plantas e os vasos na varanda e agradeceu profusamente à mulher, que logo estaria morta.

Não seguiu as instruções para chegar à Bird House, mas foi a um Wal-Mart para comprar uma torradeira e um fio de extensão.

Logo às 7h15 da manhã seguinte, Hilda saiu de casa, foi até a varanda, tirou um roupão felpudo azul e entrou na piscina com seu simples maiô cor de chocolate.

Enquanto a mulher fazia suas voltas suaves e fáceis, Patricia entrou na varanda pela porta de tela destrancada, colocou o fio de extensão na tomada de parede no fundo da casa e jogou a torradeira na piscina.

Ficou observando o corpo de Hilda se debatendo enquanto a água reluzia. Observou-o flutuar, com o rosto voltado para baixo, enquanto tirava a extensão da tomada e usava a rede da piscina para tirar a torradeira da água.

Eles descobririam — provavelmente —, mas por que lhes dar uma ajudinha? Colocou as armas do crime na mochila e, usando uma legging curta e um boné, correu três quarteirões até o carro que havia alugado.

Jogou a torradeira em uma lixeira atrás de um restaurante e abandonou o fio de extensão no estacionamento de um centro comercial a alguns quilômetros de distância.

Feito isso, colocou a peruca ruiva na bolsa e voltou para o hotel a fim de desfrutar o café da manhã saudável do serviço de quarto, que tinha uma omelete de espinafre, bacon de peru, frutas vermelhas e suco de laranja fresco.

Ficou imaginando quem encontraria Hilda flutuando na piscina. A filha? Um dos netos? Pete, o bom vizinho?

Talvez ficasse de olho nos jornais locais. Mas, por enquanto, decidira, sem ironia, passar o resto do dia na piscina do hotel.

Seus avós não conseguiram satisfazê-la morrendo durante o sono. Conformou-se com a ideia de se ocupar de vários métodos para matá-los. Na verdade, matá-los teve de esperar, mas seu pai a agradou, uma vez que ficou embriagado antes de se sentar ao volante da caminhonete Ford dele.

Ele levou uma mãe e os três filhos dela consigo quando avançou o sinal e bateu no carro deles, mas essas pessoas serviam de pausa para a mente de Patricia.

Agora ela poderia riscar mais um de sua lista.

Riscou Frederick Mosebly da lista em uma bela noite de verão — antes de Hilda — com um dispositivo explosivo que prendeu debaixo do banco do motorista do carro destrancado do homem.

Esse nome a menos lhe agradou de modo especial, uma vez que Mosebly teve pequeno sucesso local com um livro seu autopublicado sobre o shopping DownEast. E mais: foi a primeira vez que havia feito uma bomba.

Ela achava que tinha talento para isso.

Riscou o nome do terceiro no ano — tinha de dar um intervalo maior entre suas vítimas — ao esbarrar nele em um bar lotado de gente e espetá-lo com uma seringa de toxina botulínica. Parecia poético, uma vez que o doutor David Wu — que tomava drinques antes do jantar com a esposa e outro casal no restaurante luxuoso e que havia sido responsável por salvar vidas naquela noite fatídica — era cirurgião plástico.

Patricia imaginou que, uma vez que ele ganhava a vida (rica, por sinal) injetando botox nas pessoas, poderia morrer com uma injeção da mesma substância básica.

Descartou a seringa no caminho para casa e entrou silenciosamente pela porta.

Por um instante muito agradável, pensou que suas orações haviam sido atendidas.

Sua avó estava deitada no chão do *hall* de entrada. Gemendo, então... ainda respirando, mas isso podia ser remediado.

Com outro gemido, a mulher virou a cabeça.

— Patti, Patti. (Meu Deus, Patricia *odiava* esse apelido.) Graças a Deus! Eu... eu caí. Bati a cabeça. Eu acho, ah, eu acho que quebrei o quadril.

Posso acabar logo com isso, pensou Patricia. Ela só tinha de colocar a mão sobre a boca da cadela velha, apertar o nariz e...

— Agnes! Não consigo encontrar o controle remoto! Onde você...

Seu avô saiu da suíte principal no térreo, a sobrancelha arqueada, irritado com os óculos bifocais.

Ele viu a esposa no chão e soltou um grito, e Patricia agiu rapidamente.

— Ah, meu Deus, vó! — Ela se aproximou, caiu de joelhos e segurou a cabeça da avó.

— Eu caí. Eu caí.

— Está tudo bem. Vai ficar tudo bem. — Tirou o telefone da bolsa e ligou para o serviço de emergência. — Eu preciso de uma ambulância! — Passou o endereço, tendo cuidado para imprimir comoção na voz. — A minha avó caiu. Rápido, por favor, rápido. Vô, pegue um cobertor para a vovó. Ela está tremendo. Pegue a manta que está no sofá. Eu acho que ela está em estado de choque. Um minuto, vô. Estou bem aqui.

Assim, a noite não seria de sorte em dobro, pensou Patricia enquanto acariciava suavemente, muito suavemente, o rosto da avó. Mas um quadril quebrado (se Deus quisesse!) e uma velha de 83 anos tinham muito potencial.

Patricia escondeu sua amarga frustração quando Agnes se recuperou. E ganhou a admiração da equipe médica, dos ajudantes e dos vizinhos com cada gesto de cuidado que dedicara à avó.

Usou o momento para convencer os avós a não apenas lhe darem uma procuração — com o que os advogados concordavam —, mas também a colocarem em seu nome a conta corrente, a conta poupança, a residência principal e a casa de veraneio que possuíam em Cape May.

Uma vez que herdaria as joias da avó de qualquer maneira, pegava algumas peças de vez em quando e as transformava em dinheiro em passeios a Augusta ou Bangor, e uma vez em um feriado prolongado (a pedido dos médicos) em Bar Harbor.

Convertera parte do dinheiro em uma boa identidade falsa que usou para abrir uma pequena conta bancária — e alugar um cofre em um banco em Rochester, New Hampshire.

Entre as joias, os furtos regulares, a venda da casa de veraneio que os avós — muito idiotas para saber — assinaram, Patricia tinha mais de três milhões de dólares em caixa, junto com quatro identidades falsas, incluindo passaportes e cartões de crédito.

Guardava um montante de cem mil dólares em dinheiro vivo com outros itens essenciais em um mochilão no alto do armário, e havia começado um segundo.

Uma vez que nenhum dos avós usava mais as escadas, a neta tinha o segundo andar inteiro à sua disposição. Instalou fechaduras reforçadas em sua suíte, e usava o quarto de hóspedes como oficina.

Se a faxineira achava estranho o fato de o segundo andar ser proibido, ela não dizia nada. Era bem paga, e isso significava menos trabalho.

Com o próximo aniversário do massacre do shopping DownEast se aproximando, Patricia começou a fazer planos. Muitos planos.

E riscou mais alguns nomes da lista.

Seleena McMullen falou sobre o dia 22 de julho, que se aproximava, em seu blog e em sua palestra. Isso lhe dava a chance de anunciar o lançamento da edição atualizada de seu livro.

Não discutia o fato de que a tragédia havia feito sua carreira. Por uma questão de rotina, toda vez que um lunático atirava em um local público, ela trabalhava como apresentadora na TV a cabo.

Fazia o circuito de vez em quando e ganhava bem por suas palestras. Aceitara um trabalho como produtora-executiva de um documentário sobre o tiroteio que recebeu elogios da crítica e, quando estava realmente em alta, foi convidada para uma ponta em um episódio de *Law & Order: SVU*.

Havia altos e baixos, ela podia admitir; em todo aniversário do massacre, o programa bombava, e ela voltava para os holofotes.

Tinha uma equipe, um agente, um namorado bonitão — depois de um breve casamento e um divórcio conturbado. Ainda assim, o divórcio e o namorado gostoso haviam aumentado a audiência e os cliques.

Eles dispararíam com a programação que Seleena tinha para a semana do aniversário.

Seleena contava com a policial que havia neutralizado Hobart. Evidentemente, Seleena teve de pressionar o prefeito para que pressionasse o capitão da policial para pressionar a policial, mas conseguiu. Não poderia contar com a presença do herói, antes um adolescente e agora parceiro da policial, e isso estava engasgado em sua garganta.

O Departamento de Polícia de Portland lhe dera uma opção: ou um ou outro, não os dois. Ela ficou com a policial, a primeira pessoa na cena, e abriu mão do rapaz.

Tinha uma mulher que estava no cinema e quase morreu — e vivia com cicatrizes no rosto e trauma cerebral. Havia agendado com o *geek* que salvara uma loja cheia de pessoas ao colocá-las em uma sala dos fundos, algumas outras vítimas, um paramédico e um dos médicos da emergência daquela noite.

Mas e a joia brilhante? A irmã do atirador, a irmãzinha do chefe do bando. Tinha Patricia Jane Hobart.

Mesmo com isso — e isso era importante, uma vez que a irmã de Hobart nunca tinha dado, até o momento, uma entrevista formal —, Seleena, furiosa, andava de um lado para o outro do escritório.

Queria as galinhas dos ovos de ouro. A policial, a irmã de Hobart e Simone Knox, a pessoa que ligara para o serviço de emergência e alertara a polícia, para que McVee abatesse Hobart.

A vagabunda nem atendia às suas ligações. Na verdade, Simone mandou que um advogado otário lhe enviasse uma ordem de restrição depois de ter ido atrás dela em uma galeria de arte em Nova York.

Um evento público, pensava Seleena agora. E tinha pleno direito — maldita Primeira Emenda — de colocar um microfone na cara dela.

Ela não gostou de ter sido expulsa da galeria por fazer o seu *trabalho*.

Escreveu um editorial mordaz sobre o tratamento que havia recebido e sobre a própria vagabunda. E o teria imprimido também se seu ex — antes de ele ter descoberto sobre o namorado e se tornado seu ex — não a tivesse convencido de que isso faria com que *ela* fosse apontada como a vagabunda.

Ela detestava saber que ele tinha razão.

Bem, ela poderia usar aquela ligação feita para o serviço de emergência, e o faria. Poderia jogar o nome de Simone Knox e talvez insinuar que, como uma artista um tanto festejada, a senhorita Knox não quisesse mais ser associada à tragédia do Shopping DownEast.

— Vamos trabalhar nisso — murmurou ela. — Vamos trabalhar no modo de dizer isso. Vamos criticá-la, mas mantendo a diplomacia, a simpatia.

Ela abriu a porta e gritou:

— Marlie! Onde está o meu *macchiato*?

— O Luca já deve voltar com ele a qualquer momento.

— Pelo amor de Deus! Descubra onde está Simone Knox e onde ela vai estar na semana que vem.

— Ah, senhorita McMullen, o advogado...

Seleena se virou, fazendo a tímida Marlie dar um salto para trás.

— Eu perguntei alguma coisa? Só quero que descubra. Quero saber onde a Simone vai estar quando eu estiver entrevistando Patricia Hobart e a policial que matou o irmão dela. E eu quero fotos dela de antes e de agora. Levante essa bunda da cadeira, Marlie.

Seleena bateu a porta para fechá-la.

— Vamos ver quem vai ganhar dessa vez — murmurou.

Simone ganhou. Passou as semanas próximas ao aniversário viajando por Arizona, Novo México, Nevada. Fez esboços, tirou fotos do deserto, dos cânions, das pessoas; imaginou-se traduzindo aquelas cores, texturas, formas e rostos em arte com argila.

Ela aproveitou a solidão, divertiu-se ao explorar uma terra que, para ela, era tão diferente da costa leste do Maine quanto Marte era de Vênus. Sem ninguém a quem responder, a não ser aos seus próprios caprichos, parava quando e onde quisesse, e ficava ali pelo tempo que lhe apetecesse.

Quando, finalmente, foi para o leste, desviou-se para o norte, passando por Wyoming, Montana, onde comprou mais cadernos de desenho e se rendeu ao impulso de comprar botas de caubói.

Quando cruzou a fronteira do Maine, o calendário havia passado para o mês de agosto, e, apesar do uso constante de chapéu e protetor solar, ela estava bronzeada e o cabelo, manchado pelo sol.

E muito bem-humorada.

Queria começar a trabalhar, examinar as centenas de esboços e fotos, ideias e imagens. Queria sentir a argila nas mãos.

Pensou em enviar uma mensagem de texto para CiCi, mas, em vez disso, decidiu surpreendê-la. Depois de uma parada para uma garrafa de champanhe — quer saber? Uma não, duas —, ela planejou ir de carro direto para a balsa.

Mas uma pontada de culpa fez com que mudasse de direção. Faria uma parada na casa dos pais. Uma rápida visita de cortesia.

Talvez seu relacionamento com os pais e a irmã permanecesse tenso, mas ela tinha sua parcela de culpa. Desde o dia em que havia saído de casa para ir atrás dos próprios sonhos, ela, na maior parte do tempo, se mantivera afastada deles.

Isso evitou discussões.

Mas também significava que tradições como Natais, aniversários, casamentos e funerais haviam se tornado zonas desmilitarizadas explosivas — ou campos de batalha propriamente ditos.

Por que não fazer um esforço?, perguntou a si mesma. Dar uma passada lá em uma bela tarde de sábado, conversar, talvez tomar alguma coisa, admirar o jardim, puxar algumas histórias de suas viagens.

Como era triste e lamentável que precisasse definir uma agenda para visitar os próprios pais!

Então não definiria. Lidaria com isso como fazia com suas viagens. Deixaria rolar.

Alguém está dando uma festança na piscina, pensou, observando os carros estacionados ao longo da rua. Quando viu uma fila deles na entrada em U da casa de seus pais, e outros sendo manobrados para a área de serviço, percebeu que estava prestes a invadir uma festa.

Não era a melhor hora para aparecer por ali, concluiu ela, mas hesitou por tempo suficiente para que um dos manobristas bloqueasse sua saída rápida. Enquanto esperava que a rua fosse liberada para poder escapar, Natalie e algumas mulheres com vestidos de verão igualmente elegantes atravessaram o exuberante gramado verde da frente.

Assustada porque seu primeiro instinto foi se abaixar, forçou um sorriso quando Natalie a viu.

Sua irmã não sorriu de volta, mas abaixou os óculos escuros de garota glamourosa para olhar por cima deles. E isso, para Simone, foi tudo.

Deliberadamente, abriu a porta do carro e saiu com sua roupa de viagem: short verde-oliva, botas de caubói vermelhas, um chapéu de palha de abas largas e uma regata que dizia: RED, WINE & BLUE.

— Ei, Nat.

Natalie disse algo para as companheiras, e uma delas deu dois tapinhas em seu braço antes de se afastarem — não sem lançarem olhares demorados para trás, que claramente expressavam desaprovação.

Natalie atravessou até a calçada.

Parece a mamãe, pensou Simone. Um exemplo perfeito de mulher refinada.

— Simone. Não estávamos esperando você.

— Obviamente. Eu acabei de voltar. Pensei em dar uma passada para dar um oi.

— Não é a melhor hora.

Simone não deixou de perceber o tom, que era usado com um conhecido que se tinha de tolerar de vez em quando.

— Obviamente também. Você pode dizer que voltei, e estarei na casa da CiCi. Vou ligar para eles.

— Isso seria novidade.

— Da última vez que tentei, os telefones de ambas as casas estavam funcionando. De qualquer maneira, você está ótima.

— Obrigada. Vou dar o recado para a mamãe e o papai...

— Natalie!

O homem que atravessou o gramado com mocassim cinza-claro combinando com a calça de linho enrugado ostentava o charme das covinhas em um lindo rosto hollywoodiano. Sua elegância — a camisa branca com um blazer azul-marinho por cima e o cabelo ondulado com reflexos dourados de sol — combinava perfeitamente com Natalie.

Embora o conhecesse um pouco, Simone levou um minuto para dizer o nome dele. Harry (Harrison) Brookefield, um dos jovens promissores do escritório de advocacia de seu pai.

E, de acordo com CiCi, o namorado de Natalie, aprovado por seus pais.

— Aí está você. Eu estava só... Simone? — As covinhas subiram, e ele estendeu a mão para apertar a dela. — Eu não sabia que você estava aqui. Que ótimo! Faz tempo que você voltou?

— Faz uns cinco minutos.

— Então eu aposto que você aceitaria uma bebida. — Passou um braço ao redor da cintura de Natalie enquanto falava e, na mente de Simone, ele ainda não se dera conta da rigidez da jovem.

Então, estendeu a mão novamente para segurar a de Simone.

— Ah, obrigada, mas não estou vestida para uma festa. Eu só ia...

— Não seja boba. — Harry segurou firme a mão de Simone. — Chaves no carro?

— Sim, mas...

— Ótimo. — Fez sinal para o manobrista. — Carro da família.

— Sério, Harry, a Simone deve estar cansada da viagem.

— Mais um motivo para beber alguma coisa. — Como um veludo envolvendo algo rústico, ele suavizou a expressão áspera dela. — Agora você tem a família toda aqui para comemorar, docinho.

O homem tinha um aperto de mão forte e muita vontade, pensou Simone, mas o motivo principal pelo qual deixou que ele a puxasse — por mais mesquinho que fosse — era o desconforto evidente de Natalie.

— O que estamos comemorando?
— Você não contou a ela? Nossa, Natalie! — Harry olhou para Simone e deu uma piscada. — Ela disse sim.

Simone sentiu o cérebro se esvaziar por três segundos inteiros.

— Vocês estão noivos. Vão se casar?
— O que me torna o homem mais sortudo do mundo!

Ela ouviu a música agora, e as vozes, quando começaram a atravessar o jardim lateral que dava nos fundos da casa.

— Parabéns.

Como foi que isso aconteceu?, imaginou ela. Como a irmã, que antes pulava em sua cama para confidenciar segredos, não havia compartilhado uma notícia tão importante de mudança de vida? Uma notícia feliz como essa, que incluía uma festa com vestidos elegantes e toalhas de mesa brancas enfeitadas com flores brancas, e garçons uniformizados carregando bandejas de bebidas e belos aperitivos.

— Isso é maravilhoso. Emocionante.

Você ainda é tão jovem, e tão... mimada, pensou Simone. *Você tem certeza? Você me diria?*

Harry parou um garçom e pegou três taças de champanhe.

— Ao maravilhoso e emocionante — disse ele e depois as passou para elas.
— Com certeza. E vocês já têm uma data?
— Outubro — um ano contado a partir de agora — respondeu Natalie.
— Não consegui convencê-la para que fosse na primavera. Vou esperar. Se vocês me derem licença por um minuto, quero encontrar a minha mãe. Ela adoraria conhecê-la, Simone. Ela gosta especialmente da estátua de Natalie, segurando a balança da justiça, que você fez quando ela se formou na faculdade de direito. Eu já volto.

— Você está noiva. Meu Deus, Nat, noiva! Ele é lindo, e parece ser um ótimo rapaz. Eu...

— Se você tivesse tido o trabalho de conhecê-lo nos últimos dois anos, saberia que ele *é* ótimo.

— Estou feliz por você — disse Simone com cautela. — É óbvio que ele é louco por você, e eu estou feliz por vocês. Se eu soubesse da festa, teria voltado antes para casa, e estaria vestida adequadamente. Vou embora; escapar antes de deixá-la envergonhada.

— Simone! — O grito alegre de CiCi soou mais agudo que a música e as conversas.

— Tarde demais — disse Natalie enquanto a avó atravessava correndo o quintal, com a saia de cigana esvoaçante.

— Aí está a minha menina das viagens! — Agarrou Simone em um forte abraço. — Olhe para você, toda sarada e bronzeada. Isso não é um arraso? — Puxou Natalie para o abraço. — Nossa menina fisgou um noivo. E ele é uma *deeeee-lí-cia!*

Soltou uma de suas cheias e belas risadas e apertou as duas.

— Vamos nos acabar no champanhe.

— Mãe.

— Ah, não. — Rindo baixinho, CiCi recuou. — Me pegaram! — Ela se mexeu, colocou os braços em torno da cintura das netas e sorriu. — Veja quem está aqui, Tule.

— Eu vi. Simone. — Adorável em um *shantung* de seda da cor de pétalas de rosa nesgadas, Tulip se inclinou para beijar o rosto de Simone. — Nós não sabíamos que você já tinha voltado.

— Eu acabei de chegar.

— Isso explica a roupa. — Sem deixar de sorrir e com um brilho de irritação nos olhos, Tulip virou-se para Natalie. — Querida, por que você não leva a sua irmã lá para cima, para que ela possa se arrumar? Tenho certeza de que você tem algo que possa emprestar para ela vestir.

— Não seja estraga-prazeres, Tulip.

Tulip simplesmente voltou aqueles olhos faiscantes para a mãe.

— Este dia é da Natalie. Ninguém vai estragá-lo.

— Eu não vou estragá-lo. Não vou ficar. — Simone entregou sua taça para Natalie. — Diga ao Harry que eu não estava me sentindo bem.

— Eu vou com você — começou CiCi.

— Não. É o dia da Natalie, e você tem que estar aqui. Vejo você mais tarde.

— Que babaquice, Tulip — disse CiCi quando Simone se afastou. — E esse seu olhar, Nat? Tal mãe, tal filha. Estou envergonhada por vocês duas.

Simone teve de sair à caça do manobrista que estacionara seu carro e, então, esperar enquanto ele pegava as chaves.

Enquanto isso, seu pai veio rapidamente pelo passadiço.

Ah, bem, pensou; *qual é o problema de levar mais uma cotovelada?*

Em vez disso, ele colocou os braços ao redor dela e a puxou para perto.

— Bem-vinda ao lar.

As críticas e alfinetadas não lhe causaram um nó na garganta, mas o gesto dele, sim.

— Obrigada.

— Acabei de ouvir que você tinha voltado e já fiquei sabendo que você tinha ido embora. Você precisa voltar, querida. É um grande dia para a Natalie.

— É por isso que estou indo embora. Ela não me quer aqui.

— Isso é bobeira.

— Ela deixou isso bem claro. Minha chegada inesperada com uma roupa inadequada para a ocasião constrangeu sua esposa e sua filha.

— Você poderia ter chegado um pouco mais cedo, usado algo apropriado.

— Eu teria feito isso se soubesse.

— Natalie entrou em contato com você há duas semanas — começou e, então, viu o rosto dela. Suspirou. — Entendi. Me desculpe. Me desculpe, ela disse que fez contato; se eu soubesse que não, eu teria feito isso. Volte comigo. Vou falar com ela.

— Não, não, por favor. Ela não me quer aqui, e eu não quero estar aqui.

Os olhos de Ward se encheram de tristeza.

— Dói ouvir você dizer isso.

— Me desculpe. Eu queria aparecer, ver você e a mamãe, tentar... contornar um pouco a situação. Um pouco. Eu tive um bom verão. Produtivo, gratificante, esclarecedor. Eu queria falar sobre isso com você. E, quem sabe, você conseguisse ver que eu fiz a coisa certa, por mim. Quem sabe você conseguisse ver isso.

— Eu vejo — disse ele, calmamente. — Eu vi que estava errado. Eu me agarrei à ideia de querer estar certo e perdi você. E, ao perdê-la, foi mais fácil culpar você do que a mim mesmo. Agora, a minha filha caçula vai se casar. Ela será esposa de alguém, e não só a minha garotinha. Ocorreu-me que, com você, o meu desejo de estar certo foi maior que o meu desejo de que você fosse feliz. Tenho vergonha de olhar isso estampado no meu rosto, mas é preciso. Eu espero que você me perdoe.

— Pai.

Ela se encaixou nos braços dele, e chorou um pouco.

— A culpa é minha também. Foi mais fácil me afastar, ficar longe.

— Vamos fazer um acordo: eu aceito que nem sempre estou certo e você não se afasta de mim.

Ela fez que sim com a cabeça e apoiou o rosto no peito dele.

— É bom voltar para casa depois de tudo.

— Volte para a festa. Me faça companhia.

— Não posso. Sinceramente, a Nat me tira do sério, mas eu não quero estragar a festa dela. Talvez você possa ir à ilha um dia desses, e aí eu falo sobre a viagem e mostro algumas coisas em que estou trabalhando?

— Tudo bem. — Beijou a testa da filha. — Estou feliz por você ter voltado.

— Eu também.

Feliz por ter voltado, pensou, especialmente quando estava na balsa e via a ilha se aproximar.

Capítulo 10

♦ ♦ ♦ ♦

A CASA DE CICI oferecia vista da baía do oceano além e do litoral tombado de Tranquility Island, incluindo a saliência de terreno rochoso no extremo leste, onde ficava o farol.

Quando CiCi se estabeleceu na ilha, o farol era de um branco austero e sem criatividade.

Ela deu um jeito nisso.

Fazendo lobby com a comunidade de artistas, convenceu o conselho da ilha, bem como os donos de negócios e de propriedades, a começarem a fazer algumas coisas por lá. Claro que havia quem duvidasse da ideia de um grupo de artistas em escadas e andaimes pintando o esguio farol com flores do mar, conchas, sereias e corais.

Mas ela estava certa.

Desde a conclusão, e mesmo durante o trabalho, turistas vinham para tirar fotos, e outros artistas exibiam o farol, agora exclusivo na paisagem marítima. Era raro um visitante ir embora da ilha sem um ou mais dos souvenirs da Light of Tranquility vendidos em várias aldeias e lojas à beira-mar.

De tempos em tempos, a comunidade renovava a pintura — e muitas vezes acrescentava um ou dois floreios.

CiCi gostava de olhar ao longo da costa, admirando aquela esfera de cor e criatividade.

Sua casa ficava a oeste do farol, em uma elevação acima de outra saliência da costa irregular. Grandes janelas, terraços de pedra enfeitavam os dois andares — além deles, o sótão reformado com sua pequena varanda, que formava o terceiro. Um pátio generoso contornava a orla, seu lado favorito, onde, na estação, havia vasos de flores impressionantes e ervas expostas ao sol, junto com cadeiras excessivamente grandes com almofadas de cores vivas e algumas mesas pintadas.

Mais flores e assentos confortáveis espalhavam-se pelo amplo terraço no segundo andar. O espaço também tinha uma banheira de água quente, que ela usava durante o ano todo, sob uma pérgula, na qual descansava com frequência — alegremente nua — com um copo de vinho enquanto observava a água e os barcos que faziam aquele percurso.

Podia entrar em seu estúdio de parede de vidro com vista para a baía, projetado e adicionado depois de ter comprado a casa, a partir da grande sala ou do pátio. Adorava pintar ali quando a água brilhava em seu tom azul como uma joia, ou quando ficava de um cinza gelado e agitado em meio a uma tempestade de inverno.

Havia reformado o sótão — ou foi Jasper Mink (que havia aquecido sua cama uma ou duas vezes entre os casamentos dele) e seu bando que haviam feito a obra quando Simone foi para a Itália.

O sótão oferecia uma luz agradável, muito espaço, e agora tinha um lavabo pequeno e encantador.

Como gostava de dizer, CiCi era um pouco paranormal. Havia imaginado Simone trabalhando naquele espaço, perambulando pela casa até encontrar seu lugar.

CiCi, um pouco paranormal, não tinha dúvida de onde era esse lugar, mas a garota tinha de encontrá-lo sozinha.

Enquanto isso, toda vez que Simone voltava para o Maine, ia à casa de CiCi.

Apesar de seus temperamentos artísticos, elas conviviam facilmente. Cada uma tinha seu trabalho e seus próprios hábitos, e podiam passar dias quase sem se ver. Ou passar horas sentadas juntas no pátio, pedalando até a aldeia, caminhando na estreita faixa de areia junto à água, ou simplesmente sentadas nas pedras da praia, em um silêncio confortável.

Depois que Simone voltou do oeste, ela passou horas com CiCi examinando as fotos e os esboços da neta. CiCi pediu algumas fotos emprestadas — uma feira de rua em Santa Fé, uma foto perfeita de planaltos no Cânion de Chelly — para usar em seu próprio trabalho.

Quando Ward veio visitá-la, CiCi deu uma fugidinha para acender velas e incensos e meditar, contente por pai e filha estarem fazendo um esforço para se reconciliarem.

Por dez dias, enquanto os veranistas se apinhavam na ilha, elas viviam felizes o suficiente em seu próprio mundo, com sua arte, a água e coquetéis no pôr do sol.

Então veio a tempestade.

Natalie entrou na casa como uma força da natureza. CiCi, ainda em sua primeira xícara de café (ela preferia ver o nascer do sol como a última coisa antes de ir para a cama, e não a primeira fora dela), piscou como uma coruja.

— Oi, querida. Que bicho te mordeu?

— Onde ela está?

— Eu lhe ofereceria café, mas você já parece bem agitada. Por que você não se senta e recupera o fôlego, minha linda?

— Eu não quero sentar. *Simone!* Cacete! — Ela gritava, furiosa, enquanto invadia a casa, liberando uma energia negativa que CiCi já sabia que teria de afugentar com sálvia branca. — Ela está lá em cima?

— Eu não sei — respondeu CiCi, friamente. — Acabei de me levantar. E, embora eu seja a favor de a pessoa expressar os próprios sentimentos, tome cuidado com esse seu tom.

— Estou cansada disso, cansada disso tudo. Ela pode fazer o que bem quiser, sempre que quiser, e, para você, tudo bem. Eu me mato de trabalhar, me formo entre os cinco por cento melhores da sala, os *cinco* por cento melhores, e vocês duas praticamente não se dão ao trabalho de aparecer.

Visivelmente atordoada, CiCi pôs a caneca de café na mesa.

— Você ficou louca? Nós duas estávamos lá, jogando umas merdas de confetes, mocinha. E não posso acreditar que você me irritou a ponto de dizer *mocinha*. Estou parecendo a minha *mãe!* A Simone ficou semanas fazendo o seu presente e...

— Simone, Simone, Si-merda-mone.

— Agora você passou dos limites. Controle-se, Natalie.

— O que está acontecendo? — Simone entrou, rapidamente. — Dava para ouvir vocês gritando lá no meu estúdio.

— Seu estúdio. Seu, seu, você! — Natalie virou-se e empurrou Simone três passos para trás.

— Pare! — Dando um passo à frente, CiCi deu a ordem. — Nada de violência física na minha casa. Gritaria, palavrões, tudo bem, mas violência física, não. Não passem dos meus limites.

— Que porra é essa, Natalie? — Movendo-se, Simone pôs a mão no ombro de CiCi.

— Olhe para vocês! Sempre vocês duas. — Com o rosto vermelho de fúria, os olhos azuis escurecidos, Natalie esbravejava com um dedo de cada mão no ar. — Eu estou cansada disso também. Não está certo, não é justo que você ame mais a Simone do que a mim.

— Primeiro, não há esse lance de "justo" no amor. E, segundo, eu amo vocês da mesma forma, mesmo quando você faz papel de louca. Na verdade, eu poderia amar mais você quando está fazendo papel de louca. É uma mudança interessante de ritmo.

— Pare com isso. — Lágrimas quentes de raiva brotaram. — Sempre foi ela. Ela sempre foi a sua favorita.

— Se você vai me acusar, seja específica, porque eu não me lembro de já ter desprezado você.

— Você não reformou um sótão para mim.

Quase de saco cheio, CiCi engoliu o café. Isso não ajudou.

— Você queria que eu fizesse isso?

— Isso não vem ao caso!

— Vem à porra do caso, sim. Eu não levei a Simone para D.C. depois da formatura do ensino médio nem organizei visitas ao Congresso porque ela não quis que eu fizesse isso. Você quis, então eu fiz. Pare com isso.

— Eu nem posso mais vir aqui porque ela mora aqui.

— Isso é problema seu, e, pelo que parece, você está aqui agora. E mais uma coisa antes de eu trocar este café pelo Bloody Mary que estou com vontade de tomar agora: Simone pode e vai morar aqui o tempo que quiser. Não cabe a você dizer quem mora na droga da minha casa. Se você quisesse se mudar para cá seria bem-vinda, mas não é o que você quer.

CiCi foi até a geladeira.

— Alguém mais quer um Bloody Mary?

— Agora que você falou, na verdade... — começou Simone.

— Aí está. — Natalie zombou. — Assim como a mamãe diz. Vocês são farinha do mesmo saco.

— E daí? — Simone ergueu as mãos. — Temos as nossas coisas em comum. Você e a mamãe têm as de vocês. E daí?

— Você não tem respeito pela minha mãe.

— *Nossa* mãe, Nat, sua fedelha. E é claro que eu tenho.

— Mentira. Você mal passa tempo com ela. Você nem se deu ao trabalho de passar um tempinho com ela no Dia das Mães.

— Eu estava no Novo México, pelo amor de Deus, Nat. Eu liguei para ela, mandei flores.

Os olhos de Natalie, do mesmo azul intenso que os da mãe, ardiam.

— Você acha que isso significa alguma coisa? Comprar flores pela internet? Simone inclinou a cabeça.

— Você deveria dizer isso à mamãe e ao papai, já que foi isso que eles fizeram em todas as aberturas das minhas exposições.

— Isso é diferente, e não tente transferir a culpa. Você não se importa com ela, ou com qualquer um de nós, seja lá o que você convenceu o papai a pensar. Eles estão discutindo por sua causa. Por sua causa, Harry e eu tivemos uma briga feia na noite da nossa festa de noivado.

— Pelo amor de Deus. Não economiza na vodca — disse Simone a CiCi.

— Deixa comigo.

— Vocês duas — alfinetou Natalie. — Tudo é petulante aqui na sua realidade alternativa. Bem, eu vivo no mundo *real*. Um mundo que você invadiu, sem ser convidada, parecendo um vagão que saiu dos trilhos. Mas você conseguiu encenar para o Harry e para o papai, bancando a vítima, não foi?

— Eu não encenei nada nem banquei nada para ninguém. Talvez se você não tivesse mentido para os dois sobre ter entrado em contato comigo, não teria tido problema.

— Eu não queria você lá!

Isso abriu um buraco em Simone, embora ela já soubesse.

— Claro. Mas você não foi honesta sobre isso, e isso não é problema meu.

— Você é egoísta, detestável e não se importa com ninguém além de si mesma.

— Eu posso ser egoísta para você, mas não sinto tanto ódio. E, se eu não me importasse com ninguém, não teria passado na casa da mamãe e do papai, e, no final, envergonhado vocês duas. Você, por outro lado, sua ridícula asquerosa, é uma mentirosa e uma covarde, e, no seu mundo real, você não assume a responsabilidade por ser nem uma coisa nem outra. Foda-se tudo, Natalie, e foda-se você também. Não vou ser o seu saco de pancadas nem o da mamãe.

Com o coração batendo forte e as mãos trêmulas, Simone pegou a bebida que CiCi havia colocado no balcão e levantou-a em um brinde desagradável.

— Aproveite a sua versão da realidade, Nat. Eu vou ficar com a minha.

Lágrimas, provocadas pela raiva, ardiam nos olhos de Natalie.

— Você me dá nojo. Sabia disso?

— Eu sou muito esperta, então, sim, eu já tinha percebido.

— Tudo bem, meninas — interveio CiCi. — Agora já chega.

— Você sempre fica do lado dela, não é?

Com dor no coração, CiCi se forçou a falar com calma e clareza.

— Eu tenho me esforçado muito aqui para não ficar do lado de ninguém, mas você está forçando a barra, Natalie. Agora você já desabafou o suficiente, então...

— Eu não significo nada para nenhuma de vocês. Você a colocou contra mim também! — gritou para Simone. — Eu te odeio. Vocês duas se merecem.

Ela se virou para sair violentamente, e, cega e amarga, empurrou a estátua da *Emergência* no suporte que CiCi havia feito para ela. Enquanto Simone gritava de tristeza, a estátua caiu e bateu no chão. O rosto adorável e sereno, aquele nascer de alegria, o rosto de uma amiga perdida, se quebrou em quatro pedaços.

— Ah, meu Deus! Ah, meu Deus! — O som e a imagem da destruição transformaram a raiva de Natalie em um espanto horrorizado. — Eu sinto muito. Ah, Simone, eu sinto muito. Eu não queria...

— Saia daqui. — Simone mal pôde sussurrar as palavras por causa da ferida profunda que se abria em seu peito. Conseguiu colocar no balcão a bebida que tinha na mão antes de arremessá-la, porque sabia que, se começasse, não conseguiria parar.

— Simone, CiCi, sinto muito. Eu não posso...

Quando Natalie deu um passo à frente, a mão estendida, Simone levantou a cabeça bruscamente.

— Não chegue perto de mim. Suma daqui. Vamos! Saia! — Sentindo-se sufocada pela raiva e pela dor, Simone saiu correndo pela porta dos fundos antes de partir para socos em vez de palavras.

Soluçando, Natalie cobriu o rosto com as mãos.

— Eu sinto muito. Sinto muito. CiCi, não queria fazer isso.

— Você queria, sim. Você queria machucar a Simone e a mim. Pedir desculpas não vai ser suficiente desta vez.

Quando Natalie caiu nos braços da avó, CiCi deu tapinhas nas costas dela por um instante, mas, então, virou-se e acompanhou-a até a porta da frente.

— Você precisa ir, e precisa descobrir por que fez o que fez, por que disse o que disse, por que sente o que sente. E você tem que descobrir como fazer as pazes.

— Eu sinto muito. Por favor.

— Eu tenho certeza que sim, mas você destruiu um pedaço da sua irmã com essa sua birra. Você partiu o coração dela, e o meu também.

— Não me odeie. — Quando CiCi abriu a porta, Natalie se agarrou a ela.

— Ela me odeia. Não me odeie.

— Eu não te odeio e ela também não. Eu odeio as palavras que ouvi da sua boca. Eu odeio o que você fez porque quis machucar a nós duas. E eu odeio ter que dizer isso à minha própria neta, e eu te amo, Natalie; mas você só vai poder voltar aqui quando tiver refletido sobre o que fez, quando tiver encontrado um jeito de fazer as pazes.

— Ela realmente me odeia. Ela...

— Pare. — Recompondo-se, CiCi começou a empurrar Natalie. — Pare e olhe para dentro de si mesma, em vez de tentar enfiar coisas na cabeça dos outros que você se recusa até a tentar entender. Eu te amo, Natalie, mas, neste momento, tenho certeza de que não gosto de você. Vá para casa.

Isso partiu outro pedaço de seu coração, mas CiCi fechou a porta de sua casa na cara da neta.

E, encostada na porta, olhando para a beleza, a graça e a alegria destruídas de modo tão irresponsável, ela deixou as lágrimas descerem.

Aceitando-as, foi atrás da outra neta.

Simone estava sentada nas pedras do terraço, abraçando os joelhos na altura do peito, o rosto pressionado contra os joelhos enquanto soluçava. CiCi agachou-se no chão do terraço, envolveu-a nos braços e começou a balançar até que as duas estivessem chorando.

— Como ela pôde fazer isso? Como ela pode me odiar tanto assim?

— Ela não te odeia. Ela está com ciúmes, zangada e, Deus do céu, como é arrogante! Não nega que é filha daquela mãe. Mas eu sei, eu sei de verdade, que a Tulip jamais iria querer isso. Você não se encaixa no molde, minha querida, então elas veem isso como um insulto. Nós as envergonhamos, e esse constrangimento faz com que se sintam pequenas, e por isso elas apelam para esse desdém.

Com o braço em volta de Simone e a cabeça da neta em seu ombro, CiCi olhava para a água, os tons profundos de azul e as nuanças de verde, a água batendo nas pedras.

— Eu poderia assumir parte da culpa, mas de que adianta? — considerou CiCi. — Eu fiz o melhor que pude. Tulip foi uma criança feliz, e aí a minha mãe... bem, ela não tem culpa também. Nós somos quem somos e quem escolhemos ser.

Suavemente, CiCi acariciou o cabelo de Simone.

— Ela está arrasada, querida. Sente muito.

— Não, não, não tente defendê-la.

— Ah, eu não estou defendendo ninguém. Ela me enfrentou também, e não tinha o direito. Já passou da hora de ela lidar com a criança que existe dentro dela, de parar de culpar você, a mim ou a quem quer que seja pelos próprios problemas. Se ela aceitar o que fez, fizer o que puder para compensar o estrago, isso pode ser um divisor de águas para ela.

— Eu não ligo.

— Eu sei. Eu não culpo você. Famílias erram feio. Porra, famílias são uma merda na maior parte do tempo. Mas, uma merda ou não, ela sempre vai ser a sua irmã, sempre vai ser a minha neta. O perdão não é algo natural para nenhum de nós, nem deveria ser. Ela terá que conquistá-lo.

— Eu não sei se consigo perdoar isso. É a Tish, e eu não sei se consigo perdoar. Eu não sei se tenho sequer como tentar. E, se eu tiver, se eu conseguir, não seria a mesma coisa.

— Você vai dar um jeito. — CiCi virou-se para beijar o topo da cabeça de Simone. — Você tem isso em você. Não, não será a mesma coisa. Será algo mais, algo mais. Olha só o que nós vamos fazer. Nós vamos entrar, pegar os pedaços da peça e avaliar o dano. Nós vamos levá-la para o seu estúdio e, quando você estiver pronta, vai começar a restaurá-la. Enquanto isso, vamos queimar sálvia branca na casa e expulsar toda essa energia negativa.

— Tudo bem, mas podemos ficar sentadas aqui mais um pouco?
— É claro.

Harry chegou em casa empolgado depois de uma partida de golfe. Ele superou em algumas tacadas da sua melhor marca pessoal para começar o que havia decidido que seria um excelente dia.

Tinha uma hora antes de buscar Natalie para almoçar com amigos, então resolveu surpreender a futura esposa agendando uma visita no final da tarde a uma casa que achava que poderia ser adequada para os dois.

Uma casa, a casa *deles*, equiparava-se ao próximo estágio. Algo que eles encontrariam, comprariam, mobiliariam e onde, *finalmente*, viveriam juntos.

Ela quer se casar no outono, ele esperaria. Ela quer um grande casamento formal, ele embarcaria nessa também. Mas o próximo estágio seria por conta dele.

Ele entrou em seu apartamento e colocou os tacos de golfe junto à porta. Depois viu Natalie aninhada no sofá da sala. Seu humor, que já estava bom, ficou ainda melhor.

— Ei, querida. Eu não...

Então ele viu as lágrimas, o rosto arrasado enquanto ela estendia os braços para tocá-lo.

— O que foi? O que aconteceu?

Quando ele a segurou, ela começou a chorar novamente.

— Ah, meu Deus, são os seus pais? A sua avó?

Ela fez que não com a cabeça, impetuosamente.

— Ah, Harry. Eu fiz uma coisa terrível.

— Isso, eu duvido. Shh, não chore. — Ele pegou um lenço, o que sua mãe lhe havia instruído a carregar em todos os momentos, para passar no rosto dela. — Você roubou um banco? Chutou um cachorrinho?

— Eu fui ver a Simone.
— Tudo bem. Eu imagino que as coisas não correram bem.
— Ela me odeia, Harry. CiCi me odeia também.
— Elas não odeiam você.
— Você não *sabe*. Você não entende. A Simone sempre foi a favorita da CiCi. A minha avó é apaixonada por ela. Elas são farinha do mesmo saco, como diz a minha mãe. E eu fiquei com as sobras.
— Se isso for verdade, então deve ter sobrado muita coisa, porque toda vez que vejo você com a sua avó, vejo quanto ela ama você, como tem orgulho de você. Não vejo ódio nenhum.
— Elas me odeiam. Se não odiavam antes, me odeiam agora depois do que aconteceu.
— O que aconteceu?
— Eu não fiz por querer. — Agarrando a camisa dele, ela enterrou o rosto ali. — Eu fiquei tão brava, e a Simone estava dizendo coisas horríveis, horríveis, para mim. E a CiCi estava preparando uns malditos Bloody Mary, e eu pude *sentir* que ela estava rindo de mim. Eu acabei perdendo a cabeça.
— Meu Deus, Natalie, você não bateu na sua irmã, né?
— Não! Eu só... eu perdi a cabeça, e empurrei aquela coisa, e ela quebrou. Eu não fiz por querer, e eu pedi desculpa, mas elas não me ouviam.
— Empurrou o quê?
— A estátua. O busto da mulher. — Cansada mais uma vez, Natalie pressionou as palmas das mãos nos olhos. — A estátua daquela maldita exposição que a Simone fez em Florença. CiCi comprou a peça e ficava sempre exibindo aquilo. Eu a empurrei, ela caiu e quebrou. E depois, tipo um segundo depois, foi como se outra pessoa tivesse feito aquilo. Fiquei tão chocada e arrependida, tentei dizer isso a elas. Mas elas não me ouviam.
— A mulher saindo da piscina? — Ele havia visto e admirado a peça. — A que fica na sala grande da CiCi?
— Sim, sim, sim. Eu perdi a cabeça. Elas... elas se juntaram contra mim, e eu perdi a cabeça e, então, elas não me deixaram me desculpar.
Ele se levantou bruscamente do sofá para ir até a janela. Podia visualizar a peça, lembrou-se, quando a admirou, de como CiCi falara sobre a exposição, de como se sentira quando viu a peça.

— Natalie, você sabia o que essa peça significava para a sua avó e para a sua irmã.

— Ela estava lá, e eu não fiz por querer.

Ele voltou, sentou-se novamente, e pegou a mão dela.

— Natalie, conheço você e eu sei que você não está me contando a história toda.

— Você está do lado dela. — Ela tentou retesar a mão, mas ele a segurou firme.

— Eu estou ouvindo a sua versão, mas não esconda a verdade.

— Eu não vim aqui para brigar com você. Eu não vim aqui para brigar com você por causa da Simone. De novo.

— Nós não brigamos por causa da Simone. Nós brigamos porque você não me contou a verdade. Você me disse que a sua irmã não poderia ir à festa na sua casa. Que ela estava muito ocupada. Você me fez acreditar que a tinha convidado e que ela disse que não poderia ir.

— Ela estava em algum lugar no oeste, então eu achei que...

— Nós somos advogados — interrompeu. — Nós dois sabemos usar meias-verdades e a semântica. Não venha com isso para cima de mim. O que aconteceu hoje?

Genuinamente assustada, ela agarrou a camisa dele mais uma vez.

— Não se volte contra mim, Harry. Não vou aguentar se você se virar contra mim.

Então, ele segurou o rosto dela com as mãos.

— Isso nunca vai acontecer. Mas nós precisamos ser francos um com o outro. Honestidade acima de tudo.

— Os meus pais... a minha mãe estava chateada porque o meu pai foi à ilha duas vezes desde a festa.

— A sua mãe estava chateada porque o seu pai passou um tempo com a sua irmã?

— Você não entende! Você não entende. A Simone está cheia de desdém em relação a minha mãe, e ela é ingrata. Depois de tudo o que eles fizeram por ela, ela largou a faculdade e fugiu para a Europa.

Ele já havia ouvido tudo isso antes e tentou ser paciente.

— O que me parece ter sido a decisão correta para ela. E, se há um problema, é entre a sua mãe e a sua irmã. Não é problema seu, Natalie.

— Eu amo a minha mãe.

— Claro que você ama. Eu também. — Ele sorriu e deu-lhe um beijinho.

— Farinha do mesmo saco. Você foi vê-la para conversar ou brigar?

— Eu sou uma advogada — rebateu. — Fui conversar, e aí ela...

Ele ficou olhando para os olhos dela, pacientemente. Para ele, o amor emaranhava-se com a culpa.

— Não é verdade. Foi quando eu saí de casa, mas, quando cheguei à ilha, à casa da CiCi, eu estava furiosa. Eu comecei. Eu comecei. Ah, nossa, Harry, eu sou uma pessoa horrível.

— Não diga isso sobre a mulher que eu amo. — Ele se juntou a ela por um instante, amando-a tanto pelas falhas como pela perfeição que tinha. Apenas amando-a. — Sente-se um pouquinho, querida. Vou cancelar nossos planos para o almoço. — *E a visita àquela casa,* pensou.

— Eu me esqueci. Eu me esqueci disso.

— Vamos remarcar. Deixe-me servir um pouco de vinho para nós dois, e vamos conversar sobre isso. Vamos dar um jeito, querida.

— Eu te amo, Harry. Eu te amo de verdade. — Ela se agarrou a ele, um porto em meio à tempestade. — Você é a melhor coisa que já aconteceu comigo.

— Eu digo o mesmo para você.

— Eu quero que tudo seja culpa dela. Eu quero ficar brava com ela. É mais fácil.

— Fico olhando para o seu rosto bonito, e para essas lágrimas. Então eu não acho que seja mais fácil.

CiCi montou o cavalete no pátio. O verão iria embora num piscar de olhos, por isso cada dia era precioso para ela. Não pintaria a vista, mas continuaria a trabalhar no estudo de uma das fotos de Simone.

A mulher de chapéu vermelho — abas largas e planas sobre um rosto marcado pelo tempo e pelo sol — examinando uma caixa de tomates em uma feira livre, com o idoso mirrado na barraca sorrindo para ela.

Em sua versão, os tomates haviam se tornado ovos mágicos, arrojados como joias, e o pássaro empoleirado no toldo listrado, um dragão alado.

Ela brincou com os tons, com a sensação, com a mensagem por uma semana. Assim como Simone passou a semana compenetrada restaurando de modo meticuloso o busto.

CiCi desejou bênçãos para o trabalho de ambas, acendeu uma vela para cada uma delas e começou a misturar as tintas.

Gritou um "Entre!" ao ouvir a campainha. Raramente trancava a porta, e havia uma boa razão. Quem estivesse à porta poderia simplesmente entrar, em vez de fazê-la parar para ir atender à porta.

— Eu estou aqui fora.

— CiCi.

Sem saber ao certo se devia ficar aliviada ou cautelosa com o som da voz de Natalie, CiCi deixou a pintura de lado e se virou.

A garota parecia arrependida, concluiu ela. E muito nervosa, com a mão agarrada ao jovem que CiCi chamava de Belo Harry.

— Já que você gosta de seguir regras, imagino que decidiu assumir a responsabilidade e descobriu um jeito de fazer as pazes.

— Eu assumo a responsabilidade. Vou tentar fazer as pazes. Não sei se vou conseguir, mas quero tentar. Estou tão envergonhada, CiCi, pelo que eu disse naquele dia, pelo que eu fiz. Há muitas coisas que preciso dizer a Simone, e espero que ela me ouça. Mas preciso lhe dizer que eu sabia o quanto essa peça significava para você. Eu sabia que ela representava um vínculo entre você e a Simone. Eu a quebrei porque não faço parte desse vínculo. E isso é imperdoável.

— Eu decido o que posso perdoar.

— Eu acho que fazer as pazes com você começa com tentar fazer as pazes com a Simone. Para tentar fazer isso, eu tenho que dizer umas coisas a ela.

— Então você deveria fazer isso. Ela está no estúdio.

Após um aceno de cabeça, Natalie soltou a mão de Harry.

— Para mim, você sempre foi maravilhosa, e tenho vergonha do que eu disse. Você nunca me decepcionou uma única vez, mesmo quando eu mereci.

— É muito difícil para ela — murmurou CiCi quando Natalie entrou.

— Sim, é. Nós interrompemos o seu trabalho. Eu posso esperar lá fora...

— Não seja bobo. Eu não consigo trabalhar imaginando se vou ouvir gritos e palavrões. Vamos tomar uma cerveja.

— Eu adoraria.

CiCi aproximou-se da porta e estendeu a mão para dar um tapinha no rosto dele.

— Você é bom para ela, Harry. Eu não tinha certeza disso, mas você é bom para ela.

— Eu a amo.

— O amor é a cola. Use-a bem que ela pode colar quase tudo.

Simone usou cola, pinos de metal, lixa, tintas. Depois de uma semana de trabalho intenso, ela começava a acreditar que poderia trazer Tish de volta. Poderia trazer a vida de volta ao rosto.

Ouviu os passos enquanto se afastava para estudar o progresso da manhã.

— Venha ver. Eu acho que... Eu acho que talvez...

Então ergueu os olhos e viu Natalie. Lentamente, foi se levantando.

— Você não é bem-vinda aqui.

— Eu sei. Eu só peço cinco minutos. Por favor. Não há nada... Ah, meu Deus! Você consertou.

— Não ouse chegar perto.

Natalie parou de andar apressadamente em direção à mesa de trabalho e entrelaçou as mãos nas costas.

— Não há nada que você possa me dizer que eu não mereça ouvir. Pedir desculpas, estar envergonhada, sentir nojo de mim mesma, nada disso é suficiente. Saber que você consertou o que eu tentei destruir não alivia a minha barra.

— Ela não está consertada.

— Mas isso... ela... ela é tão linda, Simone. Eu não gostava disso, não gostava do que você pode criar a partir do *barro*. Tenho vergonha disso, e nem dá para explicar como tenho vergonha. Não quis te contar sobre o noivado, a festa, porque eu não queria que você fosse. Eu disse para mim mesma que você não iria de jeito nenhum. Não era importante pra você. Só iria convidá-la para a festa de casamento porque as pessoas pensariam mal de mim se eu não fizesse isso. Eu me permiti pensar e sentir coisas terríveis sobre você.

— Por quê?

— Você me abandonou. Era como se você tivesse me deixado. Depois do shopping... — Ela parou quando Simone ficou pálida, quando ela se virou.

— Tipo isso. Você não falava sobre isso comigo.

— Eu falei sobre isso na terapia. Eu falei sobre isso para a polícia. Várias e várias vezes.

— Você não conversava *comigo*, e eu precisava da minha irmã mais velha. Eu estava tão assustada. Eu acordava gritando, mas você...

— Eu tinha pesadelos, Nat. Suava frio, tinha falta de ar. Não gritava, por isso a mamãe não vinha correndo, mas eu tinha pesadelos.

Olhando fixamente, Natalie enxugou as lágrimas do rosto.

— Você nunca disse isso.

— Eu não queria falar sobre isso na época. Eu não quero falar sobre isso agora. Eu deixei isso de lado.

— Você me deixou de lado.

— Ah, quanta baboseira! — Simone se virou novamente. — Que merda!

— Não é baboseira, Simone, não para mim. Antes, você me incluía. Eram você, a Mi e a Tish, mas você me incluía. Elas eram minhas amigas também. Depois, você me deixou de fora. Ficaram só você e a Mi.

— Meu Deus! A Tish morreu. A Mi ficou no hospital durante semanas.

— Eu sei, eu sei. Eu tinha 14 anos, Si. Nossa, por favor! Tenha dó. Eu pensei que ela estivesse morta. Quando eu arrastei a mamãe para trás daquele balcão, eu pensei que ela estivesse morta. Pensei que você estivesse morta. Mas você não estava, e eu continuei a sonhar que você estava. Todo mundo estava, menos eu. A Tish era minha amiga também. E a Mi. E tudo o que eu via era que eu estava sendo substituída como irmã. Eu sei que isso parece idiota e egoísta. Vocês duas vieram para cá quando a Mi saiu do hospital. Para a casa da CiCi. E tudo o que eu conseguia pensar era: por que elas me deixaram para trás?

— Ela precisava de mim, e eu precisava...

Natalie não havia se ferido, pensou Simone. Mas é claro que havia. Óbvio que havia.

— Eu não pensei — continuou Simone. — Eu não pensei nisso como deixar você de fora ou para trás. Eu só precisava me afastar de tudo aquilo. Os repórteres, a polícia, as conversas, os olhares. Eu tinha 16 anos, Natalie. E estava arrasada por dentro.

— Depois disso, era sempre a Mi. Vocês tinham uma à outra. Eu também estava arrasada.

— Me desculpe. — Simone se jogou novamente em seu banquinho e esfregou as mãos no rosto. — Me desculpe. Eu não percebi. Talvez eu não quisesse ver. Você tinha a mamãe e o papai, a CiCi, seus amigos. Você estava tão envolvida na escola, nos projetos.

— Isso me ajudava a parar de pensar. Ajudava a parar de ter os pesadelos. Mas eu queria você, Simone. Eu estava puta demais para te dizer isso. Não puta — corrigiu —, mas com pena de mim mesma. Aí você foi para Nova York, para a faculdade. Com a Mi. Você começou a tingir o cabelo com cores esquisitas, a vestir roupas que a mamãe detestava. Aí eu comecei a detestar também. Eu queria a minha irmã de volta, mas eu te queria de volta do jeito que eu te queria. Você não era do jeito que eu te queria ou que pensava que você deveria ser. Aí você meio que era, e... eu não gostava de você.

Finalmente, Natalie se sentou e deu um suspiro que terminou com uma risada desconcertada.

— Eu acabei de perceber isso. Eu não gostava da Simone que usava roupas formais e namorava aquele... qual era o nome dele?

— Gerald Worth, o maldito Quarto.

— Ah, sim. — Natalie fungou. — Ele era meio idiota, mas ele não queria ser assim. Eu não gostava de você desse jeito, nem do outro jeito, porque você não era a irmã mais velha que eu tinha antes de o mundo mudar para nós. Aí você largou a faculdade e voltou para Nova York, depois você foi para a Itália, e eu não sabia quem você era. Você mal vinha para casa.

— A acolhida não era exatamente calorosa lá.

— Você também não fazia muito esforço para isso.

— Talvez não — respondeu Simone. — Talvez não.

— Tudo o que eu disse na semana passada, eu senti. Eu acreditava naquilo. Eu estava errada, mas, sinceramente, percebi que estava errada em esperar que você, sei lá, parasse no lugar de antes, quando todos nós mudamos naquela noite. Eu errei tanto em dizer aquelas coisas a CiCi, que é a pessoa mais amorosa e maravilhosa do mundo, e eu nunca vou deixar de ter vergonha disso.

— Ela não gostaria que você sentisse vergonha para sempre.

— Eu sei. Outra razão para eu sentir vergonha. Eu estou aqui por causa do Harry, porque ele me torna uma pessoa melhor. — Aqueles olhos azuis lacrimejaram novamente. — Ele me faz querer ser uma pessoa melhor. Você foi egoísta, Simone. Eu também fui. Mas é assim que você é e é assim que eu sou. Vou tentar ser uma pessoa melhor, a pessoa que o Harry vê quando olha para mim. Vou tentar ser uma irmã melhor. É o único jeito que conheço de corrigir o que eu fiz.

— Eu não sei se seríamos diferentes do que somos, mas me desculpe. Me desculpe por não estar ao seu lado, por não ver que não estava ao seu lado.

— Nós podemos tentar a partir daqui, da forma como somos agora.

— Sim. Sim. — Com lágrimas rolando, Natalie se levantou e deu um passo à frente.

Seus olhos foram parar no busto, e ela viu o que não tinha visto antes.

— É a Tish.

— Sim.

Ela levou a mão à boca e a manteve ali. Mais lágrimas agora, escorrendo por seus dedos.

— Ah, meu Deus! Ah, meu Deus! É a Tish. Eu nunca olhei de verdade... eu não queria olhar. — Trêmula, Natalie abaixou a mão e, enquanto se levantava, Simone viu uma dor profunda. — É a Tish. Você fez algo bonito e eu... Você sentiu como se ela tivesse morrido de novo. Ah, Simone.

— Sim, eu senti. — Mas ela deu a volta na mesa de trabalho e estava mais capaz e disposta a puxar Natalie para perto de si. — Eu senti. Mas posso trazê-la de volta. Eu posso trazê-la de volta — disse, com os olhos na argila.

— Desta vez, deste jeito.

Parte Dois

A paixão do propósito

Perde-se a riqueza, algo se perdeu,
Perde-se a honra, algo se perdeu,
Perde-se a coragem, tudo se perdeu.

— Johann Wolfgang von Goethe

Capítulo 11

♦ ♦ ♦ ♦

Reed sentou-se com Chaz Bergman nas pedras para observar o luar sobre a baía. Cada um deles segurava uma garrafa de Summer Pale Ale, uma violação técnica. Mas, às duas da manhã, na solidão do litoral, Reed viu que ninguém se importava.

Mesmo Chaz tendo se mudado para Seattle a trabalho, logo após se formar na faculdade, eles não haviam perdido o contato e continuaram a se falar esporadicamente por mensagens de texto e e-mails.

O contato ao vivo e em cores normalmente se limitava ao tempo que Chaz dispunha para o Natal e, de vez em quando, num fim de semana prolongado de verão.

— Desculpe, não consegui chegar antes — disse Reed enquanto se acomodavam.

— Assuntos de polícia?

— É.

— Você pega os vilões?

Com um aceno de cabeça, Reed deu seu primeiro gole demorado na bebida.

— Eu ficho os caras.

— Detetive Quartermaine. Que coisa!

— Grande Nerd de TI Chaz Bergman. Não me surpreende nem um pouco.

— Reed tomou outro gole da garrafa, relaxando. — Eu não esperava ver você de novo neste verão. Você esteve aqui ainda há pouco, em julho.

— Sim. — Chaz deu um gole mais lento e menor, e ajustou os óculos no nariz.

Mantinha a estrutura física forte, mas havia ganhado alguns músculos. Tinha muito mais cabelo agora, o suficiente para amarrá-lo em um pequeno rabo de cavalo. Havia adotado um cavanhaque estranho, que não disfarçava seu jeito *geek*.

Chaz olhou para a água e encolheu os ombros.

— A minha mãe insistiu para que eu viesse para aquele lance da McMullen. Eu acho que parte de mim queria. Não tanto falar sobre o assunto, mas ver algumas das pessoas que estavam na loja naquela noite.

— Aquele menino — lembrou Reed. — Ele tinha uns 12 anos, e agora está estudando para ser médico.

— Sim, e a mulher grávida. Ela teve gêmeos.

— Você salvou essa gente, mano. — Reed bateu a garrafa na de Chaz.

— Eu acho que sim. Falando nisso, e o Brady Foster?

— Ele está ótimo. Fez uma média de 340 rebatidas na equipe da escola no ano passado. Eles tiveram outro filho, você sabe, Lisa e Michael.

— Sim, é verdade. Você me disse.

— Uma menina. Ela tem 5 anos. Camille. Ela é inteligente pra caramba, parecida com a mãe. Vou te dizer uma coisa, Chaz, a Lisa é incrível. Ela convive com aquela noite todos os dias, mas não deixa que isso a impeça de seguir a vida, sabe? Com certeza, aquilo não a paralisou. Eu acho que olho para aquela família, e para o que aquela noite custou a eles, e como eles não só sobreviveram e superaram, como estão radiantes, sabe? Como aquela porra de lua lá em cima!

— Eu nunca perguntei, mas você já voltou lá? Ao shopping?

— Sim. — Ele desenhara mapas, marcara pontos de ataque, vítimas, movimentos, números. Tinha tudo isso em seus arquivos. — Mudou muito.

— Não posso ir lá. Eu nem gosto de passar de carro por lá. Eu nunca te disse, mas aceitei o trabalho em Seattle porque era o lugar mais longe para onde eu podia ir dentro do país. Bem, no continente... e eu não recebi ofertas do Alasca nem do Havaí. É um trabalho ótimo, uma boa empresa — acrescentou Chaz. — Mas foi a distância que me fez decidir.

— Não há nada de errado nisso — disse Reed um instante depois.

— Eu não penso nisso há semanas, meses. Mas eu volto aqui e tudo me afeta de novo. Estranho... porque fiquei trancado numa sala cheia de gente na pior parte da confusão, ao contrário de você, que ficou no meio daquilo tudo. Nossa, nós éramos crianças, Reed.

Chaz deu um gole mais demorado.

— Ou eu fico sabendo de outro tiroteio em massa, e tudo volta.

— Eu sei disso.

— Eu vou para Seattle e você vai para a linha de frente.

— Você aceitou um emprego, cara. Você construiu uma carreira.

— Sim, sobre isso. A razão pela qual estou de volta? Estou sendo transferido para Nova York. Tirando uma folguinha primeiro, indo dar uma olhada em alguns apartamentos que a empresa arranjou. — Chaz encolheu os ombros. — Eles querem que eu seja chefe da divisão de segurança cibernética lá.

— Chefe? Caramba, Chaz. — Reed deu uma cotovelada de parabéns nas costelas do amigo. — Você é um puta nerdão.

Isso o fez sorrir, mas Chaz fez que não com a cabeça e ajeitou os óculos no nariz.

— Eu quase recusei. Nova York é muito mais perto do que Seattle, mas eu não posso deixar que aquela droga de noite, aquela droga de shopping, como foi que você disse?, me impeça de seguir a minha vida. Por isso, estou me mudando para Nova York em novembro.

— Parabéns, cara, por tudo.

— Como você consegue? Quero dizer, esse lance de distintivo, de arma e de arriscar o pescoço todo santo dia?

— O trabalho de detetive é, na maioria das vezes, investigar, e um monte de papelada e trabalho de campo. Não é como na TV. Não são perseguições de carro e tiroteios.

— Você vai me dizer que nunca esteve em nenhum dos dois.

— Algumas perseguições de carro. Outras a pé... e por que será que eles fogem?, mais algumas perseguições de carro. É uma loucura, isso eu posso lhe garantir.

— Tiroteios?

— Nada como o tiroteio no O.K. Corral, Chaz. — Chaz apenas olhou para ele, os olhos tranquilos por trás das lentes grossas. — Já me envolvi algumas vezes em situações com tiros.

— Você ficou assustado?

— Com toda a certeza.

— Mas, mesmo assim, você foi lá e encarou, e você continua a encarar. Viu só? Isso é o que me impressiona em você, Reed. Você encara a coisa e vai pra cima de qualquer jeito, e você sempre vai pra cima. Não tem um idiota com

uma arma em Nova York, mas isso é meio que o meu "faça de qualquer jeito"
— Chaz fez uma pausa e sorriu. — Com uma promoção e um belo aumento.
— Seu filho da mãe sortudo! Aposto que você está com o resto do engradado em um cooler naquele carro alugado.
— Escoteiro. Vivemos preparados. Mas estou dirigindo, então é só uma e acabou.
— Então vamos para a minha casa acabar com todas. Amanhã... bem, hoje, agora. É domingo e eu não estou de serviço. Você pode dormir no sofá.
— Combinado. Por que você ainda mora naquela espelunca?
— Não é tão ruim, e a questão é que o bairro está valorizando. Eu poderia me mudar para um lugar legal de uma hora para outra. De qualquer jeito, talvez eu não fique lá por muito mais tempo. Vou dar uma olhada numa casa amanhã à tarde. Por fora e pelas imagens do vídeo de apresentação, parece ser *a casa*. Jardim bonito, cozinha nova.
— Você não cozinha.
— E daí? Uma excelente suíte principal, e por aí vai. Eu gosto do bairro. Posso ir a pé aos barzinhos e restaurantes. Cortar a minha própria grama. Melhor ainda: se eu conseguir reduzir o preço, posso comprá-la sem ter que vender meus órgãos ou aceitar suborno.
— Você poderia vender o seu esperma — sugeriu Chaz. — Você se lembra daquele cara, o Fruenski, que fez isso na faculdade?
— Acho que vou tentar uma negociação primeiro. Enfim — disse enquanto se levantavam —, você podia ir comigo amanhã, dar uma olhada no lugar.
— Eu tenho que visitar os meus avós. Já está marcado. E aí na segunda eu vou para Nova York para dar uma olhada no meu canto.
— Então, vamos lá aproveitar o que restou do engradado.

𝓡ᴇᴇᴅ ᴅᴏʀᴍɪᴜ ᴀᴛᴇ́ ᴏ ᴍᴇɪᴏ-ᴅɪᴀ, depois preparou um café e ovos mexidos, uma vez que tinha companhia.

Despediu-se de Chaz prometendo um final de semana de arrepiar em Nova York, assim que o velho amigo estivesse instalado por lá.

Enquanto tomava um banho morno — uma vez que, aparentemente, o aquecedor de água do prédio estava pifando mais uma vez —, ele pensou em como tinha sido bom passar um tempo com Chaz. E falar sobre coisas que, percebeu, Chaz evitava.

Vestiu-se enquanto examinava a parede do quarto que usava como quadro improvisado para os casos. Havia afixado fotos de todos os sobreviventes do shopping DownEast que haviam morrido depois, com a causa da morte acima de cada grupo: Acidental, Causas Naturais, Homicídio, Suicídio.

Tinha mapas com a localização de cada um deles quando morreram, com nome, data, hora.

E cruzou cada um com os locais reportados e os ferimentos na noite de 22 de julho de 2005.

Muita coisa, pensou ele novamente. *Muita coisa.*

Não podia argumentar com os pontos de discussão de Essie sobre as várias armas e os métodos empregados nos homicídios, mas sabia que havia um padrão ali. Um padrão que simplesmente ainda não havia ficado claro para ele.

Tinha relatórios de autópsia, depoimentos de testemunhas, cópias de entrevistas com parentes próximos. Compilou artigos e gravações de uma dezena de anos até o especial de McMullen.

Ficou surpreso com a presença da irmã de Hobart no programa. Patricia Hobart, pálida, olhos fundos, parecia mais velha que seus 26 anos. Então, imaginou ele, ter o irmão como assassino de um monte de gente; a mãe — sob efeito de drogas e álcool, como afirmara o relatório do médico-legista — explodindo a própria casa; o idiota do pai, que, embriagado, matou uma mulher e o filho dela, e a si mesmo, tudo isso justificava o envelhecimento prematuro.

Ela não chorara, lembrou Reed enquanto examinava a foto da jovem na parede. No entanto, tinha muitos tiques nervosos. Curvava os ombros, entrelaçava os dedos e ficava puxando a roupa.

Malvestida, lembrou-se. Sapatos feios. Vivia com os avós e era a principal cuidadora da avó, que usava um andador, uma vez que estava se recuperando de uma fratura no quadril, e do avô, que havia sofrido dois pequenos infartos.

Avós paternos — muito abastados — que haviam deserdado o pai e o tio; dois imbecis que haviam colocado um monte de armas à disposição de um trio de adolescentes malucos, que, então, as pegaram e as usaram para matar 93 pessoas em questão de minutos.

Que porra de família, pensou ele, cingindo sua arma pessoal e guardando a carteira com sua identidade e o celular nos bolsos.

Enquanto saía, pegou o aparelho e ligou para Essie. Optou pela ligação, porque era possível que ela ignorasse uma mensagem de texto.

Desceu correndo a escada enquanto ela atendia.

— Estou indo ver a casa que você falou e encontrar a corretora, Renee. Vá lá para vê-la comigo. Leve a turma.

— Está uma tardinha tão preguiçosa, Reed.

— Por isso está perfeita. Vamos ao parque depois, aí o cachorro e a criança podem correr por lá. E eu vou levar vocês para comer uma pizza, para celebrar a minha oferta. Eu realmente acho que essa vai ser a minha casa.

— Você disse isso há três meses sobre aquela casa vitoriana esquisita.

— Eu gostei da casa vitoriana esquisita, mas tinha uma *vibe* ruim quando entramos.

— Sim, sim, *vibe* ruim. Você está é viciado em visitar casas, Reed.

Uma vez que isso podia ser verdade, ele se esquivou.

— Vai ser divertido. Essa fica a apenas alguns quarteirões da sua.

— É mais de meio quilômetro.

— Uma boa caminhada de domingo, não é? Então, parque e pizza. Eu levo o vinho.

— Isso não é justo.

Ele riu.

— Qual é! Eu preciso de alguém para me convencer a sair dessa se eu estiver errado, ou a ficar com ela se eu estiver certo. A droga do aquecedor de água pifou de novo. Eu realmente tenho que sair deste lugar.

Ele soube pelo suspiro longo e afetado que a havia convencido.

— A que horas está marcada a visita?

— Às 14h. Eu estou indo para lá agora.

— Puck e Dylan poderiam usar o tempo para passear e dar uma volta. Hank e eu poderíamos beber vinho. Eu tenho que me arrumar primeiro. Não faça nenhuma oferta antes de chegarmos lá.

— Pode deixar. Obrigado. Até logo.

Ele olhou para o prédio que ficara para trás. Alguém que não sabia escrever havia acabado de pichar um aviso para outra pessoa: VAI SE FODER, MAURICINO.

Imaginou que a pessoa quisesse dizer *Mauricinho*, mas talvez ela conhecesse alguém com esse nome. Talvez quisesse que um playboy fosse se foder ou algo assim.

Em todo o caso, era apenas mais um sinal de que sua estada ali tinha de acabar.

Ainda assim, haviam aberto uma boa cafeteria a alguns quarteirões de distância, alguém havia comprado um dos edifícios vizinhos e diziam que seriam clínicas e condomínios elegantes.

O crescimento urbano era possível.

Outro motivo para sair. Ele gostava de ver o bairro limpo, enfeitado, mas não queria viver preso em um condomínio.

Enquanto dirigia, imaginou-se preparando a churrasqueira no novo deque dos fundos. Sabia mais ou menos como fazer um bom churrasco. Talvez até mesmo aprendesse a cozinhar algo além de ovos mexidos e misto-quente de queijo e bacon. Talvez.

Daria festas ali com a churrasqueira a todo vapor — ou na sala principal, durante o inverno, com a lareira a gás acesa. Faria um dos três quartos de quarto de hóspedes e transformaria o outro no que se tornaria seu primeiro *home office* de verdade.

Compraria uma grande — na verdade, *enorme* — TV de tela plana para a parede e assinaria todos os malditos canais de esportes a cabo.

É disso que estou falando, concluiu ele enquanto passava pelo que havia decidido que seria seu novo bairro.

Casas mais antigas, claro, mas ele não se incomodava com isso. A maioria havia sido reformada seguindo o conceito sempre popular de ambientes abertos, com banheiros e cozinhas elegantes.

Muitas famílias, e ele não se importava com isso também. Talvez topasse com alguma mãe solteira sexy. Gostava de crianças, e as crianças não eram problema algum.

Parou na entrada da robusta casa de tijolos de dois andares e ficou pensando no quanto havia gostado mais da estranheza apática da casa vitoriana do que desta tradicional. Mas "robusta" era algo bom— era algo ótimo. E os donos, definitivamente, haviam investido na fachada com plantas, arbustos e portas novas na garagem.

Ele se daria bem com uma garagem.

Enquanto saía do carro, olhou para o que estava estacionado lá. Não era o de Renee, sua corretora extremamente paciente. Curioso, notou a placa — por puro hábito — enquanto atravessava o que dizia a si mesmo que seria o caminho de tijolos.

A mulher abriu a porta antes de ele apertar a (sua) campainha.

— Oi, Reed! Tudo bem? — A loira atraente de camisa vermelha e calça branca sob medida estendeu a mão. — Eu sou a Maxie. Maxie Walters.

— Tudo bem. Era para eu me encontrar com a Renee.

— Sim, ela me ligou. Ela teve uma emergência na família. A mãe dela levou um tombo, nada sério — disse ela, rapidamente. — Mas você sabe como são as mães... Renee vai tentar vir para cá, mas não queria que você se atrasasse ou adiasse, especialmente quando tivemos a informação privilegiada de que os vendedores vão reduzir o preço em cinco mil dólares amanhã.

— Nada mau. — Ele passou pela porta e examinou o hall de entrada com teto alto que havia admirado no vídeo de apresentação.

— Acabei de me familiarizar com a propriedade. Ela tem algumas características adoráveis. Piso de madeira original, e eu acho que eles fizeram um trabalho incrível na restauração. E você não gosta do espaço aberto na entrada? — continuou ao fazer sinal para que ele avançasse enquanto ela fechava a porta.

— Sim, a casa causa uma boa impressão.

Andou pela sala de estar — *bem ambientada*, pensou, uma vez que vira todos os ambientes no vídeo — e imaginou aquela enorme tela na parede. Gostou da linha de visão que dava na cozinha, com o amplo balcão para o café da manhã, e na sala de jantar, até as amplas portas corrediças, que se abriam para o deque dos fundos, que ele queria para si.

— Então você trabalha com a Renee? — Não soube por que perguntou. Conhecia todos que trabalhavam com Renee.

Virou-se para ela. Loira, de olhos azuis, 20 e poucos anos, cerca de 1,60 metro de altura e uns 50 quilos muito bem distribuídos.

— Somos amigas — respondeu enquanto seguia na frente em direção à cozinha. — Na realidade, ela é a minha mentora. Só consegui a minha licença há três meses. Bancadas de granito — acrescentou. — Os eletrodomésticos são novos. Não são de aço inoxidável, mas eu acho que o acabamento em branco combina com o espaço.

A voz dela, pensou ele. Tinha algo em sua voz. Ele parou no caminho que levava ao atraente deque e virou-se com a bancada do café da manhã entre eles.

— Você cozinha, Reed?

— Na verdade, não.

Achou que o sorriso provocante que ela lhe dera simplesmente não se encaixava no espaço entre o nariz e o queixo.

Ela se aproximou do balcão.

— Você é detetive. Isso deve ser emocionante. Mas você não é casado?

— Não.

— É uma ótima casa para uma família, para se começar uma.

Ela se moveu. Ele não podia ver as mãos da mulher, mas a linguagem corporal dela... seus instintos ficaram em alerta. Os olhos, o cabelo e até o formato da boca, com aquela ligeira projeção da arcada superior, eram diferentes. Mas a voz...

A ficha caiu um segundo tarde demais. Ela já havia sacado a arma. Ele mergulhou para se esconder, mas ela o acertou duas vezes: uma na lateral e outra no ombro.

Ele caiu no piso de madeira reformado atrás do balcão de granito, com uma dor atordoante no corpo.

— Policial. — Com uma risada, ela deu a volta no balcão para acabar com ele com um tiro na cabeça. — Você fez um trabalho melhor protegendo alguma criança idiota anos atrás do que se protegendo agora. Diga adeus, herói.

Viu quando a expressão afoita dela se transformou em choque. Agora ele tinha sua arma na mão. Disparou três vezes, forçado a usar a mão esquerda, uma vez que a direita não conseguia segurar a arma.

Ouviu o grito, imaginou tê-la acertado e pensou que pelo menos um tiro havia sido certeiro antes de ela usar o balcão para se proteger. Antes de ouvi--la correr para a porta da frente.

— Seu filho da puta! — gritou enquanto corria.

Ele teve de se arrastar pelo chão e carregar a arma enquanto se aproximava do balcão. Ela havia deixado a porta aberta. Ouviu o som de um carro arrancando, pneus cantando.

Ela poderia voltar, pensou. *Se ela voltar...* Com os dentes cerrados, esforçou-se para se sentar, atrás do balcão, ofegante com a dor, enquanto procurava seu telefone.

Desmaiou, sentiu-se apagar. Não soube por quanto tempo. Esforçando-se para respirar, pegou o telefone.

Começou a ligar para o serviço de emergência, mas pensou em Essie e na família dela. Ela respondeu no segundo toque.

— Estamos indo! Vamos chegar em cinco minutos.

— Não, não. Não venham. Afastem-se. Fui baleado. Fui baleado.

— O quê? Reed!

— Preciso de uma ambulância. Preciso de reforço. Droga, estou desmaiando de novo. Preciso ficar acordado...

— Reed! Reed! Hank, fique aqui, fique com o Dylan.

— Essie, o que...

Mas ela já estava correndo, com o telefone em uma das mãos e a arma na outra.

— Oficial ferido, oficial ferido! — gritava ao telefone.

Hank pegou o filho e agarrou a coleira de Puck. E rezou.

Ela percorreu os últimos quatrocentos metros em menos de dois minutos, correndo a toda velocidade, enquanto as pessoas que trabalhavam nos jardins paravam para olhar de boca aberta.

— Policial! Voltem para dentro. Voltem para dentro.

Ela só parou de correr quando chegou à varanda da casa de tijolos. Com a arma na mão, ela examinou a entrada e apontou a arma na direção das escadas e depois para o outro lado.

E viu Reed.

— Por favor, por favor, por favor. — Checou primeiro o pulso do rapaz e depois se levantou para pegar guardanapos de pano bem dobrados sobre a mesa da sala de jantar.

Quando os colocou e pressionou sobre a ferida do lado de Reed, a nova onda de dor o fez acordar.

— Tiro.

E perda de sangue, pensou ela.

— Você vai ficar bem. Fique quietinho. A ambulância está chegando. O reforço está a caminho.

— Ela pode voltar. Eu preciso da minha arma.

— Quem? Ela quem? Não, não, não, fique comigo. Fique comigo. Quem fez isto?

— Hobart, a irmã. Ah, droga, droga, droga! Patricia Hobart. Dirigindo...

— Fique acordado. Olhe para mim! Fique comigo, droga.

— Dirigindo um modelo Honda Civic antigo. Branco. Placa do Maine. Merda, merda, eu não posso...

— Você pode. Está ouvindo? As sirenes? O socorro está chegando.

E as mãos de Essie estavam molhadas com o sangue dele. Ela não conseguia estancar o sangramento.

— A placa, a lagosta idiota. — Ele disse, ofegante, enquanto se esforçava para ficar com ela. Para permanecer vivo. — Quatro-Sete-Cinco-Charlie--Bravo-Romeu.

— Bom, bom, isso é muito bom. Aqui! Aqui! Depressa, porra. Ele está sangrando. Não consigo estancar.

Os paramédicos empurraram-na para o lado, deitaram Reed no chão e começaram a trabalhar.

Policiais com armas na mão correram atrás deles.

Ela levantou a mão esquerda, sentiu o sangue de Reed escorrer pelo seu pulso.

— Sou policial. Somos policiais.

— Detetive McVee. É o Touro. Meu Deus, Reed! Quem fez esta merda?

— Quem o atacou foi Patricia Hobart, 20 e poucos anos, cabelos e olhos castanhos. Ela está, ou estava, dirigindo um modelo Honda Civic branco, com a lagosta da placa do Maine. Quatro-Sete-Cinco-Charlie-Bravo-Romeu. Vão. Eu não sei o endereço dela; mora com os avós. Vão. Peguem aquela desgraçada.

— Detetive — disse um dos policiais. — Há um rastro de sangue que leva para fora. É possível que ela tenha sido atingida.

Ela olhou novamente para Reed e esperou sinceramente que sim.

— Alerte os hospitais e as clínicas. Dois de vocês limpem a casa. E vamos! Vamos!

𝒫ATRICIA FUGIU. E rápido. O filho da puta a atingiu. Ela não podia acreditar! Esperava que ele morresse em agonia. Não podia parar para checar, mas a bala havia entrado um pouco abaixo de sua axila esquerda. E ela pensou, esperançosa, que tivesse saído, piscando para conter lágrimas de dor e fúria.

Se continuasse vivo, o desgraçado iria identificá-la. Além disso, ela sabia que havia sangrado enquanto saía da casa, e isso revelaria seu DNA.

Bateu o punho no volante do carro roubado enquanto o guardava na garagem dos avós.

Precisava de seu dinheiro, de suas identidades falsas, de algumas armas, de sua mochila. Teria de deixar o carro roubado para trás e usar o seu até que pudesse se livrar do outro.

Preparei-me para isso, pensou. Havia se preparado. Só não havia esperado pegar a estrada com um ferimento de bala.

Entrou correndo na casa e subiu as escadas.

O plano deveria ter se concretizado perfeitamente, disse a si mesma. Ela havia cuidado da idiota da corretora do policial, passado por algumas das mesmas casas pelas quais ele passou. Bebido alguns *drinques* — amigas! — com a vagabunda desmiolada. E estava lá, bebendo uma limonada bem forte, quando o cara que deveria estar morto entrou em contato com a idiota da Renee para falar da casa.

Seria simples depois disso. Vá lá no domingo de manhã, pegue o código do cofre e depois mate a idiota da Renee, pegue os arquivos sobre a casa, e assim por diante. E apenas espere.

Mas ele a pegou. Como, diabos, ele conseguira isso?

Soltou um gemido choroso enquanto passava suavemente água oxigenada no ferimento embaixo da axila.

Ela *sabia*, pelo jeito do corpo dele, pela maneira como ele havia estudado seu rosto.

Ele provavelmente havia morrido, provavelmente havia, assegurou a si mesma enquanto vestia uma camisa limpa, pegava a mochila e colocava mais dinheiro e outras identidades nela.

Ela havia cuidado disso. Sabia que ele estaria armado — ela não era idiota. Mas ela o acertou duas vezes — torso direito, ombro direito.

Como ela poderia esperar que ele conseguisse sacar a arma e atirar com a mão esquerda?

Como diabos ela poderia saber disso?

Pegou mais duas pistolas, suas facas de combate, um garrote improvisado, muita munição e até mesmo outra peruca, algumas aplicações faciais, lentes de contato, mais curativos e alguns analgésicos que escolhera do suprimento de seus avós.

Irritava-a seriamente o fato de que não poderia lucrar com a venda da casa e com as apólices de seguro de vida quando seus avós finalmente morressem. Mas tinha mais do que o suficiente para se manter por anos.

Encolhendo-se de dor, colocou a mochila no ombro e começou a descer as escadas.

— Patti? Patti? É você? O vovô fez alguma coisa na TV de novo. Você pode consertar?

— Claro. Claro que posso consertar — respondeu quando a avó apareceu com o andador.

Sacou uma nove milímetros e atirou bem no meio da testa da avó. Desceu as escadas assobiando levemente.

— Tudo pronto! — disse animadamente e depois entrou no quarto deles, onde o ar superaquecido cheirava a gente velha.

O avô estava sentado na poltrona reclinável, batendo a mão no controle remoto enquanto a tela da TV chuviscava.

— Tem alguma coisa errada com isso. Você ouviu esse barulho, Patti?

— Sim. Tchauzinho.

Ele ergueu os olhos por trás das lentes bifocais.

Ela atirou na cabeça dele também e deu uma risadinha contente.

— Até que enfim!

Entrara e saíra da casa em dez minutos — afinal, havia praticado —, deixando dois corpos para trás.

Mantendo o limite de velocidade, foi para o aeroporto, deixou o carro no estacionamento de longa permanência, roubou um sedã discreto e seguiu seu caminho.

Capítulo 12

♦ ♦ ♦ ♦

*E*LE VIU LUZES passando rapidamente acima de sua cabeça e ficou imaginando se estava morto. Talvez houvesse anjos para guiá-lo em meio a essas luzes para onde quer que fosse.

Ouviu vozes, muitas delas agitadas, em uma conversa entre médicos. Não pensou que anjos se preocupassem com ferimentos à bala ou quedas de pressão.

Além disso, mortos não podiam sentir tanta dor.

Em meio à dor, ao frio — por que ele estava tão frio? —, à confusão e com a sensação de que estava prestes a morrer, ouviu a voz de Essie.

— Você vai ficar bem. Reed. Reed. Aguente firme. Você vai ficar bem.

Bem, pensou ele, *tudo bem então*.

A próxima coisa que sentiu foi mais dor. Seu corpo, sua mente, seu corpo *inteiro* pareciam flutuar pelo ambiente, em volta dele, dentro dele. Era só dor.

E ele cedeu.

Aquela dor se recusava a passar quando ele voltou mais uma vez, e o irritava. Algo, *alguém* o cutucou, e *isso* o irritou.

— Não fode — disse ele.

Mesmo para seus ouvidos confusos, a palavra soou como *numfod*, mas ele falou sério.

— Quase pronto, detetive.

Ele abriu os olhos. Tudo era muito branco, muito brilhante, por isso quase os fechou novamente. Então viu o rosto bonito, os grandes olhos castanhos, a pele castanho-dourada.

— Anja sexy. — *Aja sessy*.

Aqueles lábios carnudos e macios se curvaram. E Reed se foi de novo.

Ele ia e voltava, ia e voltava, não como uma montanha-russa, mas como uma jangada em um rio de ondas leves.

O rio Estige. Isso era ruim.

Ouviu a voz de sua mãe.

Que raio de nome é esse? É o nome de Yossarian.

Ardil-22. Hã.

Apagou novamente e teve uma longa conversa em sonho sobre a morte e os anjos com a atiradora que guardava um segredo.

Quando a dor o acordou novamente, ele decidiu, de uma vez por todas, que esse papo de morte era uma droga.

— É certo que sim, mas não é o seu caso.

Piscou os olhos pesados para enxergar melhor e olhou para Essie.

— Não?

— Definitivamente, não. Você vai ficar aqui por um tempinho desta vez? Acabei de convencer seus pais a descerem para comer alguma coisa. Posso trazê-los de volta.

— Que porra é essa?

Enquanto ela abaixava a grade de proteção para se sentar ao lado da cama, segurando sua mão, ele começou a avaliar as coisas. Máquinas e monitores, o desconforto incômodo da agulha intravenosa nas costas da mão, a terrível dor de cabeça, o gosto amargo do metal na garganta e uma série de outras irritações por causa da dor no corpo inteiro.

— Ela atirou em mim. Patricia Hobart... dirigindo um Honda Civic branco, Maine...

— Você já disse tudo isso.

O cérebro de Reed queria desligar novamente, mas ele fez um esforço.

— Você a pegou? Você a pegou?

— Nós vamos pegá-la. Você consegue me contar o que aconteceu?

— Está tudo confuso. Por quanto tempo?

— Este é o terceiro dia, indo para o quarto.

— Merda. Merda. É grave?

Ela se mexeu. Eles haviam tido partes desta conversa antes, mas ele parecia mais lúcido desta vez. Ou talvez ela só quisesse que ele estivesse.

— A boa notícia primeiro. Você não vai morrer.

— Essa é boa mesmo.

— Você levou dois tiros. O do ombro destruiu algumas coisas, mas os médicos disseram que você vai recuperar a mobilidade total e o movimento com fisioterapia. Você não pode brincar com esse negócio de fisioterapia, por mais que doa ou seja chato. Entendeu?

— Sim, sim.

— O segundo, no torso, lado direito, fraturou algumas costelas e atingiu seu fígado. Você teve lesões internas e perdeu muito sangue, mas eles deram um jeito. Você vai se sentir uma merda por um tempo, mas, se não for um imbecil, vai se recuperar completamente.

— Ela não acertou, sabe, o júnior, acertou? Porque não parece que está tudo bem lá embaixo.

— É a sonda. Vão tirá-la quando você puder se mover.

— Então quer dizer que eu estive praticamente morto por quatro dias, mas ainda não morri.

— Isso é você quem está concluindo. Como ela conseguiu passar a perna em você?

Ele fechou os olhos e fez força para se lembrar.

— Peruca loira, lentes de contato azuis, um aparelho... uma leve e sexy projeção na arcada superior. Disse que a Renee tinha... Renee. — Seus olhos se abriram, e ele viu a cena. Viu antes que Essie lhe dissesse.

— Eu sinto muito, Reed. Nós a encontramos em casa. Dois tiros na cabeça. Estima-se que ela morreu cerca de duas horas antes de a loira atirar em você. Pelo que reunimos, Hobart, que fingia ser uma ruiva usando o nome Faith Appleby, ligou-se a Renee há alguns meses. Ela disse que estava procurando uma casa, e parece que seguiu os seus passos na busca. Fez amizade com a Renee, então deve ter tomado conhecimento do horário marcado com você e viu isso como uma oportunidade para destruí-lo.

— Ela disse que a Renee estava atrasada e pediu para ela me mostrar a casa. Eu não a reconheci de imediato, mas a voz dela... Eu vi algumas entrevistas, e lembrei da voz dela. Demorei muito para juntar as peças.

— Parceiro, me perdoe, mas, se você não tivesse juntado as peças, agora estaria morto e enterrado.

— Ela me surpreendeu, Essie, e me deixe apenas acrescentar: levar um tiro dói pra caralho. Ela deu a volta no balcão da cozinha para acabar comigo. Eu não consegui usar o braço direito, mas peguei a minha arma com a esquerda. Eu acho que dei três tiros. Eu sei que a acertei. Eu sei que acertei a desgraçada.

— Acertou. Ela deixou uma trilha de sangue até a porta da frente.

— Ótimo.

— Nós a perdemos, Reed. Ela provavelmente tinha um plano de fuga. Matou os avós antes de sair de casa.

— Você está de sacanagem comigo.

— A filha da puta acertou a avó no andador e pegou o avô na droga da poltrona reclinável. Congelamos as contas deles, e todas incluíam o nome dela. Mas ela as foi limpando sistematicamente, pelo que parece, por anos, e deve ter milhões.

Esfregou a mão dele entre as suas.

— Eu te devo um pedido de desculpas gigantesco.

— É ela. Ela está matando as pessoas que o irmão e os amigos dele deixaram escapar.

— Encontramos a sala de guerra dela, a lista negra, fotos, dados que ela acumulou. Armas que ela deixou para trás, mais perucas e disfarces, mapas. Nenhum computador. Temos que imaginar que ela trabalhou em um laptop e o levou com ela. O carro que ela dirigiu até a casa foi roubado naquela manhã, e ela o deixou na casa dos avós. Conseguimos emitir um alerta sobre o carro registrado no nome dela, e, já que ela é agora a principal suspeita em casos não resolvidos fora das fronteiras estaduais, isso é um caso nacional.

— O FBI entrou em cena.

— Eu vou aceitá-los. Ela é esperta, Reed. Ela é esperta e louca. O caso é nosso, mas nós vamos aceitar a ajuda. Você tem que se recuperar, parceiro. Isso significa descanso, remédios e fisioterapia, e tudo o que os médicos disserem, e nada de maluquice da sua parte.

— No meu apartamento, no quarto. Eu tenho um quadro do caso, arquivos no computador. Não deixe o pessoal do FBI confiscá-lo. Vou compartilhar, mas não deixe que eles confisquem o meu trabalho. Vá buscá-lo.

— Entendido. Olha, eu vou atrás de uma enfermeira, já que você está acordado por mais tempo do que deveria. E da sua mãe e do seu pai, que ficaram aqui o tempo todo, ainda que se revezando com os seus irmãos.

Precisando tocá-lo, ela passou a mão na barba de quatro dias no rosto dele.

— Você parece acabado, Reed, mas está indo bem. Esse botão aí? É você quem decide se vai querer morfina.

— É. Vou pensar nisso. Havia uma enfermeira... bem, eu acho que era uma enfermeira, se é que eu não estava alucinando. Olhos castanhos muito bonitos, um sorriso lindo, pele da cor do caramelo que a minha mãe derretia para cobrir maçãs no Dia das Bruxas.

— Acredito em você. É a Tinette. Vou ver se ela está no plantão. — Em seguida, inclinou-se e o tocou levemente com os lábios. — Você me matou de susto, Reed. Tente não fazer isso de novo.

Ele apagou e acordou por mais vinte e quatro horas, mas ficou mais acordado do que apagado. Queriam-no em pé, fazendo pequenas caminhadas — e a adorável (e, infelizmente para ele, casada) Tinette exerceu sua autoridade com delicadeza. Ela acrescentou que, se ele quisesse que removessem a sonda — ah, sim, por favor —, tinha de se locomover.

Ele começou a andar, levando consigo o dispositivo intravenoso, normalmente com um de seus familiares ou outro policial ao seu lado.

Ficou comovido com o fato de Touro Stockwell não ter faltado um dia; ainda que viesse somente para lhe dar sermão, dizendo que ele tinha de colocar o traseiro magro e preguiçoso para andar.

Nos dez dias desde que o aço penetrou sua carne, ele perdeu quase quatro quilos e conseguia sentir seus músculos enfraquecendo.

A mãe levou rocambole de carne para ele e o pai deu-lhe pizza às escondidas. A irmã assou biscoitos. O irmão entrou com uma cerveja na mochila.

Sua primeira sessão de fisioterapia deixou-o lavado de suor frio e exausto.

Seu quarto de hospital — cheio de flores, plantas, livros e um ridículo urso de pelúcia com um distintivo de detetive e uma 9mm — começou a parecer uma prisão.

A única vantagem ali era que entrar era tão difícil quanto sair. A única vez que Seleena McMullen conseguiu entrar, Tinette, agora a heroína de Reed, colocou-a para fora novamente.

Ela conseguiu tirar uma foto dele com o celular. Quando viu a foto postada na internet, concluiu que talvez todos tivessem mentido para ele, e que realmente tinha morrido.

Ele definitivamente parecia um zumbi.

Touro fez jus ao nome e o obrigou a se levantar e se mexer depois da segunda sessão de fisioterapia, quando tudo o que Reed queria era dormir até o sofrimento passar.

— Pare de reclamar.

— Não é isso.

— Você só sabe lamentar, gemer, choramingar. Quer voltar a ser um policial?

— Eu nunca deixei de ser um policial. — Reed rangeu os dentes enquanto andavam. Pelo menos agora permitiam que usasse calça de algodão e camiseta, em vez daquela humilhante bata de hospital.

— Eles vão colocar você em uma mesa e deixá-lo lá se você não conseguir sacar uma arma e disparar como um homem.

— A Essie chutaria o seu traseiro por causa desse "como um homem".

— Ela não está aqui.

Ele levou Reed até um pequeno jardim, onde, pelo menos, o ar tinha cheiro de ar.

— Ela também não está sendo direta com você. Não quer ferir os seus pobres sentimentos.

— Do que você está falando?

— Do FBI. Eles estão nos afastando, assumindo a dianteira do caso.

— Eu já sabia. — Revoltado, Reed deu um soco no ar. Sua visão ficou turva quando o ombro estalou.

— Tudo bem, tudo bem, calma aí, valentão. — Touro segurou o braço bom de Reed e fez com que o rapaz se sentasse em um banco. — Ela está lutando, sabe? Você está à frente de todos há anos e ninguém comprou a sua ideia. Isso inclui você, sério. A questão é que esse não é só um caso importante; é matéria quente para a imprensa. O pessoal do FBI pode fazer cara feia e alegar que a imprensa não tem que se intrometer, mas isso é uma grande merda. Além disso, você estava no shopping DownEast, e agora é alvo da irmã de um dos atiradores.

— Ela participou disso. Eu estou dizendo para você que ela sabia o que o irmão ia aprontar.

— Não estou dizendo que não. Eu estou dizendo que o FBI considera esses dois motivos suficientes para impedi-lo de continuar na investigação, e o chefão na polícia concorda.

— Isso, *sim*, é uma grande merda.

— Concordo, mas é isso que eles querem. Eles vão colocá-lo numa mesa quando você voltar e atolá-lo de trabalho até você passar no exame médico. E, ainda assim, eles vão tirar você do caso Hobart.

— Filhos da puta.

— Trate de melhorar logo, garoto. Há muitos de nós que vão apoiar isso, mas você não pode levar um tiro. E posso apostar que isso o faz suar frio no escuro.

— Eu vejo aquela arma se aproximando. Câmera lenta. Como se eu tivesse todo o tempo do mundo para me proteger e reagir ao ataque. Mas eu me movimento lentamente, e a porra da arma é do tamanho de um canhão.

— Esqueça isso. Volte para o trabalho.

— A sua compaixão e empatia são tão sinceras...

Touro bufou, como fazem os touros.

— Você já recebeu muito carinho e muitos beijinhos na testa. Agora precisa de um chute no traseiro para acordar.

— Agradecido.

— E, pelo amor de Deus, coma alguma coisa. Você parece um espantalho zumbi. Agora levante-se e caminhe.

Reed esperou para falar com Essie sobre isso, porque, finalmente, eles haviam aberto a porta da prisão.

Ele iria para casa.

Não para a espelunca de seu apartamento, uma vez que ele ainda não podia subir três lances de escada, mas para o seu velho quarto da juventude, a comida de sua mãe, as piadas maravilhosamente ruins de seu pai.

Pediu, especificamente, que Essie o buscasse e o deixasse lá, por isso esperou para falar com ela.

— Por que eu tenho que usar uma cadeira de rodas para ir embora quando tudo o que ouvi durante essas duas malditas semanas e meia é "levante-se e caminhe"?

Tinette, do sorriso bonito, deu um tapinha na cadeira.

— Regras são regras, meu querido. Agora ponha essa bundinha na cadeira.

— Que tal se, depois que eu estiver totalmente recuperado, nós dois tivermos um caso daqueles? Seria bom para a minha saúde emocional e mental.

— O meu marido te esmagaria como um inseto, seu magricela. É uma pena minha irmã ter só 18 anos.

— Dezoito anos é lícito.

— Se você chegar perto da minha irmãzinha, eu coloco você neste hospital de novo. — Mas afagou o ombro dele. — É bom ver você ir embora, Reed, e triste ao mesmo tempo.

— Eu vou voltar para a tortura.

— E eu vou descer e cuidar para que você não chore muito alto. Aqui está o seu ursinho.

Ele pegou a pelúcia e deu uma última olhada no quarto. Essie já havia descido com os livros, o tablet e outras coisas que se haviam acumulado.

— Eu não vou sentir falta deste lugar — disse ele enquanto ela o levava para fora —, mas vou sentir saudade de você. Você foi a única mulher que eu amo, além da minha mãe, que me viu nu sem que eu tivesse o mesmo privilégio.

— Vá colocar um pouco de carne de volta nesses ossos. — Ela entrou com ele no elevador. — E você quer um conselho?

— De você, claro.

— Não volte para isso rápido demais, querido. Dê um tempo para si mesmo. Ande no sol, faça carinho em alguns cachorrinhos, tome sorvete de casquinha, empine pipas. Já o conheço o suficiente agora para saber que você é um bom policial e um bom homem. Arrume tempo para lembrar por que você é as duas coisas.

Ele estendeu a mão esquerda para segurar a dela.

— Eu vou mesmo sentir saudade de você.

Essie cumprimentou os dois com um sorriso.

— Você está liberado, parceiro. Tinette, você é um amor.

— Ah, sou só um pouquinho. Vamos lá, querido, vamos colocar você no carro. — Ela o acomodou e o abraçou. — Cuide do meu paciente favorito.

— Uma hora em um motel barato. Isso vai mudar a sua vida.

Com uma risada, ela o beijou na boca.

— Eu gosto da minha vida. Vá viver a sua agora.

— E se ela tivesse dito sim? — perguntou Essie em voz alta enquanto se afastavam.

— Nunca acontece. Ela é louca pelo marido. Sabe, a Tinette tinha 20 anos quando aconteceu aquilo no shopping DownEast, e estava fazendo serviço comunitário como parte dos créditos na faculdade. Auxiliar de enfermagem e, aí, ela acabou na linha de frente no hospital naquela noite. Que mundo pequeno!

Ele esperou um pouco.

— O Touro me disse que o FBI assumiu e nos afastou do caso. Me afastou do caso.

Ela soltou um sonoro suspiro.

— Eu ia falar com você sobre isso assim que tivesse alta, chegasse em casa e se acomodasse. Sinto muito, Reed, eles assumiram tudo. Você estava tão perto, e com isso eu também estava muito perto. Eu nadei, nadei, nadei e morri na praia.

— Isso não vai me deter.

Ela suspirou novamente, agitando a franja que havia feito recentemente.

— Ouça, eu não apoiava a sua teoria, e essa teoria agora se provou verdadeira. O FBI está seguindo essa linha graças a você. Eles vão lhe dar um aperto de mão e dispensá-lo. Da nossa parte, a mesma decisão vai direto para o topo.

— Isso não vai me deter — repetiu.

— Isso será uma ordem. Acredite em mim. O que quer que você faça, vai ter que ser na encolha, por conta própria. Se eles descobrirem, vão denunciá-lo e chamar a sua atenção. Não está certo, mas essa é a linha que eles seguem.

— De que lado você está?

— Eu estou com você. Vamos fazer o que estiver ao nosso alcance no nosso tempo livre. Já te adianto que o Hank está com a gente nisso.

— Ótimo. Ele é um bom rapaz.

— Ele é. Ele não vai voltar a dar aula em tempo integral. Vai terminar o livro que está escrevendo. Uma ficção policial literária, como ele chama. Está muito bom até agora, pelo menos o que ele me deixou ler. Mas parte do motivo pelo qual ele não vai voltar é para me dar mais tempo para trabalhar nisso. Com você, quando eu puder.

— Eu preciso pensar bem nisso, arranjar um tempo. Eu preciso voltar à forma. Ao que parece, levar um tiro me transformou em um espantalho zumbi.

— Você já esteve melhor. Mas, minha nossa, Reed, acredite em mim, você parecia ainda pior antes.

Ele sabia disso, assim como sabia que tinha um longo caminho pela frente.

— Eu preciso acabar com ela, Essie. Eu preciso fazer parte disso. Mas eu vou pensar bem. Nenhuma notícia dela desde que encontraram o carro?

— Ela desapareceu.

— Mas vai aparecer — murmurou.

𝒫ASSOU UM MÊS com seus pais, esforçou-se para fazer as sessões de fisioterapia e conseguiu recuperar parte do peso que havia perdido durante o tempo que ficou no hospital.

Havia perdido cinco quilos até seu peso estabilizar.

Voltou ao trabalho — trabalho de escritório. E, quando ele recebeu a notícia pela boca de seu capitão sobre a investigação Hobart, não discutiu. Não adiantaria.

Ainda assim, o trabalho de escritório tinha suas vantagens e lhe dava bastante tempo para acessar arquivos. Ele podia não contar com o chefão, mas tinha contatos.

Vestígios do sangue de Hobart foram encontrados no banco do motorista do carro que ela havia abandonado no aeroporto. O carro que fora roubado de uma família de quatro pessoas que passaram férias de três semanas no Havaí ainda não havia sido recuperado.

Reed apostava suas fichas na hipótese de que Hobart havia jogado o carro em um lago, incendiado-o na floresta ou o riscado do mapa de alguma outra maneira. Hobart tinha dinheiro, muito provavelmente identidades falsas e cartões de crédito. De modo algum ela ficaria com um carro roubado.

Ela devia ter comprado um carro com um nome falso, em dinheiro vivo. Um bom carro usado que não chamasse a atenção, calculou ele. Teria mudado o cabelo e a aparência, e por isso não lembraria quase nada a garota das fotos nos noticiários e na internet.

Ela devia acompanhar aqueles noticiários, blogs, jornais, e ser discreta, manter a distância. Até decidir atacar novamente.

Se tivesse levado um tiro, havia encontrado uma maneira de obter tratamento médico.

Ele tentou verificar arrombamentos, clínicas, hospitais veterinários, farmácias, mas não encontrou nada que servisse.

Tentou uma busca por mortes de profissionais de saúde. Médicos, enfermeiras, técnicos, veterinários. Analisou alguns, porém, mais uma vez, nada batia.

Pensou no que ele faria, para onde iria no lugar dela. Sua mente foi para o norte. Canadá. Identidade falsa, passaporte falso. Atravessar a fronteira, estabelecer-se, dar um tempo.

Era exatamente isso que ele teria feito.

Não era necessário se arriscar em uma viagem aérea nem aprender um novo idioma. Alugar uma droga de cabana na floresta, levar uma vida modesta.

Mas ele sabia que ela não conseguiria minimizar as perdas que havia tido. Hobart precisaria terminar o que havia começado. Mais cedo ou mais tarde, ele receberia um alerta sobre a morte de outra pessoa que, como ele, passara por aquele pesadelo no shopping.

Por isso, revirou jornais, fez a fisioterapia, comeu a comida da mãe.

E, um dia, acordou achando que já não era mais um bom policial. Ele mal se sentia um policial.

Podia mexer o ombro sem sofrimento e podia levantar quase cinco quilos em uma série de repetições, mas também não se sentia muito homem.

Ele era, bem, o espantalho zumbi com um urubu no ombro, só esperando que alguém morresse.

Hora de se afastar, decidiu ele, e seguir o conselho de Tinette. Ele precisava caminhar ao sol e lembrar-se do que fora e por quê.

Capítulo 13

◆ ◆ ◆ ◆

PELO SEGUNDO DIA, enquanto desfrutava do café da manhã no terraço, CiCi observou o homem na estreita faixa de areia lá embaixo.

Ele correu um pouco, caminhou, correu, para a frente e para trás, por meia hora antes de subir — lentamente — as pedras para se sentar e observar a água.

Então, como um homem que havia estado em forma e sido forte que se recuperava de um mal que já durava algum tempo, ele fez tudo de novo antes de voltar à praia e ir para a ciclovia que levava ao vilarejo.

Depois do primeiro dia, ela conseguiu o nome dele com a agência que havia lhe reservado um bangalô. Uma reserva de três semanas iniciando em outubro e terminando em novembro, nada inédito na ilha, mas, ainda assim, algo incomum.

Além disso, antes de conseguir o nome do homem, ela usou os binóculos para dar uma boa olhada no rosto dele.

Boa aparência, mas magro e muito pálido, com muita barba.

Pessoalmente, ela gostava de homem com barba.

Ela o reconheceu — ela estava a par dos acontecimentos recentes —, mas queria ter certeza.

Então, ela sabia quem ele era, o que havia acontecido e se perguntava o que se passava pela mente dele enquanto corria, caminhava, sentava-se.

Uma vez que queria descobrir, no terceiro dia de sua rotina matutina, ela se maquiou, arrumou o cabelo que havia tingido recentemente de cor de ameixa, colocou uma legging — ela ainda tinha pernas bonitas —, uma camiseta de manga comprida e uma jaqueta jeans.

E, depois de encher dois copos de café com leite e tampá-los, CiCi desceu para encontrá-lo sentado nas pedras.

Ele viu quando ela começou a subir as pedras para se juntar a ele e ganhou pontos por se levantar imediatamente para segurar a mão dela.

Com a mão esquerda, ela notou, e não sem uma expressão de dor no rosto.

— Bom dia — disse, oferecendo-lhe um dos copos.

— Obrigado.

— Está uma manhã perfeita para sentar nas pedras e tomar um café com leite. Eu sou CiCi Lennon.

— Reed Quartermaine. Eu admiro o seu trabalho.

— Então, além de ser gostoso, você também tem bom gosto. Falando sério, eu reconheci você. Sei quem você é e o que lhe aconteceu. Mas não temos que falar disso.

— Obrigado.

Olhos lindos, pensou CiCi. Um verde sereno com a intensidade por trás deles adicionando um pequeno toque de magia.

— Então, o que o traz à nossa ilha, Reed?

— Vim para descansar e relaxar um pouco.

— É um bom lugar para isso, especialmente na baixa temporada.

— Eu estive aqui algumas vezes no verão. Com a minha família, quando era criança, e com alguns amigos, quando tinha idade suficiente para dirigir. Mas eu acho que já faz uns, nossa, dez anos.

— Não mudou muita coisa.

— Não mesmo, e isso é bom. — Lentamente e com cuidado, ele se inclinou para olhar para trás. — Eu me lembro da sua casa, e ficava pensando como seria legal morar ali, com todas aquelas janelas, ver o mar o tempo todo, poder caminhar até essa prainha.

— É legal. Acontece que é o único lugar para mim. Onde fica o seu?

— Ainda estou procurando. Na verdade, fui baleado procurando uma casa no lugar errado. — Ele sorriu, rápida e facilmente. — Isso vai ser uma lição. Eu lembrei que há outra casa aqui, e ela ainda está lá. Dei uma volta no vilarejo para conferir. Dois andares, com uma sacada lá no alto. Espaçosa como a sua. Eu acho que gosto de casas espaçosas. Sem tanto vidro, mas o suficiente. Telhas de cedro seladas que se desgastaram. Grandes varandas duplas na frente. Deques na parte de trás. Ela se estende entre a floresta e a água. Uma prainha de areia, mas não tanto quanto aqui, e as pedras.

— É a casa da Barbara Ellen Dorchet. Deste lado do vilarejo, escondida atrás de algumas coisas. Um monte de flores no jardim durante o verão. Tinha uma caminhonete vermelha na frente?

— Sim, e um jipe Mercedes.

— É do filho dela. Ele está aqui para ajudá-la a dar uma arrumada na casa antes de ser colocada à venda.

— À venda... sério?

CiCi, um pouco vidente, sorriu e deu um gole no café com leite.

— Não será uma boa época para ela, já que não haverá muita gente procurando uma casa como essa na ilha no final do outono ou do inverno, quando estará pronta para anunciá-la. Mas ela perdeu o marido no ano passado e não quer continuar morando lá. Está indo para o sul. O filho se mudou para Atlanta há uns doze anos, por causa do trabalho. Ela tem três netos lá. Por isso, é lá que ela quer ficar.

— Ela vai vender a casa. — Ele deu uma leve gargalhada. — Estou procurando a casa certa há anos, e percebi, depois de ter visto a sua casa e a outra, que é por isso que nenhuma das que eu vi deu certo.

— Procurando no lugar errado. — E acrescentou: — Você deveria fazer uma oferta. Consigo descobrir o valor fácil, fácil.

— Eu não estava pensando em... — Parou e deu um gole no café com leite, que estava realmente excelente. — Isso é muito estranho.

— Eu sou fã do "muito estranho". Bem, vamos, Detetive Delícia. Vou fazer um café da manhã para você.

— Você não precisa... — Ele parou para examiná-la, o cabelo fabuloso, os olhos incríveis. — Você sempre convida homens estranhos para tomar café da manhã?

— Só os que me interessam. Normalmente, é você que estaria preparando o café, mas, já que não passei a noite deixando você louco, vou fazer panquecas de cranberry.

Aquilo arrancou uma risada e um sorriso dele, rendendo-lhe mais pontos.

— Eu seria idiota se recusasse uma bela mulher e panquecas de cranberry ao mesmo tempo. E eu não sou idiota.

— Dá para perceber.

— Deixe-me ajudá-la a descer.

Ele desceu, protegendo o lado direito e fazendo uma pequena expressão de dor antes de levantar a mão esquerda para ajudá-la.

— Ainda dói?

— Sinto umas pontadas, e ainda estou tentando recuperar todo o movimento e fortalecendo o dorso. Fazendo fisioterapia, exercícios e pegando a balsa de ida e volta duas vezes por semana para as sessões de tortura.

— Você precisa fazer um pouco de ioga. Eu acredito muito nela e na terapia holística. Mas vamos começar com as panquecas. Que tal um Bloody Mary?

— Não economize no molho tabasco.

— Ah, meu caro. — Ela pegou a mão esquerda de Reed e balançou os braços com ele. — Como dizem, "este é o começo de uma linda amizade".

O interior da casa, por fim, era tão fascinante quanto o exterior. A cor, a luz. Meu Deus, a paisagem!

— É a sua cara.

— Ai, ai, como você é esperto!

— Não, eu estou falando sério. — Ele vagava pela casa, olhando para todos os lugares. — É arrojada, bonita e criativa. E... — Ele parou ao lado do busto e ficou olhando, maravilhado, para *Emergência*. — Uau! Isto é... uau.

— É o trabalho da minha neta Simone. É uau mesmo.

— Dá para perceber o triunfo, a alegria dela. Essa é a palavra certa?

— É uma palavra excelente. Ela estava no shopping naquela noite também. A minha Simone.

— Eu sei. — Ele não conseguia tirar os olhos da estátua, do rosto. — Simone Knox.

— Você a conhece?

— Hã? O quê? Me desculpe. Não. Eu só, eu acompanhei o caso. Mesmo antes de me tornar policial. Eu precisava ficar de olho, quando eu podia, nas pessoas que estavam lá.

— Ela estava lá também. — CiCi tocou o busto com delicadeza antes de entrar na cozinha para preparar os drinques. — Esse é o rosto da amiga que a Simone perdeu naquela noite, como a Simone a imagina. Então, sim, triunfo.

— A sua neta foi a primeira pessoa a ligar para o serviço de emergência.

— Você realmente ficou de olho.

— A policial que matou o Hobart, a primeira na cena? Ela se tornou minha parceira quando virei detetive. Ela é parte da razão pela qual me tornei policial.

— O mundo não é um lugar fascinante, Reed? O modo como ele se cruza, se separa, se afasta? Aquele menino destruiu aquela menina doce, e ela era uma menina muito doce. Ele destruiu todo o potencial dela. Simone a trouxe de volta, triunfante, com o seu talento e o amor que tinha pela nossa Tish. Essa policial apareceu porque o destino a colocou bem ali, ela impediu que aquele rapaz doente tirasse mais vidas do que já tinha tirado, e ajudou a Simone durante os primeiros momentos daquele horrível desfecho.

Ela se aproximou e deu-lhe um Bloody Mary.

— Aquela mesma policial se conecta a você, e você se torna um policial. Eu sou um pouco vidente — disse — e sinto que você é um policial muito bom. Então a irmã doente daquele rapaz doente mata pessoas, e tenta matar você. E aqui está você, na minha casa, que você admirava quando era menino. Eu acredito que tudo isso era para acontecer, que foi providência do destino.

Tocou com o copo no dele.

— Eu sei cozinhar mais ou menos bem, mas as minhas panquecas são excepcionais. Então, prepare-se para se surpreender.

— É o que mais tem acontecido desde que você se sentou nas pedras comigo.

— Eu definitivamente gosto de você. Isso agora é um fato absoluto e irreversível. Sente-se enquanto eu preparo a massa, e me conte tudo sobre sua vida sexual.

— Está monótona no momento.

— Isso vai mudar. Exercícios, boa dieta, ioga, meditação, uma quantidade razoável de bebidas adultas. Algum tempo na ilha e, com certeza, algum tempo comigo. Você vai recuperar o seu encanto.

— Hoje é um belo dia para começar.

Ela sorriu.

— Você alugou o bangalô do Whistler.

O Bloody Mary era intenso, do jeito que ele gostava.

— Você não deixa passar muita coisa.

— Quase nada. Não é um local ruim, mas aqui é melhor. Depois do café da manhã, você precisa voltar e arrumar as malas. Você pode ficar aqui.

— Eu...

— Não se preocupe. Eu não vou fazer de você um Robinson Crusoé. É tentador, mas você precisa ir com calma nessa área; não ir com muita sede ao pote. Tem uma suíte de hóspedes no meu estúdio — continuou ela. — Só as pessoas especiais ficam lá. Você terá a vista, acesso à praia e minha incrível companhia. Você cozinha?

Ele não conseguia deixar de olhar para ela. Tinha uma tatuagem no pulso como se fosse uma pulseira e um cristal roxo em forma de lança em volta do pescoço.

— Na verdade, não... nadinha.

— Ah, bem, você tem outras qualidades. Você estaria me fazendo um favor também.

— Como assim?

— Simone mora aqui, trabalha aqui a maior parte do tempo. Desde que ela veio, eu me acostumei a ter outra pessoa agitando as coisas em casa. Alguém simpático e interessante. Vocês combinam. Um dia desses Simone foi para Boston, depois Nova York. Faça um favor a uma mulher solitária. Eu prometo não seduzir você.

— Eu posso desejar que o faça.

— Que meigo! — Ela lhe deu um sorriso ardente enquanto misturava a massa. — Mas acredite, Delícia, você não conseguiria lidar com isso.

Ela era uma força da natureza, concluiu Reed. De que outra forma uma mulher que ele havia acabado de conhecer lhe daria panquecas (incríveis) de cranberry e o convenceria a se hospedar em sua casa?

Uma força da natureza, obviamente, uma vez que ele nunca acreditou em amor à primeira vista. E agora ele era vítima disso.

Ele desfez as malas. Não demorou muito, uma vez que não havia levado muita coisa. Ainda meio deslumbrado, olhou ao redor do quarto que ela lhe havia oferecido com a mesma alegria com que outra pessoa poderia ter lhe oferecido instruções de como chegar ao barzinho da esquina.

Como o restante da casa, como tudo dela, o quarto transbordava cor e estilo. Nada da segurança dos neutros para CiCi Lennon, pensou. Ela pusera um roxo profundo e vivo nas paredes e depois as cobriu de arte. Nada das cenas de praia que se poderia esperar, observou ele, mas nus estilizados ou apenas nus: masculinos e femininos.

Ficou especialmente impressionado com um de uma mulher que, ao que parecia, estava acordando, com uma das mãos estendidas para o céu, uma expressão manhosa e inteligente no rosto, e asas que acabavam de se abrir nas costas.

A cama enorme com dossel reluzia o bronze ousado com gavinhas de videiras entalhadas nas armações. A colcha tinha um jardim de flores roxas invadindo o branco brilhante. Repleta de travesseiros, porque, em sua experiência, as mulheres tinham um caso de amor estranho com travesseiros. As bases dos abajures se assemelhavam ao tipo de árvores que ele esperaria ver em florestas mágicas.

Havia uma área de estar com um pequeno sofá forrado de um verde fosforescente — cuja cor parecia ligada diretamente a uma tomada elétrica —, uma mesa sustentada por um dragão chinês, talvez o companheiro do que estava em um pedestal de pedra e parecia pronto para cuspir fogo, e uma cômoda com pés curvos e rostos de fadas pintados nas gavetas.

Um quarto mágico, pensou ele enquanto observava mais de perto o dragão, admirando o detalhe das escamas, a expressão de poder que se insinuava nos olhos.

Mas, apesar de todas as suas maravilhas, o quarto não chegava aos pés — seja lá o que isso significasse — da vista, da paisagem. A baía e o oceano afora, os barcos, as pedras, o céu, assim como boa parte do quarto formavam uma mistura mágica de arte e cor.

Ele não tinha ido à ilha atrás de aventura, mas em busca de um tempo afastado, um tempo para pensar e recarregar as energias. Mas, em uma manhã, ele encontrou o meio-termo de tudo isso.

Ele se refrescou primeiro — ela não havia economizado no banheiro também —, depois jogou uma ducha no corpo. Suas costelas ainda o incomodavam.

Ela lhe dissera para ir até o estúdio assim que estivesse instalado, por isso ele desceu a escada pintada de vermelho pimenta e deu a volta na porta lateral de mesma cor, ladeada por gárgulas sorridentes.

Quando ele bateu à porta, ela gritou:

— Entre.

E ele entrou em outro país das maravilhas. Cheirava a tinta, solvente e incenso, com um toque de maconha. Não era de surpreender, uma vez que ela segurava um pincel em uma das mãos e um baseado na outra. Usava um avental de açougueiro salpicado de tinta, e aquele cabelo incrível, quase da mesma cor das paredes do quarto de hóspedes, estava preso para cima com o que parecia serem pauzinhos cravejados de joias.

Materiais de arte e ferramentas se misturavam em prateleiras vermelhas altas. Em uma mesa de trabalho comprida, tão manchada quanto o seu avental, havia mais.

Telas em pé, inclinadas, penduradas em todos os lugares.

Ele realmente não sabia muita coisa sobre arte, mas sabia quando estava diante de algo espetacular.

— Uau! Não há... nada mais maravilhoso.

— Bem do jeito que eu gosto. Como está o quarto?

— É mágico.

Ela lhe deu um sorriso de aprovação.

— Tipo isso mesmo.

— Dizer obrigado não é suficiente. É como se... eu ia dizer que entrei nas páginas de um livro muito legal, mas... como posso dizer? É como se eu tivesse entrado em uma dessas pinturas.

— Vamos nos divertir muito aqui.

Ela ofereceu o baseado e ele abriu um pequeno sorriso, fazendo que não com a cabeça.

— CiCi, eu sou um policial.

— Reed, eu sou uma velha hippie.

— Não há nada de velho em você. — Ele caminhou pela sala, deixando o queixo cair. — Isto é...

— Rolling Stones, mais ou menos 1971. É só uma impressão. Mick Jagger comprou o original. Não é fácil dizer não para o Mick.

— Tenho certeza disso. Eu estou pertinho dos Stones agora.

— Você é fã deles?

— Com certeza. Eu conheço algumas dessas capas de álbuns — acrescentou ele, enquanto andava de um lado para o outro. — E pôsteres. Eu *tinha* este pôster da Janis Joplin.

Intrigada, ela tragou o baseado.

— Isso não é da sua época.

— Ela é atemporal.

— Fomos feitos um para o outro — concluiu CiCi, observando o modo como ele admirava seu trabalho, e esfregava a mão no lado direito do corpo.

— É onde você levou o tiro? — perguntou ela.

Ele baixou a mão.

— Um deles. As costelas estão cicatrizando, mas ainda doem muito.

— Você está tomando remédios?

— Eu estou dando um tempo neles agora.

Ela agitou o baseado.

— Orgânico.

— Pode ser, mas as vezes que provei na faculdade, depois da curtição e da fome absurda, veio uma dor de cabeça horrível.

— Que pena! Quanto a mim, eu adorava drogas e experimentei todas. De verdade. Você só sabe depois que experimenta, não é mesmo?

— Eu sei que, se eu pular do penhasco em direção ao oceano, vou morrer.

Ela sorriu por trás de uma névoa fina de fumaça.

— E se uma sereia o tirar da água e cuidar de você até a sua saúde estar restabelecida?

Ele riu.

— Você me pegou.

— Se você estiver preocupado com a parte policial, as minhas drogas preferidas na última década ou algo assim são a maconha, tenho uma receita médica para ela, e o álcool. Não escondo substâncias ilegais.

— Bom saber. Eu deveria deixá-la voltar ao trabalho.

— Antes disso, me diga o que você pensa. — Ela fez um sinal para a tela no cavalete à sua frente.

Ele se aproximou, e seu coração bateu forte três vezes.

A mulher estava em pé em uma espécie de clareira cheia de flores, borboletas e luz do sol. Ela olhava para ele por sobre o ombro esquerdo, um pequeno sorriso nos lábios, nos olhos dourados.

Uma videira sinuosa crescia no meio de suas costas e espalhava os ramos por sobre as escápulas da mulher.

Ela estava cheia de luz e cor, mas foi aquele olhar que o fez ter vontade de entrar na tela e ir com ela.

Para qualquer lugar.

— Ela é... *linda* não é forte o suficiente. Instigante?

— É uma ótima palavra.

— Você se pergunta por quem ela está esperando, para quem está olhando e por que diabos eles estão demorando tanto. Afinal, quem, em sã consciência, não iria querer ir até o fim com ela?

— Não importa onde seja o fim?

— Não importa. Quem é?

— Neste retrato? A tentação. Na realidade, a minha neta. Simone.

— Eu tenho uma foto dela nos meus arquivos, mas... — Não o havia impressionado, não como esta. — Ela se parece com você. Ela tem os seus olhos.

— Que belo elogio para nós duas! Essa é a Natalie, minha neta mais nova. — Ela fez sinal para outra tela.

Cores mais suaves aqui, notou ele, aproximando-se de tons pastéis para elogiar um tipo diferente de beleza, um tipo diferente de atmosfera. Uma princesa encantada, concluiu ele, com a tiara feita de joias sobre o halo dourado do cabelo. Olhos de um azul sereno em um lindo rosto que irradiava felicidade em vez de poder, e a figura esbelta estava envolta por um longo vestido branco, fino o suficiente para sugerir o corpo por baixo dele.

— Ela é adorável, e está olhando para alguém que a faz feliz.

— Muito bom. Esse alguém seria o Belo Harry, o noivo dela. Vou dar essa tela para ele no Natal. Natalie jamais deixaria que ele a pendurasse se eu tivesse feito um nu, então eu cedi.

— Você ama muito as suas netas. Dá pra ver.

— Meus maiores tesouros. Vou querer que você pose para mim.

— Ah, bem, humm.

— Vou facilitar para você. É difícil dizer não para o Mick. Assim como é muito difícil dizer não para a CiCi.

— Não duvido — disse ele, dando um passo para trás. — Eu vou sair da sua frente.

— Que tal coquetéis às cinco?

— Pode contar comigo.

Ela não mencionou o assunto de posar nos dias que se seguiram — um alívio. Quando ele voltou da fisioterapia, cansado, ela já o estava esperando com a acupunturista. Ele hesitou — agulhas, pelo amor de Deus! —, mas ela falou a verdade.

Era difícil dizer não para CiCi.

Ele concluiu que adormecera durante a acupuntura porque a fisioterapia o esgotara, e não por causa das agulhas esquisitas e das velas de aromaterapia.

Ela o convenceu a fazer ioga na praia, no pôr do sol, com um grupo de pessoas. Ele se sentiu idiota, desajeitado, rígido — e quase adormeceu durante o *shavasana*.

Não podia negar que se sentia mais forte e com as ideias mais claras depois de sua primeira semana, mas era para isso que ele tinha vindo para a ilha. Não discutiu sobre a próxima sessão de acupuntura, especialmente depois que sua fisioterapeuta e sua querida Tinette não a consideraram uma besteira, no que ele confiou.

Quando CiCi o convenceu a dar um passeio de bicicleta, suas costelas e o ombro o maltrataram, mas não tanto quanto antes.

O auge do outono já havia ficado para trás, mas ele gostava do aspecto de Halloween das árvores peladas, da maneira como balançavam ao vento. Via abóboras nos jardins, e outras já esculpidas nas varandas. O ar carregava aquele aroma picante que a terra enviava antes de hibernar no inverno.

CiCi parou de pedalar na frente da outra casa que ele admirava quando era criança.

Todas aquelas linhas do telhado, pensou ele, e as guarnições cheias de detalhes, as áreas amplas de vidro que levavam a deques pequenos e curiosos e aquelas varandas duplas. E, para completar, o encanto absurdo de uma sacada.

— O cinza prateado combina — disse CiCi. — E, quando as flores e o restante do jardim florescerem, será o pano de fundo perfeito para elas. Se fosse eu, pintaria aquelas varandas da cor de orquídea.

— Orquídea?

— Mas isso seria eu. Cody pintou as varandas e os guarda-corpos de cinza escuro porque é mais tranquilo na hora de vender. Não se pode culpá-la. De qualquer forma, eles estão esperando pela gente.

— Estão?

— Eu liguei para a Barbara Ellen ontem.
Ele estudou a casa, tendo lembranças nostálgicas. Fez que não com a cabeça.
— CiCi, eu não posso comprar uma casa na ilha. Policiais têm que viver onde trabalham.
— Mas você quer vê-la, não quer?
— Sim, eu quero mesmo. Eu só não quero colocá-los para fora.
— Cody está com a mãe no pé dele há semanas. Ambos poderiam aproveitar a distração.

Uma vez que desceram das bicicletas, ela segurou a mão dele e puxou-o pelo caminho de pedras. Ela atravessou a varanda que deveria ser pintada da cor de orquídea, bateu à porta e, então, simplesmente a abriu e entrou.

— Barbara Ellen, Cody! É a CiCi e o amigo! — gritou, mais alto que o som do martelo que vinha do alto da escada à direita da sala de estar.

A sala de estar ostentava uma lareira à lenha e um piso de tábuas largas de madeira que, para Reed, parecia original, e havia acabado de ser lixado e selado. A sala se abria para a cozinha, que dava a impressão de que eles haviam se esforçado muito para modernizar. A península, a ilha, os balcões — em granito cinza — e os armários definitivamente novos de um branco simples e limpo.

Ele não sabia por que alguém que não era louco para cozinhar precisava de um fogão de seis bocas ou fornos duplos, mas eles pareciam impressionantes.

— Vá dar uma volta — disse CiCi a ele. — Vou chamá-los de novo.

Sem poder se conter, ele voltou para a cozinha, observou as portas duplas em estilo celeiro e abriu uma delas. Com certeza, não podia comprar a casa, lembrou-se. Não só por razões óbvias, mas porque ele não era digno de uma cozinha com uma despensa grande o bastante para guardar suprimentos capazes de resistir a uma invasão alienígena.

Por que haviam colocado aquelas luminárias modernas sobre a ilha? Ele realmente tinha um fraco por aquelas luminárias.

Virou-se quando ouviu alguém descendo as escadas enquanto falava.

— CiCi! Eu mal te ouvi com todo esse barulho. Cody está refazendo um dos armários do quarto. Eu não sei o que eu faria sem esse menino.

Ela era uma mulher pequena, e fez Reed pensar em um passarinho enquanto ela dava um abraço em CiCi, ainda tagarelando.

— Desta vez, ele vai ficar o mês todo. E vai voltar no inverno para terminar, se for preciso, para que possamos colocar a casa à venda na primavera. A primavera é a melhor época. É o que todo mundo diz, embora minha vontade seja de anunciá-la ainda no inverno. Vou para Atlanta com Cody quando ele for embora, para começar a procurar um lugarzinho, talvez um apartamento. Eu não sei, só sei que não quero passar mais um inverno sozinha aqui.

— Vamos sentir sua falta, Barbara Ellen. Venha conhecer o meu Reed.

— Ah, meu Deus, claro! Como vai? CiCi me falou tudo sobre você. — Ela colocou a pequena mão em Reed e sorriu para ele com os olhos castanho-escuros através dos óculos empoeirados. — Você é policial. O meu tio Albert era policial no Brooklyn, em Nova York. A CiCi disse que você se lembra da minha casa desde quando veio para a ilha quando era menino.

— Sim, senhora.

— Bem, está um pouco diferente agora aqui. Cody está trabalhando muito.

— Achei ótima.

— Eu mal reconheço a casa. Não é mais minha. Mas eu tenho que dizer que a cozinha está um brinco. Deixe-me pegar um chá e biscoitos para vocês.

— Não se preocupe com isso. — CiCi deu um tapinha na mão dela. — Cody fez um lavabo pequenininho debaixo da escada aqui, não é?

— Ele fez. Esse menino é muito habilidoso. Eu não sei o que faria sem ele.

Rasgando elogios a Cody, Barbara Ellen, cutucada por CiCi, mostrou o primeiro andar. Reed teve de se preparar para a paisagem da floresta, da água. Com CiCi à frente, eles subiram as escadas.

Quatro quartos incríveis, incluindo a suíte principal recém-reformada. Uma lareira a gás, vistas maravilhosas e um banheiro anexo quase tão grande quanto o quarto de sua velha espelunca.

Tudo relacionado à casa despertava sua atenção e era um retrato de sua realidade. Ele conheceu o habilidoso Cody e falou um pouco sobre construção antes de CiCi acenar para ele.

— Vá até a sacada.

— Ah, sim, vá! — concordou Barbara Ellen. — É a cereja do bolo. Eu não subo mais. Não confio em mim mesma naquela escada estreita, mas você deve ir.

Estreita, sim, mas firme — mais um trabalho de Cody, pensou Reed.

Então ele foi para o deque circular, e não conseguiu pensar em mais nada.

Podia ver tudo. A água, a floresta, o vilarejo, a casa incrível de CiCi a oeste e, depois, o farol enfeitado ao leste. O mundo em toda a sua cor e beleza se espalhava à sua frente como uma das pinturas de CiCi.

Podia ser dele.

Nem uma única vez, pensou ele, sentiu que uma das casas de todas as que visitou, examinou, considerou não poderia ser sua, não deveria ser sua, mas, sim, que já era sua.

— Merda, merda, merda! — Quando, sem pensar, passou a mão no cabelo, seu ombro estalou. — Que loucura! Estou doido. — Esfregou distraidamente o ombro. — Talvez não. Merda. Propriedade para investimento. Que tal? Alugá-la durante a temporada, usá-la nos fins de semana prolongados, nas férias fora da temporada. O que há de errado nisso? Não posso fazer isso. Não posso — murmurou enquanto dava mais uma volta no deque gradeado.
— Não posso.

Enquanto descia, ouviu CiCi perguntando a Cody o que ele planejava perguntar.

— Bem, quando o último banheiro aqui estiver quebrado e refeito e o último quarto for reformado, faremos um pequeno retoque aqui e ali, e isso e aquilo. Depois uma boa demão de tinta e remodelar um pouco mais o jardim...

Ele deu um preço que fez Reed estremecer. Não porque estivesse fora de seu alcance, mas porque *não* estava muito fora de seu alcance.

— É claro que — disse Barbara Ellen, entrando na conversa com um sorrisinho na direção de Reed —, se alguém quiser a casa antes de nós a colocarmos à venda e nos poupar desse transtorno e das taxas cobradas pelas imobiliárias, podemos ajustar esse preço. Não é mesmo, Cody?

— Ajustar um pouco, claro. Mas ainda temos trabalho a fazer.

— E se vocês não o tivessem? — Reed se ouviu perguntar, sabendo que havia acabado de se colocar em uma situação difícil. — Quero dizer, se vocês não quebrassem o banheiro, não mexessem no jardim, não pintassem, não reformassem o quarto. Digamos que vocês encerrassem o que estão fazendo aqui com o armário e pronto?

— Hum. — Cody fungou, esfregando o queixo. — Isso seria melhor, não é?

Como se não bastasse a situação difícil, Cody fez uma contraproposta, para dificultar ainda mais as coisas.

Ele não se comprometeu; não se permitiria fazer isso. Precisava fazer alguns cálculos, pensar muito bem no que isso significaria para sua vida. Nunca poderia pagar por uma casa em Portland se fizesse isso. Mas... ele não queria uma casa em Portland.

— Você a quer — disse CiCi enquanto voltavam para casa.

— Eu quero muitas coisas que não posso ter. Como você.

— E se você pudesse?

— Você toparia? Seja rápida.

Ela deu sua risada gloriosa.

— Estou louca por você, Delícia. Você disse, e eu concordo, um policial deve morar onde trabalha.

— Sim, isso é difícil.

— E se você pudesse viver e trabalhar na ilha? O Chefe Wickett está se aposentando. Ele ainda não anunciou isso oficialmente, mas já me disse. Ele irá trabalhar até fevereiro, talvez março, por isso vai informar ao conselho da ilha no mês que vem. Para dar tempo ao pessoal de encontrar alguém para substituí-lo.

Capítulo 14

♦ ♦ ♦ ♦

Chefe de polícia? Isso era uma loucura ainda maior.

CiCi deixou que ele ficasse cismado com isso e, depois, despreocupadamente ela entrou em seu estúdio. Então ele foi caminhar sozinho na praia, esperando que o ar devolvesse a sanidade à sua mente.

Sentou-se nas pedras e refletiu. Andou mais um pouco.

Quando, finalmente, voltou, CiCi estava sentada no terraço, com uma colcha aconchegante sobre as pernas e uma garrafa de vinho e duas taças sobre a mesa.

— Você precisa é de uma boa taça de vinho.

— Eu não posso ser chefe de polícia.

— Por que não? É apenas um título. — Ela serviu o vinho.

— Não é apenas um título. É ser responsável por todo um departamento. É administrativo.

Ela deu tapinhas na cadeira ao seu lado, mandando-o sentar.

— Você é inteligente, e o chefe atual trabalharia com você até que pegasse o ritmo. Você me contou o suficiente nesses últimos dias e nessas noites divertidas para eu saber que não está feliz em Portland. Você não está feliz com a caixa em que seu próprio chefe, ou capitão, ou seja lá quem for, quer colocá-lo. Saia da caixa, Reed. Você tem um propósito — continuou ela. — A sua aura, com certeza, pulsa com isso.

— A minha aura pulsa com o propósito?

— Sim. E você o cumprirá aqui. Você também cumprirá seu propósito, essencial do mesmo jeito, de trabalhar na investigação daquela psicopata da Hobart. Tem trabalho para um chefe de polícia na baixa temporada aqui, mas você teria esse tempo e espaço.

Ela o encarou.

— Diga-me que você está feliz onde está e eu paro com essa conversa.

Ele queria, mas fez que não com a cabeça.

— Não. Eu pensei na transferência, mas tem a Essie. E alguns outros. A minha família.

— Aqui você está a menos de uma hora de seus amigos e familiares. Você quer aquela casa. Eu não preciso ser vidente para saber isso, porque era só nela que você pensava. Mas, já que eu sou um pouquinho vidente, sei que você vai ser feliz aqui, feliz naquela casa, porque é o seu lugar. Isso está claro como o dia. Você terá o seu propósito, a sua casa. Você vai encontrar o amor da sua vida.

— Eu já encontrei — interrompeu ele.

Ela estendeu a mão e segurou a dele.

— Você vai encontrar a pessoa que vai dividir aquela casa com você. Você vai criar uma família lá.

— Eu mal posso pagar pela casa. Sei lá se estou qualificado para ser chefe de polícia, ou se o conselho da ilha me ofereceria esse cargo.

Ela sorriu sobre a borda de sua taça. Brincos de argola de prata com pingentes vermelhos cintilaram em suas orelhas.

— Eu tenho certa influência aqui na região. Nós precisamos de gente boa, jovem e brilhante no cargo. E aqui está você.

— Você é suspeita porque você me ama também.

— Eu amo, mas, se eu não achasse que isso era certo para você, para a ilha... não só certo para você, eu não teria falado com a Hildy ontem.

— Hildy?

— A prefeita Hildy Intz. Ela adoraria conversar com você.

— Minha nossa, CiCi!

Rindo, ela o cutucou no braço.

— As coisas estão *acontecendo*, não é? Isso me faz pensar na Simone. Eu lhe disse como ela tentara se encaixar na situação, mas, por fim, percebeu que não podia. Quando ela deu esse salto, encontrou a resposta. Ou uma delas. Não deixe que eles mantenham você na caixa, Reed. Ah, droga, é o meu telefone. Eu o deixei lá dentro.

— Vou buscar.

Ele correu e o trouxe para ela.

— Hã. Barbara Ellen. — Levantando as sobrancelhas, ela atendeu: — Oi, Barbara Ellen. Sim. Hum.

Ela ouvia, fazia que sim com a cabeça e dava um gole no vinho.

— Entendo. Ah, é claro que irei. Foi maravilhoso vê-la também. E o Cody. Sim, ele está fazendo um belo trabalho. Não é de admirar que você esteja orgulhosa dele. Ah-hã. — Ela revirou os olhos para Reed. — Eu sei que você vai. Nos falamos mais depois? Ok, então. Tchau.

Terminou a ligação, desligou o telefone e deu outro gole no vinho.

— Barbara Ellen está ansiosa para fazer as malas e se mudar, voltar com o Cody. Considerando isso, ela insistiu para que o Cody baixasse o preço, se você aceitar o que foi discutido, em uns sete mil e quinhentos dólares.

— Ah, droga!

— Ela sabe que você vai amar a casa que ela amou e onde criou os filhos. É óbvio que ela está certa nesse sentido.

— Eu não deveria ter ido à sacada. — A situação está se complicando rapidamente, pensou ele. Esfregou a mão no rosto. — Já era demais antes disso. Foi demais só *sentir* aquele lugar, mas ir lá foi a gota d'água. Eu não consigo me convencer do contrário.

— Eu nunca entendi por que as pessoas estão sempre tentando se convencer a não fazer as coisas que querem. Você acabou de receber outro sinal, meu amigo. Você deveria segui-lo.

— Sim.

— Por que eu não ligo para a Hildy e a convido para beber alguma coisa? Ele olhou para ela e assentiu.

— Por que você não faz isso?

*A*ssim que voltou para Portland, Reed entrou em contato com Essie e pediu-lhe para se encontrar com ele no parque. Ele foi para o mesmo banco em que haviam se sentado mais de uma década antes. Ele havia tomado uma nova direção ali mesmo, com a ajuda dela.

Agora se preparava para fazer exatamente isso de novo.

Na brisa refrescante de novembro, ele ficou observando a água, as pessoas, e lembrou-se daquele dia quente de verão. O funeral de Angie — uma jovem que nunca tivera a oportunidade de mudar de caminho.

Talvez isso fosse parte do todo, parte de seu ser como um todo. Ele havia tido a oportunidade — duas vezes — e acreditava que tinha de aproveitar isso ao máximo.

Depois de DownEast, ele se perguntava, preocupado, se havia uma bala em pausa, esperando que alguém apertasse o botão "play". Patricia Hobart havia apertado esse botão, e não só uma bala, mas duas, o haviam encontrado.

E ele sobrevivera.

Nada de perder tempo ou oportunidades, pensou. *Nada de olhar para trás depois e pensar: por que não eu?*

Então ficou sentado enquanto o vento batia em seu cabelo, enquanto o inverno começava a afugentar o bálsamo do outono, e pensou no ontem e no amanhã. Porque, caramba, o agora já estava bem ali.

Ele a observou se aproximar — sua parceira, sua mentora, sua amiga. Passos largos e rápidos com botas robustas, jaqueta escura fechada com o zíper para se proteger do vento, gorro escuro sobre o cabelo curto e descuidado que ela chamava de cabelo de policial/mãe.

Sem ela, ele teria sangrado até a morte em um piso de madeira reformado. Por mais que ele amasse sua família, Essie era a pessoa que ele mais temia decepcionar.

— Tudo bem, deixe-me dar uma olhada. — Ela fez exatamente isso, estreitando os olhos críticos para ele. Então ela assentiu. — Ok, você parece bem. Algumas semanas em Tranquility fizeram bem a você.

Sentou-se e olhou nos olhos dele.

— Como você está se sentindo?

— Melhor. Muito melhor. Caminhei todos os dias, corri um pouco. Continuei com a fisioterapia. Me apaixonei por uma mulher sexy e fascinante.

— Não precisava de muito tempo para isso.

— Bum. — Ele estalou os dedos. — Já ouviu falar de CiCi Lennon?

— Ah... a artista, certo? Local. Ela não tem... a mesma idade que a sua avó?

— Talvez. Ocorre-me que as mulheres têm uma profunda influência e efeito sobre a minha vida. A minha mãe, claro, e a minha irmã também. E de um jeito estranho, a Angie. Você e eu nos sentamos aqui no dia do enterro dela.

— Eu me lembro.

— Você. Você me influenciou muito.

— Você fez o seu próprio caminho, Reed.

— Eu gosto de pensar que sim, mas você me ajudou a encontrá-lo. Eu adoro ser policial. Não gostei de ver aquela preocupação no rosto dos meus pais no hospital, e não gosto de saber que isso estará dentro deles a partir de agora. Mas eu sei que eles vão saber lidar com isso. Eu preciso ser policial.

— Eu nunca duvidei disso.

Ele observou a água.

— A questão é que nem eu duvidei disso. Mesmo deitado no chão, me perguntando se era isso. O fim do jogo. A decisão que tomei bem aqui, ou pelo menos comecei a tomar, foi a certa. Uma grande parte dessa decisão foi por causa da Angie e daquela noite. Eu não posso parar de me empenhar nisso, Essie. Eu não posso parar de tentar acabar com a Patricia Hobart.

Essie inclinou-se na direção dele.

— A vagabunda atirou no meu parceiro. Olha, eu estou chateada por terem deixado a gente de fora, e ainda tenho esperança de que o FBI vai caçá-la até a encontrar. Mas, de qualquer jeito, nós vamos trabalhar, Reed. Nós vamos trabalhar por fora, no nosso próprio ritmo.

— Eles vão me manter no escritório por um tempo. De três a seis meses, eu acho. O departamento não nos apoia nisso. Você tem uma família, Essie. Poderíamos arrumar um tempo para trabalhar, claro, mas, enquanto não me deixam voltar às minhas funções, eles vão arrumar outro parceiro para você.

— Eu vou recusar — começou ela.

— Temos que trabalhar nos casos ativos. Essa é a prioridade. Eles nunca vão deixar que um de nós trabalhe na investigação Hobart, ainda que superficialmente, e eu não posso ficar muito puto com isso. Mas a Hobart é a chave para o resto, e eu não vou deixar isso para lá. Quando eu estiver liberado, eles vão me colocar com outra pessoa. Nós dois podemos recusar a ideia, mas essa é uma grande possibilidade. E nós dois temos casos que precisam vir primeiro.

— Você está dando voltas e eu não estou gostando disso. Você está pensando em pedir transferência?

— Não exatamente. Eu achei a casa. Eu a achei na ilha. É tudo que eu quero e preciso, e é a razão pela qual nunca encontrei isso aqui.

— Bem, meu Deus, Reed, eu sei o quanto você quer encontrar uma casa, mas...

— A casa, Essie. É demais. Eu fiquei na casa da CiCi na maior parte do tempo em que estive na ilha. Não assim — disse com uma risada rápida. — Mesmo que ela tivesse me dado uma chance... enfim, encontrei muitas coisas. Bloody Mary e panquecas, ioga na praia...

De queixo caído, Essie levantou a mão.

— Espera aí. Você fez ioga na praia?

— CiCi leva jeito. A questão é que acabei me sentando nas pedras logo abaixo da casa dela porque essa era uma das casas de que me lembrei, especialmente, de muito tempo atrás, quando passávamos as férias na ilha. E ela me pediu para ficar porque me reconheceu, do tiroteio e da minha conexão com o shopping. A neta dela estava lá.

— Espera, espera, é isso. — Neste momento, Essie deu um soco no ar. — Você está tirando uma com a minha cara. Ela é a avó da Simone Knox.

— Isso mesmo. Você atendeu a ligação de emergência da Simone. Eu sei de tudo isso, Essie. A Angie... eu conversei com a Angie e marquei um encontro meia-boca com ela minutos antes que morresse. Acabei me escondendo com Brady em seu quiosque, com o sangue dela em mim. E acabei me sentando nesse banco com você. E acabei na ilha por causa disso tudo. Eu não quero levar tudo para o lado metafísico ou seja lá o que for, mas isso significa alguma coisa.

— Você está me dizendo que comprou a casa da CiCi Lennon?

— Não. Havia duas casas que me chamavam a atenção naquela época, quando eu tinha, tipo, uns 10 anos, e eu contei isso a ela porque, meu Deus, você tem que conversar com a CiCi. Ou eu posso cuidar disso. E significa alguma coisa, Essie, porque a dona e o filho dela estão reformando a casa da qual eu me lembrava para colocá-la à venda. Acontece que, quando comecei a andar pela casa, foi... aqui está outra palavra idiota, mas foi visceral. Ela era minha. Tentei me convencer do contrário. Mas estava tudo ali.

"Eu disse que tudo bem, ótimo, que eu poderia pensar nisso como um investimento, alugá-la, passar as férias lá. Porque um policial tem que viver onde trabalha e eu preciso ser um policial. Mas a questão é que eu não quero alugá-la."

— Reed, por favor, me diga que você não vai aceitar um trabalho de assistente na ilha. Você é um investigador. Você é...

— Não. Assistente, não.
— Então o que é?
— Chefe de polícia.
— Você... — Ela parou e suspirou forte. — Isso é sério?
— Eu não tenho o emprego ainda. O conselho da ilha tem que votar e tudo mais. Mas eu fiz uma entrevista... algumas entrevistas. E preparei um currículo. Eles vão ligar para você, para o Touro e para o tenente em breve. Se eu não conseguir o emprego... eu sou jovem, não sou da ilha, essas são desvantagens que não contam a meu favor. Eu sou um detetive de polícia com alguns anos no currículo, um bom histórico de casos encerrados, com um contrato de compra de uma casa lá. Essas são vantagens para mim. E minha maior vantagem? A CiCi. Então eu acho que as minhas chances são de aproximadamente 70%.

Ela ficou sentada por um tempo, sem dizer nada, processando aquilo.

— Você *quer* isso tudo.

— A parte ruim? Estar mais longe dos familiares do que eles gostariam. E não estar trabalhando com você. Não poder aparecer de repente, ver você, o Hank e o Dylan e filar o rango. Espero compensar isso com vocês aparecendo por lá. Porque, sim, eu quero isso tudo. Eu quero isso tudo porque lá encontrei coisas de que eu precisava. E porque eu acho que poderia fazer um bom trabalho. Eu quero isso tudo porque terei tempo e espaço, especialmente no outono e no inverno, para trabalhar no caso Hobart. Não posso ser um policial, olhar para mim no espelho e não trabalhar no caso Hobart.

— Que raiva! — Ela se levantou do banco, caminhou em direção à baía e voltou. — Que raiva!

— Essie...

Ela levantou a mão para impedi-lo de se levantar.

— Eu sinto raiva porque parece a coisa certa para você. Parece a coisa certa. E eu vou sentir falta de você aparecendo para filar o rango. Vou sentir falta de trabalhar em casos com você.

— Parece a coisa certa?

— Sim, parece. Quando você começaria?

— Eu ainda não tenho o emprego.

— Você vai conseguir. — Parecia muito certo para ser o contrário. — Quando você pretende ir?

— Só depois do ano-novo. O atual chefe vai sair em março; veja, foi ele quem disse isso a CiCi, nem contou ao conselho ainda. Tudo está se encaixando perfeitamente.

— Chefe Quartermaine. — Ela balançou a cabeça. — Isso não é uma reviravolta?

Ele percebeu isso dez dias depois, quando aceitou formalmente o trabalho como chefe de polícia de Tranquility Island.

No ESPÍRITO DE FAZER AS PAZES, Simone concordou com um almoço elegante só de mulheres no clube de campo de sua mãe. Ela teria preferido passar a tempestuosa tarde de novembro em seu estúdio, mas o relacionamento com Natalie havia melhorado.

Querendo o almoço, Natalie fez pressão. Então, ali estavam elas, comendo saladas elaboradas, bebendo Kir Royale e batendo papo sobre um casamento que ainda estava a quase um ano de acontecer.

Ela já havia chamado a atenção da mãe para seu cabelo curto e desgrenhado, da cor que seu cabeleireiro ousado havia chamado de Brasas Ardentes. Mas o fato de Tulip conseguir ficar quieta, pela primeira vez, ajudou a manter a civilidade.

Além disso, não podia negar que havia escolhido as botas acima dos joelhos, a calça de camurça e uma chamativa jaqueta de couro verde apenas para provocar a mãe.

De qualquer forma, ela gostava de ver Natalie feliz, mesmo que grande parte dessa felicidade se devesse a discussões sobre desenhos de vestidos de noiva e cores do casamento.

Quando percebeu que estava divagando na conversa sobre a bebida perfeita para um casamento no outono, ela começou a falar sobre a casa que Natalie e Harry haviam acabado de comprar.

— Então... a casa nova. Isso é sensacional. Quando vocês estarão prontos para se mudar?

— É claro que não há pressa — começou Tulip. — Especialmente com todas as festividades se aproximando. Simone, você tem que ir ao baile de fim de outono no mês que vem. O Triston, filho da minha amiga Mindy, está vindo de Boston para o Natal, e eu tenho certeza de que ele ficaria feliz em acompanhá-la.

— Sim. — Radiante e feliz, Natalie praticamente saltou onde estava sentada. — Poderíamos sair os quatro: eu e o Harry, e vocês dois!

Sob a mesa, Simone deu um beliscão rápido e forte na perna de Natalie.

— A minha agenda já está cheia, mãe, mas obrigada por se lembrar de mim. Sobre a casa...

— Pela primeira vez, eu gostaria de ter toda a minha família presente em um evento que é importante para mim.

Simone pegou seu copo e deu um gole cuidadoso na bebida que a impressionou, por ser muito doce e inocente.

— Eu sei que o baile de fim de outono é importante para você. Assim como o baile de gala do inverno, o baile da primavera, o jubileu de verão em julho, e assim por diante. Eu vim a vários deles nos últimos anos.

— Você não veio uma única vez ao jubileu, e nós arrecadamos dinheiro para as artes com a receita.

— Era uma época ruim do ano para mim, mãe.

Tulip começou a falar, depois desviou o olhar.

— Ajuda fazer algo positivo.

— Eu sei, eu sei. Por mim. Eu realmente gostaria de ouvir sobre a casa.

— Você já não se escondeu o suficiente na ilha? Se não estivesse lá, você estaria em outro lugar. Você nunca vai criar uma rede social ou conhecer alguém tão maravilhoso quanto o Harry naquela ilha.

Lá vamos nós de novo, pensou Simone.

— Eu tenho a rede social que quero e não estou procurando alguém como o Harry. E ele é maravilhoso — acrescentou Simone com um sorriso para Natalie. — Mãe — disse antes que Tulip pudesse falar de novo —, vamos falar de coisas sobre as quais podemos concordar. Tipo como a Natalie está feliz, que casamento maravilhoso ela vai ter. Sobre como a casa nova dela é maravilhosa.

— Sobre o casamento... de novo — disse Natalie, obviamente tentando endireitar o barco, o que levou Simone a bater em seu joelho outra vez, de modo agradecido. — Você aceita ser a minha dama de honra?

A pergunta a surpreendeu, a comoveu, e ambas as emoções se expressaram em seu rosto.

— Nat, eu me sinto muito honrada. Sério. O seu pedido significa muito para mim, e se é isso que você realmente quer, claro que eu aceito. Mas...

Agora ela segurava a mão de Natalie sobre a toalha de mesa branca.

— A Cerise é a sua melhor amiga há uma década. Vocês duas são tão próximas, e ela sabe exatamente o que você quer para o seu casamento. Ela vai saber fazer as coisas acontecerem para você. Ela deveria ser a sua dama de honra.

— As pessoas vão esperar que...

Simone olhou para a mãe, de modo tão rápido, tão feroz, que o restante das palavras morreu.

— O que importa é o que a Natalie quer. Convide a Cerise, e deixe-me fazer algo especial para você em vez disso.

— Não quero que você se sinta desprezada. Você é a minha irmã.

— Eu não vou. Não me sinto desprezada. Eu gostaria que você tivesse a Cerise ao seu lado. Eu gostaria de fazer o enfeite do seu bolo. Eu gostaria de fazer uma escultura de você e do Harry. Algo que você pudesse guardar para se lembrar do dia mais importante da vida de vocês. Algo que mostrasse não só como você estava feliz nesse dia, mas também como estou feliz por você.

— Já começamos a olhar os enfeites e modelos de bolo — salientou Tulip.

— Mãe. — Natalie estendeu a mão para segurar a da mãe, unindo efetivamente as três mulheres. — Eu adoraria. Sério, eu adoraria. Você poderia fazer algo divertido para o bolo do noivo? Como o Harry em um campo de golfe, ou balançando o taco perto de um buraco?

— Claro. Você me passa os modelos do bolo depois que os tiver. E quando você estiver com o seu vestido, eu faço alguns esboços e fotos; o mesmo com o Harry vestido de noivo. Podemos pensar em ideias para o bolo do noivo, se você quiser, mas o enfeite vai ser surpresa.

Ela olhou novamente para a mãe.

— Não vou decepcionar nem envergonhar você. Eu quero dar alguma coisa para a Natalie, mas algo que faça parte de mim. Que tal vocês duas escolherem algumas sobremesas para a gente dividir e pedir um café expresso para mim? Eu já volto.

Ela atravessou a sala de jantar, escapando para o banheiro e jurando que nunca mais aceitaria outro almoço de mulheres no clube, não importava quantas vezes tivesse de fazer as pazes.

Para contrabalançar, decidiu que a caminho de casa pegaria alguns pedaços da pizza vegetariana favorita de sua avó, e as duas se empanturrariam enquanto bebiam um bom vinho.

Teve de fazer um esforço mental para entrar na cabine do banheiro; sempre tinha de fazer. Mas a pequena taquicardia vinha e ia, como sempre.

Quando saiu, mal olhou para a loira retocando com cuidado o batom no espelho que ficava acima do longo balcão prateado, com sua sequência de pias fundas.

Precisava descobrir como colocar um sorriso alegre no rosto, ir até o final da sobremesa e do café. E escapar.

— Simone Knox.

Ergueu os olhos para ver a loira. Ouviu o tom sarcástico na voz, viu-o nos lábios cor-de-rosa forte. Antes que percebesse, o sarcasmo físico foi provocado pelas cicatrizes cuidadosamente mascaradas.

O olho esquerdo, descaradamente azul, estava um pouco caído. Um observador casual talvez não tivesse notado, mas isso não escaparia de uma artista que havia estudado estrutura facial e anatomia.

Ela manteve o próprio rosto tão neutro quanto a sua voz.

— Isso mesmo.

— Você não me reconhece?

Ela não a reconheceu naqueles primeiros segundos. Mas sua ficha caiu. Completamente.

— Tiffany. Desculpe. Já faz muito tempo.

— Não é?

— Tudo bem?

— Como estou? Não se sinta constrangida — continuou, abanando as mãos em cada um dos lados do rosto. — Oito cirurgias ao longo de sete anos. Além de anos de fonoaudiologia e algumas hemorragias cerebrais. A orelha esquerda foi totalmente reconstituída — acrescentou, tocando nela. — Claro, a audição ficou bem comprometida, mas não se pode ter tudo.

— Eu sinto muito...

— Sente muito? O desgraçado me deu um tiro na cara! Tiveram que consertar tudo. Você saiu sem um arranhão, não é?

Nenhum que pudesse ser visto.

— Mas, depois de todos esses anos, eles ainda falam da corajosa e rápida Simone Knox, que se escondeu e pediu ajuda. Enquanto eu estava lá, deitada debaixo do meu namorado morto, com o meu rosto despedaçado.

Ela não queria ver a cena, não queria ver os clarões dos disparos pela porta que um cadáver mantinha aberta. Não queria ouvir os gritos.

— Eu sinto muito por tudo o que você passou.

— Você não sabe de *nada* do que eu passei. — O olho caído se contraiu quando Tiffany levantou um pouco a voz. — Eu era linda. Eu era importante. E você não era nada. Um lixo. Você teve sorte, e eles chamam você de heroína. Por que você acha que as pessoas compram essa merda que você faz? Você sente muito? Era para você estar morta. Eu esperei doze anos para dizer exatamente isso para você.

— Agora você já disse.

— Ainda não é suficiente. Nunca será suficiente.

Enquanto Tiffany saía impetuosamente, Simone pensou: o ombro esquerdo está um pouco mais caído que o direito. Em seguida, entrou na cabine e vomitou a salada cheia de frescura e o Kir Royale.

Quando ela voltou para a mesa, sua mãe e sua irmã estavam com a cabeça apoiada uma na da outra, rindo.

— Eu sinto muito. Preciso ir.

— Ah, Simone, acabamos de pedir a sobremesa. — Natalie estendeu a mão.

— Eu sinto muito. — *Quantas vezes diria isso hoje?*, imaginou.

— Só porque nós discordamos, não... — Tulip interrompeu sua repreensão serena antes de concluí-la. — Simone, você está pálida. Parece que viu um fantasma.

— Eu não estou me sentindo bem. Eu...

Tulip levantou-se rapidamente e deu a volta na mesa.

— Sente-se. Sente-se um pouco. Vou pegar um pouco de água para você.

— Está ótimo. — *Água*, pensou ela. *Sim, um pouco de água*. Mas sua mão tremia um pouco. — Sinceramente, eu preciso ir. Preciso tomar um pouco de ar.

— Sim. Um pouco de ar. Natalie, fique aqui. Vou levar a sua irmã lá para fora. Passou o braço ao redor da cintura de Simone.

— Vamos pegar os casacos. Vou pedir a conta.

Tulip, tranquila e eficiente, pegou os casacos e ajudou Simone a vestir o dela.

— Pegue a minha boina. Você deveria estar com um chapéu. — Levou Simone para um terraço externo festivamente decorado para os eventos. — Agora me diga o que aconteceu.

— Não foi nada. Foi só uma dor de cabeça.

— Não minta para mim. Dê-me algum crédito por conhecer a minha própria filha. Mostre um pouco de respeito por mim.

— Eu sinto muito. — Lá estavam as palavras de novo. — Você tem razão. Eu preciso andar. Preciso respirar.

— Vamos andar. Você vai respirar. E vai me dizer o que aconteceu.

— No banheiro. A Tiffany Bryce.

— Nós a conhecemos?

— Ela era da minha escola. Ela estava no cinema naquela noite.

— Claro. Eu conheço um pouco a madrasta dela. Ela... elas passaram por um período muito difícil.

— Sim. Ela me disse.

— Eu sei que é difícil para você se lembrar dessas coisas, mas...

— Ela me culpa.

— O quê? — Distraidamente, Tulip ajeitou o cabelo uma vez que o vento o bagunçou. — Isso não é possível.

— Ela me culpa, e deixou isso bem claro. Ela levou um tiro no rosto. Eu não levei. Não aconteceu nada comigo.

— Aconteceu com todos nós, quer tenhamos ferimentos físicos ou não. — Nesse momento, agarrou a mão de Simone. — O que ela disse para você, querida?

— Ela me falou dos ferimentos dela, e me deu um sermão por não ter tido nenhum. E me disse que eu deveria ter morrido. Que queria que eu estivesse morta.

— Não me importa o que aconteceu com ela, Tiffany não tinha o direito de dizer isso. É muito provável que ela estivesse morta sem o que você fez naquela noite.

— Não diga isso. Por favor, não diga isso. Eu não quero que pensem assim de mim.

— Você foi corajosa e inteligente. Nunca, nunca se esqueça disso. — Tulip segurou Simone pelos ombros. — Essa garota é amarga e revoltada, e isso eu posso perdoar. Mas o que ela disse para você é errado e horroroso. Você disse lá dentro que não iria me decepcionar nem me envergonhar. Não me decepcione agora e nao leve a sério uma única palavra do que ela disse.

— Eu a odiei. Naquela noite, antes, quando ela chegou com o Trent, tão convencida e indiferente comigo. Eu a odiei. E agora...

— Agora você cresceu, e ela, obviamente, não mudou nem um pouco. Nem todo mundo muda, Simone. Nem todo mundo consegue passar por uma tragédia e superá-la.

Simone deixou a cabeça cair no ombro da mãe.

— Às vezes eu ainda me vejo presa lá. Na cabine do banheiro.

— Então... ah, meu Deus, lá vou eu falar como a minha mãe. Então, abra a porta. Você tem que abrir a porta e vai ter que continuar a abrir. Mesmo que eu não goste de para onde ela vai te levar. Eu te amo, Simone. Talvez seja por isso que você sempre me irrita. Quero dizer, sinceramente, por que você faz isso com o seu cabelo?

Simone conseguiu dar uma risada insípida.

— Você está falando do meu cabelo para me fazer esquecer o resto.

— Pode ser, mas eu ainda não consigo entender por que você o cortou e tingiu de vermelho-fogo.

— Eu acho que estava num humor infernal quando fiz isso. — Ela recuou e depois deu um beijo no rosto da mãe. — Obrigada. Eu estou melhor, mas não quero voltar lá para dentro. Eu não conseguiria comer a sobremesa de jeito nenhum.

— Você está bem o suficiente para dirigir?

— Sim. Não se preocupe.

— Eu vou ficar preocupada; então me mande uma mensagem quando chegar à casa da sua avó.

— Tudo bem. Diga à Nat...

— Eu pretendo dizer à Natalie exatamente o que aconteceu, para que possamos fofocar sobre essa mulher horrorosa durante a sobremesa e o café.

Dessa vez, a risada veio mais fácil.

— Eu te amo, mãe. Deve ser por isso que você sempre me irrita.

— *Touché!* A sua cor está melhor. Me mande uma mensagem... e peça para a CiCi fazer um daqueles chás malucos dela para você.

— Pode deixar.

Em vez de passar pelo clube, ela deu a volta no prédio até seu carro. Não quisera ir, pensou, e não podia dizer que se divertira.

Mas podia estar feliz por ter ido. Por mais estranho e espantoso que fosse, havia feito as pazes, e isso parecia mais forte agora.

Talvez pudessem deixar as coisas assim por um tempo.

Capítulo 15

♦ ♦ ♦ ♦

SIMONE NÃO CONSEGUIA esquecer o rosto de Tiffany — o de antes e o de agora.

Não conseguia esquecer a presunção que havia nele na época, nem a raiva de agora. As duas expressões a pressionavam e a perturbavam, as duas faces da moeda: a presunção da jovem que valorizava a própria beleza e a raiva da mulher que acreditava que a havia perdido.

Enquanto trabalhava, aquelas expressões não saíam da sua cabeça.

Nunca mais pôs os pés no shopping DownEast ou em qualquer outro. Nunca mais foi ao cinema. Ela fez de tudo para esquecer aquela noite e tudo o que estava relacionado a ela. Queria isso fora da sua vida.

Agora, com aquele encontro ímpar, aquelas duas expressões passavam pela sua cabeça, e aquela noite e tudo o que estava relacionado a ela a dominavam.

Incapaz de impedir isso, transformou-o em um projeto. De memória, fez um esboço do rosto de Tiffany aos 16 anos: os traços simétricos, a beleza confiante e notável, o cabelo perfeito.

Em seguida, desenhou o de agora, a mulher que a confrontara no clube: as cicatrizes, o olho esquerdo ligeiramente caído, o lábio torto, a orelha esquerda reconstruída.

Imperfeito, pensou ao estudar os dois rostos, *visivelmente imperfeito*. Mas quase monstruoso. Na verdade, como artista, considerou o segundo rosto mais interessante.

Mas... será que a raiva voltava toda vez que ela olhava no espelho? Será que o horror tomava conta dela? Em vez de poder afastar as lembranças, seguir em frente, as consequências daquela única noite viviam no rosto no espelho.

Não seria preciso uma espécie particular de força e determinação para enfrentar isso e seguir em frente?

Como poderia criticar? Como poderia rejeitar essa raiva e esse ressentimento, uma vez que se recusava a enfrentar seus próprios sentimentos? Ela simplesmente trancara os dela.

Levantando-se, foi até a janela. Lá fora, a neve caía suavemente do céu cinzento e triste, e se acumulava em montes macios sobre as rochas. A água estava turva como o céu e o inverno isolava tudo, menos aquela água, aquele firmamento.

O silêncio e a paz, a solidão do inverno na ilha, se estendiam diante dela. O caos e a feiura daquela noite de verão de tempos passados haviam ficado para trás.

Ela ouvia a voz de Tiffany na cabeça.

Você saiu sem um arranhão.

— Não. Não, eu não. Então...

Respirando fundo, ela se virou.

Preferiu as ferramentas, a argila.

Meia escala, pensou, ao estender uma tela e começar a formar um retângulo com a argila. Poderia parar a qualquer momento, garantiu a si mesma. Ou só mudar de direção. Mas, se ela quisesse fazer os rostos que estavam em sua cabeça, talvez precisasse torná-los reais.

Separou a porção de argila antes de enrolá-la e colocá-la em um cilindro. Depois de colocá-la na vertical, usou as mãos para suavizar as pontas. Cortou os ângulos, marcou, sobrepôs, juntou as partes, apertou as emendas, criou o espaço vazio.

Prática e técnica vieram primeiro, lançaram as bases.

Esboçou o contorno do rosto com uma ferramenta de ponta arredondada e checou as proporções.

Com as mãos, começou a moldá-lo. Órbitas oculares, testa, nariz; adicionando argila, empurrando-a de dentro do cilindro para formar as bochechas, as maçãs do rosto, o queixo.

Podia ver a peça da mesma forma que suas mãos podiam senti-la. Um rosto feminino, mas ainda era um rosto feminino *qualquer*.

Depressões, entalhes, saliências.

Pensando na época lá atrás, no agora, na presunção, na amargura, virou a argila para fazer o mesmo no lado oposto.

Os dois lados, pensou, *de uma vida.*

Agora o alto da cabeça, alisando emendas, comprimindo, adicionando um corte, até deixar uma abertura larga o suficiente para sua mão.

Estudou o trabalho — sim, simples, básico, rústico —, deixando a argila endurecer um pouco antes de fazer outro corte, no formato de uma bola de futebol, nas laterais. Sua transição do pescoço para o crânio.

Ela lançou-se de volta à parte da frente, demorando-se ao esculpir o queixo e o pescoço. Fez o mesmo na parte de trás, com as mudanças sutis das lesões e dos anos.

Levantando-se novamente, foi até a mesa de trabalho, estudando os rostos inacabados, os esboços.

Sentou-se e se empenhou na peça, usando o polegar para criar a depressão da órbita ocular esquerda.

— Vamos lá — murmurou, e começou a fazer uma bolinha de argila. — Eu não sei o que estou tentando provar, mas vamos lá.

Os globos oculares, os cantos dos olhos, as pálpebras — ela os fez com dedos e ferramentas.

Como era seu hábito, passava de um traço para outro, debastando os olhos, passando para o nariz, o queixo, as orelhas e indo para a parte de trás de novo. Mudando, quando sua mente e suas mãos assim exigiam, de um rosto para o outro.

A boca, tão perfeita no rosto do passado, e com aquele traço de presunção. No rosto de agora, aquele canto levantado, que não era um sorriso, pensou ela, adicionando argila, marcando com um esquadro, empurrando com o polegar, com os dedos. Imperfeito, sim, imperfeito, mas era a amargura que endurecia aqueles lábios.

Enquanto a neve caía, ela trabalhava em silêncio. Nada de música hoje, nada de trilha sonora. Só o barro, cedendo debaixo de suas mãos, construindo, formando.

Ela o sentia, quase vivo, antes mesmo de voltar aos olhos. A anatomia, é claro, com as dobras, os sacos lacrimais, as rugas; mas sempre foi a vida neles, as expressões que abriam as janelas. Os pensamentos e os sentimentos de um momento único, ou de uma vida única, poderiam atravessar os olhos.

E aqui, diante de uma adorável adolescente, os olhos brilhavam com confiança — no limite da arrogância. Na mulher, os olhos refletiam não apenas o horror e o medo de uma noite, mas também as consequências no rosto, na mente e no coração de uma mulher que havia sobrevivido.

$\mathcal{E}$NQUANTO SIMONE TRABALHAVA, Patricia Hobart fazia o mesmo.

Caía neve do lado de fora de sua janela também enquanto ela estudava outra pessoa que havia sobrevivido.

Ela estava um pouco cansada de Toronto e queria uma mudança de cenário. Bob Kofax oferecera justamente isso.

Ele havia sido um dos seguranças do shopping naquela terrível noite; havia resistido a ferimentos causados por dois tiros. Sua história rendeu-lhe mais exposição na mídia do que Patricia julgava apropriado. Além disso, ele continuou — em sua opinião — a se alimentar da desgraça do seu irmão ao continuar a trabalhar no shopping.

Um tapa na cara!

Bob, ao que parecia, considerava sua sobrevivência uma mensagem divina para que aproveitasse ao máximo o dom da vida, ajudasse os necessitados e começasse e terminasse cada dia com gratidão.

Ela sabia disso porque era o que aparecia no perfil dele no Facebook.

Parte de aproveitar ao máximo tinha a ver com celebrar seu aniversário de cinquenta anos com a esposa e os dois filhos — um deles era gay e "casado" com outro gay, o que simplesmente agredia Patricia até o último fio de cabelo. Como se isso já não fosse ruim o suficiente, eles haviam adotado uma criança asiática. Pelo menos seu outro filho era casado com uma mulher de verdade e tinha dois filhos de verdade.

Toda a maldita família planejava fazer a festança com uma semana de diversão e sol nas Bermudas.

Os perfis deles no Facebook davam todos os detalhes de que ela precisava, inclusive — pelo amor de Deus! — um relógio de contagem regressiva.

Bob faria 50 anos em 19 de janeiro.

Depois de pensar um pouco, Patricia escolheu sua identidade e sua aparência, e reservou o voo e um quarto de luxo no mesmo resort.

Em seguida, partiu para a parte divertida, planejando as melhores maneiras de matar Bob antes de ele se tornar um cinquentão.

𝒟ois dias antes do Natal, a casa de CiCi reluzia. Havia brilho na casa suficiente para, em uma noite sem poluição, ser vista do continente. De sua árvore, pendiam exércitos de papais-noéis, criaturas mitológicas, deuses, deusas e bolas pintadas à mão.

O fogo crepitava alegremente. Ao entardecer, ela acendia as dezenas de velas do lado de dentro e as lanternas de vidro do lado de fora, enquanto o serviço de bufê preparava os comes e bebes para a ceia de Natal que ela oferecia anualmente.

A véspera de Natal era para ela e para Simone, e o dia de Natal era para a família. Mas esta noite era para a ilha — uma de suas favoritas do ano.

Foi um alvoroço quando ela abriu a porta para Mi.

— Feliz, feliz tudo!

Ela deu um abraço apertado em Mi antes de pegar as bolsas.

— CiCi, a casa está incrível. Assim como você.

— Estou muito feliz em ver você. Deixe-me pegar o seu casaco, as suas bolsas. Deixe-me pegar uma bebida para você.

— São só duas da tarde.

— É Natal! Vamos preparar coquetéis. Você pode levar um para a Simone lá em cima e convencê-la a descer aqui, para que eu possa ficar um tempo com as minhas meninas. Eu acho que ela está escondida no estúdio, por isso não vou perturbá-la para tentar descobrir o que ela vai vestir hoje à noite. Como está a sua família?

— Eles estão muito bem. — Mi tirou o boné para exibir o cabelo curto cortado com navalha. — CiCi, a Nari está noiva. Bem, ela ficará amanhã à noite. Todo mundo sabe, menos a Nari. Ele... o James... pediu a mão dela para o meu pai, e ganhou muitos pontos por isso. Ele vai pedi-la em casamento na véspera de Natal.

O rapaz de Boston tinha poder de permanência, pensou CiCi, parando com uma garrafa de champanhe na mão.

— Ela o ama?

— Ela o ama.

— Bem, então. — CiCi abriu a garrafa com um *pop* animado da rolha. — Vamos beber à felicidade dela. E você? Alguém chamou a sua atenção?

— Humm. Alguns chamam a atenção, mas... — Ela encolheu os ombros.

— Ninguém conquistou o coração e a mente junto.

— Faz bem. Sexo é fácil. Amor é complicado. Agora, leve isto para a Simone, vá conversar um pouco com a sua melhor amiga e depois faça a minha neta descer até aqui. Nós três vamos tomar outra bebida, fofocar, e depois ficar lindas.

Mi subiu dois lances de escada com um copo em cada mão.

Quando virou para o lado do estúdio, para a música que escondera o som de suas botas na escada, viu a amiga passando uma espécie de líquido vermelho em uma estátua.

O nu inclinava-se para trás com fluidez, quase formando um círculo dos pés ao alto da cabeça. Segurava um arco com uma flecha entalhada, apontada para cima.

Poder e graça, pensou Mi. E beleza. Ela poderia — e iria — dizer o mesmo sobre sua amiga. Simone usava o cabelo castanho-escuro, com luzes bem vermelhas, em uma trança curta; vestia jeans respingado de argila e tinta com furos nos joelhos, uma blusa com os mesmos respingos e mangas rasgadas na altura dos cotovelos, e estava descalça com as unhas dos dedos do pé pintadas de azul-escuro.

Ela sentiu uma onda de amor e teve um estalo de que estava tudo bem com o mundo, além de uma pontinha de inveja do estilo artístico natural de Simone.

Simone deu um passo para trás, inclinando a cabeça para estudar o trabalho, e viu Mi.

Soltou um grito agudo (um som que CiCi ouviu dois andares abaixo, fazendo-a sorrir), espirrando o líquido vermelho ao jogar o pincel para longe.

— Você está aqui!

— Com coquetéis.

— Mil vezes você do que uma dúzia de coquetéis. Não posso te abraçar. Tenho tinta até nas orelhas.

— Ah, que se dane! — Mi pôs os óculos de lado, agarrou Simone e ficou dançando em um círculo. — Que saudade!

— Nem me fale. — Ela soltou um longo suspiro. — Agora o Natal começou pra valer.

— Vamos beber em homenagem a isso. Ou eu posso beber a isso enquanto você termina o que está fazendo.

— Está pronto.
— Quem é ela?
— *A arqueira*. É uma lojista que eu vi em Sedona. A mulher tinha esta... serenidade ousada.
— Você captou bem a ideia.
— Você acha? Bom. — Simone pegou os óculos.
— Amei esta sala — disse Mi, pegando um dos copos. — É a sua cara. Tão diferente do meu laboratório, que é a minha cara. Mas aqui estamos nós. — Ela deu um aperto na mão de Simone antes de começar a andar pelo estúdio. — Estes foram inspirados por sua viagem ao oeste?
— A maioria, sim. Enviei algumas peças à minha agente para que ela possa ver a linha que estou tomando. De qualquer jeito...
— Ela parece familiar — começou Mi, depois pôs o copo na mesa e virou-se. — Esta é a Tiffany? Faz anos que não penso nela, mas...
— Sim.
Curiosa, Mi aproximou-se e inclinou a cabeça.
— Tem um rosto do outro lado?
— Você pode pegar. Está pronto.
Mi levantou a peça e virou-a com cuidado.
— Ah. Entendi.
— Um rosto de antes e um de agora. Eu não deveria ter tocado nesse assunto — percebeu. — Não queremos aquilo estragando as coisas.
— Não, espere. Por quê? Por que a Tiffany?
— Eu topei com ela umas semanas atrás. — Simone deu de ombros. — Foi tão estranho... Os papéis se inverteram. Antes, eu acreditava piamente que essa garota... — Passou um dedo na testa sem rugas, na bochecha lisa. — Essa garota tinha arruinado a minha vida. Ela roubou o garoto que eu amava, o garoto que eu *sabia* que ia casar comigo e nós seríamos felizes para sempre. Eu a culpei pela minha infelicidade. Meu Deus, Mi. Dezesseis anos.
— Dezesseis anos. — Mi passou um braço em volta da cintura de Simone.
— Mas essa garota ainda era uma piranha mesquinha e calculista.
— Ela era mesmo.
— Quando você diz que os papéis se inverteram é porque ela acredita que você arruinou a vida dela? Ela te culpa? Como?

— Porque eu saí ilesa. — Simone passou os dedos no segundo rosto. — Ela, não.

— O culpado é JJ Hobart. O que ela disse para você, Si?

— Está vendo esse rosto? Não só os defeitos.

— Você quer dizer a raiva e a amargura? Claro que estou vendo. Você tem um talento para mostrar o que está dentro da pessoa. — Mi deu um gole casual em sua bebida, combinando seu tom com o gesto. — Então, ela ainda é uma piranha mesquinha e calculista?

E, com uma risada, Simone sentiu a tensão do estresse aliviar.

— Sim. Meu Deus, sim, ela é.

— A tragédia não necessariamente nos muda. Quase sempre, eu acho, ela só traz à tona mais do que somos, ou fomos, desde o começo. — Deliberadamente, Mi virou o rosto amargo para a frente e pôs o busto de volta na prateleira. — Tiffany sempre foi assim por dentro.

Em um brinde descuidado, Mi levantou o copo.

— Talvez ela não seja tão perfeitamente linda quanto teria sido, por fora. Mas ela está viva, ao contrário de muitos outros. Ela pode muito bem estar viva por sua causa. Eu estou. Não faça esse não para a doutora Jung. A minha perda de sangue? Mais dez minutos... quinze? Eu não teria sobrevivido.

— Não vamos falar disso.

— Vamos, sim. Por mais um minuto apenas, porque eu tenho algo a dizer. Isto? O que você fez com a Tiffany... diabos, qual é o sobrenome dela?

— Bryce.

— Você se lembra. Eu não. Isso significa alguma coisa também. O que você fez com a sua arte? Isso é saudável.

— É?

— Pode estar certa que sim. Não é só quem ela é, Si, mas quem você é. Todas nós sobrevivemos, e todas nos tornamos quem somos agora. Seja lá o que for dentro de você que a criou da argila? Isso sempre esteve lá. A menina de 16 anos que achou que o seu mundo tinha desmoronado por causa de um idiota safado que não valia o tempo dela; e, sim, talvez eu vá para o inferno por falar mal de gente morta, mas *ele* foi um idiota safado, poderia ter decidido se afundar na tristeza, jogar fora os talentos dela por causa da amargura.

Mi voltou-se para o busto.

— Mas o que eu vejo neste rosto é alguém que está jogando fora o talento da sua vida por causa da culpa e da amargura. Nós perdemos uma amiga, Si, e isso ainda dói. Sempre vai doer. Mas você trouxe a nossa amiga de volta à vida, você celebrou a vida que ela teve, e até a vida que ela poderia ter tido, naquela escultura maravilhosa que está lá embaixo e em outras.

— Eu não sei... — Simone puxou ar. — Eu não sei o que eu faria sem você na minha vida.

— Você nunca vai saber. Eu? Eu canalizei a minha habilidade, a minha arte, eu acho, no sentido de trabalhar para encontrar maneiras de aliviar a dor, o sofrimento, de melhorar a qualidade de vida. Isso não nos torna especiais, mas nos faz ser quem somos. Nós estamos numa situação melhor que a maldita Tiffany Bryce, Si. Nós sempre estivemos.

Simone respirou fundo novamente e soltou um longo suspiro. E conseguiu deixar escapar um "uau".

— Eu quero dizer cada palavra que estou dizendo, incluindo aquelas sobre os idiotas mortos ou vivos. E agora, toda vez que você olhar para esses dois rostos, deve se lembrar disso. Que se dane essa piranha, Simone!

Franzindo a testa, Simone fez uma última análise do busto.

— Eu posso ter pena do que aconteceu com ela, quero dizer, ninguém merece isso; mas será que ainda posso odiá-la?

— Sim!

— Eu não sei por que não pensei nisso. Nem mesmo quando eu estava criando aqueles rostos com as minhas mãos eu pensei nisso.

— É para isso que servem as amigas.

— Bem, melhor amiga do mundo, você acabou de responder à pergunta que eu não conseguia tirar da cabeça. Sim. Que se dane a piranha! Agora, vamos descer e pegar mais champanhe. Vou precisar dele para socializar até o nascer do sol.

— Eu adoro as festas da CiCi. — Quando começaram a sair, Mi se virou com um sorriso alegre. — Comprei um vestido novo só para usar hoje à noite. É de matar.

— Que droga! Agora ela vai cair em cima de mim, ainda mais. Bem, dane-se isso também — decidiu Simone. — Eu estou pouco me lixando. Ela pode escolher a minha roupa.

Contente, Mi deu um soco no ombro da amiga.

— Isso vai ser muito divertido!

CiCi já havia escolhido a roupa, uma vez que a havia comprado e pendurado em seu armário com a intenção de convencer Simone a usá-la.

Depois de uma quantidade considerável de champanhe e fofocas, arrastou as meninas para seu banheiro principal a fim de que fizessem maquiagem e cabelo. Escolheu algo elegante e sexy para Mi e depois segurou o *babyliss* para dar à sua neta estranhamente cooperativa um penteado cheio de cachos irregulares.

Aprovou a escolha que Mi fez da blusa vermelha com ombros de fora e a saia nesgada de cintura marcada, e esperou que Simone pegasse e colocasse seu vestido azul-marinho.

As mangas compridas e o fato de ir até a altura dos joelhos poderiam insinuar modéstia, mas o decote profundo na frente e nas costas e a fenda na perna direita sugeriam o contrário, especialmente quando caíam como uma segunda pele.

— Foi por isso que você me deu o esmalte azul ontem.

— Combina perfeitamente — concordou CiCi e, em seguida, sacou sua próxima arma. — Especialmente com estes.

Sandálias: uma série de tiras em azul metálico que iam dos dedos do pé ao tornozelo e exibiam saltos prateados finos.

— Divertida e sexy — declarou CiCi.

— São lindas. — Simone sentou-se, calçou-as e se levantou. — Talvez eu fique mancando durante semanas, mas vai valer a pena.

— Feliz Natal. — CiCi pegou a sua câmera. — Façam uma pose, meninas.

Enquanto elas faziam poses exageradas para a câmera, CiCi pensou em pintá-las como jovens sereias.

— Droga, é o bufê. Joias! Mi, delicadas. Simone, extravagantes e um pouco exageradas. Fui!

Em um frenesi de saia rodada, botas com tiras de amarrar e uma cabeleira ruiva esvoaçante, ela saiu correndo.

— Como ela consegue fazer isso? — perguntou Mi.

— Eu não sei, mas estou decidida a ser maravilhosa, me mexer rápido e viver dessa forma tão intensa quando tiver a idade dela. Vamos logo com esses brincos e descer para ajudá-la.

Com o vento aumentando e a temperatura caindo, a casa de CiCi estava apinhada de gente. Os moradores da ilha haviam comparecido em peso por causa de CiCi, assim como gente de fora. Pessoas do mundo das artes e da música se misturavam com os locais para apreciar enroladinhos de lagosta, espetinhos de camarão e champanhe.

Alguns se espalhavam pelo pátio com os aquecedores portáteis. A música saía forte das caixas de som, ou quando aqueles que tinham talento e desejo repentino pegavam uma guitarra ou tocavam um teclado junto com a melodia.

CiCi misturou-se ao grupo, aproveitando cada minuto, ainda que com os olhos atentos à procura de uma pessoa em especial. Quando o viu, foi até Simone.

— Querida, você se importaria de dar uma corridinha até o andar de cima? Eu acho que deixei a minha vela de Natal acesa no meu quarto. Não quero incendiar a casa.

— Claro. A festa está ótima, CiCi.

— Eu nunca dei uma festa que não fosse ótima.

Enquanto sua linda garota saía para cumprir a falsa missão, CiCi seguiu em direção a Reed. Ele abriu um sorriso quando a viu.

— Você disse que seria uma festa para deixar todas as outras no chinelo. Você não estava mentindo. Feliz Natal. — Entregou-lhe uma sacola com um presente.

— Você não é uma graça? Vou colocar debaixo da minha árvore. — Ela o beijou primeiro, e então passou a mão por baixo da manga da jaqueta cinza-escura dele. — E lindo.

— Minha amiga, tenho que tirar o chapéu para esta festa. Você está maravilhosa. Que tal, depois daqui, fugirmos para...

CiCi sorriu quando as palavras dele começaram a minguar, enquanto a expressão de flerte em seu rosto ficava atônita. Ela não precisou olhar para saber que Simone havia descido as escadas, assim como havia planejado.

Ele a conhecia, claro que conhecia o rosto dela — ele o havia estudado, assim como muitos outros em seus arquivos. Ele a conhecia também de fotografias criativamente espalhadas por toda a casa de CiCi, da pintura que havia acendido uma pequena chama de luxúria e o fogo do mistério em seu íntimo.

Mas aquilo era arte, aquelas eram fotos, depoimentos de testemunhas, algumas entrevistas na TV.

Essa era a mulher real, e ela fez o cérebro de Reed parar por dez segundos inteiros, nos quais a única coisa que superou o alvoroço foi um "uau" de espanto.

Enquanto ela caminhava em sua direção, o alvoroço aumentou.

— Está tudo bem — disse a deusa.

— Obrigada, querida. Este é o Reed, o futuro chefe de polícia da ilha e uma das minhas pessoas favoritas nesta vida e em todas as outras. Reed, este é o meu tesouro mais valioso, a minha Simone.

— Reed, é claro. — Aqueles lábios, aqueles lábios lindos, curvados para formar um lindo sorriso. A voz era como névoa suave sobre um lago mágico.

— É um prazer finalmente conhecê-lo.

Ele pegou a mão que ela ofereceu. Será que ela percebeu? Será que percebeu aquela adrenalina?

— Eu digo o mesmo — conseguiu falar.

— Simone, por que você não leva o Reed a um dos bares e pega uma bebida para ele? Você quer uma cerveja, não quer, Delícia?

— Ah, claro. Cerveja. Ótimo. Bom. — Meu Deus!

— Vamos dar um jeito nisso.

Simone fez um gesto e foi na frente enquanto ele tentava se controlar. Ainda bem que algumas pessoas o cumprimentavam alto ou lhe davam um tapinha nas costas, um soco leve no braço. Ela fez sinal para o barman e virou-se para Reed, a fim de falar sobre a festa enquanto esperavam a cerveja dele.

— Então, você comprou a casa dos Dorchet?

— Sim. Eu, ah, me mudo definitivamente depois do ano-novo.

— É uma casa ótima.

— Você já entrou nela? Claro que sim — disse imediatamente. — Eu me apaixonei.

— Não dá para te culpar. A...

— Sacada — disseram juntos.

Ela deu a risada de CiCi e disse:

— Exatamente. — E percebeu que já havia recuperado algum equilíbrio.

Ele pegou a cerveja e aproveitou a oportunidade:

— Você provavelmente tem coisas para fazer, mas nós podemos conversar a sós por um minutinho?

— Claro.

Reed a afastou da multidão em torno do bar para um lugar no qual podiam respirar, no lado mais afastado da grande sala.

— Eu queria dizer que passei a saber um pouco mais sobre arte desde que me aproximei da CiCi.

— Ela gosta muito de você.

— Eu estou apaixonado por ela.

Simone sorriu.

— Bem-vindo ao time.

— Ela abriu uma porta para mim pela qual eu não conseguia passar. De qualquer jeito, eu ainda não sei muita coisa sobre arte, mas está vendo aquela peça ali?

Ele fez um sinal para a *Emergência*.

— Se eu tivesse condições de comprar uma peça de arte de verdade, e ela não fosse da CiCi, aquela seria minha.

Ela ficou em silêncio por um instante, mas estendeu a mão para pegar uma taça da bandeja de um garçom que passava por eles.

— Por quê?

— Ah, ela é linda, mas, principalmente, quando eu olho para ela, vejo a vida. Essa é uma expressão estranha para isso.

— Não. Não, é perfeita, na verdade.

— Eu estava lá naquela noite.

Ela fez que sim lentamente e manteve os olhos na escultura.

— Eu não quero entrar nesse assunto. É uma festa. Estou dizendo isso porque não sei bem se ela me afeta de modo profundo, em algum lugar mais profundo, porque eu estava lá. Eu vi outros trabalhos seus. A CiCi me levou ao seu estúdio, e eu vi outras peças aqui e lá. É meio mágico. Mas esta, bem, me pega pelo pescoço e vai direto ao coração.

Ele deu um gole na cerveja.

— Enfim...

— Você levou um tiro. — Simone olhou para ele então, diretamente nos olhos. — Não naquela noite, mas no verão passado. Mas tudo está conectado.

— Sim.

— Como você está?

— Eu estou aqui bebendo uma cerveja com uma linda mulher. Eu diria que estou muito bem.

— Você pode me esperar por um minuto?

— Tudo bem.

— Espere aqui. Eu já volto.

Ele a viu se afastar e fez um exame interior. Seu coração parecia bater normalmente de novo, e seu cérebro parecia estar plenamente na ativa.

Fora só uma reação estranha, concluiu. Apenas um estranho solavanco no corpo, e tudo estava melhor agora.

Então ele a viu voltando, sentiu aquele mesmo solavanco e fez seu segundo "uau" da noite.

Ela vinha de mãos dadas com uma linda mulher de vestido vermelho. Ele reconheceu o rosto dela também.

— Mi, este é o Reed.

— Oi, Reed.

— Mi-Hi Jung. Doutora Jung — acrescentou Simone.

— Mi. — Sorrindo facilmente, Mi estendeu a mão. — Prazer em conhecê-lo.

— Reed comprou a casa dos Dorchet, aquela com a sacada, com fundo para a floresta.

— Ah, é uma ótima casa.

— Ele será o novo chefe de polícia da ilha. Ele era detetive de polícia... é, eu acho, em Portland.

— Era — disse ele, depois de apertar a mão de Mi.

— Ele estava lá naquela noite. — Simone não precisou dizer qual noite. Todos sabiam. — Nós três estávamos lá. É estranho, não é? Estávamos lá. Agora estamos aqui. Reed se tornou policial. Mi é médica, cientista, engenheira biomédica. E eu... — Ela olhou na direção da escultura. — Você se tornou policial por causa daquela noite?

— Ela me levou nessa direção. Ela e a Essie. Essie McVee.

Simone fitou os olhos dele, de modo intenso agora.

— A oficial McVee. Foi ela que me encontrou. Ela foi a primeira a responder. Você a conhece.

— Sim. Ela é uma boa amiga. Ela foi minha parceira nos últimos anos.

— Eu me lembro agora — disse Mi. — Você pegou o garotinho e o levou para um lugar seguro. Você não era policial na época.

— Não. Eu fazia faculdade. Eu estava trabalhando no Mangia, o restaurante.

— Você não se feriu naquela noite — lembrou Simone, em voz alta. — Mas depois. A Mi se feriu. Um policial e uma cientista. A tragédia, como você disse, Mi, traz à tona mais do que nós somos. Com licença.

— Eu a chateei — começou Reed quando Simone se afastou.

— Não. — Mi colocou a mão no braço dele e ficou observando a amiga. — Não, não mesmo. Se estivesse irritada, ela se mostraria fria ou irada. Ela está pensando, e está olhando para algo para o qual se recusa a olhar há um bom tempo.

Mi voltou-se para ele, radiante.

— Eu não sei o que você disse ou fez, mas eu estou ainda mais feliz em conhecê-lo.

Capítulo 16

♦ ♦ ♦ ♦

O treinamento de Reed no novo trabalho começou para valer em janeiro. Ele sabia ser policial, ser investigador; interrogar um suspeito, uma testemunha, uma vítima. Montar um caso. Sabia quais eram as exigências e razões para o procedimento, para a papelada. Entendia o valor das relações e das conexões com a comunidade.

Não estava tão confiante em suas habilidades como administrador, chefe ou com a política e, em particular, com a política da ilha. E entendia claramente que havia chegado ao trabalho como um estranho.

Fazia o possível para neutralizar essa condição. Andava a pé ou de bicicleta pelo vilarejo todas as manhãs, tomava café e experimentava o cardápio dos itens do café da manhã no Sunrise Café, aberto o ano todo das 6 às 22 horas. Conversava com garçonetes e lojistas, comprou sua primeira pá de neve na loja de ferragens local, e, quando alguns metros daquela coisa branca chegaram à ilha em janeiro, voltou à loja e investiu em um limpa-neve.

Por sugestão de CiCi, contratou Jasper Mink para lidar com alguns dos itens da casa, comprados no estado, que realmente precisavam de cuidado.

Deu-se muito bem com o empreiteiro parecido com Willie Nelson, que usava uma camiseta do Def Leppard por baixo da camisa de flanela.

Fazia compras no mercado local, esquentava o banco no Drink Up, que era o único bar que abria no inverno, e geralmente se fazia visível e acessível.

Aprendeu o ritmo da ilha no inverno. Lenta, obcecada pelo clima, autossuficiente e orgulhosa disso. Fazia questão de conversar com os bombeiros voluntários, os médicos locais, e, em uma dessas situações, foi pego para fazer um exame.

A mesma porcaria acontecera no dentista.

Uma vez que a política tinha de desempenhar um papel, Reed se sentou em sua primeira reunião na prefeitura e ouviu reclamações sobre a falta de energia no lado sul da ilha durante a última tempestade e preocupações com a erosão no extremo norte. Notou o diálogo amargo sobre a reciclagem obrigatória e aqueles, citados pelo nome, que ignoravam deliberadamente o regulamento.

Não esperava fazer nada além de ouvir e tomar nota, e sentiu um frio na barriga quando a prefeita chamou seu nome.

— Levante-se, Reed, para que as pessoas possam vê-lo. A maioria de vocês sabe, ou deveria saber, que o Reed vai assumir o cargo de chefe de polícia quando Sam Wickett se aposentar daqui a alguns meses. Suba aqui, Reed, e se apresente. Fale um pouco de você para as pessoas e por que você está aqui.

Droga, pensou, *droga, droga, droga*. Percebeu o brilho nos olhos de Hildy. Ela era uma prefeita experiente: conhecia seu pessoal, sua política, e não tinha paciência com gente idiota.

Era melhor não se fazer de bobo na prefeitura.

Foi até a frente da sala e examinou as poucas dezenas de rostos dos que se haviam dado ao trabalho de aparecer.

— Eu sou Reed Quartermaine, ex-detetive do departamento de polícia de Portland.

— Por que "ex"? — gritou alguém. — Você foi demitido?

— Não, senhora. Eu não acho que a prefeita Intz ou o conselho da cidade teriam me oferecido o trabalho se eu tivesse sido demitido. Acho que a melhor maneira de responder é: como muitas pessoas que conheço em Portland, passei uma temporada de verão na ilha. E gostei daqui.

— O verão é uma coisa — gritou outra pessoa. — O inverno é outra.

— Eu notei. — Ele acrescentou um sorriso à resposta. — Comprei um limpa-neve com o Cyrus, da Island Hardware and Paints, e aprendi a usá-lo. Comprei uma casa na ilha no outono passado, quando estive aqui por umas semanas, porque me lembrava da casa desde que eu era criança, e porque, quando a vi de novo — quando entrei nela —, soube que seria a minha casa. Eu estava procurando um lar há algum tempo, e o encontrei aqui na ilha, naquela casa.

— A casa dos Dorchet é muito grande para um homem solteiro. — Uma mulher de cabelo grisalho preso em uma trança lançou-lhe um olhar mais do que duvidoso enquanto continuava a tricotar algo com um fio verde-claro.

— Sim, senhora. Estou me esforçando para encontrar móveis suficientes para que ela não produza eco. Muitos de vocês não me conhecem, mas eu estou na área. O chefe Wickett está me mostrando os procedimentos, e, quando ele sair, vou dar continuidade à política de portas abertas dele. Vou fazer o melhor para vocês. Este é o meu lar agora. Vocês são os meus vizinhos. Como chefe de polícia, jurei servir e proteger vocês e esta ilha. É isso que eu vou fazer.

Começou a voltar para seu lugar, mas parou quando um gorducho de barba salpicada de cinza se levantou na primeira fila.

— Você é íntimo da CiCi Lennon, não é?

— Se você está dizendo isso num sentido romântico, só posso dizer que bem que eu gostaria.

A resposta trouxe algumas risadas, e deu a Reed tempo suficiente para revirar seus arquivos mentais e identificar o autor da pergunta. John Pryor, lembrou-se. Morador da ilha, encanador e proprietário de algumas casas de veraneio com o irmão.

— Me parece que você não teria conseguido este trabalho se a CiCi não tivesse dado uma forcinha.

— Espere um minuto — começou Hildy, mas Reed levantou a mão.

— Tudo bem, prefeita. É uma pergunta bastante justa. É verdade que eu não teria ficado sabendo deste trabalho ou da casa à venda se a CiCi não tivesse me falado. Sou grato por ela ter dito, por isso tentei as duas coisas.

— Você *foi* baleado em Portland. Talvez ache que ser chefe de polícia aqui vai ser uma tarefa mais fácil e segura.

Murmúrios de desaprovação aumentaram, e a expressão de Pryor apenas endureceu.

— Não tem nada a ver com ser mais ou menos fácil e seguro para mim, John. Tem a ver com cumprir o meu dever, garantir que a vida seja fácil e segura para as pessoas que moram aqui, para as pessoas que vêm aqui na alta temporada para encher nossos hotéis e pousadas. Você e o seu irmão — Mark, não é? — são donos de uma dessas pousadas. Vocês são donos de um lugar bacana — acrescentou Reed. — Se tiverem algum problema depois de março, me liguem. Enquanto isso, se houver mais alguma pergunta, podemos ir para o Drink Up depois da reunião. Eu pago uma cerveja para vocês.

𝒫ryor não aceitou a cerveja, mas os outros aceitaram durante todo o mês de janeiro, incluindo seus quatro agentes que eram da ilha, sua despachante, e dois dos três agentes de meio período que vinham de junho a setembro. O terceiro passava seis semanas em Santa Lucia durante o inverno.

Sua única cerveja preta veio com a única agente. Matty Stevenson havia servido quatro anos no Exército e investido três no DP de Boston para, somente então, voltar à ilha na qual havia nascido. Antes de se tornar a primeira agente em tempo integral na ilha, havia tirado outros dezoito meses para cuidar da mãe, viúva, quando esta teve câncer de mama. Servira como agente por nove anos.

Sua mãe, há nove anos sobrevivente de câncer, tinha uma loja de souvenirs que funcionava na alta temporada na ilha.

Matty sentou-se em frente a ele, a uma mesa para dois, com seu cabelo curto, reto, loiro-acinzentado, e os olhos azuis e frios. Usava uma camisa de flanela, calça de lã marrom e botas Wolverine.

Ele havia feito sua pesquisa, que era tanto uma questão de conversar com as pessoas como de ler os arquivos. Então ele sabia que, depois de um casamento tempestuoso e um divórcio, ela "se ocupava" ou "começara a sair" com John Pryor, solteirão de longa data.

Reed não precisou fazer qualquer pesquisa para ver que ela não estava particularmente contente com o novo chefe.

Decidiu jogar limpo e ir direto ao ponto.

— Você está puta porque eu estou vindo para cá como chefe.

— Eles enfiaram um estranho aqui. Eu estou há quase dez anos na polícia da ilha. Ninguém cogitou me perguntar se eu queria o emprego.

— Eu estou lhe perguntando.

— Agora não faz a menor diferença.

— Eu estou lhe perguntando — repetiu. — Eu não sou o chefe ainda.

— Você conseguiu o contrato.

— Sim. E a pergunta ainda está de pé. Você trabalhou quatro anos como militar, mais de dez anos com a polícia e muito tempo na ilha. Você é provavelmente mais qualificada do que eu.

Ela pôs a cerveja na mesa e cruzou os braços sobre o peito.

— Eu sou mais qualificada.

— Por que você acha que eles não lhe ofereceram o trabalho?
— Você é homem. Você tomou uns tiros. Você é um dos heróis do DownEast.
Ele encolheu os ombros.
— Tudo isso é fato, exceto que *herói* é uma palavra idiota para o que aconteceu naquela noite. Você serviu no Iraque. Você foi condecorada. Herói não é uma palavra idiota para isso. Eu sou homem — repetiu. — Você está me dizendo que acha que eles passaram por cima de você porque você não é?
Ela abriu a boca. Fechou-a. Pegou sua cerveja e bebeu.
— Eu quero dizer que sim. Eu quero porque eles nunca nos deram um aviso. O chefe só nos informou que planejava se aposentar quando o negócio já estava feito. Eu procurei a Hildy para saber, fui diretamente a ela. Eu namorei o irmão dela quando estávamos no ensino médio, porra!
Ela bebeu novamente.
— Mas eu não posso dizer que sim porque não sou mentirosa.
— Então por quê?
— Você já sabe o porquê.
— Eu não sei o que você acha.
— Eu tenho um temperamento difícil. Fui advertida algumas vezes no Exército, em Boston e aqui também. Não nos últimos anos. Não desde que me livrei do idiota com quem eu fui burra o suficiente para me casar. Faço a porra da meditação toda manhã agora.
Ele parou de sorrir e apenas assentiu.
— Funciona?
Então, ela encolheu os ombros.
— Na maior parte do tempo.
— Bom saber. Não me interessa saber como você lida com as coisas.
Ela sorriu para ele.
— Mas são coisas que os outros têm contra mim.
— Eu não ligo. Além do chefe, que está saindo, você teve mais tempo como policial do que qualquer um dos outros agentes. Vou ter de contar com você, e vou precisar que você me dê uma chance antes de me tomar como um idiota que não é da ilha.
— E se essa for a minha conclusão depois de eu lhe dar uma chance?
— Aí não vou durar muito como chefe.

Ela considerou.

— É justo.

— Tudo bem. Mais uma coisa. Se eu precisar de um encanador e ligar para John Pryor, ele vai me ferrar?

Agora ela ria.

— Ele não devia ter chateado você na reunião.

— Não chateou tanto assim.

— Mesmo assim, ele não devia. Ele fez com que nós dois parecêssemos idiotas. E trazer a CiCi para o assunto fez com que ele parecesse um idiota ainda maior. A resposta é não. Ele tem muito orgulho do trabalho que faz.

— Bom saber.

*P*ENSANDO EM CICI, ele foi até a casa dela em seu dia de folga. Sem resposta da mulher, deu a volta na casa, como sempre fazia, e foi para o estúdio.

Pôde ver a arte através do vidro, mas não a artista.

Sentiu uma pontinha de preocupação e disse a si mesmo que era apenas o lado policial sempre esperando o pior, mas deu a volta no quintal. Tentaria a porta, pensou, apenas entraria e chamaria por ela.

Então, viu a mulher sentada nas pedras na praia coberta de neve.

Desceu até lá, desfrutando o toque do vento, o som das águas e o cenário. Um inverno tão rigoroso quanto aquele céu era azul.

Ela o ouviu e virou a cabeça. *Aquele rosto*, pensou ele. Aquele soco no peito no mesmo instante.

Subiu as pedras e sentou-se ao lado de Simone.

— Que beleza de vista! — disse ele.

— A minha favorita.

— Sim, a minha também.

Ela enrolou uma echarpe de meia dúzia de cores fortes no pescoço e puxou o chapéu azul-claro na cabeça.

Ela parecia vívida, pensou Reed, *e simplesmente incrível*.

— CiCi não está aqui — disse. — Ela foi passar uns dias num spa com um amigo. Do nada.

— Eu fiquei cismado, já que ela não respondeu. O carro dela está lá na frente. O seu também.

— Eu a levei à balsa hoje de manhã. Ele a pegou do outro lado.

— "Ele", como assim? — Reed deu um tapa no peito. — O meu coração está partido.

— Eles são amigos há décadas. E ele é gay.

— E eis que a esperança surge de novo. — Esperou um pouco e gostou do sorriso dela. — Estou atrapalhando você aqui?

— Não. Fiquei sabendo da reunião que aconteceu uma noite dessas. Pelo visto, você se saiu bem.

— As pessoas precisam se acostumar comigo, saber se eu sou uma negação para o trabalho ou não.

— Não acho que você será uma negação.

— Eu não serei, mas elas precisam de uma chance para decidir.

— A maioria dos moradores gosta de você. Já ouvi isso.

— Eu sou um cara simpático. — Ele lhe lançou um sorriso para provar isso. — Eu posso até chegar a ser amável. E você?

Ela desviou os olhos, voltou a olhar para a água.

— Eu não acho que combine muito com o papel de amável.

— Não, eu estou falando de mim. Vamos falar de mim. Eu sou simpático?

Ela virou a cabeça novamente e deu-lhe um olhar demorado com aqueles olhos de tigresa.

— Talvez. Eu não te conheço de verdade.

— Eu poderia levá-la para jantar. É noite de bolo de carne no Sunrise, ou tem a Mama's Pizza.

Ela fez que não com a cabeça.

— Estou dando um tempo, mas pretendo trabalhar hoje à noite. — Respirou fundo aquele vento forte. — O frio está ficando pior.

Quando ela se mexeu, ele desceu e ofereceu-lhe a mão.

— É o bolo de carne, certo? — perguntou, fazendo-a rir.

— Tem a ver, mas eu realmente pretendo trabalhar. Eu precisava de um pouco de ar primeiro. Arejar um pouco as ideias... a mente.

— Contanto que o problema não seja o fato de eu te chamar para sair...

Ela inclinou a cabeça dessa vez e, de certo modo, ergueu os olhos.

— Eu não sei se é ou não, porque eu não te conheço de verdade. E porque optei por não sair com o sexo oposto nos últimos meses.

— Ei, eu também. Aposto que isso está com os dias contados.

— Por quê?

— Porque — respondeu enquanto atravessavam o caminho irregular que formavam à medida que caminhavam pela neve — você vai ter que quebrar esse jejum em algum momento.

— Não, por que você está de jejum?

— Ah. — Ele concluiu que uma mulher não estaria dispensando totalmente um homem se continuasse a conversar com ele. — Bem, eu levei um tiro, tive que ficar de molho e reclamei um monte por um tempo; aí vim para cá e conheci a CiCi, que me deixou sem fôlego, e mudei a minha vida. Não tive muito tempo para comer um bolo de carne com uma mulher nesse meio-tempo. E você?

— Eu não sei muito bem. Falta de interesse. Pode ser alguma BS por aí.

— BS?

— Bolha Simone. Às vezes eu moro lá. Mas principalmente eu diria que é falta de interesse.

— Eu posso ser interessante e amável também. — Ele começou a subir com ela a escada que dava na praia. — Eu poderia tirar essa ideia da sua cabeça.

— Isso que é ser amável. Gostei, mas vamos dar mais alguns passos hoje à noite.

— Você tem tudo de que precisa no caso de darmos mais passos? Comida, bebida... desculpe — disse quando o telefone emitiu um sinal. — Eu preciso passar no... — foi parando e analisou o texto. — Ah, eu preciso passar no mercado de qualquer jeito, então...

— O que foi? Eu conheço essa cara — disse ela quando chegaram ao quintal. — Você tem uma cara de paisagem, ou talvez essa seja a cara de policial. A sua família está bem?

— Sim. Não é nada disso.

— Eu conheço essa cara — repetiu ela. — Você deveria entrar e tomar um café.

Simone atravessou o quintal e abriu a porta.

— CiCi insistiria e ficaria decepcionada comigo se eu não insistisse.

— Um café vai bem. — Ele tirou as botas e entrou na casa, apreciando o calor.

Ela acendeu o fogo primeiro, depois tirou o casaco, o boné, a echarpe, as luvas, e foi até a cafeteira.

— Puro ou com alguma coisa?

— Puro.

— Cabra macho. — Ela manteve a voz suave. — Eu normalmente tomo com leite. Trabalhei numa cafeteria ruim quando cheguei a Nova York. Mas fazíamos cafés com leite maravilhosos.

— Eu te chateei na noite da festa. A sua amiga disse que não, mas...

— A Mi está certa, como sempre. Você não me chateou. Eu estava pensando numa coisa e você me fez pensar mais. Eu fui abrupta, mas foi porque eu estava imersa em meus próprios pensamentos.

— BS?

Os lábios de Simone se curvaram enquanto ela encolhia os ombros.

— Talvez um pouquinho dentro dela.

Enquanto espumava o leite para seu café, ela olhou por cima do ombro. Ele não havia tirado o casaco.

— O telefone. Tem algo a ver com isso. Com o DownEast?

— Você é um pouco vidente como a CiCi?

— Não. É uma suposição lógica. Você deveria me contar. — Voltou para terminar os cafés. — Não muito tempo atrás, eu teria cuidado para que não me dissesse. Você não poderia. Agora eu gostaria que você me dissesse.

Ele tirou o casaco, mas não disse nada quando ela lhe trouxe o café.

— Vamos nos sentar. — Simone apontou para o sofá em frente à lareira. — Você é a primeira pessoa que eu recebo em casa, e para quem faço café em... na verdade, não sei dizer se já fiz isso alguma vez. Eu queria saber por quê. Não acho que seja por causa da sua famosa amabilidade.

— Não quero que seja por causa do trauma compartilhado.

— Mas parte disso tem que ser, não é? Ninguém que não tenha experimentado o que nós experimentamos pode saber de fato. Há anos guardei isso só para mim. Se a gente não olhar, não dá para ver; se a gente não ouvir, não dá para prestar atenção. Quer saber por que eu comecei a olhar e ouvir de novo?

— Sim, quero.

Simone ajeitou-se para se sentar com as pernas cruzadas no sofá.

— Eu me deparei com a minha arqui-inimiga da escola. Ela era loira e bonita, e já tinha seios. Eu era sem graça, desajeitada e comum.

— Você nunca foi comum.

— Foi o que eu vi no espelho naquela noite no banheiro. Eu pensei: por que eu não posso ser bonita como a Tiffany? Ela entrou no cinema com o garoto que tinha acabado de me largar por ela porque eu não estava pronta para transar com ele. Sofrimento, humilhação, com a intensidade que só se pode sentir naquela idade. O mundo tinha acabado.

"Então aconteceu. O garoto que me largou estava morto. A Tiffany levou um tiro naquele rosto jovem e bonito. Agora, anos depois, ela me confronta... em outro banheiro, pense na ironia. Ela disse coisas horríveis e, seja lá qual for a razão, aqueles poucos minutos de feiura me fizeram começar a olhar e ouvir. Não por ela. Por mim."

— Não podia parar de olhar e ouvir — disse Reed. — Eu não acho que seja uma obsessão, mas me tornei policial para cumprir uma missão. Eu acompanhei cada história, reuni arquivos. Nunca pareceu certo ou completo. Eles praticamente não tinham ninguém com cérebro entre eles, e, quanto ao único "com cérebro", por que ele não foi atrás da garota a quem culpava por ter arruinado a vida dele? Tinha mais coisa nessa história, e eu queria saber o que era.

— E você estava certo — acrescentou Simone. — O "algo mais" acabou sendo a Patricia Hobart.

— Sim. Isso fez sentido, de um modo doentio e distorcido, uma vez que nós... eles — corrigiu — vasculharam as coisas que ela teve que deixar para trás ao tentar fugir. Hobart tinha 15 anos na época do DownEast. Já era uma psicopata, e inteligente — acrescentou. — Muito inteligente, apesar da pouca idade. Inteligente o suficiente para esconder a sua natureza. Mas, antes de ela atirar em mim, antes de isso assumir aquele sentido doentio e distorcido, eu segui tudo à risca. Essie também. Uma das maneiras pelas quais nós conseguimos? Nós recebemos alertas toda vez que alguém que estava lá naquela noite morre. Por qualquer motivo.

Então, ela entendeu a expressão dele.

— Quem morreu?

— Ele era segurança do shopping. Levou alguns tiros naquela noite. Voltou a trabalhar quando me recuperei. Um cara bom de verdade.

— Ela... ela o matou?

— Suponho que sim. Não temos provas ainda. E ela é boa — acrescentou ele enquanto se levantava para ir embora. — Ela é muito boa. Desapareceu desde que atirou em mim. Nem um rastro sequer. Agora Robert Kofax está morto porque ela envenenou a bebida dele numa praia nas Bermudas.

— Nas Bermudas?

— Eu não sei por que ele estava lá... vou descobrir. Acabei de receber o alerta: o nome dele, causa da morte — explicou ele. — Ela deu um jeito — prosseguiu —, porque essa é a missão dela.

— Ela está matando os sobreviventes? Isso não faz sentido.

— Ela está terminando o que começou, porque deixou o suficiente para trás, para provar que foi ela que começou. Ela planejou, mas não concluiu os planos. Seu irmão ficou impaciente. De qualquer maneira, essa é só a minha teoria.

Simone perdeu um pouco da cor que o frio havia colocado em suas bochechas.

— A Mi é uma sobrevivente. A minha mãe, a minha irmã. Eu. Você.

— Mi teve certa publicidade, mas não se expôs muito. O mesmo aconteceu com você. A sua família não recebeu muita atenção. Eu acho que ela está atrás de quem fez alvoroço. Mas você e eu? Ligamos para o serviço de emergência. A primeira e o segundo que ligaram. Você deveria ter cuidado, mas pode acreditar que eu estarei de olho nela.

O nervosismo fez o estômago de Simone se revirar.

— A ilha fica cheia de gente no verão. Turistas, veranistas, gente contratada para empregos temporários de verão.

— Serei o chefe de polícia. Todos os policiais terão a foto dela. Vou fazer questão de que seja afixada em todas as lojas, restaurantes e hotéis. Na balsa. Não estou dizendo que ela não irá tentar chegar aqui, mas acho que, por enquanto, ela está atrás de alvos mais fáceis. E, se tentar, vai ser para acabar comigo primeiro. Eu atirei na vagabunda.

Ele não soou amável agora, pensou Simone. Soou rígido, duro e muito, muito capaz.

— Acho que eu quero algo mais forte que café. — Ela se levantou. — E você?

— Eu não recusaria.

Ela optou por vinho, um tinto encorpado, e encheu dois copos com generosidade.

— Agora eu não chateei você. Eu a deixei com medo.

— Eu acho que não. Não sei bem como me sinto. Nervosa, com certeza. Não sou corajosa. Não fui corajosa naquela noite.

— É aí que você se engana. Você não saiu correndo, aos gritos, e não haveria vergonha alguma se tivesse feito isso. Mas foi inteligente. Você se escondeu e pediu ajuda. Eu ouvi o pessoal do serviço de emergência. Você aguentou firme. Isso é coragem.

— Eu não me senti corajosa, e não me sinto desde então. Mas... venha ao meu estúdio. Eu quero te mostrar uma coisa.

— Tipo gravuras?

Ela sorriu. Já não se sentia mais tão nervosa.

— Longe disso.

— Eu continuo dando bola fora com as belas artistas desta casa. Tenho que tentar outra tática.

Mas ele a seguiu.

— Eu posso arrumar um policial — uma policial mulher, no caso — para ficar com você esta noite, se você estiver preocupada.

— Não, mas obrigada. Eu sempre me senti segura nesta casa. Ela não vai me fazer de vítima de novo. Eu conheço as vítimas dela.

No estúdio, viu dezenas e dezenas de esboços presos a pranchas.

Ele também as conhecia.

Ele conhecia os rostos, os poucos que ela havia criado com argila.

— Eu comecei com ela. A Tiffany. — Simone pegou o pequeno busto. — Eu a fiz antes. — E virou o busto. — E depois. Isso, pensei, seria uma espécie de purgação para mim. Mas não foi bem assim. Você é uma das razões.

Fascinado, ele a observava.

— Eu sou?

— Na noite da festa, eu conversei com a Mi aqui e mostrei a ela estes dois rostos. Eu conversei com você. Mais ainda, eu *prestei atenção* em você. E desde então... ela sobreviveu — disse Simone, e baixou o busto novamente. — Mas ela não é grata por isso. Eu não tinha sido também, não mesmo. Foi isso que me impressionou. Eu sobrevivi e, em vez de ser grata, queria fingir que aquilo nunca tinha acontecido. O que isso diz sobre as pessoas que morreram? Eu estava dizendo que elas nunca existiram?

Ela tomou um longo gole.

— "Prova de vida", você disse naquela noite, sobre *Emergência*. Sobre a Tish. Isso me impressionou, me fez lembrar. Então, eu estou, do meu jeito, eu acho, dando a todas elas a prova de vida.

Ele a encarou — e viu aquele rosto, não só porque isso fazia seu coração bater mais forte, não só porque ela fazia seu sangue ferver. Mas porque sentia uma espécie de admiração e respeito.

— Isso é coragem.

Ela fechou os olhos por um instante.

— Meu Deus. Espero que sim.

Ele foi até a prateleira e, cuidadosamente, ergueu um dos bustos.

— Eu a conhecia. A Angie... Angela Patterson. Ela era muito bonita. Eu sentia algo verdadeiro por ela.

— Ah. Você estava apaixonado por ela.

— Não, mas eu gostava muito dela. — Ele pensou no quiosque, no sangue, no corpo. E olhou para o rosto jovem, adorável, quase flertando. — Eu converso com a mãe dela de vez em quando. Isso? Isso vai significar muito para a sra. Patterson.

— Eu quero criar um memorial com todos os rostos. As pessoas não devem esquecer quem foram essas pessoas, o que aconteceu com elas. Você poderia me ajudar.

— Como?

— Eu quero incluir as pessoas que morreram desde então, por causa daquela noite, ou nas mãos da Patricia Hobart. Você poderia me ajudar.

— Sim. — Ele abaixou o busto. — Eu vou. O que você vai fazer com eles quando terminar?

— Isso vai levar meses, quem sabe até mais... Eu vou precisar fazer uma pausa; do contrário, não vou ver nem ouvir direito. Mas estou contando com a ajuda do meu pai. Ele é advogado e tem muitas conexões. E, claro, tem a CiCi. Eu gostaria de fazer moldes, criá-los no bronze, colocá-los num parque.

— Eu talvez possa ajudar nesse sentido também.

— Como?

— Posso conversar com os parentes mais próximos e, de vez em quando, com os sobreviventes. Como a mãe da Angie. Então, com isso, poderíamos dar continuidade ao projeto quando você estiver pronta.

Ela assentiu lentamente.

— Um apelo aos sobreviventes e entes queridos? Difícil de recusar. Mas talvez alguns não queiram isso.

— Eles estariam enganando a si mesmos. Simples assim.

Ele pôs o copo de lado e foi até Simone. Segurou seu rosto e ficou olhando para aqueles olhos lindos. Ele a beijou, suave e lentamente. Nada de exigência, nada de pressão. E sentiu — esperava ter sentido — que ela havia cedido ainda que um pouco, antes de ele se afastar novamente.

— Mudança de tática — disse ele.

— Foi interessante.

— Não te disse? Eu vou, sozinho, para o meu bolo de carne. Vejo você por aí.

— Eu não saio muito— disse ela quando ele deu os primeiros passos.

— Tudo bem. Eu saio. — Ele parou à porta e se virou por um instante. — Tenho que dizer mais uma coisa. Você é a mulher mais linda que eu já vi na minha vida.

Ela riu, achando muita graça disso.

— Não chego nem perto disso.

— Você está enganada de novo. Eu sei o que já vi nesta minha vida. CiCi tem o meu número por aqui, em algum lugar. Se você precisar de qualquer coisa, me ligue.

Ela franziu a testa quando ele saiu, o som das botas na escada.

Tomou mais um gole do vinho, depois despejou em seu copo o que ele havia deixado no dele e bebeu mais um pouco.

Ele *era* interessante, pensou. E podia ser amável quando bem entendesse, como quem põe e tira um par de meias. Simone também sentia que ele poderia ser perigoso, mas isso só o tornava ainda mais interessante.

Além disso, ele sabia beijar de uma maneira que abria portas, ainda que só uma fenda.

Ela teria de pensar bem.

Acima de tudo, Reed olhou para o trabalho dela e viu o que ela precisava investir nele, viu o que ela precisava receber dele.

E ele entendia.

Capítulo 17

♦ ♦ ♦ ♦

Em pé na sacada, Essie McVee ficou maravilhada. O dia tremulava com o cinza morto de fevereiro, frio como gelo e, ainda assim, a vista se estendia à sua frente como magia.

O mar e o céu, ambos com aquele tom cinzento melancólico e enfadonho, não podiam apagar a extensão nem a força do litoral rochoso com o incessante movimento das águas geladas.

Ela sentia o cheiro do pinho e da neve; respirava o ar tão frio e úmido que era como se estivesse engolindo pedaços de gelo. Bem à extrema direita, as construções feitas de tábuas pintadas formavam o vilarejo, e um caminho de neve pisoteada serpenteava as árvores com galhos cobertos de branco.

Ao longe, erguia-se o farol, cheio de cor e alegria contra a insistente melancolia do inverno.

Abaixo da casa, um píer frágil, com algumas rachaduras preocupantes, feito em um ângulo que atravessava o espaço entre as rochas.

— Você tem uma doca.

— Sim, exatamente. Eu tenho um galpão para barcos também. Mas nenhum barco. A senhora Dorchet o vendeu depois que o marido dela morreu. Talvez eu compre um. Quem sabe...

— Um barco.

— Talvez. Eu já tenho o galpão e o píer. É como se eu tivesse o motivo para eles.

Ela ergueu os olhos para encará-lo, lembrando-se do menino triste no banco do parque, o jovem policial descobrindo o próprio caminho, o parceiro com quem havia atendido a vários chamados. O amigo que ela havia encontrado ensanguentado.

Agora isso. Um homem olhando para o que era dele.

— Não é uma espelunca, Reed.

Ele sorriu.

— Precisa de uns reparos aqui e ali, mas não, definitivamente não é uma espelunca.

— Como é a sensação de ser chefe?

— No mês que vem eu te falo. Estou fazendo algum progresso, tentando me adaptar. Na maior parte do tempo, parece que as pessoas estão esperando para dizer se o estranho vai ser aprovado ou não.

— Você vai conseguir.

— Sim, eu vou. Será tranquilo nos próximos meses, então eu terei mais tempo para me adaptar, saber quem é quem e o que é o quê. E assumir o comando na delegacia.

— Algum problema por lá?

Ele resmungou de modo evasivo.

— O atual chefe me dá cobertura, e isso ajuda. Os agentes, a despachante; eles sabem o que é o quê, e as coisas estão numa espécie de trégua durante a transição. Há umas esquisitices, como em todo lugar, mas são confiáveis. O melhor da equipe é a única mulher.

— Conte-me.

— Inteligente e durona. Um pouco nervosinha, mas eu consigo lidar com isso.

— Cuidado com romance no trabalho.

— O quê? Ah, não. — Rindo, ele jogou para trás o cabelo emaranhado. — Nem pensar. Ela não é o meu tipo e, além disso, eu seria o chefe dela. Chefe... Enfim, ela tem quase 40 anos, é divorciada e está enrolada com um encanador da ilha. E tem Leon Wendell. Ex-fuzileiro, suboficial. Sete anos na polícia aqui. Gosta de pescar. Casado há 30 anos com uma professora. Três filhos, uma neta.

— Sete anos? E eles trouxeram você para cá?

— Ele não é chefe — disse Reed negando com a cabeça. — Não quer ser. Mas ficará de olho em mim. Certeza. Temos Nick Masterson, 33 anos, recém-casado. É competente. A família dele é dona do Sunrise Café. A mãe faz a contabilidade. E, para acabar com a lista de pessoal de período integral, temos Cecil Barr. Vinte e quatro anos, bonzinho, mas não idiota. O pai dele é pescador, a mãe é enfermeira, a irmã mais velha estuda para ser médica e o irmão mais novo ainda está no ensino médio. Por fim, temos Donna Miggins, despachante. Sessenta e quatro anos, ríspida. Fui avisado pela própria que eu mesmo tenho que buscar o meu café, fazer as minhas coisas, e que ela não levará desaforo para casa. Eu gosto dela. Tenho um pouco de medo, mas gosto dela.

— Você está feliz.

— Estou.

— E você tratou de recuperar a maior parte do peso que perdeu.

— Sou cliente assíduo do Sunrise Café. A maioria dos moradores passa um tempo lá durante a semana. E, de qualquer maneira, eu cozinho mal pra cacete.

— Você deveria aprender para merecer essa cozinha.

— Se eu não cozinhar — ressaltou —, ela fica limpa.

— Isso é idiota, mas faz sentido — admitiu ela.

— Vamos descer e tomar um café. Acabei de comprar aquela máquina chique.

— Eu não sei por quê — disse ela quando entraram e desceram as escadas.

— Quando você bebe café, gosta dele preto.

— A garota dos meus sonhos gosta de café com leite.

— A artista?

Ele bateu a mão em cima do coração.

— Tum-tum.

Ela parou, uma vez que não havia descido toda a escada, do lado de fora da suíte principal e, com o privilégio de ser uma velha amiga, entrou.

— Um espaço muito bonito, bela visão de novo. Você ainda não tem cama.

Ele apontou para o colchão e o estrado de molas.

— Isso é uma cama.

— Uma cama tem armação, cabeceira e, talvez, uma peseira. Certo estilo. Você nunca vai ter a garota dos seus sonhos nisso aí.

— Você subestima meu charme e poder de sedução.

— Não, não subestimo.

Ela olhou ao redor, notando o ursinho de pelúcia com roupa de policial em cima do que ele, equivocadamente, chamava de cômoda.

— Você precisa de uma cômoda de verdade no lugar daquele bloco horroroso de madeira que você tem desde a faculdade. Talvez uma boa poltrona.

Algumas mesas, luminárias bonitas. Um tapete. E... — parou quando deu uma espiada na suíte. — Meu Deus, o banheiro é incrível!

— Coisa do filho do antigo dono, como a cozinha. Chega de duchas com pouca água para mim!

— Compre algumas toalhas novas, encontre umas peças de arte local para as paredes aqui... e um bom espelho para o quarto.

— Você é foda, Essie.

— Eu sei o que sei.

Ela saiu e entrou em um quarto vazio.

— O que você vai fazer com este? Escritório?

— Não, eu já montei o escritório no final do corredor. Acho que será um quarto de hóspedes... no final, vou ficar com dois. Você e a sua família podem vir passar um tempo aqui. Vou comprar uma churrasqueira gigante. Vou começar a te reembolsar por todas as refeições e as noites que detonei na sua casa.

— Nós adoraríamos.

— Primeiro final de semana decente com direito a churrasco no deque com nós dois de folga.

— Combinado. Uma cama queen size — você já tem o quarto; um edredom simples e cortinas, uma mesa pequena e cadeira, luminárias bonitas e mesinhas laterais, mas nada combinando muito, e uma cômoda antiga. Não uma porcaria, mas uma antiga.

— O que você é? Minha decoradora? Tá, tá — disse ele antes que ela pudesse responder. — Você sabe o que você sabe.

Ela continuou a explorar a casa até chegar ao banheiro sem reforma. Azulejos verde-claros com bordas pretas. Vaso sanitário verde-claro e o combo chuveiro/banheira. Pia verde-água sobre um armário branco.

— Eu gosto.

— Sério?

— É vintage e *kitsch*, e oferece possibilidades. Você precisa de um armário novo, uma pintura, algumas toalhas alegres e cortina para o chuveiro. Vai ficar lindo.

Ela continuou a perambular pela casa, dando ideias a ponto de Reed perceber que deveria começar a tomar nota. Então, abriu a porta do escritório.

— Ah — disse ela.

Ele havia colocado sua mesa — uma relíquia grande e pesada da época da faculdade — bem no meio do cômodo. Dessa forma, podia ver as paisagens, a porta e o par de quadros de avisos que havia afixado na parede.

Bem no centro do primeiro quadro branco, ele havia pregado a foto de Patricia Hobart. Junto com fotos de suas vítimas e das cenas dos crimes, ele havia feito linhas do tempo e adicionado cópias de relatórios.

Linhas, contínuas ou pontilhadas, espalhavam-se e cruzavam-se.

No segundo quadro, ele havia fixado os três atiradores do shopping DownEast, mais linhas do tempo, armas e fotos, nome e idades dos mortos. Separados por uma linha vermelha, ele havia colocado fotos, nome, idade, localização e emprego dos sobreviventes.

A sala comportava três armários de metal cinza, algumas cadeiras dobráveis encostadas em uma parede de gesso — rebocada, lixada, mas não pintada —, seu velho frigobar — também dos anos de faculdade — e uma lata de lixo cheia até a metade de latas vazias de Coca-Cola e Mountain Dew, garrafas de água mineral e copos de café descartáveis.

O closet aberto guardava materiais de escritório: papel para a impressora, o escâner, pastas de arquivos, um recipiente com marcadores, uma pilha de blocos de notas.

No chão do closet, havia um pack de garrafas de água, outro de latas de Coca e mais outro de latas de Dew — todos abertos.

Essie foi até os quadros e os estudou.

— Um trabalho bom e completo, Reed.

— Está tranquilo por aqui agora, e eu ainda não sou chefe. Tive tempo. Mesmo assim, ela conseguiu pegar outro e está foragida de novo. Não tem como dizer quem será o próximo alvo dela, nem quando, nem onde. Dá para jogar os nomes em um chapéu e escolher um.

— A vagabunda psicopata é mais lógica do que isso. Para ela, todo alvo até aqui tem algum tipo de respingo daquela noite. Uma faminha, uma fortuninha... e uma rotina que ela poderia documentar ou explorar. Podemos seguir nessa linha, terminando com Bob Kofax.

— Acompanhar o perfil dele no Facebook — concordou Reed. — Aonde ele vai, quando, por quê. Podemos obter mais quando ele chegar lá. Ela se deu férias do trabalho.

— Sim. O FBI a seguiu até um quarto no mesmo resort.

Reed virou-se de repente.

— Você tem certeza?

— Eu sei manter a cabeça baixa e os ouvidos bem abertos. Você pode colocar este nome no quadro: Sylvia Guthrie. Ela não usará esse nome de novo, mas o usou para reservar e pagar o quarto e suas despesas com um American Express. E para reservar o voo, de ida e de volta, na primeira classe, direto de Nova York. Pela JetBlue, partindo do aeroporto JFK.

— Chaz está em Nova York. Ele recebeu uma promoção e se mudou para Nova York.

— Eles não acham que ela se instalou lá. Eles pensam como nós. Canadá.

— Ela não vai ficar lá agora.

— Dificilmente. Tenho cópias do passaporte dela como Guthrie e fotos da carteira de habilitação na minha bolsa. Aparece um endereço de Nova York, mas é falso. Você pode colocá-los no seu quadro também. Tenho informação de que ela voou para as Bermudas um dia antes do alvo, recebeu uma bela massagem e pediu no quarto uma garrafa de vinho de cem dólares e uma bela refeição. As cobranças também incluem alguns Daiquiris sem álcool do serviço de bebidas na praia, no terceiro dia — o alvo e a família dele acumularam algumas contas lá no bar, no mesmo período, antes de o alvo ter falta de ar, tombar e morrer, graças ao cianeto no seu Mai Tai.

— É a segunda vez que ela usa esse método. Tem o doutor Wu. — Reed fez um gesto para o quadro. — Bar lotado, cianeto na bebida dele. Acho que ela gosta de atirar — acrescentou. — Acho que ela gosta do impacto e do sangue, mas às vezes o veneno é mais fácil.

— Concordo — disse Essie. — A família Kofax estava dividida dentro e fora da água — continuou ela enquanto vagava pelo quarto. — Fazendo bodyboarding, relaxando, usando as espreguiçadeiras com guarda-sol que o resort oferece. O alvo pediu o seu Mai Tai, o segundo da tarde, além de uma bebida para a esposa e uma limonada para um dos netos, e depois arrastou a esposa para a água com as crianças novamente. Voltou, jogou-se na espreguiçadeira e começou a beber. E morreu um dia antes do seu aniversário de 50 anos.

— Tudo o que ela teve que fazer foi se esticar em algum lugar, marcar onde ele estava sentado e o que estava bebendo. Despejar o veneno enquanto ele estivesse na água e cair fora.

— Ela fez isso e depois voltou para o spa do resort e fez uma limpeza de pele. Pré-agendada. Seria veneno para esse cara em qualquer situação, eu diria. Se não fosse na praia, seria no bar da piscina, no bar ao ar livre ou em um dos restaurantes. Ela viu a sua chance e a aproveitou.

— Eles a interrogaram?

— Temporada agitada no resort, mas os moradores locais conversaram rapidamente com ela. Ela afirmou que esteve na praia mais ou menos naquela época e até viu a família grande e feliz. Ela foi para o spa no horário marcado e não notou ninguém perto da família. Mas ficou entretida com o livro dela. Quando o FBI ficou sabendo, ela desapareceu.

— Isso é sorte, e também esperteza e planejamento. — Estudando o quadro, Reed pôs as mãos nos bolsos de trás. — Isso é muita sorte.

— Ela tem sorte de sobra. A única vez que sabemos que ela se deu mal foi com você.

— Sim. — Distraidamente, ele esfregou a mão na lateral do corpo.

— Como está o ombro?

— Eu estou bem. Ainda estou fazendo o raio da ioga.

— Isso eu gostaria de ver.

— Não, não gostaria *mesmo*. Deixe-me pegar o café para você.

— Vou deixar que você pratique fazer um café com leite para a garota dos seus sonhos, mas o traga aqui em cima. — Ela voltou a olhar para o quadro. — Vou dar uma olhada nas coisas aqui, para ver se algo se destaca.

— Eu estava esperando que você dissesse isso.

Ela lhe deu duas horas antes de ter de voltar para a balsa. Reed não podia dizer que algo viera à tona, mas ambos especularam que Hobart poderia estar em algum lugar com clima mais quente por um tempo.

Por que não?

Seguindo essa linha, ambos estudaram sobreviventes que haviam se mudado para o sul.

— Eu estou muito feliz por você finalmente ter conseguido aparecer. Da próxima vez — disse ele —, carne na churrasqueira para a família toda.

— Você tem pratos de verdade?

— Ah... mais ou menos.

— Compre pratos e uma cama. Arrume o seu ninho, parceiro. É um ninho maravilhoso.

— Tudo bem, tudo bem. Nossa! A minha mãe disse a mesma coisa, e até ameaçou fazer com que o meu pai trouxesse coisas do sótão para cá.

— Compre as suas próprias coisas. — Ela lhe deu um soco no peito. — Você já é grandinho agora. — Ia lhe dar um beijo na bochecha quando sua atenção foi atraída pela batida à porta.

— Companhia.

Ele foi até a porta e sorriu quando a abriu para CiCi.

— Olá, minha linda. Você chegou a tempo de conhecer uma das minhas pessoas favoritas. — Segurando-a pela mão, ele a puxou para dentro. — CiCi Lennon, Essie McVee.

— Nós nos conhecemos. — CiCi, com um gorro verde-claro sobre o cabelo ruivo esvoaçante, aproximou-se com suas velhas botas de couro e segurou a mão de Essie. — Talvez você não se lembre.

— Eu me lembro. Eu conheci você, rapidamente, do lado de fora do quarto de Mi-Hi Jung, no hospital.

— Não me liguei — disse Reed.

— Você queria ver como ela e a Simone estavam — disse CiCi. — A minha impressão na época foi a de uma mulher dedicada e carinhosa. Eu nunca me engano. Você veio aqui para passar um tempo com Reed.

— Já passei. Que casa maravilhosa! Vai ficar melhor quando estiver com móveis de verdade.

— Tudo bem, mãezona.

— Tenho que correr para pegar a balsa. Que bom que eu tive a oportunidade de revê-la, senhora Lennon.

— CiCi. Reed, da próxima vez, leve a Essie para nos ver. Espero que você traga o seu marido e o seu filhinho.

— Está nos planos. Reed. — Essie o abraçou e o beijou no rosto. — Estou orgulhosa de você, chefe.

— Acompanhe a Essie até o carro — ordenou CiCi. — Tem um pacote para você no meu. Você pode trazê-lo aqui para dentro. — Tirou a echarpe verde-clara enquanto falava. — Vou me servir de um copo de vinho se você tiver, Reed.

— Tenho o branco e o tinto de que você gosta.

— Esse é o meu homem. Volte logo, Essie.

CiCi jogou o casaco, a echarpe e o gorro em um sofá realmente deplorável. Essie tinha razão acerca dos móveis, pensou CiCi, decidindo pelo branco gelado que Reed tinha na geladeira, como ela gostava.

Pôs o vinho em dois copos. Ele preferiria uma cerveja, pensou ela, mas esperava que o presente de boas-vindas favorecesse o vinho.

Ele voltou, carregando o pacote.

— Você teve que vir com o vidro do carro aberto para conseguir trazer isso. Está frio, CiCi.

— Nós, locais, somos gente forte.

— É uma pintura. — Uma grande, e ele podia sentir a moldura debaixo do grosso papel pardo com o qual ela a havia embrulhado. — Você fez uma pintura para mim.

— Eu fiz, e espero que você goste.

— Eu nem preciso ver para saber que vou adorar.

— Seria mais divertido se você visse. Vamos, vamos, tire o papel. Eu tenho uma opinião forte quanto ao lugar onde ela deve ficar. Vamos ver o que você acha.

Ele teve de colocá-la sobre a ilha da cozinha para arrancar a fita e tirar o papelão usado para proteger os cantos do quadro. Ele a virou e tirou o pedaço de papelão que cobria a parte da frente.

E ficou olhando, boquiaberto, agradecido, impressionado.

— Puta merda, CiCi.

— Vou aceitar isso como aprovação.

— Eu nem sei o que dizer. É maravilhoso.

A praia, as pedras, a faixa de areia, todas as cores bem vivas e fortes. Pássaros voando sobre as águas; um barco branco deslizando no horizonte. O mais azul dos céus se espalhava na tela, e uma das nuvens brancas e transparentes formava um dragão como o que guardava o quarto de hóspedes dela.

Algumas conchas, primorosamente detalhadas, pontilhavam a areia como tesouros espalhados.

E duas figuras estavam sentadas nas pedras, inclinadas uma sobre a outra, olhando ao longe.

— Somos nós — murmurou. — Você e eu.

— Não será a última vez que eu vou pintar você, mas é um bom começo.

— Eu não sei o que dizer. — Ele a encarou. — Sinceramente, não sei como agradecer. É mágico. Assim como você.

— Isso é uma coisa perfeita para se dizer. Nós estamos bem, não é? Almas gêmeas reunidas.

— Eu te amo de verdade, CiCi.

— Eu também te amo de verdade. Onde você acha que vai pendurá-la?

— Tem que ser ali, em cima da lareira. Tem que ser onde dê para vê-la de todos os lugares.

— Você está certíssimo. Nada melhor do que agora. Eu tenho pregos. — Ela pôs a mão no bolso para pegá-los. — E um martelo no carro, se você não tiver um.

— Sim, eu tenho.

— E uma fita métrica. Vamos pendurar, e pendurar direito.

Ela se mostrou meticulosa em relação à medição precisa, e o aporrinhou quanto à parte matemática da tarefa. Com a meticulosidade, os cálculos e a ajuda dela, ele pendurou sua primeira obra de arte em sua nova casa.

— Eu tenho um quadro genuíno da CiCi Lennon. Caramba, eu *estou* num quadro genuíno da CiCi Lennon. E é incrível.

Ela lhe deu o copo e tocou nele com seu próprio copo.

— A você e ao seu lar feliz!

Ele bebeu com ela e depois a puxou para perto de si.

— Onde eu estaria agora se você não tivesse aparecido naquela manhã?

— Era para você estar aqui, então aqui está você.

— É bem por aí. — Ele beijou o alto da cabeça de CiCi. — Eu acho que vou ter que levar a sério essa questão dos móveis. Nada aqui embaixo é digno da pintura.

— Você tem razão. Comece se livrando daquele sofá feio.

Ele sentiu uma pequena dor pelas lembranças que aquele sofá feio lhe trazia. Os cochilos tirados, os programas de esporte aos quais assistira, as garotas que despira.

Em seguida, olhou para a pintura e pensou nas lembranças que ainda estavam por vir.

A ilha não tinha uma loja de móveis propriamente dita, mas oferecia meio que um mercado de pulgas de antiguidades. Ele encontrou algumas coisas lá e na única loja de presentes que funcionava o ano todo, e usou a internet para comprar mais coisas.

Tentou não pensar muito na fatura do cartão de crédito.

Ainda assim, as compras na ilha serviam ao propósito duplo de mobiliar a casa e fazer relações públicas. E negociar um engradado de cerveja com Cecil para ajudá-lo a carregar, montar e dispor os móveis deu-lhe a oportunidade de conhecer melhor o agente.

Por exemplo, ele descobriu que Cecil tinha muita experiência com ferramentas. Aquele homem não era rápido, mas era incansável.

Juntos, eles se afastaram e examinaram a cama — a primeira compra de Reed, porque, definitivamente, queria nela a garota de seus sonhos. Ele tinha ido atrás de um colchão novo.

— É uma bela cama, chefe.

— Você acha? Sim, ficou boa.

Simples, pensou ele, mas não tão básica a ponto de parecer que ele não dava a mínima.

Ele gostou das ripas verticais, a peseira baixa, que não iria atrapalhá-lo, a cor de carvão desbotado.

— Quer colocar os lençóis e o resto dos negócios aí?

— Vou cuidar disso mais tarde. Vamos carregar o restante. Obrigado, Cecil.

— De nada! Eu não me importo. Eu gosto de organizar as coisas. E é uma casa maneira.

Quando passou a cerveja para Cecil, ele tinha um quarto mobiliado, um novo sofá, uma segunda cama — queen size, conforme Essie determinara — no quarto de hóspedes, além de criados-mudos e luminárias. Nada combinando muito, esperava ele.

Exausto, desabou na nova cama, sem lençóis. Pensou, quicou um pouco.

Como havia dormido naquele trapo de colchão durante todo esse tempo? Imaginou-se pegando a cerveja no criado-mudo novo — em um porta-copo, pois não era bobo nem nada. Pensou nisso de novo.

E adormeceu no mesmo instante.

Sonhou com furadeiras e martelos, parafusos e chaves de fenda. Não surpreendentemente, aquilo se transformara em um maravilhoso sonho erótico, estrelado por Simone.

No sonho, a cabeceira nova batia contra a parede enquanto Simone apertava as pernas em torno da cintura dele.

Acordou muito excitado e um pouco sem fôlego. E percebeu que as batidas não paravam.

— Merda, porra, droga! — Deu um pulo para sair da cama e fez o possível para se recompor. — Calma, rapaz — murmurou ao começar a descer as escadas.

O entregador musculoso já havia estado lá.

— Desculpe, eu estava lá em cima.

— Mais uma entrega. — O motorista estendeu o tablet para Reed assinar.

— Sabe, se eu não atender ou não estiver aqui, pode deixar as coisas na porta.

— Você tem que confirmar o recebimento.

— Tudo bem. Me dê isso aqui.

O motorista voltou para sua caminhonete, deixando Reed com uma caixa grande e absurdamente pesada à porta.

Ele a carregou para dentro e pegou o canivete para abri-la.

— Pratos. Ah é, eu comprei pratos.

Brancos, lembrou-se, porque, uma vez que começou a olhar, todas as cores e padrões deram-lhe dor de cabeça. Branco era mais fácil.

Exceto que agora ele tinha de tirá-los da caixa e provavelmente lavá-los, o que significava encher a máquina de lavar louça, depois tirar a louça de lá e, em seguida, guardá-la.

A ideia fez com que quisesse tirar outra soneca.

Além disso, ele ainda tinha de colocar lençóis na cama, e não havia tirado as toalhas novas da caixa. Teria de lavá-las também?

Droga, como ele deveria saber?

De nada adiantaria perguntar à sua mãe, porque ela simplesmente diria que sim no mesmo instante. Ele já sabia.

— Isso pode esperar — decidiu, voltando à sua cerveja. Não totalmente quente, disse para si mesmo enquanto a levava para o chuveiro.

Mas os pratos, e as toalhas, e todas as coisas o importunaram, até que ele cedeu.

Reed se vestiu e pôs os pratos na máquina de lavar louça; as toalhas, na de lavar roupa. Lembrou-se de que uma TV de tela plana estava para chegar. Duas, na verdade, já que havia comprado uma para a suíte principal. A que estava no andar de baixo não ficaria acima da lareira, como ele havia imaginado, por causa da pintura maravilhosa que havia ganhado. Mas ele tinha outras paredes.

E tinha uma semana inteira antes de assumir o cargo de chefe.

Ele ajeitaria tudo.

Subiu para pôr lençóis, também novos, na cama — estaria louco? Sua mãe, com certeza, diria que os lençóis precisavam ser lavados primeiro, mas que se dane! Ele não podia fazer tudo.

Pegou um edredom cuja cor chamavam de índigo, principalmente porque era esse que eles mostravam na cama da foto, e pareceu muito bom. O edredom vinha com almofadas que pareciam uma chatice, mas ele conseguiu dar um jeito em tudo.

Não pensava em sair para comer, então optou por uma confiável pizza congelada.

Trocou a cerveja pela Coca-Cola e levou o jantar para o escritório.

Sentou-se, comendo a pizza e estudando seus quadros.

— Cadê você, Patricia, sua vagabunda assassina? Aposto que está quente onde você está.

Desviou os olhos para seu quadro de alvos, para o grupo que havia separado.

Um em Savannah, outro em Atlanta, um em Fort Lauderdale, outro em Coral Gables.

Juntou o garoto que entrara para a Marinha e estava atualmente cumprindo serviço em San Diego, e a mulher que se mudara para Phoenix com o marido e a filha.

— Qual deles? Onde você está se escondendo agora?

*P*ATRICIA — NESTE MOMENTO Ellyn Bostwick — tinha um bangalô de férias pequenininho em Coral Gables.

Todos os dias ela saía com uma câmera, um chapéu de abas largas e uma mochila. Colocava seu disfarce e conversava de forma amigável com os vizinhos. Ela era, de acordo com o que lhes havia dito, uma fotógrafa freelancer que levaria três meses para fazer seu próprio livro de fotografia da área.

Com alegria, tirava fotos dos pirralhos da vizinha, a mãe idiota deles. Imprimia as fotos e até as emoldurava.

Recém-divorciada, dizia aos vizinhos que queria ficar um tempo sozinha, e longe do frio e do alvoroço de Chicago.

Emily Devlon (nascida Frank) tinha 18 anos na noite do massacre do DownEast. Estava voltando de seu intervalo do trabalho de verão na loja de sucos Orange Julius quando a guerra começou.

Soube que eram tiros quando ouviu o barulho — o pai era policial — e começou a correr para se afastar do som. Mas os tiros vinham de ambas as direções.

Ela soube o que fazer, mesmo tomada de pânico. Encontre um buraco e se esconda. Mirou a loja mais próxima e atravessou a multidão agitada. Uma mulher caiu bem na sua frente; quase tropeçou nela. Movendo-se rapidamente, Emily segurou a mulher — velha, frágil, queixosa — por baixo dos braços e a arrastou para dentro da loja.

O vidro estourou e ambas tiveram cortes, mas Emily conseguiu puxar a mulher para atrás de um balcão na entrada que exibia tops de verão e blusas.

Uma funcionária passou correndo por ela, sem muita noção do que estava ocorrendo. Em sua cabeça, Emily gritou: Não, não!

Fechou os olhos quando ouviu o grito, o som pesado de um corpo ao cair.

Agarrou-se à velha que viveria mais oito anos antes de morrer de causas naturais.

Ela deixara no testamento para Emily cem mil dólares.

Emily, agora esposa e mãe, usou parte de sua herança para comprar uma casa em uma bela comunidade longe dos invernos do Maine e das lembranças ruins.

Ela viveria mais que a mulher a quem havia salvado, mas seus dias estavam contados.

Capítulo 18

♦ ♦ ♦ ♦

REED VESTIU-SE para seu primeiro dia como chefe. Tinha um uniforme — camisa e calça cáqui e até um boné —, mas optou pelo jeans e uma camisa azul-clara.

Usava o uniforme para ocasiões especiais, mas, aproveitando-se de um dos ditados de sua avó, ele começaria como se estivesse destinado a prosseguir.

Colocou as botas, que não eram nem novas nem muito surradas, e, uma vez que estava fresco em março, uma jaqueta de couro que tinha por quase uma década.

Prendeu a arma de serviço ao cinto.

Optou por andar os 1.200 metros até o vilarejo. Reduzir a emissão de gás carbônico, pensou. Além disso, como chefe, tinha um carro à sua disposição na estação.

A caminhada deu-lhe tempo para fazer um exame. Não estava nervoso. Vivia na ilha há quase três meses agora; sentia o pulsar de lá. Grande parte dos 1.863 moradores, de 7 meses a 88 anos de idade, não havia imaginado que ele aguentaria o inverno.

Mas aguentara.

Alguns imaginaram que ele não chegaria ao fim do verão como chefe.

Mas chegaria.

Era sua vida, e ele gostava muito de viver aqui.

Ele tinha uma missão à parte, e trabalharia no caso de Hobart até que a vagabunda maluca ouvisse a porta da cela bater; mas sua prioridade agora, desse momento em diante, tinha de ser a ilha.

Viu um casal de cervos no que imaginou ser sua floresta e considerou aquilo como um sinal positivo. A neve derretida tornava a terra macia sob seus pés, e aquela coisa branca formava poças e trilhas. Não haviam acabado com ela, pelo menos de acordo com os velhos que ficavam no Sunrise, tomando café, jogando cartas e conversa fora nas tardes.

O consenso deles era de mais um bom vento vindo do nordeste para afastar o inverno e trazer a primavera.

Reed não apostaria contra eles.

Passou por algumas das casas de veraneio que ficariam fechadas até a chegada do verão. O vandalismo, e até mesmo travessuras de crianças, era raro. Todos conheciam todos, e todos que conheciam todos também sabiam que a economia da ilha dependia, em grande parte, dos veranistas.

Mais algumas casas — moradores. Fez questão de encontrar uma maneira de, pelo menos, conhecer de vista quem passava o ano todo na ilha.

Artistas, fotógrafos, lojistas, cozinheiros, jardineiros, aposentados, blogueiros, professores, pescadores e artesãos. Alguns advogados, um grupo de médicos, mecânicos, homens e mulheres que faziam de tudo, e assim por diante.

Todos mantinham a agitação na ilha.

Agora ele o fazia também.

Observou a balsa deslizar em direção à terra firme. Alguns tinham negócios lá, ou aceitavam trabalhos na baixa temporada. Alguns enviavam os filhos para escolas particulares. O trajeto de quarenta minutos não era ruim, pensava ele. Afinal, não havia trânsito.

Passou pela doca da balsa, onde sabia, de suas próprias lembranças, que os carros se alinhavam às dezenas para fazer o trajeto de volta para casa depois de um dia de verão em Tranquility Island.

Seguiu para o vilarejo. Como as casas de aluguel, a maioria das lojas e restaurantes ficava fechada até a alta temporada. Alguns prédios recebiam uma nova demão de tinta assim que a primavera chegava, assim as tábuas desbotadas ganhavam brilho, atraindo visitantes e renda.

Dali, a marina e a praia ofereciam tudo que os veranistas podiam desejar: sol, areia, água e esportes aquáticos.

Seguiu seu caminho em direção ao Sunrise e entrou sentindo o cheiro de bacon e café.

Val, a garçonete de cabelo loiro-claro e avental cor-de-rosa, ofereceu-lhe um sorriso alegre.

— Bom dia, chefe.

— Bom dia, Val.

— Está nervoso com o primeiro dia?

— Não muito. Vou precisar de seis cafés grandes para viagem. Dois pretos, um só com creme, um com creme e uma colher de açúcar, um com creme e duas colheres de açúcar e um com aquele creme de baunilha que você tem, e três colheres de açúcar.

Ela assentiu enquanto ia até o bule.

— Mimando a delegacia?

— Parece que é o que se tem para fazer no primeiro dia.

— Bem pensado. Vou fazer marcações para distingui-los. Talvez você queira um pedaço de bolo de café para acompanhar.

— Me pediram uma dúzia de donuts da padaria. Policiais, donuts. É o que fazemos.

Enquanto Val preparava o pedido, Reed cumprimentou alguns dos frequentadores do local: os dois homens grisalhos com um sotaque tão carregado da Nova Inglaterra que ele teve de reajustar a frequência dos ouvidos para compreendê-los; o gerente do sazonal Beach Buddies; um blogueiro observador de pássaros com sua câmera, binóculos e notebook; o gerente do banco; o bibliotecário da ilha.

— Obrigado, Val.

— Boa sorte hoje, chefe.

Ele levou a bandeja até a área da padaria, pegou uma dúzia de donuts e conversou rapidamente com a mulher que dirigia a locadora de carros enquanto ela aguardava um pedido de pães-doces para o que chamava de reunião de *brainstorming*.

Ele continuou, virou à direita na esquina e caminhou até a desbotada construção branca de um andar com a varanda estreita coberta. O sinal na faixa de grama entre a calçada e a varanda dizia: DEPARTAMENTO DE POLÍCIA DE TRANQUILITY ISLAND.

Fazendo malabarismo com os cafés e os donuts, conseguiu pegar as chaves que seu antecessor lhe dera na noite anterior entre uma cerveja e outra. Reed abriu a porta e, tomando um bom fôlego, entrou no que era agora seu local de trabalho às 7h20 em ponto.

CiCi, que alegava ser uma bruxa solitária e também um pouco vidente, havia insistido em fazer uma espécie de ritual. Limpeza, purificação ou o que quer que fosse. Reed não viu mal algum em deixá-la acender algumas velas, agitar um incenso e cantar uns mantras.

Ele olhou ao redor naquele momento para o que o policial da cidade que havia dentro dele imaginava ser um curral. As mesas em que seus agentes trabalhavam: quatro, duas de frente para as outras duas compartilhadas pelos agentes na época do verão. A estação de expedição ficava ao longo da parede direita. Cadeiras para visitantes estavam alinhadas à esquerda. Um mapa da ilha na parede e uma planta que parecia morta em uma espécie de vaso no canto.

A porta de aço levava a três celas. Outra, ao pequeno depósito de armas. Um banheiro, unissex, uma copa minúscula com uma chapa elétrica para o café, uma geladeirinha e um micro-ondas. Uma mesa com um tampo de linóleo lascado que ele esperava substituir se houvesse recursos em seu orçamento.

Ele tinha um orçamento a cumprir. Isso não era de matar?

Atravessou o escritório e foi para o corredor estreito que levava, de um lado, à copa, de outro, ao banheiro, e, à frente, ao seu escritório.

Entrou em sua sala, colocou o café e os donuts na mesa, tirou a jaqueta e pendurou-a no suporte ao lado da porta. Sua mesa ficava de frente para a porta, e ele a manteve dessa forma. Tinha uma cadeira decente, um computador, um quadro branco para a programação, um quadro de cortiça, armários, e uma única janela que trazia um pouco de sol.

Tinha sua própria chapa elétrica — que iria substituir por uma cafeteira de verdade.

— Tudo bem, então — disse em voz alta.

Foi para trás da mesa, sentou-se, ligou o computador e digitou sua senha. Havia criado o documento na noite anterior, durante o ritual mágico de CiCi, e agora o abriu, deu outra olhada nele, enviou-o.

Quando ouviu a porta da delegacia se abrir, levantou-se, pegou o café e os donuts e saiu para o escritório.

Não se surpreendeu ao ver que Matty Stevenson foi a primeira a chegar.

— Chefe — disse ela, com a voz um pouco indiferente, um pouco cortada.

— Obrigado por ter vindo cedo. Café preto. — Ele pegou o copo na bandeja para ela.

Ela franziu a testa.

— Obrigada.

— Donuts. — Ele abriu a tampa da caixa. — Você é a primeira, então pode escolher. — Uma vez que ela continuou a franzir a testa, ele pôs a caixa na mesa mais próxima. — Já que pedi para todos chegarem meia hora antes, o mínimo que podia fazer era trazer café e donuts.

Enquanto Matty pensava no que ele tinha dito, Leon e Nick entraram.

— Chefe Quartermaine — disse Leon, amigável, mas formal.

— Café — disse Reed, distribuindo os copos. — Donuts. — Agitou o polegar na direção da caixa.

Cecil entrou.

— Ei. Estou atrasado?

— Bem na hora — disse Reed a ele, passando-lhe o café.

— Uau, obrigado, chefe. Ei, do jeito que eu gosto.

— Pegue um donut e sente-se.

— Aquele maldito cachorro! — Donna entrou correndo. — Eu não sei por que deixei Len me convencer a ter aquele maldito cachorro. O que é tudo isso? — perguntou enquanto tirava uma jaqueta forrada e uma echarpe bem enrolada no pescoço. — Isso aqui é uma festa ou uma delegacia de polícia?

— É uma reunião. — Reed entregou-lhe o último café. — Pegue um donut.

— Donuts. Vamos acabar como um monte de policiais gordos. — Mas pegou um.

— Agradeço por todos vocês terem chegado mais cedo. Eu tomei uma cerveja com o chefe Wickett na noite passada, e ele queria que eu lhes agradecesse de novo pelo trabalho que fizeram enquanto ele era o chefe. Não vou mudar muita coisa por aqui.

— "Muita coisa"? — Donna fungou enquanto mordia a parte cheia de geleia do donut.

— Está certo. Vou mexer um pouco com o orçamento, ver se consigo encontrar um jeito de conseguirmos uma mesa nova para a copa. Vou manter a política de portas abertas do chefe Wickett. Se a minha porta estiver fechada, haverá uma razão para isso. Do contrário, estará aberta. Se a Donna ainda não deu o número do meu celular para todos, peguem com ela. E eu preciso do número de vocês. Preciso que vocês mantenham o celular ligado e por perto o tempo todo. Em serviço ou fora dele. Eu sei que o chefe Wickett usava o quadro para a programação. Estou usando o computador. Fiz o horário dos turnos do próximo mês. Está nos computadores de vocês. Se alguém precisar trocar de turno, de uma folga, podem resolver isso entre si. Eu só preciso saber. Se não conseguirem resolver, vamos encontrar um jeito.

— A sua programação está aí? — Quis saber Matty.

— Está. Enquanto estamos aqui, alguém poderia me dizer o que diabos é aquela coisa?

Todos olharam para a planta doente.

— É horrível — disse Donna. — A esposa do chefe deu isso para ele por algum motivo. Deveríamos acabar com o sofrimento da pobrezinha.

— Ah, não, Donna — começou Cecil.

— A coisa estava preta entre o chefe e as plantas, ele tinha dedo podre. Sem ofensa, Cecil.

Cecil, o único negro na sala, apenas sorriu.

— Eu sou bem pior. Mas não podemos só jogar fora. Não está certo.

— Alguém aqui leva jeito com plantas? — perguntou Reed. — Eu não sei se levo. Nunca tentei cultivar nada.

Ao mesmo tempo, o grupo todo se virou para Leon.

— Tudo bem, Leon, você é responsável pela coisa ali. Se morrer, vamos dar um enterro decente para ela. E, antes do período de crescimento, talvez você possa me dizer algo sobre lupinos e as demais plantas que vão chegar à minha casa. Eu não sei porcaria nenhuma.

— Eu posso te ajudar com isso.

— Ótimo. Mais uma coisinha pessoal. Eu acho que vou precisar de alguém para fazer uma limpeza na minha casa uma ou duas vezes por mês. Eu não estou olhando para vocês. — Ele teve de rir quando os rostos impassíveis ficaram com uma expressão de choque. — Estou pedindo indicações.

— Kaylee Michael e Hester Darby lidam com esse tipo de mão de obra na Island Rentals — disse-lhe Donna. — Elas trazem mais faxineiras para esse serviço durante a alta temporada, mas Kaylee e Hester são locais.

— Eu conheci a Hester.

— Imagino que você deva ser um homem bagunceiro naquela casa grande, assim seria mais inteligente você contratar as duas. Chegam e vão embora mais rápido, e formam uma boa dupla.

— Obrigado. Vou falar com elas. Se alguém tiver alguma dúvida, comentários, observações maliciosas, a hora é essa. Se forem perguntas, comentários e observações maliciosas mais pessoais, vocês podem falar comigo no meu escritório.

— Seremos advertidos por causa de observações maliciosas?

Ele lançou a Matty um olhar firme.

— Eu acho que vamos ter que descobrir. Não sou muito durão, mas também não sou otário. Vocês terão que descobrir a dose certa. Verifiquem os seus horários. Estarei no meu escritório.

Ele pegou um donut ao sair.

Levou menos de dez minutos para que o primeiro batesse à sua porta.

— Entre, Nick.

— Você me escalou para o próximo sábado à noite. Faço seis meses de casado e prometi dar a Tara, minha esposa, uma noite maravilhosa em Portland. Cecil disse que troca comigo.

— Vou resolver isso. Como você conheceu a Tara?

— Ela aceitou um emprego de verão com uma amiga na ilha há alguns anos. Salva-vidas. Ela tirou um cara da água — ele teve um ataque cardíaco, quase se afogou. Ela o resgatou, prestou os primeiros socorros e o trouxe de volta. Eu estava patrulhando a praia, aí conversei com ela, peguei o depoimento dela e tal. E foi assim.

Ele sorriu com um brilho nos olhos.

— De qualquer forma, obrigado, chefe.

Minutos depois, Matty entrou, sentou-se e cruzou os braços.

— Vai ser uma observação maliciosa?

— Depende. Vai começar como um comentário e uma pergunta. A observação maliciosa vai depender da sua resposta.

Ele se recostou na cadeira.

— Pode mandar.

— O chefe Wickett era um bom policial, um bom patrão e um bom chefe, mas ele tinha um ponto fraco. Nós temos *um* banheiro.

— Nós temos, e eu não vejo como esticar o orçamento para fazer um segundo.

— Isso não me interessa. O que me interessa é que o ponto fraco do chefe era que ele esperava que Donna e eu nos revezássemos na limpeza do banheiro. Porque nós temos os ovários, de acordo com o modo de pensar dele.

— Eu não compartilho desse modo de pensar. A menos que eu possa, mais uma vez, esticar o orçamento para que alguém venha uma vez por semana...

— Homens são porcos e desleixados. Uma vez por semana não é suficiente.

— Tudo bem, então duas vezes por semana, se eu conseguir aumentar o orçamento. Do contrário, diariamente, rotação completa. Incluindo os que não têm ovários. Vou enviar à equipe um memorando sobre isso.

— Você estará nessa rotação?

Ele sorriu para ela.

— Eu sou o chefe de polícia. Isso significa que eu não esfrego o banheiro. Mas farei o possível para não ser porco e desleixado.

— Papel higiênico fica no suporte, e não na porra do lado da porra da pia.

— Vou acrescentar isso.

— O assento do vaso sanitário fica fechado.

— Meu Deus! — Ele coçou a nuca. — Que tal isto: a tampa e tudo mais descem depois de cada uso. Só assento? Estou sendo legal com você.

— Isso é justo. — Mas ela hesitou.

— Mais?

— Só os agentes deveriam limpar o banheiro.

— Por que a Donna não? Ela não usa o banheiro?

— Você tem que se abaixar para esfregar o chão. Ela está em forma e é ágil, mas eu sei que isso machuca os joelhos dela.

— Tudo bem, só agentes. Obrigado por me informar.

Ela assentiu e se levantou.

— Por que você me colocou para fazer a patrulha com o Nick ou o Cecil, em vez do Leon?

— Porque eles dois precisam de mais experiência, e você e o Leon, não.

— Do jeito que era antes...

— Isso não é antes. Aceite a sua vitória no banheiro, agente. — Ele ouviu o telefone tocar no escritório. — Se for um chamado, você e o Nick serão os primeiros. Vamos manter a segurança lá fora.

Até o final do primeiro dia, ele fez mais ajustes: afrouxou algumas rédeas, puxou outras. Assumiu alguns chamados, apenas para não perder o jeito.

No final de sua primeira semana, ele fechou a delegacia se sentindo satisfeito e firme. Deixou sua viatura na delegacia e optou por caminhar. Se recebesse um chamado fora do horário de trabalho, usaria seu veículo pessoal. Comprou algumas coisas no mercado enquanto voltava para casa com o ar sugerindo que uma tempestade se aproximava.

A previsão do tempo confirmou isso. Uma vez que a estação meteorológica oficial estava de acordo, ele se prepararia para o pior; ligações envolvendo danos, acidentes ou árvores caídas por causa da tempestade.

Suas árvores balançavam naquele vento que soprava forte, mas já haviam passado por tempestades antes. Ele foi para a parte de trás, a cozinha.

Viu o carro de Simone estacionado ao lado do seu e pensou: *Ah, sim. Finalmente!*

Ele não a viu, por isso foi até a margem do rio perto da casa. E lá estava ela, em pé, com o cabelo — agora da cor do precioso aparador de mogno de sua avó — solto ao vento.

Seu coração fazia *tum, tum, tum*. Queria saber se sempre seria assim.

— Olá — gritou ele. — Brisa agradável, hã?

Ela se virou, com os olhos cheios de vida e o rosto, radiante.

— Nada como uma tempestade se formando. — Foi até ele. — Como foi a primeira semana?

— Nada mal. Quer entrar?

— Sim.

Ela o acompanhou e o observou abrir a porta de vidro que dava na cozinha.

— Você não vai trancar?

— Se alguém quisesse invadir, era só quebrar o vidro. — Colocou a sacola do mercado no balcão.

— Aceita uma bebida?

— O que você está oferecendo?

— Eu tenho vinho da CiCi. — Pegou uma garrafa de cada e levantou as duas.

— Aceito o *Cabernet*.

Ela passeou pela casa.

— Belo sofá. Você precisa de algumas almofadas.

— Mulheres precisam de almofadas. Eu sou homem.

— Um homem que provavelmente quer mulheres neste sofá.

— Você tem razão. Almofadas. Não sei nada sobre comprar almofadas.
— Ele abriu o vinho.
— Você vai dar um jeito. — Ela foi até a pintura. — Agora isso é maravilhoso.
— O melhor presente de todos. — Ele pegou uma cerveja para si mesmo e levou o vinho para ela. — Quer ver a casa?
— Sim, só um instante. Você começou bem aqui. Você precisa de mais obras de arte, algumas cadeiras, mais uma ou duas mesas, incluindo uma para colocar lá, para que você tenha uma mesa de verdade quando receber alguém para jantar.
— Eu não sei cozinhar. Bem, ovos mexidos, um QGB.
— QGB?
— Queijo grelhado e bacon. Especialidade da casa, junto com pizza congelada. Está com fome?
— Mais curiosa do que faminta. — Sentando-se no braço do sofá, ela deu um gole no vinho. — Da última vez que eu vi você, e já faz mais de duas semanas, você me beijou e me disse que eu era a mulher mais linda que você já tinha visto.
— Eu disse. E você é.
— Você nunca foi em frente.
Ele gesticulou com a cerveja e bebeu.
— Você está aqui, não está?
Simone levantou as sobrancelhas, fazendo uma desaparecer debaixo de um punhado de cabelo cor de mogno.
— Isso pode te colocar na classificação malandro, estrategista ou sortudo. Imagino o que seria.
— Vou aceitar um pouco dos três. Imaginei que forçar seria igualmente um erro.
— Você estaria certo. E você imaginou que a espera me traria aqui?
— Eu acreditava que sim. Também devo dizer que só esperaria mais uns dias antes de procurá-la. Eu estava pensando numa forma de ser sutil nesse sentido.
— Tudo bem, então. — Ela se levantou. — Tenho uma coisa para você no carro. Eu não tinha certeza se deveria te dar. Primeiro, eu não tinha certeza se iria servir. Eu acho que sim.

Ela lhe entregou o copo.

— Por que você não enche isso aqui para mim enquanto eu vou pegar?

— Claro.

Ele encheu o copo de vinho, imaginando como poderia entendê-la. Ela não estava, de fato, flertando e, sim, conversando. Pensou que poderia se afogar em sua estranha banheira verde se ela decidisse que seriam apenas amigos.

Ela voltou e lhe entregou uma caixa em troca do copo.

Reed abriu a tampa com seu canivete e pôs a mão dentro do pacote. Levantou a escultura de uma mulher, não maior que a sua mão. Requintada, ela estava sentada em uma espécie de caule com brotos como uma flor, com o cabelo caindo sobre os ombros e as costas entre um par de asas. Tinha uma das mãos no cabelo, como se o estivesse tirando do rosto com os lábios bem marcados e os olhos cheios de alegria com grandes pálpebras.

— A fada da sua casa — disse-lhe Simone. — Para dar boa sorte.

— Meu Deus, primeiro um quadro genuíno de Lennon e agora uma escultura genuína de Simone Knox.

— Alguns homens podem achar uma fada algo muito feminino.

— Para mim, ela é linda. — Colocou-a sobre o consolo da lareira no canto da pintura, mais próxima de onde ele se sentara com CiCi. — Ficou bom ali?

— Sim, ficou. Você precisa de castiçais do outro lado. Algo interessante e não...

Ele se moveu e a beijou de forma um pouco mais intensa que da primeira vez.

— Obrigado.

— Por nada. — Desta vez, ela deu um passo para trás. — E o lance de conhecer a casa?

— Bom momento para isso. Eu contratei uma equipe de limpeza, duas vezes por mês. Elas vieram hoje.

— Kaylee e Hester. Fiquei sabendo.

Ele a levou para conhecer o nível principal. Ela, tal como Essie e CiCi, fez comentários e deu sugestões.

E parou na frente de uma porta fechada.

— Escritório — disse ele, colocando a mão na maçaneta para mantê-lo fechado. Com toda a certeza, não queria que Simone visse seus quadros. — Eu cuido disso sozinho, então está uma bagunça agora. Tenho um quarto de hóspedes aqui.

— É muito bonito e acolhedor.

— Minha parceira tinha ideias específicas, então tentei segui-las. Quase todas. Espero que ela e o marido usem este quarto neste verão. Eles têm um filho, mas eu tenho um segundo quarto de hóspedes, ou é o que será no final. E os meus pais. A minha irmã e a família dela. O meu irmão e a família dele.

— É bonito, e tem um banheiro. Era a suíte principal?

— Não, ela fica do outro lado.

No caminho, Simone parou no banheiro que ele entendia como Verde Retrô.

— Isto é... isto é simplesmente encantador. Outra pessoa teria dado um fim nisso, mas você o manteve e está lindo.

— E agora eu tenho que confessar que a primeira coisa que pensei foi dar um fim nisso. Essie, a minha parceira, tinha ideias diferentes. E ela me deu a cortina do chuveiro com estampa de cavalos-marinhos, as toalhas, e até o espelho com moldura de conchas sobre a pia. A única coisa que fiz foi comprar o armário. Ah, e pedi que John Pryor substituísse as torneiras. Elas eram bem feias.

— Mas você manteve o estilo antigo, de meados do século passado. Você precisa de uma sereia — concluiu ela. — Encontre um bom quadro de uma sereia bem sexy, coloque uma moldura branca chique e envelhecida, como o armário, e pendure-a naquela parede.

— Uma sereia.

— Bem sexy.

Ela saiu e o seguiu até a suíte principal.

— Bem, agora... — Ela entrou e deu a volta no quarto. — Foi a sua parceira também?

— Em parte. Ela insistiu que eu comprasse uma cama.

— Se você não tinha uma, no que estava dormindo?

— Era uma cama. O tipo de cama que é um colchão em cima de um estrado de molas no chão. Eu morava em um apartamento em Portland que era uma espelunca. Me mudei assim que saí da faculdade e fiquei nele porque queria comprar uma casa. É preciso economizar para isso e depois encontrar a casa. Não era o tipo de apartamento em que você pensa em móveis.

— Você pensou nisso. As cores estão boas: são fortes, mas relaxantes. Gostei de você não ter comprado uma cômoda nova. Você a pintou de azul-marinho?

— Eu a encontrei no mercado de pulgas. Escolhi algumas coisas lá. As gavetas precisavam de um reparo, mas já estavam pintadas. Eu vi e pensei: fechado.

— Não há cortinas nas portas da varanda. Eu jamais colocaria cortinas nessa vista. Se você quiser dormir até tarde, cubra a cabeça com o lençol.

Ela se voltou para ele.

— Você vai até lá de manhã, olha ao redor e pensa: é tudo meu?

Reed olhou ao redor nesse momento e assentiu.

— Praticamente todo dia.

Simone abriu a porta e deixou o vento entrar.

— Meu Deus, isso não *entra* em você? Todo esse poder e essa beleza. A *energia*.

O cabelo de Simone esvoaçou de um modo selvagem. Sua pele parecia brilhar contra o céu turvo e tempestuoso. Ao longe, ele viu o primeiro relâmpago.

— Sim.

Ela fechou a porta, virou-se com aquele cabelo bagunçado e *sexy*, e o brilho no rosto. Foi até a mesa de cabeceira e pôs ali o copo.

— Um porta-copo.

— Se eu colocar um copo ou uma garrafa sem isso, ouço a voz da minha mãe... e ela tem aquele tom frio de mãe irritada: "Reed Douglas Quartermaine, eu já te ensinei." Então... porta-copos, porque às vezes você quer relaxar com uma cerveja.

— Às vezes, sim. — Ela foi até ele e, com os olhos nos de Reed, começou a desabotoar a camisa dele.

Ele se viu agarrando-a como se fosse um louco, tomando-a desesperadamente para si.

Para a surpresa de ambos, com a sua mão livre ele fechou as mãos ocupadas dela.

— Vou um pouco mais devagar com isso — disse ele.

Ela levantou as sobrancelhas novamente.

— Humm?

Ele tinha que respirar, recuar. Uma vez que só tinha um porta-copos por perto, colocou sua cerveja no prato que usava para guardar moedas toda noite.

— Eu interpretei algo errado? — perguntou ela.

— Não. Nota 10 em interpretação. Eu desejei você desde o primeiro segundo que a vi, descendo as escadas na festa da CiCi. Não, minto — corrigiu. — Eu desejei você quando a vi naquela pintura, a que a CiCi chama de *Tentação*.

— Daí o nome — disse ela, observando-o.

— Sim, um bom título. Mas, na noite da festa, eu vi você. Eu te vi descendo as escadas, e tudo mudou. Tudo parou e, então, começou de novo. Foi *o* momento, Simone.

— Você teve *os* momentos antes.

Quando ela começou a se virar para pegar o vinho novamente, ele colocou a mão em seu braço.

— Não desse jeito. Vamos deixar isso bem claro. Este é *outro* momento. Eu só quero ir devagar com isso.

— Você não quer transar comigo hoje?

— Eu disse que queria ir um pouco devagar. Não disse que fiquei louco. Eu quero você hoje. Vou ter você hoje, a menos que você passe por aquela porta. Eu só quero ir devagar.

Ele a puxou para perto e tomou sua boca.

De um modo demorado e lento, em contraste com a tempestade que batia do lado de fora do vidro. Suave, tranquilo, como em um sonho.

— Não passe por aquela porta — sussurrou ele.

Em resposta, ela colocou os braços ao redor do pescoço dele e tornou o beijo ainda mais intenso.

— Muito lento? — perguntou ela.

— Muito lento, para começar. — Ele deslizou a jaqueta sobre os ombros dela. — Eu tenho uns sonhos muito intensos com você naquela cama. Nós podemos chegar lá.

Voltou a se concentrar na boca de Simone quando o vento soprou. Um relâmpago clareou o céu, e um trovão rugiu depois disso.

Ela o havia subestimado, sabia disso agora. Tinha tanta certeza de que eles simplesmente se envolveriam, e ela ficaria livre desse maldito desejo com o qual ele a deixara.

Mas ele a fez querer mais, se entregar mais, sentir mais.

Quando ele a levantou do chão, ela sentiu o coração pular, ouviu a respiração forte. Então, ele tomou sua boca novamente. Meu Deus, ele era bom nisso. Quando a pôs na cama, ela o puxou para baixo consigo, absorvendo seu peso, a forma dele, antes de rolar para inverter as posições.

— Eu posso ir devagar. — Mergulhou os lábios nos dele, um toque macio, uma provocação. — Mas eu quero também.

Observando-o novamente, ela terminou de desabotoar a camisa dele e tirou suas botas com as pontas dos dedos. Esticada sobre Reed, mordiscou seu queixo.

— Eu gosto do seu rosto. Fino, angular, os olhos fundos nesse verde sereno que de sereno não tem nada. Eu fiz esboços dele.

— Você fez?

— Tentando decidir o que fazer com você. — Ela jogou o cabelo para trás e sorriu para ele. — Decidi fazer essa parte dele. — Passou as mãos na lateral do rosto dele e então parou, empurrando-o. — Você está armado.

— Desculpe. Desculpe. — Ele a empurrou de volta e se sentou. — Eu não pensei nisso. — Desembainhou a arma e a colocou na gaveta da mesa de cabeceira.

— Você esquece que está usando isso porque ela faz parte de quem você é.

— Do que eu faço.

— E de quem você é.

Ele se virou e a viu se ajoelhar na cama atrás dele.

— Está tudo bem — disse ela. — Só me deu um susto por um instante. Mas quem sabe diferenciou os mocinhos dos vilões melhor que você e eu? Eu realmente queria que você tirasse a minha roupa agora.

— Eu vou.

— Mas você tem que tirar as suas botas primeiro, para que eu possa fazer o mesmo com você.

— Boa ideia. — Ele se curvou para desamarrar as botas.

— Há quanto tempo você não faz isso?

— Desde... — Antes de ser baleado, ele quase disse. — Desde o outono passado, por uma razão ou outra.

— Faz muito tempo. Faz um bom tempo para mim também. Por uma razão ou outra. Talvez pudéssemos ir mais rápido. Só um pouquinho.

— É uma boa ideia também. — Ele se virou, ajoelhou-se junto para passar o suéter pela cabeça dela. Simone usava um sutiã preto, bem decotado. — Cara. Desculpe, mas eu vou precisar de mais um tempinho.

Quando pôs as mãos sobre ela, ela deixou a cabeça cair para trás.

— Você pode levar um tempinho. Ou mais. Você tem mãos maravilhosas, Reed. Fortes, confiantes.

— Eu queria as minhas mãos em você. Bem assim.

— Você nunca foi adiante.

— Valeu a pena esperar.

Ela levantou a cabeça e abriu os olhos.

— A espera acabou.

Ela arrancou a camisa dele, pressionou-se contra ele, entregou-se ao beijo seguinte. Mais faminta agora. Com mais força. E tirou o cinto dele quando a necessidade a dominou.

Ao redor deles, a sala explodiu com um raio, e o trovão respondeu com um rugido. A chuva caía forte, impulsionada pelo vento uivante.

Ele a empurrou para trás, tirando a calça jeans dela enquanto ela tirava a dele.

— Vamos devagar depois — disse Simone.

— Uma ideia melhor ainda. Deixe-me...

A boca de Reed correu sobre ela. Tanto para prová-la como para senti-la. Quando suas mãos a encontraram, quente, molhada, pronta, ela se arqueou contra ele com um gemido áspero.

— Não espere, não espere.

— Não posso.

Ele tirou a roupa dela e atirou-se nela.

O mundo acabou e, finalmente, até que enfim, ele se deixou levar. Agarrou as mãos dela como se quisesse amarrá-las na cama. Simone apertou as pernas ao redor dele enquanto mexia o quadril, enquanto exigia mais, mais.

Ela o apertou, com um punho firme, mas ele segurou a mão dela, quase não conseguindo, para que pudesse ser mais intenso mesmo quando ela gritou.

Ela se refez, gemendo com o corpo, subindo e descendo com ele.

Dessa vez, quando chegou lá, ela chamou o nome dele. E cravado nela, ele se deixou cair.

Capítulo 19

♦ ♦ ♦ ♦

Os dois permaneceram enrolados um no outro, suados, sem fôlego enquanto o vento fazia a chuva bater no gelo, e o gelo batia nas janelas com o som de algo chiando no óleo quente. Se pudesse fazer o que quisesse, Reed teria ficado assim como estava até a primavera, orgulhoso e satisfeito com a garota de seus sonhos.

Muito orgulhoso, pensou, enquanto as mãos de Simone percorriam suas costas. Então, os dedos da moça encontraram a cicatriz da ferida no ombro dele.

Ele se mexeu e apoiou-se nos cotovelos para encará-la.

— Você tem os olhos mais incríveis do mundo.

— Eles são castanhos.

— Que artista você é se "castanho" é o melhor que você tem? São como os olhos de uma tigresa. Como âmbar-escuro. Entendido?

— Que chefe de polícia você é se, com todas as evidências, "entendido" é o melhor que você tem?

— Eu estava sendo modesto. Você realmente precisa ficar. Está feio lá fora — prosseguiu, antes que ela pudesse aceitar ou recusar a oferta. — Muito feio. Tenho que admitir que, se fosse uma noite agradável em junho, eu iria querer que você ficasse para... ah, para sempre. A não ser que a CiCi cedesse. Porque aí eu teria que te expulsar.

— Você está falando de transar com a minha avó quando eu estou nua na sua cama.

— Fatos são fatos. Mas, sério, você precisa ficar. Tenho vinho, pizza congelada e mais sexo reservado para você.

Ela lhe lançou um olhar perverso com o esboço de um sorriso.

— Que tipo de pizza congelada?

— Calabresa e pepperoni. — Rolando na cama, ele pegou o copo de vinho para ela. — E eu tenho sorvete com cobertura de chocolate.

— O sorvete é para fechar o negócio. — Ela se sentou e pegou o vinho. — Mas eu vou insistir em mais sexo.

— Antes ou depois da pizza?

— Depois. Me deu fome. Preciso enviar uma mensagem para CiCi. Ela sabia aonde eu estava indo, e vai imaginar coisas, mas está feio lá fora, por isso eu quero que ela saiba que estou segura aqui dentro.

Levantando-se, ele foi até as portas.

— Está muito feio. Peça a ela para responder à sua mensagem. Para termos certeza de que ela está bem.

— CiCi já passou por mais tempestades do que nós dois juntos. E ela tem gerador em casa. O que explica por que ela está fazendo a reunião que sempre faz na época de chuvas. Alguns amigos, muita comida e álcool. Todo mundo se ajeita por lá até apagar. Você foi convidado — disse ela. — Mas eu tinha outros planos.

Ele acendeu a lareira, dando ao quarto a luz tremeluzente das chamas.

— Você é boa nisso.

— Que bom que você pensa assim! Porque sabe qual é o meu próximo plano? Vou ter que te esculpir. Guardião. Protetor — disse, pensativa. — Não com uma arma; não gosto de armas. Eu acho que com uma espada. Talvez como no meio de um golpe. Talvez...

Ele a encarou de volta.

— Como se eu estivesse usando uma armadura?

Ela riu e se ajeitou para encostar-se nos travesseiros enquanto bebia.

— Não, Reed. Você estará usando a espada.

— Eu não acho que...

— Você está bem boa forma, tem um corpo atraente. Magro, mas não esquelético. Você estava quase esquelético na festa da CiCi, mas voltou à forma.

— Ainda estou uns quilos abaixo do peso. — E, embora nunca tivesse sido do tipo modesto, ele se viu procurando a cueca deixada de lado. — Parece que não vou conseguir recuperá-los.

— Você parece saudável. Eu conheço a anatomia humana, o corpo masculino. Você parece em forma e forte, além de ser magro. — Ela se levantou agora, foi até ele e passou os dedos na cicatriz no ombro dele, na lateral do corpo. — E isso.

— Você vai querer deixar isso de fora.

— Não. As cicatrizes são parte de você, parte do protetor. Você foi ferido, mas ainda segura a espada. Isso é admirável.

— Faz parte do trabalho.

— Faz parte de você. O garoto que parou para pegar uma criança aterrorizada no meio de um pesadelo, que a protegeu. Admiro esse tipo de coisa. Eu poderia estar aqui se eu não tivesse... foi um longo jejum para mim. Mas não posso ficar. — Ela se levantou e roçou os lábios nos dele. — Eu preciso esculpir você. Eu poderia fazer isso de memória agora, mas prefiro fazer uns esboços seus.

— Você está tentando usar o sexo para me convencer.

— Ah. — Com um sorriso lento, ela passou a mão no peito e na barriga dele. — Eu vou.

— Vou ter que fazê-la provar isso.

Ele começou a puxá-la; queria desmanchar aquele sorriso.

Mas seu telefone tocou.

— Droga! Droga! Droga! Merda! Desculpe. — Ele se agachou para pegar o jeans e tirou o telefone do bolso. — Quartermaine. Tudo bem, devagar. Onde? Tudo bem, estou a caminho. Fique calmo.

— Eu tenho que ir — disse enquanto vestia a calça jeans. — Estou atendendo os chamados hoje à noite.

— O que houve?

— Acidente de carro, árvore derrubada, muita histeria.

— Eu posso ir com você.

— De jeito nenhum. — Ele vestiu a camisa. — Fique. Coloque a pizza no forno. Coma. Eu te mando uma mensagem. — Tirou a arma da gaveta e a prendeu na cintura.

— Você precisa de uma capa de chuva.

— Eu tenho roupa de chuva lá embaixo. — Sentado, ele amarrou as botas. — Tem uma lanterna na gaveta, e velas; uma lanterna lá embaixo se a energia acabar.

— Cuidado, chefe. Está muito feio lá fora.

— Quem me dera ter a minha espada! — Ele se levantou, agarrou-a e beijou-a. — Pizza e sorvete no congelador. Volto assim que puder.

Então, pensou ela enquanto estava no quarto vazio, é isso que acontece quando se começa a dormir com um policial.

Ele não hesitara, não reclamara nem um pouco. Apenas vestira as roupas e saíra em direção à tempestade.

Ela foi até o armário e achou engraçado o fato de ele usar apenas um quarto — e olhe lá — do espaço disponível. Deu uma olhada no banheiro. Aparentemente, o policial cheio de cicatrizes e magro não tinha um roupão. Voltou para o armário e tomou emprestada uma das camisas dele.

Enviou uma mensagem para CiCi, dizendo apenas que havia se abrigado da tempestade na casa de Reed.

Dois minutos depois, CiCi respondeu com um *U-huu!*

Pensou na pizza, mas decidiu esperar um pouco primeiro. Talvez ele não demorasse. Pensou na TV, mas decidiu não ver nada. Livros. Ele tinha alguns empilhados no quarto, e ela havia visto outros no andar de baixo.

Ardil-22, alguns suspenses. *Algo sinistro vem por aí*, de Bradbury.

Gostava desse livro em particular, mas concluiu que não seria a melhor opção para uma noite escura e tempestuosa, sozinha em uma casa ainda desconhecida.

Se tivesse trazido seu caderno de esboços...

Na esperança de que ele tivesse um caderno ou um bloco de papel, abriu as gavetas da mesa de cabeceira. A lanterna, como ele havia dito, e um iPad que ela descobriu que poderia usar para fazer funcionar a TV, um sistema de som, a lareira.

Então, o chefe gostava de tecnologia. Algo novo para acrescentar ao arquivo "Conhecendo Reed".

Escritório em casa, lembrou. Com certeza, haveria um bloco de papel e um lápis em um escritório. Saiu e parou para sorrir para o banheiro retrô. Talvez pintasse uma sereia sexy nele. Ela não era a CiCi Lennon com os pincéis e as tintas, mas poderia fazer uma sereia divertida e sexy.

Ela passaria o tempo desenhando sereias e fazendo um estudo do *Protetor* até que ele voltasse.

Um estudo da lateral — o lado direito, porque ela queria as cicatrizes, grande parte das costas e do traseiro, a cabeça voltada para a direita, espada levantada com as mãos, retratada em um movimento para baixo.

Tinha de pedir que ele não cortasse o cabelo por um tempo. Ela o queria um pouco longo e desgrenhado.

Um relâmpago brilhou novamente quando ela abriu a porta do escritório, e ela pensou nele lá no meio da tempestade porque alguém precisava de ajuda. Ela viera por causa do sexo, admitiu para si mesma — primariamente, por causa do sexo. Mas ficou e esperou porque começara a descobrir quem ele era.

Acendeu as luzes e viu que ele não havia mentido sobre a bagunça. Pilhas de arquivos sobre uma velha mesa quadrada — e um ursinho de pelúcia com uma arma e um distintivo. Cadeiras dobráveis contra a parede, uma lata de lixo aberta cheia de garrafas e latas. Mapas fixados nas paredes inacabadas.

Mas lá estava uma pilha de blocos de notas — melhor do que nada — no armário que não tinha porta.

Ela entrou, pegou um e virou-se para a mesa, para caçar um lápis.

E viu os quadros, viu o que preenchia os dois quadros grandes.

— Meu Deus. Ah, meu Deus! — Teve de se apoiar no encosto da cadeira de Reed, inspirar e expirar.

Conhecia os rostos, boa parte dos rostos.

Já havia formado alguns deles com as próprias mãos.

Lá estava o garoto que ela achava que amava. Lá estava sua melhor amiga. Lá estava a Angie de Reed.

Ele tinha fotos, não só dos rostos, mas de corpos, sangue, vidro quebrado, armas. Uma daquelas armas, percebeu ela, havia matado Tish, havia atingido Mi.

Ela olhou para o rosto dos assassinos: garotos, só garotos. Hobart, Whitehall, Paulson.

E, no segundo quadro, Patricia Hobart: a foto e um retrato falado dela. Ela parecia diferente no desenho, mas Simone a viu.

E aquele rosto, percebeu ela, era o que Reed havia visto quando ela tentou matá-lo.

Outros rostos, outros nomes, outros corpos. Horas e datas, vilas e cidades.

Ele olhava para isso todos os dias, percebeu ela. Ele olhava, estudava e tentava encontrar as respostas.

— Meu rosto — murmurou, tocando as fotos da garota que havia sido, a mulher que havia se tornado. — O meu rosto no quadro do Reed. O rosto dele e o meu. Ele não tira os olhos daí. Ele nunca tira.

Então, ela se sentou à mesa e não desviou o olhar.

Quando Reed chegou em casa, encharcado, pouco antes das duas da manhã, encontrou Simone com uma de suas camisas, sentada perto da lareira, bebendo uma Coca e lendo Bradbury.

— Ei. Você não precisava esperar.

— Não consegui dormir. — Ela se levantou. — Você está encharcado.

— Sim. Eu acho que a chuva está começando a passar um pouco, mas provavelmente vai continuar por mais algumas horas. — Ele tirou uma capa preta com a palavra POLÍCIA em letras reflexivas de um lado a outro na parte de trás e da frente. — Lavanderia — disse com um gesto, desaparecendo lá para dentro.

Quando ele saiu, com os pés descalços, ela estava em frente à geladeira, pegando uma caixa de ovos.

— Está muito tarde para pizza.

— Nunca é tarde para pizza — respondeu ele. — Você não comeu?

— Ainda não. Posso fazer ovos mexidos também. O que aconteceu? Foi muito ruim?

— Você conhece os Wagman?

— A Priscilla, que atende por Prissy, e o Rick. Eles vivem perto da escola.

— Eles tiveram uma briga. Ao que parece, estavam tendo problemas conjugais.

— Ele teve, e é provável que ainda esteja tendo, um caso com uma mulher que trabalhou na Benson's Lobster Shack no verão passado. De Westbrook. Divorciada duas vezes.

— Então você conhece o histórico deles. Quer um café com leite?

— Está muito tarde para café com leite.

— Você está bebendo uma Coca.

— Não faz sentido, né? Vou aceitar o café com leite. Desviando do assunto por um instante — disse ela ao colocar um pedaço de manteiga em uma frigideira para derreter e, em seguida, quebrar os ovos em uma tigela. — Você poderia usar umas ervas e especiarias que não sejam sal, pimenta e pimenta vermelha em flocos.

— Anote aí que eu vou comprar.

— O que aconteceu com a Prissy e o Rick?

— Uma briga feia, pelo visto, porque, sim, ele ainda está saindo com a mulher de Westbrook. A Prissy escolheu esta noite, durante a tempestade, para dizer ao Rick, bêbado, que ela estava arrumando um advogado e pedindo o divórcio.

— Não podemos culpá-la.

— Não, não podemos — concordou ele. — Ela encontrou a nota fiscal de alguma loja de lingerie em Westbrook no bolso dele, o que prova que ele está pulando a cerca e é um idiota. Foi quando eles estavam tendo problemas com dinheiro, e ele jurou que tinha terminado com a mulher que ganhou a lingerie sexy. Prissy começou a tirar as roupas dele do armário, ameaçou pôr fogo nelas e quebrou o troféu que ele ganhou como jogador de maior destaque no campeonato de *softball* do ensino médio. Ele diz que ela jogou o troféu nele. Ela diz que o jogou contra a parede. Estou com ela, porque não acho que ela teria errado o alvo, e ele estava bêbado demais para se esquivar do objeto.

"Enfim... — Ele colocou seu café com leite no balcão usado para o café da manhã enquanto mexia os ovos. — Bêbado e irritado, ele saiu violentamente em direção à tempestade. Perdeu o controle e bateu em uma árvore. A maior parte da árvore caiu no caminhão de Curt Seabold. Seabold saiu correndo, um pouco bêbado também, e ele e Wagman começaram a discutir, e se atracaram, com Seabold levando vantagem por estar só um pouco bêbado e não estar ensanguentado por ter batido numa *árvore*. A esposa de Seabold, Alice, saiu correndo, viu Wagman no chão, o marido cambaleando com sangue escorrendo do nariz, e ligou para o serviço de emergência."

— Pelo menos alguém agiu de forma sensata.

— É, pois é. Eu tive que prender os dois e levá-los com cara de tacho para o pronto-socorro. Seabold está em casa... pensei em prisão domiciliar até examinarmos tudo. Wagman está no pronto-socorro com uma costela quebrada, e eu sei que isso não é nada bom. Além disso, teve uma concussão leve, lábios arrebentados, joelho machucado e assim por diante. Prissy, que não se mostrou nem um pouco solidária, sugeriu que eu dissesse a ele para chamar a vagabunda dele, o que eu me neguei a fazer.

— Muito sábio. — Ela tostou parte do pão que ele havia comprado no mercado, e pôs um prato para ele e depois um para si mesma. — Isso manterá a ilha entretida por semanas. Eu espero que ela não o aceite de volta.

— Ela parece bem fria.

— Ela o aceitou de volta pelo menos uma vez antes de eu saber... outra funcionária temporária na época do verão. Eles estão casados há apenas três ou quatro anos. Ele nunca será fiel a ela ou à vagabunda. Ele deu em cima de mim na semana passada.

— Sério?

— De um jeito idiota. — Ela provou o café com leite. — Está ótimo.

— Eu tenho praticado. Os ovos também estão ótimos.

— Eles ficariam melhores com um pouco de tomilho.

— Tomilho está na lista. — Ele bateu de leve na têmpora. — E como você passou a sua tarde?

Ela colocou o café com leite no balcão e olhou nos olhos dele.

— Eu tenho uma confissão para fazer.

— Você poderia, pelo menos, me deixar interrogá-la primeiro. Já pude ver que você roubou uma das minhas camisas. Haverá consequências.

Ela colocou a mão sobre a dele.

— Vou me desculpar primeiro. Eu fui mal-educada e intrometida.

— Você encontrou minhas revistas pornográficas?

— Você tem revistas pornográficas?

Ele voltou a olhar para ela com o rosto deliberadamente inexpressivo.

— De quê?

Ela soltou uma leve gargalhada.

— Meu Deus, você é muito interessante mesmo. Fiquei inquieta depois que você saiu. Vou dizer outra coisa. Se fosse com outra pessoa, eu teria ido para casa. Eu teria dito a mim mesma: "bem, foi divertido", teria deixado um bilhete alegre e ido para casa. Festejar na casa da CiCi. Mas não foi o que fiz, e realmente vou ter que pensar um pouco sobre isso. Nunca pensei em ir embora.

— Eu pedi para você não ir.

— E daí? — insistiu ela. — Se fosse com outra pessoa, não teria tido importância. Fui especialista em transas casuais na faculdade.

— Isso faz muito tempo, Simone.

— Sim, mas eu tenho que pensar no assunto porque, quando me senti inquieta e sozinha em uma casa que não é minha, eu nem pensei em ir embora. Mas, por estar inquieta, eu pensei que poderia desenhar. Fazer alguns esboços, e talvez uma sereia para a parede do seu banheiro. Só que eu não tinha um caderno de desenho comigo. Então eu fui ao seu escritório para procurar um bloco de papel.

— Ah. — Aqueles interessantes olhos verdes se apagaram. — OK.

— Você fechou a porta.

— Eu não tranquei a porta — ressaltou ele. — Eu não disse "não entre aí se você sabe o que é bom para você".

— Meu Deus! Você é tão estável, tão firme. — Não se sentindo tão firme assim, ela passou as mãos no cabelo. — Eu vi os blocos de papel no armário... não havia porta lá.

— Eu só teria que abrir e fechar. Para que serviria?

— Aí eu vi o seu trabalho. Aqueles quadros grandes. Percebi que parte do que está neles é oficial. Fotos das cenas dos crimes e relatórios.

— Sim. Já que você não é uma suspeita, podemos deixar isso passar. Mas sinto muito por você ter visto parte daquilo.

— É o que você vê. Os mortos e feridos, os corpos, as pessoas que matam. Você olha para isso, porque alguém tem que olhar. Não é mesmo? Não diga que isso faz parte do trabalho, Reed. — Ela apertou a mão dele. — Não ouse dizer isso.

— Faz parte do trabalho, o trabalho que escolhi fazer. Faz parte da minha vida. É um tipo de... missão, se isso não soar muito ridículo.

— Nem um pouco.

— Eu só vou parar quando acabar com ela. Se o FBI fizer isso antes de mim, tudo bem. De um jeito ou de outro, esse caso se encerra. E quando isso acontecer? — Ele estendeu a mão para tirar o cabelo dela do rosto. — Eu dou um fim nos quadros. Eu arquivo tudo.

— Você conseguiria fazer isso?

Ele se sentou com o café.

— O que aconteceu naquela noite faz parte de nós e sempre fará. Mas isso não nos define e não pode nos definir. Nem a você nem a mim, nem a quem você e eu vamos ser juntos. Nós precisamos, por mais banal que seja a expressão, dar um fim nisso. E que haja um pouco de justiça, porra!

— Sim. — Ela soltou um suspiro. — Nós, nenhum de nós, nunca tivemos nem uma coisa nem outra.

— Vou trabalhar para termos as duas. Aí eu vou pensar em Patricia Hobart trancada em uma cela pelo resto da vida dela, e eu ficarei bem com isso. Muito melhor.

— Você foi feito para isso. É assim que as coisas funcionam para você. Os mocinhos vão atrás dos vilões.

— É assim que deve ser. O que você está fazendo, Simone? Você está criando um memorial. Você está trabalhando com o coração e com a alma, honrando os mortos, confortando aqueles que eles deixaram para trás. Isso é um trabalho também, mas não é apenas um trabalho. Essa é a sua missão.

— Eu estou demorando muito para chegar lá.

— E daí?

— Você é muito bom para mim — afirmou. — Isso me assusta muito.

— Vou ser ainda melhor. Então ou você se acostuma com isso ou viverá assustada. — Ele pegou os pratos e os levou para a pia.

— Você vai falar comigo sobre o seu trabalho? Tipo, como você acha que a Patricia Hobart vai tentar matar um dos sobreviventes que se mudou para o sul? Os dois na Flórida estão no topo da sua lista.

— É o que imagino, e é mais uma intuição. O problema é que centenas de pessoas sobreviveram. Ela tem muitas opções. Eu vou falar com você sobre isso, e você vai falar comigo sobre o seu trabalho. Mas não esta noite. Você conseguiu falar com a CiCi?

— Sim. Você recebeu um *U-huu*.

— É provável que ela nunca transe de modo ardente e carinhoso comigo depois disso. — Ele se virou. — Acho que tenho que me contentar com você.

Ela inclinou a cabeça.

— Tem um lindo violoncelista italiano em Florença chamado Dante, com quem eu transei ardente e carinhosamente muitas vezes. E poderia transar de novo. Mas, já que não estou em Florença, acho que tenho que me contentar com você.

— Foi um belo troco. Eu te prometi mais sexo.

— Prometeu.

— Eu sou um homem de palavra.

Ele estendeu a mão e ela a segurou.

Reed conseguiu dormir algumas horas até o amanhecer claro e tempestuoso. Antes de sair com um copo de café para viagem e um ar de trepei-muito-mesmo, ele disse a Simone para continuar dormindo e ficar o tempo que quisesse.

Ele caminhou, apesar dos pedaços de gelo e da lama escorregadia, porque queria ver os danos causados pela tempestade. Viu muitos galhos e troncos pesados caídos na água, mas nenhuma árvore tão infeliz quanto a de Curt.

Seria preciso fazer uma limpeza, concluiu ele.

Teria de comprar uma motosserra, e precisaria ser cuidadoso para não matar a si mesmo ou aos outros com ela. A água podia estar azul-clara, mas se agitava com certa violência.

Avistou um grupo de três pessoas avaliando os danos em alguns imóveis para locação e parou para dar uma olhada.

Telhas arrancadas aqui e ali, muitos escombros deixados pela tempestade e, como um dos três lhe disse, um caos barrento e infernal, uma vez que choveu de novo depois do gelo.

Encontrou uma bicicleta amassada na rua, mas nenhum sangue ou sinal do passageiro. Levantou-a para levá-la consigo. A bandeira de alguém — rosa, com um cavalo alado branco — estava rasgada e mergulhada em uma poça. Isso ele deixou para trás.

Alguns, já do lado de fora, limpando os quintais, pararam para chamá-lo e perguntaram como ele se saíra em sua primeira tempestade na ilha.

Ele não disse que havia passado a maior parte dela na cama com uma linda mulher.

Mas pensou em falar.

Deixou a bicicleta amassada do lado de fora do Sunrise quando entrou para reabastecer o copo de café e se surpreendeu com a notícia lá.

Galhos e troncos, uma doca desabada, pequenas inundações. Mas a notícia de destaque se concentrava no incidente Wagman/Seabold. Embora pressionado a fornecer detalhes, Reed se manteve discreto.

Fofocas sobre detenções em uma cafeteria não pegavam bem.

Levou a bicicleta até a delegacia e encontrou Donna e Leon já fofocando por conta própria.

— Onde você encontrou a bicicleta daquele menino, o Quentin Hobbs? — perguntou Donna.

— A cerca de um quilômetro e meio do vilarejo. Como você sabe que é a bicicleta de Quentin Hobbs?

— Eu tenho olhos. E a mãe dele, que é tonta como uma dançarina de cancã bêbada, acabou de telefonar para dizer que alguém roubou a bicicleta do menino durante a tempestade.

— Uma dançarina de cancã bêbada?

— Você já viu uma?

— Nem bêbada nem sóbria.

— Acredite em mim. E eu perguntei a ela: o seu menino guardou aquela bicicleta no galpão, ele pôs corrente nela? O que ele não fez, já que puxou à mãe e nunca faz isso também. Aquela bicicleta levantou voo, foi isso que aconteceu.

— Concordo com a Donna — disse Leon. — Ninguém ia roubar a bicicleta da criança. E ninguém ia sair no meio de uma tempestade para roubá-la, com certeza.

— É lixo agora. Você pode dizer a ela que a recuperamos.

— Ela provavelmente vai exigir que você tire as impressões digitais e comece uma investigação.

— Ela se decepcionará. Leon, eu agradeceria se você fosse até o pronto-socorro, onde deixei o Rick Wagman algemado a uma cama, para dar uma olhada no estado dele. Se ele estiver sóbrio, você pode trazê-lo e prendê-lo. Ele já foi acusado e sabe dos direitos dele.

— Eu ouvi uns comentários sobre isso. Ele deu uns tapas na Prissy?

— Não, ele não deu; do contrário, ele seria acusado disso também. Ele é acusado de dirigir embriagado, condução perigosa, agressão a Curt Seabold, destruição de propriedade privada e resistência à prisão, já que tentou me enfrentar quando cheguei lá.

— Ele te bateu? — perguntou Donna, com os olhos estreitos.

— Quase nada. Ele estava bêbado, atordoado, e foi idiota. Eu acusei Curt de agressão enquanto os dois caíam na porrada. Eu o deixei ficar em casa, e não vejo nenhum motivo para prendê-lo.

Franzindo a testa, Leon esfregou o queixo.

— Parece-me que Curt estava se defendendo.

— Ele foi o primeiro a bater, Leon, e ele mesmo disse isso. Ele tinha bebido um pouco, mas não estava dirigindo, e, pelo visto, nunca mais vai dirigir o caminhão dele. Eu espero que acabemos retirando a queixa contra ele, mas ela tem de ser mantida por ora. Como ele reagiria se eu pedisse a Cecil para ir até lá com uma motosserra, para ajudá-lo a cortar a árvore que caiu no caminhão dele?

— Acho que ele aceitaria numa boa.

— Então é isso que vamos fazer. Nick e Matty estão no segundo turno, mas eu vou trazê-los para cá se precisarmos deles. Eu quero Wagman em uma cela assim que ele estiver clinicamente sóbrio, Leon. Preenchi a papelada dele ontem à noite. Ele pode arrumar um advogado, tentar pagar fiança, mas fica em uma cela ou algemado à cama no pronto-socorro. Ninguém vai dirigir embriagado na ilha bem debaixo do meu nariz e fingir que não é nada.

— Sim, senhor, chefe.

— Você parece muito animado e cheio de energia para quem passou metade da noite acordado lidando com bêbados.

Reed sorriu para Donna.

— Pareço? Deve ser só meu alto-astral comum. Estou no meu escritório. Mande o Cecil entrar quando ele chegar aqui. E, se ele não estiver aqui em dez minutos, ligue para ele e diga para ele andar logo.

Ele entrou, sentou-se e ligou o computador. Em seguida, fez contato com o promotor que atendia à ilha quando eles precisavam de um.

Capítulo 20

♦ ♦ ♦ ♦

Rick Wagman pegou sessenta dias, teve a carteira de habilitação suspensa — não era a primeira vez que ele dirigia embriagado — e foi obrigado a fazer curso de reabilitação. Uma vez que adultério não era crime, Reed decidiu aplicar uma punição adequada por ele ter sido um bêbado idiota.

Abril chegou com dois dias de neve. Arados abriam caminho e pás tiravam o excesso enquanto o despontar da primavera trazia a ilha de volta ao solstício de inverno. Então o sol raiou, elevando a temperatura para 10ºC. O rápido degelo formava córregos, abria buracos no asfalto, inundava as praias.

Reed passou a maior parte de suas primeiras três semanas no trabalho lidando com incidentes relacionados ao tempo. Nas horas vagas, ele se fazia visível no vilarejo, caminhando ou andando de bicicleta pela ilha, muitas vezes com CiCi, Simone ou ambas. Passava a maior parte das noites que podia com Simone em sua cama.

E dedicava pelo menos uma hora à tarde a Patricia Hobart.

Em sua folga no meio de abril, pegou a balsa para Portland. Não conseguiu convencer Simone a acompanhá-lo. Talvez não devesse ter mencionado que iria encontrar seus pais, percebeu ele.

Saiu da balsa, parou para comprar flores e acabou escolhendo um arranjo de hortênsias bem azuis. Pensou melhor e acabou comprando três.

Seus pais não eram as únicas pessoas que ele visitaria neste domingo de primavera.

Fez um lanche de manhã com sua família, brincou com as crianças, falou bobagem com o irmão, provocou a irmã e ajudou mais ou menos o pai a plantar as bem-recebidas hortênsias.

E levou consigo uma enorme embalagem com sobras.

Na próxima parada, encontrou Leticia Johnson sentada na varanda da frente colocando amores-perfeitos em vasos. Ela tirou as luvas quando ele parou.

Reed achou incrível o fato de que ela parecia exatamente igual à noite em que a conheceu.

Olhou para o outro lado da rua e pensou que não poderia dizer o mesmo em relação ao lugar.

O proprietário havia, de fato, vendido o terreno. Os novos donos demoliram o que havia restado lá e construído uma bela casa, pintada de azul-claro com acabamentos em branco. Eles haviam acrescentado uma varanda, um caminho de concreto, uma entrada asfaltada e algumas plantas.

Na casa ao lado, os reparos de Rob e de Chloe há muito se haviam transformado em uma bela casa de dois andares pintada de verde queimado com o acréscimo de uma garagem na lateral e uma sala extra acima dela.

Ele sabia que o casal havia tido outro filho também.

Tirou as hortênsias do carro e foi caminhando em direção a Leticia, que tinha um sorriso de boas-vindas no rosto.

— E não é que você é uma coisa linda de se ver em um dia ensolarado?

— Não tão bela quanto você. — Ele se curvou para beijar o rosto de Leticia. — Espero que goste de hortênsias.

— É claro que eu gosto.

— Então, escolha um lugar para elas e me diga onde encontro uma pá.

Ela queria as hortênsias na frente da casa, para que pudesse vê-las quando estivesse sentada na varanda. Enquanto Reed cavava, ela entrou na casa e voltou com um recipiente de plástico.

— Borra de café e algumas cascas de laranja que eu não misturei ao adubo ainda. Pode enterrar isso com as raízes, garoto. Vão ajudar a manter as flores azuis.

— Você iria gostar do meu pai. Acabei de deixar hortênsias lá também, e ele disse exatamente a mesma coisa. O que você sabe sobre tremoceiros?

Eles conversaram sobre jardinagem, embora boa parte da conversa tenha sido como grego para ele.

Depois disso, ele se sentou com ela na varanda para tomar chá gelado e comer biscoitos.

— Você parece saudável e feliz. A vida na ilha está fazendo bem para você.

Ele não esqueceu que ela o visitara no hospital, duas vezes.

— Está mesmo. Espero que você apareça um dia para eu lhe mostrar a ilha. Podemos ficar sentados na minha varanda.

— Você precisa é de uma bela jovem sentada lá com você.

— Estou trabalhando nisso.

— Bem, graças a Deus.

— Como são os vizinhos?

Ela olhou para o outro lado da rua, como ele fizera.

— Chloe, Rob e as duas meninas estão bem. Uma família adorável. Nós temos vizinhos novos do outro lado agora, na casa daquela pobre mulher.

— É?

— A família que construiu a casa aí, e é uma bela casa também, simplesmente a deixou. Mora um jovem casal lá agora, esperando o primeiro filho para o próximo outono. São a simpatia em pessoa. Levei uma torta de maçã para dar as boas-vindas, e não é que eles me convidaram para entrar e me mostraram a casa? E, na noite anterior à coleta do lixo, todas as semanas, ele e Rob se revezam e vêm aqui para levar minhas latas de lixo até a calçada.

— Fico feliz em ouvir isso.

— Você ainda fica pensando no que era.

— Ela ainda está solta por aí.

Balançando a cabeça, Leticia pegou a cruz que usava no pescoço.

— Uma pessoa capaz de matar a própria mãe e os avós não é gente. É outra coisa que nem tem nome.

— Eu tenho muitos nomes para ela. Eu sei que você não conversava muito com ela, mas você a via, senhora Leticia. Entrando e saindo. Estou à procura de padrões, e mudanças neles.

— Como conversamos, ela chegava com mantimentos, ficava um pouco. No Dia das Mães, Natal, ela trazia alguma coisa. Nunca parecia feliz com isso.

— Alguma vez ela mudou o visual, tipo o cabelo, o estilo?

— Nada de muito interessante. Mas, pensando bem, eu a vi uma vez com uma daquelas roupas que as meninas usam para fazer exercícios. Como se estivesse indo malhar ou correr por aí. Não era algo que ela fazia pela manhã, e ela parecia bem irritada. Tenho que dizer que ela estava mais bonita do que eu pensei que era possível.

— Ela corria quase todas as manhãs. Nós verificamos. Interessante.

— Agora, pensando nisso, eu diria que foi na época em que a mãe dela ficou doente.

— Pode ser que Marcia Hobart tenha ligado para Patricia e insistido para que ela viesse antes, e Patricia não se deu ao trabalho de trocar a roupa que usou para correr pela manhã.

— Agora você está me fazendo lembrar outra coisa. — Leticia bateu o dedo no joelho. — Ela não parecia nem um pouco diferente naquele dia nem agiu tão diferente assim, mas talvez seja uma mudança no padrão, como você disse.

Ela se balançou na cadeira, os olhos fechados, tentando se lembrar.

— Era época de inverno... não posso dizer quando. Mas os meninos estavam fazendo um boneco de neve para mim aqui fora, e, pensando na idade deles, eu acho que isso foi há uns cinco ou seis anos. Meu neto... da polícia, sabe... estava tirando a neve dos degraus com a pá e estava usando o cachecol que eu fiz e dei para ele no Natal, então foi depois disso. Eu estava aqui fora, supervisionando... trouxe para os meninos uma cenoura para o nariz do boneco de neve, e ela passou de carro.

Ela abriu os olhos novamente, fazendo que sim com a cabeça enquanto olhava para Reed.

— Posso dizer que ela ficou irritada na mesma hora que saiu porque o caminho lá estava cheio de neve. Eu a chamei, perguntei se queria que um dos meus filhos tirasse um pouco da neve com a pá, já que a menina que fazia isso para ela estava gripada.

Leticia balançou um pouco, fazendo um sim de cabeça novamente.

— Estou lembrando agora. Eu me aproximei enquanto falava, me parece, e ela abaixou a cabeça, como normalmente fazia. Eu assumi as rédeas da situação, disse ao meu neto para ir até lá tirar a neve com a pá daquele caminho para a moça e disse ao menino mais velho para ir pegar as sacolas de compras.

— Como ela reagiu?

— Ela ficou meio travada, né? Ela precisava da ajuda, e a ajuda já estava a caminho. Comentei que parecia que ela havia tomado um pouco de sol, pois parecia mesmo, eu me lembro. Ela disse que havia saído de férias por um tempinho. Meu menino estava limpando o caminho da casa dela, o outro estava levando as duas sacolas de compras até a pequena varanda, então ela ficou sem saída e nitidamente irritada. Ela disse que odiava voltar no inverno, que gostaria de passar todos os invernos na Flórida.

— Ela disse *Flórida*, especificamente?

— Disse. Tinha sol, palmeiras e piscinas na Flórida, e, aqui, nós tínhamos neve, gelo e frio. Acho que foi o máximo que ela disse para mim durante todo o tempo em que nos conhecemos, aí eu disse que achava bom que ela tivesse tirado férias e perguntei aonde ela havia ido na Flórida. Ela apenas resmungou que tinha que entrar na casa da mãe e saiu. Aí ela parou e se ofereceu para pagar o meu neto, ainda usando a pá, mas ele não aceitaria dinheiro algum. Ele é educado.

— Ela matou uma mulher em Tampa, em fevereiro de 2011.

— Ah, meu Senhor... O bronzeado que ela havia pegado nas férias ainda não estava desbotado, então isso não deve ter sido muito depois. Ela pegou um bronzeado enquanto assassinava uma pessoa e ficou reclamando da neve. Você acha que ela foi para a Flórida de novo depois que atirou em você?

— Não, eu acho que ela foi para o Canadá. Eu atirei nela; ela deixou um rastro de sangue. E teve que agir rápido.

— Ela teve tempo de matar os próprios avós. — Seus dedos agarraram a cruz novamente. — Que eles descansem em paz!

— Ela os odiava, assim como odiava a mãe. E tinha que fazer mal, de um jeito ou de outro. Por que não descontar neles? Mas ela *foi* ferida, e eu não consigo imaginá-la tentando dirigir até a Flórida baleada. O Canadá é mais perto. Identidade nova, do outro lado da fronteira, abrir um buraco e se esconder. Patricia tinha muito dinheiro, é o que descobrimos, e cartões de crédito com identidades falsas. Mas eu acho que ela está na Flórida agora. Ela gostou de lá.

Ele olhou novamente para Leticia.

— E eu acho que dois dos alvos dela estão vivendo lá agora.

— Você precisa avisá-los, Reed. Não me diga que o FBI está no comando. Essas pessoas precisam ter a chance de tomar precauções, se proteger.

Depois de receber um beijo de despedida, Leticia o observou partir. Estava preocupada com aquele rapaz. A moça que não era gente, mas sim algo tão ruim que Leticia não tinha uma palavra para isso em seu vocabulário, havia tentado matá-lo uma vez. Com certeza, ele sabia que ela tentaria novamente. Leticia tinha que rezar, e rezaria, para que ele ficasse bastante esperto, e fosse bom o suficiente como policial para pegá-la antes que ela o pegasse.

$\mathcal{E}$ssie pareceu perplexa quando Reed lhe ofereceu as hortênsias.

— Você deve plantá-las com borra de café por razões que não fazem sentido para mim. Eu troco a planta por uma cerveja.

— É uma bela planta. Hank! — gritou. — Reed nos trouxe uma planta.

Dylan e Puck chegaram primeiro, correndo.

— Meu garoto. Toca aqui — disse Reed, estendendo a mão para o menino, e abaixou-se para acariciar o cachorro que balançava o rabo.

— A gente vai para a ilha? A gente pode ir agora?

— Você vai ter que esperar.

— Aaaaah! Eu e o Puck queremos ir!

Reed levantou-o.

— Falta pouco. Quando vocês forem, você e Puck, o pug, serão agentes por um dia.

— Com distintivos?

— Não dá para ser um agente sem distintivo. Ei, Hank.

— Reed. Belas hortênsias. Azuis. Precisa de solo ácido para mantê-las assim.

— Então, eu vou passá-las para o cara que entende do assunto.

Bebeu uma cerveja com Hank e ficou observando os bonecos dos Power Rangers e os dinossauros de Dylan. Hank percebeu o sinal sutil entre a esposa e o ex-parceiro.

— Ei, Dylan, vamos fazer um buraco na terra. Eu já tenho o lugar.

— Outra cerveja? — perguntou Essie depois que os homens foram lá para fora.

— Não, obrigado. Eu tenho que pegar a balsa de volta e não tenho muito tempo. Dei uma parada para conversar com Leticia Johnson — começou, e passou a nova informação.

— Sempre soubemos que ela tinha ido para a Flórida, Reed.

— Isso mesmo. Mas acho que alguma coisa sobre isso a surpreendeu. Ela falou no assunto, e ela normalmente fazia questão de não dizer quase nada. Ela mencionou isso... e a mulher da padaria onde ela parava pelas manhãs? Ela disse que a Hobart lhe contou que estava passando uns dias em um spa nas montanhas.

— Ela é uma mentirosa, o que já sabemos também. Mas você tem razão. Ela vacilou. Estava irritada — concluiu Essie.

— Tinha acabado de deixar o sol e as palmeiras para trás, e agora tinha neve e frio, e ninguém tinha tirado a neve da maldita entrada da casa.

— A dona Leticia meio que a encurralou por um instante, então ela cedeu um pouco, reclamou um pouco.

— Por que seria importante, de verdade, o que ela disse para uma velha intrometida na vizinhança da mãe dela? Ela estava irritada com a neve, irritada com a moça que não tinha limpado a neve e acabara de matar uma pessoa. Sim. — Essie assentiu. — Ela vacilou.

— Ela está na Flórida, Essie. Eu sei.

— Reed, não temos nenhuma pista que leve a isso.

— Dois alvos, e tem sido um inverno frio. — Ele se levantou de uma vez e começou a andar. — O que você pensou quando viu esta casa, quando a comprou?

— Eu achei a minha casa.

— Sim, e eu disse a mesma coisa em relação à minha. Ela morava com os avós e os odiava... antes, com a mãe, era a mesma coisa. Ela matou todos eles. Ela nunca se sentiu assim em relação a esses lugares. Eu aposto que ela se sente em casa na Flórida. Ela sai do Canadá, e até o FBI acredita que ela está escondida lá, e que vai para as Bermudas. Sabe o que eu acho?

Fazendo um sim com a cabeça, Essie estufou as bochechas.

— Isso a fez se lembrar de que ama sol e palmeiras.

— Exatamente. Nós já imaginamos o sul, e eu estava apostando na Flórida. Agora tenho certeza disso. Eu sei que é pura intuição, Essie, mas se encaixa.

— Eu posso passar isso para o agente especial responsável.

— Não se isso atrair a atenção para você.

— Eles estão chegando lá? Não, não estão. E ela fez mais uma vítima. Vou seguir as regras. Olha, o Sloop sabe que você mantém contato com a avó dele, e ele pode checar. Você passou para ver como ela estava...

— Levei hortênsias e as plantei para ela.

— Muito melhor. E ela lhe dá essas novas informações. Você as repassou para mim. Eu repasso para os meus superiores. Simples assim.

— Tudo bem. Como a pessoa que reuniu as informações, e como chefe de polícia que jurou proteger e servir, vou entrar em contato com os dois possíveis alvos.

— Reed...

— Os federais vão levar um tempo para digerir a nova informação, e, ainda assim, não sabemos o que eles podem fazer. Vou entrar em contato com eles, Essie. O que eles podem fazer comigo?

— Talvez não muito. Se é que podem fazer alguma coisa.

— Eles não podem atacar você se eu fizer os contatos.

— Talvez o contato tenha mais peso se partir de mim, uma detetive do DP de Portland.

— Detetive, chefe. — Ele sorriu para ela. — Qual é?

— Espertinho.

— Eu estou contando isso para você porque nunca enrolamos um ao outro, e não quero que você fique sabendo disso depois do fato. Tenho que ir.

Ele foi até a janela primeiro e olhou para fora.

— Homem, menino e cachorro. É uma bela cena.

— A minha favorita. Eu estou grávida.

— Hein? — Ele se virou. — Sério? Por que você não disse isso assim que eu cheguei. Isso é bom, né?

— É muito mais que bom. Estou de sete semanas e meia, e não se deve contar antes de se chegar às doze. Mas...

Ela olhou pela janela com um olhar preocupado.

— Vou ter dois filhos. Hank encontrou um agente que vai divulgar o livro dele por aí e, meu Deus, ele já começou a escrever outro. Ele está feliz escrevendo, ficando em casa. Eu estou feliz. Dylan está radiante. Eu quero que a vagabunda seja pega, Reed. Mais cedo ou mais tarde, ela virá atrás de mim também. Fui eu que matei o irmão dela.

— Nós vamos pegá-la, Essie.

— Ela não atinge famílias. Famílias não interessam para ela. Mas agora eu tenho a minha família dentro de mim.

— Espalhe a notícia. Não espere as doze semanas. Olha, eu acho que você está no topo da lista dela. Nada de babaseira entre nós. Então, é muito cedo para ela vir atrás de você. Mas, se ela souber que você está grávida, isso pode detê-la, caso esbarre em você.

— Não é uma má ideia. — Uma vez que havia ficado tensa, ela esfregou a nuca debaixo do curto rabo de cavalo. — Eu posso deixar a notícia vazar.

Ela veio atrás de você, e você foi a segunda pessoa a ligar para o serviço de emergência.

— A segunda não é importante. Eu não levei a polícia. A Simone levou. Simone — acrescentou ele —, por quem eu estou loucamente apaixonado.

— Você... — Essie conseguiu não ficar de queixo caído. — Agora é a minha vez. Sério?

— É muito sério. É você ou a Simone no topo da lista dela. Não tem como ela chegar a qualquer uma de vocês.

— Ela está apaixonada por você?

— Estou investindo nisso. Preciso ir.

— Mas o papo estava ficando interessante. Como você está investindo nisso?

— Apareça na ilha e veja com os próprios olhos — disse ele enquanto ela o seguia até a porta. — Eu não posso perder a balsa. Sou o chefe de polícia.

Na balsa, Reed fez as ligações. Falou com Max Lowen, em Fort Lauderdale; identificou-se e disse que, durante uma investigação superficial, havia reunido informações que o levavam a acreditar que Patricia Hobart poderia estar na Flórida.

Depois de deixar Lowen morrendo de medo, Reed falou de precauções básicas, fez algumas perguntas relevantes, deu a ele o número de seu celular e sugeriu que o homem passasse a informação para as autoridades locais e entrasse em contato com o Agente Especial Responsável no FBI. Ele ficaria feliz em falar com eles, para confirmar tudo.

Com Emily Devlon, quem respondeu à sua ligação foi a secretária eletrônica. Deixou seu nome, número, e pediu que ela entrasse em contato com ele o mais rápido possível, porque tinha informações sobre Patricia Hobart.

Então ele saiu do carro e viu o contorno da ilha.

Lar, pensou ele. *Onde está o meu coração.*

Pegou o telefone novamente e enviou uma mensagem para Simone.

Na balsa, chego em cinco minutos. Estou pensando em pegar uma pizza e passar um tempo vendo o pôr do sol no quintal com duas lindas mulheres.

Ela respondeu.

CiCi está fazendo o que ela chama de Sopa de Legumes de Todos os Tempos. E ela me colocou para sovar a massa do pão, então não precisa de pizza. Está muito frio para ver o pôr do sol no quintal. Em vez disso, vamos ficar sentados perto da lareira.

Combinado. Quase em casa.

Ele colocou o celular de volta no bolso. Tentaria falar com Emily Devlon novamente pela manhã se ela não retornasse sua ligação. Mas, por ora, ia deixar o assunto de lado.

$\mathcal{E}$MILY OUVIU O TELEFONE tocar quando fechou a porta da cozinha depois de entrar. Hesitou por um instante, quase voltou para responder, e continuou. Uma vez que o marido e os filhos já haviam saído para ficar um pouco na praia e comprar pizza, não se preocuparia com isso. Se Kent precisasse dela, teria ligado para seu celular.

Eles tinham o telefone fixo porque Kent queria um para clientes e recados. Então devia ser um cliente ou uma ligação irritante de um político.

Além disso, esta era a sua noite. A noite com as amigas disfarçada de clube do livro, no primeiro e no terceiro domingos do mês; ela comandava o primeiro e apenas participava do segundo. E, hoje à noite, não era ela que comandaria.

Entrou na garagem — a que o marido nunca usava, uma vez que a enchera com tantos equipamentos esportivos, ferramentas e porcarias do jardim que mal havia espaço para o carro dela.

Ouviu um barulho e sentiu uma dor ardente.

Então, não ouviu nem sentiu mais nada.

Patricia abriu a bolsa de Emily e examinou os contatos até chegar a um dos nomes do grupo. Enviou a seguinte mensagem:

Tive um imprevisto, explico mais tarde. Não vou poder. Que pena!

No caso de um vizinho olhar lá para fora, Patricia ajustou sua peruca no mesmo estilo e cor que o cabelo de Emily. Pegou as chaves da mulher, entrou na minivan e apertou o controle da garagem.

Passou pelo bairro, saiu de novo, pegou uma via direta em direção ao centro comercial que ficava a céu aberto e a uma distância conveniente de dois quilômetros e meio, e estacionou.

Pôs a peruca na bolsa enorme junto com a arma, ajeitou o cabelo — dane-se o DNA; ela *queria* que eles soubessem que ela havia vencido de novo.

Passeou pelo shopping, aquecendo-se no agradável fim de tarde de primavera. Cara, como ela adorava a Flórida! Viu as vitrines, comprou algumas coisas e voltou para seu próprio carro, estacionado ali antes de percorrer os dois quilômetros e meio para matar Emily.

Suas malas já estavam na área de carga.

Soltou um suspiro. Detestava deixar a Flórida; queria poder ficar e se aquecer mais um pouco. Mas tinha outros lugares para ir, outras pessoas para matar.

— Pé na estrada! — disse com uma risada. Abriu o pacote de batatas fritas picantes e a Pepsi Diet que havia comprado para a viagem. Ligou o rádio via satélite.

Enquanto ia embora, chegou à conclusão de que Emily Devlon havia sido seu assassinato mais fácil até o momento.

A sorte estava do seu lado.

$\mathcal{E}$ CONTINUARIA DO SEU LADO. O marido de Emily não olhou na garagem quando chegou em casa. Não tinha motivo para isso. As crianças — eufóricas com a pizza e com o sorvete, que ele fora fraco o suficiente para não ordenar que o tomassem depois — mantiveram-no ocupado e distraído. De qualquer modo, só esperava que a esposa chegasse em casa pelo menos às dez da noite.

Deixou as crianças enlouquecerem na banheira porque elas o faziam rir, ainda que isso significasse uma limpeza pesada antes que a mamãe voltasse.

Leu uma história para elas, colocou-as na cama, limpou o banheiro e tomou o que considerava ser uma bem merecida vodca com água tônica. Não checou a secretária eletrônica, nem cogitou isso, e adormeceu no sexto *inning* do jogo de beisebol na TV do quarto.

Acordou pouco depois da meia-noite, desorientado, e então mais confuso do que incomodado quando se viu sozinho na cama.

Desligou a TV e foi ao banheiro para fazer xixi. Bocejando, foi ver as crianças e deu uma olhada no quarto de hóspedes, onde Emily às vezes dormia quando ele roncava demais.

Desceu as escadas e chamou por ela.

A confusão logo se tornou um incômodo. A regra da casa, pensou ele, que servia para ambos era: avise se for chegar tarde.

Estendeu a mão para alcançar o telefone, mas se lembrou de que estava preso no carregador ao lado da cama. Entrou em seu escritório, do lado de fora da sala de estar, para usar o telefone fixo, e viu a luz da mensagem piscando.

Apertou o botão para ouvi-la e franziu a testa. Por que, ora bolas, um chefe de polícia de uma ilha fora de Portland... ouviu o nome de Hobart e gelou.

Ligou para o celular da esposa e sentiu-se enjoado quando ouviu a mensagem alegre da caixa postal.

— Ligue para mim. Ligue para mim, Emily. Agora.

Começou a andar de um lado para o outro, dizendo a si mesmo que ela estava bem. Foram só muitos copos de Pinot, só isso. Ela estava bem.

Mas saiu, deu uma olhada na piscina, na banheira de hidromassagem. Soltou um suspiro trêmulo de alívio.

Não pensou na garagem nem no carro dela por quase dez minutos. Hesitou entre estar aliviado e trêmulo quando não viu o carro.

Então, ele a encontrou.

REED SÓ RECEBEU A LIGAÇÃO, feita por um policial da Divisão de Homicídios, às três da manhã.

Pegou o telefone e rolou para se sentar no que lembrou ser a cama de Simone, não a sua.

— Quartermaine.

— Chefe Quartermaine, Tranquility Island, no Maine?

— Sim. Quem é?

— Detetive Sylvio, DP de Coral Gables. O seu nome e número de contato estavam na secretária eletrônica...

— Emily Devlon. — Ele se agarrou à esperança por dez segundos. — Ela entrou em contato com você?

— Não, chefe Quartermaine.

— Você é da Homicídios?

— Afirmativo.

— Merda. Merda. Quando? Como?

— Estamos investigando. Tenho algumas perguntas.

— Faça. — Ele abriu a porta e saiu para o longo terraço com vista para o mar. Precisava de ar.

Simone acendeu as luzes. Sentiu aquele ar, uma brisa forte e fria, entrar no quarto. Levantou-se, colocou um roupão e foi até a porta aberta para ver Reed em pé, nu, à luz intermitente do luar, dando respostas instantâneas ao telefone.

Ele não está sentindo o frio, atinou ela. Não com toda aquela raiva ardente que ele colocava para fora. Simone nunca o vira zangado; não tinha certeza se ele havia ficado alguma vez. Pelo menos não daquele jeito.

Ele não estava furioso, mas a raiva estava lá.

Ela ouviu porque, depois de dar as respostas, ele partiu para as perguntas. Era óbvio que as respostas não o satisfizeram.

— Dá um tempo, detetive. Dá um tempo, cacete. Ela poderia estar viva se eu tivesse feito aquela ligação mais cedo, se eu tivesse feito contato com ela. Porque foi a Hobart, porra. Ela persegue as pessoas sozinha, por meio das mídias sociais. Ela descobre um lugar, como uma simples caminhada ou um passeio de carro. Ela conhece a rotina de Emily Devlon. Onde a mulher faz compras, onde tem conta no banco, onde bebe, onde come. Ela documenta todos os detalhes. Devlon tinha o hábito de sair aos domingos à noite?

Reed enfiou a mão no cabelo, andando de um lado para o outro.

— Pelo amor de Deus, caralho, ligue para o FBI. O Agente Especial Responsável se chama Andrew Xavier. Mas, neste exato momento, você está diante de uma mulher morta que deixa marido e dois filhos. Eu estava lá com ela no shopping DownEast. Eu não a conheci, mas ela estava lá também. E eu... puta merda, você está tentando se fazer de idiota? Então me passe a hora do óbito, e eu lhe direi onde eu estava, droga! Eu estava na casa da minha ex-parceira e da família dela. É a detetive Essie McVee. — Ele balbuciou o telefone e o endereço dela. — Ela irá confirmar. Eu saí da casa dela e fui até a balsa para voltar para Tranquility. Fiz contato com Emily Devlon, deixei a mensagem enquanto estava na balsa. Antes disso, fiz contato com Max Lowen, em Fort Lauderdale, uma vez que eu acreditava que Hobart estava na Flórida. O horário fica registrado na mensagem, caralho, você sabe muito bem que eu liguei para ela antes ou logo depois da hora do óbito.

Ele ouviu e, ah, sim, Simone podia ver essa raiva em cada linha e músculo do corpo de Reed.

— Faça isso. Faça essa porra aí. Você sabe onde me encontrar.

Ele se virou, e a fúria em sua expressão fez Simone dar um passo para trás. Ele se conteve.

— Preciso de um minuto.

Mas, quando ele estendeu a mão para fechar a porta entre eles, Simone deu um passo à frente.

— Não faça isso. Não me deixe de fora. Eu ouvi o suficiente para saber que ela matou outra pessoa. Alguém que você tentou avisar. Entre, Reed, coloque uma roupa. Você não percebeu ainda, mas está congelando.

— E isso ajudou pra caralho, né? Ela não atendeu o telefone. Talvez já estivesse morta. Tarde demais, porra! — Ele jogou o celular na cama e pegou a calça. — E esse idiota da Homicídios está me interrogando para saber por que eu deixei a mensagem, por que eu saí do DP de Portland, como eu sabia de tanta coisa, onde eu estava durante todo esse tempo. Filho da puta do caralho.

Ele se conteve novamente.

— Desculpe. Tenho que ir.

— Para fazer o quê? Socar a parede em outro lugar? Assim que o filho da puta do caralho fizer o mínimo de investigação, ele vai saber que é um filho da puta do caralho.

— Isso não fará com que Emily Devlon fique menos morta. A mulher tinha dois filhos pequenos. Eu cheguei tarde demais.

Ela foi até ele e o abraçou.

— Droga, Simone. Eu cheguei tarde demais. Ela chegou na frente.

— Você? — Ela o apertou com força e depois aliviou. — Por que você, e só você?

— Eu sou o único que ela tentou matar que olhou nos olhos dela e sobreviveu.

— Então você não vai parar. Agora você não acha que é grande coisa, mas é. Já estou vendo o policial da Flórida ligando de volta, se desculpando e pedindo a sua ajuda.

— Eu não quero a porra do pedido de desculpa dele.

— É provável que você o tenha, mesmo assim. Mas agora vamos dar um passeio na praia.

— Está frio, e estamos no meio da noite. Eu preciso ir — insistiu ele. — Você deveria voltar para a cama.

Estranho, pensou ela, pois ele normalmente mantinha a calma. Agora que ele havia vacilado, ela conseguiu manter muito bem a sua.

— Você vai me esperar colocar uma roupa e então nós vamos caminhar. É algo que me ajuda, pelo menos às vezes, quando eu estou irritada de verdade. Vamos ver se isso te ajuda.

Ela foi até a cômoda para pegar uma blusa e uma calça de moletom.

— Ver você com toda essa raiva me faz perceber como a ilha tem sorte de ter você.

— Sim, nada como um chefe de polícia puto da vida.

— Você tem o direito de estar irritado, e, mesmo assim, está conseguindo controlar a raiva. E parte da irritação, a parte que ainda se vê, é triste. Eu sabia que você é um policial esperto e inteligente. Eu sabia que você respeita o trabalho que faz, e quer fazê-lo bem. E eu sabia que você se importa com as pessoas, mas, esta noite, eu vi o quanto você se importa.

Ela pegou uma echarpe e a enrolou no pescoço.

— Temos sorte de ter você, chefe. Tenho uma jaqueta quente lá embaixo. Vamos pegá-la e, então, pegamos a sua quando estivermos saindo.

— Eu estou apaixonado por você. Meu Deus, não deixe que isso te assuste pra valer.

A declaração deixou Simone sem ar por um instante, e ela teve de se apegar com mais firmeza à sua calma.

— Isso me assusta. Não está me assustando pra valer, mas eu preciso pôr a cabeça um pouco mais no lugar antes de saber com certeza o que vamos fazer a esse respeito. Eu nunca me senti em relação a qualquer pessoa como me sinto em relação a você. Eu só preciso entender isso.

— Está bom para mim. E estou menos irritado agora.

— Vamos dar uma volta de qualquer jeito. Você foi o primeiro homem que disse isso para mim e eu acreditei. Acho que nós dois precisamos dar uma volta na praia.

Isso ajudou, e, embora ele não tenha entrado, voltado para sua cama, ela sabia que Reed se acalmara. Ele a beijou e foi embora de carro depois de esperar que ela entrasse.

Ela também não voltou para a cama. Em vez disso, fez uma grande xícara de café e foi para seu estúdio.

Lá, encontrou o esboço de Emily Devlon que havia feito a partir da foto no quadro de Reed. E, reunindo suas ferramentas, começou a fazer o que podia para honrar os mortos.

Parte Três

Prova de vida

A vida é real! A vida é séria!
E não é na sepultura que acaba;
Tu és pó, ao pó retornarás,
Mas isso não foi dito no tocante à alma.

— Henry Wadsworth Longfellow

Capítulo 21

♦ ♦ ♦ ♦

REED RECEBEU UM PEDIDO de desculpas do detetive da Flórida, ainda que ele obviamente estivesse cumprindo uma ordem. E uma ligação na sequência do superior do detetive, que não parecia ser um babaca.

Eles trocaram informações e prometeram manter um ao outro informado à medida que surgissem novidades.

Donna bateu no batente da porta.

— Recebemos uma ligação de Ida Booker, em Tidal Lane, e ela está uma fera.

— Com o quê?

— Um cachorro entrou na caixa onde ela guarda adubo, fez um estrago no canteiro de flores onde os narcisos estavam começando a brotar e perseguiu a gata dela até a bichinha subir numa árvore.

— De quem é o cachorro?

— Não é de ninguém, esse é o outro problema. Ela está dizendo que é a segunda vez em dois dias que ele faz a gata subir na árvore, e ela saiu perguntando pelo bairro, mas ninguém nunca viu o cachorro antes. Estão achando que alguém o abandonou. Alguém veio com ele na balsa e voltou sem ele.

— Temos um problema com um vira-lata na ilha que eu desconheço?

— Não tínhamos, mas parece que temos um agora. Ida diz que, se vir o cachorro de novo, vai dar um tiro na cabeça dele. Ela adora aquela gata.

— Ninguém vai sair dando tiro em cachorro.

— Então, é melhor você encontrar o animal antes da Ida. O sangue dela está fervendo.

— Vou cuidar disso. — Ele poderia aproveitar essa distração.

Foi de carro até Tidal Lane, um bairro bonito com oito casas permanentes, onde os moradores se orgulhavam de seus jardins e haviam criado uma espécie de comunidade informal de artesãos.

Ida, uma mulher forte de 50 anos, era tecelã, havia criado dois filhos e adorava sua gata.

— Ele assustou a Bianca, e sabe lá Deus o que ele poderia ter feito se ela não tivesse subido na árvore. E olha o que ele fez! Desenterrou os bulbos que estavam plantados, espalhou os restos que eu usava como adubo por todos os lados. E, quando apareci, fugiu como um covarde.

Reed achou que seria melhor para ele lidar com um cachorro covarde do que com um agressivo.

— Ele estava com coleira?

— Eu não vi. Pelo que sei, ele tem raiva.

— Bem, não temos certeza disso. Me dê uma descrição.

— Um vira-lata castanho e sujo. Rápido. A primeira vez que ele apareceu e correu atrás da Bianca, eu estava bem ali, preparando aquele canteiro para o plantio. Eu me levantei, gritei, e ele saiu correndo. Foi a mesma coisa hoje. Eu o ouvi latir sem parar. A Bianca gosta de tirar um cochilo na varanda. Eu saí, e ele foi embora.

— Para onde?

Ela apontou.

— Com o rabo entre as pernas. Ele teve sorte de eu não estar com a espingarda.

— Senhora Booker, devo aconselhá-la a não pegar aquela arma e atirar.

— Minha gata, minha propriedade.

— Sim, senhora, mas usar arma de fogo em uma área residencial é contra a lei.

— Legítima defesa — insistiu, teimosa.

— Vamos ver se eu consigo prender o cachorro. A senhora disse que ele fugiu, então ele não avançou na senhora?

— Ele foi atrás da Bianca.

— Eu entendi, mas ele não foi agressivo com a senhora?

— Fugiu na hora em que me viu. Covarde.

Não era agressivo com as pessoas, então. Provavelmente.

— Tudo bem. Eu vou atrás dele. Se eu não o encontrar, vou enviar uns agentes para dar uma olhada nas redondezas. Nós vamos prendê-lo. Sinto muito pelos narcisos.

Ele checou a vizinhança e encontrou aqueles que haviam visto o cachorro — normalmente depois que ele derrubava uma lata de lixo e fugia.

Passeou um pouco pelo bairro, imaginando aonde iria se fosse um cachorro que gostava de perseguir gatos e desenterrar narcisos. Percebeu que a simples tarefa de procurar um vira-lata, percorrendo a pé aquela área da ilha, o acalmara.

Ainda assim, quase desistiu e decidiu mandar Cecil à caça, quando, então, ouviu o latido.

Avistou o cachorro em uma parte da praia, correndo atrás de pássaros e das ondas que quebravam. Ele pegou a coleira e o hambúrguer que havia parado para comprar mais cedo e começou a andar devagar e com calma enquanto analisava sua presa.

Não lhe parecia raivoso pelo modo como o animal brincava com a água e corria, e não passava de um filhote. Era magricela — com as costelas à vista —, então talvez alimentá-lo resolvesse o problema.

Ele se sentou, desembrulhou o hambúrguer e colocou metade ao seu lado.

O cachorro levantou o focinho e começou a cheirar, depois virou a cabeça. Assim que viu Reed, ficou paralisado.

Reed sentou-se, esperou e deixou a brisa levar aquele aroma sedutor de carne. O cachorro encolheu-se e foi se aproximando. Pernas longas, notou Reed; orelhas caídas e, sim, o rabo entre as pernas.

Quanto mais perto o cachorro chegava, mais se abaixava, até que estufou a barriga como um soldado em campo de batalha. Com os olhos em Reed, mordeu o hambúrguer e voltou correndo para as ondas que quebravam na praia. Devorou o lanche.

Reed deixou a segunda metade e preparou a coleira.

O cachorro levantou a barriga, mas, dessa vez, Reed passou a coleira no pescoço dele quando atacou a carne.

O cachorro tentou se afastar, com os olhos arregalados e selvagens.

— Não, não, nada disso. Você está detido. E nada de morder.

Ao ouvir a voz, o cachorro ficou paralisado e começou a tremer.

— Pelo que estou vendo, alguém te tratou mal. — Reed pegou o hambúrguer, e seu movimento fez o cachorro arquear e se encolher. — Muito mal. — Com movimentos lentos, ofereceu-lhe o resto da comida.

A fome venceu o medo. O rabo no meio das pernas sacudiu de modo hesitante.

— Tenho que te levar. Tentativa de agressão contra um felino, destruição de propriedade privada. Lei é lei.

Devagar, bem devagar, Reed pôs a mão na cabeça do cachorro, deslizou-a para trás e repetiu o movimento, sentindo as cicatrizes salientes no pescoço.

— Eu tenho algumas assim.

Acariciou o animal por alguns minutos e foi recompensado com uma lambida hesitante nas costas da mão.

O cachorro encolheu-se novamente quando Reed se levantou, e depois ergueu os olhos quando o golpe esperado não veio. Reed descobriu rapidamente que o cachorro não gostara da coleira. Ele a puxava, se retorcia, ficava paralisado toda vez que Reed parava e olhava para ele. Com esse processo, eles conseguiram chegar ao carro.

O rabo abanou com mais entusiasmo.

— Gosta de andar de carro, né? Bem, hoje é o seu dia de sorte. — Começou a colocá-lo na caçamba, mas o cachorro olhou para ele com olhos tão emotivos... era o começo da esperança. — Não vá vomitar o hambúrguer na minha viatura.

Assim que ele abriu a porta, o cachorro deu um salto para entrar, sentou-se no banco do passageiro... e encostou o focinho na janela.

Reed achou que o cachorro parecia surpreso. Abaixou a janela, e as orelhas caídas de seu prisioneiro ficaram balançando ao vento durante todo o trajeto de volta para a delegacia.

— Tenho que te prender e ver se consigo que o veterinário venha dar uma olhada em você. Aí a gente pensa no resto.

Notou a SUV preta no estacionamento e soube que tinha uma visita federal.

No escritório, Donna atendia outra ligação, Cecil e Matty estavam sentados à mesa deles e o Agente Especial Xavier, sentado na cadeira usada por visitantes com uma xícara de café, checava algo em seu telefone.

A visão, o cheiro e o som de tantos humanos em um lugar deixaram o cachorro agitado, com o rabo no meio das pernas e cabisbaixo.

— Ah, você encontrou o cachorrinho. — Cecil começou a se levantar. Reed levantou a mão para detê-lo.

— Ele está com medo das pessoas.
— Não parece estar com medo de você — salientou Matty.
— Um pouco ainda, mas chegamos a um acordo por causa do hambúrguer que eu dei para ele. Donna, ligue para o veterinário.
— O veterinário só abre às quartas e aos sábados, exceto em casos de emergências.
— Eu sei disso. Ligue para a casa dele e explique a situação. Eu preciso que ele examine o cachorro e veja se não está doente. Cecil, por que você não o leva para...

Ao passar a coleira para seu agente, o cachorro choramingou, encostou-se na perna de Reed e tremeu.

— Deixe pra lá. Espere um minuto. — Conduzindo o cachorro, ele foi para a copa, procurou uma tigela e pegou uma garrafa de água. — Agente Especial Xavier — disse enquanto voltava —, por que não entramos no meu escritório?

— Você vai levar o cachorro?

— Ele está sob a minha custódia.

No escritório, Reed fez um sinal na direção de uma cadeira e depois se sentou atrás de sua mesa. No mesmo instante, o cachorro se enfiou debaixo dela. Reed despejou a água na tigela e a colocou no chão.

— Então, em que posso ajudá-lo? — começou Reed, falando mais alto que o som das lambidas rápidas do cachorro na água.

— Achei que uma conversa face a face poderia deixar bem claro que nem eu nem o FBI apreciamos a sua interferência em uma investigação ativa.

— Bem, você não precisava fazer um passeio de balsa para isso, mas talvez precisasse dele para definir a minha interferência.

— Detetive, você fez contato com duas pessoas até onde sabemos, passou informações a uma delas, até onde sabemos, e afirmou que, pessoalmente, acreditava que Patricia Hobart pretendia matá-las.

— Em primeiro lugar, é *chefe*. E é óbvio que a minha crença pessoal se tornou fato quando a Hobart matou Emily Devlon.

Xavier entrelaçou as mãos e dobrou todos os dedos, menos os indicadores.

— Não temos provas, neste momento, de que Hobart seja a responsável pela morte de Emily Devlon.

Reed apenas assentiu.

— Você se importaria de fechar aquela porta? Se eu me levantar para isso, esse cachorro vai me seguir até lá e voltar, e, pelo visto, ele finalmente sossegou.

Reed esperou enquanto Xavier fazia essa gentileza.

— Eu pedi que você fechasse a porta porque prefiro que meu pessoal não me ouça chamar um agente do FBI de babaca.

— Modere o seu linguajar. *Chefe.*

— Ah, eu não acho necessário. Eu acho que o que tenho que ser aqui é direto. Você talvez não tenha nenhuma evidência física, até hoje, nem uma testemunha ocular útil, mas já teve todas as outras coisas. Devlon se encaixa no padrão da Hobart perfeitamente. Ela sobreviveu no DownEast, e, enquanto estava lá, salvou uma vida. Ela recebeu elogios... não, você está no meu escritório — disse quando Xavier começou a interromper. — Ela recebeu uns elogios na época, críticas positivas e assim por diante. Além disso, ela se beneficiou financeiramente quando a pessoa que ela salvou morreu de causa natural anos mais tarde e deixou uma herança de cem mil dólares. Cada uma das vítimas de Hobart até agora teve publicidade e se beneficiou de alguma maneira.

— Você recebeu ordens bem claras para ficar longe desta investigação.

— Eu não trabalho para o DP de Portland agora. Não estou interferindo em nada, e espero que o FBI acabe com ela, e rápido. Até lá, eu farei o que estou fazendo.

— Intrometendo-se com possíveis alvos...

— Intrometendo-me o cacete! Fiz contato com o Lowen e expus a situação para ele porque eu tinha informações que me levavam a acreditar que Hobart havia mudado seus planos para a Flórida.

— E você não compartilhou essas supostas informações com as autoridades?

— Eu reuni as informações na tarde de domingo e tinha a intenção de passá-las para você na segunda de manhã. Na verdade, aconselhei Lowen a entrar em contato com você. Passei seu nome e seu número para ele. Eu teria feito o mesmo com Devlon se tivesse conseguido falar com ela. E, se tivesse conseguido, talvez ela estivesse viva. Então, não venha ao meu escritório com esse papo-furado, agente Xavier. Você é responsável pela investigação de Hobart, mas eu arrisquei o meu pescoço nisso, literalmente.

— Que é exatamente o motivo pelo qual você foi afastado da investigação.

— Mais uma vez, eu não trabalho para o DP de Portland. Eu trabalho para os moradores e os visitantes desta ilha. E, até onde sei, não há nenhuma lei ou regulamento que diga que, como tal, ou como cidadão comum, eu não possa reunir informações ou fazer contato com indivíduos que, a meu ver, podem estar em perigo.

Xavier apenas o observou.

— Deixe-me esclarecer uma coisa. O FBI não precisa da ajuda duvidosa de um agente da polícia obcecado que está bancando o figurão numa porcaria de ilha e passa o tempo livre pegando vira-latas.

Reed olhou para o cachorro, que agora roncava aos seus pés.

— Não demorou tanto assim. Eu vou dizer o seguinte e aí nós dois vamos voltar ao trabalho: eu não tenho a intenção de atrapalhar você, e nós dois sabemos que eu não fiz isso. Você está puto porque agora consta nos arquivos que um agente de polícia obcecado numa porcaria de ilha fez contato com a próxima vítima de Hobart... ou tentou o contato. E você, Agente Especial, com todo o reforço que o FBI lhe dá, não fez nada. Eu também ficaria puto se estivesse no seu lugar. Mas Emily Devlon já está morta, e há pessoas com quem eu me preocupo que se encaixam no padrão de vítimas da Hobart. Então, você está perdendo o seu tempo tentando me assustar ou me intimidar.

— O que eu estou fazendo é te avisar. O FBI está no comando dessa investigação.

— Me avisar não vai servir de nada também. Eu espero que vocês a peguem. Espero, pelo amor de Deus, que vocês acabem com ela antes de ela matar o próximo nome da lista. Quando vocês fizerem isso, eu lhe enviarei uma caixa com a bebida da sua preferência. Até lá, eu diria que nós dois sabemos em que pé estamos nisso.

— Você vai passar dos limites. — Xavier ficou de pé. — Quando isso acontecer, cuidarei para que você perca este emprego confortável que tem aqui, e qualquer chance de conseguir um distintivo em outro lugar.

— Não vou me esquecer disso. Sabe, você não perguntou como concluí que Hobart estava na Flórida e que iria atrás de uma das duas pessoas com quem eu fiz contato. Você não perguntou — continuou — porque está puto. Mas eu vou lhe passar essa informação, e espero que você a examine quando não estiver tão irritado. É relevante porque, se você ainda não confirmou que

Hobart foi responsável pela morte da Devlon, irá fazê-lo. Ela deixou algo porque quer crédito por isso.

— Só fique fora do meu caminho.

— Ainda estamos na baixa temporada — disse Reed quando Xavier caminhou até a porta. — Então você tem umas horas antes da próxima balsa de volta a Portland. O Sunrise Café serve um café e uma torta deliciosos.

Xavier saiu, deixando a porta aberta atrás de si.

Reed olhou novamente para o cachorro, que roncava.

— Esse, meu amigo, foi um homem que conseguiu ser idiota e mesquinho ao mesmo tempo.

Ele ergueu os olhos quando Donna se aproximou da porta.

— O seu visitante não parecia muito feliz quando saiu. Foi rude, também, ao bater a porta. Achamos que você estivesse com problemas com os federais por algum motivo, mas você não parece preocupado.

— Eu não estou porque sou um agente da polícia obcecado que está bancando o figurão numa porcaria de ilha. E isso funciona muito bem para mim.

— Figurão. — Ela bufou.

— Ei, eu sou chefe de polícia. Isso é muito importante.

— Ele chamou mesmo a ilha de "porcaria"?

— Chamou, mas não estamos preocupados com isso porque sabemos que não é nada disso.

— Você colocou esse idiota no lugar dele?

— Ele não saiu feliz, saiu?

Ela fez um gesto firme de aprovação com a cabeça.

— O doutor Dorsey disse que você pode levar o cachorro.

Reed se perguntou se deveria deixar cachorros dormirem sossegados. Mas, quando afastou alguns centímetros a cadeira para trás, o cachorro levantou a cabeça e o encarou com medo e ansiedade.

— Eu acho que vou fazer isso, então.

Optou por caminhar, na esperança de que o cachorro parasse de tremer toda vez que visse alguém diferente do oficial que o prendeu. Mas, toda vez que via alguém, o cachorro se encostava em sua perna e tremia.

A clínica do veterinário ficava colada à casa dele, a menos de quatrocentos metros do vilarejo propriamente dito. Ele vivia na casa amarelo-clara com a esposa e o filho mais novo, que estava no último ano do ensino médio.

Dotô Dorsey — até sua esposa o chamava de *dotô* — tinha horário fixo em dois dias da semana, com uma terceira manhã reservada para cirurgias. Fora isso, abria a clínica para emergências, mesmo que estivesse pescando fora do vilarejo ou mexendo em suas três colmeias.

Quando Reed entrou, a esposa do veterinário estava sentada à mesa na sala de espera. Uma espécie de saleta para animais, observou Reed, com cadeiras diferentes espalhadas e mesas sobre um piso de vinil azul-claro.

— Senhora Dorsey, agradeço por vocês abrirem a clínica para mim.

— Ah, não há de quê.

A mulher com um longo rabo de cavalo castanho e um rosto bonito e muito maquiado fez um sinal para dizer que isso não era nada.

— Então, este é o nosso vira-lata — disse ela. — Pobre rapazinho perdido.

A senhora Dorsey se levantou, animada. O cachorro se encolheu e se escondeu atrás das pernas de Reed.

— Ele fica assustado com as pessoas.

— Menos com você.

— Bem, eu dei um hambúrguer e uma carona na viatura para ele.

— Ele criou um laço com você. — Ela deu uma cutucada em Reed com um dedo e depois se agachou para ver o cachorro. — Aposto que ele estava com fome. Com certeza, está abaixo do peso. Que carinha meiga ele tem! Ele precisa de um bom banho. Acho que tem um pouco de vermelho por baixo desse marrom, mas é um cachorro sujo. Você trouxe uma amostra de fezes?

— Ah... nós ainda não chegamos a esse nível na relação.

— Bem, vamos precisar de uma. Leve-o para os fundos. Muitos cães já fizeram cocô e xixi lá. Talvez o cheiro o faça funcionar. Faz quanto tempo que ele comeu esse hambúrguer?

— Há uma hora, acho.

— Então, é possível que você tenha um pouco de sorte. Leve isso.

Ela tirou de uma gaveta uma luva cirúrgica e uma garrafa plástica de boca larga.

— Vou avisar ao dotô que você está aqui.

Resignado, Reed saiu, mas, antes que pudesse levar o cachorro para os fundos, o animal se agachou e fez o que cachorros fazem na calçada de concreto.

— Ah, merda. Literalmente.

Reed pôs a luva e fez o que tinha de fazer.

— Foi rápido — disse a senhora Dorsey quando ele voltou.

— Ele fez na calçada antes que eu percebesse... desculpe. — Entregou-lhe a amostra, que ele jurava que se mexia. — Peguei a maior parte.

— Não se preocupe, não é a primeira vez. Leve-o para os fundos. Siga até a porta e, ao passar por ela, é a primeira à esquerda. — Ela devolveu a amostra. — Você entregará isso ao dotô, mas posso adiantar que o pobrezinho está com vermes.

— Maravilha!

Ele voltou para a sala de exames cheia de balcões, uma mesa comprida e alta com estofamento, e balanças.

O cachorro tremeu novamente quando viu o dotô. O veterinário tinha um longo rabo de cavalo castanho, como o da esposa, mas com mechas cinza. Usava óculos ao estilo John Lennon, uma camiseta do Grateou Deda, um jeans casual e botas Doc Martens, e tinha um sorriso agradável.

— Agora, quem nós temos aqui?

— Ele não vai me falar o nome dele, mas eu peguei isso aqui. — Reed, com alegria, entregou a amostra.

O veterinário disse:

— Humm. — E, como a esposa, agachou-se. — Pelo visto, não tem feito refeições regulares há algum tempo. Tem medo das pessoas, é?

— Treme muito. Senti cicatrizes na parte de trás do pescoço dele.

Aquele lindo sorriso desapareceu, e os olhos por trás dos óculos ficaram sérios.

— Vamos dar uma olhada. Ele ainda não é adulto, eu diria. Veja se você consegue colocá-lo na balança.

Foi preciso convencê-lo, mas Reed descobriu que, se ajoelhasse ao lado dele, o cachorro ficaria parado, tremendo no lugar.

O veterinário anotou o peso e pediu a Reed para colocá-lo na mesa.

— Fique na frente dele, para que possa vê-lo. E converse com ele. Só mantenha a voz calma.

— Ninguém vai te machucar, mas nós vamos ter que dar uma olhada.

— Ele continuou a observar o cachorro, falando com a mesma voz calma, enquanto o dotô gentilmente passava as mãos no animal. — As pessoas reportaram um cachorro abandonado ontem. Ele perseguiu a gata de Ida Booker até ela subir numa árvore, ontem e hoje de manhã de novo. Revirou o jardim dela e fugiu quando a viu. Eu o encontrei correndo atrás de pássaros na praia e o atraí com um hambúrguer. Tive que ficar sentado por um tempo primeiro.

Enquanto falava com a voz calma e tranquila que usava para falar com uma vítima de agressão, ele mantinha os olhos nos do animal.

— Ele gostou de andar de carro. Manteve a cabeça para fora o tempo todo. Ele parece estar bem comigo, mas se assusta perto de qualquer outra pessoa. Até agora. Se você se mover muito rápido ou levantar o braço, ele se abaixa.

— Sinais clássicos de maus-tratos.

— Eu sei. Acontece praticamente o mesmo com as pessoas.

— Estas cicatrizes provavelmente são de uma coleira apertada. Alguém deve ter puxado, puxado e puxado, até que o metal o cortou.

— Filho de uma puta. Desculpe.

— Não precisa se desculpar. Só um filho da puta mesmo para fazer isso com um animal. Preciso dar uma olhada nos dentes, ouvidos, e assim por diante.

Reed continuou a falar. O cachorro tremeu mais, porém, uma vez que Reed o estava segurando, o dotô examinou os dentes, olhos e ouvidos.

— Ele tem infecção nos ouvidos. Os dentes estão bons. Pelos meus cálculos, ele tem entre oito e nove meses de idade, o que significa que você pode xingar ainda mais o filho da puta.

O veterinário tirou alguns petiscos do bolso. Colocou o primeiro na mesa e esperou o cachorro acompanhar seu olhar do petisco para Reed, voltar para o petisco e depois comê-lo.

Ele resistiu ao seguinte. O cachorro olhou para Reed novamente.

— Diga a ele que está tudo bem.

— Não seja bobo — disse Reed ao cachorro. — Quando alguém lhe oferece um petisco, você deve aceitar.

O cachorro comeu e olhou para o veterinário.

— Posso fazer um teste para ver se ele foi vacinado. Acredito que não. Os testículos ainda não desceram, e isso precisa mudar. Vou dar uma olhada na amostra. Então, mantenha-o na mesa.

O veterinário entrou em um pequeno recinto.

— Nós podemos ficar com ele — disse o dotô. — Tratar dele aqui, mas você é o dono dele. Se você puder cuidar dele, seria melhor ele ficar com você até que esteja saudável. O antigo dono deste cachorro não pode tê-lo de volta. Se você descobrir quem é, acuse-o de maus-tratos e negligência.

— Como eu não fico em casa o dia todo, eu não deveria...

O cachorro lambeu as costas da mão de Reed e olhou para ele com aquela mesma combinação de ansiedade e medo.

— Uma coisa de cada vez.

— Ele está com vermes. Vou lhe dar um remédio para isso, e vamos precisar de uma amostra de fezes para acompanhar. Também vou lhe dar uma pomada para os ouvidos e um antibiótico. Vamos anotar as instruções. Eu recomendaria que você desse para ele uma ração para filhote de uma marca boa. Três vezes ao dia, até que ele atinja o peso normal. Preciso tirar um pouco de sangue dele, então mantenha-o distraído.

Reed fez o que lhe foi pedido. Preferia encarar um soco a uma agulha.

— O que você acha que ele é, quero dizer, que tipo de cachorro?

— Eu acho que temos um cão de caça aqui. — O veterinário segurou um pouco da pele no flanco do cachorro e enfiou a agulha. — Pode ser um labrador misturado com alguma outra raça. Ele não está totalmente desenvolvido. Vou lhe dar um pouco de xampu. Ele tem umas pulgas, e isso cuidará delas. Você precisa de um banho, rapazinho.

O veterinário deu a volta, acariciando o cachorro. O animal não tremeu tanto, mas ficou observando o homem como se estivesse esperando que a mão gentil se tornasse cruel.

— Alguém aprontou com ele — disse o veterinário. — Com tempo, paciência e um bom tratamento, ele pode superar isso. Alguns superam, outros não. Vou colocar o remédio junto para você, e Suzanna imprimirá as instruções de tudo. A cobrança será em nome do DP da ilha?

Reed pensou no orçamento.

— Não, pode ser no meu nome.

O sorriso voltou.

— Nesse caso, vou cobrar o valor do remédio, e vamos considerar o exame um serviço público.

— Muito obrigado. Muito obrigado mesmo.

O veterinário ofereceu outro petisco ao cachorro. O animal apenas olhou para Reed, julgou que tinha permissão e o comeu.

— Se você não puder ficar com ele, nós precisaremos encontrar um lar. Agora ele confia em você, e já passou por trauma suficiente nesse pouco tempo de vida.

Suzanna, uma vez que eles já haviam avançado para os nomes próprios, adicionou uma lista de itens que ele precisaria para os cuidados básicos do filhote, mostrou-lhe como aplicar da pomada, e deu-lhe uma sacolinha de petiscos e o que ela chamava de "bolsinhos de comprimidos" — petiscos para disfarçar os remédios, de vários sabores.

Ele voltou a pé para a delegacia com o cachorro e a sacola do veterinário.

— Cecil e Matty acabaram de ir para a escola. Uma pequena confusão, bem próximo do terreno do colégio. Dois meninos se agredindo. Bem provável que seja por causa de uma garota.

— Donna.

Os olhos da mulher se estreitaram ao ouvir o tom de voz dele.

— Chefe.

— Eu conheço a regra de nada de assuntos pessoais, mas não posso levar esse cachorro para o mercado e, neste exato momento, ele está grudado em mim como se fosse cola. Suzanna Dorsey me deu uma lista do que preciso comprar para ele.

— Você espera que eu saia do meu posto, vá ao mercado e compre coisas para um vira-lata?

— Ele tem cicatrizes na parte de trás do pescoço porque alguém ficou puxando o coitadinho com uma coleira apertada com tanta força e tantas vezes que ela o machucou. Ele está com infecção nos ouvidos e não desgruda de mim porque todas as outras pessoas na vida dele até agora o machucaram. O veterinário disse que ele só tem oito meses de idade.

Donna levantou tanto o queixo que seu lábio inferior quase desapareceu.

— O veterinário disse isso sobre a coleira?

— Sim.

— Me dê a porra da lista.

— Obrigado. De verdade.

— Eu não estou tratando de um assunto pessoal seu. Estou tratando de um assunto desse cachorro. Agora me dê o seu cartão de crédito, já que ninguém sabe quanto isso vai custar.

Ele passou o cartão para ela e concluiu que pensaria em seu próprio orçamento mais tarde.

Quando, finalmente, trancou a delegacia à noite, decidiu dar um descanso para si mesmo e para o cachorro, e voltou para casa na viatura.

— Você está em liberdade condicional — disse Reed enquanto colocava o cachorro dentro de casa. — Fazer as necessidades dentro de casa e mastigar qualquer coisa, exceto o que eu lhe der, é uma violação dos termos da sua condicional. Leve isso a sério.

O cachorro farejou um pouco o quarto, sempre com os olhos em Reed, enquanto ele colocava uma calça de moletom bem surrada, uma blusa de moletom velha e um par de tênis que não tivera tempo de jogar fora.

Porque Reed sabia que o que viria em seguida seria uma confusão.

Levou o cachorro de volta para fora e pegou a mangueira e o xampu. E passou os dez primeiros minutos do plano se digladiando com um cachorro molhado que choramingava, tremia e tentava fugir do pesadelo chamado água e sabão.

O cachorro finalmente cedeu e ficou apenas olhando para Reed com um olhar que expressava a dor da traição.

Ambos estavam encharcados e não muito felizes um com o outro quando Simone chegou.

— É melhor você ficar longe. Está uma bagunça aqui.

— Suzanna Dorsey disse a Hildy, que disse a CiCi, que você havia adotado um vira-lata. Já vi que os boatos são verdadeiros mais uma vez.

— Ele está em liberdade condicional. — Sem piedade, Reed apontou a mangueira para o cachorro para tirar o xampu e as pulgas mortas. — E, neste exato momento, ele está quase a perdendo.

— Ele tem uma carinha fofa.

— Sim, todo mundo diz isso. Ele também é pulguento e tem vermes.

— Suzanna disse que ele foi maltratado.

— Sim. Isso também.

Simone aproximou-se para se sentar nos degraus, porque o cachorro a observava como se ela pudesse jogar uma pedra na cabeça dele.

— É para eu tirar uma foto dele e enviar uma mensagem para a CiCi.

— Você deveria esperar até que ele fique mais apresentável.

— Ele tem uma cor bonita, mais ou menos da cor de um alazão.

— Aparentemente, ele tem um pouco de cão de caça, o que quer que seja isso. Você gosta de cães?

— Com certeza. Nós tínhamos um quando eu era criança. A minha irmã o chamou de Fisk antes que o meu irmão e eu pudéssemos impedi-la. Era uma boa cadela. Nós a perdemos pouco antes de eu ir para a faculdade. — Ele ergueu os olhos. — E você?

— Não podíamos ter cachorro. Nem gato. Minha mãe é alérgica. Ou diz que é. Eu nunca acreditei nela de verdade. Mas, sim, eu gosto de cães. Você vai ficar com ele?

— Não sei. Eu não fico aqui na maior parte do tempo. O veterinário disse que eles poderiam encontrar um lar para ele. Ele provavelmente ficaria melhor, já que se acostuma a ficar perto de pessoas que não batem nele.

Soltou o cachorro para pegar uma das toalhas velhas que não havia tido tempo de jogar fora, e o cão aproveitou a oportunidade para sacudir a água do corpo.

A água espirrou para cima, para os lados e em Reed.

Enquanto Simone ria, Reed usou a toalha para secar o próprio rosto.

— Agora eu preciso de um banho.

— Parece que você acabou de tomar um.

— Arrá. — Começou a esfregar rapidamente o cachorro com a toalha. — Melhor assim?

O cachorro respondeu abanando o rabo e lambendo o rosto de Reed.

— Claro, claro, agora somos amigos.

Simone ficou observando o homem esfregar o cachorro e sorrir enquanto o cachorro abanava o rabo e lambia o rosto dele.

Mesmo sabendo que estava indo rápido demais, naquele momento, diante daquela imagem, ela se apaixonou.

Capítulo 22

♦ ♦ ♦ ♦

Quando Patricia decidiu que queria documentar sua história de maneira profissional, somente uma pessoa se encaixava no perfil. E, realmente, Seleena McMullen estivera lá no DownEast, e aproveitado os vídeos que havia feito daquele idiota do Paulson.

Quem melhor do que ela?

Além disso, Patricia sentia que Seleena a havia tratado com certo respeito quando fizera aquela entrevista no aniversário do massacre. Ela até gostou da aparência e do modo como a mulher falava; embora, é claro, ela tivesse lançado mão daquela expressão de coitadinha, tímida e triste.

Isso seria diferente. Isso seria de verdade. E, quando *isso* estivesse na TV a cabo e na internet, as pessoas finalmente saberiam quem era realmente esperta, quem tinha uns malditos *motivos de queixa.*

Patricia até escreveu uma espécie de roteiro e praticou-o. Ao fazer isso, ficou tão impressionada com o próprio talento que decidiu que, quando se estabelecesse para desfrutar a boa vida na Flórida, escreveria um roteiro sobre sua vida e época.

Quando tudo estava pronto, com todas as coisas em seu devido lugar, e ela acreditava que tudo estava perfeito, fez contato.

— Seleena.

— Não desligue — sussurrou Patricia com uma voz trêmula. — Não ligue para a polícia.

— Quem é?

— Por favor, eu tenho que falar com alguém. Estou apavorada!

— Se você quiser falar comigo, eu preciso de um nome.

— É... é Patricia. Patricia Hobart. Por favor, não ligue para a polícia!

— Patricia Hobart? — Veio a dúvida. — Prove.

— Você entrou na... você a chamou de sala verde... antes de me levarem para a reportagem de aniversário em julho passado. Você se sentou comigo e disse que, se eu me lembrasse de qualquer coisa sobre o meu irmão, qualquer coisa que eu não tivesse dito à polícia, eu deveria ligar para esse número. Eu poderia contar a você.

— Estou ouvindo, Patricia. — Nesse momento, a empolgação parecia clara. — Que bom que você me ligou!

Patricia ouviu o ruído e imaginou que McMullen estivesse pegando um gravador, um caderno de anotações. E sorriu.

— Eu não sei o que fazer!

— Me diga onde você está. O FBI está atrás de você. E muitos policiais também.

— Não é como eles estão dizendo, nada disso, nada disso. Eu não sei o que está acontecendo. Eu não entendo. Estou fugindo, mas sinto medo o tempo todo. Eu vou me entregar, mas preciso falar com alguém primeiro. Eu preciso contar a verdade para alguém.

Ela acrescentou soluços interrompidos.

— Você não sabe, você não sabe o que eles fizeram comigo.

— Quem?

— Os meus avós. Ah, meu Deus, eu preciso contar para alguém. Eu não posso continuar a fugir, mas ninguém vai acreditar em mim.

— Você pode me contar. Eu acredito em você. O que eles fizeram com você?

— Não, não, assim não. Tem que ser pessoalmente. Preciso que você grave tudo para que fique, tipo, registrado. Você não pode contar para alguém, ou eles vão me matar. Eu sei disso. Talvez eu devesse me matar e acabar logo com isso.

— Você não quer fazer isso, Patricia. Você precisa contar a sua história. Eu vou te ajudar.

Patricia sorriu e pôs um tremor de esperança na voz.

— Você... você vai me ajudar?

— Vou. Por que não me diz onde você está?

— Eu... você vai ligar para a polícia!

— Não, não, eu não vou. Você disse que vai se entregar. Mas quer contar a sua história primeiro. Você quer que eu faça com que as pessoas ouçam a sua história. Eu não vou ligar para a polícia.

Uma voz fraca, pensou Patricia, com um simples toque de esperança em seu desespero.

— Você jura?

— Patricia, eu sou uma jornalista. Eu só quero a verdade. Eu só quero a sua história. Nunca trairia você. Na verdade, quando você estiver pronta, eu conheço um advogado que irá ajudá-la. Vamos cuidar para que você se entregue sem que ninguém a machuque.

Patricia estudou a garrafa de uísque que bebia enquanto McMullen falava.

— Você faria isso?

— Me diga onde você está, e eu vou me encontrar com você. Vamos conversar.

— Se você contar à polícia e eles aparecerem, eu me mato. Eu... eu tenho pílulas.

— Não tome nenhuma pílula. Eu não vou fazer isso. Onde você está? Eu vou agora.

— Agora?

— Sim, agora.

— Eu estou no Traveler's Rest Motel, na Route 98, pouco antes da saída para Brunswick. Por favor, me ajude, senhorita McMullen. Eu não tenho mais ninguém.

— Aguente firme, Patricia. Posso chegar aí em quarenta minutos.

— Alguém tem que ouvir. — Patrícia soluçou novamente. — Você é a única.

Ela desligou e fez um brinde diante do espelho com o uísque que havia começado a apreciar.

Seleena correu para colocar uma roupa com que pudesse aparecer diante das câmeras. Se as coisas corressem bem, ela teria a louca em seu estúdio dentro de duas horas. A maior exclusiva de todos os tempos caíra justamente no seu colo.

Uma vez que tivesse tudo preparado, ela ligaria para o FBI. Primeiro, seria a rainha de todas as exclusivas e depois ganharia muita grana como a intrépida repórter que desbancara Patricia Jane Hobart.

Deu uma olhada na hora enquanto pegava o laptop —começaria com um *digital remote*. Quase meia-noite. Chegaria antes dos quarenta minutos, se fosse mais rápida.

Guardou o gravador na bolsa para o caso de Patricia estar tímida no início; uma câmera digital, seu celular, uma bolsinha de maquiagem, checou sua Glock com acabamento rosa-choque e se viu na garagem em exatos cinco minutos.

Emily Devlon poderia tê-la advertido sobre a habilidade que Patricia tinha com portas de garagem, mas gente morta não fala.

Seleena sentou-se ao volante.

Os olhos no espelho retrovisor se arregalaram quando viram Patricia sentada no banco traseiro. Quando tentou pegar a bolsa e a arma, sentiu a espetada da seringa no pescoço.

— Boa noite, boa noite — disse Patricia.

Quando Seleena tombou, Patricia saiu do carro e abriu o porta-malas. Puxou Seleena para fora do carro, amarrou os pulsos e os tornozelos da mulher com braçadeiras de plástico e pôs-lhe uma mordaça, só para o caso de acabar o efeito do sedativo e fazer um escândalo.

Com um pouco de esforço, arrastou-a para o porta-malas, levantou-a e rolou-a para dentro.

— Você vai tirar uma boa soneca — disse Patricia. — Temos um longo caminho pela frente.

E fechou o porta-malas.

Simone não contou a ele; não estava preparada. E, em todo o caso, não parecia ser o momento certo para declarações de amor.

Ela sabia que ele ficaria com o cachorro. Se já não estivesse apaixonado, ele estava — assim como ela — seguindo nessa direção.

Uma vez que ele havia feito uma ação muito boa nesse dia, ela fez a sua e preparou um macarrão para o jantar. Não mencionou que havia aprendido a prepará-lo com o tal violoncelista italiano.

Enquanto Reed explicava como o cachorro se assustava facilmente com as pessoas, e o motivo, Simone estrategicamente o ignorava.

Reed alimentou o cachorro, que comeu como se não fosse alimentado há semanas. Simone sentiu uma dor no coração ao imaginar o que ele havia passado.

Quando ela pôs o jantar na mesa, o cachorro parou de se esconder atrás de Reed e se aninhou embaixo da mesa para dormir ao lado da tigela de comida vazia.

— Ele precisa de um nome.

Reed fez que não com a cabeça quando se sentaram para comer à mesa dobrável de madeira que havia comprado de um amigo de CiCi.

— Se ele for para outro lugar, vai ganhar outro nome, o que só vai causar mais confusão. Cara, isso está ótimo — disse depois de uma garfada de macarrão. — Você estava escondendo isso de mim. Você sabe cozinhar?

Ela fez que não com a cabeça.

— Eu posso fazer bem algumas coisas, algumas outras razoavelmente comestíveis. Isso aqui é sobreviver, não cozinhar.

— Na minha opinião, é cozinhar. Obrigado. Como foi o seu dia hoje?

— Foi bem, mas estou percebendo que preciso dar um tempo à minha... missão. Mudar o ritmo. Eu preciso daqueles esboços que fiz de você.

— Que tal uma tanga? Eu poderia usar uma tanga.

— Você tem uma?

— Não, mas quem sabe eu possa improvisar. Esse lance de nudez...

— Eu já te vi nu.

— É diferente me ver nu e me estudar nu, me desenhar nu.

— Já estive dos dois lados.

— O quê? — Ele parou de comer.

— Eu subsidiei a minha vida em Nova York como modelo.

— Nua?

— Estudos de figura humana. — Divertindo-se, embora não surpresa, com a reação de Reed, ela pegou um punhado de macarrão. — É arte, Reed, não voyeurismo.

— Eu posso te garantir que alguns dos caras, e talvez algumas das meninas, estavam fazendo voyeurismo.

Ela riu.

— De qualquer forma, eu fui paga por isso. Então, hoje à noite está perfeito. Eu trouxe o meu caderno de desenho. Você pode considerar uma troca pela refeição... e pelo que lhe darei depois da sessão.

— Me subornando com favores sexuais? Isso vai... funcionar perfeitamente.

— Eu pensei que sim. Você não mencionou a visita que o FBI lhe fez hoje.

— Fofoca — disse ele.

— Das grandes. Você não mencionou porque achou que isso me aborreceria?

— Não foi tão importante assim.

Ela ouvira outra história, mas queria a versão dele.

— Então me diga como foi e acredite que eu posso lidar com isso.

Ele pegou o vinho que Simone havia insistido que combinava melhor com a massa do que a cerveja. Não podia dizer que ela estava errada.

— Não tem a ver com você lidar com isso. Eu acho que tem mais a ver com levar trabalho para casa.

Arqueando as sobrancelhas, ela se inclinou para olhar para o cachorro debaixo da mesa.

— Tudo bem, você me pegou.

— Provando que o seu trabalho não tem fim, nem o meu. E?

— O Agente Especial Otário não gostou de um agente com um trabalho confortável pisando na porcaria dos calos dele.

— Ele te chamou de "doente"?

— Não. — Com uma gargalhada, Reed comeu mais macarrão. — Agente. A-GEN-TE.

— Ah. E, para ele, a ilha é uma porcaria.

— Creio que sim. Estou satisfeito em servir e proteger nossa porcaria. Não estou satisfeito com ele entrando no meu escritório para tentar medir forças comigo. — Ele disse o essencial, encolheu os ombros e acrescentou: — Então, basicamente, eu disse para ele ir se ferrar, e ele foi embora.

— Não interessa para ele que uma mulher esteja morta?

— Eu tenho de acreditar que sim, e acredito, o que é uma das razões pelas quais ele decidiu me atacar. Perda de tempo. Olha, grande parte das pessoa do FBI com quem já topei é gente dedicada, quer pegar os marginais e está a fim de cooperar com os agentes de polícia locais... integrá-los às investigações nas quais isso faz sentido. Esse cara? Ele segue à risca o *especial* do "Agente Especial". Ele se acha melhor do que os demais policiais.

— Eu não gosto dele.

— Ah, eu também não. Ele é um idiota raivoso. Isso não significa que não seja bom no trabalho que faz.

— Então, por que ele não pegou a Hobart?

— Ela é esperta. Inteligente, escorregadia e astuta pra caralho. Ela tem talento, foco e muito dinheiro. Eu não confrontaria o Agente Especial Otário por não tê-la pego ainda. — Ele deu de ombros. — Fiz isso por ele se julgar tão importante e territorialista a ponto de pouco se lixar para informações e assistência de fontes externas, especialmente, por alguma razão, a minha.

— CiCi tem contatos. Eu aposto que ela conhece gente que conhece o chefe do FBI, ou gente que conhece quem o conhece.

— Não comece. — Ele deu um tapinha de leve na mão dela. — Eu cuido disso. E se eu não conseguir? — Ele terminou de beber seu vinho. — Aí podemos cogitar a ideia de usar o incrível poder da CiCi.

Ele se levantou para lavar as tigelas de macarrão. O cachorro pulou imediatamente, batendo a cabeça, na pressa, no pé de uma das cadeiras.

— Caramba, relaxe. Tenho que dar a ele outra pílula, mexer de novo na orelha. A pílula é fácil. Tem essa coisinha com sabor na qual se coloca a pílula. O lance da orelha, por outro lado, pode ficar feio.

— Aposto que ele é um cachorro muito bonzinho. — Simone virou-se na cadeira enquanto o cachorro seguia Reed até a pia. — Aposto também que ele é muito corajoso.

Colado à perna de Reed, o cachorro a observava.

— Você é tão bonito, e tem olhos tão meigos. — Enquanto falava, ela foi se abaixando com calma para se sentar no chão. — Como alguém pôde ser malvado com você? Mas vai ficar tudo bem agora. Você veio parar em uma tigela grande de biscoitos pra cachorro.

O cão deu um passo cauteloso em direção a ela, e recuou, mas ela continuou a falar.

— E não é que você foi esperto ao encontrar Reed? Ele vai ficar com você. Ele está dizendo a si mesmo que não, mas ele vai.

Outro passo cauteloso, depois mais um.

Parado em pé e em silêncio para não distrair o cachorro, Reed ficou observando, pensando que o bichinho parecia meio hipnotizado. O animal foi abaixando até o lugar onde Simone colocou a mão no chão. Cheirou a comida e tentou dar uma lambida.

Ele se encolheu quando Simone levantou a mão e tremeu quando ela a pôs em sua cabeça.

— Pronto. Ninguém vai bater em você de novo.

Ele se aproximou com os olhos no rosto dela enquanto ela o acariciava.

— Estou sentindo as cicatrizes — murmurou ela. — Ele é corajoso e forte. Deve ter uma alma muito pura para ser capaz de confiar em qualquer outro humano. Não conseguiram torná-lo mau. Ele não tem maldade.

Ela se abaixou e beijou-lhe o focinho.

— Bem-vindo ao lar, estranho.

Reed pegou uma das pílulas e colocou-a dentro da cápsula macia. E aceitou que havia arrumado um cachorro para si.

O lado negativo se mostrou quando levou o cão para passear com ele. Por fim, pensou ele, o cachorro aprenderia o caminho e depois sairia sozinho. Mas, por enquanto, ele iria com o animal até a floresta.

Se os ursos defecavam na floresta, os cães deveriam fazer o mesmo.

Uma vez que o cachorro não imitou o urso, Reed imaginou que o animal ainda não havia comido o suficiente para se livrar do que não havia aproveitado.

Quando chegaram à entrada de ardósia, o cachorro se agachou e fez as suas necessidades.

— Cacete, o que há de errado com a floresta? Agora eu preciso de uma pá.

Quando ele estava com a pá, o cachorro se encolheu e tremeu.

— Ah, meu Deus, não é para você.

Sentiu o estômago queimar de raiva ao imaginar alguém batendo em um pobre cachorro com uma pá.

Dentro de casa, pegou um dos biscoitos do cachorro, agachou-se e ofereceu-o.

— Isso não é recompensa por você cagar na entrada, porque, cara, isso não é coisa de um cão civilizado. É só porque sim, eu quero te dar. Agora tenho que subir e ficar nu, e não é por diversão ou sexo. Eu já estou horrorizado.

Começou a subir a escada, com o cachorro ao seu lado. Então, olhou para trás quando chegou bem no alto e ouviu o choro.

— Como você fez isso? — Perplexo, Reed desceu até a metade da escada, onde o cachorro agora estava preso com a cabeça entre as grades. — Por que você fez isso? Aguente aí. Pare de se contorcer.

Ele conseguiu inclinar a cabeça do animal, mudar a posição do corpo, reajustar e soltar a cabeça.

— Não faça mais isso.

Dessa vez, o cachorro o seguiu de perto até o quarto.

Simone estava sentada na cadeira perto da lareira fazendo esboços aleatórios no caderno. De posições do corpo — posições do corpo nu. O corpo nu *dele*?

Como se já não fosse estranho o suficiente, ele olhou para a cama. Deu um passo em direção a ela.

— Uma espada. Tem uma espada na cama.

— Eu disse que queria você segurando uma espada.

— Você tem uma espada.

— Peguei emprestada da CiCi.

— CiCi tem uma espada.

Ele a levantou — pesada — e examinou a bainha longa e entalhada.

Parecia antiga, percebeu ele. Não era toda cravejada de joias nem adornada, mas antiga e... testada em batalha.

— Isso é legal. — Desembainhou-a, imaginando o brilho e o polimento. Testada em batalha, pensou novamente, observando algumas marcas. Aço contra aço. — Isso é *muito* legal. Por que CiCi tem uma espada?

— Foi presente de algum embaixador. Ou talvez tenha sido de Steven Tyler. Ela tem uma katana que até considerei, mas você é um rapaz muito americano, e a katana é muito exótica para isso.

— Ela tem uma katana e uma... isso é um espadão?

— Eu não saberia dizer. Tire a roupa, chefe.

Segurando a espada e fazendo um movimento lento para a direita, depois para a esquerda, porque é o que se tem de fazer, ele franziu a testa para ela.

— É preciso ser louco para balançar, nu, uma espada de um lado para o outro.

— Os celtas faziam isso.

— Mas eles ficavam chapados primeiro.

— Tire a roupa — repetiu sem piedade. — Tem uma garrafa de vinho para te dar coragem.

— Talvez você devesse especificar os favores sexuais primeiro.

— Aí não seriam surpresa, não é? Não seja tímido. Vou dizer de novo: eu já te vi sem roupa.

— Mas o cachorro, não — rebateu, mas abaixou a espada para se despir e acabar logo com aquilo.

— Foi muito gentil da sua parte comprar o cachorrinho de pelúcia para o cachorro.

— Eu não comprei. Foi a Donna que o jogou aí dentro. Nenhum cachorro meu brinca com bonecas.

— Sério? É melhor você dizer isso a ele.

Sem camisa e com as mãos no botão da calça jeans, Reed olhou para o cão, encolhido, com uma pata no brinquedo de pelúcia enquanto, carinhosamente, lambia a cara do bichinho.

— Ele já é um motivo de vergonha para mim. — Soltando um suspiro, tirou toda a roupa.

— Fique mais perto da lareira... a luz está boa. Com a espada — acrescentou ela. — Gire para a esquerda, mas se incline para mim da cintura para cima. Vamos tentar alguns esboços com você segurando a espada pelo punho, apontada para baixo. Você pode continuar falando.

— Não tenho palavras.

— A ilha está começando a se preparar para a alta temporada.

Jogando conversa fora, sem roupa. Jogando conversa fora, sem roupa e com uma espada. Meu Deus! Mas ele tentou.

— Sim, muita limpeza na época da primavera e muita pintura em andamento.

Ela intercalava conversas descontraídas enquanto dava instruções para ele se virar ou mudar de posição.

— Quero que você levante a espada sobre o ombro esquerdo, como se fosse golpear para baixo. Segure-a aí por um minutinho.

Belos músculos, pensou ela; bíceps fortes, um tronco sarado. A cicatriz saliente no oblíquo direito, na grande dorsal e no deltoide evidenciava aquela prova tangível de violência.

— Abaixe-a um minuto, relaxe.

Ela se levantou e serviu um pouco de vinho para ele.

— Relaxe.

— Acabamos?

— Ainda não. Quero que você vire a cabeça e olhe para a porta. Imagine o seu inimigo lá, vindo na sua direção.

— Pode ser o Darth Vader?

— Não pode ser o Kylo Ren? Ele matou Han Solo, o que Vader nunca conseguiu.

— É importante que você saiba disso. — Ele entregou a taça de vinho a ela. — Mas ninguém tira o Vader do lado negro da força.

— Que seja o Darth Vader! — Ela pegou a taça, colocou-a na mesa e voltou para a cadeira. — Quero que você respire um pouco e depois olhe na direção da porta. Lá está o Vader. Então mantenha os olhos nele, balance a espada para cima e fique assim. Mantenha o olhar, a pose. Quero você tenso, preparado para o primeiro golpe. Entendeu?

— Sim, sim.

— Faça com que seja real. Acredite, e vai parecer real. Quando você estiver pronto.

Ele tentou imaginar a respiração sinistra de Vader e, quando ela estava em sua cabeça, olhou e balançou a espada.

— Mantenha a posição, fique assim.

Perfeito, pensou ela. O ângulo, os músculos dos glúteos, os tendões, os quadríceps. A ondulação ao longo dos ombros e dos braços. A tensão na mandíbula, as costas.

— Consegui. Consegui — murmurou, colocando-o no papel. — Mantenha a pose.

Ela pegou o telefone e tirou três fotos para fazer o esboço.

— É isso. Você derrotou o Império. Relaxe.

Ele abaixou a espada e soltou os ombros.

— Acabamos?

— Já tenho o que preciso. Você é um excelente modelo.

— Vamos ver.

— Não, não. — Ela fechou o caderno de desenho.

— Qual é!

— Eu quero que você veja a peça finalizada. Além disso — ela se levantou e foi em sua direção —, agora que acabamos a sessão, estou aqui pensando que eu tenho um homem nu só para mim.

Ela encostou a boca na dele e deu uma mordida provocante no lábio inferior.

— Cuidado com a espada — disse ele.

Passando a mão sobre o peito e a barriga dele, perguntou:

— Qual delas?

— Ha.

— Deixe o metal de lado. Hoje é noite de lua cheia. Assim que eu acabar com você, estará uivando para ela.

Quando ela terminou com ele, ele concluiu que, se tomasse como base esse pagamento, poderia trabalhar como modelo nu.

$\mathcal{E}$LE ACORDOU zonzo, precisando desesperadamente de um café, e se lembrou do cachorro quando tropeçou nele.

— Desculpe. Eu cuido disso — disse quando Simone murmurou.

Ele pôs a roupa, passou pela cozinha para levar o cachorro para fora e pegou uma Coca-Cola no trajeto, porque ela agia mais rápido que o café.

Não precisava ter se incomodado em ser rápido, uma vez que o cachorro usou o quintal antes que Reed pudesse levá-lo até a floresta.

Depois de resolver isso, ele voltou para dentro de casa, alimentou o cachorro bobão, fez café e o bebeu enquanto o cão devorava a comida. Fez a rotina de remédios e subiu para tomar um banho.

Parou no meio do caminho quando viu que o cachorro, mais uma vez, havia prendido a cabeça nas grades.

— Qual é o seu problema? Você é tonto? — Ele fez o esquema de inclinar/reajustar a cabeça do cachorro e depois o levou para cima a tempo de ver Simone saindo da cama. — Arrumei um nome para o cachorro.

— Que nome?

— Tonto.

— Você não vai dar esse nome para esse cachorro meigo.

— Combina, e um nome precisa combinar. Pode ser TON para encurtar.

— Pense melhor.

— Ele fez cocô e xixi por todo o quintal e ficou com a cabeça presa no corrimão de novo. Como ele não é Tonto?

Enquanto Reed falava, o cachorro olhava para ele com uma expressão cheia de amor.

— Pelo menos ele esperou até chegar lá fora — salientou Simone. — Ele deveria ter um nome doce. Tipo Chauncy.

— Chauncy é... — parou antes de dizer: *nome de mulherzinha*. — Eu não teria um cachorro chamado Chauncy — corrigiu. — Preciso de mais café. Preciso de um banho. Banho. Você vem comigo. — Agarrou a mão de Simone. — Você, não — disse ao cachorro.

Sexo no chuveiro o deixou mais bem-disposto.

*V*estida e com a primeira xícara de café vazia, Simone pegou sua jaqueta.

— Leve o Herman à casa da CiCi hoje à noite.

— Eu não vou chamá-lo de Herman, mas vou levá-lo.

— Ótimo. Te vejo lá. — Beijou Reed. — E você também, Raphael. — Beijou o focinho do cachorro.

— Também não é Raphael.

Reed arrumou as coisas do cachorro: pílulas, cápsulas, comida, coisas para mastigar, alguns biscoitos.

— Vamos trabalhar. É hora de você começar a ganhar o seu sustento. — Levou o cachorro para fora e parou quando notou coisas começando a sair da terra. — O que acha disso? A primavera está chegando. Se você revirar tudo isso, nada de Milk Bones para você. Entre.

O cachorro obedeceu com alegria e, no mesmo instante, pressionou a cabeça contra a janela fechada.

— Veja, Tonto. Você é o que você é. — Apesar do frio, Reed abaixou a janela. — Eu acho que terei que te promover se tiver que te levar para o trabalho todo dia. Isso faz de você o Agente Cão. Entendeu?

O cachorro apenas passou a cabeça pela janela aberta.

— É isso? O meu incrível talento como detetive me levou a concluir que você acha que as grades são uma janela, e o vento vai jogar as suas orelhas para trás. Que agente idiota você está me saindo!

Sacudindo a cabeça, Reed saiu da rodovia e virou na direção do vilarejo. A inspiração bateu.

— Agente idiota, mas, ainda assim, adorável. Barney Fife, certo? É isso aí. Você é o Barney. Negócio fechado.

Barney pareceu satisfeito com isso enquanto mantinha a língua para fora e as orelhas ao vento.

Reed abriu a delegacia e foi direto para seu escritório. Encheu de água a tigela de Barney e deu-lhe um dos pauzinhos comestíveis para mastigar.

— Não faça eu me arrepender disso.

Pegou uma xícara de café e ouviu Donna entrar — ela quase sempre chegava primeiro — quando ia para sua mesa, para ligar o computador.

— Você vai trazer esse cachorro todos os dias?

— Barney foi promovido.

— Barney? — Ela colocou as mãos fechadas no quadril. — Tipo o dinossauro roxo?

— Não. Como o Barney Fife. O xerife Barney Fife.

— Essa série não é bem antiga?

— É um clássico.

— Aí eu já não posso discutir. Você pode parar de me olhar desse jeito assustado — disse ela a Barney. — Peguei a correspondência quando estava entrando.

Ela se aproximou e deixou uma pequena pilha cair sobre a mesa dele.

Donna e o cachorro trocaram outro olhar antes de ela sair.

Quando Reed começou a abrir a correspondência, o telefone tocou. Suzanna Dorsey, fazendo um acompanhamento. Ele a atendeu e, então, ouviu a resposta dela quando perguntou sobre a insistência do cachorro em usar entradas e quintais.

— Considerando o restante? Vou dizer que ele foi mantido num cercado na maior parte do tempo. Piso de concreto. Ele só conhece superfícies duras, pobrezinho. Ele vai aprender, Reed, mas talvez leve um pouco de tempo.

— Vou ter sempre uma pá à mão.

Depois da ligação, ele olhou para Barney no chão. Barney olhou para ele, abaixou-se um pouco e lançou-lhe aquele olhar de confiante adoração.

— Vamos cuidar disso — disse Reed ao cachorro, coçando a cabeça do animal antes de voltar para as correspondências.

A carta que lhe estava destinada com o endereço da delegacia e o carimbo postal de Coral Gables, na Flórida, o deixou paralisado.

Tirou da gaveta um par de luvas para examinar cenas de crime e abriu a carta cuidadosamente com um canivete. Tirou de dentro o cartão.

PARABÉNS!!!

As letras em destaque reluziam sobre fogos de artifício coloridos. Ele abriu o cartão com a ponta do dedo enluvado e leu os dizeres impressos no interior.

VAMOS FESTEJAR!

A pessoa havia desenhado crânios e ossos cruzados ao redor das palavras e depois acrescentou uma mensagem escrita à mão.

Você sobreviveu! Aproveite enquanto pode. Nós ainda não terminamos, mas você estará acabado quando eu for atrás de você.
Bjs,

Patricia

P.S.: Aqui está uma pequena lembrança do grande estado da Flórida.

Ele levantou o pequeno saco de plástico fechado e examinou a mecha de cabelo dentro dele. Não teve dúvida de que era de Emily Devlon.

— Tudo bem, vagabunda, a guerra começou. Você deixou a coisa se tornar pessoal, e isso foi um erro.

— Ei, chefe, você... — Cecil parou rapidamente quando viu o brilho frio nos olhos de Reed. — Ah, eu posso voltar depois.

— Do que você precisa?

— Eu pensei que você deveria saber que estavam pintando a Beach Shack e um galão inteiro de tinta caiu da escada. Espirrou tinta em parte do Jewels of the Sea e caiu um pouco em cima da Cheryl Riggs, que estava lavando a vitrine. Ela está fula da vida, chefe.

— Você consegue cuidar disso?

— Sim, bem, eu estava vindo trabalhar quando isso aconteceu, então fiz o que pude. Tem tinta por toda a calçada também. Mas a senhorita Riggs quer que você vá até lá.

— Diga a ela que eu vou, mas tenho que resolver um assunto primeiro.

— Com certeza.

— Faça isso pessoalmente, Cecil. Bloqueie a calçada para que as pessoas não acabem pisando na tinta molhada. E fale para Donna entrar em contato com o pessoal da manutenção do vilarejo para cuidar da limpeza da calçada.

— Sim, senhor, chefe.

— E feche a porta, Cecil.

É preciso cuidar da tinta derramada e dos lojistas irritados, pensou Reed, mas eles vão ter de esperar.

Com seu telefone, tirou fotos de ambos os lados do envelope, da frente, de dentro e do verso do cartão. Mais uma da mecha de cabelo.

Em seguida, tirou da gaveta o cartão de Xavier e fez a ligação.

Capítulo 23

♦ ♦ ♦ ♦

SELEENA DESPERTOU E GEMEU. Uma ressaca terrível, pensou ela, zonza e enjoada. Sua cabeça latejava, os olhos tremiam, a garganta arranhava e o estômago queimava.

Quantas bebidas ela havia...

E se lembrou.

Ela voltou inteiramente a si de supetão, e a luz fez seus olhos arderem. Quando tentou levantar as mãos para protegê-los, sentiu a fisgada das amarras. Soltou um grito descontrolado, desvairado.

— Cara, você realmente acorda mal-humorada. — Tomando café em uma caneca, Patricia apareceu diante dela. — Você deve estar se sentindo um lixo, mas os gritos só vão fazê-la se sentir pior. Ninguém vai ouvi-la, então faça um favor para si mesma.

— Onde nós estamos? Por que você está fazendo isso? Meu Deus, não me mate.

— Nós estamos bem dentro de uma floresta ao norte. Eu já te disse o porquê: eu quero contar a minha história. Se eu quisesse matar você, você já estaria morta. Relaxe.

Ofereceu-lhe um copo com um canudo.

— É só água. Preciso de você acordada e pronta para seguir. Me desculpe pela agulhada no pescoço, mas eu não tinha certeza de que poderia confiar em você. É melhor assim, para nós duas.

Seleena tremeu quando olhou bem nos olhos de Patricia. Sua bexiga ameaçava se soltar.

— Você não precisa fazer isso. Eu disse que não ligaria para a polícia.

— Sim, eu acreditei nessa parte. Você quer a história, por isso não começaria chamando a polícia. Mas ainda é melhor assim. — Revirando os olhos, Patricia usou o canudo e tomou um pouco de água. — Viu? Só H-dois-O.

Desesperada, Seleena aceitou e esvaziou o copo.

— Não dá para fazer um *macchiato* para você... é assim que você gosta do café, certo? Mas eu aposto que você gostaria de tomar um café preto e colocar o seu cérebro para funcionar.

— Sim. Por favor.

— Deixe-me apresentar algumas regras básicas.

— Primeiro, desculpe. Eu preciso de um banheiro.

— Compreensível, mas segure aí, Seleena. É melhor você ouvir as regras primeiro, assim não discutimos. Eu vou soltá-la, e você poderá usar as instalações. — Patricia apontou. — Eu tirei a porta. Ei, somos duas meninas, certo? Então você vai e se senta. Vou amarrar de novo a sua mão esquerda, os seus tornozelos, mas vou deixar a mão direita livre para que você possa tomar o seu café, comer os cereais com iogurte... isso vai mantê-la forte. Se você tentar qualquer coisa, vou começar quebrando os seus dedos. Não vou matá-la, já que precisamos uma da outra, mas vou machucá-la.

— Entendi.

— Ótimo.

Quando Patricia pegou a tesoura, com pontas longas e afiadas, Seleena se encolheu para trás.

— Para cortar o plástico. Tenho muito mais braçadeiras.

Ela as cortou, recuou e tirou a arma do coldre na cintura.

— Vá fazer xixi.

As pernas de Seleena tremeram quando ela tentou se levantar.

— O sedativo... você está um pouco instável ainda. Não tenha pressa. Temos muito tempo.

— As pessoas vão procurar por mim.

— Talvez. Enviei uma mensagem do seu telefone para a sua assistente, avisando que você tinha recebido uma dica quente e ficaria fora da cidade por um ou dois dias. Mas talvez não demore tanto.

— Um ou dois dias. — Tentando prestar atenção nos detalhes: uma cabana, percebeu ela, com as persianas fechadas. Móveis rústicos, nenhum ruído de trânsito. Nenhum som.

— Não vamos precisar mais do que isso. Então você terá a sua grande história.

— E você vai me soltar. — Tentando não sentir constrangimento, Seleena levantou a saia e fez o que precisava fazer.

— Por que eu não faria isso? Este é o trato. Eu conto a minha história e você a divulga. Eu a quero divulgada. Eu quero que as pessoas me ouçam.

— Você vai se entregar?

— Bem, eu menti sobre isso. — Patricia sorriu. — E sobre o lance de me matar. Mas veja.

Ela gesticulou.

— Eu tenho o tripé, uma câmera de vídeo profissional, as luzes, tudo. Imagine isso como o nosso estúdio. Vamos nos sentar aqui. Você pode fazer perguntas. Eu vou falar. Vou dizer o que tenho para dizer. É isso que eu quero. É isso que você quer.

Com o canto do olho, Seleena viu sua bolsa. Dentro dela, havia uma arma.

— Eu teria mantido tudo isso confidencial. Você não precisa me amarrar na cadeira.

— Pense nisso. Parte do que eu vou contar a você é bem, digamos... chocante. Você pode ficar transtornada ou com medo. Você pode pensar: "Ah, não! Ela vai me matar também", e tentar fugir ou fazer alguma coisa. Como agora, você está se perguntando se vai conseguir alcançar a linda arma cor-de-rosa que estava na sua bolsa. E aí? Aí, dedos quebrados.

Ela recuou, tirou a arma de onde a havia colocado na parte de trás do cinto e levantou-a.

— Então você sentiria toda a dor do mundo sem ganhar nada. Eu estou poupando você disso. — Ela sorriu, toda charmosa. Então, seus lábios se abriram. — Sente-se, porra, ou eu vou quebrar um dedo seu e atirar no seu pé com a sua arma de menininha.

— Eu vou cooperar. — Mantendo os olhos em linha reta e a voz calma, Seleena voltou para a cadeira. — Eu quero ouvir a sua história.

— Você irá ouvir.

Patricia guardou sua arma, uma eficiente Sig, e manteve a arma cor-de-rosa apontada para Seleena. Patricia até que havia começado a gostar daquela cor.

Ela pegou algumas braçadeiras e jogou-as no colo de Seleena.

— Prenda os tornozelos nas pernas da cadeira. Depois a mão esquerda no braço esquerdo da cadeira. Vamos tomar um café, comer alguma coisa e falar sobre como vamos armar tudo. A sua maquiagem saiu e borrou, e o seu cabelo está todo bagunçado. Mas não se preocupe; eu vou dar um jeito em você. Eu sou boa com cabelo e maquiagem, pode confiar em mim.

Enquanto Patricia fazia o café, Reed cuidava do incidente ocorrido com a tinta, acalmava os lojistas e resolvia tudo com o pintor desajeitado, que mal havia saído da adolescência e estava apavorado com a possibilidade de perder o emprego ou ser preso.

Enquanto voltava com seu agente canino, Barney começou a se agachar na calçada.

— Não faça isso! — Arriscando perder seu jeans, Reed levantou o cachorro e acelerou o passo. Barney tremia e lambia nervosamente o queixo de Reed.

— Segure-se aí. Segure-se aí.

Correu para a delegacia, assustando Donna e os agentes.

— Eu preciso de um saco de provas. Rápido!

Matty deu um pulo com um:

— O que é isso?

— Decreto Municipal 38-B.

Matty revirou os olhos enquanto Reed corria para os fundos.

— Colete o cocô — disse ela a Cecil.

Reed pôs Barney na grama atrás da delegacia.

— Agora você pode ir em frente.

Uma vez que o cachorro parecia ansioso e desnorteado, Reed caminhou com ele de um lado para o outro na grama.

— Ela está puta. Não me matou e, pior ainda, eu fiz um buraco em algum lugar nela. E, por causa disso, ela teve que correr. Atirou na própria avó no andador. Imagine só.

Barney farejava a grama de maneira duvidosa.

— Então ela não herdou aquela casa grande. Vale fácil um milhão e uns trocados. E tudo dentro? Muitos outros trocados. Some a isso as contas bancárias congeladas. Ela já usou uma boa quantia, mas lá tem muito mais. Sim, eu custei caro para ela, e isso irritou aquela psicopata. Psicopata — repetiu ele, olhando para as lojas e os restaurantes do outro lado da rua, alguns com apartamentos no andar de cima, que ele sabia que os proprietários alugavam para os trabalhadores de verão. Isso é motivo mais que suficiente. Ela sempre chegou antes de mim. O irmão dela estragou tudo, mas é o irmão dela, e esse lance de sangue é mais forte, né? Mas, antes que eu pudesse fazer qualquer coisa, ela acertou todos os alvos. Cem por cento de sucesso, e ela só estava começando.

Remoendo tudo na cabeça, ele parou de andar.

— Eu estraguei a média de sucesso dela, né? Na cabeça de psicopata dela, eu custei uma puta fortuna que ela imaginava ter ganhado. É como se eu tivesse roubado dela. E eu a feri. Eu a fiz sangrar. Ela está tendo um ataque de nervos desde então, é isso que está acontecendo.

Lembrou-se da expressão de Patricia quando atirou nele — o choque e o medo. Além disso, pensou ele, o som da voz dela enquanto gritava com ele e fugia.

Insultos e lágrimas na mesma medida que fúria e medo.

— Eu sempre soube que a Patricia tinha ficado puta, e tentaria outra coisa comigo. Mas enviar um cartão? Ela quer ter certeza de que eu não vou esquecê-la. Ela quer me fazer sentir o que ela sentiu, aquele choque, aquele medo. Mas foi um erro. Uma vez que você comete um erro, é mais fácil cometer o próximo.

Barney choramingou e puxou a coleira.

— É a grama ou nada. Ela enviou isso antes de sair da Flórida. Ela o enviou logo depois de cometer o assassinato, sentindo-se cheia de si. Ela vai para o norte, é o que eu acho. Talvez nem tão longe, mas depois vem para cá.

Ele olhou para o cachorro no chão.

— Estaremos preparados para ela.

Em resposta, e parecendo pedir desculpas, o cachorro se agachou.

— Agora, é assim que se faz. — Quando Barney terminou, Reed o esfregou com vigor. — Parece que nós dois resolvemos as coisas. Esse é um bom menino. É disso que eu estou falando. Pena eu não poder ensiná-lo a se limpar, mas é para isso que servem os parceiros.

De volta à delegacia, com saco ou sem saco, ele limpou as mãos e depois foi para o escritório.

— Donna, preciso que você ligue para Nick e Leon.

— Por quê?

— Preciso falar com todo mundo.

Entrou em seu escritório para ver o arquivo que guardava lá, por via das dúvidas. Pegou a foto de Patricia Hobart.

— Cecil, eu preciso que você faça cópias disso, cópias coloridas.

— Quantas?

— Comece com cinquenta.

— Cinquenta? — piscou Cecil. — Vai demorar um pouco.

— Então é melhor você andar logo. Donna, o FBI está chegando. Eu sei o que você pensa a respeito deles, mas eu agradeceria se você fizesse uma garrafa de café fresco quando chegarem.

— Vou abrir uma exceção. Leon e Nick estão a caminho.

— Ótimo. Você atende os chamados à medida que forem chegando, mas qualquer coisa que não seja urgente só terá resposta depois da reunião.

Sentou-se de frente para Matty.

— Me dê a sua opinião sobre os agentes de verão. Quem aguenta mais pressão do que resolver casos de colisão e tinta derramada.

— Você leu os arquivos deles e conversou com alguns.

— Sim, e eu tenho a minha opinião. Agora eu quero a sua.

Ela franziu a testa, mas opinou. Ele assentiu e depois se levantou quando Leon entrou.

— Algum problema, chefe?

— Ainda não. Sente-se, Leon. — Ele foi pegar uma das fotos que Cecil havia copiado e, quando Nick entrou, pregou-a no quadro principal. — Sente-se, Nick. Cecil, isso é suficiente por enquanto. Termine as cópias depois da reunião. Eu quero que todos vocês deem uma boa olhada nesta foto. Todos vocês terão cópias, e nós vamos distribuí-las pelo vilarejo, pelas locadoras, ao pessoal da balsa. Esta é Patricia Hobart, 27 anos. Até o momento, ela matou dez pessoas, pelo que sabemos. Somem a isso uma tentativa contra mim.

Mesmo imaginando que eles conhecessem a história, pelo menos grande parte dos detalhes, ele a repassou. Queria que estivesse fresca na memória deles, e queria que a ouvissem de sua boca.

— Ela me enviou isso hoje.

Tirou de seu arquivo um saco de provas contendo o cartão, o envelope e a mecha de cabelo.

— Vou entregar isso aos agentes do FBI quando eles chegarem aqui.

— Isso é besteira — resmungou Matty. — Eles estão atrás dela há quase um ano, merda, e não conseguiram nada.

— Não sabemos o que eles têm, ou até onde chegaram, porque eles não falam. É assim que funciona. — Colocou o arquivo de lado e abriu outro. — Este é o meu arquivo, o nosso arquivo, com uma cópia do cartão, do envelope e de alguns fios do cabelo que eu vou pedir para analisarem. Eu tenho contatos. Vamos cooperar inteiramente com o FBI, mas isso não significa que vamos ficar sentados de braços cruzados. Ela virá para cá mais cedo ou mais tarde — continuou. — Simone Knox estava naquele shopping também. Ela é outro alvo e, como foi a primeira a ligar para o serviço de emergência, acredito que seja o principal. A partir de hoje, vamos iniciar patrulhas regulares em torno da casa da CiCi. Vamos ficar sentados no cais, observar quem sai da balsa. Vou trazer dois dos agentes de verão agora para ajudarem com isso.

— Ela usa disfarces — disse Matty.

— Ela usa, e é boa nisso. Então, memorizem essa foto. Não se deixem levar pela cor do cabelo, penteado, cor dos olhos, óculos ou mudanças sutis na estrutura facial, no tipo físico. Ela estará sozinha. Precisará alugar um lugar, arrumar um tempo para estudar as rotinas. Estará armada e, com certeza, é perigosa. Eu preciso que os moradores sejam avisados, e que vocês deixem absolutamente claro que eles não devem se aproximar; não devem confrontá-la. Se ela entrar no mercado para comprar alimentos, eles devem atendê-la, desejar-lhe um bom-dia e depois entrar em contato com a gente. Ela não quer machucar ninguém além de mim e Simone, mas isso não irá impedi-la caso se sinta encurralada. É uma ilha — acrescentou. — Quando ela chegar, ficará presa aqui. É a nossa ilha. Nós sabemos disso melhor do que ela. Ela é paciente. Pode chegar na semana que vem ou pode esperar mais dois anos.

Mas ele não acreditava que ela esperaria tanto. Não acreditava que ela conseguisse.

— Nenhum de nós pode ser complacente, porque ela virá.

Parou quando a porta se abriu e Xavier entrou com uma colega.

— Donna, eu agradeceria se fizesse aquele café.
— Claro, chefe. — Ela olhou de cara feia para Xavier quando foi para a copa.
— Agentes. — Reed fez um sinal para seu escritório.

A AGENTE USAVA um terno preto, camisa branca e sapatos básicos. Para Reed, tratava-se de uma atleta de 40 e poucos anos, com cabelo castanho-escuro curto, prático como os sapatos, e pouquíssima maquiagem em um rosto atraente de olhos castanhos sérios.

Reed imaginou que ela talvez fosse tão cretina quanto Xavier. Até ela sorrir para o cachorro.

— Ele não é um doce?
— Ele é tímido perto das pessoas — explicou Reed quando Barney se escondeu debaixo de sua mesa. — Alguém, depois de maltratá-lo, o abandonou na ilha.
— Mas que pena... a minha irmã resgatou uma vira-lata nas mesmas circunstâncias. Ela é a melhor cadela do mundo agora.
— Não estamos aqui para trocar histórias de cachorro.

A mulher lançou um olhar rápido para Xavier e depois estendeu a mão para Reed.

— Agente Especial Tonya Jacoby, chefe.
— Obrigado por ter vindo. — Uma vez que já havia gostado muito mais dela do que de Xavier, ofereceu-lhe o saco de provas. — Chegou hoje de manhã, no meio da correspondência.

Jacoby calçou as luvas e abriu o saco.

— As suas fotos estão nítidas — começou ela. — E esse contato, a ameaça que há nisso, torna mais imperativo que você se afaste.

Reed praticamente não olhou para Xavier.

— Já que isso não vai acontecer, e de nada vai adiantar seguirmos na mesma linha de ontem, vamos deixar isso bem claro: os meus agentes foram informados.

— A última coisa que precisamos é de um bando de brutamontes armados atirando a esmo.

Reed foi se levantando devagar. Jacoby começou a falar, mas ele se adiantou.

— Se quer me criticar gratuitamente, vá em frente. Mas cuidado com o que diz sobre os meus oficiais. Você foi convidado a vir aqui hoje. Pode ser desconvidado com a mesma facilidade.

— Esta é uma investigação federal.

— Agente Especial Xavier, por que você não vai dar uma volta? — O olhar de Jacoby ficou mais demorado, endurecido. — Imediatamente.

Ele saiu e, mais uma vez, bateu a porta da delegacia.

— Você está no comando agora? — perguntou Reed a ela.

— Com certeza. Fui chamada para esta investigação na semana passada. Ele não está feliz com isso, o que pode explicar o comportamento de ontem. Peguei o grosso do caso por meio do relatório dele. Peço desculpas.

— Não é necessário.

Donna entrou com o café: uma garrafa, canecas e os acompanhamentos, tudo em uma bandeja. Ele não sabia que a delegacia tinha uma bandeja.

— Obrigado, Donna.

— Sim, obrigada. — Jacoby acrescentou um pouco de leite ao café e sentou-se. — Vamos conversar.

Ele passou trinta minutos com ela e, quando apertaram as mãos novamente, ambos estavam mais relaxados.

Depois que ela saiu, ele terminou a reunião com sua equipe e respondeu às perguntas.

— A Agente Especial Jacoby, agora responsável pela investigação de Hobart...

— Eles tiraram aquele otário do caso? — perguntou Leon.

— Ele ainda está na investigação, mas não é mais o Agente Especial responsável.

— Pelo menos alguém no FBI não é um completo idiota — concluiu Matty.

— Já que a Jacoby não me pareceu do tipo idiota, vou dizer que há mais de um. Ela me informou que eles estão seguindo uma pista em Memphis, no Tennessee. Se isso se confirmar, talvez possamos resolver o assunto. Mas, até lá, eu quero aquelas patrulhas e os olhos de todos bem abertos na balsa. Meu parceiro e eu vamos nos revezar.

— "Parceiro"? — perguntou Matty.

Reed deu um tapinha na cabeça do cachorro.

— O agente Barney. Ele é um dos nossos agora.

Na cabana, com o laptop transmitindo a Fox News no caso de surgir alguma coisa que precisasse saber, Patricia refez a maquiagem de Seleena.

— Você cuida bem da sua pele — disse enquanto passava a base. — Eu também. Minha mãe era relaxada. Quero dizer, quando envelheceu, especialmente depois que mataram o JJ. Mas, mesmo antes, ela não se arrumava. Eu não culpo meu velho por tê-la traído ou por ter dado umas bofetadas nela de vez em quando, mas ele era mesmo um cretino. Vou usar uma paleta neutra nos seus olhos. Elegante, profissional. Feche-os.

Envolva-se, ordenou Seleena a si mesma. *Conecte-se*.

— Ele também batia em você?

— Ele mal me notava, então eu não o incomodava. Eu engordei, e isso foi culpa dela também. Sempre me subornando com doces e biscoitos, e me deixando comer pacotes de salgadinhos. Ele me chamava de "Rolha de Poço", "Rolha" para encurtar.

— Isso é cruel.

— Eu não disse que ele era um cretino? Sofri bullying na escola, sabia disso? Ela teve de se afastar para não estragar seu trabalho. Seleena abriu os olhos.

— Mas estou me superando. Feche os olhos e mantenha-os fechados até eu dizer o contrário.

Ela fechou os olhos e manteve-os fechados. Escutou. Escutou a louca, ah, meu Deus, ela escutou. E a amargura, e pior. Meu Deus, pior ainda: a frieza quando ela falou que fizera um favor à mãe ao matá-la.

— Eles... a polícia classificou isso como um acidente.

— Porque eu sou *boa*, menina. A puta velha chorona e maluca facilitou as coisas, mas é preciso ser bom. Abra os olhos.

Seleena os abriu e tentou disfarçar o medo.

— Ah, sim, eu sou boa. Feche de novo. Sabe, aprendi tudo sobre maquiagem, cabelo e cuidados com a pele na internet. No YouTube, porque a minha mãe não me ensinava nada de nada. O meu QI é 164, e eu tenho certeza de que não puxei a ela nem ao meu velho pai. Abra — disse, começando a esfumaçar e passar o delineador na parte de baixo dos olhos de Seleena. — Você acaba se acostumando a fazer a própria maquiagem.

— Sim.

— Eu faço a minha. Eu faço tudo sozinha porque sou esperta. O JJ não era um idiota, mas também não era lá muito esperto. Eu fazia algumas lições de casa e trabalhos para ele, mesmo depois que aqueles idiotas dos nossos pais nos separaram. Eles não deveriam ter feito isso.

— Não, não deveriam. Isso também foi cruel e egoísta.

— Você tem toda a razão! Foi o JJ que me ensinou a atirar, porque eu não podia incomodar o velho. Olhe para baixo enquanto eu faço os cílios. Nem tanto!

— Desculpe.

— Ele era bom com armas, mas eu era melhor nisso também. Ele não se importava. O JJ tinha orgulho de mim. Ele me amava. Foi o único que me amou. E eles o mataram.

— Você deve sentir falta dele.

— Ele está morto, de que adianta? Ele sabia que eu era inteligente, mas não me ouviu, queimou a largada. Entendeu? Armas, meio engatilhadas.

Tentando ler os olhos focados nos dela, Seleena curvou só um pouquinho os lábios.

— Essa foi boa.

— Eu posso ser engraçada quando quero ser. Não sou de falar muito com as pessoas, e nunca sou eu mesma com elas. Tenho que falar com imbecis quando estou perseguindo um alvo, mas essa não sou eu. Eu estou lá no meu íntimo e só mostro o exterior que eles esperam. Você tem sorte porque está vendo o meu interior.

— Foi difícil para você se manter como é de verdade.

— Eu tive de fazer isso durante *anos*, as porras dos anos naquele mausoléu com aquelas múmias choronas dos meus avós. Ah, eu vou fazer isso, vó. Não se preocupe com isso, vô, eu vou limpar. Eles *não morriam* para me deixar logo em paz. Ninguém teria aguentado a merda deles tanto tempo como eu. Os olhos parecem bons.

Ela examinou seu kit e escolheu um blush e um pincel.

— Eles diziam coisas terríveis sobre o JJ, especialmente depois que ele estava morto. Coisas terríveis, e eu tinha que me segurar para não cortar a garganta deles. Talvez ele não fosse muito esperto, talvez não tenha me escutado, mas eles não deveriam ter dito aquelas coisas terríveis sobre ele.

— O próprio sangue deles — disse Seleena.

— Diziam que ele era doente, cheio de defeitos, até mesmo mau. Bem, eles pagaram por isso, não é? Não o suficiente, mas pagaram. Ele não me ouviu, foi o que aconteceu.

Patricia recuou, examinou o blush e aprovou.

— Vamos melhorar essa parte — disse, e pegou um pó translúcido. — Eu o teria impedido se soubesse que ele tinha antecipado o cronograma. Eu ainda tinha que elaborar alguns detalhes. E o que ele faz? Ele ataca em julho, quando um monte de gente está de férias ou algo do tipo. Era para ser dezembro, no caos das festas. Ele teria atingido o dobro do número de pessoas. Mais, e eu teria planejado a rota de fuga até lá.

— Você teria?

Patricia inclinou a cabeça de um lado para o outro e levantou a de Seleena com as pontas dos dedos debaixo do seu queixo.

— Você está ótima. Uma profissional elegante, como eu prometi. Quer uma bebida gelada?

— Sim, por favor. Obrigada.

Patricia levantou-se e foi à cozinha.

— Eu tenho Coca Diet, água, V8 Splash.

— Coca Diet está ótimo, obrigada. Um pouco de cafeína antes de começarmos a gravar.

— Boa ideia. — Ela abriu a garrafa e colocou um pouco de gelo em copos plásticos. — Do que estávamos falando?

Ela voltou e entregou o copo a Seleena.

— Certo. O JJ. Eu estava dizendo que ele não era assim tão inteligente, certo? Você não vai acreditar que ele e aqueles dois amigos manés pensaram em tudo isso, não é? DownEast foi minha ideia, meu plano, e teria dado certo se eles tivessem esperado que eu ajustasse os detalhes.

— Você... planejou o ataque?

— Pensei, planejei, roubei o cartão de crédito do vovô, que só tinha merda na cabeça, por tempo suficiente para encomendar os coletes, os capacetes. — Ela bateu na têmpora com um dedo. — Até agora, deixei que dessem crédito ao JJ como o mentor. Nós vamos mudar isso, você e eu. Custe o que custar.

Ela levantou o próprio copo e tomou um gole.

— Você está pronta, menos os lábios. Vou dar um jeito neles antes de começarmos. Vou fazer a minha maquiagem agora, e colocar o meu figurino para aparecer na frente da câmera. Vai demorar um pouquinho. Eu quero ficar bem, e aí vamos começar esta festa. Pense em umas perguntas boas, Seleena. Estou contando com você.

Capítulo 24

♦ ♦ ♦ ♦

SELEENA FICOU SENTADA por quatro horas sob as luzes, com a cadeira no ângulo da cadeira de Patricia e a câmera gravando.

Depois de duas horas, Patricia deixou-a usar o banheiro novamente e trocou as baterias da câmera. Permitiu que Seleena tomasse água com um canudo enquanto Patricia retocava a própria maquiagem e depois a de Seleena. Mas, depois, voltaram à gravação.

Com o passar do tempo, à medida que Seleena ia entrando no ritmo da entrevista, à medida que o assunto ia despertando mais o seu interesse, seu medo foi dando lugar à ambição.

A repórter tinha a maior história de sua vida desdobrando-se bem à sua frente. O fato de ter sido sedada e sequestrada desapareceu quando seu próprio ego inflou.

Havia conseguido uma entrevista exclusiva, frente a frente, com a mentora do ataque no DownEast: uma serial killer. E, graças às suas habilidades como entrevistadora, a ambição e o ego de Seleena diziam que Patricia lhe dera todas as informações da história. Cada assassinato, cada detalhe, a perseguição, a documentação, a escolha da época e do método.

Quando as amarras nos tornozelos e na mão esquerda (Patricia deixou solta a mão direita para que Seleena pudesse fazer anotações) machucaram sua pele, ela se assegurou (e acreditou no que dizia para si) de que Patricia as mantinha como evidência visual para proteger Seleena de qualquer acusação de que estivesse ajudando ou sendo cúmplice, de que estivesse obstruindo a investigação.

Elas estavam juntas nisso, assim como Patricia afirmara.

A empolgação de Seleena com o que tinha ali, com o que produziria uma vez que estivesse com o vídeo em mãos? O medo não conseguiria ser maior do que ela.

Absorta em seus pensamentos, começou a imaginar os benefícios.

Ela sabia entreter um entrevistado, passar a mão na cabeça dele, mostrar compreensão e empatia. Esta mulher, este monstro, pusera para fora sua obsessão, sua raiva, sua crença fria e calculista de que tinha o direito de matar pessoas porque Seleena, com habilidade, a conduzira por esse caminho.

Um dia este vídeo seria estudado em cursos de jornalismo e ela ganharia uma fortuna dando palestras.

Para Patricia, concluiu ela, os três rapazes haviam sido suas armas — que dispararam contra ela. Seus sentimentos pelo irmão assemelhavam-se a uma estranha mistura de amor e desdém. E, ainda assim, ela justificava os assassinatos que havia cometido, até onde sentia a necessidade de justificar, como o troco pela morte dele aos 17 anos.

Meu Deus do céu, isso era fascinante. E se isso a fascinava, imagine, apenas *imagine*, a reação do telespectador.

— Você é a melhor entrevistada que já tive, Patricia. Estou me esforçando para acompanhá-la! Podemos fazer mais uma pausa?

— Eu não acabei ainda.

— Eu sei que não, apenas dez minutos? — Seleena deu um sorriso. Tinha um barril de pólvora nas mãos e não queria acender um fósforo.

Bajulação, lembrou-se. Apenas invista nisso.

— Eu preciso organizar uns pensamentos. Quero preparar isso para você em episódios; parte disso nós vamos fazer na edição, mas eu gostaria de organizar as minhas próximas perguntas. Eu poderia usar esses minutos para comer, tomar outra bebida, para continuar a ter energia. Além disso — disse rapidamente —, eu gostaria que você tomasse um ar também, recarregasse as energias por uns minutos. Queremos você descansada em cada episódio.

— Ótimo. — Patricia levantou-se.

— É tudo tão forte, Patricia. Preciso de um tempinho para assimilar.

— Tudo bem — disse Patricia, mais tranquila. — Eu tenho uns biscoitos integrais e húmus.

— Seria ótimo. Dá-nos um pouco mais de fôlego para o próximo episódio. E será que eu poderia esticar um pouco as minhas pernas? Você é uma corredora — disse —, eu sou ativa também. Se eu pudesse andar um pouco em volta da cabana... — Ela deu um sorriso novamente. — Eu tenho que dizer uma coisa: a minha bunda está dormente.

— Pense nos seus dedos, Seleena.

Seleena riu daquilo porque já não acreditava mais.

— Eu estou em vias de me tornar a rainha de todas as exclusivas. Estamos falando de Pulitzer, de Emmy. Pode acreditar que eu não vou fazer nenhuma besteira para estragar tudo.

— Você vai se dar muito bem depois disso. — Patricia cortou as braçadeiras.

— Nós duas vamos nos dar muito bem. Todo mundo vai conhecer a sua história.

E a minha, pensou Seleena enquanto se livrava das dores e formigamentos nas pernas. Espere, só espere até ela fazer uma reportagem especial sobre a sua experiência. Sequestrada, detida por Patricia Hobart. E a repórter intrépida realiza uma entrevista brilhante, contundente, em frente às câmeras, dando todos os detalhes. Motivos, vítimas, método, movimentos. Tudo.

— "Pulitzer, Emmy" — repetiu Patricia. — O céu não será o limite para você.

Ela abriu a caixa de biscoitos.

— Você ganhou um empurrão por estar no shopping naquela noite, gravando o que gravou. Isso a tornou conhecida.

— Eu fiquei na minha — concordou Seleena. — É isso que a gente tem que fazer para seguir em frente. Especialmente quando se é mulher. Uma mulher esperta, uma mulher durona. Dizem que somos insistentes, mal-intencionadas, arrogantes, quando, na verdade, somos o quê? Fortes, ambiciosas.

— Você faz um programa sobre DownEast todo ano, em julho, porque esse é seu principal degrau para a fama.

— Até agora. Ah, já está melhorando. Já estou quase sentindo a minha bunda de novo. — Ela esfregava o traseiro com as mãos enquanto andava de um lado para o outro.

— Esta entrevista... isso significa muita fama e grana para você. Você escreveu aquele livro sobre DownEast, mas outros também escreveram. E você não é uma escritora tão boa assim.

— Eu não sou ruim, mas você tem razão, o formato livro não é o meu forte. Vou contratar um *ghost writer* desta vez. A audiência disso, Pat? Vamos ter o suficiente para uma série de cinco episódios, e a audiência só vai aumentar. Que se foda o Super Bowl! Nós vamos fazer esse campeonato e tudo o mais ir pelos ares.

— Porque milhões de pessoas vão assistir.

— Elas vão, elas vão. Elas vão ficar grudadas nas telas da TV e dos dispositivos móveis. A menina de 15 anos que planejou um massacre porque odiava sua vida, seus pais, e conseguiu manipular o irmão. Como ela resolveu o problema quando ele a deixou de lado para agir sozinho. Os anos em que ela escondeu a sua verdadeira natureza, guardando-a para si.

Seleena balançou a cabeça e deu um suspiro.

— É tão forte, tão convincente. O seu primeiro assassinato? Meu Deus, você era tão jovem! Então, a sua própria mãe. O plano de ir minando a vontade dela, os anos em que você foi abusando psicologicamente dela, até convencê-la a ser cúmplice do próprio assassinato. É brilhante. Muito brilhante.

— Sente-se, coma um pouco.

— Obrigada. Estou morrendo de fome. — Ela aceitou o prato de papelão e pegou o húmus com os biscoitos. — Você consegue ver a ironia, Pat? De apenas deixar escapar o policial, o que salvou a criança no shopping. Apenas fracassar nesse assassinato, levando um tiro, mas fugindo, segurando-se para poder voltar e acertar as contas com seus avós. Meu Deus, esse é um episódio por si só. Tem que ser.

— Você acha que o policial merece um episódio? — indagou Patricia lentamente.

— Com certeza. Aquele momento em que você percebeu que não tinha acabado com ele, e que ele atirou em você... eu gostaria de falar mais um pouco sobre isso. E sobre o que você pensou, sentiu, enquanto voltava correndo para pegar dinheiro, armas, identidades, e, *ainda assim*, aproveitando a oportunidade para matar os seus avós antes de fugir.

— Eu não fugi. Eu me reorganizei.

— Hummm. — Ela pegou mais húmus. — Vamos mencionar o tempo que você passou no Canadá, mas isso não é um dos destaques. É mais uma ponte, por isso *reorganizar* é um bom termo. Mas o momento decisivo foi quando você percebeu que não tinha conseguido matar o Quartermaine, e que ele conseguiu ferir você... e aí você teve a feliz coincidência de saber que a policial que matou o seu irmão ajudou a salvar o homem que você tentou matar.

— "Feliz coincidência."

— Faz sucesso na TV, faz muito sucesso na TV. Eu quero me concentrar mais neste momento decisivo seguinte: como o erro com o Quartermaine mudou o rumo das coisas para você, forçando-a a se reorganizar. Obrigada — acrescentou quando Patricia lhe passou outro copo de Coca Diet.

— Você vê isso como um erro. Com aquele maldito policial?

Com muita fome e muito entretida, Seleena esqueceu que uma boa entrevistadora deixa que o entrevistado fale. Uma boa entrevistadora observa mudanças no tom e na linguagem corporal.

— De qualquer maneira, um erro de cálculo, e, mais uma vez, um momento decisivo para o qual queremos repercussão. Até esse momento, eles nem sabiam que você existia, certo?

Ela tomou um pouco do refrigerante diet e voltou para os biscoitos.

— Foi só o que você disse antes; você deixou o JJ assumir a culpa.

— O crédito.

— O crédito. Você era a irmã de um adolescente assassino, a neta dedicada, que levava uma vida tranquila. E, no minuto seguinte, você é uma fugitiva que tentou matar um policial a sangue frio porque ele sobreviveu ao DownEast. Alguém que matou a sangue frio os avós idosos antes de fugir para se esconder, e se reorganizar, no Canadá. Você já tinha matado antes, Pat, mas essa falha com o Quartermaine mudou tudo.

— Ele teve sorte.

Seleena assentiu.

— Ele teve; ele teve muita sorte. Se tivesse te reconhecido um minuto depois, seria tarde demais; depois ele a feriu, sem falar na ironia de ter a parceira da polícia já a caminho daquela casa, a mesma policial que estava, ironicamente, mais uma vez, do lado de fora do cinema. Ela matou o JJ e salvou o Quartermaine. Sucesso na TV.

— Você acha?

— Acredite em mim, eu sei. Tudo bem, já organizei o próximo episódio.

— Os seus episódios, a sua audiência, o seu degrau para a porra da fama.

— Desculpe? O quê?

— É a minha história. Minha.

— E vai ser bombástica. Eu acho que devemos retocar a maquiagem um pouco antes de gravarmos de novo. — Ela balançou os ombros e depois cruzou as pernas.

— Você não precisa — disse Patricia —, porque essa é a porra do fim.

Seleena ergueu os olhos e soltou um grito abafado antes de levar um tiro, e outro, e outro novamente. *Ironicamente*, na cabeça de Patricia, com a arma cor-de-rosa de Seleena.

Soltou o ar, e a raiva. Sentiu-se melhor.

— E não me chame de Pat.

Preparou para si um prato de biscoitos e húmus e comeu enquanto o corpo de Seleena sangrava no chão da cabana. Pegaria a câmera, decidiu ela, e deixaria o tripé e as luzes. Muita coisa para levar em seu voo para o sul.

Uma que vez que já havia acabado de trocar as placas, e havia dedicado um tempo para fazer alguns amassados no carro de Seleena, ela o considerou seguro para a distância que tinha de percorrer.

Hora de tirar um pouco de dinheiro do banco em New Hampshire e usar mais algumas identidades, calculou ela. Em seguida, deixaria o carro no aeroporto e pegaria um voo. Alugaria algo em Louisville.

Em poucos dias, encontrariam o corpo, imaginou. Havia reservado a cabana por uma semana e faltavam quatro dias. Até lá, ela estaria... em outro lugar.

Riu um pouco enquanto molhava os biscoitos na Coca Diet, e sorriu para o corpo de Seleena.

— Agora quem foi que cometeu o erro?

Após o fim do turno, Reed voltou para casa com o cachorro. Pegou alguns mantimentos e foi com seu próprio carro para a casa de CiCi. Teria de contar a elas, Simone e CiCi, sobre o cartão, a ameaça, e falar das precauções que ele precisava que tomassem.

Quando chegou, ficou olhando para a casa.

Todo aquele vidro, todo aquele maldito vidro. Tão linda e tão vulnerável. Ainda assim, arrombar portas e quebrar vidraças não era o estilo habitual de Hobart.

Ela gostava de subterfúgio. Quebrar vidraças?

Isso não era elegante.

Ouviu a música — algumas janelas estavam abertas para o ar da primavera — e reconheceu a batida constante e sexy de "After Midnight". Entrou com o cachorro e viu CiCi, com um jeans apertado e rasgado, camiseta preta, jogando o cabelo longo solto de um lado para o outro enquanto dançava.

CiCi *sabia* dançar, pensou ele enquanto ela balançava o ombro e jogava o quadril para os lados pela sala ao som da guitarra genial e da voz sedutora de Clapton.

Não percebeu Barney se sentar ao seu lado para observar, batendo o rabo.

CiCi fez um giro e o viu. Ainda em movimento, e agora com um sorriso pausado, ela fez um sinal com o indicador para Reed.

— Vamos dançar, Delícia.

Ele foi até CiCi, colocou um braço em volta da sua cintura e a arrastou para um movimento inclinado impressionante.

— Veja só!

— Garotos que dançam conseguem mais garotas — disse ele, levantando-a em um giro lento.

— Você estava escondendo o jogo.

— Você nunca me pediu para dançar antes.

Simone desceu as escadas para ver a avó e o chefe de polícia dançando suavemente enquanto o cachorro, sentado, observava os dois com aparente fascinação.

Eles terminaram a dança com os braços de Reed ao redor da cintura de CiCi e os dela em torno do pescoço dele. E sorrindo um para o outro.

— Então é assim que as coisas funcionam.

— Simone, você é o meu maior tesouro.

Com um suspiro feliz, CiCi pôs a cabeça no ombro de Reed por um instante.

— Mas agora que eu sei que este homem se mexe com um jeito sensual ao som de Clapton, talvez eu tenha que roubá-lo de você.

— Eu sou seu — disse-lhe Reed e beijou-a no alto da cabeça.

Sentiu o perfume do xampu de CiCi, um cheirinho de aguarrás e um aroma suave de maconha.

Tudo a ver com CiCi.

Ela lhe deu um aperto e depois se virou para examinar o cachorro.

— E aqui está o bonitinho de quatro patas. Você tem razão, Simone. Ele tem uma carinha meiga e olhos cheios de personalidade.

Ela não se agachou — apenas estendeu a mão.

— Venha dar um oi, queridinho.

— Ele leva tempo para...

Reed parou quando Barney se levantou e foi direto para CiCi.

Ele não podia dizer que Barney havia se acostumado com pessoas por ter passado o dia em volta delas. Embora tivesse simpatizado com Cecil, ele se afastava, encolhido, de todo ser humano que aparecesse no trajeto para casa.

E aqui, com apenas a mão estendida, ele foi até CiCi, abanando o rabo enquanto ela se curvava para afagá-lo.

— Talvez você seja uma bruxa.

— Claro que eu sou, e tenho uma afinidade inata com animais, especialmente com cães, já que fui uma loba numa vida passada. Além disso, esse docinho e eu nos reconhecemos, não é, meu lindo? Nós dançamos, também, numa outra vida.

Isso não teria surpreendido Reed nem um pouco.

— Esse é o Barney.

— Aceitável — decretou Simone, e depois pegou o controle remoto para diminuir um pouco o volume da música. — Já que todos nós terminamos o trabalho do dia, eu estou pronta para um pouco de vinho. Alguém me acompanha?

— Me convença — disse CiCi.

— Talvez pudéssemos nos sentar lá fora. Está bastante quente. Eu tenho algumas coisas para conversar com vocês duas.

— Parece sério.

— E é.

— Pegue o vinho, Simone — disse CiCi. — Vamos ver se o Barney gosta da vista do quintal.

Deliberadamente, ela levou Reed e o cachorro para fora.

— É sobre a Patricia Hobart.

— Isso é boato ou vidência?

— Vou dizer que senti um distúrbio hoje de manhã.

— Na Força?

— Eu sei o que sei quando eu sei. — Ela bateu com o dedo no peito dele. — Hildy me ligou hoje à tarde, depois de você ter se encontrado com ela. Hildy não é linguaruda, mas nós nos conhecemos. Ela queria falar sobre isso comigo. Eu não disse nada a Simone. Ela estava trabalhando e eu não quis distraí-la. E achei que você mesmo quisesse contar a ela. Eu posso levar o Barney para dar um passeio na praia, se você quiser privacidade.

— Não, mas obrigado. Eu gostaria de conversar com vocês duas.

— Eu acredito piamente na lei tríplice. O que você envia para o universo, seja bom ou ruim, volta em triplo para você. Mas eu arriscaria qualquer coisa que viesse a mim para enviar algo que faria aquela vagabunda cair como se fosse uma pedra em um poço sem fundo por tentar machucar você ou a minha menina.

— Eu não vou deixá-la machucar a Simone, nem você.

CiCi pôs as mãos no rosto.

— Inclua-se nisso.

— Eu já... dancei com ela. Eu conheço os passos dela.

— E eles já vão começar com isso de novo. — Revirando exageradamente os olhos, Simone mostrou uma garrafa de vinho e três taças. Depois de colocar o vinho e as taças na mesa, ela tirou um palito comestível longo e encorpado do bolso de trás. — Agora todo mundo tem um mimo.

Pôs o vinho nas taças, enquanto Barney se acomodava com sua guloseima.

— Meu Deus, eu tive um dia muito bom, e agora está uma noite linda.

— Sinto muito por ter que ser um desmancha-prazeres.

Simone olhou para Reed.

— Então, é algo muito sério.

— Vamos nos sentar. — Ele tentou várias abordagens em sua cabeça, mas não se contentou com nenhuma. Então, por fim, foi direto ao ponto. — Eu recebi um cartão na correspondência da manhã. De Patricia Hobart.

Ao se sentar ao lado de CiCi, Simone segurou a mão da avó.

— Que tipo de cartão?

— Do tipo que custou a ela 3,99 dólares, mais os impostos aplicáveis e postagem.

Ele descreveu o cartão e retransmitiu a mensagem.

— Ela está te ameaçando. Ela já tinha feito esse tipo de coisa?

— Não, não comigo, e eu confirmei com o FBI hoje que não há evidência de que ela tenha contatado ou ameaçado outra pessoa. Ela está puta porque não conseguiu me matar, e porque eu atirei nela. Eu custei a ela a casa grande e muito dinheiro. Como está puta, ela teve que dar outro tiro, metaforicamente. E essa mudança no padrão me diz que ela vai cometer mais erros. Essa é a parte boa.

— Há uma "parte boa" numa ameaça de morte? — perguntou Simone.

— Mais de uma. Isso me diz que eu a abalei o suficiente para entrar naquele cérebro distorcido. Isso me diz que, logo depois de matar Emily Devlon, ela pensou em mim e enviou o cartão. Tinha uma mecha de cabelo dentro dele. Deve ser o cabelo de Emily Devlon.

— Meu Deus, que criatura horrível, doentia e cruel! — disse CiCi. — O carma vai cuidar dela, mas até lá...

— O sistema de justiça fará isso primeiro — disse Reed a ela. — Ela enviou o cartão da Flórida, e o FBI rastreará o lugar exato.

— Mas ela não estará mais lá — ressaltou Simone.

— Não, mas nos diz onde ela estava. Diz quando ela estava lá. Onde fica isso em relação aos Devlon? Eles vão rastrear e descobrir onde ela vivia enquanto perseguia a Emily. Vão conversar com pessoas que falaram com ela, que a viram. Cada informação é importante. Além disso, ela me avisou. Fez isso para me assustar, mas falhou de novo. Uma vez avisado, eu tomo providências.

— Que providências?

— Eu trago o FBI como uma dessas providências.

— O idiota? — lembrou Simone.

— Ele não é mais o Agente Especial responsável. Agora é a Agente Especial Tonya Jacoby.

— Uma mulher.

Satisfeita, CiCi fez um sim com a cabeça.

— Agora estamos avançando.

— Depois de conhecê-la hoje, concordo com você. Ela não é uma idiota. A essa altura, e muito provavelmente por causa do passo em falso da Hobart, vamos compartilhar informações. Eu saberei mais, e eles, incluindo o Xavier, que recebe ordens dela, ouvirão mais.

— É preciso contar com uma mulher. — CiCi levantou sua taça.

— Muitas vezes, sim. Eu instruí os meus agentes e Donna. Temos a foto da Hobart em destaque no quadro do escritório. E vamos distribuí-la. Conversei com a prefeita sobre isso, e sobre trazer alguns agentes de verão mais cedo. Ela é boa nisso.

— Nós estamos numa ilha — disse Simone. — Ela precisa da balsa, de um barco fretado ou de um barco particular para entrar ou sair. É mais difícil de fugir.

— Você tem toda a razão.

— Ela poderia esperar você ir a Portland para resolver alguma coisa.

— Como ela iria saber? — perguntou ele, tanto porque era verdade como para tranquilizar Simone. — Eu não tenho redes sociais, e essa é a principal fonte dela. Vai ser aqui, e isso é uma vantagem para nós.

— Você tem razão. — Concordando, Simone bebeu um gole de vinho. — Você tem toda a razão também, mas...

— Há muitos "mas", e nós vamos chegar a eles. Outra vantagem que nós temos é que ela está tentando pegar um policial de novo. E uma força policial prevenida. Eu a estudei, e aposto que a estudei muito mais e por mais tempo do que ela a mim. Ou a você, Simone.

Agora, CiCi segurou a mão de Simone.

— Temos que encarar isso, não? O fato é que, ao vir aqui, ela pode matar dois coelhos com uma só cajadada.

— Ela tem que chegar aqui primeiro e ficar aqui por tempo suficiente para observar rotinas e elaborar um plano. Essa é a nossa vantagem também, mesmo no verão, que é quando ela virá. Vir no verão é mais inteligente. A ilha está cheia, muita gente, muita coisa acontecendo, lojas e restaurantes movimentados. Começaremos tomando conta dela agora, mas ela vai esperar o verão. Este ano, talvez no próximo. Agora passemos aos "mas".

Ele se inclinou para a frente.

— Ela é esperta, cautelosa e paciente, embora eu ache que a paciência está cedendo sob o peso da raiva e da loucura. Ela sabe se parecer com alguém que não é, e agir como alguém que não é. Ela sabe passar despercebida, se misturar e enganar as pessoas. Por outro lado? Vocês duas conhecem rostos. Vocês vão estudar o dela até conhecerem cada centímetro. Eu acredito que irão reconhecê-la se a virem, seja qual for a aparência dela. Vocês saberão.

— Nós não vamos deixá-la passar. — CiCi apertou a mão de Simone. — Não é, querida?

— Não mesmo.

— Aqui está uma lista de regras — começou Reed.

— Eu odeio regras. Muitas derivam do sistema patriarcal feito para reprimir a mulher.

Reed deu uma boa olhada para CiCi.

— Está para nascer um patriarca ou um sistema que possa reprimir uma de vocês.

CiCi sorriu, olhando para seu vinho.

— Muitos tentaram e ficaram com as bolas machucadas.

— Arriscando as minhas próprias bolas, estas não são sugestões ou orientações. São regras, gostem vocês ou não. Se vocês a virem, não se aproximem dela nem a confrontem. Entrem em contato comigo ou com o oficial mais próximo. Se virem um carro, uma bicicleta, um transeunte estranho passando pela casa mais de uma vez, entrem em contato comigo. Se começarem a receber ligações nas quais a pessoa desliga o telefone ou alega números errados, entrem em contato comigo. Vamos fazer patrulhas regulares.

— E a sua casa? — perguntou Simone.

— Eu sou um policial. Já está patrulhada. Mas, se você estiver lá e eu não, tranque as portas e não atenda ninguém. Se alguém aparecer por lá, entre em contato comigo. Se vocês estiverem indo de carro para o vilarejo ou para qualquer outro lugar e virem alguém ao lado de um carro quebrado no acostamento, sigam em frente.

— E entramos em contato com você — imaginou CiCi.

— Você captou a ideia. Não se arrisquem. Essas são precauções simples. Preciso que variem as suas rotinas. Não que vocês tenham rotinas tão fixas. Mas não façam compras no mesmo dia da semana ou na mesma hora do dia. Não façam caminhadas na mesma hora e no mesmo dia. Se estiverem esperando uma entrega, se um caminhão encostar na calçada, peça que deixem a encomenda do lado de fora. Não abram a porta, não saiam. Qualquer coisa, qualquer pessoa que lhes despertar uma sensação estranha, entrem em contato comigo. E nada de planos em redes sociais.

Ele se sentou novamente.

— Vocês poderiam instalar um sistema de alarme.

— Isso — disse CiCi, de maneira decisiva — não vai acontecer.

— Imaginei que não, mas vocês precisam trancar a casa, estejam aqui ou fora. Façam isso por mim, pode ser?

— Ok. Não gosto, mas posso fazer um esforço.

— Ótimo. Não vou insinuar que vocês duas não saibam se cuidar. Especialmente porque nao quero as minhas bolas machucadas, e estou esperando o jantar. Mas vou dizer que eu amo vocês duas, e vou cuidar de vocês. É isso.

—Não pense que não vamos cuidar de você pela mesma razão. — CiCi levantou-se e encheu a taça de vinho. — E vou começar isso agora mesmo, preparando uma refeição quente para você.

— Não vá cozinhar — disse ele rapidamente. — Eu vou comprar comida.

— Cozinhar servirá para reequilibrar meu *chi*. — Ela se inclinou e beijou Reed. — Você é muito mais esperto do que ela, e a minha menina também. Eu sou muito mais cautelosa.

Simone esperou até CiCi entrar.

— Eu não disse nada, tudo isso é suficiente. Mas, se a Hobart vier para cá, a CiCi voltará para Portland. Para a minha irmã, a minha mãe.

— Conversei com Essie e com Jacoby. Elas vão ficar de olho na sua família.

Ela se levantou e andou para olhar para a água. O cachorro, que já havia acabado com a guloseima, agora estava esticado aos pés de Reed.

— Eu devia ter imaginado que você pensaria neles.

— Eu falei com o DP de Boston, então eles também estão em alerta. Você vai querer falar com a Mi sobre isso. Eu também conversei com um amigo meu que acho que está na lista da Hobart. Ele está em Nova York agora. Me desculpe por comentar tudo isso aqui.

— Você não tem que se desculpar. Ela, sim. Foi ela que começou tudo. Era o plano dela e, por mais horrível que fosse, não funcionou como ela queria. Nem vai funcionar. É engraçado. Eu amo a ilha, sempre amei. Mas só percebi quanto a amava, quanto ela era minha, quando percebi que a Patricia pode vir para cá e tentar machucar alguém que é muito importante para mim. Machucar outra pessoa que é muito importante. Quem poderia tentar manchar esse lugar como ela fez no shopping e em Portland? Eu nunca me senti totalmente segura em Portland depois daquela noite.

Ela se virou.

— Eu fui para Nova York assim que pude. Fui para a Itália, fui para qualquer lugar possível que não fosse lá. Na maior parte do tempo, no entanto, eu vinha para cá. Eu me abriguei no lugar certo, mas continuei a procurar algum lugar ou alguma coisa. Não tenho certeza se sabia, até chegar você, que era mais do que isso para mim, mais do que me abrigar no lugar certo. Era o *meu* lugar, o meu lar. Nada que ela possa fazer mudará isso.

Ela voltou e deslizou no braço da cadeira até cair no colo dele.

— Há mais de um tipo de abrigo. Você é um abrigo para mim. Eu vou ser o mesmo para você.

— Eu procurei por muito tempo o meu lugar e você. É muita sorte ter encontrado as duas coisas ao mesmo tempo.

— Sabe o que eu pensei quando desci as escadas mais cedo?

— Com que facilidade você poderia ser substituída?

Rindo, ela roçou o nariz no rosto dele.

— Além disso. Eu pensei: quero esculpi-los, o Reed e a CiCi, simplesmente assim. Abraçados um ao outro, numa dança, e sorrindo.

— Sem roupa? Ouça...

— Existe a arte, chefe, e existe o que é estranho e inapropriado. Não, não nus.

— Tudo bem, então. Você parecia feliz quando desceu.

— Eu tive um excelente dia trabalhando em um novo projeto muito bom.

Ele roçou o nariz nela.

— Você não vai me deixar dar uma olhada?

— Quando estiver pronto. Fique esta noite. Fique comigo.

— Eu estava esperando você pedir. Estou com as minhas coisas, as minhas e as do meu novo agente, no carro.

Na cozinha, CiCi os observava pela janela. Isso, pensou ela, exatamente isso — o rosado no céu enquanto o dia findava, o homem forte e bom e até mesmo o cachorro com a cara meiga enchiam-na de esperança em relação à sua menina.

Nenhuma vagabunda do inferno iria arrancar essa esperança.

$\mathcal{D}$OIS DIAS DEPOIS, Reed recebeu uma ligação de Essie.

— Recebemos um chamado informando que Seleena McMullen está desaparecida.

— Há quanto tempo?

— Há mais de 48 horas. A assistente dela recebeu uma mensagem de texto dizendo que ela estaria fora da cidade por causa de uma pauta quente, mas acabou perdendo compromissos e não atende ao celular.

— Ela se encaixa no perfil, Essie, mas esse seria o primeiro sequestro. Matar a mulher e livrar-se do cadáver não combinam exatamente com o modo de agir da Hobart.

— Não há nenhum sinal de arrombamento ou luta na casa ou no escritório da McMullen. Ela recebeu uma ligação no telefone fixo pouco antes da meia-noite no dia em que desapareceu. Não dá para rastrear. Um pré-pago.

— Foi atraída para algum lugar. — Reed franziu a testa. — Esse também não é o método usual da Hobart. Mas...

— O fato é que talvez Hobart não seja a única que queira fazer mal à McMullen. A repórter tem um ex que não gostava dela, e muitas pessoas a quem ela queimou pelo caminho. Mas eu vou mandar policiais para verificarem o carro da McMullen no aeroporto. Esse é o modo de agir da Hobart. Neste momento, sem nenhuma ligação direta com a Hobart, o caso vai para a divisão de Crimes Especiais, porque eu o peguei. Se encontrarmos essa ligação, aí passa para os federais.

— Jacoby tem toda a razão.

— Concordo. Mas, Reed, se encontrarmos essa ligação, significa que ela está de volta à área. Cuidado, parceiro.

— Eu terei. Você também.

Ele desligou o telefone e refletiu. McMullen, sim, isso poderia ter alguma lógica. Mas ir atrás de Essie agora, muito longe da blogueira oportunista, não tinha lógica. E vir atrás dele logo depois de enviar o cartão? Não, isso também não tinha lógica. Patricia tinha mais a dizer primeiro.

Então, se Hobart pegara ou matara McMullen, isso significa que voltou a Portland para isso? Por quê?

Ele tinha de pensar a respeito.

Dois dias depois, a equipe de funcionários da cabana encontrou o corpo de McMullen. Essie enviou-lhe um relatório sobre o restante.

Um tripé para câmera, dois refletores em suportes, comida e bebida suficientes para vários dias, vestígios de maquiagem no chão, nas duas cadeiras, várias braçadeiras cortadas.

E as impressões digitais de Hobart por toda a cabana.

Por que alguém sequestraria uma repórter/blogueira que tinha o próprio programa local e fãs incondicionais na internet?

Para Reed, parecia que alguém tinha uma história para contar.

Entre o sequestro/assassinato e o cartão, ele concluiu que Patricia Hobart queria certa atenção.

Ficaria feliz em lhe dar isso.

Com Jacoby e Essie coordenando o caso McMullen, Reed concentrou-se no seu. Encontrou um distintivo de agente na internet e, divertindo-se, comprou dois. Um para Barney e outro para Puck, para quando Essie e sua turma aparecessem.

Comprou uma cama para o cachorro e teve de começar colocando-a ao lado da sua; do contrário, Barney a ignorava e dormia no chão. Sendo estratégico, Reed a afastava alguns centímetros todas as manhãs.

Quando Reed tentou jogar a bola vermelha que havia comprado, Barney olhou para ele sem a menor ideia do que se tratava.

Eles dariam um jeito nisso.

O mês de abril já estava no fim, e as flores começaram a desabrochar. Em uma oferta de paz, ele comprou um vaso de narcisos e o levou, junto com Barney, para Ida Booker.

Ela saiu, mantendo o gato dentro da casa.

— Ele gostaria de pedir desculpas pela confusão que causou.

Ida cruzou os braços.

— Este cachorro é uma ameaça.

— Ele está em reabilitação. Senhora Booker, quando eu o levei ao veterinário, ele tinha infecções e todos os tipos de problema físico. Ele tem cicatrizes no pescoço, já que alguém o sufocou com uma daquelas coleiras de correntes.

A expressão furiosa da mulher se intensificou.

— Alguém sufocou esse cachorro?

— Sim, senhora, o veterinário e Suzanna disseram que foi isso que aconteceu. Ele tinha muito medo das pessoas porque alguém o deixava trancado num cercado e o machucava. O veterinário disse que talvez ele tenha perseguido a sua gata porque quisesse brincar. Agora, como não posso garantir isso, não vou deixá-lo perto da sua gata, nem do seu jardim, sem a coleira. Ele estava com fome, senhora Booker.

— Ele parece bem melhor agora. — Ela praguejou entre os dentes. — Eu não sou muito fã de cachorros, mas qualquer um que trate um animal desse jeito não vale o que come. Ouvi dizer que você ficaria com ele.

— Ele se chama Barney agora, e está melhorando. Acabamos de vir do veterinário e ele está quase bem de saúde. Também ganhou alguns quilos. Não há um pingo de maldade nele, mas pode ser um caçador habitual de gatos. Ele corre atrás de pássaros na praia.

— Eu acho que essa é a natureza das coisas. Obrigada pelas flores. — Ela respirou fundo e pegou o vaso. — Eu estava do lado daqueles que achavam um erro ter trazido alguém de fora da ilha para ser chefe. Posso ter me enganado a esse respeito. O tempo dirá.

Reed voltou de carro para o vilarejo e parou para ver a chegada da balsa. Havia dois agentes que se revezavam nesse serviço, mas dar uma olhada por si mesmo não fazia mal a ninguém.

No local, estavam algumas famílias com crianças pequenas o suficiente para não estarem na escola, alguns moradores voltando, uns caminhões de entrega, alguns transeuntes que saíam andando.

Satisfeito, voltou para a delegacia.

— O que o veterinário disse? — perguntou Donna.

— Barney está novo em folha, liberado para voltar à ativa.

Ela bufou.

— Não o deixe farejar o lixo; do contrário, você vai ver só como ele vai voltar à ativa.

— Ele só estava procurando pistas. — O telefone de sua mesa tocou e então ele voltou com Barney no seu rastro.

— Chefe Quartermaine.

— Agente Especial Jacoby. Eu estou em Louisville, no Kentucky, seguindo uma pista. Temos uma testemunha, ex-policial, que acompanhou o caso. Ele jura que a viu.

— "Kentucky"? Ela recuou? A testemunha é confiável?
— Estou comprando o que ele está vendendo.
— Tudo bem, onde ele a viu?
— Em um shopping aqui. Ele disse que deu uma boa olhada nela e, como o rosto bateu com o da foto, tentou segui-la fora do shopping. Ele a perdeu. O lugar estava lotado. Enfim, um shopping popular, e, ainda por cima, Derby está chegando. Mas ele teve sorte de novo, quando a viu saindo do estacionamento. Consegui a marca, o modelo, a cor e a placa do veículo. Tem uma caneta aí?
— Sim.
Ele anotou tudo.
— Ela comprou um par de óculos de sol, umas blusas e jeans. Ela usa tamanho pequeno. Umas roupas de ginástica. Estamos verificando loja por loja, mas nossa testemunha revelou algumas sacolas que ela carregava antes de perdê-la. Ela pagou tudo com cartão de crédito em nome de Marsha Crowder, endereço falso em San Diego. Usava um rabo de cavalo, cor castanho-médio. Conseguimos uma ordem de busca do carro e das placas. Sem sorte ainda.
— É uma boa notícia. Eu não tenho Louisville nem Kentucky na minha lista. Não sei de alvos por lá.
— A pista de Mênfis ficou fraca, mas, com aquelas placas, talvez seja mais sólida do que imaginamos. Ela provavelmente foi para o norte. Verifique esse carro, essa placa, chefe.
— Pode acreditar.
— Estamos na cola dela. Tenho que resolver logo isto.
— Obrigado pelas atualizações. Boa caça. Donna! — gritou no instante em que desligou o telefone.
— Me chamou? — perguntou com os olhos acesos quando se aproximou.
— Diga.
— Passe esta informação para os agentes, de serviço e de folga. Um Toyota Sienna branco, talvez de 2016, placa do Tennessee. Seis-Oito-Três-Charlie-Kaiser-Oscar. Hobart foi vista dirigindo esse carro em Louisville.
— Entendido.
Reed abriu o arquivo, nunca longe da mão, e estudou o rosto de Hobart.
— Acho que pegamos você.

𝓔LA TROCOU AS PLACAS em um estacionamento do Wal-Mart na Rota 64. Teve um pressentimento. Tinha plena certeza de que algum velho a seguira por um tempo em Louisville.

Melhor prevenir do que remediar, concluiu ela, e destruiu sua identidade e os cartões atuais, jogando-os fora.

Entrou no Wal-Mart e foi para a seção de produtos para cabelo. Comprou tintura na cor ruiva, pagando em dinheiro. Usou as estradas secundárias, rodando até que avistou do lado de fora de uma casa pré-fabricada um carro velho com uma placa de *Vende-se* no para-brisa.

Barganhou com o brutamontes e disse-lhe que voltaria com o dinheiro. Havia muita floresta por ali para abandonar o carro.

Voltou a pé, comprou o carro velho e foi dirigindo aos trancos até o Toyota. Uma vez que passou a bagagem para a sucata, deu um fim no Toyota, aliviando parte da tensão.

Esperava que algum outro brutamontes, ou talvez o mesmo, por fim, o encontrasse e o fosse depenando por partes.

Dirigiu o carro velho até um hotel barato, pagando em dinheiro.

Tingiu o cabelo, aparou-o, colocou lentes de contato verdes e trocou de identidade antes de sair. Com o carro dando trancos e patinando na pista, conseguiu chegar a uma cidade de tamanho decente a oitenta quilômetros de distância. Estacionou e foi andando os oitocentos metros até a concessionária que havia avistado.

Pagou em dinheiro, preencheu a papelada e voltou a dirigir por uma hora na Rota 64. Com suas coisas no carro novo, partiu em um Chevy Tahoe de segunda mão, recém-lavado, com 53 mil quilômetros rodados, e alterou o hodômetro.

Carrie Lynn Greenspan, de cabelo ruivo e olhos verdes, seguiu para o norte. Tinha de fazer uma parada na selvagem e maravilhosa Virgínia Ocidental.

Capítulo 25

♦ ♦ ♦ ♦

*E*ssie levou sua família à ilha para um churrasco na véspera do Memorial Day. O fim de semana do Memorial Day não era considerado o feriado mais importante da ilha, mas era quase. Contando com ele próprio, Reed teria todo o seu pessoal reunido durante todo o fim de semana.

Ele tirou o fim de semana anterior para marcar um segundo encontro divertido em sua casa nova.

O primeiro, que havia acontecido no início do mês com sua família, tinha dado certo.

O segundo, ao que parecia, seria do mesmo jeito.

Depois de farejar muito, Barney se apaixonou por Puck. Ele fez festa com o outro cachorro, fez festa com Dylan e aceitou os abraços e os apertos do menino com o olhar cheio de satisfação.

Aceitou Essie; ela provavelmente tinha os cheiros do menino e do cachorro, e talvez um pouco do bebê que carregava.

Diante de Hank, ele tremeu e se encolheu.

— Eu acho que é por causa da barba — disse Reed. — Meu irmão tem uma, e o Barney não chegou nem perto dele. Eu acho que quem o maltratava tinha barba.

— Crianças e cachorros me adoram — disse Hank. — Eu sou um ímã para eles. Vou conquistá-lo antes de voltarmos à balsa.

Hank andou em direção ao parapeito do deque nos fundos, onde Reed colocava fogo na churrasqueira, e ficou olhando para a floresta.

— Esse é um ótimo lugar. Uma bela casa, Reed. Gostei da sua garota também. Ou devo dizer as "suas garotas"?

— Pretendo manter todas elas.

— Adoraria ver o ateliê de CiCi Lennon e mais um pouco do trabalho da Simone.

— Você terá o fim de semana inteiro para isso.

Dylan, com seu distintivo de agente na camiseta, correu e pulou nos braços de Hank. Barney parou de repente, com a barriga encostada no chão.

— Veja como eu vou conquistá-lo. — Hank sentou-se no degrau mais alto da varanda. Começou a fazer cócegas em seu filho e fez o menino dar risadas gostosas.

Puck correu e enfiou sua carinha de pug sob o braço de Hank.

— Papai!

— Sou eu. — Hank beijou e afagou o menino e o cachorro, e ouviu, com aparente admiração, o relato-relâmpago de Dylan sobre cachorros, peixes e ir à praia.

— Por que você não chama o Barney?

— Ei, Barney. Ei, Barney.

O cachorro choramingou e moveu-se um pouco para trás.

— Tente isso. — Reed tirou um biscoito do bolso e o entregou para Dylan.

— Biscoito! Pegue o biscoito, Barney!

Puck entendeu aquilo como um convite e correu para pegar o biscoito.

— Tente outro. — Reed pegou mais um.

— Sua vez, Barney!

Claramente indeciso, Barney se aproximou um pouco. Queria o biscoito e queria o menino, mas tinha medo da barba.

— É um biscoito delicioso. Nham, nham, nham. — Ao fingir ter dado uma mordida no biscoito, Dylan riu de sua própria brincadeira.

A risada deu resultado. Barney correu em sua direção, pegou o biscoito e voltou para seu lugar. Encarava o homem enquanto comia.

— Esse é só o primeiro passo — afirmou Hank. Colocou Dylan no chão e o observou correr. — Você pensa em ter um? Um filho?

— Eu tenho que convencê-la a morar comigo antes. Esse seria o primeiro passo.

Hank se levantou e pegou de volta a cerveja que havia deixado de lado.

— Eu aposto que você consegue.

— O SEU MENINO é um encanto — disse CiCi enquanto entrava na cozinha com Essie.

— Uma das enfermeiras da maternidade jura que ele piscou e sorriu para ela. Não me surpreenderia.

— Ele me disse que eu tenho um cabelo bonito. Ele vai fazer muitas meninas suspirarem por ele. Sente-se enquanto eu preparo esses legumes. Você quer que seja uma menina ou um menino dessa vez?

Ao se sentar próximo ao balcão, Essie ergueu as sobrancelhas.

— Como você sabe? Não estou demonstrando... muito.

— Aura — respondeu CiCi sabiamente e sacudiu os pedaços de legumes que temperava em um saquinho vedado.

— "Aura" — repetiu Essie. — Já que não é mais segredo, espero que o bebê venha com saúde e tenha metade da alegria do Dylan. Ele já acorda feliz.

— Um pouco disso é próprio dele, e um pouco é o legado dele para você e seu marido. Você tem sido uma bússola constante para o Reed. Os pais dele o criaram direito. Eles são pessoas boas e amáveis, mas você cruzou o caminho dele num momento decisivo e o ajudou a enxergar o caminho certo.

— Eu acho que cruzar o caminho dele ajudou a nós dois. Sabe, eu nunca o imaginaria aqui, chefe de polícia, com uma casa como essa. Mas, quando ele falou sobre tudo isso, eu passei a acreditar.

— Isso é porque você o conhece e o ama.

— Sim. E ao vê-lo aqui, vejo que está tudo bem. Você deve saber que ele é completamente apaixonado pela Simone.

— Ah, sim, eu sei. Ela é apaixonada por ele, mas não vai admitir isso por um tempo. A minha menina é forte e inteligente, mas não muito confiante em alguns assuntos como o nosso Reed. Um é exatamente aquilo de que o outro precisa.

— Uma bela combinação — disse Essie com um sorriso.

— Sim, eles combinam. Eu soube disso antes de Reed e eu terminarmos a nossa primeira rodada de panquecas de cranberry.

Dentro de casa, CiCi foi à geladeira para pegar uma jarra. Ela havia ensinado a Reed o processo e a importância do chá do sol, e encheu novamente o copo de Essie.

— Acho que os legumes estão prontos para grelhar.

— Reed grelhando legumes. — Essie levantou-se. — Isso é mais uma coisa que eu nunca imaginei.

— Ele é um bom menino e comprou a churrasqueira que eu recomendei a ele. Agora vamos ver se sabe usá-la direito.

Ele soube usá-la direito e gostou de ver todo mundo apreciar uma comida preparada por ele. Com um pouco de ajuda, claro, mas conseguiu promover o seu segundo evento com comida de adulto.

— Você é oficialmente um homem — disse-lhe Hank.

— Fico aliviado em ouvir isso.

— Um homem só é um homem, meu amigo, depois que consegue assar uns espetinhos direito — acrescentou Hank.

— Acho que foi Shakespeare que disse que "o valor de um homem é posto à prova por um churrasco" — reagiu CiCi.

Hank riu e brindou com ela.

— O poeta nunca erra. Queria saber se posso ver o seu estúdio enquanto estamos aqui. Ainda tenho o pôster do Deus da Guitarra que pendurei na parede do meu dormitório na faculdade.

— Agora está emoldurado na parede do escritório dele em casa — acrescentou Essie.

— Passe aqui amanhã.

— Sério? Seria a maior alegria da minha vida. Não estou exagerando. Simone, há alguma chance de eu ver o seu estúdio enquanto estou por aqui?

— Claro, mas você, não. — Apontou para Reed. — Estou fazendo uma escultura do Reed. Ele só vai poder entrar no meu estúdio quando eu terminar.

Essie quase engasgou com o chá.

— Você pediu para o Reed posar para você?

— Ela me enfeitiçou.

— O que é "enfeitiçou"? — queria saber Dylan.

— É como se a Power Ranger Rosa tivesse poderes para controlar a mente das pessoas.

— Isso é incrível!

— É mesmo — concordou Simone. — O poder da mente é uma arma poderosa contra o mal, como a malvada Rita Repulsa.

Reed se sentou novamente e a encarou.

— Você conhece os Power Rangers?

— E por que eu não conheceria? Eu fui a Power Ranger Rosa no Halloween quando tinha 5 ou 6 anos.

— Ela me enfeitiçou para comprar a fantasia — confirmou CiCi — Eu tenho fotos para provar.

— Eu tenho que ver. Eu realmente tenho que ver isso.

— Fiquei linda. — Simone disse ao botar o último pimentão grelhado em seu prato.

— Aposto que sim.

— Podemos ir à praia agora? — Dylan puxou o braço do pai. — Eu já comi todos os meus leumes.

— Le-gu-mes.

— Eu comi os meus gumes. Podemos ir?

— Por mim, sim. — O telefone de Reed começou a tocar. Ele o tirou do bolso. Depois de uma olhada na tela. Simone viu o olhar que ele lançou para Essie. — Com licença, preciso atender. Não se preocupe com a louça. Leve o menino à praia que eu alcanço vocês. — Ele começou a sair do local. — Chefe Quartermaine.

Simone deu um sorrisinho e se levantou.

— Vão para a praia. A CiCi pode mostrar o melhor caminho para vocês. Eu vou esperar o Reed.

— Oba! Os cachorros também vão. Vamos.

Essie fez sutilmente um sim com a cabeça para Simone.

— O paraíso particular do Dylan: cachorros e praia — disse ela. — Sim, vamos.

Enquanto saíam, Dylan com os cachorros nas coleiras, Simone levou a louça para dentro de casa. Tinha de se manter ocupada e tentar não pensar muito: apenas limpar a mesa de piquenique, colocar a louça na máquina e esperar.

Porque o que estava por vir não era boa coisa.

Cinco minutos se passaram, depois dez, quinze, antes que ela percebesse que ele estava voltando.

Pegou uma cerveja gelada e ofereceu a Reed quando ele entrou.

— Eu falei para eles irem na frente. Essie sabe que tem algum problema, e eu sei que você vai querer falar com ela sobre isso. Mas eu preciso que você fale antes comigo. Não é problema com a ilha, não pelo jeito como você olhou para Essie.

— Não, não é um problema com a ilha. — Ele deu um gole na cerveja. — Eu não queria que o Dylan ouvisse o resto da conversa.

— Eu sei. Ele está brincando na praia agora. Era a Agente Jacoby?

— Sim. — Ele podia continuar a contar. — Encontraram o carro que Hobart dirigia quando a reconheceram em Louisville. Ela trocou a placa e amassou um pouco o carro. O idiota que o encontrou decidiu falar que o carro era dele e fez um serviço de funilaria muito malfeito nele. Encontraram o carro quando a polícia rodoviária parou o cara por dirigir em alta velocidade e, aparentemente, chapado. Ele também carregava uma boa quantidade de opiáceos. E veio com o papo furado de sempre: "O carro não é meu, cara. Só peguei emprestado."

— "Não sei como essas drogas foram parar aí" — continuou Simone.

— Sim, embora ele tivesse um pouco da droga no bolso. Enfim, antes de esclarecerem tudo, os policiais encontraram as impressões digitais da Hobart e o contrato de aluguel com o pseudônimo que ela havia usado no shopping no porta-luvas. Ao que tudo indica, ele encontrou o carro amassado e abandonado. Isso levou os policiais a encontrarem outro cara que teria vendido um Ford velho para ela, com pagamento em dinheiro, sem nenhum documento.

— Agora eles têm uma descrição desse carro.

— Ela não está mais com ele. Eles estão tentando descobrir.

— Não é só isso.

— Não. — Ele passou as mãos nos braços dela enquanto olhava para as portas de vidro. — Não, não é só isso. Eu disse que eles rastrearam de onde ela me mandou o cartão.

— E que eles conseguiram identificar onde ela ficou em Coral Gables. Isso ajudou a rastreá-la até Atlanta e descobrir sobre o voo para Portland.

— Um pouco tarde para McMullen, mas, sim. Conseguiram o nome que ela usou para reservar a cabana.

— Quando fizeram essa descoberta em Louisville, eles checaram o nome que ela usou para fazer aquelas compras no shopping, o carro e a placa. Você disse que aquilo era bom, um bom trabalho. Você disse que ela estava cometendo erros.

— Sim. — Ele se virou. — Isso não a impediu de matar Tracey Lieberman. Simone apoiou a mão no balcão e se sentou.

— Onde? Como?

— Perto de Elkins, na Virgínia Ocidental. Lieberman trabalhava como guia em uma reserva nacional por lá. Ela estava no teatro com a mãe, a tia e a prima. Tinha 14 anos na época. Casou-se no ano passado. Na época, era Tracey Mulder.

— Meu Deus, eu a conhecia... um pouco. Ela tinha um ano a menos que nós, mas ela e a Mi faziam aulas de ginástica juntas. Eu a conhecia.

Ele se aproximou para se sentar ao lado dela.

— A mãe dela foi morta naquela noite. Ela protegeu a Tracey com o próprio corpo. E, ainda assim, Tracey foi atingida nas pernas. A tia e a prima tiveram ferimentos mais leves, mas os de Tracey foram graves. Não tinham certeza se ela voltaria a andar sem ajuda, ou mesmo sem mancar. Ela nunca mais poderia competir na ginástica. Recebeu muita atenção da mídia.

— E a Hobart mirava justamente isso.

— Sim. Ela recebeu mais atenção, mesmo quando a história esfriou um pouco, porque não desistiu. Fez todas as cirurgias e não desistiu. Fez anos de fisioterapia e chamou a atenção de algumas medalhistas do time de ginástica dos Estados Unidos. Eles lhe deram uma medalha de ouro pela coragem. Mais mídia.

— Ela não só voltou a andar, por conta própria, como também aos 20 anos completou sua primeira corrida de cinco quilômetros, chegando em quinto lugar. Mais mídia. Alguns anos depois, uma corrida de 25 quilômetros, terceiro lugar, que foi dedicada à sua mãe.

— Mais mídia.

— Ela ministrou algumas palestras motivacionais, trabalhou para o Serviço Nacional de Parques e mudou-se para Elkins por conta do trabalho. Casou-se. McMullen, entre outros, lançaram-na ao estrelato. Fotos dela depois de uma maratona, aparentemente saudável, e depois com o vestido de noiva e a medalha de ouro no buquê.

— Ela é tudo o que Hobart detesta. Tirou força, coragem e persistência da tragédia e da dor.

— E ficou com o ouro, que é um símbolo de riqueza e fama.

— Redes sociais? — perguntou Simone.

— Ela participava de alguns sites para corredores. Ela mesma tinha dois: uma página pública sobre a reserva nacional, sobre trilhas, com fotos, histórias; e uma particular, sobre sua vida pessoal.

— Mas isso nunca é particular de verdade, não é?

Reed virou a garrafa e fez que não com a cabeça.

— É preciso apenas hackear ou descobrir um jeito de fazer o dono da página deixar você entrar. De qualquer forma, Hobart sabia o suficiente para segui-la durante as corridas matinais. Ela corria todos os dias, nem sempre fazia o mesmo percurso, mas corria todas as manhãs. Sabe-se que Hobart é uma corredora.

— Ela pode ter corrido em uma das trilhas algumas vezes, e talvez tenha sido vista pela Tracey, acostumando-se a vê-la. Até mesmo puxado conversa.

— Muito fácil — concordou ele. — Ela foi morta hoje de manhã, entre as seis e meia e as oito e meia da manhã. Uma bala em cada perna e uma na cabeça.

— As pernas. — Isso partiu o coração de Simone. — A Hobart queria destruí-la antes de matá-la.

— Acabar com as pernas dela de novo — concordou Reed. — Trazer de volta aquela dor e aquele terror. Os federais vão identificar onde ela morava naquela área, por quanto tempo, qual carro usava.

— Mas, até lá, ela já terá fugido e estará dirigindo outro carro.

— Esse é o padrão dela, mas toda informação conta. Pode ajudar. Deve ajudar — murmurou ele.

— Ela estava na minha mira, mas... ela não teve nenhum ganho financeiro, não recebeu o status de heroína por parte da mídia por conta do incidente em si. Não interferiu no resultado. Eu a tinha na lista, mas não focamos nisso.

Ele se levantou e começou a andar.

— Merda, ela foi para a Flórida atrás da Devlon, voou para Atlanta, voltou a Portland para sequestrar a McMullen e a manteve presa por horas numa cabana nas White Mountains, quilômetros a leste daqui.

A incrível calma estava indo embora, observou ela. Então, ela teria de manter a calma por ele.

— Ela nunca tinha sequestrado e mantido ninguém em cativeiro antes.

— Ela queria mais do que um simples assassinato para a McMullen. Queria atenção. O tripé, as luzes, os vestígios de maquiagem e uma repórter? Ela fez um vídeo, tinha que fazer um vídeo.

— Meu Deus, ela filmou a si mesma matando a McMullen?

— Deve ter sido uma filmagem bônus. Ela queria a entrevista, é o que faz sentido. Alugou a cabana, comprou suprimentos para uma semana inteira, mas matou a McMullen nas primeiras 24 horas do sequestro. Não podia se conter, não podia aguentar mais.

Para manter as mãos ocupadas, Simone pegou mais um pouco da louça.

— O que tudo isso diz para você?

— Ela está se cansando. Com certeza, está. Isso me diz que ela precisava falar, contar para alguém, em vídeo, como ela é esperta pra caramba; contar o que ela fez e o porquê.

Simone virou-se para ele.

— Ela está isolada; passou a vida inteira assim. Boa parte por opção, mas isolada e fingindo ser outra pessoa.

— É isso mesmo.

— Eu nunca estive sozinha, de verdade, porque tinha a CiCi e a Mi, mas eu me distanciei da minha família, e parte dela também se distanciou de mim. Fingi ser outra pessoa por um ano, na tentativa de agradar aos meus pais, o que acabou me deixando doente e infeliz antes que eu pudesse parar.

— Quem você fingia ser? — Ele deixou de lado a frustração que tinha por Hobart e olhou para Simone. — Você nunca me falou sobre isso.

— Foi há muito tempo, na época da faculdade. A graduação em administração, o figurino empresarial, namorar-o-filho-do-executivo-como-os--pais-queriam. É horrível tentar ser o que você não é. Ela faz isso o tempo todo, sempre fez.

— Exceto com o irmão dela. Ela podia ser autêntica com ele.

— Primeiro, os pais o tiraram dela, então nós... porque, para ela, tudo é culpa nossa, não é? Então nós o matamos. Agora ela está sozinha, fingindo ser outra pessoa. Você é a única pessoa ainda viva que conhece a verdadeira Patricia Hobart.

— Pode apostar. Ela precisava fazer uma declaração, passar um tempo sendo ela mesma. Aposto que ela assiste àquela gravação várias vezes.

Frustrado, indignado, ele tropeçou em um banquinho na ilha da cozinha.

— Mas ela ainda encobre os seus rastros, e muito bem, por sinal. Ela deixou o corpo da McMullen na cabana, segura de que não seria encontrado por alguns dias, e ela estava certa. Enquanto isso, levou o carro da vítima para New Hampshire, no oeste; trocou as placas no percurso, abandonou o veículo no aeroporto de Concord, o seu melhor truque, e desapareceu de novo. Eles vão voltar a rastreá-la com a descoberta de Louisville, e com o assassinato na Virgínia Ocidental, mas nós começamos pelo oeste. Por que voltar para cá e levar a McMullen e o carro para o oeste, se ela voltaria duas vezes para o sul?

— Kentucky fica a oeste do Maine — ressaltou Simone.

— Sim, levamos isso em conta quando buscávamos um motivo pelo qual ela iria até New Hampshire, mas, com a descoberta, voltamos para o sudoeste. Então, eu dei atenção para esse cara que se mudou para o Arkansas alguns anos atrás, outro do Texas, e não liguei muito para a Virgínia Ocidental ou para a Tracey.

— Se você se culpar por alguma coisa nisso tudo, eu vou ficar muito puta com você.

— Não me sinto culpado, mas... não sei bem descrever. Ela voltou, mais uma vez, e ninguém a estava esperando.

— Você vai repassar tudo isso com a Essie mais tarde. Eu vou para casa com a CiCi. — Ela levantou a mão antes de ele protestar. — Pelo que eu vi do Hank, ele vai manter o Dylan ocupado. Nós vamos sair do caminho, e você vai repassar tudo com a Essie.

Ele se levantou do banquinho, ergueu Simone e encostou a testa na dela.

— Você tem razão. Vamos dar uma volta na praia. — Ele a beijou. — Com os amigos, os cachorros e uma criança animada e levada.

Simone foi com ele. Não tinha ideia de onde ficava Elkins, mas tinha certeza de que, se traçasse no mapa uma rota a nordeste de Louisville, encontraria essa cidade.

*A*PESAR DA ATMOSFERA sombria causada por mais um assassinato, Reed viu Essie e sua família na balsa logo cedo na segunda-feira, depois de um fim de semana agradável e feliz.

A balsa deslizava, ondeando, sob uma chuva constante, que só parou pouco antes de escurecer. Ele apreciou a cronometragem do momento — e, agora que ele tinha tremoços, tulipas e outras coisas não identificadas aparecendo em sua casa, apreciava a chuva também.

Tinha passado algum tempo em seu escritório com Essie, ainda com aquele antigo entrosamento. Eles concordaram que, a menos que ela mudasse de ideia, sua próxima área de interesse seria a região de Washington, D.C.

Tinham um assessor do Congresso, um advogado de defesa, um repórter de política e um casal que cuidava de um abrigo de mulheres; todos em um raio de oitenta quilômetros.

Reed queria repassar suas teorias, conclusões e a lista atualizada para Jacoby quando chegou à delegacia.

Ao seu lado, Barney choramingou enquanto a balsa ia embora.

— Eles vão voltar. Você se saiu bem, parceiro. Até aceitou um biscoito do barbudo medonho, ainda que tenha fugido dele depois. É um progresso. Vamos ao trabalho.

Reed chegou cedo, fez café, enviou o relatório que ele e Essie prepararam para Jacoby e começou a redigir os memorandos e relatórios de incidentes em sua mesa.

Uma noite de sábado de muita bebida e confusão, nada típico na ilha, com gente sendo intimada e multada. Alguém jogara papel higiênico na casa de Dobson, também no sábado à noite. Quanto movimento!

Uma vez que Richard Dobson lecionava matemática no ensino médio, e não era conhecido pela afetividade ou por sua leniência, os investigadores — Matty e Cecil — suspeitaram de um aluno, provavelmente um que estava à beira da reprovação.

O fim das aulas estava se aproximando, pensou Reed. Ele concordou com as conclusões dos investigadores.

Uma queixa sobre música alta e barulho, também durante a loucura de sábado à noite. Os policiais que atenderam ao chamado — novamente Matty e Cecil — interromperam a festa de um grupo de adolescentes que se aproveitaram da ausência dos pais no fim de semana.

Descobriram a bebedeira dos menores.

Reed notou que os desmancha-prazeres chegaram às 22h30. E Dobson não viu nenhum sinal do papel higiênico que fora jogado em sua casa enquanto levava o cachorro para uma última volta, às 23 horas.

Dobson percebeu a mesma coisa quando se levantou, pouco antes das duas da manhã, atendendo a um chamado da natureza, e deu uma olhada pela janela do banheiro.

Reed olhou para Barney.

— Eu acredito, meu jovem aprendiz, que alguns convidados da festa não vão bem em álgebra ou trigonometria, e me solidarizo com eles. Suspeito que alguns se reuniram depois da batida policial, pegaram as suas coisas e foram atrás de vingança.

Normalmente, ele deixaria por isso mesmo. Era só papel higiênico. Mas notou que Dobson ligara duas vezes no sábado exigindo uma providência quanto aos vândalos. Segundo o que lera em um memorando, Dobson também havia reclamado para a prefeita e queria uma resposta pessoal do chefe de polícia.

— Tudo bem, então.

Notou, pela escala de trabalho, que Matty e Cecil estavam de folga, mas, pela clareza do relatório deles, ele não podia ficar inerte.

Levantou-se quando ouviu Donna chegar.

— Bom dia, Donna.

— Chefe. Teve um bom fim de semana?

— Sim, e você?

— A chuva parou, então foi tudo bem.

— Concordo. Donna, o Dobson, professor de matemática, é durão?

— Duro como pedra. O meu neto estuda como um louco e mal consegue passar em geometria. Dobson não aceita trabalhos extras, não aceita segunda chamada, nada. Isso é sobre a invasão do quintal dele?

— É.

— Eu mesma teria comprado o papel higiênico para eles, se quer saber.

— Vou fingir que não ouvi isso. Tenho que falar com ele.

— Boa sorte — disse Donna, amarga. — Ele não vai sossegar até ver quem fez isso no paredão.

— Nós temos um paredão?

— Ele provavelmente tem um. Não me surpreenderia.
— O seu neto estava na festa dos Walker no sábado à noite?
Ela disfarçou.
— Talvez.
— Donna. — Ele apontou para a cadeira dela e pegou uma para si. — Ninguém ficará num paredão nem será torturado, esquartejado, trucidado ou desfigurado. Ninguém será preso. Tenho certeza de que não vão fazer brincadeiras desse tipo com as crianças. Mas ajudaria saber quem estava envolvido, para que eu possa falar com eles. Eu cuidarei do Dobson.
— Eu não vou dedurar os meus.
— Quer que eu jure que nem ele nem ninguém mais passará por apuros?
Ela abriu uma gaveta e pegou uma Bíblia King James.
— Você está falando sério? — perguntou ele.
— Mão direita sobre ela e jure.
— Meu Deus do céu!
— Não use o nome do Senhor em vão enquanto eu seguro a Sagrada Escritura.
— Desculpe. — Ele colocou a mão direita sobre ela. — Eu juro que manterei o seu neto e os demais longe de problemas quanto a esse assunto.
Ela fez que sim com a cabeça e guardou a Bíblia.
— Ele é um bom garoto. Só tira A e B, exceto em matemática. Ele já ficou de castigo por causa da festa, e mereceu isso.
— Com certeza. Havia bebida.
Ela se virou para ele.
— Vai me dizer que, quando você estava para fazer 18 anos, ou já tinha completado 18 anos, perto de terminar o ensino médio, não bebeu uma ou duas cervejas?
Então, abriu a gaveta de novo.
— Nem me venha com isso de novo. Não vou negar. Aposto que ele te ouve.
— Todos me ouvem se souberem o que é bom para si mesmos.
— Então me dê apoio nisso. Converse com ele mais tarde, fale para ele não beber e... não aprontar, para evitar o Dobson fora da sala de aula e ficar longe da casa dele.
— Deixe comigo.

— Ótimo. Quem é o melhor amigo dele?
— Caramba, Reed!
— Eu fiz um juramento sobre a Bíblia.
— O irmão do Cecil, Mathias, e Jamie Walker.
— O Jamie Walker daquela festinha terrível?
— Isso mesmo.
— Tudo bem. Vamos, Barney.
— Não me decepcione, chefe.
— Não vou.

Enquanto caminhava com Barney até a escola, Reed lembrou como era bom voltar ao trabalho.

Surpreendeu Dobson enquanto o típico professor de matemática — pasta na mão, cara de poucos amigos — andava, apressado, em direção à entrada principal do prédio do ensino médio, onde também funcionavam o ensino básico e o fundamental.

No momento, se juntassem os três níveis de escolaridade e a sala da pré-escola, 227 alunos frequentavam o Complexo Educacional de Tranquility Island.

— Já era tempo — disse Dobson rudemente. — Os meus impostos pagam o seu salário.

— Sim, eles pagam. Por que não conversamos lá dentro, lonte da chuva?

— Você não pode entrar com o cachorro na escola.

— Ele foi promovido a agente. — Para resolver a questão, Reed abriu as portas e deixou o Barney entrar.

— Eu esperava mais...

— Podemos conversar na sua sala ou na sala dos professores, onde preferir.

— Ou você pode tentar me arrastar para a diretoria, pensou Reed.

Dobson apressou-se. Um sujeito baixo, pensou Reed. Talvez 1,70 metro, atarracado e todo certinho.

Poderia ter sido mais uma escola qualquer, mas essa parecia uma escola de verdade para Reed: desinfetante barato, misturado à avalanche de hormônios em alvoroço e chatice adolescente. A impressão soava legítima enquanto seus tênis molhados tocavam o chão; salas administrativas de um lado e paredes forradas de armários cinza e sem graça de outro.

— É uma escola bonita — disse Reed para quebrar o gelo. — Eu fiz um passeio nas salas de ensino básico e fundamental durante o inverno.

— Ser bonita não é importante. É um templo de educação e disciplina.

Mesmo sentindo como se tivesse voltado ao ensino médio, Reed revirou os olhos para Dobson, de costas, enquanto o professor abria a porta da sala.

— Meu tempo é escasso.

— Então, eu serei o mais breve possível. De acordo com o relatório do incidente, o senhor não viu ninguém no seu quintal ou perto da sua casa no momento em que se levantou e viu o papel higiênico pendurado nas suas árvores.

— Nesse momento, eu vi o vandalismo. Já tinha sido feito. Se não puder identificar e prender um bando de vândalos, você não tem mais nada a fazer no seu escritório.

— Sinto muito que pense assim. O que o senhor fez com a prova?

— Prova?

— O papel higiênico.

— Eu tirei de lá, claro. Em um momento oportuno. E me livrei dele.

— Bem, é uma pena. Teria sido possível encontrar digitais nele. Embora não possa garantir isso, pois os infratores podem ter usado luvas. Mas, até o momento, ninguém, nem mesmo o senhor, viu ninguém nem ouviu nada, e a prova foi eliminada pelo senhor mesmo. O senhor poderia me dar uma lista, nomes de pessoas que poderiam querer o seu mal.

Dobson ficou boquiaberto.

— Ninguém me quer mal! Há diversos professores nessa escola, inúmeros alunos, e certamente alguns pais que têm problemas comigo, mas...

— "Problemas"?

— Muitos não aprovam minha metodologia de ensino ou filosofia.

— "Muitos", "inúmeros", "alguns" e "vários". É muita coisa para uma escola desse tamanho. Algum deles já ameaçou o senhor ou a sua casa?

— Não com palavras.

— Senhor Dobson, eu vou manter os meus olhos e ouvidos bem atentos, e os meus agentes farão o mesmo. Mas, sem uma testemunha, sem provas, sem o senhor conseguir indicar pessoas que tivessem tempo, oportunidade e motivo para cometer tal ato, não temos muito com o que continuar.

— Eu esperava mais! Esperava justiça.

— Senhor Dobson, mesmo que eu identificasse o responsável ou os responsáveis, o máximo que a justiça poderia oferecer seriam algumas horas de serviço comunitário, talvez uma multa insignificante. E, ao insistir nisso, ao exigir isso, o senhor teria mais gente com problemas com o senhor do que tem agora.

— Vou falar com a prefeita de novo.

— Tudo bem. Tenha um bom dia.

Ele levou Barney para fora. Alguns alunos começaram a se juntar, trazendo cor, fofoca e cheiro de cabelo molhado.

Reed saiu e ficou esperando.

Mathias o viu no mesmo instante em que Reed o avistou junto a outros dois meninos.

Mathias lhe pareceu culpado no mesmo instante. Reed começou a andar devagar.

— Tudo bem, Mathias?

— Bem, senhor. Ah, temos que ir para a aula.

— Ainda tem tempo. Jamie Walker?

O garoto que usava um chapéu hipster, com o cabelo raspado nas laterais e desleixado na frente e atrás, se encolheu.

— Preciso falar com vocês sobre a festa do outro dia — disse ele alto o bastante para que qualquer um que passasse pudesse ouvir. — Vamos até ali. Você também — disse ele ao terceiro menino, o que usava um capuz laranja escondendo o cabelo ruivo. Ele parecia ainda mais descolado com os óculos escuros em um dia chuvoso como aquele.

— Nós já fomos punidos por isso, chefe — começou Mathias. — Estou de castigo por duas semanas.

— Quem erra deve pagar pelo erro. Quem mais está de castigo?

Os outros dois meninos levantaram as mãos.

— Eu tenho 18 anos — disse Jamie, com evidente repulsa — e estou de castigo por ter dado uma festa.

— Na casa dos seus pais, sem a permissão deles. Com cerveja e maconha.

— Ninguém encontrou maconha — insistiu Jamie.

— Porque você foi esperto e rápido o bastante para se livrar dela. Os meus agentes sentiram o cheiro. Mas o que está feito está feito, e você tem sorte, pois eles poderiam prendê-lo.

— Foi só uma festa — murmurou Jamie.

— Posso até concordar, mas vocês foram idiotas por fazerem muito barulho e serem pegos. Sejam mais espertos da próxima vez. Agora, onde vocês conseguiram o papel higiênico?

— Não sei do que o senhor está falando.

Reed deslocou sua atenção de Jamie para Mathias. O irmão de Cecil estava de capuz também.

— Você conhece Donna, a despachante.

— Sim, senhor. Ela é avó de um amigo meu e amiga da minha mãe.

— O lance é o seguinte. Ela me fez jurar sobre a droga da Bíblia; merda, ela arrancaria a minha pele por ter dito "droga da Bíblia"; que eu iria livrar o neto dela, que eu acredito estar metido nisso, e todos os outros de problemas.

— Ela faria isso mesmo. — Mathias abaixou a cabeça, mas Reed viu o sorriso.

— Eu não vou despertar a fúria da Donna caso decida te dar umas palmadas por ter jogado papel higiênico numa casa. Estou perguntando porque, se você foi idiota a ponto de tê-lo comprado, isso será descoberto, e eu terei que tomar alguma atitude a respeito.

Mathias encolheu os ombros e raspou o chão com seu Nike surrado.

— Cada um de nós levou alguns rolos de casa.

— Não são idiotas por completo. Não façam mais isso, e informem isso àqueles que eu não peguei. Ainda. Por enquanto, fiquem longe do Dobson quando não estiverem em sala de aula e evitem confusão. Não cheguem perto da casa dele e, pelo amor de Deus, não se gabem por terem feito isso. Se fizerem o que estou dizendo, tudo o que vai acontecer com vocês, além do neto da Donna, que eu já peguei mas com quem ainda não conversei, será prestar um pouco de serviço comunitário. Duas semanas limpando quintais, ou qualquer outra coisa que a mãe de vocês precise em casa. Não reclamem. Eu vou verificar tudo.

— O senhor não vai contar para o senhor Dobson? — perguntou Mathias.

— Não. Todos vocês vão entrar para a faculdade ou para o mercado de trabalho. E vão encontrar mais Dobsons por aí, acreditem. Achem um jeito melhor de lidar com eles. Agora vão para a aula.

— Obrigado, chefe — disseram os três, quase em coro.

Reed saiu satisfeito. Sim, pensou ele, era bom estar de volta ao trabalho.

Capítulo 26

◆ ◆ ◆ ◆

A CORRESPONDÊNCIA DEMORAVA para chegar à ilha. Reed recebeu suas cartas cinco dias depois de sua folga, e pouco antes do fim de semana do Memorial Day, que contara com um desfile pelo vilarejo, Festival da Lagosta, ofertas de verão e a primeira leva de veranistas.

Como sempre, Donna pegava as correspondências quando entrava na delegacia, um pouco depois de Reed chegar. Ele já havia tomado sua primeira xícara de café da máquina. Já havia acalmado o cachorro com um osso mastigável e, embora envergonhado, com o cachorro de pelúcia que Barney amava.

Reed achava que Barney fosse destruir o brinquedo, mas o cachorro geralmente o segurava com cuidado pela boca ou pelas patas e não fazia nenhum estrago.

Enquanto ele ligava seu computador com um olho no calendário de junho de novo, Donna passou pela sua porta aberta.

— Chefe.

— Sim. E esse Festival de Arte e Artesanato no segundo fim de semana de junho? Eu lembro da minha mãe se preparando para isso durante o ano inteiro. Temos uma previsão...

Ele parou de falar quando ergueu os olhos e viu o rosto dela.

— Problema. — Isso não era uma pergunta. — Você recebeu outro cartão dos correios. É a mesma letra. Eu reconheci. Os selos são da Virgínia Ocidental. Eu só o peguei pelo cantinho para colocar dentro da minha bolsa.

— Vamos dar uma olhada.

Ele não esperava receber outro cartão, ainda que quisesse.

Outra pista. Outro disparate.

Donna o colocou cuidadosamente sobre a mesa e sentou-se.

— Eu tenho algo a dizer primeiro, antes de você abrir.

— Preciso investigar, Donna.

— Eu sei que precisa, mas eu tenho algo a dizer primeiro. — Ela apertou sua enorme bolsa de palha no colo. — Quero dizer antes de você abrir porque nós dois sabemos que essa é outra ameaça a você.

— Diga então — disse ele ao pegar um par de luvas e seu canivete.

— Você manteve a sua palavra. Eu sabia que iria manter mesmo que não tivesse jurado sobre a Bíblia. Mas foi uma espécie de garantia. Você fez a coisa certa e não deixou aqueles meninos, incluindo meu neto, impunes, mas você não acabou com a vida deles por causa de um trote. O Dobson atazanou você, pressionou a prefeita, mas você fez a coisa certa.

— Era papel higiênico, Donna, e provavelmente biodegradável.

— Não é esse o caso. Eu não sabia o que pensar quando nomearam você como chefe, mas eu não pensei uma boa coisa. Você é novo, do continente, e tem um jeito metido a maior parte do tempo.

Ele teve de rir, mesmo com a ansiedade que o dominava por causa do cartão que estava sobre a sua mesa.

— Eu sou metido?

— Isso não é um elogio. Mas você faz um bom trabalho; trata os agentes com respeito e mantém a sua palavra. E é bom para esse cachorro idiota.

— Ele tem sido só um pouco idiota nos últimos dias.

— Eu não gostei da ideia de você trazê-lo para cá, mas tenho que admitir que me apeguei a ele agora.

Sua afeição, soube Reed, incluía dar às escondidas ao cachorro guloseimas em forma de osso de uma bolsa que ela guardava em sua estação de trabalho.

— Barney gosta de você.

— Eu acho que você precisa de um corte de cabelo decente e sapatos de verdade em vez desses tênis batidos.

Reed olhou para seus tênis de cano alto. Eles não estavam tão batidos assim.

— Anotado.

— Fora isso — murmurou ela —, você até que está se saindo bem. Mais ou menos.

— Estou comovido.

— E você é o chefe, então é isso. — Ela abriu a bolsa e retirou um boné preto com a palavra CHEFE bordada em branco na copa. — Então isto é para você.

— Você está me dando um boné.

— Eu assisto a filmes na TV o tempo todo e o chefe de polícia sempre tem um boné como esse.

Sinceramente comovido, Reed pegou o boné e o colocou na cabeça.

— Como estou?

— Bem, você precisa de um corte de cabelo decente, mas está bom.

Ele tirou o boné, ficou olhando a palavra CHEFE e o colocou de novo.

— Eu agradeço, Donna. Terei orgulho de usá-lo.

— Pelo menos as pessoas vão olhar para você e não vão pensar que é um rato de praia com esse cabelo desgrenhado e esses tênis surrados. — Ela se levantou da cadeira. — Vou chamar os agentes de folga para que você lhes dê as instruções depois de ler o cartão.

— Obrigado.

Ela fez uma pausa junto à porta.

— Seja esperto e tenha cuidado.

— Pretendo fazer as duas coisas.

— Tem que ser. Gastei uma boa grana com esse boné. Não quero que nada aconteça a ele.

Ele sorriu por um instante enquanto ela saía, então colocou as luvas e cortou o envelope com o canivete.

Neste cartão, estava escrito:

PENSANDO EM VOCÊ

Com um fundo florido.

Dentro, sobre um arco-íris e mais flores, as palavras carinhosas:

VOCÊ SIGNIFICA MUITO PARA MIM, QUERO QUE SAIBA DISSO.
NÃO IMPORTA O QUE EU VEJA OU AONDE EU VÁ.
VOCÊ ESTÁ SEMPRE NOS MEUS PENSAMENTOS.

Ela assinou o cartão com *bjs e abs, Patricia*, e, na parte de dentro, estava a mensagem pessoal dela.

Mal posso esperar para ficarmos juntos de novo. Faz tanto tempo! Espero que pense em mim tanto quanto penso em você, e com a mesma... posso dizer, paixão? Anexo, está outro símbolo do meu infinito desafeto.

Até...

Patricia

Ele ergueu a mecha de cabelos de dentro de um saco fechado.

Não poderia ser de McMullen, pensou ele. McMullen, o sequestro, o vídeo, o assassinato; tudo isso não teria sido só pessoal para Patricia, mas íntimo também.

Essa mecha de cabelo era de Tracey Lieberman.

Tirou fotos, lacrou o cartão e a mecha de cabelo em um saco de provas.

— Venha, vagabunda. Pare de brincar e venha logo. Vamos acabar com isso de uma vez por todas.

Fez contato com Jacoby, mostrou as fotos a ela e fez o mesmo com Essie.

Então, girou em sua cadeira e fitou os arbustos floridos do lado de fora da janela. Azaleias — ao menos isso ele conhecia. Elas proporcionavam uma bela visão. Ele tinha algumas azaleias vermelhas em casa, e cornisos selvagens — identificados por CiCi — haviam florido no final de março entre as tempestades de neve.

Os barcos pesqueiros estavam de saída, assim como os pescadores de lagosta. Em breve se juntariam aos veleiros, barcos a motor, bodyboards, banhistas e castelos de areia.

De onde quer que ela viesse, não importava como chegasse lá, ele encontraria uma maneira de impedi-la de deixar uma cicatriz na ilha.

Ajeitou o boné para baixo e se levantou para dar instruções aos seus agentes. O cachorro, com um brinquedo na boca, o seguiu.

EM SEU ESTÚDIO, Simone inspecionava a argila. Procurava por imperfeições, qualquer coisa que pudesse ser aperfeiçoada. Nos últimos dias, dedicara-se aos detalhes; retocara pedacinhos de argila com o gancho e as estecas, alisando o material com raspadores, escovando delicadamente com solvente para remover as marcas das ferramentas.

Sabia, por experiência própria, que um artista, ao limpar e alisar uma peça — em busca de perfeição —, poderia destruir a alma da obra.

Suas mãos ansiavam por apanhar as ferramentas, mas ela se afastou e desceu a escada para encontrar CiCi tomando seu café da manhã.

— CiCi, você pode vir aqui dar outra olhada em Reed?

— Estou sempre pronta para ver o Reed. Você não me deixa vê-lo há dias e sempre o esconde, mesmo quando Hank e Essie estão aí em cima.

— Eu sei. Ele não estava pronto. Sei que ele está pronto agora, mas não consigo parar de olhar, de procurar algo em que eu possa mexer mais um pouco. Impeça-me — disse ela enquanto CiCi se aproximava —, ou me diga para continuar.

CiCi entrou, jogando sua longa trança para trás, e então começou a inspecionar como Simone havia feito.

A peça tinha sessenta centímetros de altura e estava sobre uma base que lembrava uma pedra bruta que Simone havia criado. Simone captara Reed, como havia imaginado, em movimento, com as mãos segurando a espada apoiada sobre o ombro esquerdo, o corpo girando na altura do quadril, as pernas esticadas e o pé direito posicionado à frente do esquerdo, em um apoio.

O cabelo solto e com leves ondulações, que pareciam flutuar com o movimento. No rosto, estavam claramente esculpidas certa raiva e fria determinação.

Atrás da perna esquerda, estava Barney, em pé, a cabeça levantada e os olhos cheios de esperança e confiança.

— Meu Deus, é maravilhoso — declarou CiCi enquanto o examinava.

— Pessoalmente ou esse aqui?

— Os dois. Certamente os dois. Simone, isso é brilhante. É fantástico, e é o Reed com certeza. Você disse que o chamaria de *O Protetor*. E está perfeito. Não mexa mais nisso. A perfeição geralmente é inimiga da realização, mas você já o deixou perfeito.

Ela deslizou um dedo na peça e suspirou com as cicatrizes.

— Imperfeições perfeitas. Reais. Masculinas. Humanas.

— A peça tornou-se cada dia mais importante para mim. E tão importante que... eu quero esculpi-la em bronze.

— Sim, sim. Ah, eu já posso ver. — CiCi virou-se e passou o braço em volta da cintura de Simone. — Você vai deixá-lo ver a peça em argila?

— Não.

— Bom. Ele que espere.

— Eu a deixei secar. Grande parte de mim sabia que já estava pronta. Posso começar a modelagem ainda hoje pela manhã.

— Vou deixar você trabalhar. Minha menina talentosa! Vai ser uma obra-prima.

— Tudo bem, então — murmurou ela quando já estava sozinha.

Pegou o pincel e a mistura de borracha de látex. Parou um pouco, pegou uma garrafa de água, colocou uma música — uma das *playlists* de New Age de CiCi. Harpas calmantes, sinos e flautas.

Com o pincel, espalhou a mistura na argila. Não deixar nenhuma bolha enquanto cobria cada milímetro demandou tempo, paciência e cuidado.

Ela conhecia o corpo dele tão bem a essa altura — o tamanho do tronco, as linhas do quadril, os locais exatos das cicatrizes.

Quando terminou, ela deu um passo para trás, verificando cada pedacinho, para ver se não tinha se esquecido de nada. Então, limpou o pincel e guardou a mistura.

Esse processo exigiu mais paciência. Aplicaria a outra camada na manhã seguinte, e depois mais uma. Quatro camadas, concluiu ela, antes de fazer o molde em gesso.

Quando tudo secasse, removeria o molde de gesso e a borracha da argila. Ficaria com o negativo e poderia despejar a cera para formar a réplica.

Resolveu, então, esperar até que atingisse esse estágio antes de agendar a oficina de fundição que usava no continente. Despejar a cera levava várias etapas, então ela precisaria estar atenta a tudo isso: corrigir as imperfeições, remover os vincos, moldar os contornos.

Trabalho minucioso, mas ela preferia fazer sua própria aplicação de cera, como havia aprendido em Florença.

Mas, até lá, mesmo com todas as etapas, ela teria o bom senso de saber quando estaria pronta para despejar a cera.

Bebendo um pouco de água, virou-se para a mesa e para os rostos que esperavam. É hora, pensou ela, de retomar a sua missão. Um passeio na praia para clarear as ideias, e ela voltaria ao trabalho.

Reed levou Barney para casa com o ar leve e primaveril. As casas, recém-pintadas para a estação, exibiam belos tons de rosa, azul-claros, amarelos calmantes e verdes. Como se fosse um jardim, com cestos de amores-perfeitos ou jardineiras cheias de... ele não sabia exatamente o quê, mas estavam lindas.

Andar, em vez de dirigir, trazia benefícios. As pessoas que ele encontrava em sua caminhada agora o conheciam, paravam para dar uma palavrinha, fazer alguma pergunta. A melhor forma, em sua cabeça, de promover a união de uma comunidade era se manter visível — e elogios feitos a um vaso de flores, a uma pintura ou a um novo corte de cabelo não doíam nada.

Barney ainda era tímido, mas nem tanto, e não com todos. O cachorro tinha os seus preferidos nas idas e vindas. Sua favorita, e a de Reed também, saiu do carro estacionado na entrada da casa dele assim que eles se aproximaram. Barney soltou um latido feliz, sacudiu-se todo, e então Reed soltou a coleira e o deixou ir.

— Momento perfeito. — Simone agachou-se para acariciar e afagar o cachorro. Olhou para cima, surpresa. — Belo boné, chefe.

— Eu gostei. Foi a Donna que me deu.

— Donna? — Ela ergueu as sobrancelhas enquanto se levantava. — Ora, ora. Você foi aceito.

— Acho que sim.

— Parabéns — disse ela, aproximando-se dele, abraçando-o e alcançando a boca de Reed com um beijo demorado, profundo e molhado.

— Uau! Essa é uma ótima forma de terminar um dia de trabalho.

— Eu também tive um ótimo dia de trabalho. — Ela o beijou novamente até que ele colocou a mão nas costas dela, por baixo da blusa.

— Por que nós não...

— Hummm. — Ela mordiscou de leve o lábio superior dele. — Há coisas para fazer antes. Você pode pegar as compras?

— Nós temos compras?

— Temos salada de macarrão, mais um item do meu repertório culinário limitado, e peito de frango marinado, cortesia da CiCi. Ela falou que, se você não souber grelhar frango, é só dar um Google.

— Eu sei grelhar e servir o vinho.

Ele pegou a sacola de um lado do carro, e ela, uma embalagem quadrada do outro. Reed já sabia reconhecer o embrulho de uma tela.

— O que é isso?

— A sua sereia, como prometi. Pegue aquele vinho que eu vou te mostrar.

— Puta merda! — Sorriu para ela enquanto entravam na casa pela varanda, onde ele, com a ajuda de Cecil e Mathias, havia plantado orquídeas. — Você deve ter tido um belo dia de trabalho.

— Eu tive. E você?

— Vamos pegar o vinho e então conversamos.

Ele havia começado a desenvolver gosto por vinho, então serviu duas taças enquanto ela desembrulhava a pintura.

Tinha cerca de 1,50 metro quadrado e era cheia de luz. O céu azul tingido de rosa e dourado no horizonte, a água azul pincelada com tons vivos.

Mas a sereia era o destaque.

Ela estava sentada em um banco de pedras à beira-mar, e a cauda era azul e verde brilhante, com toques de dourado iridescente. Passava um pente dourado em grandes mechas onduladas de cabelo ruivo, que se esparramavam sobre seus seios nus, as costas e o tronco. O rosto estava voltado para o espectador.

E aquele rosto, pensou ele, misteriosamente belo, exótico, com olhos de um verde vivo onisciente, os lábios perfeitos em um sorriso sensual, enquanto a água batia contra as pedras.

— Ela é... uau! Uma sereia sexy mesmo.

— A CiCi a emoldurou; ela sabe fazer isso melhor do que eu. Vamos pendurá-la.

— Só um minuto. Antes, só mais um "uau" e um obrigado. — Ele colocou a tela no chão e puxou Simone para outro beijo. Abraçou-a por mais um tempo.

— Eu acho que você não teve um dia de trabalho tão bom assim.

— Isso depende da sua perspectiva. Eu quero falar logo, para que possamos esquecer isso e deixar as coisas acontecerem. — Ele atenuou. — Recebi outro cartão hoje de manhã.

— Ai, meu Deus!

— Calma. O que isso me diz é que ela ainda está com a ideia fixa em mim e perdeu o foco. Ela está deixando suas emoções e sua canalhice atrapalharem-na. Já nos deu aquela pista, Simone, fazendo contato, em vez de apenas fugir. É um *plus* para nós.

— Ela quer *matar* você.

— Ela tentou uma vez — lembrou-a. — Eu sempre soube que ela tentaria de novo. Agora, em vez de deixar isso quieto e me abordar quando eu estiver despreparado, ela está me dando pistas e uma cronologia. Não só para mim, mas para o FBI também. Jacoby está ciente de tudo.

— Se você está tentando me tranquilizar...

— Não estou. Ela é uma psicopata perigosa, louca e sanguinária. Você não está simplesmente na ilha; você está na ilha *comigo*. Ela ainda não sabe dessa última parte, mas vai descobrir e vai querer atacar nós dois. Eu não estou tentando tranquilizá-la.

— Está tudo esclarecido agora. — Simone soltou um suspiro. — Me fale sobre o cartão.

— Esse tinha um lance de "Pensando em você" — começou ele, e falou mais sobre o cartão, pegou o telefone e mostrou para ela.

— E a mecha de cabelo de novo — acrescentou Simone. — Não é da Mc-Mullen, é? Isso já faz um bom tempo.

— McMullen, sei lá por qual motivo, está em outra categoria para ela.

— É da coitada da Tracey, não é?

— É o meu palpite. A perícia vai confirmar.

— Eu mal a conhecia, e foi por meio da Mi, mas... — Precisou fazer uma pausa para se acalmar. — Isso leva a mim, ligando-a a mim. É mais difícil do que as outras mortes, por causa disso.

Ele passou a mão no cabelo de Simone.

— Eu te amo. Essa ilha é o meu lar. Eu até tenho um cachorro para provar isso. As pessoas que vivem aqui, que vêm para cá, são minha responsabilidade agora. Eu preciso que você confie em mim, que confie que eu vou cuidar de tudo isso.

Ela se lembrou da escultura, da essência da peça. Ela a criara porque sabia quem ele era.

— Eu confio em você. Você a fará pagar pela Tracey e por todos os outros, e isso ajuda. Que bom que você me contou primeiro! Assim podemos deixar isso de lado...

— Bom. Vamos fazer assim. Vamos deixar isso de lado e ter uma noite normal.

— Normal me parece bom.

— Muito bem, então. — Ele a pegou no colo e seguiu em direção à escada.

— O que é isso?

— Isso sou eu sendo romântico e levando você para a cama.

— E isso é uma noite normal?

— Para mim, sim.

Ele continuou, colocou-a na cama e abaixou-se para ficar por cima dela.

— Você que começou. Um beijo na entrada de casa. Agora eu tenho que terminar o serviço.

Barney, que nunca tinha visto esse tipo de comportamento, foi para sua cama com o brinquedo e ficou quieto, só esperando.

— Que conversa fiada! Eu quero terminar o que *eu* comecei.

— Você vai ter a sua chance. — Ele aproximou sua boca e deu-lhe um beijo bem demorado.

Era tudo o que ela queria, pensou Simone. Muito mais até. Todos aqueles sentimentos e desejos, a fraqueza e a força fervendo dentro dela.

Ela se agarrou a ele e se entregou.

Ele a despiu, devagar, peça por peça. Sem pressa alguma. Deslizou as mãos na pele nua, sentindo o calor ao toque, percorreu seu corpo com os lábios e a sentiu estremecer.

O tempo parecia passar mais devagar; o ar parecia mais pesado. Cada suspiro, cada murmúrio, tudo era suave como o bater de asas de uma borboleta.

Reed amava tudo o que ela era, foi e seria. Ela o amava, sabia ele, então poderia esperar que ela o olhasse nos seus olhos e lhe diria isso. Porque, ali, naquele momento, ela demonstrou isso, sem precisar de nenhuma palavra.

Ele conseguiu que ela se abrisse; ela não conseguia entender. Ele despertou coisas nela que ela nem sabia que existiam, e ele guardou essas coisas secretas com muito cuidado.

Simone percorreu o corpo dele com as mãos, sobre as cicatrizes. *O Protetor*, pensou ela, *mas quem o protege?*

Eu. Ela segurou o rosto dele e levantou-o. *Eu.*

Ele a penetrou, devagar, com os olhos fixos nos dela.

Eu, pensou ela novamente e entregou-se.

Enquanto estava embaixo dele, sentindo o coração dele bater junto ao seu, ela se encheu de graça, o que a levou às lágrimas.

— Eu gosto da sua definição de normal — disse ela.

— Eu esperava que sim. — Ele roçou os lábios nas curvas do ombro de Simone. — Eu poderia passar algumas vidas sendo normal assim com você.

Ainda não, pensou ela. *Ainda não.*

— Esse normal inclui o jantar?

— Logo depois que eu pesquisar como se grelha um frango. — Ele se levantou e olhou para ela. — Ei. — Limpou uma lágrima dos cílios dela.

— São lágrimas do tipo bom — disse ela. — Do tipo muito bom. Você me faz me sentir bem, Reed. Ainda estou me acostumando com isso. Vamos! Você descobre como fazer o frango e eu penduro o quadro da sereia. Eu acho que vamos nos esforçar bastante.

— Vamos ver se você pensa assim depois que comer o frango. Do tipo bom?

— Do tipo muito bom.

Reed deu comida ao cachorro e grelhou o frango, que ficou ótimo. Gostou da sereia sexy na parede do banheiro. Eles deram uma volta, e ele observou o verdejar de seus tremoços em brotos, antes de os dois entrarem na floresta em direção à praia.

Davam um ao outro uma sensação de normalidade.

Ele tentou em vão jogar a bola para Barney. Então, Simone a pegou e lançou. Barney saiu correndo atrás da bola, agarrou-a e trouxe-a de volta.

— Por que ele a trouxe para você?

— Porque ele é um cavalheiro.

— Jogue de novo.

Ela obteve o mesmo resultado.

— Me dê esse negócio aqui. Vá buscar, Barney! — Reed jogou a bola. Barney ficou olhando para ele. — Bem...

— Barney. — Simone apontou para a bola. — Vá buscar para mim.

Ele abanou o rabo, saiu correndo para a praia e trouxe a bola de volta para ela.

— Ele está de sacanagem comigo — concluiu Reed. — Eu consigo fazê-lo sentar. Tenho uns 90% de sucesso nisso. Mas ele fica com a cabeça presa na grade da escada algumas vezes na semana. E ele está crescendo, então não é tão fácil tirá-lo de lá.

Eles continuaram a andar, e ele tentou um novo truque. Reed jogou a bola para trás por cima do ombro. Barney correu para pegá-la.

— Eu já entendi qual é a dele.

De mãos dadas com Simone e com o cachorro acompanhando os dois com a bola vermelha, ele viu a lua se aproximar da superfície da água.

— Você pode ficar hoje à noite?

— Eu tenho que sair cedo. É uma coisa já programada, mas eu posso ficar.

Ele levou a mão dela aos seus lábios, contemplou a lua e pensou que não poderia ter um "normal" melhor que aquele.

Capítulo 27

♦ ♦ ♦ ♦

O VERÃO CHEGOU À ILHA, e, com ele, as pessoas que gostavam de aproveitá-lo. Turistas munidos de protetor solar e esteiras, exploradores de fim de semana ansiosos para se divertir e aproveitar o sol em seus dois dias folga. Outros muitos chegavam para passar uma ou duas semanas, talvez um mês ou até mesmo toda a estação.

A balsa chegava de hora em hora repleta de carros, bicicletas e veranistas que esperavam em fila, no cais, de ambos os lados da baía.

A cada hora, o próprio Reed ou um grupo de seus agentes ficavam de guarda.

Ele pesquisou várias reservas feitas por mulheres solteiras, mas nenhuma deu resultado.

Trabalhava todos os dias, de serviço ou não. Caminhava pelo vilarejo, pelas praias lotadas de turistas.

Cedo ou tarde, pensou.

EM UMA noite agradável de junho, em um evento beneficente lotado em Potomac, Maryland, Marlene Dubowski, advogada de defesa, ativista política, sobrevivente do shopping DownEast, deu uma breve palestra e propôs um brinde.

Ela deu um gole, esperou um pouco, deu outro gole, mais uma pausa, e engoliu. E então começou a ofegar. Enquanto ela passava mal, Patricia, disfarçada de doadora rica, se abaixou ao lado dela e rapidamente cortou uma mecha de cabelo.

— Ah, meu Deus, liguem para a emergência!

— Eu sou médico! — gritou alguém. — Deixe-me passar!

Na confusão, Patricia fugiu.

Ela passou pelas casas luxuosas e pelos enormes jardins em direção à agência postal, que já sabia onde ficava. Falando sozinha, jogou a mecha de cabelo dentro do saco, e o saco dentro do cartão que já havia deixado assinado, endereçado e selado.

Havia escrito:

É PORQUE
VOCÊ É VOCÊ!

Depois de carimbar o cartão, ela o depositou na caixa de correio em frente à agência.

Satisfeita consigo mesma, seguiu pela rodovia e pegou a rampa de acesso para o hotel três estrelas que havia reservado com antecedência, já prevendo a enxurrada de turistas.

Só precisava de um bom jantar.

Em seu quarto padrão — o melhor que ela conseguia pagar —, tirou a peruca loira-acinzentada, as lentes de contato azuis e o aparelho que deixava sua mandíbula mais avantajada.

Resmungando, tirou o vestido de festa conservador e seu enchimento. Tirou também os saltos dos sapatos que usava à noite.

Pediu serviço de quarto e tomou um banho demorado para tentar retirar o bronzeador artificial que havia usado.

Pela manhã, abandonaria o carro que havia alugado por um bom tempo em um estacionamento no aeroporto de Dulles e alugaria outro. Uma mudança de placas feita a certa distância dali, e ela conseguiria fugir de novo.

Colocou a foto de Reed na mesa ao lado da cama; havia até comprado um porta-retratos para ela.

— Nós temos um encontro, não temos? Só porque eu quero.

𝒯OMADA PELA FRUSTRAÇÃO, Jacoby foi à sala de Reed.

— Nós tínhamos um agente naquele maldito evento, e ela escapou. As pessoas entraram em pânico, se amontoaram e o atrapalharam. Ele chegou a vê-la e a perseguiu, mas... acredita que ela fugiu em um sedã preto, uma Mercedes, mas ele não conseguiu anotar a placa. Nem sinal da placa.

De dentro de sua bolsa, ela tirou um esboço.

— A versão da artista.

— Ela acrescentou uns anos, uns quilos, e mudou o contorno do maxilar. E voltou a usar cianeto.

— Ela ficou para ver seu alvo desfalecer e até se abaixou ao lado da mulher por um instante quando esconder-se e ir embora seria uma atitude mais prudente.

— Ela ficou mais arrogante, sem saber se você estava perto.

— Não perto o bastante. Ela vai mandar outro cartão para você.

— Estou contando com isso. O intervalo entre os assassinatos está diminuindo.

— Outro sinal de que está perdendo o controle que a manteve escondida por tanto tempo. Está chegando a você, Reed, e apontando uma arma para si mesma. Eu pensava, no começo, e a nossa análise confirmou, que ela talvez estivesse te enganando. Deixando as coisas correrem, porque, para ela, isso estava te torturando. Não penso mais assim agora. Ela precisa consertar o que está errado.

— Concordo. Se ela quer acabar com mais alguém enquanto estiver aqui, no ritmo que vem seguindo, acredito que ela conseguirá. Você precisa colocar Mi-Hi Jung e Chaz Bergman sob proteção. Eu acho que Brady Foster pode estar na mira dela também. Ela não irá atrás de Essie ainda. Essie está muito longe na lista dela. Ela não iria atrás de Simone ainda se eu não morasse na ilha. Mas ela não conseguirá resistir a um golpe duplo. No entanto...

Ele se levantou, pegou uma Coca e ofereceu outra.

— Tem alguma que seja Diet?

— Espere um pouco. — Ele saiu, passou pelo escritório, entrou na copa e pegou uma Pepsi Diet na geladeira.

— Te devo uma — disse a Matty, e então voltou à sua sala e fechou a porta.

— Obrigada. "No entanto"?

— Ela está indo mais depressa e está regredindo, mas ainda é esperta, ainda é cautelosa. Nós pudemos comprovar isso quando ela nos enganou, indo atrás de McMullen. Ela sabe, tem que saber, que você está seguindo o rastro dela e ligando os pontos.

— Você acha que ela vai mudar de direção, tomar outro caminho.

— Se ela precisa matar outra pessoa antes de mim, seria burrice mudar de direção e ir até o Maine. Mas ela não é burra.

Jacoby levantou-se, foi até o mapa pendurado na parede, olhou para as tachinhas que representavam os assassinatos de Hobart desde que ela começara sua jornada.

— Algum palpite sobre o rumo que ela vai tomar dessa vez?

— Tenho que pensar. Ela continuaria a dirigir, reservaria um voo? Ela vai se manter no caminho conhecido e seguro ou vai mudar de padrão? Tenho que pensar.

— Também vou fazer isso, assim como o restante da força-tarefa. Um dos meus homens estava no mesmo local que ela, e ela conseguiu atingir o alvo e fugir.

Reed pegou o esboço.

— Você consegue reconhecer Hobart quando olha para isso?

— Eu provavelmente não reconheceria, mas algumas testemunhas confirmaram um sotaque do sul muito acentuado. Ela se misturou às pessoas, Reed, bateu papo e arrancou lágrimas quando inventou uma história sobre a filha dela e sobre o que enfrentara depois de um estupro. Ela pagou cinco mil dólares para estar lá.

— Ela realmente incorpora a personagem. E é boa nisso. Muito boa.

— Eu tenho que voltar. Entre em contato quando você receber o próximo cartão.

Ele tinha alguns incidentes de trânsito, de estacionamento irregular, problemas na praia, na marina, de bebida e até mesmo alguns pequenos roubos para resolver. Todos os dias eram como feriados, e o povo se apinhava nas ruas, lojas, trilhas e praias.

Na maioria dos dias, ele trabalhava até depois do pôr do sol e mais um pouco. Mas ficava com Simone na maioria das noites. Se conseguisse uma ou duas horas de silêncio e isolamento, ele se acomodava em seu escritório, estudava o mapa, os rostos, tentando pensar tal como Patricia pensava.

Saiu de casa em certa manhã — Simone costumava sair quase ao amanhecer nesses últimos dias — e encontrou CiCi no quintal dele, com telas, cavalete e tintas.

— Bom dia, chefe Delícia.

— Bom dia, amor da minha vida! Você está pintando?

— Eu quero aproveitar a luz da manhã. Estive aqui algumas vezes nessa semana, mas um pouco mais tarde, o que mostra como eu sou sorrateira, mas preciso desta luz.

Ele foi até ela; o cachorro já se apressara para se sacudir e se inclinar.

— É a casa. — E os tremoços, observou ele. Ainda se admirava por ser dono daquela abundância de cores.

— Eles não estão no ponto ainda. Estarão na semana que vem. Mas eu preciso desta luz e de um bom começo antes que amadureçam. Gosto dos contornos desta casa. Sempre gostei. Alguém foi inteligente o bastante para pintar essa varanda da cor de orquídea.

— Alguém deu ouvidos a uma pessoa com alma de artista.

— Você deduziu que, ao pintar as portas principais, essa cor de ameixa encheria isso aqui de energia.

— Eu tenho os meus momentos. E os programas de decoração na televisão.

— Mais que alguns momentos. Os tremoços são um caso à parte.

— Leon me ajudou com isso e com outros assuntos de jardinagem. Ele entende de fertilizantes. Eu tive que comprar uma composteira, porque ele não aceitava não como resposta.

CiCi observava-o enquanto ele falava.

— Você não tem dormido o suficiente, meu bem. Dá para ver isso.

— Verão. Época agitada.

— Mas não é só isso. Por que eles não conseguem pegá-la?

— Ela é escorregadia. — Ele se inclinou para lhe dar um beijo na bochecha. — Mas nós vamos pegá-la. — Ele pegou seu molho de chaves e, então, a cópia de uma delas. — É da casa. Fique à vontade, e tranque ao sair. Fique com a chave. Só não enrole um baseado enquanto eu estiver fora. Eu sou o chefe de polícia. Tenho um boné.

Colocou a coleira em Barney. No caminho até o trabalho, parou em frente a uma casa alugada no meio do caminho para acordar os inquilinos, universitários, e mandou que recolhessem as garrafas de cerveja e vinho espalhadas por todos os lados. Deixou avisado que um agente voltaria dentro de uma hora para multá-los caso não tivessem recolhido a bagunça.

Assim, pensou ele, começa mais um dia de verão na ilha.

E, como ele calculava, em sua chegada, não se surpreendeu quando Donna lhe entregou o terceiro cartão.

— Não chame o pessoal. Estamos muito ocupados para isso. Só entre em contato com eles e informe que recebemos o terceiro, e esse é de Potomac, Maryland.

— Essa louca está acabando com o meu verão.

— Também não está fazendo do meu uma maravilha — respondeu ao colocar as luvas, pegar o canivete e abrir o cartão.

— Fofo — disse ao ler a saudação impressa.

Dessa vez, ela havia desenhado corações com flechas e sangue escorrendo.

O que você está pensando? Eu poderia tentar arco e flecha. Ou talvez continue com balas direto no peito e na cabeça. Talvez eu atire no seu saco primeiro, só pra me divertir. Aquela porra de advogada engomadinha subiu no cadáver do meu irmão para ter seu pedestal. Eu acabei com ela. Ela nem sequer percebeu o que aconteceu. Nem você, otário.

Bjs e abs,

Patricia

Ela até desenhou um dedo do meio bem visível depois de seu nome.

Regredindo, pensou ele. Mais brava, ou menos apta a controlar essa raiva, por isso uma ameaça mais evidente.

Ela precisava matar de novo, sem dúvida. Precisava se apressar.

Mas quem? E onde?

Ele observava o mapa enquanto ligava para Jacoby.

Simone inspecionava cada centímetro de sua obra ao ajustar o molde de cera. Já havia terminado a escultura em cera, usando ferramentas delicadas para uma raspagem precisa e outras, quentes, para preencher as imperfeições. Observava a obra agora e considerou-a pronta.

Havia levado horas para planejar, criar e definir a fundição, o sistema de canais para a passagem e a entrada da cera que sustenta o bronze derretido no molde.

Mais algumas horas para cobrir a cera com reboco. Primeiro, o pó bem fino — duas camadas —, para cobrir todos os detalhes delicados e minúsculos. Mais camadas — nove no total — de vários tipos e composições, deixando cada camada secar, para criar aquela cobertura cerâmica grossa.

Todo aquele trabalho técnico monótono a deixara com a cabeça ocupada durante dias, e a afastara do nervosismo que o terceiro maldito cartão causara.

Ela nem sequer percebeu o que aconteceu. Nem você.

Não pense nisso agora, disse a si mesma. Não deixe uma louca controlar a sua vida.

Embalou a escultura e levou-a para o andar de baixo.

— É o Reed?

— Tudo pronto para ir. — Simone colocou a caixa sobre o balcão da cozinha, um pouco ofegante por causa do esforço. — Obrigada por você abrir mão de um lindo dia de verão para ir comigo.

— Eu adoro ir à fundição. Todos aqueles homens suados — e mulheres — acrescentou CiCi. — Lá, eu vou ter material para alguns desenhos. — Ela deu uma olhada no espelho para checar o cabelo, comprido e solto, com alguns cachos enormes aparecendo atrás das orelhas. — E eu estou muito ansiosa para saber dos boatos do casamento da Natalie. Vamos ter um dia divertido. — Colocou sobre o ombro uma bolsa de palha do tamanho de um balão. — Vamos levar nosso belo garoto para o carro. Você disse a ele que estamos indo ao continente hoje de manhã?

— Mando uma mensagem para ele quando estivermos na balsa.

CiCi lançou-lhe um olhar sério enquanto saíam da casa.

— Simone.

— Para não deixá-lo tanto tempo preocupado.

— E para ele não convencer você a não sair da ilha.

— Exatamente. — Simone mandou a caixa para a área de carga, deixou sua mochila junto à caixa e colocou os óculos de sol enquanto CiCi colocava os dela também. Já no banco do motorista, ela ligou o rádio e deu um sorriso para sua avó.

— Passeio só de meninas.
— Uhuuu!

Se a situação fosse outra, Simone teria reservado um quarto de hotel perto da fundição, em vez de fazer todo o trabalho em um só dia. Não que ela não confiasse nos supervisores ou nos trabalhadores, que eram, à maneira deles, artistas também. Mas ela preferia acompanhar cada etapa do processo.

Essas não eram circunstâncias normais, e ela não queria ficar longe de Reed e da ilha, então era preciso se apressar.

Ele cuidava dela, pensou, e ela cuidava dele também.

Mesmo assim, Simone deixou CiCi se divertindo na fundição ou dando uma volta em meio aos fornos enquanto ela rodeava o operário que iria colocar sua escultura na autoclave.

Ela usaria a técnica de cera perdida, sua preferida, e o calor e a pressão do forno forçariam a cera para fora de seu invólucro.

Se tivesse feito um bom trabalho, pensou ela, *O Protetor* estaria perfeitamente esculpido dentro do invólucro vazio e solidificado.

CiCi reuniu-se a ela quando os operários colocaram o invólucro quente no chão da fundição.

— Aqui vamos nós — disse CiCi.

Operários usando capacete, máscara, avental protetor, luvas grossas e botas sempre faziam-na lembrar astronautas grosseiros.

Eles firmavam a peça na areia enquanto outros operários derretiam blocos de bronze. Simone imaginava músculos se flexionando e se projetando dentro daquelas mangas grossas enquanto eles mexiam naquele maravilhoso metal derretido.

Aquilo era arte também, pensou, naquele calor imenso, com o cheiro de produtos químicos e suor, de metal derretido. E havia mágica naquela luz brilhante enquanto os operários retiravam o crisol de metal derretido do forno.

E o derramamento, aquele momento da verdade, sempre a encantava. Os movimentos rápidos que os operários faziam ao mesmo tempo, o fluxo constante dourado, bruto e brilhante, como se fosse a luz do sol derretida.

Dentro do invólucro, a peça de Simone, sua arte, sua visão preenchida com aquela luz do sol derretida. O negativo transformou-se em positivo, e o símbolo e a representação do homem que ela havia passado a amar nasceria.

— Não é tão bom quanto sexo — murmurou CiCi ao seu lado. — Mas é um belo êxtase, bem parecido.

— Ah, meu Deus! — Simone suspirou demoradamente.

Uma vez que o invólucro e a peça levavam horas para resfriar, ela foi com CiCi até Portland, e tiveram um almoço bem demorado — graças a Deus não no country clube — com a mãe e a irmã de Simone.

O assunto que predominava era o casamento, Natalie irradiava felicidade, e esse brilho refletia em sua mãe. Se não se pode vencê-las, pensou Simone, junte-se a elas.

— Você viu as fotos dos vestidos das damas que eu mandei? — perguntou Natalie, dando um gole em sua segunda taça de champanhe.

— Eu vi — respondeu Simone. — São lindos, simples e elegantes, e eu amei a cor.

— Uma mistura de framboesa e amora — disse Tulip ao beber mais champanhe. — Eu tinha minhas dúvidas e confesso que tentei convencer Natalie a escolher algo mais tradicional. Mas ela estava certa. É uma cor chamativa, especialmente quando misturada a cores contrastantes.

— O prateado rosado e fosco — concordou CiCi. — Você tem olhos de artista quando quer, querida.

— Gostaria que você e Simone usassem prata. Se puderem, procurem um vestido nessa tonalidade. A butique com a qual estou trabalhando tem ótimas opções. E ainda há tempo para personalizar.

— Eu fico bem de prata — afirmou CiCi.

— Vocês não estão na lista da festa de casamento. — Natalie voltou o olhar para Simone. — Mas eu gostaria que vocês... eu quero que ambas participem dela.

— Por que não vamos para a butique depois do almoço? — sugeriu Simone. — Você pode me ajudar a escolher um vestido.

Natalie piscou.

— Sério?

— Você é a noiva, Nat. — Simone bateu de leve sua taça na da irmã e percebeu um indício de lágrimas saindo dos olhos da mãe. — Vamos todas às compras.

Era apenas um vestido, pensou ela, mas algo que significava muito para a irmã e para a mãe. E isso iria preencher mais algumas horas do dia enquanto o bronze esfriava.

Quando ela e CiCi voltaram à fundição, com vestidos, sapatos, bolsas e pacotes para um casamento no outono, ela se sentia revigorada.

— Eu até que gostei disso — disse, admirada.

— Sair da nossa zona de conforto não dói nada. Você as deixou muito felizes.

— Nós as deixamos.

— Sim, nós as deixamos. — Ela deu uma cutucada em Simone. — Agora elas nos devem uma.

— Exatamente.

Uma vez que queria fazer o resto do trabalho e não queria passar mais dias fora da ilha, Simone pediu ao pessoal da fundição que colocasse a peça encaixotada de volta no carro.

— Estou mandando uma mensagem para o Reed — disse CiCi enquanto se dirigiam à balsa. — Quero que ele saiba que estamos voltando.

— Não gostaria que ele chegasse em casa antes de eu levar a peça de volta ao meu estúdio para esculpir o metal.

— Vou segurá-lo fora de casa e chamar alguns fortões para arrastar o caixote pelo quintal. — Enquanto digitava a mensagem, deu uma olhada para Simone. — Eu quero estar lá quando você revelar a surpresa.

— Não seria de outro jeito.

Duas horas e meia depois, Simone limpava o suor da testa. Pontas e pedaços do invólucro se espalhavam pela lona junto a uma infinidade de martelos e ferramentas mais pesadas.

E o bronze já dava suas caras no começo da noite.

— Deslumbrante, Simone. Deslumbrante.

— Ele ficará maravilhoso. — Ela aparava a fundição, alisava a superfície com uma esponja grossa para afiná-la, dava nova textura a algo aqui e ali, deixando tudo perfeito. — Só mais uma coisinha. — Deu a volta na escultura. — O metal esculpido, um bom jato de areia, a pátina, mas já dá para ver, CiCi. Eu posso ver que é exatamente o que eu queria fazer.

— É a cara dele.

— Eu não esperava por ele, essa é a questão. Por um tempo, não esperava por nada, e isso era inútil. Então, eu despertei e desejei ser capaz de fazer algo assim. Isso foi o suficiente, de verdade, porque eu tinha você, este lugar, e sempre poderia voltar. E então... ele olhou para mim.

Ela se agachou e passou o dedo no rosto de bronze.

— Ele me ama.

— Muitos homens e algumas mulheres me amaram. Não é o bastante, querida.

— Não, não seria. Não seria, mesmo que ele fosse bonito e generoso, corajoso e inteligente e tantas outras coisas. Isso não seria o bastante.

Ela puxou a bandana que havia usado no cabelo.

— Mas ele despertou algo em mim, CiCi. E eu me abri, eu vejo mais, sinto mais e quero mais. Ele me fez acreditar. Eu o amo pelo que ele é e pelo que eu sou com ele.

— Quando você vai dizer isso a ele?

— Quando isso estiver pronto, e eu mostrar a ele. — Ela se levantou. — É bobo?

— Eu acho que é profundo. Vou ajudá-la a limpar tudo e levar essa belezinha lá para cima.

Enquanto Simone retocava o metal, Reed dava uma dura em dois meninos que achavam que jogar bombinhas em latas de lixo do banheiro público era o ápice da diversão nas férias.

Ele poderia ter apenas confiscado o resto das bombinhas e das latas de lixo, passando-lhes um sermão, mas o pai deles, que aparentemente bebera mais do que devia na praia, o encarou.

— Qual é o problema? Eles só estão se divertindo. Não machucaram ninguém. E eu paguei uma grana preta por essas bombinhas.

— O problema é que eles infringiram a lei, ameaçaram a segurança pública e a deles mesmos, além de terem destruído uma propriedade.

— É só um monte de lixo.

Ainda apelando para um pouco de diplomacia, Reed concordou.

— Que eles vão limpar.

— Os meus filhos não são faxineiros.

— Hoje eles serão.

— Pro inferno com isso! Vamos, Scotty, Matt, vamos.

— Eles só vão embora depois que limparem a bagunça que fizeram.

O pai bêbado estufou o peito.

— O que você vai fazer a esse respeito?

Diplomacia, pensou Reed, nem sempre funcionava.

— Já que eles são menores, vou multar o senhor por contribuir com a delinquência deles e por trazer explosivos ilegais para a ilha.

— Que besteira!

Ele deu um sorriso cortês.

— Não é nenhuma besteira.

— Não vou pagar nenhum centavo para um policialzinho qualquer que está tentando me enganar e infernizar os meus meninos em plenas férias. Eu já disse, *vamos!*

Ele se virou. Reed se deslocou para bloquear a saída do homem.

Impaciente e irritado, o homem o empurrou.

— Bem, vamos acrescentar à lista agressão a autoridade. — Só um pouco surpreso, Reed fez um movimento brusco e resolveu a questão ao virá-lo e colocar as algemas nos pulsos dele. — Esse não é um bom comportamento — disse Reed aos meninos quando o mais velho olhou, admirado, e o mais novo começou a chorar. — O senhor está visivelmente embriagado — continuou Reed enquanto o homem se debatia e xingava, e várias pessoas na multidão que se formara tiravam fotos e filmavam com os celulares sempre à mão. — Você está resistindo e agora é um incômodo para o público, sem falar que está sendo um péssimo exemplo para seus filhos menores. A mãe de vocês está por perto? — perguntou Reed aos meninos.

O mais novo debulhava-se em lágrimas.

— É a nossa semana com o papai.

— Tudo bem. Vamos resolver isso na delegacia. Senhor, eu posso escoltá-lo até lá, ou o senhor pode me acompanhar em silêncio.

— Eu vou processar você, seu imbecil.

— Escoltado, então. Vocês precisam vir conosco, Scotty, Matt. — Ele deu uma olhada para o cachorro, que estava sentado, esperando. — Vamos, Barney.

Quando chegou à casa de CiCi — ele havia recebido um convite para jantar —, já passava das 21 horas, e ele precisava tanto de um drinque quanto de tomar algum ar.

— Dia difícil? — perguntou ela.

— Altos e baixos, sendo o pior episódio o de dois meninos assustando as pessoas com bombinhas, e o pai bêbado e tagarela deles que botou a cereja no bolo quando vomitou uma mistura de arrogância e álcool bem na minha sala. Não foi nada agradável.

— Vou trazer uma cerveja para você, e depois servir um sanduíche de churrasco picante que era uma das minhas especialidades quando ainda não era vegetariana.

— Te amo, CiCi.

— Vá se sentar, beba a sua cerveja e contemple a vista. Alguns exercícios de respiração não vão fazer mal.

A cerveja ajudou, assim como a água: a cor, o cheiro e o som. Talvez a respiração não fizesse mal mesmo. Mas Simone, ao aparecer com o cabelo em um tom de cobre agora preso com uma bandana azul e carregando um prato com churrasco e salada de batatas, amenizou todo o resto.

Ela lhe ofereceu o prato, colocou o cabelo dele dentro do boné e se abaixou para beijá-lo.

— Bombinhas e vômito de bêbado.

— Sim. — Ele apontou para o cachorro, que já estava roncando aos seus pés. — Acabou com o meu agente. Como estão as coisas no continente?

— Comprei um vestido para o casamento da minha irmã, e CiCi também, e ganhamos uns pontos ao deixarmos Natalie e a mamãe nos ajudarem a escolher. E sapatos. Eu fiz os rascunhos para o topo do bolo do casamento de Natalie e Harry; vários, na verdade, mas nós conseguimos escolher o melhor.

— Eu gostaria de vê-lo. Isso é uma coisa boa — disse ele. — Alegria é uma boa coisa para suavizar vômito de bêbado.

— Vou buscar.

Reed comeu, ficou contemplando a água, ouvindo o cachorro roncar. Simone trouxe seu bloquinho e sentou-se no braço da cadeira dele.

— Esse é o que mais me agradou.

Reed observou o esboço de uma mulher que parecia um algodão-doce, em um vestido que parecia de princesa. Todo inflado na saia, brilhante no corpo, combinando com a tiara em seu cabelo loiro, preso no topo da cabeça.

O noivo usava um fraque cinza-escuro, uma longa gravata prateada, combinando com seu ar de deus loiro.

O noivo conduzia a noiva em uma dança; a saia ainda mais estufada. Eles olhavam um para o outro com toda a felicidade, como se tivessem encontrado a solução para todos os seus problemas.

— Você precisa emoldurar isso para ela.

— Está um pouco tosco.

— Não está, não, e aposto que ela adoraria recebê-lo. Assine, coloque a data e emoldure.

— Você tem razão. Ela iria amar. Vou pedir para a CiCi emoldurar. Vou fazer o casal em porcelana e pintar.

— Pela aparência do vestido e do fraque, parece que será um casamento grandioso, formal e chique.

— Duzentos e setenta e oito convidados até agora. Traje de gala. Isso combina com grandioso e formal. O resto? Tudo o que eles conseguirem de chique.

— É isso que você quer? Um casamento do tipo mais chique que puder?

— Eu nunca disse que queria um casamento.

— Vamos chegar lá ainda, mais adiante. E aos nossos três filhos, a quem nunca daremos bombinhas e fósforos.

Ela sentiu um frio na barriga e não sabia se era de ansiedade ou de alegria.

— É muito planejamento, chefe.

— É só o que eu penso. A não ser que a CiCi mude de ideia e me transforme em escravo sexual. Daí a oferta está fora de jogo.

— É claro.

— Mas, antes de tudo isso, tenho que convencer você a morar comigo. Mas isso também pode esperar. Precisamos construir um estúdio para você primeiro. Estou trabalhando nisso.

— Você... o quê?

— Não trabalhando, *trabalhando*... O verão me ocupa muito. Eu só pedi para o primo da Donna, sabe, o Eli, ele é arquiteto. Só pedi que ele me mostrasse algumas ideias.

Ele deu um gole na cerveja e percebeu como uma bebida gelada e o churrasco apimentado podiam transformar um dia terrível em um bom dia.

— Claro, se a CiCi atender às minhas preces, eu vou me mudar para cá e nós vamos expulsar você daqui. Seria estranho para todos se fosse de outro jeito.

Ele fechou os olhos enquanto falava. Transformavam, mas, Deus, como ele estava cansado!

Ela olhou para o horizonte e vislumbrou o brilho da lua sobre a água que os separava do fim do mundo.

— Nessa fantasia sua, eu colaboro de alguma forma para a decoração do futuro estúdio?

— Claro, por isso o Eli está registrando algumas ideias. Para que você dê uma olhada e possa alterar o que quiser. Ainda tem bastante tempo.

Ela ficou pensando na escultura em seu estúdio e no tempo que precisou para finalizá-la, a fim de deixá-la perfeita e entregar a ele. Talvez devesse mostrar a ele agora, do jeito que estava. Do mesmo jeito que ele lhe havia mostrado o que poderia acontecer.

— Eu acho que devemos...

Parou de falar quando o telefone dele sinalizou uma mensagem, e então se afastou para que ele pudesse pegá-lo.

Ela conseguiu ler no visor: Jacoby.

O que quer que fosse, pensou ela, ao deixá-lo para que ele pudesse tratar de assassinato, teria de esperar.

Hobart fugiu, e fugiu rápido para Ohio, para um bairro residencial chique próximo a Columbus. O alvo, um famoso apresentador de telejornal local, havia recebido os alertas do FBI e levado tudo bem a sério.

Ele nunca se esquecera daquela noite no shopping DownEast. Tinha 28 anos e trabalhava para um canal de TV de Portland, na maioria das vezes cobrindo fofocas e tentando cobrir notícias mais sérias. Estava comprando uma câmera quando o caos começou.

Conseguira se esconder e gravara parte do massacre, sua voz trêmula tentando descrever o que via, ouvia e sentia.

McMullen fora em uma direção, tentando a sorte como repórter, e Jacob Lansin, em outra. Ele entregara a gravação à polícia com as mãos ainda trêmulas, mas, quando saiu do shopping, encontrara a equipe de seu canal. Concedera-lhes uma reportagem ao vivo, em primeira mão.

Fora promovido e conseguira o emprego de âncora local em Columbus quando chegou a sua hora. Casara-se com uma moradora da cidade, filha de um rico empresário.

Havia alcançado fama e prosperidade.

A sorte de Patrícia começou quando uma mulher, dirigindo e mandando mensagem para uma amiga, avisando que se atrasaria para o almoço, bateu na BMW conversível de Lansin.

Ele deslocou o ombro, quebrou o tornozelo e teve traumatismo cervical.

Grato por ter sobrevivido, Lansin tirou um tempo para se recuperar e conseguiu fazer fisioterapia em casa.

Só levou dois dias para Patricia descobrir que a fisioterapeuta usava rabo de cavalo castanho e extravagante, sempre de camiseta e jeans, e levava uma maca de massagem quando chegava todos os dias, às 14 horas.

Patricia alugou um carro do mesmo modelo e cor da fisioterapeuta e, usando uma peruca castanha, uma camiseta e uma calça jeans, chegou dez minutos mais cedo. Arrumou a maca de massagem de modo a esconder o rosto.

Lansin, com gesso no tornozelo, tipoia e colar cervical, conferiu seu vídeo de monitoramento, desligou o alarme e abriu a porta.

— Ei, Roni, você chegou cedo.

— Bem na hora — disse Patricia, e atirou nele bem no peito, dando mais dois tiros na cabeça enquanto ele caía.

Ela empurrou a maca para dentro, cortou uma mecha de cabelo, fechou a porta e correu de volta para o carro. Tudo levou menos de um minuto. Uma vez que pretendia largar o carro no aeroporto, não se preocupou se alguém a visse saindo.

Depois de abandonar o carro, pegou um táxi de volta a Columbus e comprou um SUV de luxo, de segunda mão, em dinheiro.

Hora de passar férias na ilha, pensou ela enquanto parava longe o bastante para escrever para Reed o que pensava ser o último cartão que enviaria a ele.

Na época do Quatro de Julho, os turistas chegavam aos montes na ilha. Hotéis, pousadas e casas de temporada funcionavam em sua capacidade máxima, e a faixa de areia da praia se tornavam um mar de guarda-sóis, esteiras e cadeiras de praia.

No pequeno parque próximo à High Street, o auditório só tocava músicas cívicas, enquanto crianças e alguns adultos faziam fila para pintar o rosto, comprar raspadinhas e bolo de funil.

Para driblar o calor — e fazia muito calor —, as pessoas mergulhavam, nadavam e boiavam na água. Barcos chegavam e partiam da marina, assim como os veleiros, e motores zuniam.

A atmosfera cheirava a protetor solar, amendoim torrado, açúcar e verão. Reed trabalhava em turnos de doze horas e percebia que, exceto pelo pequeno problema causado por uma *serial killer*, estava gostando de cada minuto de tudo aquilo.

No inverno, a ilha ficava em silêncio — um verdadeiro cubo de gelo, calmo e belo. Durante a primavera, a ilha florescia e despertava. Mas, no verão, ela reluzia com as multidões e as cores, e explodia em música.

Parecia um carnaval fora de época, pensou ele.

Durante o verão, havia duas balsas operando: uma trazia carros e pedestres até o cais da ilha, e a outra era destinada a partidas, levando-os de volta à realidade.

No Quatro de Julho, como fazia todos os dias, pelo que lembrava, ele supervisionava o cais, os carros, caminhões, trailers e as pessoas que chegavam.

Além dele, Simone também observava os rostos na multidão.

— Você acha que ela virá hoje.

— Eu acho que hoje tem o maior fluxo de pessoas, e é um bom dia para se misturar. A operação na balsa conta com gente em ambos os cais à procura de uma mulher sozinha. E eu tenho dois agentes do outro lado. — Ele apontou o queixo em direção ao navio de cruzeiro. — Eles avistaram algumas desde junho e todas foram inspecionadas. Na marina, estão fazendo o mesmo com barcos e navios fretados.

— Mas é muita gente.

— Sim. Por outro lado, ela é esperta o bastante para saber que iríamos intensificar as buscas no fim de semana de feriado e no Quatro de Julho. Se eu fosse ela, esperaria.

— Como você espera pelo próximo cartão.

— Não há serviço de correio no Quatro de Julho. — Ele observava o último veículo, uma minivan cheia de crianças, descendo a rampa. — Barney e eu temos que trabalhar.

— Você poderia me nomear.

— Não posso te pagar. — Ele lhe deu um beijo. — Eu me sentiria melhor se você evitasse a multidão hoje. Você e a CiCi já evitam de qualquer jeito, e veem a queima de fogos do quintal. Apenas façam o que sempre fizeram.

— Eu me sentiria melhor se você estivesse com a gente.

Ele apontou para o CHEFE em seu boné.

— Com o desfile, o parque e as atividades na praia, a loucura do vilarejo, ela poderia estar em qualquer lugar, Reed. Ela poderia, meu Deus, mirar em você de uma janela do Overlook Hotel.

— Ela não me abordará assim. Não irá. É pessoal. Ela precisa ver o meu rosto, me olhar nos olhos e me fazer olhar nos dela. E precisa se safar disso. Acredite em mim.

— Eu acredito. — Ela segurou as mãos dele. — Estarei te esperando.

— Na casa da CiCi. Fique lá esta noite. Irei para lá depois da queima de fogos. Ela ainda não está aqui. Talvez a vidência que a CiCi tem esteja desaparecendo, mas ela não está aqui ainda.

Isso não o impediu de fazer buscas em meio à multidão, procurando por mulheres, vendo se alguém o observava. Depois daquele dia longo, ficou junto à equipe de bombeiros voluntários vendo o céu se encher de cores e o ar ser tomado por explosões, como se fossem tiros.

Ainda não, pensou ele enquanto as pessoas celebravam. Mas em breve.

Capítulo 28

♦ ♦ ♦ ♦

*E*LA CHEGOU TRÊS DIAS DEPOIS, dirigindo lentamente a SUV de segunda mão até a fila de espera no píer do continente. Como muitos dos que esperavam, ela saiu do carro para contemplar a vista.

Ela deixara o cabelo crescer até os ombros e o tingira de loiro bem claro. Usara autobronzeador religiosamente todos os dias nas últimas semanas, e passara cuidadosas camadas de maquiagem até alcançar um ar saudável. Debaixo dos óculos de sol enormes e estilosos, lentes de contato deixavam seus olhos azuis.

E, sob o vestido azul e jovial de verão, de mangas curtas para esconder a cicatriz debaixo da axila, ela usava um enchimento para simular uma mulher grávida de cerca de 20 semanas. No dedo anelar, exibia uma bela aliança: zircônia cúbica, mas brilhante o bastante para se passar por um diamante real.

Fez as unhas das mãos e dos pés, ao estilo francesinha, e usava uma bolsa de verão Prada para levar as sandálias.

Parecia uma jovem grávida refinada, de posses. Avistou a dupla de mochileiros, homem e mulher, sentados nas mochilas enquanto aguardavam para embarcar. Jovens também, pensou ela, e a mulher parecia sentir calor e cansaço.

Aproximou-se com a mão sobre a barriga falsa, do jeito que as grávidas faziam.

— Olá. Espero que não se importem se eu perguntar se conhecem alguma trilha fácil, bem fácil, de caminhada em Tranquility. O meu marido gosta de caminhar e, quando ele chegar aqui, em alguns dias, vai ficar louco para explorar. Só não posso enfrentar uma caminhada pesada.

Ela sorria enquanto falava, esfregando o barrigão.

— Claro. — A mulher reagiu ao sorriso de Patricia. — Você pode pegar um mapa no centro de informações ali atrás.

— Ou pode pegar um na ilha também — disse o homem. — Os mapas do centro de informações são grátis, mas eles têm mapas melhores em algumas lojas. Não custam caro, eu acho.

Ele tirou um mapa da mochila.

— Podemos indicar algumas trilhas boas e fáceis na praia para você. A que leva até o farol é um pouco maior e mais difícil, mas vale a pena.

— Ótimo. Eu meio que só quero me sentar na praia, observar o mar, ler, mas o Brett adora caminhar. De onde vocês são?

Ela puxou conversa com eles. Ela — Susan "me chame de Susie" Breen — vinha de Cambridge. Seu marido, Brett, havia sido chamado de última hora até a cidade por conta dos negócios, mas ela estava feliz por ter alguns dias para ficar no chalé que eles haviam alugado por seis semanas maravilhosas, pronto, com tudo o que precisavam, e por ter tempo para sentar, observar o mar e ler.

Eles, Marcus Tidings e Leesa Hopp, corresponderam ao papo.

— Por que eu não dou uma carona a vocês? Tenho que pagar pelo carro de qualquer jeito, e eles não cobram por passageiro. Pouparia vocês da taxa de pedestre. Além disso, posso levar vocês até o vilarejo, ao menos até a imobiliária, onde eu tenho que pegar as minhas chaves.

Agradecidos, eles foram até o carro antes que Patricia percebesse que havia se esquecido de trocar as placas do carro na área de descanso pelas placas de Massachusetts. Sorrindo ao mesmo tempo que xingava a si mesma pela distração, ela inventou uma desculpa — de que tinha pegado o carro do irmão emprestado.

Mas os amigos mochileiros nem notaram, já que ela conversava, conversava e conversava.

Ela pediu a Leesa para se sentar na frente com ela, para que não se sentisse como uma motorista de táxi.

Eles embarcaram, os três, fazendo o tempo passar ao longo da travessia.

Quando Patricia dirigiu até o cais de Tranquility, os agentes em ação na balsa nem olharam duas vezes para a SUV com placas de Ohio levando três passageiros e um porta-malas cheio de bagagem.

ℰnquanto Patricia parava na imobiliária para pegar as chaves e o kit de boas-vindas, Simone usava um maçarico para aquecer o bronze até que ele ficasse dourado. Ela passava nitrato férrico no cabelo de Reed, no pelo de Barney, nas áreas em que queria que os vestígios de vermelho e dourado imitassem bronze.

Usou nitrato de prata na espada e na coleira que dera a Barney, para destacar a pátina em cinza prateado. O trabalho levaria horas, mas ela o considerava um avanço no antigo método de encobrir o bronze para oxidá-lo. E isso a deixava no controle e lhe permitia destacar, acrescentar uma espécie de movimento e vida.

Ela havia trabalhado e estudado com artistas em Florença e em Nova York para aprender arte, ciência e técnicas. Para essa, uma peça que se tornara tão íntima para ela, ela evocou tudo o que sabia — e ainda queria mais.

Quando fazia uma pausa no trabalho, dava uma volta em seu estúdio, bebia água e arejava a cabeça. E observava os rostos em sua prateleira. Mais ainda agora. Ao longo do trabalho com o bronze, fazia pausas e trabalhava naqueles rostos.

O último que havia feito olhava para ela com olhos grandes e alegres. Trent Woolworth: o garoto que amara na adolescência. Ele nunca teve a chance de se tornar um homem. Ela pensou que ele havia partido seu coração, mas ele mal percebeu. Ela sabia disso agora, e sentia apenas arrependimento e pesar por ele.

Juntaria esse rosto aos demais e os esculpiria em bronze, como havia feito com Reed. Nitrato cúprico, pensou ela, para os verdes e azuis, sutis e belos, para refletir a água.

Ela podia e iria fazer isso, não apenas porque finalmente encontrara isso dentro de si, mas porque o homem que realmente amava a tirara da inércia.

Colocou as luvas e voltou à escultura de Reed.

Horas depois, seus ombros começaram a doer por conta das últimas etapas de selagem — cera e polimento —, então desceu ao estúdio de CiCi.

Pelo vidro, viu a avó junto à mesa de molduras e entrou.

— Estava aqui imaginando quando você iria aparecer.

— Pensei a mesma coisa, mas eu... ah, CiCi, estou adorando isso tudo. A casa do Reed, os tremoços parecendo um mar de cores, a floresta, a *luz!* Fadas nas florestas, só um sinal delas naquela escuridão — murmurou —, e o Reed junto ao Barney e a mim no terraço.

— É o que eu penso também. Vou dar isso a ele, e, pelo que vejo, a você, de Natal. Você já estará morando com ele até lá, a não ser que a minha neta seja uma boba. O que ela não é. Eu acho que ficaria bom no quarto de casal.

— É perfeito. Você é perfeita. — Ela pegou a mão de CiCi. — Você tem um minuto? Pode vir aqui fora?

— Se tiver bebida de adulto envolvida, posso.

— Vou providenciar.

— Dê um tempo para você e para o Reed — disse CiCi enquanto saíam e atravessavam o quintal. — Vão para lá hoje à noite. Vocês têm trabalhado como loucos. Os dois estão tensos, esperando o próximo passo desde que aquele último cartão horroroso chegou. Vão, abram uma garrafa de vinho e façam muito sexo.

— Estou quase nesse clima, viu? Eu terminei o Reed.

CiCi ficou sem fôlego; a artista e a avó sentiram o coração palpitar.

— Ah, ah, Simone! — Ela foi até o balcão onde estava a escultura, sob a luz do fim de tarde. — Ele tem vida, vibração, alma e mais. Ah, a pátina, tanta luz, profundidade e movimento! Os detalhes, o ritmo...

Ela deixou as lágrimas correrem soltas.

— Me dê um pouco de vinho, querida, e um lenço. Estou emocionada.

CiCi tomou fôlego e andou em volta da escultura enquanto Simone abria uma garrafa.

— Anos atrás, em Florença, na sua primeira exposição, a sua homenagem a Trish, a sua *Emergência*, me deixou desse jeito, me levou às lágrimas também. O seu trabalho é lindo, Simone, é impressionante. Mas esse, assim como *Emergência*, tem seu coração e sua alma em cada linha, curva, ângulo.

Pegou a taça e o lenço.

— Ele é magnífico. Ele está vivo. Você não precisará dizer que o ama quando lhe mostrar isso. A menos que ele seja um idiota, o que ele não é.

— Eu estou pronta para dizer a ele.

— Então faça isso. — CiCi aproximou-se de Simone. — Vá buscar o seu homem.

$\mathcal{E}$M SUA CASA DE PRAIA, Patricia usava o segundo cômodo para guardar as armas: os revólveres e a amônia, um binóculo com visão noturna, venenos, seringas, facas. Seu quartel-general, pensou ela. Lá, ela podia abrir mapas da cidade, registrar a rotina de seus alvos e das pessoas que eram próximas a eles. Ela descobriria onde ele bebia cerveja, onde almoçava, com quem transava.

Podia deixar a porta trancada e dizer à empregada que o marido era reservado no que dizia respeito ao escritório dele. Não se podia entrar ali.

Colocou artigos de higiene masculina no quarto de casal, roupas masculinas no guarda-roupa e na cômoda. Com o tempo, deixaria sapatos masculinos aqui e ali, e outros itens espalhados pela casa.

Conseguiu uma edição de *O que esperar quando você está esperando*, em que já havia feito orelhas e sublinhado algumas páginas com antecedência. Equipamento de caminhada com jeito masculino, uma garrafa do melhor gim, que ela despejava na pia aos poucos, seu uísque puro — que ela, de fato, tomava —, algumas garrafas de vinhos finos e cervejas artesanais e a comida, comprada em uma ida ao mercado.

Satisfeita, saiu para sua primeira volta no vilarejo.

Para ela, era fácil se juntar e se integrar aos grupos e à multidão, passear em alguma loja e comprar algumas bugigangas, incluindo um short de banho e uma camiseta de Tranquility que disse à vendedora que seu marido iria amar.

Avistou Reed em meia hora, levando um cachorro pela coleira e — ao que parecia — apontando direções a um monte de pessoas.

Você foi rebaixado, detetive sabichão, pensou ela.

Não o seguiu imediatamente. Deu uma volta, atravessou a rua, olhou as vitrines. Mas manteve os olhos nele enquanto ele voltava para aquela delegacia sem graça. E achou que isso era um bom começo.

$\mathcal{D}$EPOIS DE LER A MENSAGEM DE SIMONE, Reed resolveu voltar para casa antes de escurecer. Talvez o dia parecesse calmo depois da loucura do feriado, mas estava calmo demais.

Levou Barney para casa. O aperto que sentia no peito o fazia se sentir um pouco incomodado e bem atento, mas ele não viu nada nem ninguém que chamasse a sua atenção.

— Não podemos deixar a espera nos enlouquecer, Barney. Vamos levar um dia de cada vez.

Ver o carro de Simone estacionado em frente à sua casa o animou. Vê-la sentada na varanda, bebendo vinho, o encheu de alegria.

— Você chegou cedo.

— Foi um dia bem calmo hoje. O chefe de polícia vai tirar a noite de folga.

— Isso é ótimo. Também tirei uma folga. Senti falta das noites com você.

— Ela tirou um osso do bolso. — E com você também, Barney.

— Sente-se aqui. Vou pegar uma cerveja gelada e vamos ficar sentados um pouco.

— Na verdade, tenho algo para lhe mostrar. — Ela pegou a mão dele. — E algumas coisas para lhe dizer — acrescentou ao levá-lo para dentro.

Ela havia encontrado um apoio para a escultura no mercado de pulgas, sabendo que ele iria gostar daquele agrado também. Estava logo na entrada, uma declaração para si mesma de que ele protegeria tudo o que estivesse lá dentro.

E ali o bronze refletia a luz do anoitecer, exatamente como ela queria.

Ele ficou olhando, sem fala, e Simone viu em seu rosto o que esperava ver. A surpresa e a admiração se transformaram em outra coisa quando ele olhou para ela.

Não, pensou ela, ele não era um idiota. Mas era prudente.

— Eu... eu preciso de um segundo. Ou de uma hora. Ou de um mês. Está difícil processar. Eu nunca esperei. Não sei por que nunca esperei... quando vi o seu trabalho.

— É diferente quando é você.

— Isso, sim, mas... — Ele não conseguia pensar em mais nada. — É que... você pôs o Barney também.

— No início, pensei em colocar uma mulher ou uma criança. Então, observei você com ele, ele com você, e vi como a confiança que ele tem em você mudou a vida e o mundo dele. Como a minha confiança em você também mudou a minha vida e o meu mundo.

— É a coisa mais incrível. Você me fez parecer...

— Exatamente como você é — interrompeu ela. — Cada hora que dediquei a esse trabalho me mostrou cada vez mais quem você é. Mais quem eu sou. E quem nós somos. Eu não me apaixonei por você enquanto fazia a escultura.

Ela colocou a mão sobre o coração dele.

— Você pode agradecer um pouco ao Barney por eu ter me apaixonado quando vi você pela primeira vez com ele, dando banho nesse cachorrinho magrelo e assustado, rindo quando ele o deixou encharcado e lambeu o seu rosto. Eu percebi que você tinha tudo isso dentro de si.

Ele pegou a mão dela.

— Pode falar, está bem? Não me importo se ele vai ficar com o crédito. Vou comprar ossinhos de caviar para ele. Mas eu realmente preciso que você olhe para mim, Simone, e me diga.

— Esse é quem você é para mim. — Ela tocou a escultura. — Esse é quem você é — repetiu ela, pressionando a outra mão sobre o coração dele. — Esse é o homem que eu amo. É você quem eu amo.

Ele a levantou do chão, depois a subiu um pouco mais, alcançando sua boca enquanto ela estava suspensa, segurando-a enquanto a colocava de volta no chão.

— Nunca deixe de amar.

— Eu fundi o seu coração e o meu, juntos, em bronze. Isso é para sempre. — Ela o abraçou com força, apoiou o rosto no ombro dele. — Você esperou por mim. Esperou até que eu conseguisse dizer isso a você.

— A espera acabou. — Ele tocou a boca de Simone novamente e levou-a em direção à escada. — Venha comigo. Fique comigo. Eu preciso...

Seu celular começou a tocar.

— Droga! Que droga!

Ele o arrancou do bolso.

— Alô, alô, é melhor que seja... — Seus olhos se arregalaram, congelaram. — Onde? Alguém se feriu? Tudo bem. Estou indo. Desculpe. Que droga!

— Eu vou com você.

— Não, não, é assunto de polícia.

— Que assunto?

— Alguém atirou por uma janela de uma cabana em Forest Hill.

— Ai, meu Deus!

— Ninguém se feriu. O Cecil já está lá, mas... eu preciso ir.

— Cuidado.

— Provavelmente foi algum otário tentando acertar um veado, e provavelmente já foi embora. Vamos, Barney. Eu já volto. — Ele segurou o rosto de Simone e a beijou.

Quando Reed chegou à cabana, cuidadosamente escondida na floresta, Cecil apareceu.

— Ei, chefe. Eu escutei o alerta quando estava indo para casa, então liguei pra Donna e disse que atenderia o chamado, já que estava por perto.

— O que aconteceu?

— Uma família de Augusta que alugou a casa por uma semana; um casal e duas crianças. Eles estavam tomando sorvete, pensando em sair para dar uma volta, quando ouviram um tiro, um som de pipoco, e o vidro se quebrando. Essa janela aqui.

Ele levou Reed para inspecionar uma janela lateral com um buraco e marcas de estilhaço no vidro.

— Acertou um abajur aqui dentro também — disse Cecil. — A esposa pegou as crianças e as manteve abaixadas e longe das janelas. O marido ligou para o serviço de emergência. Ele deu uma olhada aqui fora depois, mas não viu nada.

Reed examinou a janela danificada e virou-se para inspecionar as árvores e as sombras que se formavam ao anoitecer.

Dentro da casa, passou um tempo acalmando os nervos e a ansiedade antes de se agachar perto do abajur quebrado. Tomando cuidado com os cacos da cúpula, pegou uma lanterna e iluminou o espaço debaixo de uma cadeira.

E descobriu que fora uma arma de festim.

Enquanto ele acalmava e tranquilizava a família abatida e se desculpava, Patricia observava a cabana com o auxílio de binóculos. Ela notou o tempo de resposta de Reed, seu jeito, a cor e a placa do carro dele para referências futuras. Quando ele saiu novamente, ela posicionou o rifle de festim nos ombros e disse, baixinho:

— Bang! — E riu.

— Nenhum garoto da ilha é idiota o bastante para atirar com uma arma de festim assim, chefe. Tem que ser algum turista imbecil.

— Vamos revistar todas as cabanas e todos os chalés desta área, tentar encontrar o imbecil. Agradeço pela hora extra, Cecil.

— Ah, sem problemas.

Eles se dividiram para dar conta da busca, mas os pensamentos de Reed andavam em círculos. Uma cabana pequena, pensou ele, com quatro pessoas. Mas a bala atingiu um local onde não havia ninguém por perto na hora. Atingiu um abajur em cheio.

Talvez tenha sido só um imbecil. Talvez não tão imbecil assim.

NA SEMANA SEGUINTE, Reed lidou com uma avalanche de pequenos delitos. Pichações com obscenidades nas janelas em Sunrise, vasos de flores roubados da varanda da casa da prefeita, três carros riscados enquanto os donos jantavam no Water's Edge, os quatro pneus de outro furados enquanto estava estacionado em frente a uma locadora com vista para o sul da baía.

Ele foi ao gabinete da prefeita enquanto Hildy soltava o verbo.

— Você tem que dar um basta nisso, Reed. Todo dia é uma coisa diferente, e não são os problemas corriqueiros de verão. Eu passo a maior parte do tempo ao telefone, lidando com reclamações. Se isso continuar, vai nos custar dinheiro e estragar a nossa reputação. Dobson está fazendo um alvoroço sobre uma petição para tirá-lo da chefia. Você precisa dar um jeito nisso.

— Estamos fazendo patrulhamento em toda a ilha, a pé, com viaturas. Eu aumentei o patrulhamento noturno. Estamos trabalhando 24 horas.

— E, ainda assim, não conseguem pegar esses arruaceiros.

— Se estivéssemos lidando com arruaceiros, já teríamos pegado. Mas esse é muito esperto. — Ele se levantou, foi em direção ao mapa na parede dela e apontou para vários pontos. — Cada setor recebeu uma pista. Isso significa que quem está fazendo isso deve ter um carro ou uma bicicleta. E atua em horários diferentes.

— Você acha que não é um garoto ou alguns garotos idiotas e abusados, mas uma tentativa clara de arruinar a ilha?

— Algo do tipo. Eu vou resolver isso, prefeita. Esse é o meu lar também.

Enquanto Reed voltava à delegacia, percebeu que não podia culpar Hildy pela raiva. Ele mesmo também sentia raiva. Não podia culpá-la pela confiança abalada nele, uma vez que ele acreditava que esse era um dos objetivos daquele vandalismo.

Vasculhar cada canto da ilha, pensou ele; ver como ele reagia, quanto tempo levava, aonde ia, como chegava até lá. Não eram garotos abusados, pensou ele. Era Hobart, e ela o estava perseguindo.

Checou todas as imobiliárias, as pousadas, o hotel. Nem um único check-in. Mas ela teria arranjado outro jeito, pois ele sabia que ela estava na ilha. E que o observava.

Releu o conteúdo do último cartão, o quarto. Um cartão simpático dessa vez, *por que* ser sutil?

Aproveitando o verão, imbecil? Aproveite todo esse sol porque você vai passar muito tempo no frio e no escuro. Não vou ao seu funeral, embora ver todas aquelas lágrimas seria algo maravilhoso! Mas eu vou voltar e cuspir na sua merda de túmulo.

Estou com sorte, mas a sua está acabando. É hora de morrer.

Bjs e abs,

Patricia.

Bem direta, pensou ele, porém o que mais chamou a sua atenção foi a letra rabiscada, e a pressão da caneta no cartão. Ela havia escrito esse cartão enquanto estava cheia de adrenalina, e não havia sido tão esperta com o carro de aluguel que usara para o último assassinato. Nem quando conseguiram rastreá-lo pelo GPS, uma hora depois do crime. Ele teve de pedir aos federais para ver se ela havia pegado um táxi ou um ônibus no aeroporto, alugado outro carro ou comprado um. Talvez ela já tivesse um à sua espera no estacionamento.

Mas mesmo que ela tivesse saído de Ohio, teria dirigido até a balsa em Portland e dali para a ilha.

Porque ela estava ali.

DE ROUPÃO E COM OS CABELOS molhados para trás, Patricia abriu a porta para a empregada, que trabalhava ali duas vezes por semana.

— Meu Deus! Nós dormimos muito.

— Eu posso voltar mais tarde.

— Não, não, por favor. Está tudo bem. Não queremos atrapalhar a sua rotina. O meu marido ainda está no banho, mas talvez você possa começar pelo sótão. Ele me pediu para lhe agradecer por se oferecer para, pelo menos, passar o aspirador no escritório dele, mas está tudo bem. — Ela revirou os olhos. — Eu posso jurar que ele acha que o trabalho dele é segredo de Estado ou qualquer coisa do tipo. Vou me vestir. Fique à vontade para tomar café. Juro que sinto falta de poder tomar uma xícara por dia.

Ela acariciou a barriga enquanto atravessava a sala em direção ao quarto. Abriu a porta para que o som do chuveiro, que havia deixado aberto, pudesse ser ouvido antes de fechar a porta novamente.

Enquanto se vestia — calça capri e camiseta cor-de-rosa, botas de caminhada elegantes —, ela começou a conversar com ninguém, acrescentou algumas risadas, abriu e fechou gavetas e a porta do guarda-roupa.

Inspecionou o quarto, a cama desarrumada nos dois lados, um romance policial e uma garrafa de vinho quase vazia em um criado-mudo, um romance histórico e uma xícara de chá no outro. Um cinto masculino pendurado nas costas de uma cadeira. Toalhas úmidas no banheiro, duas escovas de dente, cerdas molhadas. Artigos de higiene masculinos e femininos.

Satisfeita, abriu a porta e olhou por sobre os ombros.

— Sim, Brett, estou indo. Vá na frente. Vamos dar uma volta, Kaylee — gritou para a empregada. — Pode arrumar o quarto quando quiser.

— Divirtam-se!

— Ah, nós vamos. Adoramos este lugar. Só vou encher a minha garrafinha e pegar algumas coisas, querido. Homens — disse ela, aproveitando que a empregada estava no sótão. — Tão impacientes.

Saiu pela porta de trás e decidiu que caminharia até a casa que uma tagarela fofoqueira havia falado que pertencia ao chefe de polícia.

Uma longa caminhada para uma grávida, pensou com um sorriso malicioso. Mas ela se sentia preparada para isso.

Nos DIAS seguintes, o vandalismo diminuiu, fazendo a maioria das pessoas acreditar que as férias dos delinquentes haviam acabado e que eles haviam ido embora da ilha.

Mas Reed não acreditava nisso.

— Ela ainda está aqui. — Reed bebia uma Coca no quintal de CiCi enquanto o sol se punha, cheio de esplendor, sobre a superfície da água. — Ela é esperta o bastante para saber que ficar de zoeira por aqui a faria ser pega, ainda mais com as patrulhas extras, mas ela ainda está entrando no ritmo.

Reed se virou para elas, as mulheres que amava.

— Vocês poderiam me fazer um grande favor: peguem a balsa de manhã e vão para algum lugar.

— Ela não vai te deixar — disse CiCi. — Eu não vou deixar nenhum de vocês. Peça outra coisa.

— Se vocês estivessem fora — insistiu ele —, Florença ou Nova York...

— Reed — interrompeu Simone.

— Cacete, ficar significa que eu terei que me preocupar com vocês. Ela está se preparando. Não é uma mera coincidência ela estar aqui, e ela *está aqui*, quando nos aproximamos do 13º aniversário de DownEast. Ela deixou isso escapar no cartão. A minha sorte está acabando, mas a dela está aumentando. Treze não é um bom número. Falta menos de uma semana, e eu não preciso de vocês duas tirando o meu foco por pura teimosia *feminina*. Vocês estão me atrapalhando. — Ele não gritou, mas o tom firme acrescentou farpas afiadas à cada palavra. — Então, saiam e me deixem fazer a droga do meu trabalho.

— Isso também não vai funcionar — disse CiCi, calma e relaxada. — Instigar uma briga e nos deixar bravas não vai mudar nada. Mas foi uma boa tentativa.

— Olha, não é...

— Eu já me escondi antes — interrompeu Simone.

— Bobagem! — gritou ele agora, e Barney se deitou embaixo de uma mesa. — Não me venha com essa.

— Eu me escondi. Não estou dizendo que não foi a coisa certa a ser feita, porque foi. Mas não é o certo agora, e acabaria com o que me custou anos para reconstruir.

— Simone. — Sem saber mais o que fazer, ele tirou o boné e passou a mão no cabelo. — Eu jurei que manteria você e CiCi a salvo.

— Você disse que queria começar uma vida nova comigo. Essa é a nossa vida. Você acha que ela vai tentar... fazer isso no dia 22?

Ele tentou se acalmar de novo.

— Eu acho que é um marco para ela, sim. Eu acho que ela sabe muito bem que você e eu estamos juntos, e que, se ela conseguir me tirar da jogada, pode ir atrás de você. E não o contrário. — disse ele. — Você está mais acima na lista do que eu. E ela vai querer eliminar a maior ameaça. Eu sou o policial com uma arma, e não você. Se vocês duas saíssem da ilha até o dia 22, eu não teria que me preocupar com a segurança de vocês.

— Para mim, e para a CiCi, não estarmos seguras significa que ela teria eliminado você. Você não vai deixar isso acontecer. Você não vai deixar isso acontecer — repetiu Simone, levantando-se e caminhando até ele. — Porque você sabe que, se ela matar você, ela irá me matar também. Talvez não agora, porém, mais cedo ou mais tarde ela vai fazer isso, e você não vai deixar isso acontecer. Eu acho isso, acredito nisso totalmente. Além do mais — disse, segurando o rosto frustrado dele —, eu tenho muito o que fazer para ir até Florença ou Nova York, ou qualquer outro lugar. Tenho trabalho, e acho que dia 23 é um bom dia para começar a morar com você. Tenho muita coisa para empacotar.

Ele encostou a testa na dela.

— Isso é um golpe baixo.

— Dia 23, Reed, porque você terá acabado com isso. Vou me mudar para a sua casa. CiCi, você está convidada para jantar.

— Vou levar champanhe.

— Vou ter que manter meu estúdio aqui até o Reed e eu terminarmos o projeto e os planos do meu espaço de trabalho na... nossa casa.

— Está sempre à sua disposição, minha menina talentosa.

— Esse dia, o dia 23, vai ser um marco para nós — disse ela. — Um lembrete de que, o que quer de ruim que aconteça, nós estaremos juntos.

— Eu acho que isso merece um belo jarro de sangria.

Reed fez que não com a cabeça para CiCi.

— Não posso. Preciso trabalhar. Fique aqui — disse para Simone. — Estarei de volta assim que puder. Vamos, Barney, não vamos conseguir nada com essas duas. Elas são iguaizinhas.

— É por isso que você nos ama — disse CiCi enquanto Reed saía. — Eu estou orgulhosa de você, Simone.

— Eu estou apavorada.

— Eu também.

*E*nquanto Reed terminava outra ronda, Patricia estava sentada em sua sala de guerra, tomando gim-tônica — adicionando um pouco mais de gim com o passar do tempo. Parecia um desperdício jogar tudo na pia.

E o gim proporcionava uma mudança de humor melhor que o uísque.

Dois ou três drinques ajudavam a dormir. Como ela conseguiria dormir sem uma ajudinha quando sua mente estava tão cheia, tão ocupada?

Não era como seu pai; ela não ficava bêbada, ficava? Não era como sua mãe. Ela não ingeria álcool para fazer os remédios descerem mais fácil.

Ela só precisava de um pouco de ajuda para acalmar a mente. Nada de errado nisso.

Bebendo gim, ela estudava os mapas, os cronogramas, as fotos tiradas com o celular.

O fato de dois de seus principais alvos serem amantes tanto a enfureceu como a alegrou. Eles não mereciam nem um minuto de felicidade. No entanto, mais uma vez, ela cortaria a felicidade deles pela garganta e ficaria vendo o sangue secar. E com um pouco mais de tempo: ela ainda tinha um pouco mais tempo para observar a vagabunda; talvez matasse dois coelhos com uma cajadada só.

Por outro lado, *o outro lado*, pensou ela enquanto se levantava para andar um pouco, ela sempre pensara em se livrar da vadia que havia chamado a polícia da última vez. Ela ainda tinha meia dúzia de alvos em sua lista, que levavam à policial filha da puta que havia matado JJ e terminavam com a vagabundinha intrometida que se esconderá como uma covarde.

Havia chegado até aqui com seu plano, assegurou a si mesma, e estava fazendo a polícia e o FBI andarem em círculos. Ela deveria seguir com o plano. Se JJ tivesse seguido o plano...

Não fora culpa dele, pensou ela, esmurrando a coxa enquanto entornava e bebia o gim. Simone Knox matou JJ, e ela nunca esqueceria isso.

Então, se por acaso — e apenas por acaso — a oportunidade caísse em seu colo, ela acabaria com a vadia antes do previsto. Do contrário...

Pegou a arma e mirou na foto de Reed.

— Somos apenas nós dois, filho da puta. E acabar com você? Sim, vai arrasar o coração da sua putinha, e da policial vadia também. Lágrimas deliciosas. Isso serve para mim.

Capítulo 29

♦ ♦ ♦ ♦

Às vezes, o gim-tônica, o estímulo e o planejamento não funcionavam. Para relaxar, para acalmar a crescente agitação de sua mente, Patricia desfrutava de seu passatempo noturno preferido.

Na casa de praia que começou a odiar — e planejava incendiar antes de sair da ilha —, com as portas trancadas e as cortinas fechadas, Patricia preparou uísque com gelo e ficou assistindo ao seu vídeo.

Isso a encantava e distraía, não importava quantas vezes assistisse.

Ela estava ótima! Ótima mesmo. A menina gorda, cheia de espinhas e cabelo maltratado que ficava sentada no quarto assistindo à TV e aprendendo a hackear era passado.

Na verdade, ela estava maravilhosa, magra e em forma no vestido vermelho que havia escolhido para aparecer em frente às câmeras. Chamavam isso de consciência corporal, pensou ela enquanto assistia ao vídeo do começo. Maquiagem impecável, mas *ela*. Sem lentes de contato para mudar a cor dos olhos, sem apetrechos, sem peruca.

Cem por cento Patricia.

Ela parecia melhor que aquela repórter incompetente, com certeza. Mais jovem, mais forte e, caramba, mais bonita também. Talvez devesse ter aproveitado para pegar o terno que McMullen usava — parecia que ela — ha ha! — havia dormido nele.

Mas não tinha importância. Patricia Hobart era a estrela, como tinha de ser.

Ficou para trás a menina que sonhava em ser importante, que se encolhia no escuro e se imaginava matando o garoto que a chamava de Patty, a Leitoa, as meninas que haviam roubado a sua calcinha, prendendo-a no elefante, sua mãe, seus avós, as famílias perfeitas que via no shopping.

Sonhava, sonhava em matar todos, todos eles.

Todos eles.

Mastigando salgadinhos de cebola com coalhada (uma recompensa bem merecida, só *desta* vez), ela ouvia a si mesma. Como havia contado sua história de forma clara, relatando ao mundo como fora maltratada e abusada. Seus pais, avós, professores, malditos garotos que haviam feito bullying com ela. Ela riu, como sempre fazia, quando chegou à parte em que socava a cara do menino imbecil que voou da bicicleta que ela havia adulterado.

Ela queria, como queria, ter quebrado o pescoço dele.

Viu como ela havia sido esperta? Ela nascera mais esperta do que todo mundo. O vídeo provava isso.

E veja como McMullen parecia fascinada, ouviu aquele pavor em sua voz? A mulher sabia que havia sido superada. Ela entendia a inteligência, a *determinação* que levara Patricia Hobart a conquistar tudo aquilo.

Que pena que McMullen começou a gaguejar, a se mostrar o que sempre foi! Só mais uma oportunista querendo enriquecer, aparecer em frente às câmeras e se gabar.

— Que pena que você me deixou puta — murmurou Patricia, servindo mais um dedo de uísque antes de avançar na filmagem até o assassinato.

Seu único arrependimento? Ela não pensara em sair do lugar, em mudar o ângulo da câmera. Teria gostado de ver a si mesma levantando a arma e atirando. Mas McMullen compensou isso, a fez rir novamente.

— Aí está. Rosto aterrorizado e bang, bang, bang. — Rindo aos gritos, ela pegou mais salgadinhos para comer. — Um recorde de audiência! Mas não para você.

Não, não para você, pensou ela, enquanto voltava e escolhia a cena. Uma em que *ela* era a estrela, uma em que ela contava a esse mundo maldito que, antes de seu aniversário de 14 anos, tinha inteligência, habilidade e visão para começar a planejar um tiroteio em massa do tamanho e do alcance do DownEast.

Estudou tudo novamente e, mais uma vez, concordando com tudo, satisfeita com sua própria clareza, aprovando o que pensava ser admiração no rosto de McMullen.

Ali, a menos de dois quilômetros da casa de Reed, ela invadiu o perfil do Facebook de algum idiota de Nashville e postou o vídeo no mural dele.

É só o começo, pensou ela, e concluiu que merecia mais um drinque. Depois do dia 22, depois que ela — ha ha de novo — atingisse o xerife, mandaria outro vídeo para a porra do FBI.

Com satisfação, olhou para sua parede cheia de alvos e apontou um dedo.

— Então, Chaz Quatro-Olhos Bergman, será a sua vez. — Ela levantou o copo de uísque para brindar. — Nova York, aí vou eu.

Rebobinou o vídeo e assistiu a tudo de novo.

— Estou tão feliz que você tenha vindo. — Em seu estúdio, Simone se agarrou a Mi. — Eu não queria que fosse embora tão cedo. Um dia é muito pouco.

— Podemos nos encontrar no casamento da Nari, em setembro. Você e a CiCi. Você vai levar o Reed?

— Vou. Depois você irá ao casamento da Nat em outubro.

— Com certeza. E então voltarei em dezembro para a grande festa da CiCi. Num piscar de olhos. Mas... venha comigo, Si... eu tenho que pedir de novo. Que você e a CiCi voltem para Boston comigo, para passar uns dias.

— Você sabe por que eu não posso. Reed não deveria ter te pedido para tentar me convencer.

— Ele te ama. Assim como eu.

— Eu sei. Foi por isso que ele pediu e por isso que você veio. Eu amo o Reed, por isso não posso ir. Eu te amo, por isso você tem que ir.

— Não contava com isso, mas ele me fez jurar que eu estaria naquela balsa de volta para o continente com ou sem você. — Frustrada, Mi enfiou as mãos nos bolsos. — Eu não deveria ter dado a minha palavra a ele. Amanhã é dia 22. Por que não foi o bastante para ela, Si? Toda a matança que o irmão dela causou não foi suficiente.

— Sempre foi ela por trás de tudo. Eu acho que ele era apenas uma peça defeituosa. Reed diz que ela está regredindo, cometendo erros. Meu Deus, Mi, ela postou aquele vídeo no Facebook. Ela precisava tanto de atenção que arriscou invadir uma conta e postar tudo.

— Mas ainda não rastrearam de onde foi feita a invasão.

— Mas vão rastrear. Reed vai detê-la, quer eles rastreiem ou não.

— Nunca imaginei que você confiasse em alguém, além da CiCi, do jeito que confia nele.

— E em você.

— Treze anos — disse Mi com um suspiro, voltando-se para as prateleiras com os rostos dos que se foram. — O que você está fazendo aqui é muito importante. As pessoas esquecem, daí vem um pesadelo atrás do outro. E, mesmo assim, depois da tristeza e da indignação, as pessoas esquecem. Ninguém consegue se esquecer quando olha para o que você está fazendo.

— Eu tentei esquecer.

— Mas você nunca esqueceu. E quanto a Tiffany? — Cuidadosamente, Mi pegou o busto. — Ainda está bem aqui.

— Para me lembrar de que todo mundo que sobreviveu àquele 22 de julho carrega as cicatrizes. Mas nós sobrevivemos, Mi. Podemos lembrar aqueles que não se lembram e, ainda assim, aproveitar a vida que temos. Tiffany não pretendia me dar de presente aquele momento de *insight*, mas deu. Então, eu vou guardar o rosto dela no meu estúdio em agradecimento.

Mi colocou o busto de volta no lugar.

— Você não fez um para a Tish.

— Eu quero fazer o dela por último. Ela significa mais para mim do que qualquer outra pessoa, por isso ela precisa ser a última.

— Eu ainda sinto falta dela. Pode me fazer um favor? Não, não vou forçar você a ir embora — disse Mi quando Simone ficou tensa. — Quando estiver pronta para começar o busto da Tish, você me deixa vir? Sei que não gosta de ninguém no seu espaço quando você está trabalhando, mas eu gostaria de estar aqui.

— Posso fazer melhor. Quando eu estiver pronta, você vai me ajudar. Vamos fazê-lo juntas.

— Você sempre disse que, como artista, eu daria uma boa cientista.

— Verdade. — Simone sorriu. — Mas nós vamos fazer juntas. Agora eu tenho que te expulsar, ou você vai perder a balsa.

— Se alguma coisa acontecer com você...

— Pensamentos positivos. — Ela segurou a mão de Mi e levou a amiga para fora.

— Talvez ela nem esteja aqui, não esteja na ilha. É uma coisa ruim, mas também boa.

CiCi veio de seu estúdio enquanto elas desciam a escada.

— Está quase escurecendo. Que tal um drinque para brindar o fim do dia?
— Mi tem que ir.
— Eu posso ficar para um drinque.
— E perder a balsa.
— Eu pego a próxima.
— Você está me enrolando — disse Simone. — Você me deu a sua palavra.
— Não deveria ter dado. — Chateada consigo mesma, Mi pegou a sua bolsa. Ela pegou o primeiro voo disponível depois do telefonema de Reed, e nem fizera as malas. Ela suspirou. — Ele pensou que eu fosse só te ligar, e quase me matou quando eu disse que estava vindo para cá. Ele é inteligente e esperto. Gosto muito dele, Simone. Gosto mesmo.
— Eu também. Você terá mais tempo para conhecê-lo quando voltar. Vamos lhe mostrar a casa e, até lá, teremos concluído o planejamento do meu estúdio. Só mais um pouco de tempo — acrescentou enquanto levava Mi até a porta.
— Quero que me mande mensagem amanhã. De hora em hora.
— Se for preciso.
— Vamos cuidar uma da outra. — CiCi deu um beijo de despedida em Mi. — Volte logo.
— Sinto que estou abandonando vocês — disse Mi enquanto Simone a levava até o carro que ela havia alugado em Portland.
— Não está. Você está confiando em mim. Esta ilha sempre me deu abrigo quando precisei. Isso não vai mudar. Mande uma mensagem quando pousar em Boston.
— E amanhã... de hora em hora, Si.
— Eu prometo.
Simone ficou olhando a amiga partir e se virou para a casa. Percebeu um movimento, parou e viu uma mulher que seguia pela rua tranquila hesitar.
— Posso ajudar? — perguntou Simone.
— Ah, não. Bem, me desculpe. Estava apenas admirando a casa. É tão bonita. Tão diferente.
A mulher colocou a mão em sua barriga de grávida e ajustou os óculos de sol.
— Estou sendo xereta — disse ela, com um sorriso acanhado. — Soube no vilarejo que uma artista famosa mora aqui, e quis ver de perto. Já tinha

visto lá da praia. É você a artista famosa? CiCi Lennon, a moça da galeria que me falou.

Isso acontecia várias vezes no verão: alguém de fora da ilha perambulando, tirando fotos da casa, torcendo para ver CiCi Lennon de relance. Então, Simone sorriu.

— É a minha avó.

Loira, notou Simone, com um chapéu de sol de aba mole. Uma mochila, botas de caminhada caras, uma camiseta cor-de-rosa que dizia PÃO NO FORNO e pernas bem torneadas em um short cáqui que ia até o meio das coxas.

— Aposto que o meu marido deve conhecer o trabalho dela; Brett é apreciador de arte. Mal posso esperar para contar a ele. Estamos aqui de férias por algumas semanas, de Columbus.

Não, pensou Simone, porque havia muito do Maine na voz dela para ser de Ohio. Columbus, onde outro sobrevivente havia levado um tiro, e de onde fora enviado o último cartão.

— Espero que esteja gostando. — Simone deu um passo para trás em direção a casa. Ela via agora, apesar dos óculos escuros, do chapéu e do volume da barriga. Ela via na linha do maxilar, no perfil, no formato das orelhas. Ela entendia de fisionomia.

— Ah, muito. São as nossas férias antes de o bebê nascer. Você mora aqui também?

— A ilha é a minha casa. — Outro passo para trás, e mais um, a maçaneta já estava ao seu alcance.

Ela entendia de fisionomia, pensou novamente, e viu a mudança. Em uma fração de segundo, elas se reconheceram.

Simone disparou para dentro enquanto Patricia pegava a mochila. Ela trancou a porta e avançou em direção a CiCi, que estava espantada.

— Corra — disse ela.

Reed instruía seus homens novamente, agradecia aos dois agentes do FBI que Jacoby havia enviado. Então, saiu para dar uma volta no vilarejo e na praia. Pretendia andar até a sua casa, fazendo-se visível. Talvez, apenas talvez, isso fizesse Hobart aparecer, pensou ele.

Viu Bess Trix pela porta de vidro da Island Rentals e resolveu tentar de novo.

— Chefe, Barney. — Ela sacudiu a cabeça. — A resposta é a mesma de sempre. E, olhe, Kaylee pode confirmar. Ela trabalha em muitos chalés e cabanas, e, junto com Hester, supervisiona o restante da equipe de faxineiras.

— Tudo bem, vamos tentar isso. Você viu alguém, sem ser família, pessoas com crianças, alguém que parecesse estranho para você? Ou alguém da equipe comentou alguma coisa com você?

Kaylee revirou os olhos e se abaixou para acariciar Barney.

— Chefe, se eu levasse em consideração todo mundo estranho que vem no verão, ficaríamos aqui até a próxima terça-feira. Tem os quatro amigos em Windsurf que pagam por faxina três vezes na semana, e eu sei que eles são adeptos de swing.

— Que isso, Kaylee!

— Juro por Deus, Bess. Pode perguntar a Hester, pois limpamos lá juntas. — Ela enrolou a ponta da trança entre os dedos, como se estivesse fazendo uma fofoca. — E tem o casal que deve ter fácil uns 80 anos, que quer faxina todos os dias e bebe uma garrafa de vodca com a mesma frequência. Tem o cara que mantém o segundo quarto sempre fechado, e as cortinas fechadas nas janelas. A esposa fala que é o escritório dele, e eu fico imaginando que tipo de trabalho uma pessoa faz para ter que deixar tudo trancado.

— Ele mantém a porta desse quarto trancada?

— Bem, chefe, você também tem um quartinho reservado na sua casa.

— Eu não tranco a porta.

— Eu acho que você tem mais confiança de que eu, ou Hester, não vamos xeretar.

— Mas ele tranca a porta — repetiu Reed.

— Ele tranca e, pelo visto, trabalha muito. Isso não o impede de beber muito uísque e gim... coisa cara. Além de vinho e cerveja.

— Ele está sozinho?

— Com a esposa. E eu tenho que dizer que ele tem uma esposa bonita e novinha também, mas nunca os vi juntos, se é que me entende, desde que chegaram. A pessoa que troca o lençol deles saberia dessas coisas.

— Kaylee.

— Bom, ele está perguntando sobre gente estranha, Bess, e isso é estranho. Te faz pensar em como a mulher engravidou, para começar. Ele joga roupas limpas no cesto, o que é melhor do que o pessoal no...

— Vamos ficar com esse casal. Onde estão a grávida e o marido reservado?

— Ah, em Serenity. Eles ficam enfiados lá. Têm uma boa vista do sótão, mas caminham bastante até as praias e o vilarejo.

— Alguns preferem mais silêncio e privacidade — observou Bess.

— Alguns, sim. Ele gosta de caminhar, e não é que ele faz a pobre mulher ir com ele? Quando ele não a arrasta para uma caminhada, está trancado no escritório. Pelo menos nos dias em que eu vou lá para faxinar.

— Como ele é? — perguntou Reed.

— Eu... — Ela enrolou a ponta da trança no dedo de novo, séria. — Bem, eu não sei dizer. Ainda não o vi.

Cada músculo das costas de Reed se enrijeceu.

— Você nunca o viu?

— Tenho que dizer que não. Acho isso estranho também. Ele sempre está no banho ou em um dos quartos quando eu vou lá. E então eles saem para caminhar. Eu sempre começo a limpeza pelo sótão. E sempre termino antes que eles voltem.

— Cheque a reserva — pediu ele a Bess. — Você já o viu? — perguntou a ela.

— Eu acho que não. Ele fez a reserva pela internet. Se eu me lembro bem, ela pegou as chaves e o kit, porque ele chegou alguns dias depois. Eu já a vi por aqui, mas... aqui está. Brett e Susan Breen, Cambridge, Massachussets.

— Bem, isso é estranho também — disse Kaylee. — O carro deles, uma bela SUV prata, tem a placa de Ohio.

— Marca, modelo, ano — pediu Reed.

— Como eu vou saber?

— Eu não sei o ano — disse Bess. — Mas é um Lincoln. Meu irmão tem um. Eu o vi quando ela chegou. É prata, como Kaylee falou, e é novinho em folha, eu diria.

— Descreva a mulher — voltou ele para Kaylee.

— Ah, ela é jovem e bonita, do tipo arrumada. Eu nunca a vi sem maquiagem, mesmo quando o cabelo está molhado do banho. Não parece ter mais de 26 anos, ou algo assim. Cabelo loiro, e eu acho que é da minha altura. Eu acho que os olhos dela são azuis, mas não reparei muito também. Como eu disse, eles saem quando eu estou lá. Ela está grávida, isso é um fato.

Não necessariamente, pensou Reed.

Ele pegou um cartão.

— Ligue para esse número e diga à Agente Especial Jacoby que eu preciso de uma investigação completa desses nomes.

— Do FBI?

— Agora.

Ele se apressou e pegou o rádio.

— Matty, acho que consegui alguma coisa. Quero que você e o Cecil me encontrem em uma casa alugada em Serenity. Não façam nenhuma abordagem. Só observem. Estou pegando o meu carro e indo para lá.

Ele os encontrou lá. Nenhum carro na garagem, observou, nenhuma luz acesa no anoitecer que se aproximava. Ele não segurava o cachorro pela coleira enquanto rodeava a casa. Se algo acontecesse, queria que Barney estivesse pronto para correr.

Pelas janelas, observou o cômodo principal, a sala de estar, a cozinha, a sala de jantar. Um par de botas masculinas de caminhada, do mesmo tamanho que as dele, estava junto à porta. Engraçado, pensou. Alguém que faz caminhadas deveria ter as botas um pouco mais desgastadas. Essas pareciam ter saído da caixa.

No balcão da cozinha, havia um único prato e um único copo.

Ele tentou abrir a porta — trancada.

Foi até as janelas do quarto. Outro copo sozinho perto de um dos lados da cama e os travesseiros escorados apenas em um lado. Só uma toalha pendurada no box, observou ele. A porta do quarto que dava para uma pequena varanda, também trancada.

Ele foi até as janelas da suíte, trancadas, mas conseguiu ver maquiagem — muita maquiagem — espalhada na penteadeira; duas pias, com artigos de higiene masculinos amontoados no lado oposto.

— Você montou um belo cenário, Patricia, mas não bom o bastante.

Ele tentou a porta dos fundos antes de dar a volta na casa até as janelas do segundo quarto. Notou as cortinas escuras bloqueando a vista e tentou abrir as janelas, mas estavam fechadas.

Enquanto pegava o canivete no bolso, ouviu seus agentes se aproximando.

— Lancem um alerta para um Lincoln prata — ordenou. — Placa de Ohio. E uma mulher loira, vinte e poucos anos, parece grávida. Vão!

Matty olhou para ele, olhou para as janelas com as cortinas fechadas.

— Você está pensando em arrombar essa janela, chefe?

— Pela frente, agente.

Ela pegou uma ferramenta pesada.

— Isso vai ser melhor e mais rápido do que esse canivetezinho que você carrega. A "parece grávida" é a Hobart?

— Vamos descobrir — disse Reed ao pegar a ferramenta.

— Ai, caramba! Vamos arrombar a janela e entrar?

Sem olhar para Cecil, Reed começou a arrombar a janela.

— Dê o alerta. Se eu estiver errado sobre isso, vamos ter que nos desculpar com a grávida e o marido paranoico dela. Se eu estiver certo, vou comemorar uma "causa plausível".

— Não se não tiver cuidado com o arrombamento. Essa janela estava destrancada quando chegamos aqui — disse Matt com tranquilidade. — E as cortinas estavam abertas o suficiente para que pudéssemos ver. Nada para ver? Sem problema.

Reed conseguiu abrir alguns centímetros da janela e afastou a cortina para o lado.

— Minha vez de *puta que pariu* — disse Matty enquanto espiava ao lado dele.

— Cecil! A suspeita descrita é Patricia Hobart. Ela está armada e é perigosa. Eu quero a balsa fechada.

— Fechada?

— A balsa só sai da ilha de novo quando eu tiver resolvido isso. Matty, eu quero três homens vigiando essa casa... de longe. Nick, Cecil e... Lorraine são de confiança. Vamos começar. Nós, com nossos amigos do FBI, vamos começar uma caçada.

Ele pegou o rádio para começar a dar as coordenadas quando seu telefone tocou.

— Simone, eu quero que você...

— Ela está aqui, na casa da CiCi. — A voz ofegante e amedrontada fez o sangue de Reed gelar. — Eu a vi... ela está loira e usando uma barriga falsa de grávida. Ela está...

Ele ouviu o vento, o barulho do mar e o pânico na voz de Simone.

— Onde você está?

— Correndo. Para a praia, em direção às pedras. Eu ouvi barulho de vidro quebrando, mas ela não apareceu ainda. Você precisa vir logo.

— Escondam-se, fiquem abaixadas, quietas. Ela está na casa da CiCi — disse ele enquanto corria até o carro. — Quero todo mundo indo para lá. Nick e Lorraine, fiquem aqui, nesta casa, caso ela fuja. Fechem a maldita balsa.

Sentindo que havia pressa e perigo, Barney pulou pela janela aberta do passageiro, mas, ao menos dessa vez, não ficou com a cabeça para fora.

CiCi quase tropeçou quando elas chegaram à praia.

— Você é mais rápida. Vá, querida, vá.

— Poupe o fôlego. Só precisamos chegar às pedras, ficar atrás delas. — Ela arriscou olhar para trás. — Ela vai pensar que estamos na casa. Vai ter que procurar na casa primeiro.

A menos que ela olhe pelas janelas grandes. Simone empunhou uma faca que havia pegado na cozinha enquanto fugiam. *Corra*, pensou ela, *esconda-se. E, quando não tiver mais escolha, lute.*

Elas chegaram às pedras e agacharam-se atrás delas. Com os sapatos, tornozelos e panturrilhas ensopados, a água gelada batia nelas.

— Reed está vindo.

— Eu sei, querida. — Sem fôlego, CiCi esforçava-se para respirar com mais calma. — Você nos tirou de lá a salvo, e ele está vindo. A maré está subindo.

— Nós nadamos bem. E talvez precisemos nadar. Ela pode ver nossas pegadas na praia.

Mais calma agora e determinada a continuar assim, CiCi fez que não com a cabeça.

— Está escurecendo, e isso vai dificultar que ela as veja. Se ela vir, se começar a seguir as pegadas, eu quero que você saia nadando, que nade em direção ao vilarejo. Agora, me ouça — disse enquanto Simone fazia que não com a cabeça. — Já vivi minha vida e aproveitei o máximo que pude. Você vai fazer o que eu estou pedindo.

— Vamos afundar ou nadar juntas. — Simone deu uma olhada por cima das pedras e abaixou-se novamente. — Ela está no quintal. Fique junto às pedras. O sol já se pôs, e a lua ainda não apareceu. Ela não pode nos ver.

Ajoelhadas, o movimento das ondas as puxava.

Reed viu a SUV a meio quilômetro da casa de CiCi e deu uma acelerada tão forte que os pneus começaram a cantar quase tão alto quanto as sirenes.

Ouviu isso, Patricia? Eu vou te pegar.

Ela ouviu as sirenes, mas já havia começado a descer os degraus que levavam à praia.

A vagabunda do serviço de emergência, pensou ela, um pouco apavorada. O que vai volta. Pensou em correr — talvez conseguisse alcançar seu carro —, mas as suas chances eram pequenas.

Talvez não devesse ter bebido antes de caminhar até a casa da velha artista hippie, reconheceu. E talvez não devesse ter ficado lá encarando aquela vagabunda e a amiga asiática. O jeito que elas se abraçaram e se beijaram lhe deu nojo. Lésbicas, sem dúvida.

Não deveria ter puxado conversa com Simone Filha da Puta Knox e não deveria ter se aproximado tanto, mas se deixou levar.

Tão perto, tão perto. Bang, bang, você está morta.

Saiu despreparada, pensou ela, *como JJ.*

Não adiantava se preocupar com isso agora. Tinha apenas de ser esperta, como sempre, e terminaria tudo um pouco mais tarde do que o planejado.

À medida que a luz ia diminuindo, ela caminhava lentamente rumo à vitória. O escuro iria escondê-la até que os policiais — incluindo Quartermaine — chegassem à metade da escada. Ela se livraria deles, até o último policial incompetente da ilha.

Livrar-se deles, pensou ela, *e tirar a barriga falsa para ganhar mobilidade, usar o escuro para se esconder e chegar ao mar.* Nadaria até a marina e roubaria um barco.

Pararia em algum lugar próximo à costa e roubaria um carro. Teria que ir até um dos cofres no banco para pegar dinheiro e identidades, outra arma, mas ela daria um jeito.

Ela sempre dava um jeito.

E voltaria um dia para pegar a vadia que causara essa merda. Que causara tudo isso.

Pensou nas pedras, pensou se conseguiria chegar até lá antes que os policiais aparecessem. Queria saber se a vagabunda e a velha hippie estavam escondidas lá.

Preparou-se para correr, mas percebeu que as sirenes pararam de tocar.

— *P*RECISO OLHAR DE NOVO — sussurrou Simone. — Preciso ver.

— Ela deve ter ouvido as sirenes. Deve saber que Reed está chegando.

— Preciso ver.

Simone acalmou-se e esforçou-se para enxergar na escuridão que se aproximava. Sem lua ainda, sem estrelas. Aquele momento entre o dia e a noite.

Então, ela o viu, andando pelo quintal, arma em punho e apontada para um lado e para o outro. Sua respiração saiu como uma onda de alívio, mas parou novamente quando viu o movimento na parte de baixo da casa.

— Droga, o que está acontecendo? — CiCi se apoiou nela. — Benditos sejam os deuses e as deusas, lá está o nosso herói!

— Ele não pode vê-la. Ele veio para nos ajudar, mas não pode vê-la.

— O que você está fazendo? Simone, pelo amor de Deus...

Simone arrastou-se sobre as pedras e tirou os sapatos enquanto a maré tentava puxá-la. Ajoelhou-se e gritou para ele.

Aconteceu rápido, embora ele tenha revivido aquele momento várias vezes, em câmera lenta. Ele a ouviu, mesmo com o barulho das águas; viu Simone, a silhueta da jovem ajoelhada nas pedras. Enquanto ela acenava e apontava, Barney latia como um louco, feliz, e desceu correndo a escada que levava à praia.

Na base da escada, Barney olhou para a direita, assumiu sua postura agachada de medo e começou a tremer.

Patricia saiu e foi para o lado esquerdo, para atirar.

Reed deu o primeiro tiro. O dela pegou de raspão no ombro dele, bem acima da cicatriz. Ele disparou três vezes nela; mirou no peito.

Ele manteve a arma apontada para ela enquanto continuava a descer e chutou a arma de Patricia para longe de onde havia caído de suas mãos.

Consciente e com a respiração ofegante, ela o encarava com os olhos azuis estarrecidos de dor e raiva.

— Não morra, Patricia. Chamem uma ambulância! — gritou quando seus agentes chegaram correndo no quintal, e outros vinham pelo lado norte da praia, como lhes fora ordenado. — A suspeita foi atingida. Foi controlada. Quero que alguns de vocês ajudem a levar a Simone e a CiCi para casa, para que elas se aqueçam e se sequem.

— Chefe! — Matt parou ao lado dele enquanto ele se ajoelhava, fazendo pressão nos ferimentos do peito de Patricia. — Você está baleado.

— Não estou. Eu sei como é. Só pegou de raspão. Graças à minha garota e ao meu cachorro idiota, ela só me atingiu de raspão. Continue respirando, Patricia. Quero ver você cumprir várias penas de prisão perpétua. Continue respirando.

— Reed.

Ele olhou para Simone e para CiCi, pálidas, com os olhos opacos e trêmulas.

— Preciso que subam e vistam roupas secas. Quando puderem, vão as duas prestar depoimento a Matty e Leon. Separadas. Estarei lá assim que possível. Não há nada com o que se preocupar agora.

Ele queria agarrar as duas, abraçá-las, mas não com as mãos cheias de sangue.

— Ela atirou em você. Ela...

— Eu vou repetir. É só um ferimento superficial. Eu estou bem. A CiCi precisa se aquecer e se secar. Leve o Barney, por favor. Ele está um pouco agitado também.

— A ambulância está aqui. — Cecil apressou-se. — Eles estão descendo agora.

— Bom, Cecil. Quero que você tire o meu coldre e fique com a minha arma até colhermos todos os depoimentos. Matty está no comando até tudo isso acabar.

— Não, senhor, chefe.

— Cecil, é assim que tem que ser.
— Não vou fazer isso. Pode me demitir, mas eu não vou fazer isso.
— Ele vai ter que me demitir também — disse Matty. — E o resto de nós, porque ninguém aqui vai fazer isso.
— Ah, está bem! — Reed se levantou e se afastou quando os paramédicos assumiram.

Capítulo 30

♦ ♦ ♦ ♦

Apesar de Matty ter confirmado o depoimento de testemunha ocular de Simone, já que estava a dez passos de distância de Reed, ele prestou depoimento para Leon.

— Vou pedir que confisque a minha arma.

— Não mesmo.

— Agente Wendall, vou pedir que confisque a arma que usei, para que o conjunto de provas fique completo. Não estou pedindo para assumir o comando, apenas para confiscar a arma, guardá-la, lacrá-la e identificá-la. Eu tenho uma de reserva no meu coldre de tornozelo desde o Memorial Day.

Leon pensou, coçou o queixo.

— Tudo bem, então. Dê um jeito no seu braço, chefe.

Reed prestou depoimento aos federais enquanto um dos médicos da ilha dava pontos em seu ferimento na cozinha de CiCi.

O fechamento da balsa trouxe Mi de volta, e as três mulheres se sentaram juntas, recusando-se a se mexer enquanto a análise da cena do crime acontecia à sua volta.

Jacoby entrou e se sentou em frente a Reed.

— Tranquility Island, hein?

Reed teve de sorrir.

— Geralmente. O que se sabe sobre o estado de Hobart?

— Eles a levaram para Portland de helicóptero. O hospital daqui não é equipado para ferimentos tão graves assim. Está em cirurgia. Pedi à sua antiga parceira para trabalhar com a gente no continente. Ela quer falar com você, quando você puder, e me pediu para dizer que ela vai entrar em contato com a sua família e informar que você está bem.

— Você está bem, para um agente do FBI. O agente Leon Wendall está com a minha arma, lacrada e identificada. Três tiros com ela. Quer que eu repasse o depoimento para você?

— Não, eu já o tenho. Estamos analisando o chalé alugado e o carro. Se ela for a julgamento, teremos tudo de que precisamos. A menos que ela tenha outro esconderijo, parece que ela estava sem outros documentos falsos. Só tinha mais dois naquele chalé. Está claro que ela começou a perder o controle depois que você atirou nela. Da primeira vez. Vamos conversar de novo, mas eu quero dizer... — Ela se levantou e estendeu a mão. — É um prazer trabalhar com você, chefe.

— Eu digo o mesmo, Agente Especial.

Uma vez que Matty não iria substituí-lo, Reed instruiu seus agentes e conversou com a prefeita quando ela chegou correndo, vestida com uma blusa cor-de-rosa cheia de babados e calça de pijama estampada com estrelas do mar. Ele atendeu o editor do *Tranquility Bulletin*.

Ele precisava fazer uma declaração oficial e lidar com os repórteres que chegavam aos montes do continente, mas isso poderia esperar.

Uma vez que Essie havia tranquilizado sua família, ele falaria com todos um pouco mais tarde.

Esquecendo o resto por um instante, Reed foi se sentar à mesinha de centro, de frente para Simone, CiCi e Mi.

— Como vocês estão?

Ele colocou a mão no joelho de CiCi primeiro.

— Estarei melhor quando puder fumar um baseado, mas estou esperando todos os policiais saírem, para não envergonhar o chefe de polícia.

— Agradeço. Desculpe não ter sido mais rápido. Desculpe não tê-la encontrado antes que ela...

— Calado, calado, calado. — Simone segurou o rosto dele, pressionou os lábios nos dele e colocou todo o seu coração no beijo. — Você fez exatamente o que prometeu. E eu também. Então, fique calado.

— Vou trazer um uísque para você — resolveu CiCi.

— Tem que ser café por enquanto. O chefe está em serviço.

— Que seja! Vou buscar. — Mi alisou o braço de CiCi, levantou-se e inclinou-se para abraçar Reed pelo pescoço. E assim ficou. — Elas são a minha família — disse a ele. — E agora você também é. — E foi para a cozinha.

— Essas meninas estão me tratando como uma velha — reclamou CiCi.
— Eu não gosto disso, então não faça isso também. Quando esses policiais vão sair da minha casa, menos você?
— Não vai demorar muito. — Ele olhou para a porta de vidro quebrada, atrás de si. — Vamos consertar isso para você.
Ela concordou.
— Mi quer telefonar para a família dela. As notícias vão começar a se espalhar e, como ela não disse a eles que vinha para cá, ficarão preocupados comigo e com a Simone. A mesma coisa com Tulip, Ward e Natalie.
— Podem ligar.
— Então, eu vou pegar um uísque e ligar — disse CiCi ao se levantar. — Pare de monopolizar o homem por um minuto. — Ela se inclinou em direção a Reed. — Você é a resposta a todas as minhas preces para todos os deuses e deusas. Mande esses policiais embora o quanto antes. Preciso usar sálvia na minha casa. E leve a Simone para casa.
— Nós vamos ficar aqui esta noite — disse Reed.
— Porque eu sou uma velha?
Intencionalmente, colocou Simone de lado e sussurrou no ouvido de CiCi:
— Você é o amor da minha vida, mas eu tenho que acalmá-la. — Quando ela riu, Reed beijou-a na têmpora. — E porque a Simone não vai se mudar até o dia 23, e você vem para o jantar.
— Ok, posso aceitar isso. Mi, me sirva um uísque e fique à vontade. Então, vamos lá para cima e fazer logo esses telefonemas. Os meus vão ter gente histérica do outro lado da linha, então me sirva uma dose dupla. A gente se fala pela manhã — disse à Simone e depois sorriu para Reed. — Com panquecas de cranberry e Bloody Mary.
— Ela ainda pode mudar de ideia — respondeu Reed, pegando o café que Mi lhe trouxera.
— Podemos ir lá fora por um minuto? — perguntou Simone.
— Claro. Ainda sou o chefe de polícia. Não deixe isso estragar esta casa, a praia, nada disso.
— Não vai — disse Simone enquanto eles saíam no quintal, enquanto ela soltava um suspiro alto e profundo. — Não pode.

Ainda havia luzes na praia e policiais faziam seu trabalho. Ela não se importava. Ele estava ali.

— Quando eles forem embora, podemos dar uma volta na praia? — Ela apoiou a cabeça no ombro que não estava ferido. — Com nosso próprio baseado e um pouco de sálvia branca.

— Vamos, sim.

— Você precisa ligar para a sua família.

— A Essie falou com eles, então eles sabem que eu estou bem.

— Você precisa acalmá-los. Eles precisam ouvir a sua voz. Faça isso agora. Eu espero.

— Você liga para a sua e eu, para a minha.

— CiCi já está falando com a minha mãe e o meu pai.

— Ligue para a sua irmã.

— Tem razão. — Simone suspirou. — Tem razão.

Enquanto ela falava com a irmã, ouviu Reed se esquivar dos detalhes ao telefone enquanto ele acalmava Barney, ainda nervoso, com carinhos demorados.

Simone não o culpava por omitir os detalhes, uma vez que fazia o mesmo. As verdades duras poderiam esperar um pouco mais.

Ela colocou o telefone de lado, ficou contemplando o mar e esperou por Reed.

— Eles vêm para cá amanhã — disse a Simone. — Não consegui convencê-los do contrário.

— Bom, porque a Natalie vem com o Harry, e aposto que os meus pais também.

— Acho que vamos ter que acender a churrasqueira.

Ela beijou o ombro enfaixado de Reed.

— E amanhã você me conta tudo. Ouvi uma coisa aqui e ali, mas você pode me contar tudo. Não hoje, só amanhã. A não ser que já seja amanhã, mas de manhã, depois daquelas panquecas.

— Combinado. Você me salvou. Ela poderia ter me acertado de novo.

— Acho que não. Eu vi tudo, e acho que não. Mas podemos dizer que salvamos um ao outro. E ele ajudou — acrescentou ela, olhando para Barney.

— Biscoitinhos de cachorro sabor caviar sempre.

— Com ossos mastigáveis sabor champanhe sem álcool.
— É muita folga para o Barney. Desculpe. — Reed atendeu o telefone. — Jacoby? Sim. — Soltou um suspiro. — Sim, obrigado por me avisar.
Ficou olhando para o telefone por um instante e o deixou de lado.
— Vinte e dois de julho — acrescentou Simone. — Treze anos desde aquele dia. — Ela segurou suas mãos. — A CiCi diria que é carma, ou a mão do destino, e ela não estaria errada. É um ciclo que se encerra, Reed, para nós dois. E para todas as pessoas que ela quis ferir só porque haviam sobrevivido.
— Ela ouviu as sirenes, sem dúvida, mas nem tentou fugir. Então, sim, é um ciclo que se encerra.
Ele virou as mãos dela e as beijou — Simone as havia arranhado um pouco nas pedras.
— Vamos dar uma volta na praia — disse ele — e começar a próxima fase da nossa vida. E, já que te convenci do primeiro passo, que é morarmos juntos, vou começar a convencê-la do segundo. Principalmente porque o ciclo se encerrou e eu estou ferido.
— O que é exatamente o segundo passo?
— Precisamos conversar sobre algumas coisas. Você nunca respondeu à pergunta sobre o casamento chique. Eu prefiro um simples, mas sou flexível.
— Não estamos tão perto quanto você pensa. O primeiro passo ainda nem aconteceu.
— Hoje é o dia. Além do mais, ai, eu estou ferido. Eles já estão saindo. Vamos dar essa volta na praia.
Simone desceu com ele os degraus que ela e a mulher mais importante de sua vida haviam descido apenas algumas horas antes.
Agora, o luar espalhava luz sobre a água, derramava o brilho prateado nas pedras que tinham dado abrigo a ela e à mulher que ambos amavam.
Ela não olhou para a areia, onde havia sangue espalhado. O tempo, o vento e a chuva iriam limpá-lo. Moldaria no bronze os que se foram, e eles iriam permanecer. Caminharia com ele rumo ao amanhã, e ele iria ficar.
Juntos, eles cuidariam de uma casa e de um cachorro bom e doce, e se lembrariam de cada dia como se fosse uma dádiva preciosa.
Ela se virou para encará-lo.

— Não estou dizendo que estou pronta ou que posso ser convencida do segundo passo, mesmo que você esteja ferido.

— Sangue, agulhas, pontos.

Ela o beijou no ombro novamente.

— Só estou querendo dizer, dessa vez, que gosto de coisas simples.

Ele sorriu, beijou seus dedos e caminhou pela praia em sua companhia, o cachorro em seus rastros.

Um ano depois

No parque onde Reed Quartermaine, aos 19 anos de idade, perguntou à policial Essie McVee como poderia se tornar policial, centenas de pessoas se aglomeravam. Sobreviventes e entes queridos daqueles que se foram seguravam uma rosa branca com um ramo de alecrim.

O prefeito de Rockpoint fez um breve pronunciamento sob um céu azul de verão enquanto gaivotas pairavam sobre a água. Em meio à multidão, crianças reclamavam e um bebê fazia barulho.

Simone tomou seu lugar e, com as lágrimas já escorrendo, olhou para os rostos. Olhou para Reed, junto à família dele e à sua.

— Ah, obrigada, senhor prefeito, e obrigada a você, meu pai, Ward Knox, e à minha avó, a incrível CiCi Lennon, por tornarem possível a exibição desta obra no Rockpoint Park. Obrigada à minha mãe, Tulip Knox, por ajudar na organização... reunindo todos para inaugurá-la.

Ela havia tentado preparar um discurso, escrevê-lo e decorá-lo, mas tudo o que havia escrito era formal, artificial e parecia ensaiado.

Então, seguiu o conselho de CiCi. Disse o que lhe veio à cabeça, o que estava em seu coração.

— Eu estava lá — começou — no dia 22 de julho, há exatos catorze anos. Eu perdi uma amiga, uma linda garota — continuou, olhando em direção à família Olsen. — Uma amiga da qual sinto falta, todos os dias, assim como todos aqui que perderam alguém que amavam e de quem sentem falta todos os dias.

"Por muito tempo, tentei esquecer o que aconteceu. Alguns de vocês conseguem entender o que quero dizer quando digo que tentei fingir que havia terminado, que aquilo não afetou a minha vida. Pensei que precisava fazer aquilo para sobreviver. Mas eu estava errada, e todo mundo aqui, todo mundo sabe que, enquanto tivermos que seguir em frente, nunca podemos, nunca *devemos* nos esquecer.

"Vocês conhecem o rosto deles, do filho ou da filha, da mãe ou do pai, do irmão ou da irmã, do marido, da esposa. Vocês os conhecem. Eu passei a conhecê-los, e espero que, ao fazer isso, ao honrá-los, ninguém se esqueça deles. Espero que considerem isso não como um memorial, mas como uma recordação. Gostaria de dedicar essa obra não apenas àqueles que amamos e perdemos, mas a todos nós. Eles estão, assim como nós, ligados não só pela tragédia, mas também pelo amor."

Ela estendeu a mão para Reed e esperou que Essie e Mi ocupassem o lugar delas do outro lado do pano.

— Certo. — Soltou um longo suspiro. — Certo.

Juntos, eles levantaram o pano.

Ela havia esculpido o bronze com curvas graciosas. Mais de cem rostos formavam a escultura, todos ligados por rosas e alecrins entrelaçados. Todos levemente revestidos de pátina em tons suaves de azul e verde. Na base, ela listou todos os nomes, todos em baixo-relevo.

Simone agarrou a mão de Reed enquanto ouvia os choros, e não conseguia desviar os olhos dos rostos que havia esculpido para olhar para as pessoas chorando.

Então, ela ouviu a voz de CiCi, a incrível CiCi, que começou a cantar "The Long and Winding Road".

Outros se juntaram ao canto, hesitantes no começo, depois mais confiantes por conhecerem a letra.

Então, ela olhou e viu as pessoas se darem as mãos, como Reed fizera com as dela. Viu as pessoas se abraçando. Viu lágrimas e consolo.

Quando suas lágrimas começaram a cair, virou-se para Reed e encontrou conforto nele.

E, quando a música terminou, as pessoas foram à frente. Algumas tentaram tocar os rostos. Outras se aproximaram de Simone para lhe dar a mão ou abraçá-la.

Reed levou uma mulher até ela.

— Simone, essa é Leah Patterson, mãe de Angie.
— Eu preciso que você saiba. — Leah segurou as mãos de Simone. — Eu preciso que você realmente entenda o que isso significa para mim. As pessoas saberão que ela esteve aqui. Que ela viveu. Dizer obrigada não é o suficiente.

Então, Leah se afastou e colocou uma rosa branca no gramado, na base da escultura, como outras pessoas faziam.

Tulip esperou a multidão diminuir para se aproximar de Simone.
— Eu estou muito orgulhosa de você.
— Nós estamos muito orgulhosos de você — disse Ward, beijando a bochecha da filha, e sorriu. — Você teria dado uma péssima advogada.
— Não é? — brincou Simone.
— Tenho dois ótimos na família. — Ele olhou para Harry e Natalie enquanto Natalie passava a mão na barriga. — E talvez uma nova geração esteja a caminho.
— Ward. — Tulip deu um tapinha no braço dele e estreitou os olhos para Simone. — De que cor é esse cabelo?
— Marrom Maravilhoso com luzes da Deusa Dourada.
— Nunca vou entender isso, nem você. — Ela se aproximou de Simone e deu-lhe um abraço. — Mas eu te amo de qualquer jeito.
— Idem.
— Reed. — Quando Tulip ofereceu o rosto, Reed se inclinou para beijá-lo. — Não sei se você pode convencer a minha filha para que vocês dois e a minha mãe jantem conosco hoje à noite no clube.
— Nós agradecemos, mas temos que voltar. Eu trabalho hoje à noite.
— Bem. — Ela arrumou a gravata dele conforme lhe agradava e ajeitou a lapela. — Espero vê-los em breve.

Reed apertou a mão de Ward e ficou olhando enquanto eles iam embora.
— Você tirou o dia e a noite de folga — lembrou Simone.
— Trabalho na churrasqueira. Vamos dizer adeus a Essie e à turma dela, chamar Mi e CiCi e ir para casa. Eu tenho que me livrar dessa gravata.
— Pode ir na frente. Estarei lá em um minuto. Quero falar com a Nat antes.

Ele foi em direção a Essie e ao bebê no carrinho.
— Ei, Ariel.

Ela balbuciou, sorriu, acenou com a mãozinha gorda e voltou a abocanhar um mordedor.

— Onde estão os homens e os cachorros? — perguntou Reed.

— Perto dos balanços. Ou Dylan está enquanto Hank toma conta dele e dos cachorros.

— Ele conquistou o Barney de vez. Eu agradeço por ele ter tomado conta do rebanho enquanto estávamos ocupados. — Ele olhou para o banco onde se haviam sentado juntos uma vez.

— Às vezes parece que foi há muito tempo, às vezes parece que foi ontem.

— Eu não mudaria nada do instante em que nos sentamos naquele banco.

— Eu também não. Bem, talvez o fato de ter sido baleado, mas uma coisa levou à outra. Você viu a dona Leticia?

— Vi.

— Que bom que ela veio! — Ele olhou para as curvas delicadas do bronze. — Foi bom.

— Foi lindo, comovente e extraordinário. Quando olho para a peça, quero abraçar os meus filhos com *muita* força, e o Hank, e todos que amo.

— Venham — ofereceu Reed. — Junte a turma e venha passar o resto do fim de semana. Vou fazer um churrasco hoje à noite. Não diga não. Faça uma mala e pegue a balsa.

— Você tem ideia de quanta coisa se carrega quando tem um bebê e uma criança envolvidos?

— Ainda não. Algum dia, talvez. Vamos, Essie, vamos terminar esse dia com alegria e jogar areia em cima do que aconteceu na ilha um ano atrás.

Ela suspirou.

— Você venceu.

— Ótimo. Vou pegar o meu cachorro e avisar o Hank.

Simone despediu-se de Natalie e abraçou CiCi.

— Você planejou cantar Beatles?

— Não. Só me ocorreu. Parecia ser a música certa, e parecia que precisávamos de uma música. Minha riqueza. — Ela suspirou ao encostar a cabeça na de Simone enquanto olhavam para a escultura de bronze com flores espalhadas na base.

— Coloquei a Tish no centro. Precisava colocar. Ela era minha. Todos se tornaram meus, mas ela era minha antes e sempre será.

— E é como deve ser. Estou vendo o nosso Reed chegando com Barney. Vou chamar a Mi. É hora de ir para casa, deixá-lo acender a churrasqueira e colocar um pouco de música. Quero dançar com os pés na areia.

— Vou dançar com você. Só preciso de mais um minuto.

— É uma questão de tempo. — E CiCi fez uma dancinha. — Sou meio vidente — acrescentou ela. — Vá em frente, faça-o sorrir. — Ela deu um empurrãozinho em Simone.

Com um sorriso tímido e sacudindo rapidamente a cabeça, Simone acreditou que a avó poderia ser mesmo um pouco vidente.

Ela encontrou Reed e o fiel Barney em frente à escultura.

— Eu pedi a Essie, ao Hank e às crianças para pegarem as coisas e virem com a gente. Acho que precisamos de uma boa festa.

— Acho que é uma ótima ideia. Mi pode dormir na CiCi.

— Isso mesmo. Está pronta?

— Quase. — Ela segurou seu rosto... ah, ela conhecia bem esse rosto. — Eu quero tudo bem simples. Talvez uma festança depois, mas eu quero que a cerimônia principal seja simples.

— Eu ia fazer hambúrgueres e... — O sorriso começava a aparecer devagar.

— Quando? Tenho que achar espaço na minha agenda.

— O verão é bem corrido para o chefe de polícia. Que tal no sábado depois do Dia do Trabalho? A ilha estará calma de novo.

— No sábado depois do Dia do Trabalho eu posso.

— Na casa da CiCi. Ninguém sabe dar uma festança melhor que a CiCi, e ela e a Mi serão as madrinhas. Sem traje de gala, sem fraque.

— Posso começar a dizer quanto te amo?

— Você vai chegar a essa parte. CiCi vai querer que uma das amigas sacerdotisas wiccanas dela realize a cerimônia. Quero conceder isso a ela.

— Desde que essa sacerdotisa tenha autorização para realizar casamentos, tudo bem. Posso começar a te dizer agora?

— Ainda não. Quero que a cerimônia seja durante o pôr do sol. Não quero a tradicional troca de votos, mas quero a troca de alianças. E quero a lua de mel em Florença.

Ela refletiu, e concordou.

— Acho que isso é tudo. Depois disso, você pode fazer o que quiser.

— Aceito tudo isso. A minha única preocupação, agora e até os votos, é: quando será oficial? Se CiCi me chamar e disser "vamos, Reed, vamos pegar um barco a vela para um lugar qualquer", você está fora.

— Isso é justo.

Sorrindo, ele a levantou e a girou enquanto Barney saltava e abanava o rabo.

CiCi passou um braço no ombro de Mi enquanto ela observava.

— Você dá medo, CiCi. Muito medo.

— Doutora Jung, vamos dar à nossa menina um belo casamento.

Ela admirava, em meio a uma névoa de lágrimas de alegria, o homem que ela adorava rodopiando seu maior tesouro em frente às peças de bronze e à montanha de rosas brancas.

Este livro foi composto na tipografia Minion Pro
Medium, em corpo 11/16, e impresso em papel
off-white no Sistema Digital Instant Duplex da
Divisão Gráfica da Distribuidora Record.